AF766216

टाइम्स ऑफ़ इंडिया की कहानी

संगीता पी. मेनन मल्हान ने रचनात्मक लेखन की तरफ़ बढ़ने से पहले एक पत्रकार के तौर पर *द टाइम्स ऑफ़ इंडिया* (दिल्ली), *मिड डे* और *द स्टेट्समैन* में काम किया। इससे पहले उनकी दो और किताबें प्रकाशित हो चुकी हैं - एक, *रैस्टाफ़ेरियंस टेल्स,* जो बच्चों के लिए लघु कहानियों पर आधारित है और दूसरी नुसरत-ए-ग़म, जो उर्दू कविताओं का संग्रह है। एक प्राइवेट पायलट रह चुकीं संगीता को भाषाओं में दिलचस्पी है और वे फ़्रेंच पढ़ाती हैं। वे अपने पति तेजिंदर और बेटे अवी के साथ दिल्ली में रहती हैं।

टाइम्स ऑफ़ इंडिया की कहानी

कैसे एक समाचार-पत्र ने बदले अख़बार जगत के नियम

संगीता पी. मेनन मल्हन

अनुवाद : ज्योति वर्मा

MANJUL
मंजुल पब्लिशिंग हाउस

मंजुल पब्लिशिंग हाउस प्रा. लि.

कॉरपोरेट एवं संपादकीय कार्यालय

द्वितीय तल, उषा प्रीत कॉम्प्लेक्स, 42 मालवीय नगर, भोपाल-462003

ई मेल : manjul@manjulindia.com

वेबसाइट : www.manjulindia.com

विक्रय एवं विपणन कार्यालय

7/32, भू तल, अंसारी रोड, दरियागंज, नई दिल्ली-110002

ई मेल : sales@manjulindia.com

वितरण केन्द्र

अहमदाबाद, बेंगलुरू, भोपाल, कोलकाता, चेन्नई,
हैदराबाद, मुम्बई, नई दिल्ली, पुणे

संगीता पी. मेनन मल्हन इस पुस्तक की लेखिका होने का
नैतिक उत्तरदायित्व वहन करती हैं

संगीता पी. मेनन मल्हन द्वारा लिखित मूल अंग्रेजी पुस्तक
द टी. ओ. आई. स्टोरी का हिन्दी अनुवाद

कॉपीराइट © 2013 संगीता पी. मेनन मल्हन
सर्वाधिकार सुरक्षित

यह हिन्दी संस्करण 2015 में पहली बार प्रकाशित

ISBN 978-81-8322-624-0

हिन्दी अनुवाद : ज्योति वर्मा

मुद्रण व जिल्दसाज़ी : रेप्लिका प्रेस प्राइवेट लिमिटेड

सर्वाधिकार सुरक्षित। यह पुस्तक इस शर्त पर विक्रय की जा रही है कि प्रकाशक की लिखित पूर्वानुमति के बिना इसे या इसके किसी भी हिस्से को न तो पुनः प्रकाशित किया जा सकता है और न ही किसी भी अन्य तरीक़े से, किसी भी रूप में इसका व्यावसायिक उपयोग किया जा सकता है। यदि कोई व्यक्ति ऐसा करता है तो उसके विरुद्ध कानूनी कार्रवाई की जाएगी।

मेरे माता-पिता और भाई-बहनों के लिए तथा तेजी, अवी और कंवलदीप के लिए, जिन्होंने मेरी इस यात्रा में हर क़दम पर मेरा साथ दिया

विषय वस्तु

प्रस्तावना 9

1. बोरी बंदर की वृद्ध महिला 17

2. लोकतंत्र के चौथे स्तंभ पर वी.सी. की गहन दृष्टि 45

3. नई हुकूमत की तैयारी 75

4. स्टॉप प्रेस! रेफ़लॉन्ग! 94

5. मूल्य का गणित 140

6. लाइट्स! कैमरा! ऐक्शन! 163

7. द पिंक पैंथर 178

8. दिल्ली... अब! 205

उपसंहार 243

नोट्स 261

आभार 270

प्रस्तावना

भारत में समाचार माध्यम यानी मीडिया का ज़िक्र आते ही दिमाग़ में जो तसवीर उभरती है, उसमें आक्रामक, हाँफते-दौड़ते, तक़रीबन किसी से होड़ लगा रहे-से टेलीविज़न न्यूज़ चैनलों के संवाददाता और पर्दे पर मसौदे, तसवीरें, ग्राफ़िक्स आदि प्रस्तुत करते एंकर जी-जान से अपने संवाददाताओं से 'ब्रेक्रिंग न्यूज़' पर उनके दृष्टिकोण बाहर निकलवाने की खुशामद करते नज़र आते हैं। यह सब धाराप्रवाह, अथक रूप से और लगातार चलता रहता है... आजकल तो चौबीसों घंटे।

एक दृश्य में मीडिया[1] बहुत बड़ा पागलपन-सा लगता है, तक़रीबन अव्यवस्थित-सा। तसवीरों, विचारों और नई जानकारियों के झोंके की तरह जो टी.आर.पी. की जंग में उलझा दिखता है और जिसमें स्टूडियो पैनल के जाने-पहचाने चेहरे एक निर्मम विचार मंथन में हर वक़्त व्यस्त दिखते हैं। पिछली गणना के मुताबिक, देश में 800 से अधिक निजी सैटेलाइट टेलीविज़न चैनल,[2] जिनमें 300 समाचार चैनल[3] भी शामिल हैं, विभिन्न भाषाओं के दर्शकों का ध्यान आकर्षित करने की होड़ में हर वक़्त लगे रहते हैं।

वहीं दूसरी तरफ़, देश में प्रिंट मीडिया का आलम यह है कि मूल्यांकन के तरह-तरह के हथकंडे अपनाकर पाठकों को लुभाने की ऐसी ज़बर्दस्त होड़ लगी है कि पाठकों के लिए यह तय कर पाना मुश्किल हो जाता है कि वे किस अख़बार को चुनें। पश्चिमी देशों में जहाँ प्रिंट मीडिया यानी समाचार पत्र-पत्रिकाओं की पकड़ ढीली पड़ती जा रही है, वहीं भारत में अब भी इनकी पैठ पूरी तरह बरक़रार है। टेलीविज़न के दर्शकों के मुक़ाबले भले ही अख़बारों और पत्रिकाओं के पाठकों की संख्या कम हो गई हो, लेकिन होड़ में ये अब भी पीछे नहीं हैं।

31 मार्च 2012 तक, भारत में रजिस्ट्रीकृत प्रकाशनों की कुल संख्या 86,754

थी, जिनमें समाचार पत्रों का कुल सर्कुलेशन 373,839,764[4] था। उसके बाद भी साल-दर-साल इस संख्या में बढ़ोतरी ही होती रही है। प्रकाशनों की संयुक्त विकास दर पिछले साल (2010-11) में 5.51 प्रतिशत रही, जबकि साल 2011-12[5] के दौरान 4,545 नए प्रकाशन रजिस्टर्ड हुए।

भारत में मीडिया का मौजूदा परिदृश्य सिर्फ़ कुछ दशकों पुराना है। इससे पहले, मीडिया काफ़ी छोटा, अधिक सीमित और बेहद कम प्रतिस्पर्धात्मक था। आजकल मीडिया से जुड़े लोग हमेशा अपने प्रतिस्पर्धी से खुद को अलग-थलग दिखाने के लिए संघर्ष करते नज़र आते हैं (हालाँकि एक आम लोगों की नज़र में, अंततः वे सभी एक जैसे ही दिखते हैं)। इसके विपरीत, 1980 के दौर में जब सभी समाचार पत्रों की अपनी व्यक्तिगत और अलग पहचान बनी हुई थी, फिर भी उनमें काफ़ी समानता थी। जैसे, अपने-अपने व्यापार को देखने का उनका नज़रिया एक जैसा था और वे सभी एक अघोषित-से नियम से बंधे थे। उस नियम के दायरे में रहकर ही वे सभी काम करते और खुद को संगठित रखते थे।

कहा जा सकता है कि बेनेट, कोलमैन एंड कंपनी लिमिटेड (बी.सी.सी.एल.), जो *द टाइम्स ऑफ़ इंडिया, द इकोनॉमिक टाइम्स* आदि की मालिक है, ने सबसे पहले नियमों को तोड़ा। उसने 1980 और '90 के दशक में, भारत में समाचार पत्र उद्योग में बदलाव की बुनियाद तैयार की। उसके विभिन्न समर्थकों ने इस परिवर्तन में अपनी-अपनी भूमिका निभाई। मगर उन सबके केंद्र में एक ही मीडिया समूह बी.सी.सी.एल. था।

बी.सी.सी.एल. की कहानी संभवतः इस दशक की सबसे बड़ी कॉर्पोरेट विकास की कहानी है। यह अजीब बात थी कि अब तक इसे वह सम्मान या महत्त्व कभी नहीं मिला, जिसका यह हक़दार थी। उस बड़े बदलाव से जुड़े पहलुओं के बारे में कंपनी के बाहर के लोगों को कुछ ख़ास जानकारी कभी रही ही नहीं। यह विडंबना ही है कि एक ऐसा समाचार पत्र समूह, जो तमाम व्यापारिक साम्राज्यों के उतार-चढ़ाव और उसके मध्य घटित सभी पहलुओं को नियमित रूप से उजागर करता रहा है, स्वयं लोगों के प्यार, सम्मान और उस प्रसिद्धि से अपेक्षाकृत वंचित रहा, जिसका वह हक़दार था।

ऐसा कुछ हद तक समूह के अपने दर्शन और इसके अध्यक्ष, समीर जैन के सदैव पार्श्व में बने रहने के अपने स्वभाव की वजह से भी था। आज भी वे बिरले ही, कभी-कभार, खुद के प्रकाशन में छपते हैं। समूह के फ़ोटोग्राफ़रों को ख़ास निर्देश हैं कि वे अख़बार में इस्तेमाल के लिए उनकी तसवीरें न खींचें। जहाँ तक अन्य प्रकाशनों और चैनलों का सवाल है, तो उनके साथ उनका संवाद इतना सीमित रहा है कि तमाम बरस बीत जाने के बावजूद लोकप्रिय मीडिया माध्यमों के ज़रिये भी उनकी

जीवनकथा के बारे में जानने का अवसर लोगों को लगभग ना के बराबर ही मिला है।

समूह के विकास की कहानी सिर्फ़ इसके आँकड़ों से जुड़ी हुई नहीं है, बल्कि इस मीडिया समूह ने पूरे भारतवर्ष के सभी मीडिया उद्योगों को किस हद तक और कितने गंभीर रूप से प्रभावित किया है, इससे भी जुड़ी हुई है। यदि आज मीडिया बाज़ार-संचालित और लाभ कमाने के पीछे भाग रहा है, तो 1980 के दशक से पहले मीडिया लाभ कमाने के ख़्याल तक के सख्त ख़िलाफ़ था। बाज़ार शायद ही कभी मीडिया की प्राथमिकता रहा था और साथ ही, इस बात से उसे बेहद संतुष्टि भी थी कि इसके फ़ैसले व्यापारिक पहलुओं से ज़रा भी प्रभावित नहीं थे।

बाज़ार-विमुख और एक अंतर्मुखी मीडिया में इतना बदलाव आना और आज का मौजूदा स्वरूप अख़्तियार कर लेना- यह सब बी.सी.सी.एल. की पहल से ही संभव हो सका है। यह 1980 के दशक के मध्य का दौर था, जब मीडिया अपने उस कमज़ोर अतीत से निकलकर बदलाव के लिए तैयार होने लगा था। उस समय तक मीडिया खुद को 'देश निर्माण' की दिशा में एक 'सजग पहरेदार' की भूमिका में बने रहने से अधिक और कुछ नहीं समझता था। देश की आज़ादी की लड़ाई में भी उस दौर के अख़बारों ने अहम भूमिका निभाई थी। उसके बाद तीन दशक से अधिक समय गुज़र जाने और मीडिया के भीतर भी काफ़ी कुछ बदल जाने के बावजूद, इसकी पहचान इसके स्वर्णिम अतीत तक ही सीमित थी।

वह बदलाव, जिसकी शुरुआत बी.सी.सी.एल. ने की, इस सोच पर आधारित था कि मीडिया भी अन्य व्यापार की तरह एक उद्योग मात्र है। अन्य उद्योगों की तरह इसे भी यह पहचान करनी थी कि इसके उपभोक्ता कौन थे, उनकी पसंद-नापसंद क्या थी, इसके उत्पाद और सेवाएँ उनके लिए किस तरह महत्त्वपूर्ण हो सकती हैं और इस उद्योग में कंपनी को कितना मुनाफ़ा कमाने की गुंजाइश है। अन्य उद्योगों की तरह इसे भी अन्य कंपनियों के साथ प्रतिस्पर्धा करनी होगी, अपने महत्त्व की प्रतिज्ञप्ति बनाना होगी और इसकी नींव मज़बूत करनी होगी।

कई मायनों में, इसने कुछ ऐसे मंच स्थापित किए जिनके परिणामस्वरूप मौजूदा मीडिया उद्योग अस्तित्व में आया। 1990 के दशक की शुरुआत में सैटेलाइट टेलीविज़न के आगमन के साथ ही समाचार चैनलों के प्रसारण का दौर भी शुरू हो गया। बाज़ार पर अपना वर्चस्व बनाने की होड़ में समाचार चैनलों ने कोई कसर नहीं छोड़ी और हर हथकंडा अपनाया। शुरुआत में बी.सी.सी.एल. में किए गए बदलावों के जिन प्रस्ताव का जमकर विरोध हुआ था, यहाँ तक कि वे प्रस्ताव ही विवादों में घिर गए थे, आगे चलकर वही परिवर्तन समाचार चैनलों से टक्कर लेने में अपेक्षाकृत कहीं बेहतर सूझबूझ वाले साबित हुए।

बी.सी.सी.एल. के विकास की वास्तविक कहानी अगर दुनिया की नज़रों से

छिपी रही, तो इसके पीछे कहीं न कहीं वजह इस प्रकाशन समूह का पत्रकारों के प्रति 'उग्र' रवैया अख़्तियार करना था। विवादों से बचने के लिए कंपनी ने ऐसे लोगों से छुटकारा पाने का मन बना लिया था, जो बदलाव की इसकी सोच से सहमत नहीं थे, या उसका विरोध कर रहे थे। ऐसें सभी पत्रकारों की एक-एक कर छुट्टी कर दी गई। *टाइम्स ग्रुप* से पत्रकारों को निकालने की इस पूरी प्रक्रिया की जमकर आलोचना हुई। अन्य अख़बारों के उनके साथी पत्रकारों ने पूरी ताक़त से इस मुद्दे को उठाया और मामला समाचार पत्रों की सुर्खियाँ बना। इन सब शोरगुल के बीच, *टाइम्स ग्रुप* में किए जा रहे सकारात्मक कायापलट से जुड़े अन्य सभी पहलू अनदेखे ही रह गए।

1980 के दशक में मीडिया, निस्संदेह काफ़ी छोटा था और इसमें प्रतिस्पर्धा न के बराबर थी। और यहाँ नए प्रयोग करने के विकल्प भी न के बराबर थे। फिर भी, उस समय के हिसाब से काफ़ी साहसिक क़दम उठाए गए। उदाहरण के तौर पर, द *इकोनॉमिक टाइम्स* के लेआउट और विषय वस्तु में बदलाव, इसके दाम में बढ़ोतरी और फिर प्रसार बढ़ाने के लिए हफ़्ते में एक दिन इसके मूल्य को कम रखना - यह सब इसे शानदार स्थिति में लाने के लिए किया गया।

अपने अख़बारों के देश भर के संस्करणों के बीच विज्ञापन दर का तानाबाना तैयार करने के समूह के परिश्रम भरे चतुर क़दम ने *टाइम्स ग्रुप* के साथ-साथ, पूरे अख़बार जगत के लिए नए नियम तैयार कर दिए। *टाइम्स ऑफ़ इंडिया* का मूल्य कम करने और इसकी पहुँच बढ़ाने के समूह के क़दम ने उद्योग पर गंभीर प्रभाव डाला। कुछ शुरुआती हिचकिचाहट के बाद, कई पुराने सिद्धांतात्मक प्रतिस्पर्धियों ने भी इसकी राहें अपनाईं। इसका परिणाम यह हुआ कि दिल्ली में रहने वाले लोग अब एक महीने के बिल में दो अख़बार ख़रीद सकते थे। कुछ अन्य तथ्यों के साथ मिलकर, इसने रीडरशिप में विस्फोटक बढ़ोतरी की।

यह सब आगे तक ले जाने के लिए ज़रूरी था कि संस्थान अपने सभी उद्देश्यों पर ध्यान केंद्रित करके संकलित रूप से काम करता। यह सब इतना आसान नहीं था। समाचार पत्रों में जानबूझकर समाचार पक्ष को विज्ञापन और मार्केटिंग संबंधी कार्यों से अलग रखा जाता है, ताकि समाचार का दृष्टिकोण उनमें छपने वाले विज्ञापनों से किसी भी तरह प्रभावित न हो।

यह बात बी.सी.सी.एल. पर भी लागू थी और अलग-अलग हिस्सों में बँटकर काम करने की यह प्रथा काफ़ी समय तक बरक़रार भी रही। हर विभाग एक अलग द्वीप की तरह कार्य कर रहा था। अख़बार के प्रमुख लेखकों की सबसे मज़बूत हैसियत मानी जाती थी। अख़बार के ज़्यादातर संपादक विद्वान व्यक्ति हुआ करते थे। बुद्धिजीवी मध्यवर्ग के बीच उनकी अच्छी साख हुआ करती थी और सत्ता के गलियारों में उन्हें ख़ासा सम्मान प्राप्त था। हालाँकि समय के साथ, उनकी यही साख कंपनी

के लिए समस्या बन गई। बदलावों के प्रस्ताव से वे काफ़ी नाखुश हो गए, यहाँ तक कि उसके ख़िलाफ़ हो गए। अख़बार की बेहतरी के लिए क्या उपयुक्त क़दम उठाए जाने चाहिए, इसे लेकर अक्सर उनका नज़रिया बेहद संकीर्ण साबित हो रहा था।

हालाँकि, विरोध मार्केटिंग और विज्ञापन विभाग की तरफ़ से भी था, लेकिन इन विरोधों की उतनी चर्चा नहीं हुई। बरसों से व्याप्त जड़ता की स्थिति से लोगों को बाहर आकर किए जा रहे नए प्रयोगों को अपनाने की ज़रूरत थी। इससे एक और बड़ा परिवर्तन भी आया। पुरानी मान्यताओं के प्रति लचीलापन आने से मार्केटिंग के पेशेवरों और ब्रांड प्रबंधकों की नई फ़सल को स्वीकृति मिली और अन्य क्षेत्रों से भी इनका चयन किया जाने लगा।

ये सभी क़दम मीडिया परिदृश्य, और साथ ही भारतीय अर्थव्यवस्था में हो रहे बड़े बदलावों के संदर्भ में ही उठाए जा रहे थे। 1980 के दशक के आख़िरी पाँच साल भारतीय प्रिंट मीडिया के लिए काफ़ी रोचक साबित हुए। यह दौर भारत में 'मैगज़ीन बूम' का साक्षी बना, दूसरी तरफ़ समाचार पत्रों का विकास और विस्तार का सिलसिला भी इसी दौर में शुरू हुआ। मौजूदा समय के कुछ महत्त्वपूर्ण प्रकाशनों का आगाज़ भी उसी दौर में हुआ था।

इलेक्ट्रॉनिक मीडिया के नाम पर उन दिनों एकमात्र दूरदर्शन ही प्रमुख था। यद्यपि यह सरकारी-नियंत्रण में था, फिर भी इसने व्यावसायिक नज़रिया अख़्तियार करना शुरू कर दिया। दूरदर्शन को आकर्षक बनाने की कवायद शुरू हो गई थी। उसी क्रम में, 1982 में दूरदर्शन के कार्यक्रमों का रंगीन प्रसारण शुरू हो गया। सबसे महत्त्वपूर्ण बात थी कि आहिस्ता-आहिस्ता इसकी पहुँच देश के कोने-कोने तक बढ़ रही थी। लोगों के दिलोदिमाग़ पर छा जाने की इसकी ताक़त को सरकार ने पहचाना और इसे विचारधारा अथवा लोगों की धारणाएँ बदलने में एक मज़बूत हथियार के रूप में देखना शुरू किया।

भारतीय अर्थव्यवस्था उदारवाद की तरफ़ अपने अस्थिर क़दम बढ़ा रही थी। मुक्त बाज़ार और सरकारी नियंत्रण में कमी के उदाहरण अब दिखने शुरू हो गए थे। उदारवाद या मुक्त अर्थव्यवस्था ने गति 1991 के बाद पकड़ी, मगर 1980 के दशक के मध्य से ही महानगरों और बड़े शहरों में एक नया मध्यवर्ग उभरने लगा था।

ग़ौर किया जाए, तो यही लगता है बी.सी.सी.एल. में होने वाला कायापलट भी देश की दिशा बदलते विकास के साथ तालमेल बैठाकर किया गया था। बी.सी.सी.एल. में अंदर के कुछ लोगों का दावा है कि यह सब उपयुक्त परिप्रेक्ष्य को देखते हुए जानबूझकर किया जा रहा था। वहीं अन्य लोगों की दलील है कि बी.सी.सी.एल. ने अर्थव्यवस्था में होने वाले बदलावों के लक्षण पहले ही भाँप लिए थे। इन सबसे अलग, यह भी कहा जाता है कि काफ़ी हद तक बदलावों को

बी.सी.सी.एल. के विशेषज्ञों द्वारा परिभाषित और गढ़ा गया था।

ख़ैर, जो भी हो, इस बात से इनकार नहीं किया जा सकता कि 1980 के दशक के मध्य से शुरू होकर अगले दस वर्षों के दौरान *टाइम्स ग्रुप* में कुल बिक्री, लाभ, पहुँच और माइंडशेयर यानी बाज़ार में मौजूदगी के लिहाज़ से तेज़ विकास का दौर छाया रहा। 1985 में, कंपनी की कुल बिक्री 73.5 करोड़ रुपए और शुद्ध लाभ 1.2 करोड़ रुपए था। *टाइम्स ऑफ़ इंडिया* के तब सिर्फ़ तीन संस्करण थे और कुल प्रसार 5.6 लाख से कुछ ही अधिक था। 2001 तक कुल बिक्री 1,214 करोड़ रुपए तक पहुँच गई और शुद्ध लाभ 205.9 करोड़ रुपए।

5 जून 2005 को, *द संडे टाइम्स* में एक विज्ञापन छपा, जिसमें कुछ पंक्तियाँ लिखी हुई थीं, जिनका मतलब था, 'शेक्सपीयर सोच में पड़ गए हैं। बायरन पलकें झपका रहे हैं। और वड्र्सवर्थ उत्तेजित हैं... क्योंकि 24,38,115 कॉपियों के साथ *टाइम्स ऑफ़ इंडिया* दुनिया का सर्वाधिक बिकने वाला अंग्रेज़ी अख़बार बन गया है।' विकास का सिलसिला आगे भी जारी रहा।

मार्च 2012 आते-आते *टाइम्स ऑफ़ इंडिया* अपने 14 संस्करणों और 45,75,895[6] सर्कुलेशन के साथ देश का सबसे ज़्यादा बिकने वाला बहुसंस्करणीय अंग्रेज़ी दैनिक समाचार पत्र बन चुका था। *द इकोनॉमिक टाइम्स* दुनिया का सबसे ज़्यादा पढ़ा जाने वाला दूसरे नंबर का बिज़नेस दैनिक बन चुका था। पहला स्थान *वॉल स्ट्रीट जर्नल* का था। *टाइम्स* समूह अपने 11 प्रकाशन केंद्रों और 26 मुद्रण केंद्रों से प्रकाशित होने वाले 13 समाचार पत्र-पत्रिकाओं के साथ देश के अंग्रेज़ी समाचार पत्रों के कार्यक्षेत्र पर हावी है। देशभर में प्रकाशित होने वाले अंग्रेज़ी समाचार पत्रों की कुल संख्या 11,000 है। कुल मिलाकर, समूह के पास 40 शहरों से निकलने वाले कुल 50 संस्करण हैं।

आर्थिक स्थिति के मामले में भी समूह काफ़ी आगे पहुँच चुका है। 31 मार्च 2011 को ख़त्म हुए वित्त वर्ष में कंपनी ने कुल आमदनी 4,749.3 करोड़ रुपए पर कर अदा करने से पहले 1,489.2 करोड़ रुपए लाभ कमाया।

इसके समाचार पत्रों के अलावा, समूह ने आगे बढ़ते हुए दो समाचार चैनल - *टाइम्स नाउ और ईटी नाउ* - भी शुरू किए। इनके अलावा, एक मनोरंजन, फ़िल्म और लाइफ़स्टाइल चैनल (ज़ूम), एक सिनेमा चैनल (मूवी नाउ) और एक रेडियो नेटवर्क (रेडियो मिर्ची) भी विकसित किया। साथ ही, *टाइम्स ग्रुप* के बस्ते में ओ.ओ.एच. (आउट ऑफ़ होम) विज्ञापन और ईवेंट मैनेजमेंट के उपक्रम भी शामिल हैं। इसके पूँजी निवेश का दायरा विभिन्न क्षेत्रों जैसे कि संगीत, सिनेमा और रीयल एस्टेट तक फैला हुआ है।

कहा जा सकता है कि समूह ने व्यापार के जिन नए-नए क्षेत्रों में अपनी क़िस्मत आज़माई, उनमें न्यूज़ टेलीविज़न व्यवसाय, नए ब्रांडों या उत्पादों की ख़रीदी-बिक्री और वेब व इंटरनेट मीडिया में प्रवेश शामिल था।

लेकिन यहाँ यह कहना अनुचित नहीं होगा कि *टाइम्स ग्रुप* कामयाबी की जिस राह पर चल पड़ा था, उसकी नींव 1980 के दशक की शुरुआत में ही डाल दी गई थी।

1

बोरी बंदर की वृद्ध महिला

द टाइम्स ऑफ़ इंडिया: एक ऐतिहासिक पृष्ठभूमि

भारत में सर्वप्रथम प्रकाशित होने वाले अंग्रेज़ी अख़बार का नाम हिक्की का *बंगाल गज़ट या कलकत्ता जनरल एडवरटाइज़र* था।[1] वर्ष 1780 में ब्रिटिश इंडिया की तत्कालीन राजधानी कलकत्ता में इसका पहला अंक प्रकाशित हुआ था। तब यह दो पन्नों का साप्ताहिक अख़बार हुआ करता था। इसकी टैग लाइन थी, 'राजनीतिक और व्यावसायिक साप्ताहिक अख़बार - सभी दलों के लिए, पर किसी से प्रभावित नहीं।'

इस अख़बार को आयरलैंड के मूल निवासी जेम्स ऑगस्ट्स हिक्की ने आरंभ किया था। हिक्की क़र्ज न चुका पाने की हालत में दो वर्ष जेल काटकर आए थे। उसके बाद भारत के पहले गवर्नर जनरल वॉरेन हेस्टिंग्ज की पत्नी लेडी हेस्टिंग्ज की आलोचना करने के जुर्म में उन्हें एक बार फिर जेल जाना पड़ा था। यह अख़बार शहर की समसामयिक घटनाओं की सूचनाएँ प्रकाशित करता था। ऐसे में, उस वक़्त की सत्ता अनायास ही इसके निशाने पर आ गई; इसने बोली लगवाकर नीलामी के आधार पर विज्ञापनों के लिए जगह बनाई और नए तथा आकांक्षी कवियों के लिए एक 'कवि कोना' भी दिया। इसमें ईस्ट इंडिया कंपनी और यूरोपीय व्यापारियों के कर्मचारियों पर निशाना साधा जाता था।

द इंडिया गज़ट, द कलकत्ता गज़ट, द मद्रास कूरियर और *बॉम्बे हेराल्ड* उस दौर के अख़बारों में से कुछ थे। पहले दो अख़बार *द इंडिया गज़ट और द कलकत्ता गज़ट* 1780 और 1784 में प्रकाशित हुए थे और *द मद्रास कूरियर* व *बॉम्बे हेराल्ड*

क्रमशः 1785 और 1789 में प्रकाशित हुए थे।[2] एक अन्य साप्ताहिक अख़बार - *द बंगाल जर्नल* और एक मासिक पत्रिका *द ओरिएंटल मैगज़ीन ऑफ़ कलकत्ता अम्यूज़मेंट भी* 1785 में कलकत्ता से प्रकाशित होने लगी थी। अख़बार निकालने के हिक्की के प्रथम प्रयास के छह साल के भीतर इस शहर से चार साप्ताहिक अख़बार और एक पत्रिका निकलने लगी थी।

1833 तक, भारत और चीन दोनों देशों से व्यापार के क्षेत्र में ईस्ट इंडिया कंपनी का एकाधिपत्य समाप्त हो गया था और बॉम्बे एक प्रमुख व्यापारिक केंद्र के तौर पर उभरने लगा था। जल्द ही बॉम्बे से कई अख़बार निकलने शुरू हो गए। 1822 में गुजराती दैनिक *बॉम्बे समाचार* का प्रकाशन यहाँ से शुरू हुआ। इसके बाद क्राइस्ट चर्च स्कूल (बॉम्बे) एजुकेशन सोसायटी की एक द्विभाषी वार्षिक पत्रिका पहली बार 1825 में बॉम्बे में प्रकाशित हुई। भारतीय प्रेस के इस अर्द्ध शतक में एक गुजराती दैनिक *जान-ए-जमशेद* भी 1832 में बॉम्बे से निकलना शुरू हुआ था।

द टाइम्स ऑफ़ इंडिया, अपने शुरुआती अवतार में - *द बॉम्बे टाइम्स और जर्नल ऑफ़ कॉमर्स* - 3 नवंबर 1838 को 11 ब्रिटिश कंपनियों के एक प्रकाशन संघ, दो बैरिस्टर और एक डॉक्टर द्वारा व्यापारिक समाचारों संबंधी ज़रूरतें पूरी करने के लिए शुरू किया गया।

आरंभ में यह सप्ताह में दो दिन, बुधवार और शनिवार को प्रकाशित होता था और डॉ. जे.ई. ब्रेनन इसके पहले संपादक थे। वे चैंबर ऑफ़ कॉमर्स के सचिव भी थे। इसका वार्षिक अभिदान शुल्क 30 रुपए था, और अख़बार के खुद के ऐतिहासिक दस्तावेजों के मुताबिक, 'इसका ज़ोर राजनीतिक, वैज्ञानिक और साहित्यिक विषयों संबंधी सूचनाएँ एकत्र करने और मुहैया कराने पर था।' ब्रेनन की मृत्यु के बाद 1839 में जॉर्ज बुइस्ट इसके संपादक बने।

1850 में, अख़बार एक दैनिक के रूप में तब्दील हो गया। भारत में *टेलीग्राफ़* सेवा 1855 में शुरू हुई। अख़बार ने समाचारों का कवरेज बढ़ाने और अभिदान शुल्क घटाने के लिए समाचार एजेंसी रॉयटर्स के साथ परस्पर समझौता किया। दिसंबर 1859 में, *द बॉम्बे स्टैंडर्ड* और जून 1861 में, *द टेलीग्राफ़ एंड कूरियर* इसमें समाहित हो गए। इसी साल के अंत में अख़बार का नाम *द टाइम्स ऑफ़ इंडिया* कर दिया गया। इसके संपादक रॉबर्ट नाइट ने इसे राष्ट्रीय स्वरूप देने की कोशिश की।

वर्ष 1880 में *टाइम्स ऑफ़ इंडिया* द्वारा पहली पत्रिका प्रकाशित की गई, जिसका नाम था *द टाइम्स ऑफ़ इंडिया वीकली एडिशन,* जो वास्तव में पूरे सप्ताह के समाचारों और मुख्य लेखों का सारांश होता था। लेकिन समय के साथ, यह अपने अलग स्वरूप में आया और 1929 में इसका नाम बदलकर *द इलस्ट्रेटेड वीकली ऑफ़ इंडिया* किया गया। अपने शुरुआती चरण में यह पहला ऐसा भारतीय अंग्रेज़ी

समाचार पत्र था, जिसने स्केच और फ़ोटो भी प्रकाशित करना शुरू किया था। इसका उन पाठकों ने बेहद गर्मजोशी से स्वागत किया, जो संचार के ऐसे प्रभावशाली तरीक़े से पहली बार मुख़ातिब हुए थे।

इसके पहले पेशेवर संपादक थॉमस बेनेट के आने के बाद, 1892 में कंपनी को इसका मौजूदा नाम बेनेट, कोलमैन एंड कंपनी लिमिटेड (बी.सी.सी.एल.) मिला। बाद में बेनेट इसके वास्तविक मालिक बन गए और फिर उन्होंने फ्रैंक मॉरिस कोलमैन के सामने साझेदारी की पेशकश की। बेनेट के उत्तराधिकारी लोवाट फ्रेज़र ने एशिया की दूरस्थ सीमाओं तक अख़बार की पहुँच बढ़ाई। उन्होंने दूर-दूर तक यात्राएँ कीं और अंतरराष्ट्रीय सरोकारों के असंख्य मुद्‌दे कवर किए।

फ्रेज़र की जगह लेने वाले स्टेनली रीड *टाइम्स ऑफ़ इंडिया* को सबसे लंबे समय तक (1907-23) अपनी सेवाएँ देने वाले एडिटर बने। उन्होंने इसके कवरेज को और बढ़ाया, इसे उस स्तर तक लेकर गए, कि उस वक़्त भारत के वायसराय लॉर्ड कर्ज़न ने भी इसे 'एशिया का सबसे अग्रणी समाचार पत्र' कहा। 'समाचारों को स्वीकार करने की डेडलाइन शाम पाँच से बढ़ाकर आधी रात तक करने का श्रेय भी रीड को ही जाता है (इससे पहले शाम पाँच बजे के बाद आने वाले समाचारों को अगले दिन छापने के लिए रख लिया जाता था)।

उनके कार्यकाल के दौरान अख़बार की क़ीमत चार आने से घटाकर एक आना कर दी गई, जिसने प्रसार को तेज़ी से बढ़ाया। (अगली एक शताब्दी में प्रसार बढ़ाने के लिए अख़बार की क़ीमत में गिरावट के दो और प्रयास भी किए गए, जो बाद में बेहद सफल साबित हुए)। बढ़ते प्रसार से निपटने के लिए अख़बार को तेज़ चलने वाली रोटरी मशीन लगानी पड़ी। यह एक बाज़ार-उन्मुखी क़दम था जो कि 1915 में मीडिया परिदृश्य में *बॉम्बे क्रॉनिकल* के उतरने के बाद आवश्यक हो गया था। *द क्रॉनिकल* एक व्यवस्था-विरोधी अख़बार था और इसने राष्ट्रवादी नेताओं को एक मंच मुहैया कराया। *द क्रॉनिकल* के संपादक बी.जी. हॉर्निमन ही वह व्यक्ति थे जिन्होंने अपने प्रतिद्वंद्वी अख़बार *द टाइम्स* को 'द ओल्ड लेडी ऑफ़ बोरी बंदर' (बोरी बंदर की वृद्ध महिला) की उपाधि दी।

द टाइम्स ऑफ़ इंडिया के अंतिम दो ब्रिटिश संपादक फ़्रांसिस लो और आइवर एस. जेहू, दोनों स्कॉटलैंड के निवासी थे। फ़्रांसिस लो स्वतंत्रता संग्राम और अख़बार का मालिकाना हक़ भारतीयों के हाथ में जाने की प्रक्रिया के गवाह बने। वहीं, 1935 में जूनियर असिस्टेंट एडिटर के तौर पर अख़बार में शुरुआत करने वाले आइवर एस. जेहू बाद में सेना के जनसंपर्क निदेशालय में कमीशन प्राप्त अधिकारी के तौर पर कार्य करने हेतु इसे छोड़कर चले गए थे। 1945 में वे *द टाइम्स*[3] के संपादक पद की भूमिका में वापस लौट आए थे।

अब तक की अपनी यात्रा के दौरान, *द टाइम्स ऑफ़ इंडिया* भारतीय मीडिया परिदृश्य में एक संस्थान के रूप में विकसित हो चुका था। जितना यह अपने विषय-वस्तु के लिए जाना जाता था, उससे कहीं अधिक अपनी भाषा शैली और फ़ोकस यानी कंटेंट एजेंडा के लिए जाना जाता था। इसका दफ़्तर पारसी बाज़ार स्ट्रीट से चर्चगेट चला गया और फिर वहाँ से विक्टोरिया टर्मिनस के ठीक सामने आ गया। और जल्द ही, इसके मालिकाना हक़ भी बदल गए।

1946 में, एक भारतीय उद्योगपति, रामकृष्ण डालमिया ने बी.सी.सी.एल. से संपर्क किया और उसके मालिकों के सामने कंपनी बेचने की पेशकश की। भारत ब्रिटिश शासन से आज़ादी पाने की दहलीज पर खड़ा था। डालमिया ने यह महसूस किया, 'बिना कुछ बड़े समाचार पत्रों के सहयोग के मैं प्रभावी रूप से भारत की सेवा नहीं कर सकूँगा।'[4] *हिन्दुस्तान टाइम्स* दिल्ली में और *अमृत बाज़ार पत्रिका* अन्य अख़बारों के साथ कलकत्ता में, राष्ट्रवादी प्रेस का हिस्सा थे। दूसरी तरफ़, *द स्टेट्समैन और द टाइम्स ऑफ़ इंडिया* के मालिक ब्रिटिश नागरिक थे। इसलिए डालमिया ने *द टाइम्स* को ख़रीदने का फ़ैसला किया।

यह सौदा पक्का करने के लिए रामकृष्ण डालमिया ने पहले *द स्टेट्समैन* के पूर्व-प्रमुख संपादक सर आर्थर मूर के साथ काम किया और उनसे *द टाइम्स ऑफ़ इंडिया* के तत्कालीन मालिकों से इसकी ख़रीदारी पर बातचीत करने के लिए लंदन जाने का अनुरोध किया। बाद में डालमिया ने *द टाइम्स ऑफ़ इंडिया* के प्रबंध निदेशक सर पियर्सन से भी मुलाक़ात की। दोनों के बीच हुई वार्ता का विवरण खुद डालमिया ने बेहतरीन ढंग से किया है :

> सर पियर्सन ने मुझ पर बॉम्बे में टिप्पणी की, 'तुम मेरा बच्चा मुझसे छीनना चाहते हो (*द टाइम्स ऑफ़ इंडिया* और इससे संबद्ध प्रकाशन) जिसे मैंने 40 वर्षों तक पाला है।' मैंने जवाब दिया, 'सर पियर्सन, बच्चे को एक के बजाय दो संरक्षकों की ज़रूरत है।' सर पियर्सन मुस्कराए। तब उन्होंने मुझसे पूछा, 'तुम 2 करोड़ में ख़रीदना चाहते हो?' मैंने उनके सामने एक ब्लैंक चेक रख दिया, और उनसे राशि भर लेने के लिए कहा। उन्होंने टिप्पणी की, 'क्या तुम पागल हो?' मैंने जवाब दिया, 'भारतीयों की उदारता की मिसाल देख लीजिए।'[5]

24 घंटों के भीतर ही 24 मार्च 1946[6] को बॉम्बे के ताज होटल में हुई एक बैठक में 2 करोड़ से भी कम रुपए में सौदा पक्का हो गया, 'जो कि उस समय के बड़े उद्योगपतियों के लिए बेहद चकित कर देने वाला सौदा था।'[7] डालमिया *द स्टेट्समैन* भी ख़रीदना चाहते थे, मगर वे अपनी इस कोशिश में कामयाब नहीं हो पाए। उनकी

एक से ज़्यादा अख़बार ख़रीदने की योजना थी, लेकिन ऐसा नहीं हो सका। उन्होंने उल्लेख किया है 'जब *लीडर* के लिए सौदा तक़रीबन पूरा हो गया था, तब पूरे परिदृश्य में अचानक बिड़ला भी शामिल हो गए और उन्होंने उसे ख़रीद लिया।'[8]

डालमिया को *द इलस्ट्रेटेड वीकली* पर भी क़ब्जा मिल गया था। अप्रैल 1947 में दिल्ली में एक हिन्दी अख़बार *नवभारत टाइम्स शुरू* किया गया। जून 1950 में अख़बार का बॉम्बे संस्करण शुरू हुआ।

रामकृष्ण डालमिया (1893-1978)

रामकृष्ण डालमिया का जन्म अप्रैल 1893 में चिरावा में हुआ था। जब यह राजस्थान में खेतड़ी स्टेट का एक छोटा-सा गाँव था (अब यह झुँझनू जिला है)। लेकिन जब वे छोटे थे, तभी उनका परिवार पूरब में, कलकत्ता, चला गया। उनके पूर्वज डालमिया दादरी के नज़दीक स्थित गाँव दादमा के रहने वाले थे। बाद में यह गाँव हरियाणा में चरखी दादरी के नाम से जाना जाने लगा। उन्हें मूल रूप से दादमिया कहा जाता था, लेकिन समय के साथ, बदलते-बदलते, उन्हें डालमिया कहा जाने लगा।

डालमिया के पिता की मृत्यु 1913 में हुई थी। तब तक उन्होंने अपने मामा, सेठ मोतीलाल झुनझुनवाला के लिए काम करना शुरू कर दिया था। उन्होंने 1948 में प्रकाशित अपनी किताब, *सम नोट्स एंड रेमिनिसेंसेज़ः ए गाइड टु ब्लिस,*[9] में एक जगह लिखा है, 'पिता की मृत्यु के कुछ दिनों बाद ही प्रथम विश्व युद्ध के दौरान, मैं आर्थिक कठिनाइयों में पड़ गया। बकायादार होने के नाते व्यापारिक दुनिया में एक अपराधी की तरह मेरा तिरस्कार किया गया और मेरी निंदा की जाने लगी। एक 22 साल के अनपढ़, क़र्ज से दबे और समाज से बहिष्कृत लड़के के लिए बड़े-से परिवार की ज़िम्मेदारी उठा पाना बेहद भारी बोझ की तरह था।' कुछ ही वर्षों में वे बिहार के दानापुर की एक चीनी मिल में 25 प्रतिशत के हिस्सेदार बन गए। इस मिल के मालिक एक स्थानीय जज थे, जिनकी मृत्यु के बाद डालमिया मिल के मूल मालिक बन गए। धीरे-धीरे व्यापार और चाँदी जैसी उपयोगी वस्तुओं के कारोबार में उन्हें महारत हासिल होने लगी, जिससे उनका आत्मविश्वास बढ़ता गया। इसी तरह के एक अनुमान ने उन्हें पहला अप्रत्याशित लाभ दिलाया। और, उसके बाद आगे बढ़ने का उनका सिलसिला चल पड़ा। उनके रुकने की कोई वजह नहीं थी। डालमिया ने लिखा है[10], 'एक समय था, जब मैं व्यापारी बलदेव दासजी धुधवावाला की साझेदारी में पूरे कलकत्ता के शेयर बाज़ार को नियंत्रित करता था।' वे जूट और कॉटन का व्यापार भी करते थे।

1932 में उनकी पहली पत्नी से हुई उनकी बेटी रमा का विवाह पश्चिमी उत्तर

प्रदेश के बिजनौर जिले के नजीबाबाद के साहू जैन परिवार में हुआ। उनके पति शांति प्रसाद जैन परिवार के दो बेटों में से छोटे थे। डालमिया अपने दामाद को बिहार लेकर आए, जहाँ उन्होंने उस उद्योग की स्थापना की शुरुआत की, जो कि 1940 के दशक के आख़िर में भारत का सबसे तेज़ी से विकास करने वाला ग्रुप बन गया। शांति प्रसाद जैन और डालमिया के छोटे भाई जयदयाल की हिस्सेदारी की शर्तों के साथ डालमिया-जैन ग्रुप की स्थापना हुई।

शांति प्रसाद जैन एक उद्यमी प्रशासक थे, जिनमें कल्पना और नवाचार की एक सुस्पष्ट दृष्टि थी। उनके दूसरे बेटे आलोक जैन[11] अपने पिता को एक महान कल्पनाकार और उत्साह से भरपूर इंसान के तौर पर याद करते हैं। वे धन कमाने में ऊर्जावान, उद्यमी और संवेदनशील थे। वे कहते हैं, 'जब डालमिया-जैन ग्रुप का विस्तार शुरू हुआ, तब बाबूजी ही थे, जो उन तीन चीनी मिलों को ख़रीदने का सौदा पक्का करने इंडोनेशिया गए, जो कि बिहटा, हथवा और डालमिया नगर में स्थापित की गईं।'[12]

जयदयाल डालमिया तकनीकी और अभियांत्रिकी के लिए पैना दृष्टिकोण रखते थे तथा ग्रुप की फ़ैक्ट्रियों और प्लांटों की स्थापना में भी उनका बड़ा योगदान रहा। ग्रुप की विकास प्रक्रिया 1933 के आसपास शुरू हुई और 1940 के अंत तक इसने चार और चीनी मिलें, एक पेपर फ़ैक्ट्री, पाँच सीमेंट प्लांट (इनमें से एक कराची में), केमिकल फ़ैक्ट्रियाँ और इंजीनियरिंग प्लांट शामिल कर लिए।

रामकृष्ण डालमिया ने 1933 में *रोहतास नगर में रोहतास शुगर* आरंभ की, जो बाद में रोहतास इंडस्ट्रीज के नाम से जानी गई और फिर उसे डालमिया नगर कहा जाने लगा। उन्होंने डेहरी रोहतास लाइट रेलवे के अधिकतर शेयर ख़रीद लिए और डेहरी-ऑन-सोन स्थित फ़ैक्ट्री तक गन्ना लाने के लिए एक रोप-वे भी बनवाया।

1936 में उन्होंने भारत इंश्योरेंस कंपनी लिमिटेड के शेयर ख़रीदे और इसके प्रबंधन के लिए शांति प्रसाद जैन के बड़े भाई श्रेयांस प्रसाद जैन को नियुक्त किया। इसी साल उन्होंने सीमेंट उद्योग के क्षेत्र में भी प्रवेश किया।

छह सीमेंट प्लांट ख़रीदने के लिए उन्होंने जयदयाल को जर्मनी और डेनमार्क भेजा। उन्होंने एक पेपर मिल तथा दो कॉटन व वूलन मिलें ख़रीदीं और भारत बैंक की भी स्थापना की।

वे नागरिक उड्डयन क्षेत्र में भी थे। उन्होंने बताया था, 'मैंने एक तीन सीटर एयरक्राफ़्ट भी ख़रीदा था।' उन्होंने गोवन बंधुओं की अभिरुचि भी इस क्षेत्र में बढ़ाई, जिसने कई कंपनियों को समाविष्ट किया। उनमें इंडियन नैशनल एयरवेज़ भी एक थी, जो कि कराची से बर्मा तक यात्रियों को ले जाती थी।[13] इसके साथ ही उन्होंने दिल्ली स्थित एक एयरलाइन कंपनी भी शुरू की, जिसका नाम डी.जे. एविएशन रखा

गया। लेकिन 1948 में यह एयरलाइन बंद हो गई।

ग्रुप के शुरुआती इतिहास संबंधी अधिकतर जानकारियाँ मुझे जैन परिवार के वरिष्ठ सदस्यों से मिलीं। *द टाइम्स ग्रुप* के पूर्व कार्यकारी निदेशक स्वर्गीय रमेश चंद्र जैन उनमें से एक थे। रमेश चंद्र जैन के दादा मुसद्दी लाल, शांति प्रसाद जैन के पिता दीवान सिंह के बड़े भाई थे। दीवान सिंह की असमय मौत के बाद वे शांति प्रसाद जैन के अभिभावक भी हो गए थे।

जब मैंने रमेश चंद्र जैन का इंटरव्यू लिया, तब वे भारतीय ज्ञानपीठ के मैनेजिंग ट्रस्टी थे, जिसकी स्थापना 1944 में हुई थी। मैं यह किताब क्यों लिख रही हूँ, इसके बारे में कुछ शुरुआती सवाल-जवाब के बाद जाकर वे खुले, और अतीत के बारे में काफ़ी बातें बताईं। वे सूचनाओं का खज़ाना थे, जिनमें से अधिकतर उनके तमाम वर्षों के कार्य अनुभवों संबंधी थीं। उन्होंने शुरुआती वर्षों के वैभव और उस समय अर्जित की गई संपत्तियों के बारे में बताया।

रमेश चंद्र जैन ने बताया, '1930 के दशक का आख़िरी दौर डालमिया-जैन ग्रुप के लिए महत्त्वपूर्ण समय था। ग्रुप यूँ पहले से ही काफ़ी अच्छा प्रदर्शन कर रहा था, लेकिन द्वितीय विश्व युद्ध की शुरुआत के समय 1939 में इसे और भी बड़ा लाभ हुआ। दरअसल, उन्होंने कुछ जर्मन मशीनें आयात की थीं और उनका भुगतान किस्तों में करना था। लेकिन जर्मनी के साथ युद्ध का हंगामा बढ़ने से पैसा उनके पास ही रुका रह गया, जिस पर उन्होंने अच्छा-ख़ासा ब्याज कमा लिया। इसने कंपनी को नक़द-अमीर बनाने का काम भी किया।'[14]

उन्होंने डालमिया-जैन ग्रुप की उस समय की उद्यमी कुशाग्रता के बारे में भी बात की। उन्होंने कंपनी द्वारा जीती गईं प्रथम व्यावसायिक लड़ाइयों और उनकी वजहों के बारे में भी बात की और बताया कि किस तरह 'व्यवसाय के क्षेत्र में बने रहने की क़ाबिलियत' इसके ख़ून में दौड़ती है। 1930 के दशक के आख़िर और 1940 के दशक के शुरुआती वर्षों में डालमिया-जैन की सीमेंट उत्पादन में बढ़ती भागीदारी ने उसे उस दौर की पहले स्थान पर क़ाबिज़ सीमेंट उत्पादक कंपनी ए.सी.सी. के साथ सीधी प्रतिस्पर्धा में खड़ा कर दिया।

रमेश चंद्र जैन ने बताया, 'दोनों कंपनियों के बीच प्रतिस्पर्धा इस क़दर बढ़ चुकी थी कि दोनों ने सीमेंट की बिक्री बढ़ाने के लिए क़ीमतों में कटौती शुरू कर दी।' उन्होंने विस्तार से बताया, 'फिर एक ऐसा समय भी आ गया कि अगर क़ीमतें और कम की जातीं तो डालमिया ग्रुप धराशायी हो जाता। लेकिन वे क़ीमत के निचले

स्तर पर रुक गए और फिर वही हुआ जिसकी संभावना थी : ए.सी.सी. एक ऐसी व्यवस्था के लिए सहमत हो गया, जिसमें दो युद्धरत ग्रुप बाज़ार की भागीदारी बाँट सकते थे। हालाँकि डालमिया-जैन ग्रुप सिर्फ़ एक-तिहाई लाभ पर ही नियंत्रण हासिल कर पाया, फिर भी इस पूरे प्रसंग में वे विजेता बनकर उभरे।'

मार्च 1964 से राज्यसभा के सदस्य और ग्रुप की तब तक की कंपनियों के बोर्ड के सदस्य रहे (ख़ासतौर से 'भारत ओवरसीज' में, जिसके वे प्रबंध निदेशक थे) विस्तारित जैन परिवार के 85 वर्षीय सदस्य आर.पी. जैन के मुताबिक, 'डालमिया अधिक शिक्षित न होने के बावजूद आर्थिक रूप से काफ़ी शक्तिशाली थे। वे विभिन्न क्षेत्रों में रुचि रखते थे। वे बैंक और बीमा कंपनियाँ ख़रीदना चाहते थे और यही नहीं, उनकी नज़र इंडियन आयरन और स्टील कंपनी पर भी थी, जो कि आर.एन. मुखर्जी के पास थी।'[15]

डालमिया-जैन ग्रुप ने अपने प्रकाशन उद्योग में भी विविधता लाने की कोशिश की। बी.सी.सी.एल. ने 1948 में *ईवनिंग न्यूज़ ऑफ़ इंडिया* शुरू किया, जो 1950 में बंद भी हो गया। साथ ही, ग्रुप ने बच्चों के लिए एक साप्ताहिक पत्रिका *जूनियर* का भी 1949-50 के बीच कुछ महीनों के लिए प्रकाशन किया। 1949 में ग्रुप ने कलकत्ता से एक बंगाली अख़बार *सत्ययुग* निकाला। इसके अलावा, 1950 में *नवभारत टाइम्स* का कलकत्ता संस्करण शुरू किया और मार्च 1953 में *टाइम्स ऑफ़ इंडिया* का कलकत्ता संस्करण निकाला। हालाँकि इन तीनों ही अख़बारों का प्रकाशन सितंबर 1953 के बाद कलकत्ता में बंद हो गया।

जल्द ही, बेनेट, कोलमैन एंड कंपनी का मालिकाना अधिकार कुछ विवादास्पद परिस्थितियों में शांति प्रसाद जैन के पास चला गया। हालाँकि उससे काफ़ी पहले ही डालमिया-साहू जैन ग्रुप का औपचारिक बँटवारा हो चुका था। आलोक जैन ने मुझे बताया कि डालमिया-जैन ग्रुप ने बँटवारे के विस्तृत विवरण का कार्य जैन परिवार के मसूरी स्थित घर पर 12 मई 1948 को किया। गीता प्रेस की स्थापना करने वाले हनुमान प्रसाद पोद्‌दार इसमें मध्यस्थ थे। आलोक जैन की स्मृति के मुताबिक, जब ग्रुप बँटा, तब जैन परिवार को *रोहतास इंडस्ट्रीज और एस.के.जी. शुगर्स* मिलीं।

जयदयाल डालमिया के पोते और डालमिया ग्रुप के चेयरमैन संजय डालमिया ने बताया कि ग्रुप का बँटवारा इसलिए हुआ, क्योंकि इसके तीनों संरक्षकों का व्यक्तित्व अलग-अलग था। 'रामकृष्ण डालमिया रचनाकार थे। उन्होंने जोखिम उठाए। मेरे दादा एक सतर्क उद्योगपति थे। वे अपने पास जो भी था, उससे संतुष्ट थे। मेरे फूफाजी शांति प्रसाद व्यापार को विस्तारित करना चाहते थे। उनके तरीक़े अलग थे। व्यापार काफ़ी बढ़ गया था। ऐसे में, इसके बँटवारे में ही बुद्धिमानी थी। इसमें कोई झगड़ा नहीं था। यह सब बड़े सौहार्दपूर्ण ढंग से हुआ था। उस वक़्त तक रिश्तों में कोई तनाव नहीं था।'[16]

शांति प्रसाद जैन को बी.सी.सी.एल. में हिस्सेदारी के नियंत्रण का हस्तांतरण 1955 में हुआ। इसी दौर के आस-पास डालमिया को सट्टेबाज़ी में लगाए गए ढाई करोड़ रुपए का नुक़सान हुआ और सब कुछ बेहद अस्त-व्यस्त हो गया। डालमिया ने अपनी सट्टेबाज़ी संबंधी गतिविधियों में भारत इंश्योरेंस के फ़ंड का भी इस्तेमाल किया था। वित्त मंत्रालय ने तब उनसे नुक़सान की भरपाई करने के लिए कहा था। डालमिया ने लिखा है, 'रुपयों का इंतज़ाम करने के लिए मैं *टाइम्स ऑफ़ इंडिया* और जयपुर उद्योग को बेचने के लिए मजबूर था। लेकिन ऐसी परिस्थितियों में इसके लिए कोई भी ख़रीदार नहीं था। तब मेरे दामाद शांति प्रसाद के समूह ने उपर्युक्त सभी संपत्तियों को 2.5 करोड़ रुपए में ख़रीद लिया।'[17]

अपनी किताब में डालमिया ने अपने ख़िलाफ़ राजनीतिक साजिश की तरफ़ भी इशारा किया है। उन्होंने संकेत दिया है, 'वित्त मंत्रालय ने भारत इंश्योरेंस के प्रबंधकों को अदायगी स्वीकार करने में रुकावट डालने का निर्देश दिया था, क्योंकि वे मुझे जेल भेजना चाहते थे।'[18] यह एक ऐसा आरोप है जिसे संजय डालमिया ने अपने इंटरव्यू में बार-बार दोहराया है। 'जहाँ तक मैं जानता हूँ, मेरे बड़े दादाजी (रामकृष्ण डालमिया) का नेहरू सरकार के साथ कुछ मतभेद चल रहा था, जिसका उन्हें भरपूर खामियाजा भी भुगतना पड़ा था।'

राजनीतिक प्रतिशोध की बात इस सच से भी साबित होती है कि रामकृष्ण डालमिया की अपनी राजनीतिक महत्वाकांक्षाएँ भी थीं। उन्होंने अपनी सशक्त मान्यताओं के बारे में इन शब्दों में बयाँ किया है, 'एक ईश्वर, एक सरकार।' और, उन्होंने गौवध के विरुद्ध एक धर्मयुद्ध की शुरुआत कर दी।

वे तत्कालीन सत्ता की आलोचना करने में काफ़ी खुले तथा बेबाक थे और उन्हें राजनीतिक रूप से ग़लत होने का भी कोई पछतावा नहीं था। वे जवाहरलाल नेहरू के भी खुले समालोचक थे और उनके ख़िलाफ़ लंबे समय तक अपने दैनिक अख़बार के प्रथम पृष्ठ पर अपने विचार रखते रहे थे।

उन्होंने देश के बँटवारे के लिए नेहरू तथा उनकी स्वार्थी महत्वाकांक्षाओं को दोषी ठहराया और शरणार्थियों की समस्या के लिए भी ज़िम्मेदार बताया। (वैसे डालमिया, जो कि मुहम्मद अली जिन्ना के मित्र थे, पाकिस्तान के समर्थन में थे। उन्होंने लिखा है, '1940 में मैं पहला हिन्दू था जिसने देश को पाकिस्तान को स्वीकारने का सुझाव दिया था, क्योंकि उस समय की परिस्थितियों के हिसाब से यही एकमात्र समाधान था। इसके लिए मुझ पर हिन्दू-विरोधी होने का आरोप भी लगा और मुझे मिस्टर जिन्ना की मेहमाननवाज़ी करने के बदले कई उपनाम भी दिए गए। वजह थी - जिन्ना एक बार दो दिन के लिए डालमिया नगर में ठहरे थे। मिस्टर जिन्ना के साथ दोस्ताना संबंधों को क़ायम रखने का मेरा जो मूल उद्देश्य था, वह हिन्दुओं के हित

के लिए और दोनों संप्रदायों के बीच मित्रवत समझौता कराना था।'[19])

नेहरू ने समान अनुपात में सम्मान लौटा दिया। ऐसी सूचनाएँ आईं कि नेहरू ने कहा था, 'डालमिया एक ऐसा कुरूप व्यक्ति है, जो अपने चेहरे के साथ-साथ दिल और दिमाग़ से भी कुरूप है। वह कुछ अख़बारों का मालिक है, सिर्फ़ इसलिए खुद को विदेशी मामलों का ज्ञाता समझता है।'[20]

यह कहना हालाँकि अतिशयोक्ति होगी कि डालमिया की परेशानियाँ प्रतिशोध की राजनीति का परिणाम थीं, लेकिन यह सच है कि नेहरू को पूरे मामले की जानकारी थी और उन्होंने इस पर बराबर नज़र भी रखी थी।[21] 1955 में ख़बरें आईं कि डालमिया ग्रुप धोखाधड़ी वाले लेनदेन में शामिल है। उसी साल दिसंबर में फिरोज़ गाँधी ने यह मामला संसद में उठाया। आरोपों की पड़ताल के लिए सरकार ने जाँच आयोग गठित कर दिया।

शुरुआत में जाँच आयोग की अगुआई बॉम्बे हाई कोर्ट के न्यायाधीश एस.आर. तेंदुलकर कर रहे थे। उनकी मृत्यु के बाद न्यायाधीश विवयान बोस ने जाँच का नेतृत्व किया। उन्होंने अपनी मुख्य जाँच रिपोर्ट 18 जून, 1962 को सरकार को सौंपी। आयोग ने डालमिया-जैन ग्रुप की 9 कंपनियों की जाँच की थी।

विवियान बोस आयोग की रिपोर्ट[22] 23 जनवरी, 1963 को संसद में पेश की गई। रिपोर्ट के मुताबिक, ग्रुप को छल, खातों में हेराफेरी, निवेशकों के ख़र्च पर व्यक्तिगत लाभ उठाने के साथ-साथ कर-परिहार से राजकोष को नुकसान पहुँचाने का भी दोषी ठहराया गया।[23] आयोग ने हेराफेरी का सबसे ज़्यादा उत्तरदायित्व रामकृष्ण डालमिया पर डाला, और उन्हें 'विभिन्न सभी जालसाजियों के पीछे का मास्टरमाइंड' क़रार दिया।'[24]

आयोग ने शांति प्रसाद जैन को भी दोषी ठहराया। उन्हें 'आर. डालमिया के बाद दूसरा मुख्य सूत्रधार' बताया गया।'[25] आयोग ने कम से कम चार हेराफेरियों का ज़िक्र किया था, जिसमें जैन को 'सक्रिय रूप से शामिल' बताया गया था।'[26] जयदयाल डालमिया, शांति प्रसाद जैन के भाई श्रेयांश प्रसाद जैन और उनके भतीजे शीतल प्रसाद जैन भी ज़िम्मेदार ठहराए गए। पहले दो लोगों को छलपूर्ण क्रियाकलापों और अन्य दो को 'अधिकतर हेराफेरियों' के लिए ज़िम्मेदार बताया गया।

अपनी जाँच रिपोर्ट में आयोग ने उल्लेख किया था कि डालमिया-जैन ग्रुप ने अन्य कंपनियों पर नियंत्रण हासिल करने के लिए ज़्यादा संचित स्त्रोत के साथ उनके शेयर ख़रीदने हेतु पब्लिक कंपनियों, बैंक और बीमा कंपनियों के पैसों का अनुचित तरीकेसे इस्तेमाल किया। आयोग के मुताबिक, 'ऐसा अनुचित लाभ प्राप्त करने के लिए किया गया। इसका खामियाजा पब्लिक कंपनियों और निवेश करने वाली जनता

को भुगतना पड़ा।'[27] यह बात उठाई गई कि कई कंपनियों की आर्थिक स्थिति अच्छी न होने के बावजूद, उन पर चल रहे क़र्ज और अग्रिम राशि, जो कि करोड़ों रुपए में थी, की पूरी अदायगी हो चुकी थी।[28] यह भी दर्ज किया गया कि 'एक अन्य तरीका जिससे निवेश करने वाली जनता को नुक़सान हुआ, वह था एक कंपनी की मिल्कियत का दूसरी कंपनी में अनुचित ढंग से हस्तांतरण।'[29]

रिपोर्ट में यह भी कहा गया था, 'कुछ मामलों में हमने पाया है कि शेयर का जो ब्लॉक एक कंपनी की बैलेंस शीट में मिल्कियत के रूप में दर्ज था, कुछ ही महीनों के भीतर बिना किसी खाता प्रविष्टि के वही शेयर ब्लॉक दूसरी कंपनी की मिल्कियत के तौर पर उसकी बैलेंस शीट में नज़र आता था।'[30] आयोग ने विवरण दिया कि रामकृष्ण डालमिया द्वारा 2.60 करोड़ रुपए से भी अधिक का 'विशुद्ध व्यक्तिगत' लाभ और ग्रुप के अन्य हिस्सेदारों द्वारा संचित व्यक्तिगत लाभ पूरी तरह ग़लत तरीक़े से संचित किया गया था।[31]

बाद में कोर्ट में केस चला और उनका प्रतिनिधित्व जाने-माने ब्रिटिश अटॉर्नी सर डिंगले मैकिंटोश फूट ने किया। रामकृष्ण डालमिया को दो वर्ष तिहाड़ जेल की सज़ा सुनाई गई। हालाँकि सज़ा के दौरान अधिकतर समय वे बीमार रहे और इरविन हॉस्पिटल (अब लोकनायक जयप्रकाश नारायण हॉस्पिटल) में ही रहे। वे मई 1964 में रिहा हुए। रिहाई के बाद *टाइम्स ऑफ़ इंडिया* पर दोबारा नियंत्रण हासिल करने की उनकी कोशिश को एस.पी. जैन ने अस्वीकार कर दिया। हालाँकि एस.पी. जैन के इस क़दम ने आर.के. डालमिया को भले ही नाराज़ कर दिया हो, मगर संजय डालमिया इस पर भी एक सकारात्मक पहलू सामने रखते हैं। वे कहते हैं, 'यह मायने नहीं रखता कि वह वापस दिया गया अथवा नहीं। जो बात मायने रखती है वह यह है कि वह अब भी परिवार में ही था। एक तरह से हम सब एक बड़ा परिवार ही हैं। वास्तव में, बेनेट कोलमैन को विस्तारित परिवार के बीच रखना उचित ही रहा।'[32]

साहू जैन: शांति प्रसाद जैन (1911-77)

शांति प्रसाद जैन ने बी.सी.सी.एल. को तब अधिगृहीत किया, जब उनका खुद का बड़ा अंपायर था। उनके पास सबसे बड़ी सीमेंट मिलें, जूट मिलें और तमाम चीनी मिलें - सवाई माधोपुर में न्यू सेंट्रल जूट, जयपुर उद्योग, डालमिया नगर बिहार में एस.के.जी. शुगर और बिहार में ही रोहतास इंडस्ट्रीज थीं। उनके बाँस के जंगल थे और वनस्पति व प्लाईवुड में भी उनकी रुचि थी। परिवार ने एक रेलवे सिस्टम भी बनाया और उसे चलाया, जो कि 1970 के दशक के आख़िर तक चला। इसके अलावा उनके पास एक पॉवर स्टेशन, एक हवाईअड्डा, कॉलेज और स्कूल भी थे।

समाचार पत्र कंपनी में उनकी बेहद कम व्यावसायिक रुचि थी। यह साहू जैन की प्राथमिकता सूची में काफ़ी नीचे था।

शांति प्रसाद जैन के बारे में बात करते हुए बी.सी.सी.एल. के पूर्व प्रबंध निदेशक राम तरनेजा ने कहा, 'वे इस साम्राज्य के स्तंभ थे। वे एक कृषि-व्यावसायिक परिवार से थे। लुगदी, पेपर, सीमेंट और चीनी उद्योगों में यह परिवार अग्रणी था। जब अंग्रेज़ भारत छोड़ गए, तब उन्होंने कुछ जूट मिलें और प्लाईवुड फ़ैक्ट्रियाँ ख़रीदीं। परिवार की बिहार में अपनी एक स्वतंत्र अभिरुचि भी थी।'

'एक डालमिया एयरलाइन भी थी, जो तक़रीबन उसी समय शुरू हुई थी जब एयर इंडिया शुरू हुआ। तब एयर इंडिया को इंडियन नैशनल एयरलाइन कहा जाता था। तक़रीबन 1946 और 49 के बीच का समय। डालमिया की यह एयरलाइन दिल्ली आधारित थी। परिवार का भारत-पाक सीमा के दोनों तरफ़ व्यवसाय था। उनकी कराची एयरपोर्ट के निकट सीमेंट फ़ैक्ट्री और लाहौर में एक बीमा कंपनी भी थी।'[33]

शांति प्रसाद जैन ने कलकत्ता को अपना घर बना लिया था, जैसा कि 1950 में बहुत सारे मारवाड़ियों ने किया था और बॉम्बे के बजाय कलकत्ता को चुना था। इससे पहले, व्यवसाय के चलते उन्हें अधिकतर समय बिहार में रहना पड़ता था और उनका घर उत्तर प्रदेश में था। कलकत्ता उस समय के कई अन्य मारवाड़ी उद्योगपतियों का घर भी था, जैसे कि सूरजमल, नागरमल, गोयनका और बिड़ला।

कलकत्ता में उन्होंने 9 अलीपुर पार्क प्लेस पर एक आलीशान घर बनवाया, जिसका नाम 'जैन हाउस' रखा गया। यह अब भी है। उस ज़माने में इसकी समृद्धि, भव्यता और विशाल आकार न सिर्फ़ औद्योगिक और सरकारी विरोधियों, बल्कि मित्रों के मन में भी खटकती थी। यहाँ तक कि जैन हाउस कलकत्ता के गवर्नर के भवन से भी ज़्यादा भव्य दिखता था। इसमें इटैलियन संगमरमर लगा था। बेडरूम में 18वीं सदी की स्टाइल वाला चिपेंडेल फ़र्नीचर बनाया गया था। परिवार के हर सदस्य के लिए अलग सुईट था और बाथरूम में फ़्रांस की फ़िटिंग और धँसे हुए बाथटब लगे थे।

इसके अधिकतर कमरों में प्रचुर मात्रा में संगमरमर लगाए गए थे। एक बड़ा-सा डाइनिंग हॉल था। इसमें ख़ासतौर से डाइनिंग टेबल बनवाया गया था, जिस पर भोजन के लिए एक साथ 24 लोग बैठ सकते थे, और साथ में बड़ा सा खुला एरिया था। जैन हाउस में हमेशा बड़ी संख्या में लोगों का आना-जाना लगा रहता था। तक़रीबन रोज़ाना उच्च पदाधिकारी आते रहते थे। कहा जाता है कि 1950 और 1960 के दशक में भारत के प्रधानमंत्री और राष्ट्रपति तक शांति प्रसाद जैन के घर मेहमान बनकर रहे थे।

जुलाई 2002 में कलकत्ता यात्रा के दौरान मुझे यहाँ एक प्रार्थना सभा में शरीक होने का अवसर मिला था। जब इसका बड़ा सा धूसर रंग का दरवाज़ा खुलता है, तब सफ़ेद और धूसर रंग से पेंट किए हुए इस घर की भव्यता देखने लायक़ होती है। इसके साथ काफ़ी बड़ा खुला मैदान है, जिसमें हरियाली फैली हुई है। घर के भीतर तक जाने के लिए बने रास्ते में क़तार से पेड़ लगे हुए हैं। यहाँ अहाते के भीतर ही बाईं तरफ़ एक छोटा सा मंदिर है। इस रास्ते से अंदर की तरफ़ बढ़ते हुए आप घर के अंदर प्रार्थना हॉल में पहुँचते हैं। इसके स्वागत कक्ष-सह प्रतीक्षा कक्ष में क़तार से पेंटिंग्स लगी हुई हैं और उपकक्ष अनोखे आईनों से सजा हुआ है। यहाँ स्वर्गीय नंदिता जुदगे (समीर जैन की छोटी बहन, जिनका मई 2001 में अरुणाचल प्रदेश में एक हवाई दुर्घटना में देहांत हो गया था) की छोटी सी तसवीर लगी है।

आगे अंदर बैठने की एक जगह है। यहाँ धँसे हुए फव्वारे लगे हैं, जिनमें रंगीन रोशनियाँ लगाई गई हैं। धूसर और सफ़ेद इटैलियन संगमरमर की घुमावदार सीढ़ियाँ यहाँ से ऊपर की ओर ले जाती हैं। सीढ़ियों से होकर आप जैसे ही ऊपर पहुँचते हैं, यहाँ बड़ी सी खिड़की नज़र आती है, जिससे सूरज की रोशनी घर के भीतर आती है। यहाँ आने वाले लिफ़्ट की सेवा भी ले सकते हैं। लिफ़्ट से ऊपर आने पर पाँच फ़ीट लंबे पोर्सिलेन व मेटल के फूलदानों के बीच बड़ी सी ग्रैंडफ़ादर घड़ी नज़र आती है।

प्रार्थना हॉल सभी तरफ़ से खुला है, जो चारों ओर हरे-भरे बगीचे से घिरा है। हॉल में छत की तरफ़ देखने से एक बड़ा सा पूरी तरह खिला कमल उलटी लटकी हुई मुद्रा में दिखाई देता है। प्रार्थना हॉल के दाईं ओर एक ड्राइंग रूम है, जिसमें बड़ी, फ़्रेम कराई हुई गोलाकार पेंटिंग लगी हुई है। वह कमरा, जिसने शायद बहुत सारे उच्च पदासीन और बड़े लोगों का स्वागत किया होगा, अब खाली है और उसमें अंधेरा पसरा हुआ है। इसके सोफ़े चादर से ढँके हुए हैं। ड्राइंग रूम के एक हिस्से में एक कम ऊँचाई का स्टेज बना है और हीरे के आकार का एक बड़ा-सा आईना एक पूरी दीवार पर लगा हुआ है। स्टाफ़ के एक सदस्य ने मुझे बताया कि इस कमरे का इस्तेमाल घर के भीतर होने वाले परफ़ॉर्मेंस के लिए होता था।

इस प्रार्थना हॉल की बाईं ओर एक बड़ा-सा डाइनिंग रूम है। इसमें अब भी महोगनी लकड़ी से बनी वह टेबल रखी है, जिसके चारों ओर 24 लोग बैठ सकते हैं और दीवार से सटाकर बहुत सारी अतिरिक्त कुर्सियाँ भी रखी हुई हैं। यहीं नक्काशीदार बड़ी लकड़ी व हाथी दाँत की अलमारियाँ भी रखी हुई है। हॉल के बाहर लकड़ी की दीपवृक्ष आकृति की लाइट वाला रास्ता अंततः घर के हरे-भरे क्षेत्र की तरफ़ ले जाता है, जहाँ एक छोटा-सा तालाब है, जिसमें कमल खिले हुए हैं।

प्रार्थना के बाद जैसे ही घर से बाहर क़दम रखते हैं, एक दूसरा मंदिर दिखाई

देता है। यहाँ कुछ ग्रीन आउटहाउस बने हैं जिनमें सफ़ेद रंग की अनोखी खिड़कियाँ लगी हैं। हरे-भरे ताड़ और लटकते हुए फूलों के गमले बाकी क्षेत्र को सजाते हैं। जैन परिवार के बच्चे आलोक, मनोज और अलका यहीं पैदा हुए थे। सबसे बड़े बच्चे अशोक का जन्म जैन परिवार के नजीबाबाद, उत्तर प्रदेश स्थित घर में 1934 में हुआ था, तब तक परिवार का निवास वहीं था।

आलोक जैन अपने पिता को एक निर्भीक और विचारों से भरपूर व्यक्ति के तौर पर याद करते हैं। आलोक ने बताया, 'उनका ग्राफ़ तब तेज़ी से बढ़ना शुरू हुआ, जब उन्होंने अपने ससुर की दानापुर रिफ़ाइनरी में कामकाज सँभाला। उन्हें चीनी मिलें स्थापित करने का विचार आया और वे चार मिलें ख़रीदने के लिए इंडोनेशिया गए। उन्होंने बीजू पटनायक के साथ कलिंगा ट्यूब शुरू किया। और अन्य उद्योगों के साथ-साथ देश का पहला फ़र्टिलाइजर प्लांट भी बनारस में लगाया। उनका नाम *टाइम* मैग्ज़ीन के 1950 के शुरुआती अंक में चार ऐसे लोगों के साथ शुमार किया गया, जिन्होंने आधुनिक भारत का निर्माण किया। इनमें तीन अन्य लोग थे जे.आर.डी. टाटा, बी.एम. बिरला और सबिन मुखर्जी।'[34] यह कहते हुए वे काफ़ी गौरवान्वित महसूस कर रहे थे।

उनकी आवाज़ में गर्व स्पष्ट झलक रहा था, हालाँकि वे रमेश चंद्र जैन के भारतीय ज्ञानपीठ के ऑफ़िस के सोफे पर अपने कंधे झुकाए बैठे थे। आलोक जैन अपने वैभवशाली अतीत को दोबारा जीने की कोशिश कर रहे थे। उन्होंने बताया, '1950 के दशक के मध्यकाल में जैन साम्राज्य का नाम भारत के दस सबसे बड़े औद्योगिक घरानों में शामिल था। इनमें सिंघानिया, गोयनका, मफतलाल, अनंत किलाचंद, केशूभाई लालभाई और थापर का नाम शामिल था।'

उन्होंने ज़ोर दिया, 'जहाँ तक बी.सी.सी.एल. का संबंध था, बाबूजी इसे एक उद्योग के तौर पर नहीं देखते थे और न ही राजनीतिक ज़ोर तथा ताक़त के लिए इसका इस्तेमाल करना चाहते थे, जैसा कि डालमियाजी करते थे। उन्होंने कभी खुद को अपने प्रकाशनों के माध्यम से प्रोजेक्ट करने की कोशिश नहीं की, जबकि सरकार में उनके काफ़ी समर्थक थे। मगर उन्होंने यह बात स्वीकार की थी कि शांति प्रसाद जैन अपने मन में रामनाथ गोयनका (1902-91) के *इंडियन एक्सप्रेस* को पीछे छोड़ने की ख़्वाहिश रखते थे।

गोयनका रामकृष्ण डालमिया के भाई जयदयाल के मित्र थे और शांति प्रसाद जैन उन्हें अच्छी तरह जानते थे। फिर भी बाबूजी *टाइम्स ऑफ़ इंडिया* को *इंडियन एक्सप्रेस* से बेहतर बनाना और आगे ले जाना चाहते थे। उनकी दिली तमन्ना थी कि बी.सी.सी.एल. एक्सप्रेस ग्रुप के मुक़ाबले अधिक लाभ कमाने वाली कंपनी बने। यही उनकी एक अभिप्रेरणा थी।' उन्होंने बताया, 'रामनाथजी के साथ उनकी

प्रतिद्वंद्विता अनोखी थी। वे पहली बार 1944 में मिले थे और क़रीबी मित्र बन गए, बावजूद इसके वे दोनों प्रतिद्वंद्वी थे।'

आर.पी. जैन ने भी इस भावना का समर्थन किया। उनके मुताबिक, 'शांति प्रसाद जैन की पकड़ आर्थिक मामलों और सामाजिक संचार, दोनों में ही अच्छी थी। उनके बहुत सारे अच्छी पहुँच वाले मित्र और जान-पहचान वाले थे, मगर उनके और गोयनका के बीच हमेशा कुछ तनाव बना रहता था। वे अक्सर कलकत्ता स्थित अपने पुराने निवास पर मिलते थे और काफ़ी स्नेहिल भी रहते थे। मगर हमें यह पता था कि उनके बीच एक तनाव का तत्व भी है।'

आर.पी. जैन आगे बताते हैं, 'शांति प्रसाद जैन ने अपनी सारी शक्तियाँ अपने कार्यकारियों को सौंप दी थीं। वे बुद्धिमान थे और बहुत ज़्यादा विवरण जानने में दिलचस्पी नहीं लेते थे। मगर आर्थिक मामलों में हमेशा सतर्क रहते थे। वे लोगों से बातचीत के माध्यम से सूचनाएँ एकत्र करते थे और त्वरित फ़ैसले लेते थे। साथ ही, बेहद उदार भी थे। सबसे महत्त्वपूर्ण, वे जीतना पसंद करते थे।'

फ़्रैंक मोरेस *टाइम्स ऑफ़ इंडिया* में आइवॉर जेहू की जगह लेकर अख़बार के पहले भारतीय संपादक बने थे और 1950 से लेकर 1957 तक उन्होंने अख़बार को सेवाएँ दीं। मोरेस 1936 में द *टाइम्स* से जुड़े थे और 1938 तक असिस्टेंट एडिटर बन गए। 1942 से 1945 के बीच वे अख़बार के युद्ध संवाददाता थे। 1949 में रामनाथ गोयनका द्वारा उन्हें द नैशनल स्टैंडर्ड का नामित संपादक बनाया गया। लेकिन 1950 में उन्होंने दोबारा द *टाइम्स* के संपादक का पदभार सँभाल लिया।

उनके बाद एन.जे. नानपोरिया ने संपादक का पदभार सँभाला। उन्होंने 10 वर्षों तक अख़बार के संपादन का कार्य किया। प्रबंधन के साथ तब वे एक बुरे झगड़े में उलझ गए थे, जब उन्होंने तत्कालीन प्रधानमंत्री जवाहरलाल नेहरू को एक पत्र लिखकर कंपनी के संचालकों की सभी अनुचित गतिविधियों का कच्चा चिट्ठा खोलकर रख दिया था। ये दोनों संपादक विदेशी मामलों के बेहतरीन जानकार थे और उनके संपादकीय पढ़ने के लिए अख़बार के पाठक बेसब्री से इंतज़ार करते थे।

बेनेट, कोलमैन एंड कंपनी लिमिटेड ने कई हिन्दी पत्रिकाएँ और जर्नल्स भी निकाले, जो आगामी वर्षों में पाठकों के एक बड़े वर्ग के बीच काफ़ी लोकप्रिय रहे। इनमें *वामा* और *सारिका* प्रमुख थीं। आलोक जैन इस योगदान के लिए अपनी माँ रमा जैन को श्रेय देते हैं। वे कहते हैं, 'मीडिया को लेकर अम्मा की सोच बाबूजी से अलग थी। वे इस माध्यम का उपयोग हिन्दी व दूसरी क्षेत्रीय भारतीय भाषाओं

को बढ़ावा देने के लिए करना चाहती थीं। उन्होंने भारतीय लेखकों की सभी क्षेत्रीय भाषा की रचनाओं के हिन्दी अनुवाद को प्रोत्साहित किया।'

रमेश चंद्र जैन के मुताबिक, 'हम ऐसा मानते हैं कि रमा जैन के व्यक्तित्व में सौंदर्यबोध संबंधी अभिरुचि, साहित्य से लगाव और कला में रुचि आदि जमनालाल बजाज के घर बिताए शुरुआती दिनों की देन थी। उन्होंने अपने बचपन और किशोरावस्था का काफ़ी समय राहुल बजाज के पिता के परिवार में उनके नागपुर तथा बॉम्बे स्थित घर में बिताया था और वहीं से उन्होंने अपने संस्कार तथा संस्कृति का ज्ञान हासिल किया था।'

शांति प्रसाद जैन ने अपनी पत्नी रमा से प्रेरित होकर 1944 में भारतीय ज्ञानपीठ की स्थापना की। इसे प्राचीन भारतीय लेखों के शोध, अध्ययन और उनके प्रकाशन को बढ़ावा देने के लिए स्थापित किया गया। संस्थान का उद्देश्य मूल, समकालीन साहित्य और संस्कृति को बढ़ावा देना भी था। स्थापना के समय का इसका पहला प्रोजेक्ट ताड़ के पत्तों पर प्राकृत में लिखी गई एक पांडुलिपि 'महाबंध' था। यह पुस्तक 11वीं शताब्दी के जैन ज्ञानी और बुद्धिजीवी भगवंत भूताबाली के कर्म पर विचारों को व्यक्त करती थी। *रामायण* और *महाभारत* जैसे महाकाव्यों को एक सेट में प्रकाशित किया गया, जिसे 'मूर्तिदेवी ग्रंथमाला' नाम दिया गया।[35] वार्षिक ज्ञानपीठ पुरस्कार का गठन 1965 में किया गया।

1952 में रमा और शांति प्रसाद जैन ने हिन्दी पाक्षिक पत्रिका *फ़िल्मफ़ेयर* बॉम्बे से शुरू की। 1957 में एक हिन्दी मासिक पत्रिका *धर्मयुग* और बच्चों की पत्रिका *पराग* 1958 में शुरू की गई। *फ़ेमिना* 1959 में शुरू की गई। रमा जैन ने जहाँ अधिक से अधिक प्रकाशन शुरू कर पाठकों की विभिन्न तरह की अभिरुचि और ज़रूरतों को पूरा करने पर ध्यान केंद्रित किया, वहीं शांति प्रसाद जैन ने रणनीतिक तरीके से विकासोन्मुख बाज़ार में अख़बार का प्रसार आगे बढ़ाने की कोशिश की। दिल्ली उनमें से एक थी। और, शांति प्रसाद जैन *टाइम्स ऑफ़ इंडिया* की दिल्ली के बाज़ार में अवांछनीय स्थिति को लेकर काफ़ी सचेत थे। अख़बार दिल्ली के पाठकों की प्राथमिकता में अंतिम पायदान पर था, *हिन्दुस्तान टाइम्स, इंडियन एक्सप्रेस* और *द स्टेट्समैन* इसमें अग्रणी थे।

टाइम्स ऑफ़ इंडिया दिल्ली के एक पूर्व रेजिडेंट एडिटर इंदर मल्होत्रा ने कहा, 'शांति प्रसाद जैन एक विलक्षण व्यक्ति थे। धनवान थे, लेकिन बेहद शालीन थे। पत्रकारों और अपने प्रतिद्वंद्वियों के लिए उनके दिल में बेहद सम्मान था। जो कुछ भी आस-पास चल रहा था उसके बारे में जानने में उनकी काफ़ी उत्सुकता रहती थी। वे बेहद जिज्ञासु स्वभाव के व्यक्ति थे। वे मेरे और कुलदीप नैयर जैसे लोगों को नाश्ते पर बुलाते और राजनीतिक मुद्दों पर चर्चा करते थे। अख़बार के मामले

में उन्होंने संचालन की ज़िम्मेदारी संपादक पर छोड़ दी थी। उन्होंने शाम लाल को कभी उनके काम के बीच एक शब्द भी नहीं कहा।'[36]

बलजीत कपूर 1957 में कंपनी से जुड़े और 32 वर्षों तक इसके साथ रहे। अंततः वे सर्कुलेशन प्रमुख बन गए थे। उन्होंने शांति प्रसाद जैन द्वारा अपने प्रतिद्वंद्वी अख़बारों को पीछे छोड़कर प्रसार बढ़ाने के लिए इस्तेमाल की गईं रणनीतियों के बारे में एक रोचक बात बताई। कपूर के मुताबिक, 'अख़बार का प्रसार बढ़ाने की कोशिशें तो लगातार जारी थीं, मगर इन आँकड़ों में बढ़ोतरी हासिल करने का एक सुनिश्चित रास्ता था क़ीमत कम करना।' यानी शांति प्रसाद जैन ने क़ीमतें घटाने की रणनीति अपने पोते समीर जैन द्वारा 1991 में किए गए प्रयास से बहुत पहले 1958 में लागू कर दी थी। यह तब की बात है जब *हिन्दुस्तान टाइम्स और टाइम्स ऑफ़ इंडिया* 16 पैसे में मिलता था।[37]

शांति प्रसाद जैन ने *टाइम्स ऑफ़ इंडिया* की क़ीमत घटाकर 13 पैसे कर दी और *हिन्दुस्तान टाइम्स* ने भी उसी रणनीति को अपनाया। दोनों ही अख़बारों ने नए मूल्य को तक़रीबन 6 से 8 महीने तक बरक़रार रखा। हालाँकि ऐसा नहीं कि क़ीमतें घटा देने से अख़बार का प्रसार अभूतपूर्व रूप से बढ़ गया। नतीजा यह हुआ कि दोनों ही अख़बार अपने पुराने मूल्य पर लौट गए।

क़ीमत घटाने की रणनीति का इस्तेमाल दिल्ली में किया गया था क्योंकि *टाइम्स ऑफ़ इंडिया* बॉम्बे में खुद को पहले ही स्थापित कर चुका था। अब यह दिल्ली का बाज़ार था, जिस पर जैन क़ाबिज़ होने की कोशिश कर रहे थे।

पाठकों के एक नए तबके को आकर्षित करने के उद्देश्य पर नज़र रखते हुए और उनकी व्यापारिक अभिरुचि को ध्यान में रखकर शांति प्रसाद जैन ने एक वित्तीय अख़बार *द इकोनॉमिक टाइम्स* शुरू किया, जिसका इस्तेमाल बाद में समीर जैन के पहले बड़ी क़ीमत संबंधी प्रयोग के लिए किया गया। *इकोनॉमिक टाइम्स* पहली बार 1961 में बॉम्बे से प्रकाशित हुआ। पी.एस. हरिहरन इसके पहले संपादक थे। डी.के. रांगणेकर ने 1964 में इसका पदभार सँभाला और 1979 तक इसकी अगुआई की।

रामनाथ गोयनका ने भी एक वित्तीय अख़बार, *द फ़ाइनैंशल एक्सप्रेस* उसी साल बॉम्बे से निकाला। यही नहीं, रामनाथ गोयनका *द फ़ाइनैंशल एक्सप्रेस* को *द इकोनॉमिक टाइम्स* से ठीक पहले शुरू करने में सफल हो गए। आर.सी. जैन ने इन दोनों वित्तीय दैनिक अख़बारों की शुरुआत संबंधी एक और अनुभव बाँटा। उन्होंने बताया, 'जैन परिवार की एक बैठक के दौरान एक वित्तीय पेपर की शुरुआत करने का मुद्दा उठ गया और संयोग से रामनाथ गोयनका भी उस वक़्त वहाँ मौजूद थे।' जैन ने कंधे को सिकोड़ते हुए और एक नटखट मुस्कान के साथ कहा, 'शांति प्रसाद जी ने ज़िक्र किया कि मैं बॉम्बे से एक वित्तीय दैनिक अंग्रेज़ी अख़बार शुरू

करने के बारे में सोच रहा हूँ। रामनाथ जी इस बात को बड़ी दिलचस्पी के साथ सुन रहे थे, लेकिन तब उन्होंने इस पर कोई प्रतिक्रिया व्यक्त नहीं की थी। हालाँकि उन्होंने अख़बार शुरू करने तारीख़ की जानकारी ज़रूर निकलवा ली। और, उसके आगे की कहानी सब जानते हैं कि *इकोनॉमिक टाइम्स* से तक़रीबन 15 दिन पहले *द फ़ाइनैंशल एक्सप्रेस* शुरू हो गया था। ऐसे थे वे, एक तेज़ और ढीठ प्रतिद्वंद्वी।'

अपने ससुर की तरह शांति प्रसाद जैन को भी क़ानूनी झगड़ों का सामना करना पड़ा। 1958 में यूरोप और अमेरिका की यात्रा के बाद मुश्किलें उन्हें कोर्ट तक खींच ले गईं। वे और उनकी पत्नी उस वक़्त की तय सीमा से अधिक मात्रा में विदेशी मुद्रा रखने पर फ़ॉरेन एक्सचेंज रेग्युलेशंस एक्ट (एफ़.ई.आर.ए.) के तहत दोषी पाए गए।

यह मामला पूरी तरह से सुप्रीम कोर्ट में चला गया। आलोक जैन ने बताया, 'आरोप लगा कि बाबूजी ने विदेश से कुछ मशीनों की ख़रीद पर रिश्वत ली। हमारी कुछ जर्मन कंपनियों के साथ बातचीत चल रही थी। उसके बाद, यह संघर्ष बन गया।'

इंदर मल्होत्रा इसमें कुछ अन्य जानकारियाँ जोड़ते हैं,'जब शांति प्रसाद जैन एयरपोर्ट पर उतरे, तो क़रीब 50 लोग उनके स्वागत के लिए पहुँचे थे। और प्राधिकारी उस वक़्त उन्हें गिरफ़्तार करने वाले थे। ऐसे में, स्टाफ़ के एक सदस्य ने कस्टम अधिकारियों से उन्हें सम्मानपूर्वक परिसर से बाहर तक जाने देने की अपील की, और यह भरोसा दिलाया कि कुछ दूर जाने के बाद वे लौट आएँगे ताकि उन्हें शर्मिंदगी का सामना न करना पड़े। उन्हें इसकी अनुमति मिल गई।'

लेकिन यह उस पहले वाले मामले की तुलना में काफ़ी मामूली था, जिसमें विवियान बोस आयोग ने जाँच की थी। डालमिया-जैन ग्रुप पर ग़लत ढंग से कार्य करने के पूर्णरूपेण आरोप के अलावा, आयोग ने शांति प्रसाद जैन के ख़िलाफ़ ख़ास आरोप लगाए थे। सरकार ने ग्रुप के ख़िलाफ़ एक याचिका दायर की थी, जिस पर अन्य मामलों के साथ बहस हुई कि बेनेट, कोलमैन एंड कंपनी के मामलों को देखने के लिए विशेष अधिकारी की नियुक्ति हो, उस वक़्त के प्रबंधन को नियंत्रित कर दिया जाए और रोज़गार से बेदख़ल कर दिया जाए।

इस अपील के प्रतिक्रियास्वरूप बॉम्बे हाई कोर्ट के जस्टिस जे.एल. नैन ने याचिका में लगाए गए आरोपों पर 28 अगस्त 1969 को एक अंतरिम आदेश पारित किया, जो बेनेट, कोलमैन एंड कंपनी के लिए अगले सात वर्षों तक निर्णायक साबित हुआ। जज ने फ़ैसला सुनाया, 'मौजूदा परिस्थितियों में यह आदेश देना बेहतर होगा कि याचिकाकर्ता द्वारा लगाए गए आरोप, जिनके मुताबिक कंपनी जनता के हितों की परवाह किए बग़ैर केवल निज हित में काम कर रही है, सही हैं।'[38]

हाई कोर्ट के फ़ैसले को मानते हुए बेनेट, कोलमैन के तत्कालीन बोर्ड को भंग

कर दिया गया और नए बोर्ड का गठन किया गया। अगले सात वर्षों तक वह बोर्ड बना रहा। कंपनी के इतिहास में वह एक ऐसा दौर रहा, जिसे कंपनी में 'ज़ीरो पीरियड' कहा जाता है।

नए बोर्ड में डॉ. एल.एम. सिंघवी, नरेंद्र कुमार और मौली चंद शर्मा कंपनी में नामित हुए। आर.के. हज़ारी, एस.एम. कुमारमंगलम और एच. एम. त्रिवेदी सरकार के नामित व्यक्तियों के तौर पर आए। और कांतिलाल टी. देसाई (जिन्होंने अध्यक्ष पद भी सँभाला), एस.एम. दहानुकर, काई खुसरु, एस. इंजीनियर और जी.वी. देसाई को बॉम्बे हाई कोर्ट के नामित सदस्यों के तौर पर बोर्ड में नियुक्त किया गया। शांति प्रसाद जैन अब बोर्ड में नहीं थे।

डॉ. राम तरनेजा एक पेशेवर या यूँ कहें कि 'परिवार के क़रीबी सदस्यों द्वारा चलाई जा रही इस कंपनी' के पहले बाहरी व्यक्ति थे, जो महाप्रबंधक के तौर पर आए। दो उप महाप्रबंधक भी नियुक्त किए गए - रमेश चंद्र जैन और पी.आर. कृष्णमूर्ति।[39]

कृष्णमूर्ति ने शांति प्रसाद जैन के स्टेनोग्राफ़र के तौर पर कंपनी में काम शुरू किया था और बाद में कंपनी के कार्यकारी सचिव बने। शांति प्रसाद के बड़े बेटे अशोक जैन सितंबर 1969 में कंपनी से जुड़े और अंशधारी के तौर पर कंपनी के निदेशक बोर्ड के सदस्य बन गए। तब शांति प्रसाद जैन तक़रीबन सेवानिवृत्त हो गए और खुद को समाजसेवा तथा परोपकार के कार्यों में लगा दिया।

अशोक जैन (1934-99)

अशोक जैन का जन्म 1934 में हुआ था। 1942 में उन्हें लाहौर स्थित डी.ए.वी. (दयानंद एंग्लो-वैदिक) स्कूल भेज दिया गया, जहाँ से उन्होंने मैट्रिकुलेशन तक की शिक्षा प्राप्त की। बाद में, उन्होंने प्रेज़िडेंसी कॉलेज कलकत्ता से साइंस में ऑनर्स की डिग्री हासिल की। जैन परिवार के सदस्यों और उनके समकक्ष लोगों के मुताबिक, वे बेहद नम्र स्वभाव और उदार हृदय के व्यक्ति थे।

एक रिश्तेदार के मुताबिक, 'उनमें व्यापार संबंधी कुशाग्रता थी। आँकड़ों के मामले में वे बेहद तेज़ थे। वे प्रकाशन के व्यवसाय को बढ़ाना तो चाहते थे, मगर ज़्यादा ख़र्च नहीं करना चाहते थे। वे बेहद मितव्ययी थे। यही वजह थी कि उन्होंने इसे एक परंपरागत मारवाड़ी व्यवसायी की तरह चलाया।' इंदर मल्होत्रा के मुताबिक, 'अशोक जैन बिज़नेस में बहुत ज़्यादा पूँजी लगाना पसंद नहीं करते थे। वे कहते हैं, '1976 में सरकारी नियंत्रण ख़त्म हो जाने के बाद जब शाम लाल बोर्ड के एक डायरेक्टर थे, और जब अख़बार नौकरशाही तरीकों से काम करने लग गया था, हमने सलाह दी कि अपने प्रूफ़रीडरों को चार से छह हफ़्तों का कोई प्रशिक्षण दिलवाया जाए। लेकिन अशोक जैन ने "इंकार" कर दिया। उनके पिता अख़बार की बौद्धिकता

बढ़ाने के बेहद इच्छुक थे। मगर अशोक जैन उसकी मौजूदा स्थिति से ही संतुष्ट थे। अशोक जैन ने साहू जैन ग्रुप के बहुत सारे प्रबंधकों को भी बनाए रखा, ताकि ख़र्चों पर नज़र रखी जा सके और किसी तरह का जोख़िम न उठाना पड़े।

आर.पी. जैन कहते हैं, 'वे तनख़्वाह देने के मामले में बहुत बुरे थे, हालाँकि कठिनाइयों को बड़ी अच्छी तरह से सँभाल सकते थे।' उन्होंने महसूस किया, 'वे खुद बेहद कौशलपूर्ण थे, मगर बाहर के लोगों को भर्ती नहीं करना चाहते थे। तब नियमों में किसी भी तरह का ख़ास बदलाव नहीं हुआ और न ही कंपनी की संपन्नता बढ़ी। हाँ, इन सबके साथ कोई नुक़सान भी नहीं हुआ। वे बहुत ही ज़्यादा सँभलकर क़दम उठाते थे।'

आर.पी. जैन ने बताया, 'अशोक ने 1963 के आस-पास काम करना शुरू किया। इससे पहले परिवार के व्यवसाय के क्षेत्र में आलोक की भूमिका अधिक महत्त्वपूर्ण थी, जबकि वे अशोक से छोटे थे। आलोक कलकत्ता में जूट मिलें सँभाल रहे थे और सिर्फ़ एक साल के भीतर उन्होंने कंपनी को 1 करोड़ रुपए का मुनाफ़ा दिलाया था। यही वजह थी कि पिता ने बड़े भाई की तुलना में उन्हें अधिक प्राथमिकता दी। और 1969 तक वे अपने बड़े भाई अशोक से अधिक महत्त्वपूर्ण थे।'

नए संस्करण और प्रकाशन शुरू किए गए। कंपनी फ़ायदेमंद बनी रही। लेकिन अशोक जैन असीमित लाभ कमाने की मंशा नहीं रखते थे और किसी भी सूरत में इसके लिए उद्योग के नियमों में फेरबदल करने को तैयार नहीं थे। उनके लिए प्रेस कोई एक ऐसा व्यापार नहीं था, जहाँ सर्वश्रेष्ठ बनकर टिके रहने की होड़ में अपने प्रतिद्वंद्वियों को बर्बाद कर दिया जाता। मगर वे अपनी व्यावसायिक हितों को लेकर काफ़ी सतर्क थे और यह सुनिश्चित भी करते थे कि उनके अख़बार अपने समकक्षों के साथ किसी द्वंद्व न पड़ें। वे अपने संपादकों और प्रबंधकों के साथ नियमित तौर पर संपर्क में रहते थे और उन्हें प्रतिदिन के कार्यों का प्रबंध अपने अनुसार करने की छूट देते थे। उन्होंने काम करने के अपने इस तरीक़े को अपने बेटे समीर द्वारा संस्थान में किए गए बदलावों के बाद भी बरक़रार रखा, हालाँकि उनकी दिलचस्पी राष्ट्रीय विकास के मुद्दों में थी और अपने संपादकों के साथ इन विषयों पर चर्चा करने में उन्हें बेहद आनंद आता था।

अशोक जैन ने स्वयं अपने जीवन में साहित्य तथा विद्वत्ता का पालन किया और इसके प्रसार को प्रोत्साहन भी दिया। राजनीति और सरकार में उनकी एक स्वस्थ अभिरुचि थी। वे व्यावसायिक क्षेत्र के समाज में घुले-मिले और आगे बढ़े। वे असोसिएट चैंबर ऑफ़ कॉमर्स एंड इंडस्ट्री के गठन में भी सहभागी रहे।[40] इस किताब पर शोध करने के दौरान मैं डॉ. संजय बारू से मिली, जो *टाइम्स ऑफ़ इंडिया* और *इकोनॉमिक टाइम्स,* दोनों ही अख़बारों में उच्च पदों पर रहे थे और

प्रधानमंत्री मनमोहन सिंह के मीडिया सलाहकार के तौर पर भी उन्होंने काम किया। खान मार्केट के एक कैफ़े में एक कप काफ़ी पीते-पीते उन्होंने मुझे अशोक जैन की कार्यशैली का एक आभास कराया। उन्होंने बताया, '1996 में मुझ पर 13 - दिन की भाजपा सरकार के कार्यकाल के दौरान सरकार के प्रति कड़ा रुख़ अख़्तियार करने और नरसिम्हा राव के प्रति नर्म रवैया रखने का आरोप लगा था। जबकि अशोक जैन भाजपा और वाजपेयी का साथ देना चाहते थे। एक दिन उन्होंने मुझे ऊपर बुलाया। मैं गया, दो घंटे तक उनके साथ बैठा रहा और सिर्फ़ वाजपेयी का भाषण सुनता रहा। उन्होंने सीधे कुछ भी नहीं कहा। लेकिन उन्होंने मुझसे पूछा, "क्या आप इन बिंदुओं पर वाजपेयी से सहमत नहीं हैं?" "क्या आपको नहीं लगता कि ये सशक्त तर्क हैं?" "इनके भाषण के बारे में आप क्या सोचते हैं?" उन्होंने सारे संकेत दे दिए, मगर सीधे तौर पर कुछ नहीं कहा।

बारू ने बताया, "मैंने यह कहते हुए उत्तर दिया - वाजपेयी एक बेहतरीन वक़्ता हैं, लेकिन वे एक ग़लत पार्टी के साथ हैं।"'[41]

बारू के महसूस किया, 'यह अलग बात है कि उन्होंने अपना तर्क बड़ी चतुराई से रखा।"

प्रीतीश नंदी, जिन्हें अख़बार और पत्रिकाओं की दुनिया आने के लिए जैन ने ही प्रेरित किया था, कहते हैं, 'अशोक जैन एक मृदुभाषी इंसान थे, जो पत्रकारों तथा प्रबंधन के बीच सद्भावपूर्ण कार्य संबंध को प्रोत्साहित करते थे, और उन्होंने पत्रकारों तथा पत्रकारिता का पोषण किया; उन्होंने कभी भी संपादकों के कार्य में हस्तक्षेप नहीं किया और उन्हें अपने तरीकों से काम करने की पूरी आज़ादी दी।'[42]

इस सद्भावपूर्ण कार्यसंबंध को सुनिश्चित करने, पाठकों की शिकायतें सुलझाने के लिए एक फ़ोरम मुहैया कराने और कंपनी की कार्यशैली में सुधार व निरीक्षण के लिए अशोक जैन ने भारत के एक पूर्व मुख्य न्यायाधीश जस्टिस पी.एन. भगवती को बी.सी.सी.एल. में एक लोकपाल की हैसियत से नियुक्त भी किया।

जब कंपनी की देखरेख की ज़िम्मेदारी अदालत द्वारा नियुक्त बोर्ड के हाथों में थी, उस दौरान कंपनी में न तो कोई तकनीकी विकास हुआ और न ही, भविष्य की कोई महत्त्वपूर्ण योजना बनी थी। नतीजा यह हुआ था कि संस्थान अपने समय से दो-चार साल पिछड़ गया था। 'ज़ीरो पीरियड' ख़त्म हो जाने के बाद अगस्त 1976 में कंपनी का नियंत्रण वापस जैन परिवार के हाथों में आ गया।

आलोक जैन ने दावा किया, 'मैंने और आर.पी. जैन ने इसे कार्यान्वित करने

में एक रचनात्मक भूमिका निभाई। वरना कंपनी नुक़सान के तौर पर सरकार को सौंप दी गई होती।' उन्होंने याद करते हुए बताया कि किस तरह उन्होंने अपनी तरफ़ से सरकारी ख़ेमे में मित्र बनाने की कोशिश की और अंततः विद्या चरण शुक्ल, फ़ख़रुद्दीन अली अहमद और यहाँ तक कि इंदिरा गाँधी, जो उस समय तक़रीबन एक दशक तक प्रधानमंत्री रही थीं, से सहयोग पाने में कामयाब हो सके।

उन्होंने खेदजनक लहजे में कहा, 'बच्चे (अशोक जैन के बेटे समीर और विनीत, जो अब बी.सी.सी.एल. के मालिक हैं) या तो यह जानते ही नहीं कि हमने इस असंभव कार्य को कैसे पूरा किया अथवा वे इसकी परवाह नहीं करते।' उस दौर में रमेश चंद्र जैन और डॉ. राम तरनेजा के उत्कृष्ट योगदान की भी उन्होंने सराहना की। उन्होंने कहा, 'राम तरनेजा एक बाहरी व्यक्ति थे, बावजूद इसके उन्होंने कभी अपनी शक्तियों का दुरुपयोग नहीं किया। और हालाँकि तकनीकी रूप से उस समय परिवार का मामूली नियंत्रण था, लेकिन इन लोगों ने उसे प्रभावी रूप से अपनी पकड़ में रखना सुनिश्चित किया।'

दूसरी तरफ़, आर.पी. जैन ने कहा, 'आलोक जैन ने परेशानी खड़ी की। इंदिरा गाँधी ने काफ़ी समय पहले कंपनी को हमें लौटाने का फ़ैसला ले लिया था और इस बारे में उन्होंने बॉम्बे हाई कोर्ट को सूचित भी कर दिया था। फ़ख़रुद्दीन अली अहमद उस समय कंपनी मामलों के मंत्री थे। शांति प्रसाद जैन उनसे मिलने गए। आलोक भी उनके साथ थे। उन्होंने सारी बातें फ़ख़रुद्दीन साहब से कहनी शुरू कीं। वे पूछ रहे थे कि आपने तुरंत क़दम क्यों नहीं उठाया। इस पर आलोक कहने लगे, "जब कैबिनेट ने इस पर कुछ फ़ैसला लिया है तो आप कौन होते हैं इसे रोकने वाले?" फिर सब कुछ हाथ से निकल गया। और, इन सबके बीच जज को एक निश्चित समय के लिए एक नया बोर्ड नियुक्त करने का अवसर मिल गया।'

राम सुखराज तरनेजा बी.सी.सी.एल. का हिस्सा बनने से पहले मैनेजमेंट के एक प्रोफ़ेसर के तौर पर अमेरिका की एक यूनिवर्सिटी में पढ़ाते थे। बाद में, वे कंपनी के ग़ैर-कार्यकारी निदेशकों में से एक बने। बेनेट, कोलमैन एंड कंपनी में उनका कैरियर ग्राफ़ तब बढ़ना शुरू हुआ, जब 1963 में वे कार्मिक विभाग के निदेशक बने। 1976 में वे कंपनी के जनरल मैनेजर बना दिए गए। 1981 से 1991 में सेवानिवृत्त होने तक वे बी.सी.सी.एल. के मैनेजिंग डायरेक्टर के पद पर रहे।

जून 2001 में नई दिल्ली के अशोक होटल में हमारी मुलाक़ात के दौरान उन्होंने इस बात पर अपनी नाख़ुशी ज़ाहिर की कि मीडिया में समीर जैन की शख़्सियत को किस क़दर कद्दावर बनाकर पेश किया जा रहा था। 2001 की शुरुआत में मैंने इस किताब का जो सारांश लिखा था, उस पर एक सरसरी निगाह डालने के बाद उन्होंने मुझे बड़ी सख़्त नज़रों से देखा था। थोड़े गंभीर और थोड़े परिहास के लहज़े

में उन्होंने मुझसे पूछा, 'क्या आपको सचमुच ऐसा लगता है कि *टाइम्स ऑफ़ इंडिया* की कामयाबी के शिल्पकार समीर जैन हैं?'[43]

मैंने उनसे उनका नज़रिया बताने के लिए कहा। तरनेजा ने बोलना शुरू किया, 'संभवतः आपको यह पता होना चाहिए कि इस सहज रूप से सशक्त संस्थान को मज़बूत बनाने का पहला चरण 1960 के दशक की शुरुआत और मध्य के वर्षों के दौरान शुरू हुआ। 1963 और 1964 के बीच, कंपनी के मानव संसाधन विभाग ने प्रशिक्षुओं की पहले बैच की नियुक्ति की और हमने इस विभाग का पुनर्निर्माण शुरू किया।' उन्होंने कहा, 'हमने कंपनी में तकनीक तथा व्यावसायिक प्रबंधन की शुरुआत की और आगे के तमाम वर्षों तक इसमें सुधार करते रहे।'

बिना किसी लाग-लपेट के राम तरनेजा ने यह बता दिया था कि उनका क्या मानना है। उनके लिए *टाइम्स ऑफ़ इंडिया* पहले से ही एक सशक्त संस्थान था। आगे के वर्षों में 1960 से 1970 के दशक के बीच इसे और मज़बूत बनाया गया। उन वर्षों के दौरान बी.सी.सी.एल. के मामलों को जिन लोगों ने सँभाला, उन्हें कंपनी के बड़े नेटवर्क में ऐसी जगह स्थापित किया गया, जहाँ से वे आगे भी कंपनी का विकास करते रहे। और, अगर 1980 के दशक के मध्य से संयोग ने लगातार कंपनी का साथ दिया, तो इसकी वजह यह थी कि *टाइम्स ऑफ़ इंडिया* एक मज़बूत जमीन पर खड़ा था, और इसकी नींव भी उतनी ही ठोस थी।

डॉ. तरनेजा ने भी इस कंपनी को बनाने के लिए किए गए शुरुआती कार्यों पर ज़ोर दिया। उन्होंने कहा, '*द टाइम्स* के विकास की नींव शांति प्रसाद जैन के समय में रख दी गई थी। मैं इस बात को सशक्त रूप से स्वीकार करता हूँ। उसके बाद जो भी किया गया, वह सब उस नींव के ऊपर किया जाने वाला निर्माण और इसे ठोस बनाने का प्रयास है।' उन्होंने ज़ोर दिया, 'शांति प्रसाद जैन इस साम्राज्य के स्तंभ थे।'

उन्होंने कहा, '*द टाइम्स* विस्तारित परिवार के पास था। और तब, शांति प्रसाद जैन ने बी.सी.सी.एल. को अपने ससुर रामकृष्ण डालमिया से औपचारिक तौर पर 54 लाख रुपए में ख़रीदा तथा जे.सी. जैन को इसका जनरल मैनेजर नियुक्त किया। इससे पहले कि इसकी पूरी मशीनरी से बड़े पैमाने पर काम लिया जाता, तमाम मामले उठते गए और फिर संघर्ष का दौर चला।'

डॉ. तरनेजा ने आगे कहा, '1970 से 1976 के बीच का समय काफ़ी चुनौतियों भरा था। परिवार के कुछ सदस्यों के ख़िलाफ़ कुछ मुक़दमे दर्ज होने के बाद बी.सी.सी.एल. फिर से सरकारी नियंत्रण में चला गया था। वह कंपनी का प्रबंधन ही था जिसने इसे सँभाला, न कि इसके मालिकों ने। अंततः, 1976 में सही मायने में बी.सी.सी.एल. परिवार के पास वापस आया और अशोक जैन इसके अध्यक्ष बने। उसके बाद *द टाइम्स* साम्राज्य दोबारा खड़ा किया गया।' डॉ. तरनेजा के मुताबिक,

'अशोक जैन के पास *द टाइम्स* के विस्तार की बेहतरीन योजना थी और वे ही ऐसे व्यक्ति थे, जो अख़बार की मौजूदगी पूरे देश में देखना चाहते थे।'

उन्होंने यह भी उल्लेख किया, '1988 *द टाइम्स* के लिए क्रांतिकारी परिवर्तन का साल था। सभी शीर्ष गतिविधियों को संस्थागत कर दिया गया। इसकी 150वीं वर्षगाँठ का उत्सव पूरे साल मनाया गया। इसके अलावा, 1986-87 और 1990 के बीच की एक तकनीक की कहानी भी है। यह तब की बात है जब हमने पहली बार अत्याधुनिक उपनगरीय छपाई की शुरुआत की थी, जो कि कंपनी में तकनीकी सुधार की दिशा में बहुत बड़ा क़दम था।'

उन्होंने कहा, 'अंततः द टाइम्स ग्रुप अख़बारों को छोड़कर बाकी सभी व्यवसायों में असफल हो गया। क्या *द टाइम्स* वास्तव में एक ब्रांड है? क्या कोई टाइम्स टी शर्ट भी उतनी ही बिकेगी, जितना कि टाइम्स अख़बार?' संयोग से वे दोनों ही मामलों में लगभग ग़लत साबित हो गए। ग्रुप ने मल्टीमीडिया से जुड़े अपने उद्यमों को भी उतनी की तत्परता के साथ आगे बढ़ाया, और कंपनी को एक मज़बूत ब्रांड में तब्दील करने का इसका सफल प्रयास दुनिया के सामने है।

इस वक़्त तक, द *टाइम्स ऑफ़ इंडिया* को इसके बेहतरीन संपादकों में से एक - बेमिसाल शाम लाल की पतवार मिल गई थीः वे लेखक, विचारक, दार्शनिक; विद्वान व एकांत पसंद थे। 1912 में जन्मे भारतीय पत्रकारिता दल के इस उत्कृष्ट सदस्य ने 1950 की शुरुआत में, *टाइम्स ऑफ़ इंडिया* में आने से पहले *हिन्दुस्तान टाइम्स* और (अब ठप हो चुके) *इंडियन न्यूज़ क्रॉनिकल* में काम किया। 1967 में, वे *टाइम्स ऑफ़ इंडिया* के संपादक बने।

इंदर मल्होत्रा याद करते हैं, 'भले ही सरकार ने बी.सी.सी.एल. के क्रियाकलापों पर क़रीब से नज़र रखी, मगर उसने शाम लाल को अख़बार चलाने दिया।' हालाँकि, इमरजेंसी (1975-77) के दौरान सरकार चाहती थी कि एम. शमीम इसके संपादक बनें। प्रधानमंत्री इंदिरा गाँधी बी.सी.सी.एल. के डायरेक्टर्स बोर्ड के अध्यक्ष के तौर पर रजनी पटेल को भी ले आईं।

शाम लाल ने 1967 से 1978 तक अख़बार का संपादन किया और उनका स्तंभ, 'लाइफ़ एंड लेटर्स' पाठकों के बीच बेहद लोकप्रिय था। यह स्तंभ वे अपने पेन नेम 'आदिब' से लिखते थे। उनका दूसरा स्तंभ 'द नैशनल सीन' भी कुछ कम लोकप्रिय नहीं था। इसे वे अपने मूल नाम से लिखते थे।

जब मैं शाम लाल से मिली[44], तो उन्होंने *टाइम्स ऑफ़ इंडिया* में अपने

अनुभवों के बारे में बताया। उन्होंने कहा, 'अध्यक्ष भवन के अंदर बैठते थे और संपादकों के साथ बातचीत किया करते थे। अख़बार के मालिक ही मुझसे समय लेते थे कि बातचीत के लिए कौन-सा समय मेरे अनुकूल रहेगा। फिर हम मिलते थे और सामान्य राजनीति पर बातचीत करते थे। किसी भी समय मुझे नियम संबंधी कोई निर्देश नहीं दिया गया। मुझे याद है, जब फ़िल्म कलाकार राज कपूर की बेटी की शादी हुई, तो वे शादी की एक तसवीर अख़बार में छपवाना चाहते थे, लेकिन मैंने मना कर दिया और वही हुआ। हमने तसवीर प्रकाशित नहीं की। मेरे समय में सिर्फ़ एक प्रबंधक होता था। कोई कार्यकारी प्रबंधक नहीं था। मालिकों और संपादकों के बीच मधुर संबंध होते थे। मालिक अख़बार के मामले संपादक को सँभालने देते थे और शायद ही कभी हस्तक्षेप करते थे।'

उन्होंने कहा, 'निस्संदेह, राजनीति के क्षेत्र में क्या चल रहा है तथा अंतरराष्ट्रीय स्तर पर क्या मुद्दे चल रहे हैं, यह जानने में उनकी रुचि लगातार रहती थी और उन्हें हमारे साथ इन मामलों पर चर्चा करना अच्छा लगता था, लेकिन यह सब ऐसे ही था।'

1978 में शाम लाल सेवानिवृत्त हो गए। उनके बाद गिरिलाल जैन संपादक बने और साथ ही इंदर मल्होत्रा, जो फ़रवरी 1971 में *बॉम्बे टाइम्स ऑफ़ इंडिया* से जुड़े थे, अख़बार के स्थानीय संपादक बनकर दिल्ली आए। बेनेट कोलमैन द्वारा नए-नए प्रकाशनों की शुरुआत जारी रही। *टाइम्स ऑफ़ इंडिया* का अहमदाबाद संस्करण 1968 में ही शुरू हो चुका था। और, एक मराठी अख़बार *महाराष्ट्र टाइम्स* 1972 में बॉम्बे से शुरू हुआ। दिल्ली और कलकत्ता में *द इकोनॉमिक टाइम्स* की शुरुआत क्रमशः 1974 और 1976 में हुई।

बी.सी.सी.एल. का नियंत्रण जैन परिवार के पास वापस आ जाने के अगले ही दिन कंपनी की स्थिति का जायज़ा लेने और अशोक जैन की अगुआई में बदलाव की रणनीति तय करने के लिए एक बैठक आयोजित की गई। इंदर मल्होत्रा, जो अशोक जैन के साथ लगातार संपर्क में रहकर काम करते रहे थे, ने कहा, 'वे बेहद शिष्ट मालिक थे। वे पत्रकारिता तथा पत्रकारों का सम्मान करते थे और अख़बार के संपादकीय कार्यों में उन्होंने शायद ही कभी हस्तक्षेप किया हो।' कभी-कभार इक्का-दुक्का मामलों में किसी ख़ास ख़बर के छप जाने या किसी ज़रूरी ख़बर के न छपने पर वे शायद हमसे उस पर चर्चा कर लेते थे। लेकिन यह भी वे बेहद शालीनता और सावधानी के साथ किया करते थे।'

मल्होत्रा ने याद करते हुए कहा, 'उन्होंने बस दो बार मुझे फ़ोन किया, लेकिन कभी प्रभावित करने की कोशिश नहीं की। पहली बार उनका फ़ोन तब आया, जब इंदिरा गाँधी दोबारा सत्ता में आईं। उस वक़्त उन्होंने संपादकीय सामग्री के बारे में

जानकारी ली। उसी दौर में स्वराज पॉल एस्कॉर्ट्स पर प्रभुत्व बनाने की कोशिश कर रहे थे। उन दिनों अंबानी भी आगे बढ़ रहे थे। एस्कॉर्ट्स में नंदा परिवार पर छापेमारी हुई थी। 1983 में हमने *टाइम्स ऑफ़ इंडिया* का लखनऊ संस्करण शुरू किया और गिरि को नया संस्करण शुरू करने के लिए बैंगलोर भेज दिया गया था।

मल्होत्रा बताते हैं, 'समाचार संपादक ने मुझे गिरि का एक संदेश दिखाया, जो कि नंदा के वहाँ पड़े छापे से संबंधित था। उस संदेश में हमें छापे वाले समाचार को प्रमुखता से न छापकर सिर्फ़ एजेंसी की कॉपी प्रकाशित करने की सलाह दी गई थी।'

गिरि का विचार छापेमारी के ख़िलाफ़ था। 'यह वो मौक़ा था जब अशोक जैन ने मुझसे पूछा था कि छापे पर कोई लेख क्यों नहीं छपा? वे जानना चाहते थे कि यह चूक कैसे हो गई।'

एक अन्य वाक़या जिसमें खुद अशोक जैन भी शामिल थे और जिस पर समीर जैन ने प्रतिक्रिया ज़ाहिर की थी, याद करते हुए मल्होत्रा ने कहा, 'जब राजीव गाँधी 1984 में सत्ता में आए और वी.पी. सिंह वित्त मंत्री थे, तब किर्लोस्कर के यहाँ छापा पड़ा था और परिवार के सबसे वयोवृद्ध एस.एल. किर्लोस्कर गिरफ़्तार कर लिए गए थे। लेकिन हमारे अख़बार में यह समाचार नहीं छपा।

अगले दिन जब इस पर सवाल उठा, तब गिरि ने कहा कि उन्होंने छापामारी पर किर्लोस्कर की प्रतिक्रिया के आधार पर स्टोरी कवर की है। 'समीर ने काफ़ी सशक्त प्रतिक्रिया व्यक्त की थी। वे चिल्लाए, "*टाइम्स ऑफ़ इंडिया* को किर्लोस्कर गज़ट क्यों बना दिया गया है।" इस बात के लिए उन्होंने गिरि को आड़े हाथों लिया। मैंने छोड़ने का फ़ैसला कर लिया।'

तब तक अशोक जैन बी.सी.सी.एल. के अध्यक्ष बन चुके थे, साहू जैन व्यापार के बाकी हिस्से तक़रीबन बिखर चुके थे। अधिकतर उद्योग या तो बीमार थे अथवा मृतप्रायः हो चुके थे, और उनमें से अधिकतर इकाइयाँ पुनर्जीवित किए जाने की अवस्था से भी बाहर निकल चुकी थीं।

अशोक जैन के बड़े बेटे समीर न्यू सेंट्रल जूट मिलों को पुनर्जीवित करने के लिए भेजे गए थे, मगर असफल रहे थे। इसके अलावा, वे दूरदराज़ के कस्बाई शहरों के एक उपभोक्ता बाज़ार में रहने के बजाय उपनगरीय व्यवस्था में ही रहना चाहते थे। यही वक़्त था जब समीर जैन को *टाइम्स ऑफ़ इंडिया* तथा बी.सी.सी.एल. की प्रतिष्ठा और उसकी अहमियत का अंदाज़ा होने लगा था। और, तब जैन परिवार के इस वंशज के लिए, जो अपने इस नए कार्यक्षेत्र को समझने की कोशिश कर रहा

था, यह और भी महत्त्वपूर्ण हो गया था कि वह इसके लिए नई भूमिका और नए आयाम तय करे।

बी.सी.सी.एल. ने खेल प्रेमी पाठकों की ज़रूरतें पूरी करने के लिए *खेल भारती* शुरू करते हुए विस्तार की अपनी योजना को जारी रखा। इसने छोटे बच्चों के लिए *इंद्रजाल कॉमिक्स* और किशोरों के लिए *साइंस टुडे एवं कॅरियर एंड कंपिटिशन टाइम्स* शुरू किया। जुलाई 1977 के अंत तक बी.सी.सी.एल. का लाभ 49 लाख रुपए था, जबकि जुलाई 2000 के अंत में यह आँकड़ा 216.45 करोड़ रुपए हो गया।

बेनेट, कोलमैन एंड कंपनी ने 1978 में विस्तार की अपनी योजना को आगे बढ़ाते हुए दिल्ली से एक स्थानीय सायंकालीन हिन्दी टैब्लॉइड *सांध्य टाइम्स* शुरू किया। 1979 तक *द टाइम्स ऑफ़ इंडिया* तीन केंद्रों - बॉम्बे, दिल्ली और अहमदाबाद से प्रकाशित होने लगा था।

प्रसार के मामले में बी.सी.सी.एल. के अख़बारों का प्रदर्शन ख़राब नहीं था, लेकिन उसे उत्कृष्ट भी नहीं कहा जा सकता था। वर्ष 1979 में जनवरी से जून महीने के बीच कंपनी के प्रमुख पेपर *टाइम्स ऑफ़ इंडिया* की बॉम्बे में तक़रीबन 2.5 लाख प्रतियाँ, दिल्ली में तक़रीबन 1.7 लाख और अहमदाबाद में कुल 47,000 प्रतियाँ प्रतिदिन बिक रही थीं। लेकिन दिल्ली में *टाइम्स ऑफ़ इंडिया* अख़बार बाज़ार पर प्रभुत्व जमाए बैठे *हिन्दुस्तान टाइम्स* से अब भी काफ़ी पीछे था। यहाँ तक कि द *इंडियन एक्सप्रेस*, जिसने आपातकाल (1975-77) के दौरान और उसके बाद भी काफ़ी उत्कृष्ट भूमिका अदा की थी, से भी अख़बार पीछे था।

द एक्सप्रेस के न केवल सर्कुलेशन में विस्फोटक विकास हुआ था, बल्कि अख़बार की विश्वसनीयता भी बढ़ गई थी। यह आम लोगों के बीच लोकप्रिय हो गया था। 1977 के जनवरी के मध्य में जब मौजूदा लोकसभा को भंग करके नए चुनावों की घोषणा कर दी गई थी, तब से लेकर उसी साल मार्च के मध्य में चुनाव संपन्न होने और आपातकाल (26 जून 1975-21 मार्च 1977) ख़त्म किए जाने तक अख़बार ने ख़ासतौर से बेहतरीन कार्य किया। मीडिया विश्लेषक सुशील पंडित[45] के मुताबिक, 'इस दौरान *'द एक्सप्रेस'* का सर्कुलेशन दिल्ली में तक़रीबन तीन गुना बढ़ गया था।' अपने दुस्साहसी संपादक अरुण शौरी के नेतृत्व में *इंडियन एक्सप्रेस* आपातकाल के बाद भी पाठकों के बीच लोकप्रिय बना रहा था। और, अपने मध्यवादी व नरम रुख के लिए जाना जाने वाला *टाइम्स ऑफ़ इंडिया* औसत दर्जे के स्थान पर बरक़रार रहते हुए अब भी दिल्ली में तीसरे पायदान पर था।

अपने पिता की ही तरह अशोक जैन भी क़ानूनी दाँवपेच के चक्कर में फँस गए। जुलाई 1998 में बॉम्बे स्थित निवास से एन्फ़ोर्समेंट डायरेक्टोरेट ने उन्हें गिरफ़्तार

कर लिया, उन पर फेरा के उल्लंघन का आरोप लगा था। लंबी चली क़ानूनी लड़ाई के दौरान हालाँकि उनका परिवार और उनके अख़बार उनके पीछे थे, लेकिन वे इस सदमे को झेल नहीं पाए और बीमार पड़ गए। क्लीवलैंड, अमेरिका में उनकी बायपास सर्जरी हुई। फ़रवरी 1999 में उनकी मृत्यु हो गई।

1980 के दशक में एक नए खिलाड़ी के प्रवेश के साथ ही अख़बार असाधारण बदलाव से गुज़रा। बदलाव के इस दौर में कंपनी में काफ़ी खलबली मची रही, लेकिन साथ ही एक तरह से यह पुनर्जागरण का दौर भी रहा। पुरानी व्यवस्था बदल गई। कंपनी की पुरानी प्रथाओं को ख़त्म कर दिया गया और खेल के नियम दोबारा लिखे गए। समाचारपत्र उद्योग सही मायने में उद्योग बन गया। स्पष्ट लक्ष्य के साथ सही मायने में एक वास्तविक व्यापार, जिसके संचालन के तरीकों को लेकर किसी तरह का अपराधबोध और उसके लिए क्षमा प्रार्थना की ज़रूरत नहीं थी।

2

लोकतंत्र के चौथे स्तंभ पर वी.सी. की गहन दृष्टि

'जब आप किसी ख़ास मकसद, किसी विलक्षण परियोजना से प्रेरित होकर काम करते हैं, तब आपके विचारों की कोई सीमा नहीं रह जाती। आपके विचार सभी तय सीमाओं से कहीं आगे जाकर उड़ान भरने लगते हैं। आपका मन-मस्तिष्क सभी सीमाओं को पार कर जाता है। आपकी चेतना हर दिशा में विकसित होने लगती है और आप अपने आपको एक बेहद अद्भुत, नई दुनिया में खड़ा पाते हैं। आपकी सोई हुई ताक़त, आपकी क्षमताएँ तथा आपकी प्रतिभा, सभी जागृत हो उठती हैं और आप एक ऐसे बदले हुए व्यक्तित्व के रूप में उभरकर खुद को ही स्तंभित कर देते हैं, जिसकी आपने शायद ही कभी कल्पना की हो।'

(ऊपर लिखी पंक्तियों का आशय हालाँकि पतंजलि से उद्धृत माना जाता है, परंतु वास्तव में ये विचार किसके हैं, इसका ठीक-ठीक पता नहीं।)

साल 1984 की बात है। मुंबई के *टाइम्स हाउस* के कॉन्फ्रेंस हॉल में एक उच्च-स्तरीय बैठक चल रही थी, जिसका संचालन समूह के अध्यक्ष खुद अशोक जैन कर रहे थे। बैठक में कंपनी के सभी नामी-गिरामी लोग मौजूद थे। इनमें कंपनी के प्रबंध संचालक राम तरनेजा, कार्यकारी निदेशक पी. आर. कृष्णमूर्ति और रमेश चंद्र जैन, *टाइम्स ऑफ़ इंडिया* के संपादक शाम लाल (जो कंपनी के निदेशक भी थे) और सर्कुलेशन

प्रमुख बलजीत कपूर भी शामिल थे। इसके अतिरिक्त गिरिलाल जैन और जाने-माने कार्टूनिस्ट आर.के. लक्ष्मण भी मौजूद थे। इस बैठक का मकसद साफ़ था, हालाँकि ऐसा कुछ बताया नहीं गया था। फिर भी - अशोक जैन अपने 30 वर्षीय पुत्र समीर का परिचय उच्च पदाधिकारियों से करवाने वाले थे।

एक दुबले-पतले साधारण-से दिखने वाले नौजवान ने कॉन्फ्रेंस हॉल में प्रवेश किया और सबके बीच आकर अपनी जगह ले ली। सभी लोग बड़े बेख़याली के अंदाज़ में निश्चिंत-से बैठे थे। समीर के व्यक्तित्व में किसी तरह के अहंकार या रौब की झलक नहीं थी। उन्होंने काफ़ी धीमी आवाज़ में हल्के-से लोगों से बातचीत करनी शुरू की। अब तक उन्होंने अपने जीवन में ऐसी कोई बड़ी उपलब्धि हासिल नहीं की थी, जिसकी वजह से वे कभी चर्चा में रहे हों। लेकिन, ऐसा भी नहीं था कि लोग उन्हें जानते नहीं थे। बल्कि, मौजूद हस्तियों में कुछ लोग तो ऐसे भी थे, जो उन्हें वर्षों से जानते थे। यहाँ तक कि उनमें से एक ने तो यह भी बताया कि वे समीर को तब से जानते थे, जब वे चार साल के बच्चे थे और हाफ़ पैंट पहनकर घूमा करते थे। लेकिन समीर आगे जो करके दिखाने वाले थे, उसकी किसी ने कल्पना नहीं की थी।

समीर को वहाँ बुलाया तो गया था बैठक को संबोधित कर अपना परिचय देने के लिए, लेकिन जैन घराने के उस युवा वंशज ने उस वक़्त जो कहा उससे सभी चौंक उठे। समीर ने सीधे मुद्दे की बात की और कहा, 'अख़बार सिर्फ़ विज्ञापन छापने का माध्यम हैं और ख़बरें तो हम उसमें बस बीच-बीच में बची ख़ाली जगह को भरने के लिए देते हैं।'

समीर का यह कथन वहाँ मौजूद लोगों के लिए, जिनमें देश के कई बड़े संपादक शामिल थे, अगर सीधे तौर पर अपमानजनक नहीं, तो उन्हें नीचा दिखाने वाला ज़रूर था। ख़ासकर उस दौर में जबकि अख़बार को एक सम्मानजनक पेशे के तौर पर देखा जाता था। समीर का यह कथन संपादकों के लिए नहीं, बल्कि उन सबके लिए भी अपमानजनक था जिनका बेशक पत्रकारिता की दुनिया से सीधे तौर पर कोई लेना-देना नहीं था। उस समय तक यही माना जाता था कि अख़बार के मालिकों को प्रतिष्ठा और ताक़त विज्ञापनों नहीं, बल्कि उनके पत्रों में छपे संपादकीय, ख़बरों और विचारों की बदौलत मिलती थी। यह शुरुआती टिप्पणी कम से कम अगले एक दशक तक बार-बार उद्धृत की जानी थी, एक ऐसे व्यक्ति के कथन के रूप में, जिसे प्रबलता से 'पत्रकार-विरोधी' माना जा रहा था।

समीर जैन पत्रकार विरोधी थे या नहीं, यह तो स्पष्ट नहीं था, लेकिन अगले दो दशकों तक वे अपने मीडिया बिज़नेस को किस तेवर के साथ सँभालने वाले हैं यह ज़रूर साफ़ हो गया था। इससे उनके विचार और दूरदर्शिता की स्पष्टता भी प्रकट हो गई थी, भले ही यह अख़बार या पत्रकारिता के प्रति अब तक जो आम

नज़रिया बना हुआ था, उसके ठीक विपरीत थी।

इस घटना के क़रीब तीन दशक बाद दुनिया के सबसे ज़्यादा बिकने वाले अंग्रेज़ी अख़बार *टाइम्स ऑफ़ इंडिया* के मालिक समीर जैन ने आज अपने लिए एक एकाकी जीवन चुन लिया है। उन्होंने खुद को दुनिया की चकाचौंध और लोगों की नज़रों से दूर रखने का फ़ैसला कर लिया है। अपने इस फ़ैसले के प्रति वे ज़िद की हद तक अटल हैं। आप उनके छोटे भाई विनीत जैन की तसवीरें कई मौक़ों पर उनके अख़बार में देख सकते हैं, लेकिन समीर जैन अलग-थलग ही रहते हैं। वहीं दूसरी तरफ़, कुछ ख़ास संस्थाओं के फ़ोटोग्राफ़रों को जितना संभव हो सके, समीर की तसवीरें लेते रहने की ख़ास हिदायत है।

ऐसे में, ज़ाहिर है अपनी इस क़िताब की शुरुआत में समीर जैन से मिलने या उनसे संपर्क करने की मेरी सारी कोशिशें विफल होनी थीं और हुईं भी। लेकिन वे सभी लोग जो उनके लिए काम कर रहे थे या कर चुके थे, समीर के बारे में बहुत कुछ बताने के इच्छुक दिखे। हर किसी ने समीर के व्यक्तित्व से जुड़े एक अलग पक्ष के बारे में बात की। यहाँ, इन विविध रंगों को जोड़कर मैंने भारतीय मीडिया के इस सबसे प्रसिद्ध गूढ़ व्यक्तित्व के जीवन की तसवीर उकेरने की कोशिश की है।

मैंने महसूस किया कि समीर जैन के बारे में एक संतुलित दृष्टिकोण पेश करना इतना आसान नहीं है। उनके प्रति कई सहयोगियों के विचार बिलकुल विपरीत मिले। उनके कई सहयोगी उनकी अक्लमंदी और बिन्दुओं को जोड़कर तसवीर तैयार करने की उनकी अद्भुत क्षमता के बिलकुल कायल दिखे, जैसे कि मंत्रमुग्ध हों। वे परंपरागत चीज़ों को चुनौती देने, विवाद व आलोचनाओं को नज़रअंदाज़ करने या उन्हें सहजता से स्वीकारने और अंत में, इन सब पर एक तटस्थ विचार रखने के उनके स्वभाव से अचंभित थे।

वहीं कई लोगों ने उनके आस-पास के रहस्यपूर्ण प्रभामंडल और गुप्त भाषा तथा संकेतों के माध्यम से अपनी बात कहने के उनके अंदाज़ को तकलीफ़देह बताया। इसी तरह, कुछ अन्य लोग उनके लंबे, पेचीदे, धर्मग्रंथों के संदर्भों से भरे और विचारवान भाषणों से पीड़ित (या उत्साहित) थे। उन्हें यह नहीं पता था कि यह सब कुछ आने वाले वक़्त में किस प्रकार महत्त्वपूर्ण हो सकता है। ये संदर्भ उनकी आध्यात्मिकता, 'ईश्वर के साथ उनके वार्तालाप' और उनके गुरु के साथ उनके संवाद से भी निकलते थे।

साफ़ तौर पर कहें तो, कोई *एक* समीर जैन नहीं हैं, जिन्हें किसी दायरे

में समेटा जा सके। इसके भी तमाम क़िस्से हैं, जहाँ उन्होंने लोगों के प्रति गहरी परानुभूति प्रदर्शित की और कई बार लोगों को सफलता के शिखर पर ले जाकर आश्चर्यचकित कर दिया। इसी के साथ, व्यापार या सिर्फ़ अपने अहम् को पूरा करने के लिए उनके द्वारा ऐसे कठोर क़दम उठाने की बातें भी सामने आईं, जो नैतिकता-विरोधी थे।

ऐसा लगता है कि समीर जैन अपने दादा शांति प्रसाद जैन के जीत के लिए खेलने के सिद्धांत को मानते रहे हैं। अपने कॅरियर की शुरुआत में ही उन्होंने सीख लिया था कि किसी पर भी बहुत ज़्यादा, और बहुत लंबे समय तक भरोसा नहीं करना चाहिए। इसके बजाय उन्होंने आत्म-शिक्षा, आत्म-अनुभूति तथा सुधार जैसे बिंदुओं पर ध्यान केंद्रित किया और उन्हीं के साथ आगे बढ़े। आंतरिक रूप से वैराग्य की तरफ़ हमेशा से उनका झुकाव था, बावजूद इसके उन्होंने सभी कठिनाइयों के ख़िलाफ़ जाकर खुद को स्थापित करने के प्रति मन में आकांक्षाएँ पैदा कीं। उन्हें शायद यह बात समझ आ गई थी कि जीवन में खोना कोई भी पसंद नहीं करता।

ग़ैर परंपरागत तरीक़े अपनाने और उन्हें लागू करने के दौरान एक चीज़ उन्होंने हमेशा बरक़रार रखी - अच्छी भावना, सहज बुद्धि तथा अंतर्दृष्टि के आधार पर तुरंत फ़ैसले लेना और फिर उन्हें प्रयोग में लाना। अपने सभी विचारों, प्रस्तावों और प्रयोगों को यथासंभव दोषमुक्त रखने की अपनी इच्छा को भी उन्होंने बरक़रार रखा, ताकि वे जो प्रयोग कर रहे हैं या करने वाले हैं, वे सभी सही मायने में व्यावहारिक बन सकें। ऐसा लगता है कि समीर प्रयोग करने और सुनियोजित जोखिम उठाने के इच्छुक हैं। वे असफल से घृणा करते हैं। समीर जैन का नज़रिया शांत, पर आक्रामक है। किसी भी चीज़ में वे तटस्थ रूप से शामिल होते हैं; और सबसे ऊपर, वे इस बात को लेकर जागरूक हैं कि प्रसिद्धि तथा सफलता क्षणिक व अस्थायी हैं, और सिर्फ़ यही सच स्थायी है।

समीर जैन ने जब बी.सी.सी.एल. में प्रवेश किया, तब उनकी उम्र 20 वर्ष से भी कम थी। वे एक अंतर्मुखी, शर्मीले, शांत स्वभाव के और एक साधारण से दिखने वाले व्यक्ति थे। वे कलकत्ता के सेंट ज़ेवियर्स स्कूल से पढ़े हुए थे। उसके बाद दिल्ली आकर उन्होंने सेंट स्टीफ़ंस कॉलेज में प्रवेश लिया, जहाँ अंग्रेज़ी साहित्य, राजनीतिशास्त्र और अर्थशास्त्र उनके प्रमुख विषय थे। उन्होंने किताबें पढ़ने की भूख भी विकसित कर ली थी।

बी.सी.सी.एल. के लोगों को समीर जैन के शुरुआती वर्षों के बारे में कुछ ख़ास जानकारी नहीं थी। समीर के बारे में कुछ और जानने के लिए उनके विस्तृत परिवार के लोगों से बातचीत करने की कड़ी में ही मैं समीर के कज़िन अखिलेश जैन से दक्षिण दिल्ली के गुलमोहर पार्क स्थित उनके घर पर मिली। अखिलेश जैन

शुरू में तो कुछ भी बात करने के मूड में नहीं थे। मेरी कोशिशों के बाद वे कुछ कहने को तैयार हुए थे। लेकिन उनके पिता (रमेश चंद्र जैन) से मेरी लंबी बातचीत हुई थी, और इसी ने उन्हें भरोसा दिलाया। उन्होंने शुरुआत की, 'मैं आपको बहुत सारी कहानियाँ बता सकता हूँ।'[1]

मैंने कहा, 'मैं जानना चाहती हूँ कि वे कौन-सी बातें हैं जो समीर को प्रोत्साहित करती हैं। वह क्या चीज़ है, जिसकी बदौलत वे आगे बढ़े और आज इस मुक़ाम पर हैं; और साथ ही कॉलेज के दिनों में वे किस तरह के स्टूडेंट थे।' अखिलेश अपनी युवावस्था में सफ़दरजंग एनक्लेव में रहा करते थे। उससे कुछ ही किलोमीटर दूर 6, सरदार पटेल मार्ग पर समीर जैन रहा करते थे। अखिलेश ने बताया, 'मैं समीर से पहली बार अच्छी तरह तब मिला, जब उनका परिवार कलकत्ता से दिल्ली आ गया। उससे पहले तक, जब हम बच्चे थे तो सामाजिक आयोजनों के दौरान कभी-कभार ज़रूर मिलते थे, लेकिन समीर से मेरी कोई बातचीत हुई हो ऐसा मुझे याद नहीं। मेरे दादा, जो कि हमारे परिवार के मुखिया थे, शादी और अन्य समारोहों के दौरान पूरे जैन परिवार को आमंत्रित किया करते थे।

'जब उन्हें ऐसा महसूस होने लगा कि कलकत्ता में उनका मीडिया उद्योग धीरे-धीरे अवसान की तरफ़ बढ़ रहा है, तो उनके परिवार ने कलकत्ता छोड़ने का निर्णय लिया। और, वे दिल्ली आ गए। उसके बाद ही मेरी समीर से ज़्यादा मुलाक़ातें हुईं। हम दोनों ही साधारण छात्र थे, और भाई कम, दोस्त ज़्यादा थे। मैं समीर के घर चला जाया करता था और फिर ड्राइवर हम दोनों को एक साथ कार में कॉलेज ले जाया करता था। दोपहर दो बजे के क़रीब हम घर लौटते और अक्सर साथ बैठकर पढ़ते थे। परीक्षा के पहले, हम समीर के घर की लाइब्रेरी में बैठ जाते और सारी रात पढ़ाई करते थे। कई बार हम फ़ाइव-स्टार होटल में कॉफ़ी पीने भी गए। वे क्या खाते-पीते हैं, इसे लेकर समीर हमेशा बेहद सतर्क रहते थे। उनका गला बहुत संवेदनशील था।'

अखिलेश ने आगे बताया, 'कुकु[2] काफ़ी चुपचाप रहते थे। वे अपने आसपास के लोगों से बहुत कम बातचीत करते थे। व्यावहारिक रूप उनका कोई दोस्त नहीं था। मुझे याद है जब समीर ने कॉलेज में प्रवेश लिया था, तो रैगिंग को लेकर वे कितने डरे हुए थे। हमारा एक दोस्त शशांक रायज़ादा क़रीब 15 दिनों तक कॉलेज में हमेशा समीर के साथ रहा था। शशांक का परिवार दिल्ली के डिलाइट सिनेमा का मालिक था।'

शशांक रायज़ादा याद करते हैं कि किस तरह रैगिंग का डर दूर करने के लिए समीर हर दिन अपनी सफ़ेद डैटसन कार में कॉलेज जाते हुए दक्षिण दिल्ली के सुंदर नगर से उन्हें भी साथ ले लेते थे। शशांक ने बताया, 'मैं समीर से एक साल

ही सीनियर था। वैसे तो हमने समीर को रैगिंग से बचा लिया था, लेकिन कॉलेज में कुछ ऐसे भी विद्यार्थी थे, जो उन्हें उनकी कार की वजह से "डैटसन" कहकर पुकारा करते थे।'[3]

बातचीत का सिलसिला आगे बढ़ाते हुए अखिलेश ने कहा, 'समीर बेहद कम बोलने वाले व्यक्ति थे, जो कि ज़रूरत पड़ने पर अक्सर स्पष्टवादी भी हो जाया करते थे, लेकिन निर्णायक की भूमिका में या प्रभारी होते हुए भी वे कभी उग्र नहीं होते थे। वे काफ़ी विश्लेषणात्मक हैं; किसी भी विषय पर ज़ोरदार बहस कर सकते हैं; वे हर चीज़ का अध्ययन गहराई से करते हैं; दूसरों के विचारों की वे क़द्र करते हैं और किसी से भी मशविरा लेने में उन्हें कोई हिचक नहीं होती।'

'मुझे अच्छी तरह से याद है कि पढ़ना समीर को कितना पसंद था, और अंग्रेज़ी में उनकी लेखनी कितनी मज़बूत थी। समीर कहते हैं, "सही शब्दों का इस्तेमाल करो, तो आप खुद को बेहतर प्रदर्शित कर सकते हैं।" वे चाहते थे कि शब्दों का प्रभावी इस्तेमाल हो, और खुद भी बहुत कम शब्दों का इस्तेमाल करते थे। इससे कई बार उन्हें समझना हमारे लिए ही मुश्किल हो जाया करता था। उनका अच्छे प्रेजेंटेशन तैयार करने पर ख़ासा ज़ोर रहता था। उनका मानना था, "इससे विषय वस्तु को और बेहतर तरीकेसे समझने में मदद मिलती है।" वहीं दूसरी तरफ़, प्रेजेंटेशन के माध्यम से अपने मैनेजरों की क़ाबिलियत परखने का भी उन्हें मौक़ा मिल जाता था।'

बी.सी.सी.एल. में समीर जैन के शुरुआती वर्षों के दौरान जिन लोगों ने उनके साथ काम किया था, उनका कहना है कि समीर के व्यवहार से तब उनके उस आक्रामक रवैये या एकनिष्ठता की ज़रा भी झलक नहीं दिखी, जिसने कि बाद में कंपनी की पूरी तसवीर ही बदल दी। बलजीत कपूर[4] बताते हैं, 'शुरू में समीर बेहद मिलनसार थे और जब हम बैठकों तथा सामाजिक समारोहों के दौरान उनसे बातचीत किया करते थे, तो वे सिर हिलाकर सहमति भी जता दिया करते थे। और, हम उनके साथ वैसे ही पेश आते थे, जैसा कंपनी के मालिक के बेटे के साथ आना चाहिए था। लेकिन जब उन्हें अपने फ़ैसले लागू करने का वक़्त आया, जिनमें से कुछ की बेहद आलोचना भी हुई, वे आश्चर्यजनक रूप से निर्णयात्मक स्वरूप में उभरे। तब उन्होंने बड़े ही धैर्य के साथ हर विरोध का सामना किया।'

वर्ष 1980 में जब उनके पिता अशोक जैन उन्हें अख़बार जगत में लेकर आए थे, तो उन्हें बेहद सख़्त व्यक्तित्व वाले रमेश चंद्र जैन के मातहत काम करना पड़ा। समीर जैन को शायद यह बात पसंद नहीं आई और वे काम छोड़कर चले गए। इसके बाद वे तब तक नहीं लौटे, जब तक कि कुछ वर्षों बाद कंपनी में कार्यकारी निदेशक नियुक्त नहीं कर दिए गए।

टाइम्स हाउस में नियुक्ति के कुछ महीनों तक समीर जैन ने खुद को लो प्रोफ़ाइल बनाए रखा, ज़्यादातर वे खुद तक की सीमित रहते थे। यहाँ तक कि वे यह भरोसा करने लगे थे कि अख़बार का व्यवसाय उबाऊ है। वे इसके बारे में बहुत कम समझते थे और उन्हें लगता था कि इसमें कोई चुनौती भी नहीं है।

कंपनी के कई वरिष्ठ सदस्यों को समीर नौसिखिया लगे, जिन्हें उपयुक्त प्रशिक्षण और दिशानिर्देश की ज़रूरत थी। अशोक जैन ने भी इस मत को यह कहकर मज़बूती दी कि सीनियर लोग इस युवा की मदद करें। मैनेजमेंट इन्फ़ॉर्मेशन रिपोर्ट उन्हें भेजी जाने लगी, लेकिन फिर भी समीर के कार्यों का नतीजा उतना उभरकर सामने नहीं आया। सीनियर्स का रवैया शुरुआत में उनके प्रति तटस्थ ही बना रहा। एक तरह से उन्होंने समीर को नकार-सा दिया था, वे उन्हें आदेश का पालन न करने वाले या हठी लगते थे।

विजय जिंदल[5], जो 1980 के दशक की शुरुआत में साहू जैन ग्रुप से जुड़े थे और एक पेपर फ़ैक्ट्री में काम करते हुए 1990 के दशक के मध्य में बी.सी.सी.एल. बोर्ड के सदस्य बन गए थे, ने बताया कि पूर्व में डालमिया-जैन ग्रुप में काम कर चुके कई अधिकारी अब भी पारिवारिक बिज़नेस से जुड़े हुए थे। इन पुराने अधिकारियों ने समीर जैन को महसूस करवाया कि वे यह नहीं जानते हैं कि कंपनियाँ कैसे चलाई जाती हैं और इस बात ने समीर को वास्तव में परेशान कर दिया था। ऐसे में समीर ने तय कर लिया था कि वे इन सबकी धारणा को ग़लत साबित करके रहेंगे।

समीर खुद को साबित करने के प्रति दृढ़ निश्चय थे, इसके पीछे कई कारण थे। उससे पहले वे परिवार के कई अन्य व्यवसायों में हाथ आज़मा चुके थे। उनमें से कई व्यवसाय पहले ही घाटे में चल रहे थे। मतलब साफ़ था कि अपने कॅरियर के शुरुआती दौर में ही वे नाकामयाबी का सामना कर चुके थे। परिवार की ज़रूरतों के लिहाज़ से देखा जाए, तो सारी उम्मीदें अब उनके न्यूज़पेपर बिज़नेस पर टिकी थीं। अख़बार के इस व्यवसाय में चुनौतियाँ और भी ज़्यादा थीं। ग्रुप का भविष्य काफ़ी हद तक इसके अख़बारों की सफलता पर निर्भर था।

रमेश चंद्र जैन ने बताया, 'जिस वक़्त समीर ने परिवार के मीडिया बिज़नेस में दिलचस्पी लेना शुरू की, उस वक़्त साहू जैन ग्रुप के ज़्यादातर अन्य बिज़नेस घाटे में चल रहे थे। समीर उससे पहले बिहार स्थित कंपनी की रोहतास इंडस्ट्रीज़, जो कि देश के बड़ी चीनी मिलों में से एक थी, सँभाल चुके थे।

जैन आगे बताते हैं, 'वे परिवार की उत्तर प्रदेश स्थित न्यू सेंट्रल जूट मिल्स में भी बतौर कार्यकारी निदेशक (प्रशासन) हाथ आज़मा चुके थे। लेकिन 1933-50 के दौरान फलने-फूलने वाला जूट बिज़नेस दुर्भाग्यवश अब बदतर हालत में पहुँच गया था। उद्योग मज़दूरों की समस्याओं से जूझ रहा था। समीर ने इसे पुनर्जीवित करने

की पूरी कोशिश की, लेकिन नाकामयाब रहे थे। वे वापस कलकत्ता स्थित अपने पुश्तैनी घर लौट आए।

रमेश चंद्र ने महसूस किया, 'हालाँकि उनका परिवार अब भी कमोडिटी व्यवसाय से जुड़ा हुआ था, लेकिन समीर मानसिक तौर पर इस क्षेत्र को नकार चुके थे। संभवतः यह सेंट स्टीफ़ेंस में उनकी शिक्षा-दीक्षा का नतीजा था। बिहार के दूरदराज के क्षेत्र में जाकर काम करना कभी भी उनकी पसंद नहीं थी। वे शहर में रहकर काम करना चाहते थे।'

समीर के शुरुआती दौर में बी.सी.सी.एल. के जिन लोगों ने उन्हें हल्के तौर पर लिया, ज़ाहिर है उन्हें इस युवा वारिस की प्रतिबद्धता का ज़रा भी गुमान नहीं था। लेकिन कुछ लोग ऐसे भी थे, जिन्हें समीर की क़ाबिलियत का अंदाज़ा हो गया था। समीर के भीतर कुछ तो ऐसा था, जिससे साफ़ झलकता था कि बिज़नेस उनके लिए महत्त्व रखता है और वे चाहते थे कि उन्हें गंभीरता से लिया जाए। अपने मृदुल स्वभाव वाले पिता के विपरीत वे कंपनी की कमान पूरी तरह अपने हाथ में रखना चाहते थे। वह दृढ़ फ़ैसले लेने और उन फ़ैसलों के अनुसार योजनाएँ बनाने व उन्हें लागू करने में यक़ीन रखते थे।

इंदर मल्होत्रा उनमें से एक थे, जो समीर की इन क्षमताओं का अंदाज़ लगा चुके थे। रमेश चंद्र ने कहा, 'शुरुआत में, समीर की क़ाबिलियत पूरी तरह प्रदर्शित नहीं हुई। लेकिन 1984 के मध्य तक समीर ने पूरी तरह से जता दिया था कि वे और सिर्फ़ वे ही इस अख़बार को अगले 30-40 वर्षों तक चलाने वाले हैं।'

काफ़ी समय तक उनके परिवार और रिश्तेदारों का वर्चस्व बना रहा। जब समीर ने अख़बारी व्यवसाय में प्रवेश किया तो उन्होंने पाया कि वास्तव में अख़बार की कमान पत्रकारों के हाथ में थी। हालाँकि, देश के ज़्यादातर अख़बारों में यही स्थिति थी। अगले कई वर्षों तक वे ऐसे ही हालात का सामना करते रहे थे।

ऐसी कई दंतकथाएँ हैं, जिनसे पता चलता है कि उस वक़्त अख़बार में एडिटर ही सर्वेसर्वा होते थे, जबकि मालिकों का स्थान दूसरे नंबर पर होता था। उदाहरण के तौर पर, समीर जैन या फिर कोई अन्य किसी भी सूरत में संपादक गिरिलाल जैन के कमरे में बेखटके नहीं जा सकता था। टाइम्स हाउस में यह बात सबको पता थी कि संपादक के कक्ष के बाहर निगरानी करते हुए एक चपरासी बैठा होता था, जो सपाट लफ़्ज़ों में हर मिलने आने वाले से कह देता था, 'साहब अभी एडिटोरियल लिख रहे हैं।' संपादक के कमरे के बाहर एक लाल बत्ती जलती रहती थी, जो यह संकेत देती थी कि संपादक अभी व्यस्त हैं और उन्हें डिस्टर्ब नहीं किया जा सकता। ये सारी बातें समीर जैन के कभी गले नहीं उतरीं।

एक वित्तीय अख़बार के कार्यकारी संपादक, जो कि 1980 के दशक में *द इकोनॉमिक टाइम्स* में बतौर रिपोर्टर काम कर चुके थे, ने एक वाकया याद करते हुए बताया कि जब समीर ने संपादकों के साथ अपना नज़रिया साझा करना शुरू किया, तो उनकी इन शुरुआती कोशिशों का किस हद तक विरोध हुआ था।[6]

उन्होंने स्मरण किया, 'मैं *इकोनॉमिक टाइम्स* में युवा संवाददाता था। मनु श्रॉफ संपादक थे। वैसे तो वे बॉम्बे ऑफ़िस में बैठते थे, लेकिन कभी-कभार दिल्ली भी आया करते थे। श्रॉफ एक अर्थशास्त्री थे और बतौर ब्यूरोक्रेट भी सेवा दे चुके थे। अपने काम के प्रति वे काफ़ी सख़्त थे और उनके काम में दख़लअंदाज़ी करना इतना आसान नहीं था। एक बार श्रॉफ संवाददाताओं के साथ मीटिंग कर रहे थे, तभी समीर जैन अंदर आए और अख़बार में अपने मन-मुताबिक कुछ बदलाव किए जाने पर चर्चा करने लगे। श्रॉफ ने उनकी तरफ़ ध्यान ही नहीं दिया। वे लगभग उपेक्षा करते हुए दूसरी तरफ़ देखने लगे। चूँकि हमारे संपादक ने मालिक के बेटे को कोई तवज्जो नहीं दी, इसलिए वहाँ बैठे हम सभी पत्रकारों ने भी उनसे कोई बातचीत नहीं की। समीर जैन कुछ समय तक अपनी बात कहते रहे, लेकिन जब उन्हें अहसास हुआ कि वहाँ कोई उनकी बातें नहीं सुन रहा तो वे कमरे से बाहर चले गए। समीर के साथ उनके शुरुआती वर्षों में अधिकतर वरिष्ठ संपादक इसी तरह पेश आया करते थे।'

संपादकों का सामना करना तो समीर ने बाद के वर्षों में शुरू किया। लेकिन उससे पहले उन्होंने जो सबसे पहली चीज़ की, वह थी कड़ा प्रशिक्षण लेना। जिस अख़बारी जगत में उन्होंने प्रवेश किया था, उसकी उन्हें बेहद कम जानकारी थी। वे उस व्यवसाय से जुड़े बाज़ार की पूरी जानकारी और समझ हासिल करना चाहते थे। उन्होंने अपनी एक छोटी-सी टीम तैयार की, जिसमें कई पत्रकार भी शामिल थे।

टाइम्स ऑफ़ इंडिया के एक पूर्व कार्यकारी संपादक गौतम अधिकारी उन दिनों समीर जैन के बेहद क़रीबी हुआ करते थे। उस दौर को याद करते हुए अधिकारी बताते हैं, 'समीर बेहद जिज्ञासु प्रवृत्ति के व्यक्ति थे। वे अक्सर मुझे लंबी सैर के लिए अपने साथ दिल्ली के एकांत क्षेत्र में ले जाया करते थे। वहाँ हमें माकूल वातावरण मिलता था, जहाँ हम बिना ट्रैफ़िक या अन्य अवरोध के आराम से बातें कर सकते थे।'[7]

अधिकारी ने बताया कि 'हम अख़बार जगत से जुड़े तमाम पहलुओं पर लंबी बातें किया करते थे। समीर सीख रहे थे और उनमें बहुत कुछ जानने की जिज्ञासा थी। इसमें कोई संदेह नहीं कि उन्होंने अच्छा-ख़ासा अध्ययन कर रखा था। वे मुझसे तमाम सवाल पूछा करते थे। वे मीडिया जगत के बारे में सब कुछ जान लेना चाहते थे और जानकारियों को बहुत अच्छी तरह ग्रहण कर लेते थे। हमारे बीच हुई बातचीत

से निकली जानकारियों का निचोड़ वे दिमाग़ में रखते तथा अगली चर्चा में कुछ और सवाल पूछते... समीर ने कमाल का दिमाग़ पाया है।'

मीडिया व्यवसाय पर हमारे बीच जो भी बातचीत होती, उससे मिली जानकारी को और पुख़्ता करने के लिए समीर ने उस विषय पर गहन अध्ययन भी किया। उन्होंने विज्ञापन, अख़बार उद्योग तथा मार्केटिंग के आपसी संबंध के बारे में विस्तृत अध्ययन किया। वे दुनियाभर के अख़बारों की सामग्री इकट्ठा करने के इच्छुक रहते थे।

तक़रीबन उन्हीं दिनों अपने बेटे वर्धमान की आँखों के इलाज के सिलसिले में उन्हें अमेरिका जाने का अवसर मिला। समीर जैन ने आगे की अपनी बहुत सारी योजनाएँ '80 के दशक के मध्य में विदेशी अख़बारों, ख़ासकर *द न्यूयॉर्क टाइम्स*, के आधार पर ही बनाई थीं।

अपने संप्रदाय के उच्च पदस्थ तथा समकालीन लोगों की अधिकांशतः अनदेखी झेल चुके समीर जैन ने अख़बारी कारोबार और बी.सी.सी.एल. के प्रबंधन को लेकर अपनी खुद की समझ विकसित करना शुरू कर दिया। जीवन को देखने का उनका अपना अलग व्यापक दृष्टिकोण था - उनका अपना विश्वदर्शन था।

चीज़ों को समझने और जानकारी हासिल करने के क्रम में समीर जैन ने कई अन्य माध्यम भी आज़माए। प्रदीप गुहा ऐसे व्यक्ति थे, जिनके बारे में माना जाता है कि समीर जैन को उनसे ख़ासा लगाव था। बी.सी.सी.एल. में गुहा की लंबी पारी रही है। यहाँ तक कि वे ग्रुप में कार्यकारी निदेशक और अध्यक्ष पद तक भी पहुँचे। ग्रुप के अख़बारों और पत्रिकाओं के ब्रांड में लाई गई तमाम तब्दीलियों में उनकी ख़ास भूमिका रही है।

अख़बारों में 'ग्लैमर' सामग्री ख़ासकर प्रसिद्ध 'पेज 3' की अवधारणा का श्रेय भी काफ़ी हद तक गुहा को ही जाता है। फ़िल्म जगत में गुहा की अच्छी पैठ रही है। *फ़िल्मफ़ेयर* और *फ़ेमिना* के स्वरूप में बदलाव लाने की प्रक्रिया में भी गुहा की अहम भूमिका रही है। सीधे तौर पर समीर जैन के साथ जुड़कर काम करने का भी गुहा को अनुभव रहा है। दोनों ने मिलकर मीडिया मार्केटिंग की परिभाषा ही बदल दी और अपने अख़बार को एक ब्रांड में तब्दील कर दिया।

अपने कार्यकाल के शुरुआती दौर में देश के पूर्वी हिस्से में चल रही कंपनी की गतिविधियों की निगरानी के लिए समीर जैन अक्सर कलकत्ता जाया करते थे। प्रदीप गुहा से उनकी मुलाक़ात वहीं हुई। गुहा को बॉम्बे से कलकत्ता वहाँ के कामकाज के निरीक्षण के लिए भेजा गया था। अख़बार में विज्ञापनों का दौर शायद तभी शुरू हुआ।

गुहा ने बताया, 'समीर जैन उन्हीं दिनों कार्यकारी निदेशक नियुक्त किए गए

थे और मुझे कलकत्ता पूर्व के कामकाज के निरीक्षण के लिए बतौर मैनेजर भेजा गया था।[8] 1983 के मार्च-अप्रैल की बात होगी, हमारे बीच चर्चाओं का दौर चलता रहा और उसका नतीजा यह रहा कि हमने इस व्यवसाय को लेकर एक ख़ास समझ हासिल कर ली। मेरा परिवार उनके 9, अलीपुर रोड स्थित घर पर रहता था। *टाइम्स ऑफ़ इंडिया* के भविष्य को लेकर हमारे बीच बहुत सारी चर्चाएँ और लंबी बातचीत होती रहती थी।'

बीते दिनों को याद करते हुए गुहा ने बताया, 'हम काफ़ी समय एक साथ गुज़ारा करते थे और ऐसी बहुत सारी चीज़ों पर हमारे विचार मिलते-जुलते थे। कई बार हम एक साथ नाइट क्लब चले जाया करते थे। कलकत्ता में *पिंक एलीफ़ैंट* से मेरा परिचय भी समीर ने ही करवाया था। कलकत्ता में *टाइम्स आई फ़ाउंडेशन* के लिए हम दोनों ने मिलकर काम किया। समीर जो भी काम करते, उसके प्रति पूरी तरह समर्पित होते थे, मानो उन्हें पता हो कि वे बदलाव ला सकते हैं।'

जब मैंने गुहा से पूछा कि समीर जैन किस तरह अपने व्यवसाय में बदलाव लाए, तो वे बोले, 'ऐसा नहीं है कि समीर ने किसी की नकल की हो। वे बेहद जिज्ञासु और एकाग्र मन के इंसान हैं। इसलिए, वे किसी एक स्थिति को देखते हैं और फिर उसे पूरी तरह भिन्न संदर्भ से जोड़ते हैं; और वह तब भी कारगर साबित होती है।'

गुहा बताते हैं, 'मुझे याद है उन दिनों समीर मस्त, आधुनिक और प्रगतिशील व्यक्ति भी हुआ करते थे। अपने व्यवसाय के भविष्य को लेकर वे बहुत ही पैनी सोच रखते थे। उन्होंने अपने अख़बार को एक उत्पाद के रूप में पहचाना। उनका मानना था कि अख़बार के महत्त्व को बहुत कम करके आँका जा रहा है। उन्हें महसूस हुआ कि हमें इससे अधिक मुनाफ़ा कमाने की ज़रूरत है। उन्हें लगता था कि सोने के साथ टिन की तरह बर्ताव किया जा रहा है।'

'असलियत यह थी कि कंपनी की आर्थिक दशा अच्छी नहीं थी, इसका उनके मन पर बड़ा बोझ था। हमारे पास सीमित संसाधन थे, मुनाफ़ा लगभग नहीं के बराबर था और कई केंद्रों पर तो कर्मचारियों की संख्या ज़्यादा और कुर्सियाँ कम थीं। आप यक़ीन नहीं करेंगे कि ऑफ़िस छोड़ने से पहले मैं अपनी कुर्सी साइकिल की चेन से टेबल के साथ बाँधकर घर जाया करता था, ताकि मेरे आने तक कोई कुर्सी को ले न जाए। तब हालात इतने सहज नहीं थे।'

समीर जैन के सीखने की शैली की चर्चा करते हुए गुहा ने बताया, 'वे दूसरों के विचारों और उनके सुझावों का खुले मन से स्वागत करते थे। बल्कि, अगर कोई सुझाव उन्हें ठीक लगता तो वे उसे आज़माने की भी कोशिश करते थे। बड़े चाव से वे सबकी बातें सुनते थे और उनका निचोड़ निकाल लेते थे। मेरे ख़याल से उनकी सबसे बड़ी ताकत यही थी कि वे अपने आसपास चल रही सारी चर्चाओं

तथा बातचीत पर बराबर नज़र रखते और उन्हें महत्त्व भी देते थे। उन चर्चाओं से निकली सभी ज़रूरी जानकारियाँ वे इकट्ठा करके उन्हीं को जोड़ते और एक बड़ी तसवीर तैयार कर लेते थे। और, उसी तसवीर को जब वे सबके सामने रखते तो चीजें अपने आप सहज हो जाती थीं।'

एक बार जब समीर जैन चीज़ों में उलझ जाते, तो उनके आसपास के लोगों के लिए उन्हें समझ पाना या उन्हें किसी ख़ास श्रेणी या अन्य में रख पाना मुश्किल हो जाता था। यहाँ तक कि जो लोग उनके बेहद क़रीब काम करते थे, उन्हें भी समीर कई बार एक पहेली की तरह लगते थे। समीर का अपना एक प्रभामंडल था, जैसे कि वे कोई रहस्य हों। समीर अपनी तरह के एक अलग ही इंसान रहे हैं। उनके व्यक्तित्व को समझ पाना कभी आसान नहीं रहा है। ज़्यादातर समय वे एक ख़ामोश और बेहद निजी व्यक्ति के तौर पर समझे जाते थे। वहीं दूसरी तरफ़, वे कई-कई घंटे बैठकों में बिज़नेस के बारे में अपने 'विचार' अपने से काफ़ी बड़े और अनुभवी लोगों को बताते हुए बिता दिया करते थे।

1980 के दशक में *टाइम्स ऑफ़ इंडिया* में काम कर चुके एक पत्रकार ने नाम न बताए जाने की शर्त पर कहा, 'समीर के साथ काम करना कभी सहज नहीं रहा। यह बात तब भी सच थी और आज भी सच है। एक व्यक्ति के तौर पर समीर बहुत ही जटिल इंसान हैं। बहुत कम लोग यह दावा कर सकते हैं कि वे समीर को समझ पाए, चाहे वे उनके क़रीबी रहे हों या उनके भरोसेमंद। वे अपने इरादों और योजनाओं को कभी किसी के साथ पूरी तरह नहीं बाँटते। किसी को उनकी सोच का कोई हिस्सा पता होता है तो अन्य को कोई और, लेकिन किसी को भी पूरी तसवीर का अंदाज़ा नहीं होता। कई बार तो ऐसा लगता है कि वे जानबूझकर लोगों में असमंजस की स्थिति बनाए रखते हैं।'

उनके काम और व्यक्तित्व की एक बड़ी विशेषता यह रही है कि वे हमेशा से एक ग़ैर राजनीतिक व्यक्ति रहे हैं। उस वक़्त किसी भी अख़बार के मालिक के लिए यह बड़ी असामान्य सी बात थी। ज़्यादातर मालिक अपने अख़बार को ताक़त और राजनीतिक प्रभुत्व हासिल करने का ज़रिया मानते थे। लेकिन समीर जैन की इन सबमें कोई दिलचस्पी नहीं थी। हालाँकि उनका यह रवैया कंपनी के पुनः आविष्कार के दौरान निर्णायक साबित हुई।

1980 के दशक के अंतिम वर्षों में अचानक *टाइम्स ग्रुप* छोड़कर प्रतिद्वंद्वी अख़बार *बिज़नेस स्टैंडर्ड* जॉइन करने से पहले तक टी.एन. नायनन की

इकोनॉमिक टाइम्स की कायापलट करने में अहम भूमिका मानी जाती है। मैं उनसे मुलाक़ात करना चाहती थी। हालाँकि उनसे मिलना मेरे लिए इतना आसान नहीं था। मैंने उन्हें उनके ऑफ़िस में फ़ोन किया और उन्हें अपने सवालों की एक सूची भी मेल पर भेज दी थी, जिसके साथ मेरा एक विस्तृत परिचय नोट भी था। तब जाकर वे नई दिल्ली के बहादुर शाह ज़फर मार्ग के लिंक हाउस स्थित अपने ऑफ़िस में मुझसे मिले।

नायनन ने भी मुझसे वही बात कही, 'अन्य मीडिया ग्रुप के मालिकों से अलग, समीर जैन हमेशा एक पूरी तरह से ग़ैर राजनीतिक व्यक्ति रहे हैं। उनका अपना कोई समानांतर उद्देश्य नहीं रहा है, जबकि अन्य प्रकाशकों की अपनी राजनीतिक महत्वाकांक्षाएँ रही हैं। बल्कि समीर का ज़्यादा ध्यान बिज़नेस के वित्तीय पहलू पर रहा है। उन्होंने परंपराएँ तोड़ीं, कोशिश करते रहे और ग़लतियाँ करने से कभी नहीं घबराए। वे लगातार प्रयोग करते रहे। वे अपने आप में निरंतर प्रयोगों की एक कहानी रहे हैं।'

ग्रुप के एक पूर्व विज्ञापन निदेशक एन.पी. सिंह[9] ने बताया, 'टाइम्स ग्रुप को तराशने और उसे नई दिशा देने में समीर जैन का अपना ग़ैर राजनीतिक नज़रिया बनाए रखना महत्त्वपूर्ण रहा है। एक तरफ़ समीर इस बात को लेकर बिल्कुल स्पष्ट थे कि उनके अख़बार अपनी 'मिशनरी' भूमिका निभाते रहें। आधुनिक व सुधारवादी रुझान में सामंजस्य रखकर बिज़नेस में आगे बढ़ते रहें। दूसरी तरफ़, यह भी ज़रूरी था कि उनके अख़बारों को सरकार का सहयोग मिलता रहे। समीर जैन में यह योग्यता थी कि वे अपने अख़बारों का फ़ोकस सरकार से हटाकर जनता पर केंद्रित कर सके। उन्हें किसी भी राजनीतिक पार्टी से निकटता मंजूर नहीं थी।'

देश के अन्य अग्रणी व्यावसायिक घरानों की ही तरह जैन परिवार के भी सभी राजनीतिक पार्टियों के साथ काफ़ी अच्छे संबंध थे और वे चाहते तो 'बातचीत' कर सरकार से काफ़ी सहयोग ले सकते थे। लेकिन समीर जैन की सोच अलग थी। वे राजनीतिक दबंगों के सामने झुकने को तैयार नहीं थे। यहाँ तक कि उन्होंने राजनीतिक गलियारों में कभी किसी से कोई 'दोस्ती ही नहीं रखी।' वे यह मानते ही नहीं थे कि राजनेता औरों से बढ़कर होते हैं।

अपने इस नज़रिए का उन्हें खामियाजा भी भुगतना पड़ा। 1990 के दशक के आख़िर में अशोक जैन के ख़िलाफ़ फेरा उल्लंघन के आरोप लगे और केस भी चला। उस दौरान व्यावसायिक घरानों ने ज़रूर दोस्ती का हाथ बढ़ाया और सहयोग भी दिया, लेकिन राजनीतिक गलियारों तथा अफ़सरशाही की तरफ़ से जैन परिवार को कोई मदद नहीं मिली। एक बार जब किसी उच्चपदस्थ ब्यूरोक्रेट से, जो कभी जैन परिवार के क़रीबी भी रहे थे, मिलने के लिए समीर जैन ने वक़्त लिया तो उन्हें

और उनके भाई को मंत्रालय के प्रतीक्षा कक्ष में काफ़ी देर इंतज़ार भी करवाया गया।

एक पूर्व संपादक, जो अपने नाम का उल्लेख नहीं करना चाहते, याद करते हैं कि जब *टाइम्स ऑफ़ इंडिया* के कुछ अंतिम नामी-गिरामी संपादकों में से एक गिरिलाल जैन को पद छोड़ने के लिए कहा गया, तब सत्ताधारी कांग्रेस पार्टी के कुछ सदस्यों ने तत्कालीन प्रधानमंत्री से संपर्क कर उनका कार्यकाल बढ़वाने के लिए बात की थी। साथ ही, वे दिलीप पडगाँवकर के तथाकथित वामपंथी झुकाव के चलते उन्हें कार्यकारी संपादक के तौर पर लाने के ख़िलाफ़ भी थे।

तत्कालीन वित्त सचिव ने अशोक जैन को बातचीत के लिए आमंत्रित किया। बैठक में समीर जैन भी अपने पिता के साथ मौजूद थे। वित्त सचिव ने कहा कि, अगर गिरिलाल जैन का कार्यकाल बढ़ाया जा सके तो जैन के ख़िलाफ़ चल रहे मामलों पर सरकार अपना रवैया नरम रख सकती है। इस प्रस्ताव पर अशोक जैन के मन में कुछ झिझक ज़रूर पैदा हुई, लेकिन माना जाता है कि समीर जैन ने वित्त सचिव को साफ़ कह दिया था, 'आप अपने काम से मतलब रखें, मुझे अपना काम करने दें।' गिरिलाल जैन का कार्यकाल नहीं बढ़ा और दिलीप पडगाँवकर कार्यकारी संपादक बनाए गए।

सरकार और प्रशासन के साथ समीर जैन की दूरी पहले से ही स्पष्ट थी और उन्हें सरकार से पंगा लेने में मज़ा भी आता था। रमेश चंद्र जैन ने मुझसे कहा था : 'मेरे लिए समीर के साथ निभाना मुश्किल हो रहा था। मैं बहुत पहले ही कंपनी से अलग हो गया होता, लेकिन सिर्फ़ अशोक (समीर के पिता) की ख़ातिर मैंने ऐसा नहीं किया।'[10]

आर.सी. जैन याद करते हैं, '1980 दशक के शुरुआती दौर में एक बार जब इंग्लैंड की महारानी नई दिल्ली के दौरे पर आई थीं, तब मैं भी प्रधानमंत्री निवास पर आयोजित रात्रिभोज के लिए आमंत्रित था। समीर उसी समय अमेरिका के दौरे से लौटे थे। उन्होंने मुझे किसी काम से कलकत्ता जाने के लिए कहा, और मैंने उन्हें बताया कि एक ज़रूरी व्यस्तता की वजह से मैं ऐसा नहीं कर सकता। वे नाराज़ हो गए। "महारानी? महारानी को इतनी अहमियत क्यों", वे जानना चाहते थे। कुछ ही दिनों बाद 4, तिलक मार्ग (मध्य दिल्ली में जैन परिवार की एक संपत्ति) पर *फ़िल्मफ़ेयर* की पार्टी थी। समीर पहले ही अशोक को हमारी बातचीत का ब्योरा दे चुके थे। तब अशोक के कहने पर मुझे प्रधानमंत्री निवास का डिनर छोड़ना पड़ा था और मैं कलकत्ता चला गया।'

कई मामलों में समीर एक पक्के आध्यात्मिक प्रवृत्ति के व्यक्ति थे। समीर बी.सी.सी.एल. में पद ग्रहण करने के बहुत पहले से आश्रमों में जाते और ध्यान लगाया करते थे। एक कथन के मुताबिक, एक समय था जब उन्होंने अपने परिवार को यह कह दिया था कि वे संन्यासी बनना चाहते हैं। लेकिन उनके पिता ने उन्हें धमकी दी कि अगर वे संन्यास लेंगे, तो वे उनका परित्याग कर देंगे।

समीर ने तब संन्यास तो नहीं लिया, लेकिन उनका आध्यात्मिक झुकाव बना रहा और इसका प्रभाव उनके बिज़नेस के तौर-तरीकों पर भी दिखा। वे एक जटिल व्यक्ति के तौर पर ही देखे गए, जिन्हें समझ पाना और जिनके बारे में कुछ भी कह पाना हमेशा मुश्किल रहा। समीर के कुछ कर्मचारी उनके व्यक्तित्व के इस पक्ष से काफ़ी प्रभावित रहे। *नवभारत टाइम्स* के एक संपादक बाल मुकुंद सिन्हा के मुताबिक, 'समीर की आध्यामिकता को समझने के लिए उसे अनुभव करना ज़रूरी था। यह एक आत्म-प्रतिबिंबित, आत्म जागरूकता और गहरे ध्यान जैसी है।'

मध्य दिल्ली स्थित समीर जैन के घर का नाम सुजागी यानी स्व-जागृत है। संपादक आगे बताते हैं, 'जब तक समीर दिल्ली में होते हैं, तो अति सक्रिय (संपादक हवा में मुक्का दिखाते हैं) रहते हैं, हर पक्ष पर जूझते रहते हैं, लेकिन जब वे हरिद्वार स्थित अपने घर चले जाते हैं, तो वहाँ बस आराम करते हैं, पढ़ते हैं, टेलीविज़न देखते हैं या सिर्फ़ विचार करते रहते हैं। वहाँ अपने आसपास के लोगों के साथ बातचीत करते हैं। वे अपने चौकीदार से भी बात करने में नहीं हिचकते हैं। किसी भी बातचीत में सीखने लायक़ कोई-न-कोई बारीकी वे पकड़ ही लेते हैं।'

समीर जैन के साथ युवावस्था से ही जुड़े रहे एक सहयोगी ने विस्तार से बात की। उन्होंने कहा, 'जीवन के प्रति समीर का हमेशा से ही निर्लिप्त नज़रिया रहा है। उनका मानना है कि व्यक्ति को अपने जीवन की बागडोर अपने हाथ में रखनी चाहिए न कि वह आसपास की घटनाओं और परिस्थितियों से नियंत्रित हो। समीर कहते हैं कि अपने जीवन में होने वाली हर घटना को एक चलचित्र की तरह देखें।'

एक उद्योगपति के तौर पर जहाँ समीर ने सराहनीय मुक़ाम हासिल किए, वहीं उन्होंने भावशून्य होकर कुछ ऐसे भी क़दम उठा लिए जो बेहद ग़लत साबित हो सकते थे। कुछ लोग उनके इस स्वभाव को भी आध्यात्म से जोड़कर उसका वर्णन करते हैं। उनका कहना है कि 'अनासक्त रहकर बिज़नेस करने का यह एक बड़ा उदाहरण है। लोग कहते हैं कि वे दुनियादारी में भी हैं और इससे अलग भी हैं।'

अष्टावक्र गीता में बताया गया है, 'किसी दृष्टिगोचर के प्रति आकर्षित होना दुनिया से जुड़े रहने की निशानी है, तो ऐसा न होना मुक्त मन दर्शाता है।' अपनी इस किताब के मुख्य नायक के व्यक्तित्व को समझने के लिए अभी-अभी मैंने इसे पढ़कर ख़त्म किया है। यहाँ तक कि किसी की मौत हो जाने पर भी समीर एक अलग

ही नज़रिया बनाए रखते हैं। *अष्टावक्र गीता* में यह भी बताया गया है, 'जब मन और अधिक की इच्छा करना छोड़ देता है, जब शोक नहीं करता, बलिदान नहीं देता, स्वीकार नहीं करता, हर्ष और विषाद से ऊपर उठ जाता है, तभी मुक्ति मिलती है।'

एक हादसे में समीर जैन ने अपना बेटा खो दिया था। उसके बाद सुजागी में आयोजित प्रार्थना सभा के दौरान समीर अपनी बहन नंदिता का हाथ पकड़कर नृत्य करने लग गए थे, मानो वे अवचेतन अवस्था में हों। वहाँ मौजूद *टाइम्स ऑफ़ इंडिया* के कई बड़े संपादक यह देखकर भौंचक्के रह गए थे। लेकिन समीर का कहना था कि मृत्यु का मतलब यह है कि अब उनका पुत्र इस ब्रह्मांड में उपस्थित अनंत ऊर्जा का हिस्सा बन गया है।

समीर जैन (वास्तव में बी.सी.सी.एल.) ने पत्रकारिता और मार्केटिंग के क्षेत्र में प्रतिभाओं पर हमेशा पैनी नज़र रखी। उच्च पदों के लिए लोगों के चयन का उनका अपना अलग ही मानदंड रहा। जिन लोगों को वे *टाइम्स ऑफ़ इंडिया* के संपादन और नए प्रतिमानों में अगुआई के लिए लेकर आए, उनमें से एक थे दिलीप पडगाँवकर। 1988 में कंपनी से जुड़े दिलीप पेरिस की यूनिवर्सिटी सॉरबोन से पढ़े एक विद्वान पंडित हैं, जो कि संभवतः वेदों के अच्छे जानकार हैं क्योंकि वे फ़्रेंच कवि, उपन्यासकार और कलाकार विक्टर ह्यूगो के साथ थे।

जब मैं फ़रवरी 2003 में दक्षिण दिल्ली की डिफेंस कॉलोनी स्थित घर पर पडगाँवकर से मिली तो उन्होंने कहा, 'समीर जैन ऐसे लोगों को पसंद करते हैं, जो अपने भीतर झाँक सकते हैं। हर मायने में वे अंतर्मुखी स्वभाव के हैं। समीर जैन अगर आपकी थाह लगा पाने में सक्षम हैं, तो वे आपको उस हाल में भी स्वीकार कर लेंगे, जब आप कुछ हद तक अजीब अथवा विचित्र अवस्था में हों। वे लीक से हटकर चलने वाले लोगों को पसंद करते हैं। उन्हें वे लोग पसंद नहीं, जो एक ही सीध में चलते रहते हैं। वे चौकन्ने दिमाग़ वालों को ढूँढ़ते हैं।'

पडगाँवकर ने बताया, 'समीर जैन में यह क्षमता है कि वे किसी भी समस्या पर हर पहलू से ग़ौर करते हैं। जब वे किसी विषय पर चर्चा के लिए आपको बुलाते हैं, तो वे न केवल विषय वस्तु का विस्तार से अध्ययन कर चुके होते हैं, बल्कि उसके सभी संभावित विरोधों पर भी विचार कर चुके होते हैं।'

नवभारत टाइम्स के संपादकीय पृष्ठ के संपादक बाल मुकुंद सिन्हा ने हाल ही में मुझे बताया, 'समीर मूल रूप से एक स्कॉलर हैं। अगर वे मीडिया बिज़नेस में नहीं होते, तो एक सफल प्रोफ़ेसर होते। उनके दिमाग़ में हर चीज़ की एक विस्तृत तसवीर तैयार रहती है।'

इस बात पर भी काफ़ी चर्चा सुनने को मिली कि किस तरह समय-समय पर वे अपने अख़बारों के संपादकीय में हस्तक्षेप करते रहे हैं और किस तरह शुरू में

अजीब लगने वाले उनके सुझाव अंत में सफल रहे हैं। उदाहरण के तौर पर, कुछ साल पहले उनकी तरफ़ से सुझाव आया कि उनके अख़बारों के मुखपृष्ठ ख़बरों और लेखों से भरे होने चाहिए। उनका कहना था कि ख़बरें कम शब्दों में, लेकिन सटीक लिखी हुई हों। बड़े मनोयोग से लिखे जाने वाले अपने लंबे और भारी-भरकम लेखों पर सीधे तौर पर आघात महसूस करने के साथ ही संपादकगण समीर के इस सुझाव से काफ़ी विचलित हो उठे थे। उन्हें डर था कि इससे अख़बार का पेज बहुत अस्तव्यस्त-सा दिखेगा।

उन्होंने कहा, 'समीर जैन की दलील थी कि भारतीयों को अस्तव्यस्तता पसंद आती है। इसके पीछे उन्होंने तर्क दिया कि आप किसी भारतीय के सामने एक थाली परोसें, जिसमें दर्जन भर कटोरियाँ लगी हों। वे प्रसन्न हो जाएँगे। हो सकता है कि वे सारा कुछ नहीं खा पाएँ, लेकिन वे विकल्प चाहते हैं। जितना ज़्यादा होगा, उतना ही बेहतर होगा।'

उनकी सलाह थी कि मुखपृष्ठ पर कम से कम 10 से 12 ख़बरें लगी होनी चाहिए। अगर विज्ञापन की वजह से जगह की कमी हो तो भी सात से आठ ख़बरें ज़रूर रखें। थाली वाले अपने तर्क के अलावा वे इस तथ्य को लेकर भी संवेदनशील थे कि उनके पाठक दिन-ब-दिन व्यस्त होते जा रहे हैं और दैनिक अख़बार पढ़ने के लिए उनके पास औसतन मात्र 18 से 22 मिनट ही होते हैं।

दिसंबर 2001 में जब मैं स्तंभकार बची करकरिया से बॉम्बे में मिली थी, उस वक़्त वे *टाइम्स ऑफ़ इंडिया* छोड़कर *मिड डे* में काम कर रही थीं। बची अपनी तीक्ष्ण और बढ़िया लेखनी के लिए जानी जाती हैं। उन्होंने बताया, '1980 के दशक के मध्य में समीर कंपनी में आए और आते ही विवादों में घिर गए।'

बची बताती हैं, 'समीर जैसे थे और आगे उनके जो भी इरादे थे, मुझे वह सब साफ़ दिख रहा था। लगा था एक शैतान पहुँच चुका है, जो पत्रकारिता को बेचने और बिज़नेस की दरिया में डुबोने के लिए तैयार है। लेकिन किसी को उनका असाधारण दिमाग़ नज़र नहीं आया था। उनका दिमाग़ एक बड़े स्पंज की तरह है। उनके अंदर क़ाबिलियत है कि वे अपनी सोच बिलकुल सीधी रखते हैं और उनकी हर गतिविधि पहले से सोची-परखी होती है। वे जल्दबाज़ी में कभी कोई फ़ैसला नहीं लेते। वे पूरी तरह और हमेशा नियंत्रण में रहते हैं।'

मुझे याद है कि मुझे समीर जैन को बेहतर तरीक़े से समझने के लिए एडवर्ड डी बोनो की किताब *लैटरल थिंकिंग* पढ़ने की सलाह दी गई थी। करकरिया ने जो कहा, उसे आगे स्पष्ट करती हैं। उनके मुताबिक, 'मैंने देखा कि समीर का दिमाग़ किस तरह काम करता है। यह बिलकुल अनोखा है।' उन्होंने मुझे इसका एक उदाहरण भी दिया।

'प्लैनेट एम (कंपनी का म्युज़िक रीटेल वेंचर) के लिए संभावित टाई-अप के संबंध में बातचीत के दौरान समीर जैन फ़ैशन के बारे में बात कर रहे थे। लेकिन रोचक बात यह थी कि वे इस बातचीत को एक बहुआयामी और बौद्धिक स्तर तक ले गए। उन्होंने बताया कि कैसे फ़ैशन का मतलब सभ्य दिखने से है। उन्होंने यह कैसे किया, इसके अनुभव के लिए आपको वहाँ मौजूद होना चाहिए था।' बची ने याद करते हुए कहा, 'वे कुछ हद तक मौलिक थे। उन्होंने उपभोक्ताओं की ख़ुशी की बात की। उन दिनों ऐसा करना क्रांतिकारी था; पूरी तरह से असाधारण।'

कुछ ऐसे लोग भी हैं, जो उनके व्यक्तित्व की गहराई व जटिलता को समझ सकते हैं, और उसके स्याह पक्ष को भी। इस कहानी को बेहतर ढंग से समझने की अपनी इच्छा को देखते हुए मैंने डॉ. चंदन मित्रा से संपर्क किया, जो वर्तमान समय में *द पायनियर* के मालिक व संपादक और भाजपा सांसद हैं। एक समय वे *द टाइम्स ऑफ़ इंडिया* के स्टार जर्नलिस्ट हुआ करते थे। उन्होंने समीर जैन को क़रीब से परखा और उन पर वास्तविक अंतर्दृष्टि भी रखी।

टाइम्स हाउस के अपने दिनों को याद करते हुए मित्रा ने नवंबर 2001 में मुझसे कहा : 'वे आज़ादी के बाद के कुछ बेहतरीन दिमाग़ वाले लोगों में से एक हैं। वे *बेनेट, कोलमैन एंड कंपनी लिमिटेड* के लिए एक कॉर्पोरेट कल्चर चाहते थे। कई बार उनके विचार बेहद विचित्र होते थे, लेकिन उनका तर्क अकाट्य होता था। हर मामले में उनका दिमाग़ अंतिम विवरण तक काम करता है।'

मित्रा के मुताबिक, 'फिर भी, समीर जैन के साथ काम करने का अनुभव अस्थिर करने वाला और तकलीफ़देह था, हालाँकि उस दौरान काफ़ी कुछ सीखने को था। लोगों ने उनको लेकर मन में एक फ़ोबिया विकसित कर लिया था। समीर जैन ने सिर्फ़ उन्हीं लोगों को पसंद किया जो तर्क करते थे; वे एक पक्के मछुआरे की तरह थे, जो मछली पकड़ने के लिए हर समय पीछा करता है, लेकिन जैसे ही पकड़ में आ जाती है, उसमें उसकी रुचि ख़त्म हो जाती है। ऐसा सिर्फ़ उन्होंने बौद्धिक रोमांच की तलाश में किया।'

समीर जैन के अप्रत्याशित, स्वतंत्र विचारों वाले व्यवहार संबंधी तमाम कहानियाँ हैं। *द टाइम्स ऑफ़ इंडिया* के पूर्व वॉशिंगटन संवाददाता रमेश चंद्रन बहुत साल पहले का एक वाकया याद करते हैं, जब समीर जैन *द न्यूयॉर्क टाइम्स* के संपादक से लंच पर मिले थे।[11]

वे बताते हैं, 'समीर जैन बहुत कम खाते हैं। ऐसे में, जब हम खाते थे, तब वे *न्यूयॉर्क टाइम्स* के संपादक का साथ देने के लिए चुपचाप बैठे रहते थे, जबकि *न्यूयॉर्क टाइम्स* के संपादक बिना रुके बातें कर रहे थे। जब वे अपनी कंपनी और अपने अख़बार के बारे में बोलते रहे, समीर चुपचाप, उदासीन और दूरी बनाए हुए

बैठे रहे। तक़रीबन एक घंटा बीत जाने के बाद *न्यूयॉर्क टाइम्स* का वह शख़्स समीर जैन के रूखेपन से खीझ गया। जब वह व्यक्ति जाने के लिए लगभग तैयार था, तब समीर जैन ने उससे बातें करना शुरू कर दीं। 20 मिनट से भी कम समय में, उन्होंने आश्चर्यजनक रूप से दिमाग़ दौड़ाया और *न्यूयॉर्क टाइम्स* के प्रतिनिधि को कुछ बहुत ही बढ़िया सुझाव दे डाले। उस समय *न्यूयॉर्क टाइम्स* के संपादक का चेहरा देखने लायक़ था, वे घबरा गए थे।' चंद्रन कहते हैं, 'बाद में उन्होंने मुझसे कहा कि इस तरह के दिमाग़ वाले व्यक्ति (जैन) को तो *द न्यूयॉर्क टाइम्स* के बोर्ड में होना चाहिए।'

मार्केटिंग विभाग के एक पूर्व डायरेक्टर सतीश मेहता, जिन्होंने संस्थान के कायापलट में सहायक की भूमिका निभाई थी, समीर जैन के व्यक्तित्व की अधीरता और ज़िद वाले हिस्से को याद करते हैं।[12] वे कहते हैं, 'उनके पास विचारों का भंडार था। उनकी कल्पनाशीलता और उद्यम की क्षमता शायद अतीत में दबी हुई थी। इसीलिए, बाद के दिनों में ऐसा लगा कि इन सभी को वे एक बार ज़रूर आज़माना चाहते हैं। ऐसा महसूस होता था, जैसे वे रुकना नहीं चाहते थे।'

समीर जैन के व्यक्तित्व के कुछ रोचक अंदरूनी पहलू तब उभरकर आने लगे, जब द टाइम्स ग्रुप के सम्माननीय संपादकों पर बात आई। कई मामलों में, यह भविष्य में होने वाले बदलावों के अनुकूल फ़ैसले लेने का वक़्त भी था।

शायद उनके मन में पत्रकारों और उनकी प्रभावशाली स्थिति के प्रति कुछ नापसंदगी पैदा हो गई थी। वे इस तथ्य को लेकर असहज थे कि जब अख़बार के मालिक खुद को लो प्रोफ़ाइल रखते हैं, तो संपादक और उनके मातहत चर्चा में बने रहने वाले कौन होते हैं। नेता और प्रशासनिक अधिकारी पत्रकारों के सीधे संपर्क में होते हैं और अख़बार का मालिक शायद ही कभी उनसे सीधे बातचीत करता है।

कुछ ऐसे लोग हैं, जिनका मानना है कि बदलावों की ज़रूरत से अलग भी शायद पत्रकारों के ख़िलाफ़ उनका कोई 'छिपा हुआ एजेंडा' था। संस्थान के पुनर्गठन के बाद समीर जैन के क़रीब रहकर काम करने वाले एक संपादक ने अपनी पहचान गुप्त रखने की शर्त के साथ स्वीकार किया कि उस समय समीर जैन पत्रकारों से 'गहरी घृणा' करते थे।

वे याद करते हैं, '1986 में द टाइम्स ग्रुप ने राजीव गाँधी सरकार के तत्कालीन केंद्रीय मंत्री कृष्ण कुमार के सम्मान में एक पार्टी का आयोजन किया था। जब डिनर का समय हुआ और मेहमानों का एक-दूसरे से परिचय करवाया जा रहा था, कृष्ण कुमार ने गिरिलाल जैन के बैठने के लिए एक कुर्सी खींची। उस वक़्त मैं समीर

जैन के पास ही खड़ा था, तब उन्होंने (जैन) कहा कि यह पार्टी कंपनी और उन्होंने आयोजित की है। ऐसे में, यह अजीब बात नहीं है कि मंत्री ने संपादक के लिए कुर्सी खींची, अख़बार के मालिक के लिए नहीं?'

इसके बाद, समीर जैन ने पत्रकारों पर अपना वर्चस्व साबित करने और उन्हें उनकी जगह दिखाने के लिए एक दिशानिर्देश जारी किया, जिसमें कहा गया था कि अब हर किसी को उसके ओहदे से पुकारा जाएगा। ऐसे में, कंपनी के सभी वरिष्ठ संपादक, जो अब तक समीर जैन को उनके नाम से पुकारते थे, अब उन्हें जे.एम.डी. (जॉइंट मैनेजिंग डायरेक्टर) संबोधित करने लगे और बाद में वी.सी. यानी वाइस चेयरमैन।

जब सरकार ने सात वर्षों के लिए बी.सी.सी.एल. को अपने नियंत्रण में ले लिया था, तब समीर अपनी उम्र के दूसरे दशक में थे। उन्होंने ऐसा महसूस किया कि अख़बार के कुछ पत्रकारों ने ही कंपनी में अनियमितताओं के बारे में सरकार के कान भरकर समस्या की शुरुआत की है। यह काफ़ी मुश्किल वक़्त था और समीर जैन सारी समस्याओं के लिए अपने ही अख़बार के पत्रकारों को दोषी ठहरा रहे थे।

बलजीत कपूर याद करते हैं, 'समीर के मन में शायद उन्हीं दिनों की यादें बैठी हुई थीं, वे संपादक को उनकी जगह दिखा देना चाहते थे। वे सोचते थे कि संपादक खुद को बहुत महत्त्वपूर्ण समझने लगे हैं। "जबकि संपादक सिर्फ़ कंपनी का एक कर्मचारी है और उसका काम सिर्फ़ समाचारों की प्रोसेसिंग करना है।"'

समीर जैन अख़बार पर अधिक नियंत्रण चाहते थे। उन्हें लग रहा था कि संपादक उनकी स्वायत्तता छीन रहे थे। उन्होंने पाया कि वे अपनी पसंद के लोगों को कंपनी में नियुक्त नहीं कर पा रहे हैं। साथ ही, यह भी कि वे अपनी मर्ज़ी के मुताबिक मौजूदा व्यवस्था में कुछ जोड़ या घटा नहीं पा रहे थे। इन सारे अवरोधों से वे परेशान थे।

उनके शुरुआती दिनों में एक शीर्ष पदस्थ संपादक ने समीर जैन को प्रशिक्षु मानकर उनका अनादर करने की कोशिश की थी। उन संपादक महोदय ने समीर पर टिप्पणी की थी, *'लड़का ठीक है, लेकिन उसे अभी पढ़ना है, सीखना है।'* समीर को तब यह बात बेहद नागवार गुज़री थी। उसके जवाब में समीर ने लोगों को *न्यूयॉर्क टाइम्स* और अन्य अख़बारों के लेख भेजने शुरू कर दिए। वे यह बताना चाहते थे कि उन संपादक की धारणा के विपरीत वे पहले से ही पर्याप्त शिक्षित और पढ़े-लिखे व्यक्ति हैं।

उसके बाद उन्होंने संपादकों को आड़े हाथों लेना शुरू किया। बताया जाता है कि एक बार किसी चर्चा के दौरान संबोधित करते हुए समीर ने साफ़ शब्दों में कह दिया था, 'कृपया, सभी संपादक ध्यान दें। अगर आपकी प्रधानमंत्री के साथ मुलाक़ात

तय हो और उस बीच मैं आपको बुला लूँ, तो आपको पी.एम. के साथ मीटिंग रद्द करके फ़ौरन मुझसे मिलने आना होगा।' समीर का यह कथन सबके मन में बैठ गया था। हालाँकि सभी संपादक इस वाकये का ज़िक्र मज़ाक में करते हैं, लेकिन समीर के उस फ़रमान की अनदेखी करने की हिमाकत आज भी कोई नहीं कर सकता। जब भी वे कुछ कहते हैं, उसका पालन किया जाता है।

उन्हें यह बात काफ़ी परेशान करती थी कि अख़बार जब भरोसा हासिल करता है, तो उसका श्रेय संपादकों को जाता है, जबकि बात बिगड़ने पर खामियाजा मालिकों को भुगतना पड़ता है। प्रदीप गुहा ने याद करते हुए कहा, 'वे हमेशा कहते थे, "असुविधा का बोझ हमेशा मेरे हिस्से आता है।" वे चाहते थे कि वे चाहे कुछ भी करें, उनकी टीम हर हाल में पूरी तरह उनके समर्थन में और उनके साथ खड़ी रहे। और, जब ऐसा नहीं हुआ तो दोनों पक्षों में टकराव की स्थिति बन गई। इस तरह के हालात समीर को विचलित करते थे और उनका नतीजा भी अच्छा नहीं होता था।'

संस्थान के बाहर के स्वतंत्र पर्यवेक्षकों ने भी पुष्टि की है कि जैन पत्रकारों को नापसंद करते हैं। अपनी सम्माननीय किताब *पेपर टाइगर्स* में निकोलस कोलरिज ने लिखा है, 'समीर जैन अपने संपादकों और पत्रकारों को एक ऐसे तत्व के रूप में देखते हैं, जिनकी शक्तियों को लगातार ख़त्म करते रहना ज़रूरी है। ("संपादकीय फ़्लोर पर जमे कुलीन ब्राह्मणों का") उन्हें संपादकों के बजाय अपने मैनेजरों को बेहतर ऑफ़िस देने में ख़ुशी होती थी।'[13]

उनके अंदर की एक विद्रोही प्रवृत्ति, और मान्यताओं, परंपराओं व रिवाज़ों के प्रति काफ़ी हद तक अनादर का भाव आज भी बरक़रार है। सवाल यह है कि क्या समीर उस तानाशाह की तरह हैं, जिसकी मर्ज़ी ही सर्वोपरि होती है?

इस पर भी कोई आम विचार नहीं मिला। कुछ ऐसे लोग हैं, जिनका मानना है कि अपनी एकनिष्ठता के सामने समीर ने किसी बात की परवाह नहीं की, यह अलग बात है कि उनके तरीके और उनकी नीति को ठीक से समझा नहीं गया। टाइम्स हाउस में संपादकीय पृष्ठ के एक संपादक ने कहा, 'समीर जैन ने काम करने का अपना खुद का तरीका तय कर लिया था। उनके स्टाफ़ को उसे समझना और स्वीकार करना होता था। वी.सी. अख़बारों के रोज़मर्रा के कामों में कोई दख़ल नहीं देते थे। वे पुतले नचाने वाले मास्टर की तरह हैं। वे आपकी तरफ़ एक आइडिया फेंकेंगे और क्या आपने उसे समझ लिया। लेकिन आपसे उम्मीद की जाती है कि आप उसे समझ लेंगे।

'अच्छे दर्जे की बहस उन्हें पसंद है। वे कभी किसी संवाददाता को किसी विषय पर चर्चा के लिए नहीं बुलाते। इसके लिए वे या तो संपादकों को बुलाते या

संपादकीय पृष्ठ के लिए काम करने वाले लोगों को। वे आपको पूरा सम्मान देंगे और आपके हिसाब से बातें करेंगे। वे बहुत मीठा बोलने वाले और नरम स्वभाव के व्यक्ति हैं और कभी भी आपको सीधे आदेश नहीं देंगे। यह हमेशा एक संकेत या सहज सुझाव के रूप में होगा। आपको बस उनका इशारा समझ लेना होगा। यही बात उन्हें दिलचस्प और मुश्किल दोनों बनाती है, जो इस बात पर निर्भर करता है कि आप उनमें कितना निवेश करने के इच्छुक हैं।'

मैंने इन संपादक से पूछा कि क्या समीर जैन मूडी हैं, जैसा कि अक्सर आरोप लगाया जाता है। तब उन्होंने कहा, 'मैंने उनको कभी आपा खोते नहीं देखा। वी.सी. को समानता पसंद है। आप अक्सर स्वामी (*द इकोनॉमिक टाइम्स* के पूर्व मुख्य संपादक स्वामीनाथन अय्यर, जो अब भी अख़बार के लिए एक कॉलम लिखते हैं और सलाहकार संपादक हैं) और वी.सी. को ऑफ़िस के गलियारे में खड़े होकर पुराने दोस्तों की तरह बातें करते देख सकते हैं। जब भी वी.सी. अच्छे मूड में होते हैं, तब बंगाली संपादकों के साथ *"केमोन आच्छो?"* (आप कैसे हो?) बोलते हुए बात शुरू करते हैं।

वे कहते हैं, 'समस्या यह है कि अधिकतर पत्रकार सलाह लेना पसंद नहीं करते और अपने प्रकाशकों से तो बिल्कुल नहीं। वे नहीं सुनेंगे। और, उनकी यही बात विवाद की वजह बनती है।'

फ़ाइनेंशल क्रॉनिकल के संपादक सुभ्रांशु रॉय, जो पहले *इकोनॉमिक टाइम्स* में काम कर चुके हैं, ने समीर के व्यक्तित्व पर अपनी राय ज़ाहिर की। उन्होंने कहा, 'समीर कोई तानाशाह नहीं हैं, बल्कि वे तो ज़मीन से जुड़े इंसान हैं। मैंने उन्हें कभी अपना आपा खोते और किसी पर नाराज़ होते हुए नहीं देखा। वास्तव में वे दूसरों के प्रति काफ़ी संवेदनशील हैं। लोगों की अजीब सी आदत है कि उन्होंने उनकी नकारात्मक छवि बना दी है। या तो लोग उन्हें अपना आदर्श मानते हैं या फिर उनका वर्णन इस तरह करते हैं जैसे वे कोई शैतान हों।

रॉय ने कहा, 'समीर जैन एक संपादक-प्रकाशक हैं; वे पत्रकार विरोधी नहीं हैं। बल्कि यह कहा जा सकता है कि जिन अधिकांश संपादकों को मैं जानता हूँ, उनमें वे बहुत बेहतर हैं। वे अपनी पत्रकारिता बख़ूबी जानते हैं। समीर जैन *टाइम्स ऑफ़ इंडिया* के एक विवेकशील और बौद्धिक मसीहा के समान हैं। समीर का मानना था कि संपादकों को उनसे दिक्कत इसलिए है क्योंकि उनके निजी हित कहीं और हैं।' वे तर्क करते हैं, 'हर वह संपादक जिसने समीर के साथ काम किया है, उनका कहीं न कहीं अपना हित रहा है, जो पूरा नहीं हुआ और जिनके अहंकार पर बड़ा आघात हुआ होगा।'

रॉय कहते हैं, 'प्रकाशक और संपादक के बीच इस प्रतिद्वंद्विता में जिस हद

तक प्रकाशक अख़बार का संपादक बन जाना चाहता है उतना ही संपादक भी कहीं न कहीं खुद को प्रकाशक की भूमिका में लाने की कोशिश में रहता है। दोनों के बीच टकराव हमेशा की कहानी है। लेकिन समीर ने इसे तोड़ने की कोशिश की और वे इन बातों से आगे भी निकल गए। एक पर्यवेक्षक की दृष्टि से मैं सचमुच यह मानता हूँ कि समीर एक बेहतरीन संपादक हैं।'

उनके संपादकों से बातचीत करने के बाद यह बिलकुल स्पष्ट था कि समीर अख़बार में छपने वाले संपादकीय कॉलम के प्रति गहरी रुचि रखते हैं और उनकी यह दिलचस्पी आज भी बरक़रार है। बहुत हल्के तौर पर वे हस्तक्षेप करते हैं या अपने विचार रखते हैं। कई बार उनके सुझावों का मतलब निकालकर उसके अनुसार संपादकीय में उचित बदलाव लाने में संपादकों को ख़ासी मशक्कत भी करनी पड़ती है। कई बार सह-संपादक का कार्य समीर खुद ही करने लगते हैं।

जब मैं *इकोनॉमिक टाइम्स* के एडिट पेज के तत्कालीन संपादक टी.के. अरुण से मिली तो उन्होंने बताया, 'समीर जैन खुद भी कमाल के सह-संपादक हैं। अक्सर वे अख़बार में प्रकाशित लेख पढ़ते हैं और ग़ैर ज़रूरी शब्दों या अतिशयोक्तिपूर्ण भाषा पर निशान लगाते चलते हैं। भाषा के सही इस्तेमाल पर उनका ख़ास ज़ोर रहता है। एक वक़्त था जब लोगों की ऐसी धारणा थी कि अख़बार के मालिकों को भाषा तो दूर, पत्रकारिता तक का कोई ज्ञान नहीं होता। लेकिन समीर के साथ ऐसा नहीं है। अपवादस्वरूप वे अख़बार से जुड़े हर पहलू, चाहे वह भाषा हो या ख़बरों का चयन, सबका पूरा ज्ञान रखते हैं।'

इकोनॉमिक टाइम्स के सलाहकार संपादक अभीक बर्मन भी अपने सहयोगी की इस राय से सहमत हुए। उन्होंने कहा, 'शब्द ज्ञान के मामले में वी.सी. की कोई तुलना नहीं। उन्हें दिलचस्प शब्दों का भाषा में प्रयोग बहुत पसंद है। वे चाहते हैं कि नए-नए शब्दों का प्रयोग किया जाए। एक बार उनकी उपस्थिति में मैंने बातचीत के दौरान "zeitgeist" शब्द का इस्तेमाल किया। यह एक जर्मन शब्द है, जिसका मतलब होता है नवचेतना। वह शब्द पढ़कर उन्होंने फ़ौरन कहा, "आजकल इस तरह के शब्दों का प्रयोग कोई नहीं करता।" वहीं दूसरी तरफ़, समीर जैन का मानना है कि उनके अख़बार की भाषा सरल होनी चाहिए जिसे आसानी से समझा जा सके। हालाँकि निजी तौर पर वे भाषा में ऐसे शब्दों का प्रयोग पसंद करते हैं, जिसे सुनकर सामने वाला व्यक्ति सोचने पर मजबूर हो जाए।'

नवभारत टाइम्स के बाल मुकुंद सिन्हा का कहना है, 'समीर आपकी सीमाओं का विस्तार करते हैं। वे कोई संकेत या इशारा कर देंगे और आपको उसे समझने को प्रेरित किया जाएगा। अगर आपने उनकी बात का सही मतलब नहीं समझा तो वे आकर मृदुता से आपको बता भी देंगे कि उनका तात्पर्य क्या था। अक्सर चर्चा के

दौरान वे ऐसा ज़ाहिर करेंगे मानो उन्हें संबंधित विषय का ज़्यादा ज्ञान नहीं है और जब आप उस विषय पर अर्थपूर्ण तरीके से अपनी बात करते रहेंगे तो वे बड़े धैर्य के साथ सुनेंगे। इसके बाद, आपकी ओर एक "गुरु मंत्र" उछालेंगे, जो पूरी बात का निचोड़ होगा। उनका दिमाग़ बेहद सशक्त है... शायद... इसलिए भी कि वे बेहद आध्यात्मिक व्यक्ति हैं।'

ज़्यादातर मामलों में, समीर की दख़लअंदाज़ी शुरुआत में उनके संपादकों को बिलकुल रास नहीं आती, तब तक कि उसके सकारात्मक परिणाम सामने नहीं आ जाते। एक बार समीर की तरफ़ से फ़रमान जारी हुआ कि समूह के हिन्दी अख़बारों में अगर कुछ अंग्रेज़ी शब्दों का इस्तेमाल किया जाए तो इसमें कोई हर्ज़ नहीं। उनका मानना था कि अख़बार का काम भाषा का पोषण करना नहीं है। *नवभारत टाइम्स* के संपादक ने कहा, 'यही वजह है कि अपने अंग्रेज़ी अख़बारों में हम किसी शेक्सपीयर की नहीं, शोभा डे की भाषा का इस्तेमाल करते हैं, जो लिखती हैं "पड़ोस में रहने वाला वह लड़का बड़ा ही *नमकीन* है।" लोगों को यह भाषा समझ में आती है और वे बातचीत में ऐसी ही भाषा का इस्तेमाल करते हैं। और हमें उनमें संबंध स्थापित करने में सक्षम होना चाहिए।'

सिन्हा ने विस्तार से बताते हुए कहा, 'एक और बार की बात है जब समीर जैन की तरफ़ से सुझाव आया कि *नवभारत टाइम्स* अपने पाठकों के लिए प्रतिदिन एक ऐसी ख़बर या लेख शामिल करे जो अंग्रेज़ी अख़बार के पाठकों की पसंद भी हो। ऐसा उन्होंने अख़बार की बेहतरी के लिए ही कहा था। वे चाहते थे कि *नवभारत टाइम्स* एक सर्वे करवाए और अपने पाठकों से पूछे कि क्या उनके बच्चे अंग्रेज़ी माध्यम स्कूलों में पढ़ते हैं। और, अगर ऐसा है तो क्यों?' समीर का कहना था, "लोगों के आचार-विचार का खुलासा होना चाहिए। व्यक्ति को सहज और व्यावहारिक रहना चाहिए।" उनका यह सुझाव शुरू में इतना पसंद नहीं किया गया, हालाँकि सर्वे ज़रूर कर लिया गया था। और, सर्वे के बाद यह समझ आया कि उनकी सोच कितनी सही और सटीक थी। *नवभारत टाइम्स* के उन पाठकों में से ज़्यादातर, जिनसे सर्वे के दौरान सवाल किए गए थे, यही चाहते थे कि उनके बच्चे फ़र्राटेदार अंग्रेज़ी बोल सकें। समीर इसी तरह अपने अख़बारों की नीति तय करने में अपने सुझावों के माध्यम से हस्तक्षेप करते रहे हैं।'

इकोनॉमिक टाइम्स के संपादकीय टीम के एक सदस्य का कहना था, 'वी.सी. एक शिष्ट और विकसित सोच के व्यक्ति हैं। वे अपने विचार आपके साथ बाँटते हैं। अगर उनकी बात आपकी समझ में आ जाए, तो यह आपके लिए फ़ायदेमंद होगा... आप जो संपादकीय लिखने वाले हैं उसके लिए आपको पूरी आज़ादी महसूस होगी। और, आपने जो लिखा वह समीर को पसंद आ जाए, तो वे आपको एक

छोटा-सा नोट भी भेज सकते हैं जिस पर बमुश्किल पढ़ी जा सकने वाली लिखावट में कुछ पॉइंट लिखे हो सकते हैं। नोट के आख़िर में हस्ताक्षर की जगह अंग्रेज़ी का मात्र 'एस' लिखा होगा।'

समीर तानाशाह भले न हों लेकिन वे बहुत बार काफ़ी हद तक मनमानी कर ही लेते हैं। जैसे, अपने सभी संपादकों को वे एक-एक डायरी दे देंगे और आदेश जारी कर देंगे कि हर मीटिंग में सभी संपादक वह डायरी ज़रूर लाएँ। मीटिंग में हो रही चर्चा का नोट वे उस डायरी में तैयार रखें और आगे आने वाली बैठकों में उसका उल्लेख करें। कुछ लोग जब उनकी आज्ञा का उल्लंघन कर जाते हैं, तो समीर असहज भी हो जाते हैं। जो लोग डायरी लिए बग़ैर बैठक में आ जाते हैं, उन्हें फ़ौरन दोबारा नोटबुक उपलब्ध करवा दी जाती है। उम्मीद की जाती है कि बैठक में मौजूद सभी लोग समीर की कही हुई बातें लिखते रहें और उस पर अपने विचार रखें।

हालाँकि समीर के भाषण का काफ़ी हिस्सा अस्पष्ट होता है। पहचान उजागर न करने की शर्त पर टाइम्स हाउस के एक संपादक ने कहा, 'वे क्या कहते हैं, उसे समझने की कोशिश करना कई बार काफ़ी मुश्किल लगने लगता है। सचमुच यह बात सच है। वे अक्सर वैदिक दर्शन या जटिल उदाहरण सामने रखते हैं। उनका *ज्ञान* या प्रवचन का सत्र "कीमोथेरेपी सत्र" कहा जाता है, क्योंकि उसे झेलना भी कई बार उतना ही तकलीफ़देह हो जाता है।'

संपादक कहते हैं, 'जब वे कोई धार्मिक ज्ञान दे रहे होते हैं और हमारी आँखें भौचक दिखती हैं तो वे कह उठते हैं, "मुझे पता है कि यदि आप सभी लोग नास्तिक नहीं हैं, तो ग़ैर-धार्मिक भी नहीं दिखाई दे रहे हैं। इसके बावजूद, आपको *अष्टावक्र गीता* ज़रूर पढ़नी चाहिए, जिसे एक नास्तिक के दृष्टिकोण से लिखा गया है।" उन्हें *अष्टावक्र गीता* बहुत पसंद है और उसकी एक-एक पंक्ति उन्हें कंठस्थ भी है। हर कोई जानता है कि यह उनकी पसंदीदा पुस्तक है। लेकिन वे कभी भी किसी बिंदु पर ज़बर्दस्ती नहीं करते हैं। वे तो बस बड़े ही मृदुल शब्दों में सुझाव दे देते हैं - "शायद आप इस पर निगाह डालना चाहें, और देखिए आप चाहें तो इस पर कुछ लिख भी सकते हैं।" संपादक ने आगे कहा, 'लेकिन समीर के साथ होने वाली बैठकें ख़ासे महत्त्व की होती हैं। इसमें वे अकेले ही बोलते हैं। शुरू में दो या तीन लोग ही मौजूद होते हैं। लेकिन अगर बातचीत दिलचस्प होती जाए तो वे एक-एक करके अन्य लोगों को भी शामिल करते जाते हैं। वे कुछ नाम लेते हैं और कहते हैं, *"उनको भी बुला लीजिए।"'*

'और इस बात से कोई फ़र्क़ नहीं पड़ता कि आप क्या कर रहे हैं या क्या करने वाले हैं, आपको सब कुछ छोड़कर घबराते हुए टाइम्स हाउस की चौथी

मंजिल* पर पहुँचना ही होगा। वहाँ बैठकर आपको उनकी बात सुननी होगी, जो कि वे अमूमन खुद से ही कर रहे होते हैं और नोटबुक में लिखते जाना होगा। लेकिन इन सब बातों में संवेदनशील बात यह है कि वे कभी भी किसी को दोपहर बाद या देर शाम बुलावा नहीं भेजेंगे, क्योंकि उन्हें पता है कि यह वक़्त अख़बार को छपने भेजने के लिए महत्त्वपूर्ण होता है।'

संपादक ने अपनी बात जारी रखी और कहा : 'उनके ज्ञान और भाषण के ओवरडोज़ से बचने का एक ही तरीका है कि उनकी उपस्थिति में एक बार खाँस या छींक दीजिए। अगर आपने ऐसा किया तो वे तुरंत कह उठेंगे, "आपकी तबीयत ठीक नहीं है। आपको जाना चाहिए।" दूसरी तरफ़ अपनी सेहत को लेकर वे बेहद सचेत रहते हैं। कई बार तो वे बीमारियों की कल्पना भी करने लग जाते हैं। उनका गला बेहद नाजुक है। उन्हें तेज़ महक और सेंट, परफ़्यूम, अचार और बालों में लगाने वाली तेल की महक भी बर्दाश्त नहीं होती।'

मुझे यह भी बताया गया था कि वक़्त को लेकर समीर जैन बेहद पाबंद हैं। वे कभी देर से नहीं पहुँचते। आम तौर पर वे सुबह क़रीब साढ़े दस बजे ऑफ़िस पहुँचते हैं। तक़रीबन उसी समय एन.एम.सी. (न्यूज़ मैनेजमेंट कमेटी) की मीटिंग शुरू होती है। एन.एम.सी. के एक सदस्य के मुताबिक, 'अगर कभी मीटिंग समय पर शुरू न हो तो समीर विचलित हो उठते हैं। कई बार बुदबुदा उठते हैं, 'स्लैकर्स (लापरवाह)।' टाइम्स हाउस की एन.एम.सी. के एक सदस्य के मुताबिक, 'अनुशासन के प्रति लापरवाही उन्हें बिलकुल पसंद नहीं।'

सदस्य ने यह भी बताया, 'सुबह की उनकी दिनचर्या में यह भी शामिल है कि कई बार वे दफ़्तर के संपादकीय विभाग का चक्कर लगा लेते हैं, किसी केबिन के अंदर झाँककर अपने किसी संपादक से दो-चार शब्द बातें कर लेते हैं। या फिर एन.एम.सी. में ही बैठे रहना पसंद करेंगे। वहाँ उनकी हर किसी पर निगाह बनी रहती है। अगर वे सीधे आपकी तरफ़ नहीं देख रहे हैं तो भी आपको सावधान रहने की ज़रूरत है क्योंकि उनकी आँखें आपकी हर गतिविधि पर लगी होती है।'

गौतम अधिकारी के साथ मेरी तीन मुलाक़ातें हुईं। फ़रवरी 2002 में जब मैं पहली बार उनसे मिली तो समीर के व्यक्तित्व के बारे में चर्चा के दौरान एक पहलू यह भी सामने आया कि समीर मज़ाकिया क़िस्म के इंसान भी हैं। गौतम याद करते

---

* चौथी मंजिल दिल्ली के टाइम्स हाउस का माउंट ओलिंपस है। समूह की अध्यक्ष इंदु जैन, उपाध्यक्ष समीर जैन, प्रबंध निदेशक विनीत जैन समेत टाइम्स ग्रुप के सभी शीर्ष प्रबंध अधिकारियों का दफ़्तर इसी फ़्लोर पर है। इमारत के इस हिस्से में जाने या बुलाए जाने को अक्सर उपलब्धि की तरह माना जाता है। ख़ास मेहमानों की आवभगत इसी फ़्लोर के लंच रूम में की जाती है। इस हिस्से में प्रवेश अमूमन 'आमंत्रित किए जाने पर ही' होता है।

हैं, 'समीर के व्यक्तित्व के इस पक्ष के बारे में कम ही लोग जानते हैं। उनका विनोदपूर्ण स्वभाव कमाल का है। कई बार वे बिलकुल नटखट व्यवहार करते हैं। कभी-कभी अपने स्टाफ़ के साथ मीटिंग के दौरान अगर उन्हें कुछ हास्यास्पद लगता है या उन्होंने देखा कि सामने वाला व्यक्ति ज़रूरत से ज़्यादा उनकी हाँ में हाँ मिला रहा है तो वे धीरे से मेरी तरफ़ देखकर आँखें मिचका देंगे, और बाद में हम उस बारे में बात कर ख़ूब ठहाके लगाते।'

अधिकारी ने याद करते हुए कहा, 'समीर के व्यक्तित्व के बारे में जितना कहा जाए, कम है। आप यक़ीन नहीं करेंगे, समीर को कॉमिक्स पढ़ना बेहद पसंद रहा है। ऐस्ट्रिक्स कॉमिक्स उनकी ख़ास पसंद है। पिंक पैंथर सीरीज का इंस्पेक्टर क्लौज़ौ उनका पसंदीदा पात्र है। उन्हें अगाथा क्रिस्टी की किताबों सहित जासूसी कहानियाँ भी बेहद पसंद हैं। पी.जी. वुडहाउस की लिखी सारी किताबें उन्होंने पढ़ रखी हैं और उसमें जिस तरह के शब्दों तथा वाक्यों का प्रयोग होता है, वह उन्हें बेहद पसंद है। चूँकि हम दोनों एक ही स्कूल से पढ़े हैं, इसलिए हमारे बोलने का अंदाज़ और भाषा शैली भी काफ़ी मिलती-जुलती है। यही वजह है कि हम दोनों एक-दूसरे को अच्छी तरह समझते हैं। उन्होंने शेक्सपीयर को भी पर्याप्त पढ़ रखा है और बातचीत के दौरान अक्सर शेक्सपीयर को उद्धृत करते रहते हैं। हमारी चर्चाएँ विस्फोटक होती हैं।'

अधिकारी बताते हैं, 'समीर को जितनी गंभीर विषय में दिलचस्पी थी, उतना ही वे मंच, नाटक, संगीतात्मक हास्य आदि पसंद करते रहे हैं। वे मुझसे मीरा (उनकी पत्नी) को किसी भी नाटक का केंद्रीय भाव, सार समझाने को कहते और फिर अपने शब्दों में उसकी व्याख्या करते थे। पर ज़्यादातर लोग समीर के व्यक्तित्व के इस पहलू से अनजान हैं। उन्हें लगता है कि वे या तो उग्र सुधारवादी व्यक्ति हैं या फिर मीडिया जगत के एक ऐसे राजा हैं, जो धर्म की दुनिया में जीते हैं। लेकिन समीर जैन इन सब विवेचनाओं से कहीं ज़्यादा दिलचस्प और आकर्षक शख़्सियत हैं।'

जुग सुरैया इस आत्म-विरोधाभास वाले भाव का एक उदाहरण हैं, जो अपने लेखों में हर चीज़ को 'पवित्र' मानते हुए भी उन्हें आड़े हाथों लेते हैं, जिसमें खुद टाइम्स ग्रुप भी शामिल है। वरिष्ठ संपादकों में समीर जैन और सुरैया के समीकरणों की चर्चा होती है, जो एक पल बेहद क़रीबी दोस्तों की तरह बात करते हैं और अगले ही पल गुस्से से बहस भी करने लग जाते हैं। इसी बात ने जुग सुरैया को ऐसे कुछ लोगों में से एक बना दिया, जो समीर जैन के व्यक्तित्व के बारे में सही-सही कुछ बता सकते हैं। मैं इस अनोखे, विचारों में डूबे रहने वाले और तक़रीबन बैरागी लेखक से टाइम्स हाउस में ही उस समय मिली थी, जब वे संपादकीय पेज के प्रभारी थे। उन्होंने मुझे अख़बार में काम करने के दिनों से अस्पष्ट रूप से पहचाना, मेरी

बातें सुनीं और मेरे सवालों का बिना किसी पक्षपात के जवाब दिया।

सुरैया[14] याद करते हैं, 'समीर जैन एक स्वप्नदर्शी इंसान हैं। वे पूरी तरह एक नई रीडरशिप तक पहुँच बनाना चाहते थे। वे उपदेश नहीं सुनना चाहते थे।' सुरैया ने बताया, 'जब गोर्बाचोव (सोवियत संघ के पूर्व राष्ट्रपति) अमेरिका दौरे पर जा रहे थे, तब मैंने एक जलाने वाला संपादकीय लिखा, जो कि तीसरे संपादकीय के तौर पर छपने वाला था (यह सेक्शन हल्के-फुल्के, ऑफ़ बीट संपादकीय के लिए होता है)। मगर समीर ने संपादकीय को बेहद पसंद किया और इसे पहला संपादकीय बना दिया। उन्होंने कहा कि इसी तरह के संपादकीय लिखे जाने की ज़रूरत है।'

सुरैया अनुमान लगाते हैं, 'वे स्वतंत्र विचारों वाले प्रतिभाशाली व्यक्ति हैं। उन्हें ख़तरों को स्वीकार करना पसंद है। पैसा उनके लिए कुछ मायने नहीं रखता। समुराई की तरह, यह उनके लिए एक खेल है। शायद यह उनके लिए एक आध्यात्मिक अभ्यास भी है। दरअसल, समीर जैन वह व्यक्ति हैं, जो किसी ख़ास वैचारिक स्कूल का हिस्सा नहीं हैं, बल्कि वे कल्पना की दुनिया से आए हैं।'

मार्केटिंग टीम के एक और व्यक्ति, जो लंबे समय से समीर जैन के साथ काम करते रहे हैं, ने कहा, 'समीर जैन भारत के हावर्ड ह्यूग्स हैं; अद्‌भुत दिमाग़ के साथ एक रहस्यमय व्यक्ति। उनके अंदर कोई दुनियादारी या भौतिक महत्वाकांक्षा नहीं है और बिज़नेस के प्रति उनकी लगन तथा गंभीरता को देखते हुए यह कुछ अजीब लगता है। साफ़ शब्दों में कहा जाए तो उन्हें खेल, कला या पैसे में कोई दिलचस्पी नहीं है। इसलिए उनका पूरा ध्यान अपने लक्ष्य पर केंद्रित होता है।'

समीर जैन दूसरों का दुख-दर्द समझने वाले अपने उदार स्वभाव के लिए भी जाने जाते हैं। लेकिन यहीं उनके व्यक्तित्व में तीव्र विरोधाभास भी नज़र आता है। कभी तो उन्हें किसी की दिक्कतों और परेशानियों से कोई सरोकार नहीं रहता तो कभी वे दूसरों के दुख-दर्द को लेकर बेहद संवेदनशील हो जाते हैं।

प्रदीप गुहा अब भी समीर जैन के 'उदार और सहानुभूति भरे व्यवहार प्रदर्शन' से उबरे नहीं हैं। जब अगस्त 2011 में गुहा से मेरी मुलाक़ात हुई थी, तब बड़े भावुक होकर उन्होंने ख़ास तौर से दो घटनाओं का ज़िक्र किया था। पहली, जब गुहा के पिता का देहांत हो गया था। समीर जैन उनके मुंबई स्थित निवास पर अपने घर का बना खाना डिब्बों में लेकर पहुँचे थे। समीर ने कहा था 'आप में से किसी ने खाना नहीं खाया होगा। कृपया इसमें से ग्रहण करें।' आज गुहा समीर के उतने करीब नहीं रह गए हैं, फिर भी वे याद करके कहते हैं कि समीर का वह भाव वे कभी नहीं भूल सकते।

दूसरा वाकया याद करते हुए गुहा बताते हैं, 'एक बार समीर कहीं बाहर गए

थे, जहाँ से वे मेरे लिए एक जोड़ी जूते लेकर आए। वे खुद ही मुझे जूते पहनाने लग गए। मैं यह देखकर आश्चर्य में पड़ गया कि उन्हें मेरे पैरों के साइज का अंदाज़ा था। वे जूते मुझे बिलकुल फ़िट बैठे थे।

गुहा का कहना है, 'अगर समीर को एक व्यक्ति के तौर आप पसंद आ गए और उन्हें यह भरोसा हो जाए कि उनके हर काम में आप पूरी तरह उनके साथ हैं तथा आपके हित उनके हितों से मिलते हैं, तो समीर के साथ काम करना आपकी ज़िंदगी का सबसे बेहतरीन अनुभव हो सकता है।'

गुहा कहते हैं, 'वे आपकी हर ज़रूरत, हर सुविधा का ख़याल रखेंगे। आप पर अपने स्नेह की बारिश कर देंगे। वे आपको पूरी आज़ादी देंगे कि आप जैसे चाहें काम करें। हर चुनौती लेने के लिए आप स्वतंत्र होंगे। वे आपकी हर उस पहल में आपको पूरा सहयोग देंगे, जिसका लक्ष्य कंपनी की बेहतरी होगा।'

कंपनी के बहुत सारे संपादकों ने मुझसे मुलाक़ात में इस बात का ज़िक्र किया कि दावतों के दौरान किस तरह वी.सी. खुद उनकी प्लेटों में खाना परोसते हैं और किस तरह चाय पर आमंत्रित कर खुद ही उनके लिए चाय बनाने लगते हैं। लोगों ने इस बात के भी कई उदाहरण पेश किए कि काम के दौरान ऑफ़िस में अगर समीर सख़्त होकर पेश आए, तो कैसे बाद में उन्होंने स्थिति को सामान्य करने के लिए संपादकों को रात्रि भोज के लिए अपने घर आमंत्रित किया।

समीर के व्यक्तित्व में महसूस किया गया यह विरोधाभास उनके साथ काम कर चुके लोगों की समझ में नहीं आया। उनके कई तीव्र आलोचक भी हैं।

कवि, लेखक, चित्रकार और हिन्दी फ़िल्म के निर्माता प्रीतीश नंदी ने तो साफ़ कह दिया, 'समीर जैन का मूल सिद्धांत "पत्रकारिता विरोधी" है और टाइम्स ग्रुप को वे एक ऐसी कंपनी के रूप में तब्दील कर देना चाहते थे, जो च्यूइंगम और अख़बार दोनों सफलतापूर्वक बेच सके। उन्होंने *टाइम्स ऑफ़ इंडिया* को एक तेज़ी से आगे बढ़ने वाली उपभोक्ता सामग्री की तरह ही देखा है।'

'पत्रकारों से इन्हें नफ़रत है। उन्हें लगता है कि बौद्धिक रूप से पत्रकार उनसे बेहतर है। उन्होंने भारत में पत्रकारिता की भूमिका ही तहस-नहस कर दी। उन्हें लगता है कि जानकारी को अगर सूक्ष्म कर दिया जाए तो हसीन हो जाएगी। उन्होंने कल्पना कर ली है कि लोगों में पढ़ने की आदत धीरे-धीरे घटती जाएगी और अख़बार का छपना अवैध हो जाएगा। उनका अनुमान है कि नई पीढ़ी की पसंद के अनुसार एक वैकल्पिक प्लेटफ़ॉर्म तैयार करने की ज़रूरत है।'

नंदी कहते हैं, 'हो सकता है कि व्यावसायिक रूप से समीर ने *टाइम्स ऑफ़ इंडिया* को नई ऊँचाई दी हो। लेकिन उन्होंने एक संस्था के रूप में इसके अस्तित्व को ख़त्म कर दिया और उसे एक बड़ा कारख़ाना बना दिया।'

मैं बलजीत कपूर के शब्दों के साथ यहाँ बात ख़त्म करूँगी। उन्होंने कहा था, 'समीर जैन के प्रवेश से पहले अख़बार एक सामाजिक संस्था हुआ करता था। समीर जैन के आने के बाद यह एक व्यावसायिक घराने में तब्दील हो गया। समीर के मन में इस बात को लेकर कोई भ्रम नहीं है। औरों ने भी उनके तरीके की बेशर्मी के साथ नक़ल की है और यही आज के दौर की सबसे बड़ी शर्त बन गई है।'

3

नई हुकूमत की तैयारी

समीर जैन की बदलाव की योजना में मीडिया के व्यवसाय से जुड़ा हर पहलू शामिल था। उनकी यह योजना अगले एक दशक में खुलकर सामने आ गई। समीर को पूरा यक़ीन था कि उनके प्रकाशनों को जो अहमियत मिल रही थी, उससे कहीं ज़्यादा के वे हक़दार थे। उन्हें समूह के महत्त्व का एहसास हो गया था और उन्हें इस बात का पूरा भरोसा था कि वे बेनेट, कोलमैन व टाइम्स ग्रुप को फ़ायदे में ले आएँगे। इसके लिए ज़रूरी था कि उनके व्यवसाय से जुड़ा हर हिस्सा फ़ायदे का बिज़नेस दे।

उनकी पहली कोशिश अख़बार की रिपोर्टिंग और कंटेंट में माक़ूल बदलाव लाने की थी। बजाय इसके कि उसका रुझान सरकार की तरफ़ हो। दरअसल, उस वक़्त यह एक अलिखित नियम बन गया था, इसलिए वे अपने अख़बार का रुझान जनहित और समाज की तरफ़ करना चाहते थे।

यह अपने आप में बहुत बड़ा बदलाव था। अब तक अख़बार के मुख्य पाठक समूह मंत्री, अफ़सर, राजनेता और शिक्षा जगत के लोग हुआ करता था। ये लोग उस समय समाज के प्रभावशाली वर्ग में शुमार थे। और, समाज का यह प्रभावशाली वर्ग उस समय तक *टाइम्स ऑफ़ इंडिया* का समर्पित पाठक वर्ग भी था। लेकिन अब *टाइम्स ऑफ़ इंडिया* को अपना लक्ष्य इन रसूख़दार लोगों से हटकर पेशेवर और मध्यवर्ग के लोगों पर केंद्रित करना था। अब उसे प्रभावशाली वर्ग की बजाय उपभोक्ता वर्ग पर अधिक ध्यान देना था। कहा जा सकता है कि इन बदलावों के साथ समीर जैन ने अपने अख़बार में पूरे 180 डिग्री का बदलाव कर डाला था।

इन तब्दीलियों का नतीजा यह रहा कि ख़बरों के चयन को लेकर अख़बार की

प्राथमिकताएँ अब पूरी तरह बदल गई थीं। अब तक अख़बार एक तरह से सरकारी घोषणाओं और राजनीतिक बयानबाज़ियों के लिए मुख पत्र का काम कर रहा था। ज़ाहिर है, उस दौर में यह बात तर्कसंगत थी क्योंकि अख़बार के मुख्य पाठक वर्ग में ऊपरी तबके के रसूख़दार लोग ही शामिल हुआ करते थे इसलिए अख़बार का रुझान सरकार तथा राज्य की तरफ़ ज़्यादा रहता था। अख़बार में छपे ज़्यादातर लेखों का विषय सरकारी नीतियों के इर्द-गिर्द ही रहता था। लेकिन अब, समीर जैन चाहते थे कि उनके अख़बार के कवरेज मध्यवर्ग के रोज़मर्रा के सरोकारों को ध्यान में रखकर किया जाए।

उनके पत्रकारों के लिए अब यह ज़रूरी हो गया था कि वे उभरते हुए मध्यवर्ग के प्रति संवेदनशील नज़रिया विकसित करें। उनके लिए यह भी ज़रूरी था कि सरकारी नीतिगत घोषणाओं की भीड़ से गुज़रते हुए उनकी हूबहू रिपोर्टिंग करने के बजाय नए लक्ष्य पाठकवर्ग के हिसाब से उनकी संबद्धता को समझें। उदाहरण के तौर पर, अब अख़बार में स्थानीय मुद्दों को अहमियत दी जाने लगी थी, क्योंकि मध्यवर्ग का सीधा सरोकार ऐसी ख़बरों के साथ जुड़ा हुआ था।

विकास की ख़बरों को अब इस तरह से समझाया और पेश किया जाने लगा कि इस श्रेणी के पाठक उससे जुड़ाव महसूस करें। इस बदलाव के लिए यह भी ज़रूरी था कि लेखन शैली और भाषा व रिपोर्टिंग के तरीके में ज़रूरी बदलाव किए जाएँ। अनर्थक भाषा के प्रयोग के लिए अब कोई जगह नहीं रह गई थी। उसकी जगह एक जीवंत और प्रभावशाली रिपोर्टिंग ने ले ली थी।

समीर जैन ने जिस सबसे महत्त्वपूर्ण क्षेत्र पर ध्यान केंद्रित किया, वह था विज्ञापन या अपने अख़बार में स्थान बेचना। अगर उन्हें अपनी कंपनी को फ़ायदे में लाना था, तो ज़ाहिर है इनमें बदलाव लाना निर्णायक साबित हो सकता था। उनका मानना था कि अख़बार में स्पेस यानी जगह की जो क़ीमत उन्हें मिल रही है, उससे बहुत ज़्यादा भी मिल सकती है। उनके अख़बार को विज्ञापन छापने की जो क़ीमत मिल रही है, उसकी तुलना में विज्ञापनदाताओं को कई गुना ज़्यादा फ़ायदा हो रहा है। उन्हें पूरा भरोसा था कि उनके अख़बार और बेहतर क़ीमत वसूल सकते हैं और इसकी पूरी गुंजाइश भी है। उन्होंने यह भी तय किया कि अपने रेट बढ़ाने के लिए उन्हें अब नवाचारी तरीक़े अख़्तियार करने पड़ेंगे। साथ ही, यह भी सुनिश्चित करना ज़रूरी था कि विज्ञापनदाताओं को अब तक इस अख़बार के माध्यम से जो फ़ायदा हासिल हो रहा था, वह उन्हें मिलता रहे।

दरअसल अख़बार का रुझान उपभोक्ता वर्ग की तरफ़ करने और पाठ्य सामग्री में बदलाव लाए जाने के साथ-साथ, इस बात का ध्यान रखना भी ज़रूरी था कि यह विज्ञापनदाताओं के भी अनुकूल हो। बदलाव एक समग्र रूप में किया जाना था।

लेख और पाठ्य सामग्रियाँ इस तरह की रखनी थीं कि वे सही और उपयुक्त पाठकों को आकर्षित कर सकें और ये पाठक ऐसे होने चाहिए थे, जो विज्ञापनदाताओं के नज़रिये से भी सटीक बैठते। कंटेंट व विज्ञापन के इस आपसी जुड़ाव को लेकर समीर के मन में किसी तरह की कोई दुविधा नहीं थी। यदि उस समय संस्था के लोगों ने इस पूरे बदलाव की प्रक्रिया के प्रति विरोध जताया, ख़ासकर पत्रकारों ने, तो उन सभी को बाहर का रास्ता दिखा दिया गया।

उस समय समीर की दूसरी प्राथमिकता ज़्यादा से ज़्यादा पाठकों को अख़बार की तरफ़ आकर्षित करने के नए तरीके ढूँढ़ने की थी। कंटेंट और विज्ञापन पर ध्यान केंद्रित करने के साथ अब उन्हें अख़बार की क़ीमत इस तरह आकर्षक रखना थी कि पाठकों का नया वर्ग जुड़े। उन्होंने इसके लिए नए-नए तरीके अपनाए और बाज़ार कई गुना बढ़ाया। इस लक्ष्य को हासिल करने के लिए अख़बार के वितरण को भी मज़बूत करना था। यह अहम था कि अख़बार की पहुँच नए पाठक समूहों तक आसानी से और समय से हो, ताकि पाठक संख्या बढ़े।

इन प्राथमिकताओं के साथ समीर जैन की दूसरी बड़ी चिंता नुक़सान में चल रहे प्रकाशनों को बंद करने की थी। चिंता की वजह यह थी कि उनमें से कुछ प्रकाशन बेहद लोकप्रिय थे, लेकिन नुक़सान में चल रहे थे। फिर भी, बिज़नेस की निगाह से उन प्रकाशनों को जारी रखना समीर के गेम प्लान के अनुकूल नहीं था। ऐसे में, उन्हें बंद करना ज़रूरी हो गया था। अगर वे कंटेंट में बदलाव लाते, इंडस्ट्री में स्पेस सेलिंग के नियमों को पुनः परिभाषित करते और बिक्री बढ़ाते तो उन्हें इसके लिए माकूल प्रबंधन और लक्ष्य की ज़रूरत थी।

उन्हें पता था कि बहुत सारे प्रकाशनों में अपना ध्यान बाँटकर वे इनमें से कोई भी लक्ष्य हासिल नहीं कर सकते। उन्होंने महसूस किया कि उनके और उनकी मैनेजमेंट टीम के लिए संभव नहीं है कि वे सभी प्रकाशनों के लिए उतनी ही शिद्दत के साथ काम कर सकें। जिन बदलावों की कल्पना लेकर वे चल रहे थे, उसके लिए ज़रूरी था कि ध्यान और कोशिशें केंद्रित हों।

बहुत से प्रकाशन ऐसे थे, जिनके साथ उनके परिवार की भावनाएँ और अतीत की यादें जुड़ी हुई थीं। इन प्रकाशनों का अपना विश्वसनीय पाठक समूह भी था। ऐसे प्रकाशनों के बंद किए जाने के प्रस्ताव का काफ़ी विरोध हुआ। बहुत सारे लोगों को लगा कि यह प्रस्ताव चौथे स्तंभ की आज़ादी तथा जनवाद पर आघात है और महज एक व्यावसायिक पहल है। लेकिन समीर जैन अपने फ़ैसले को लेकर काफ़ी दृढ़ थे और उन प्रकाशनों को बंद करने को लेकर अडिग थे, जो उनकी योजनाओं के अनुकूल नहीं थे।

अगले एक दशक के दौरान उन्होंने अधिकतर वह सब हासिल कर लिया, जिसकी योजना बनाकर वे चल रहे थे। उनके द्वारा की गई पहल का पूरी इंडस्ट्री पर

ज़बर्दस्त असर नज़र आया। आज मीडिया व्यवसाय का जो स्वरूप सामने है, एक तरह से उसका प्रारूप समीर द्वारा किए गए इन बदलावों के दौरान ही तैयार हो गया था।

मीडिया इंडस्ट्री को प्रभावित करने के अतिरिक्त इन बदलावों के फलस्वरूप, बेनेट, कोलमैन एंड कंपनी लिमिटेड खुद भी फ़ायदे की कंपनी बन गई। 1980 के दशक के मध्य में विकास की जो ज़बर्दस्त कहानी शुरू हुई, वह अगले 15 वर्षों तक चलती रही।

इस विकास का काफ़ी श्रेय भारतीय अर्थव्यवस्था में आ रहे बदलावों और इस दौरान कॉर्पोरेट जगत में आए बूम को भी जाता है।[1] लेकिन विकास के नए-नए अवसर उत्पन्न करने के लिए कंपनी ने खुद भी कम प्रयास नहीं किए थे। साथ ही, अर्थव्यवस्था में बदलाव इस बात की गारंटी नहीं थे कि कंपनी के लिए हर हाल में विकास के नए अवसर खुद-ब-खुद उत्पन्न हो जाएँगे। अर्थव्यवस्था की सकारात्मक हलचल का फ़ायदा कंपनी को इसलिए मिल सका क्योंकि इसने सही वक़्त पर ठोस क़दम उठाए।

विषय-संदर्भ

1980 के मध्य में जब समीर जैन ने परिदृश्य में प्रवेश किया, उस वक़्त ऐसे बहुत सारे कारण थे, जिसकी वजह से बी.सी.सी.एल. के लिए ये बदलाव करना ज़रूरी हो गए थे। भारतीय अर्थव्यवस्था और समाज में तेज़ी से आ रहे बदलाव भी *टाइम्स ऑफ़ इंडिया* में लाए गए परिवर्तन की वजह थे। कंपनी के अंदर हुए बदलावों के साथ-साथ नीतिगत और विश्व स्तर पर विकास की दिशा में हो रहे परिवर्तन के फलस्वरूप नए-नए अवसर तथा चुनौतियों ने भी पैर पसारे। इन स्थितियों में बिज़नेस में फ़ायदा होना ही था।

भारत में मीडिया इंडस्ट्री अपने कारणों से ही सही, इस बदलाव के लिए तड़प रही थी। ऐसे में, बी.सी.सी.एल. के सामने भी खुद को दोबारा परिभाषित करने के अलावा दूसरा कोई रास्ता नहीं था।

कंपनी में लाए गए बदलाव की तीसरी वजह सीधे तौर पर समीर और उनके परिवार के साथ जुड़ी हुई थी। परिवार के बाकी ज़्यादातर बिज़नेस घाटे में चल रहे थे। उनमें से कई व्यवसायों के साथ पूर्व में समीर खुद भी जुड़े रहे थे और वे भी कुछ हासिल नहीं कर पाए थे। ऐसे में, उनके सामने अपने मीडिया बिज़नेस को कामयाब बनाने के अलावा दूसरा कोई विकल्प नहीं था। इसलिए ज़रूरी था कि इसे पुनर्जीवित कर परिवार के लिए एक दुधारू गाय के तौर पर परिभाषित किया जाए।

समीर जैन बदलाव लाने की जल्दी में थे। यह साफ़ तौर पर प्रतीत हो रहा

था कि अपने मीडिया बिज़नेस को कामयाब करने के लिए अलावा उनके पास कोई और विकल्प नहीं था। टी.एन. नायनन बताते हैं, 'समीर के लिए बी.सी.सी.एल. में कुछ करके दिखाना ज़रूरी हो गया था। उनके सामने दूसरा कोई विकल्प नहीं था। एक तरफ़ वे उत्तर प्रदेश में घाटे में चल रही अपनी जूट मिल को पुनर्जीवित करने में विफल रहे थे, तो दूसरी तरफ़ साहू जैन के अधिकतर बिज़नेस अपनी चमक खोकर अब अप्रासंगिक-से हो चुके थे।'[2]

उस दौर में भारतीय अर्थव्यवस्था उदारवाद की तरफ़ अपना पहला प्रयोगात्मक क़दम बढ़ा रही थी। 1991 में होने वाला बड़ा आर्थिक सुधार तब भी वर्षों दूर था। लेकिन व्यवसाय और उद्योगों से सरकार की पकड़ ढीली पड़नी शुरू हो गई थी। उपभोक्तावाद, उद्यम संबंधी गतिविधियों और समझौतों के ज़रिये विदेशी निवेश की शुरुआती झलक दिखनी शुरू हो गई थी।

नई-नई उपभोक्ता सामग्रियाँ बाज़ार में आने लगी थीं और उच्च-मध्यवर्ग के बीच उपभोक्तावाद अपनी पैठ बढ़ाने लगा था। उपभोक्ता वस्तुओं से जुड़ी मौजूदा बहुद्देशीय कंपनियों के अलावा सरकार ने ऑटोमोबाइल इंडस्ट्री में जापानी कंपनियों से सहयोग को प्रोत्साहित किया। यह देश में आधुनिक निर्माण की आधारशिला थी, जिससे बाज़ार में उपभोक्ता भी बढ़े और रोज़गार भी उत्पन्न होने लगे।

1980 के दशक के मध्य में भारतीय अर्थव्यवस्था में उदारवाद लाने की दिशा में राजीव गाँधी ने कुछ साहसी, लेकिन प्रयोगात्मक क़दम उठाए। उन्होंने भारतीय उद्योग जगत को आधुनिक करने के साथ-साथ बाकी दुनिया से उसे जोड़ने की भी पहल की। भारतीय अर्थव्यवस्था, जो कि पिछले लगभग तीन दशक से तीन प्रतिशत 'हिन्दू विकास की दर'[3] पर ठहरी हुई थी, उससे निकलकर सम्मानजनक स्तर पाँच प्रतिशत विकास की दर पर पहुँच गई।

कुछ समय के लिए राजनीतिक परिदृश्य में भी बदलाव के रंग नज़र आए। राजनीतिक बहस में विस्तार कर नई पीढ़ी को आकर्षित करने की कोशिशें भी होने लगीं। वोट देने की उम्र 21 साल से घटाकर 18 साल कर दी गई। युवा वर्ग और उनसे जुड़े मामलों को तवज्जो दी जाने लगी। इन बदलावों के प्रति कॉर्पोरेट जगत, निवेशक और उपभोक्ता वर्ग की प्रतिक्रिया, कम समय के लिए ही सही, लेकिन बढ़िया थी।

हालाँकि यह आशावाद मुख्य रूप से कुछ प्रमुख शहरों तक ही सीमित था, लेकिन इससे मीडिया को तमाम अवसर मिले। विज्ञापनदाता माकूल प्लेटफ़ॉर्म की तलाश में थे, जहाँ से वे उत्पादों और सेवाओं का सुरक्षित प्रदर्शन कर पाते, विशेषकर शहरी केंद्रों में। अब वे चाहते थे कि उनके उत्पादों के विज्ञापनों का असर पूरे देश में न सही, लेकिन अधिक से अधिक शहरों तक ज़रूर दिखे। समीर जैन ने विज्ञापनदाताओं की इस ज़रूरत का फ़ायदा उठाने में कोई कसर नहीं छोड़ी।

पेशेवर लोगों की एक नई पीढ़ी उभरने लगी थी। अब तक पुरानी पीढ़ी को अपने सरोकारों की चिंता रहती थी और मीडिया में भी उसी की झलक देखने को मिलती थी। नई पीढ़ी के इस बहाव में शामिल होने का नतीजा यह रहा कि अब नए विषय तथा नए मुद्दे सामने आने लगे और उन पर चर्चा होने लगी।

उपभोक्तावाद की तरफ़ रवैया भी बदलने लगा। वर्षों तक समाजवादी भारत में उपभोक्तावाद का विरोध होता रहा था, यहाँ तक कि तिरस्कार की हद तक। लेकिन धीरे-धीरे उपभोक्तावाद ने अपनी जगह बनानी और वैधता हासिल करनी शुरू कर दी थी। मीडिया को अपनी विषयवस्तु में इन नई माँगों को ध्यान में रखकर बदलाव करना पड़ा। भारत को अब भी समाजवाद के नियंत्रण और लाइसेंस-परमिट राज से खुद को बंधनमुक्त कराना बाकी था। हालाँकि यह 1990 के दशक में हो गया। लेकिन 1980 के दशक के मध्य में ही इसकी झलक दिखनी शुरू हो गई थी।

मीडिया उद्योग एक नए और अधिक रचनात्मक मोड़ पर आ गया था। यह बाज़ार में मैग्ज़ीन बूम और अख़बारों की एक नई श्रृंखला के प्रादुर्भाव की बदौलत हुआ था। दूसरी तरफ़, सात वर्षों से सरकारी नियंत्रण का दंश झेल रहे और हतोत्साहित हो रहे बी.सी.सी.एल. का वह दौर 1976 में ख़त्म ज़रूर हो गया था, लेकिन सुधार की राह पर वह अब आ पाया था।

1980 के दशक के प्रारंभ तक अख़बार अपने परंपरागत स्वरूप में सरकारी कार्यों और सरकार की नीतियों की घोषणाएँ तथा उन पर टिप्पणी करने का ज़रिया मात्र बना हुआ था। लेकिन उसी दौरान नई-नई पत्रिकाएँ छपनी शुरू हो गई थीं। उनका फ़ोकस भी राजनीतिक रिपोर्टिंग पर ही था। हालाँकि वे बड़े ख़ूबसूरत तरीक़े से अपनी ख़बरों को पेश कर रही थीं। उनका ज़ोर आकर्षक डिज़ाइन, प्रभावशाली लेआउट और ग्राफ़िक्स पर था। उन पत्रिकाओं में हलके-फुलके और जीवनशैली से जुड़े तमाम लेख भी शामिल होते थे। 1970 के दशक के अंत और '80 के दशक के शुरुआती वर्षों के दौरान पाठकों को इस तरह के लेख काफ़ी लुभाने लगे थे।

मीडिया विश्लेषक सुशील पंडित[4] का कहना है, '1970 के दशक के मध्य से 1980 के दशक के मध्य तक पत्रिकाओं का दौर रहा। 1974 में आनंद बाज़ार पत्रिका समूह ने *संडे* नामक *साप्ताहिक पत्रिकाएँ* शुरू कीं। 1980 के दशक के मध्य तक इसने काफ़ी अच्छा बिज़नेस किया। एम.जे. अकबर द्वारा संपादित इस पत्रिका की सबसे बड़ी ताक़त "कम क़ीमत-बेहतर वितरण" की नीति थी। दो वर्षों में इसका सर्कुलेशन 1,90,000 प्रतियों तक पहुँच गया। 1981-82 आते-आते इसका सर्कुलेशन तीन लाख का आँकड़ा पार कर चुका था।'

'1980 के दशक में टेलीविज़न प्रसारण का भी विकास होने लगा था। 1985 से 1995 का समय प्रिंट मीडिया के लिए प्रसार में तीव्र बढ़ोतरी का दौर था। इसी दौर

में *द हिन्दू* ने दिल्ली से भी अपना अख़बार शुरू कर दिया। उसका यह प्रयास ज़्यादा से ज़्यादा पाठक बटोरना या पैसे कमाना नहीं, बल्कि राजधानी में अपनी मौजूदगी दर्ज़ कराना था। मैग्ज़ीन बूम के इसी दौर में बैंगलोर से *डेक्कन हेराल्ड* ने अपने पूर्व संपादक के.एन. हरिकुमार के मार्गदर्शन में *हेराल्ड रिव्यू* शुरू किया। यह देशभर में शुरू किया गया था। 1983 में *मलयाला मनोरमा* ने अपनी राष्ट्रव्यापी मौजूदगी के साथ *द वीक* आरंभ किया। इस पत्रिका के माध्यम से राजनीतिक गलियारों में अपनी उपस्थिति दर्ज कराना भी समूह का मकसद था। उसी दौरान *बिज़नेस इंडिया* ने *इंडिया वीक* नामक पत्रिका शुरू की। इनाडु ग्रुप ने *न्यूज़ टाइम* शुरू की, जिसे बड़ी सफलता हासिल नहीं हो सकी... जैसे-जैसे अख़बारों का प्रभुत्व ख़त्म हुआ, रूप में वास्तविक बदलाव आने लगा।

1970 के दशक के मध्य में आनंद बाज़ार पत्रिका ने एक वित्तीय दैनिक *बिज़नेस स्टैंडर्ड* शुरू किया, जो काफ़ी सफल रहा। इस सफलता और साप्ताहिक *संडे* की कामयाबी से प्रोत्साहित होकर *आनंद बाज़ार पत्रिका* ने 1981 में एक बिज़नेस मैग्ज़ीन *बिज़नेस वर्ल्ड* भी शुरू की। उसके दो वर्ष बाद उसने स्पोर्ट्स मैग्ज़ीन *स्पोर्ट्स वर्ल्ड* भी शुरू कर दी।

जब साप्ताहिक पत्रिका *संडे* शुरू हुई, उसी दौरान एक और मैग्ज़ीन शुरू हुई थी, जो 1980 के दशक में काफ़ी चर्चा में रही। यह मैग्ज़ीन *इंडिया टुडे* थी। 1975 से पहले यह विदेश स्थित भारतीय दूतावासों में रखी जाने वाली एक चमकदार और ख़ूबसूरत-सी मैग्ज़ीन हुआ करती थी। लेकिन 1977 में आपातकाल और मीडिया पर सरकारी सेंसरशिप की दो वर्ष की अवधि ख़त्म होने के साथ ही *इंडिया टुडे* के प्रति लोगों के रवैये में बदलाव आया। देश में जानकारी की बढ़ती माँग की वजह से *इंडिया टुडे* की 75 प्रतिशत प्रतियाँ देश में ही पढ़ी जाने लगीं। यह आँकड़ा उससे पहले 25 प्रतिशत तक सिमटा हुआ था।

आपातकाल के बाद, *इंडिया टुडे* ने अपना कलेवर बदला और खुद को 'पूर्ण रूप से एक न्यूज़ मैग्ज़ीन' के तौर पर स्थापित कर लिया। इसमें काफ़ी मुक्त, बेबाक़ और आलोचनात्मक लेख छपने लगे। अगले पाँच वर्षों से भी कम समय में *इंडिया टुडे* ने देश की शीर्ष पत्रिकाओं के बीच अपनी जगह बना ली। *द इलस्ट्रेटेड वीकली* के लिए यह एक चुनौती बन गई और *संडे* को भी इसने कड़ी टक्कर दी।

सुशील पंडित बताते हैं, '*इंडिया टुडे* और *टाइम्स ऑफ़ इंडिया* के बीच तनाव की कहानी भी काफ़ी दिलचस्प है। *इंडिया टुडे* की कामयाबी से अख़बार जगत में हलचल मच गई। लेकिन यह अपनी आक्रामक लेखन शैली के साथ आगे बढ़ती रही। *इंडिया टुडे* के कार्टूनिस्ट अजित नायनन, (जो बाद में *द टाइम्स ऑफ़ इंडिया* से जुड़ गए) एक बूढ़ी औरत का कैरिकेचर बनाया, जिसमें 'बोरी बंदर की वृद्ध

महिला' की झलक देखी गई।

आंध्र प्रदेश के प्रभावशाली अख़बार समूह इनाडु ने *डेक्कन क्रॉनिकल* को पछाड़ने के लिए *न्यूज़ टाइम* शुरू किया, लेकिन इसकी सफलता सीमित रही। एक्सप्रेस ग्रुप तब प्रसार के दौर में था। चंडीगढ़, पुणे, अहमदाबाद, वडोदरा, विजयवाड़ा, विशाखापत्तनम, हैदराबाद व अन्य कई जगहों से इसके नए संस्करण शुरू हो रहे थे। विनोद मेहता (जो वर्तमान में आउटलुक समूह के एडिटर-इन-चीफ़ हैं) देश का पहला रविवारीय अख़बार *संडे ऑब्ज़र्वर* अगस्त 1981 में लेकर आए। वे बड़े जोश के साथ *इंडियन पोस्ट* के संपादन के लिए (1987) गए, मगर वहाँ स्थितियाँ नियंत्रण से बाहर होने पर आगे बढ़ने के लिए मजबूर हो गए। मेहता 1989 के मध्य में बी.सी.सी.एल. से जुड़े और कुछ समय के लिए *द इंडिपेंडेंट*[5] का संपादन किया।

उस समय क्षेत्रीय अंग्रेज़ी अख़बारों की फ़सलें भी पनप रही थीं, जिनमें उत्तर-पूर्व में *द सेंटिनल* और *असम ट्रिब्यून* भी शामिल थे। पूरब में जहाँ *द स्टेट्समैन* पिछड़ने लगा था, वहीं *द टेलीग्राफ़* आगे आने लगा था। यह नई तकनीक लेकर आया और अख़बारों के उस दौर में इसने नज़रिए को बदलने का काम किया। यह आधुनिक, निडर और उच्च कोटि का था।

1982 में स्थापित और एम.जे. अकबर द्वारा संपादित *द टेलीग्राफ़* में लेआउट, डिजाइन, कंटेंट व अन्य चीज़ों के साथ प्रयोग किया गया। यह पहला अंग्रेज़ी अख़बार था, जिसने इसके हिस्सों को विभाजित कर सभी पन्नों को अलग पहचान और थीम दी। इसकी टैग लाइन 'अनपुटडाउनेबल' भविष्यसूचक थी।

द टेलीग्राफ़ की तकनीकी कहानी बताते हुए पंडित कहते हैं, 'वह ऐसा वक़्त था, जब अख़बार हॉट मेटल प्रेस पर बनते थे। तब बिस्किट के आकार के कॉलम हुआ करते थे, जो कंपोजिंग टेबल पर जाते थे। पेज मेटल में बनाए जाते थे। और, स्याही का एक रोलर उसके ऊपर घुमाया जाता था। तब प्रूफ़रीडिंग एक महत्त्वपूर्ण विभाग होता था, और यह काम अधिकतर नए-नए सब-एडिटर बने लोग किया करते थे। मेटल के लूज़ अक्षरों की मदद से प्रूफ़ के मुताबिक सुधार किया जाता था। उसके बाद फ़्लॉन्ग लिए जाते थे और फिर छपाई होती थी। यह एक मध्यवर्ती प्रक्रिया होती थी। सीधी छपाई के लिए दो अख़बार सिलेंडर पर रखे जाते थे। प्रिंटिंग का काम करने वाले लोग आधी रात के बाद सोने जाते थे और फिर तड़के 3 बजे उठकर छपाई में जुट जाते थे।'

उन्होंने बताया, 'लेकिन *द टेलीग्राफ़* वह पहला दैनिक अख़बार था, जिसने 1984 और 1989 के बीच लाइनोटाइप तकनीक अपनाई। इसके लिए एक रोटरी सेट मशीन का इस्तेमाल किया गया। ऑफ़सेट प्रिंटिंग और फ़ोटो कंपोजिंग शुरू करने वाला भी पहला अख़बार यही था, और इसी का मुख्य भाग सबसे पहले रंगीन हुआ।'

अख़बार की बढ़ती लोकप्रियता इस बात का संकेत दे रही थी कि बदलाव के झटके झेल रहा प्रिंट मीडिया जल्द ही इससे उबर जाने वाला है। लखनऊ आधारित *पायनियर* को उद्योगपति एल.एम. थापर ने 1980 के दशक के मध्य में ख़रीद लिया। पंडित कहते हैं, 'द *पायनियर* इसलिए ख़रीदा गया क्योंकि उस दौर का हर उद्योगपति रामनाथ गोयनका बनना चाहता था और नेताओं को अपने आगे झुकाना चाहता था।'

उपभोक्ता ब्रांडों को लगने लगा था कि मिडिल क्लास तक पहुँचने का मैग्ज़ीन एक बेहतरीन ज़रिया था। सभी बड़े अख़बारों की तुलना में पत्रिकाओं में छपे लेख तथा फ़ीचर्स और उन्हें प्रस्तुत करने के तरीके काफ़ी अप मार्केट होते थे। उससे भी ज़्यादा महत्त्वपूर्ण यह था कि पत्रिकाएँ रंगीन हुआ करती थीं, जो कि विज्ञापनदाताओं को आकर्षित करने की बड़ी वजह थीं।

बाज़ार में पत्रिकाओं के मौजूदगी ने अख़बारों को भी अपने रूप में बदलाव लाने को मजबूर कर दिया। एक तरह से देखा जाए तो अख़बार और मैग्ज़ीन आमने-सामने थे। दोनों ही विज्ञापन पाने और विज्ञापनदाताओं को आकर्षित करने की होड़ में लगे थे। जहाँ अख़बार पत्रिकाओं को मजबूर कर रहे थे कि वे 'चटपटे' और ख़बरों से भरपूर लेख छापें, वहीं पत्रिकाएँ न्यूज़पेपर को अपने 'तेवर' बदलने के लिए बाध्य कर रही थीं।

टेलीविज़न का प्रभाव अब तक उतना महसूस नहीं किया गया था। सैटेलाइट टेलीविज़न का दौर अब भी लगभग एक दशक दूर था। लेकिन सरकारी नियंत्रण वाले दूरदर्शन ने अपनी जगह बनानी शुरू कर दी थी। 1982 में दूरदर्शन ने रंगीन प्रसारण शुरू कर दिया था। सरकार ने दूरदर्शन को व्यावसायिक पहल की अनुमति भी दे दी थी। तेज़ी से उभरते मध्यवर्ग के बीच दूरदर्शन पर दिखाए जाने वाले प्रायोजित कार्यक्रम 'सोप ओपेरा', लोकप्रिय पौराणिक कथाओं पर आधारित तमाम तरह के शो और कार्यक्रम ख़ूब पसंद किए जाने लगे थे। इसके अलावा, दूरदर्शन की पहुँच दिन-प्रतिदिन विस्तारित होती जा रही थी। माना जाता है कि तत्कालीन कांग्रेस सरकार को दूरदर्शन सरकारी नियंत्रण के साथ मत प्रचार का बेहतर ज़रिया दिख रहा था, क्योंकि उसका निजी प्रभुत्व वाले अख़बारों के साथ अनुभव काफ़ी अप्रिय रहा था।

दूरदर्शन और पत्रिकाओं से मिल रही दोतरफ़ा चुनौती का सामना करने के लिए सभी बड़े अख़बार अपनी पाठ्यसामग्री को बेहतर बनाने में जुट गए थे। तब तक अख़बार को ब्रांड में तब्दील करने की कोशिश शुरू नहीं हुई थी और न ही प्रकाशन को एक नफ़ा-नुकसान, निवेश पर लाभ आदि आम मानकों के आधार पर एक व्यवसाय की तरह देखा जा रहा था।

अख़बारों के बीच कहीं से भी गला-काट प्रतिस्पर्धा जैसी कोई बात नहीं थी। बहुत सारे अहम फ़ैसले सभी प्रमुख अख़बार मिलकर लेते थे। अख़बार के प्रकाशक

अब भी यही मानते थे कि अपनी प्रेस के माध्यम से वे बड़ी ताक़त बन सकते हैं और निजी तथा सामाजिक हितों की रक्षा कर सकते हैं, और सरकारी प्रभुत्व वाली अर्थव्यवस्था में अपनी जगह बना सकते हैं। अख़बार स्पष्ट रूप से अब भी काफ़ी सुरक्षित तथा आराम की स्थिति में थे और उन्हें ठहराव की उस स्थिति से बाहर निकालकर तेज़ी से बदलती दुनिया से रूबरू कराना इतना आसान नहीं था।

बी.सी.सी.एल. देश का एक बहुत बड़ा मीडिया हाउस था। लेकिन कंपनी ने उस व्यक्ति के सामने ऐसी कोई आकर्षक तसवीर पेश नहीं की थी, जो अपने इस बिज़नेस घराने को एक मुनाफ़े वाले उद्योग में परिवर्तित करना चाहता था। बी.सी.सी.एल. के पोर्टफ़ोलियो में उस वक़्त 17 समाचार आधारित और 19 ग़ैर समाचार आधारित प्रकाशन थे। इनमें *द टाइम्स ऑफ़ इंडिया, द इकोनॉमिक टाइम्स, द इलस्ट्रेटेड वीकली, नवभारत टाइम्स* और *खेल भारती* समेत *इंद्रजाल कॉमिक्स, कॅरियर एंड कंपिटिशन टाइम्स, साइंस टुडे, फ़िल्मफेयर, धर्मयुग* आदि शामिल थे।

सरकार का नियंत्रण हट जाने के बाद अशोक जैन ने टाइम्स हाउस की पूरी ज़िम्मेदारी अपने ऊपर ले ली। कंपनी के वरिष्ठ प्रबंधक *टाइम्स ऑफ़ इंडिया* को ठहराव की स्थिति से बाहर निकालने में पूरी ताक़त से जुट गए थे। कंपनी विकास के दौर में प्रवेश कर गई थी। कर्मचारियों को बता दिया गया कि अब वे एक कॉर्पोरेशन के लिए काम कर रहे हैं। मार्केटिंग विभाग को मज़बूत किया गया। बजट तैयार किया गया। मैनेजमेंट एक पेशेवर की तरह काम करने लगा।

हालाँकि कंपनी की विकास दर में अचानक कोई बहुत बड़ा उछाल नहीं आ गया, लेकिन फिर भी यह एक स्थिर-गति विकास की दिशा में आगे बढ़ चली थी। बी.सी.सी.एल. का सालाना राजस्व जुलाई 1982 तक 61.6 करोड़ रुपए तक पहुँच गया था, जो कि पूर्व वर्ष से 30 प्रतिशत ज़्यादा था। शुद्ध लाभ दोगुना होकर एक करोड़ रुपए हो गया था।

1985 में कंपनी के प्रमुख अख़बार *टाइम्स ऑफ़ इंडिया* के तीन संस्करण थे, जिनका कुल मिलाकर सर्कुलेशन 5,62,000 प्रतियाँ था। एक तरफ़ जहाँ बी.सी.सी.एल. की कुल बिक्री देश की किसी भी मीडिया कंपनी से अधिक थी, वहीं देशभर के प्रमुख मेट्रो समेत तमाम छोटे शहरों तक इसकी पहुँच थी। लेकिन बॉम्बे में इसकी स्थिति सबसे मज़बूत थी। देश की वित्तीय राजधानी में अपनी ज़बर्दस्त पकड़ के कारण *टाइम्स ऑफ़ इंडिया* वहाँ सबसे ज़्यादा मुनाफ़ा कमाने वाला संस्करण था।

दिल्ली में यह अब भी दूसरे नंबर का अख़बार था और *हिन्दुस्तान टाइम्स* से

काफ़ी पीछे था। 1986 में *टाइम्स ऑफ़ इंडिया* की 2.15 लाख प्रतियाँ दिल्ली में बिक रही थीं जो कि *हिन्दुस्तान टाइम्स* से फिर भी 55,000 प्रतियाँ कम थीं। बैंगलोर में क्षेत्रीय अंग्रेज़ी अख़बारों का दबदबा था और यहाँ *टाइम्स ऑफ़ इंडिया* का सर्कुलेशन मात्र 19,000 प्रतियाँ था। जयपुर में इसकी लगभग 12,000 प्रतियाँ बिक रही थीं और पटना में तक़रीबन 35,000। चेन्नई में *द हिन्दू* की पकड़ मज़बूत थी। देश के पूर्वी क्षेत्र में *द स्टेट्समैन* लोकप्रिय था और बाद में लोग *द टेलीग्राफ़* भी पसंद करने लगे थे।

पिछले कुछ वर्षों की कोशिशों के बावजूद *बेनेट, कोलमैन एंड कंपनी* को अब भी एक पुरानी और सुस्त कंपनी के तौर पर ही देखा जा रहा था। एक सफल और मुनाफ़ा कमाने वाली कंपनी में तब्दील करने के लिए इसे झकझोरने तथा इसमें जोश भरने की ज़रूरत थी। *टाइम्स ऑफ़ इंडिया* किसी वैभवशाली, कुलीन और सम्मानित सर्वस्वीकृत पारंपरिक मातृ सत्ता के समान था। 1980 के दशक तक इसने अपने प्रतिष्ठित लेखकों और संपादकों की बड़ी फ़ौज की मदद से ख़बरों की रिपोर्टिंग और लेखों द्वारा राष्ट्रीय महत्त्व की जानकारियों को पाठकों तक पहुँचाने की अपनी परंपरा के क़रीब 150 साल पूरे कर लिए थे। अख़बार की भाषा, ख़ासकर स्तंभकारों की, बेहद उच्च कोटि की हुआ करती थी। उन दिनों जीवनशैली और सामाजिक धाराओं के विषयों पर लिखे जाने वाले फ़ीचर लेख अख़बार में नहीं लिए जाते थे। हालाँकि, अब इस तरह के लेखों को अख़बार में ख़ास अहमियत दी जाती है।

कंपनी के भीतर इसके तमाम विभागों जैसे संपादकीय, एडवर्टाइज़िंग, सर्कुलेशन और प्रोडक्शन के कर्मचारियों के बीच पारस्परिक संपर्क न के बराबर हुआ करता था। हर विभाग ने एक अंतर्मुखी रवैया अख़्तियार कर रखा था। और वे विरले ही एक-दूसरे के संपर्क में आते थे। प्रत्येक शाखा एक स्वतंत्र इकाई के रूप में काम कर रही थी और मानो उन्हें यह अहसास ही नहीं था कि वे सब एक बड़ी कंपनी के तहत काम कर रहे थे।

अख़बार के उत्पादन और क्रय-विक्रय के 'सूक्ष्म' विवरण मार्केटिंग तथा सर्कुलेशन (कंपनी में कम महत्त्व वाले विभाग माने जाने वाले) मैनेजरों के हवाले होता था। पत्रकार ने जो भी लिखा हो, उसे बेचना इनकी ज़िम्मेदारी थी। यह दारोमदार इन्हीं मैनेजरों के कंधों पर होता था कि वे विज्ञापनदाताओं को अपने अख़बार में जगह बेचते रहें और कामकाज सुचारू रूप से चलता रहे। जो लोग लिखने वाले होते थे, उन्हें बिज़नेस के इस पहलू से कोई सरोकार नहीं होता था। उनके लिए तो बस उनकी 'स्टोरीज़', उनकी बाइलाइन और उनकी एक्सक्लूसिव्ज़ मायने रखती थीं।

समीर जैन ने इन्हें पहला झटका यह बताकर दिया कि मीडिया भी किसी अन्य बिज़नेस की तरह ही है। गौतम अधिकारी कहते हैं, 'जब लोग इसके बारे में कहीं दूरदराज की कल्पना भर कर रहे थे, समीर जैन ने इसे संभव कर दिखाया

कि पत्रकारिता के क्षेत्र में कोई व्यवसाय भी किया जा सकता है। यह एक बिलकुल नया दृष्टिकोण था।'[6]

समीर जैन ने मुनाफ़े के मापदंडों और पूँजी पर लाभ जैसे पहलुओं पर अपना ध्यान केंद्रित करना शुरू कर दिया था। वे चाहते थे कि इस पर सिर्फ़ मार्केटिंग टीम का ही ध्यान न हो, बल्कि पत्रकारों को भी यह लब्बोलुआब समझा दिया जाए। एक ऐसे संस्थान के लिए जो कि अपने नेतृत्व तथा विरासत की महिमा में डूबा हुआ था और व्यापार की अनिवार्यताओं से बिलकुल अनजान था, यह नज़रिया स्वीकार कर पाना थोड़ा मुश्किल हो रहा था।

हालाँकि यह सच है कि अन्य मीडिया हाउस भी कोई बेहतर स्थिति में नहीं थे। और समीर जैन के फ़ैसले से वे सभी प्रभावित भी थे। दिलीप पडगाँवकर कहते हैं, 'बड़े स्पष्ट और दृढ़ तरीक़े से समीर जैन ने मजबूर कर दिया था कि अख़बार जगत स्वयं को एक उद्योग के तौर पर देखना शुरू कर दे।'[7]

जब समीर जैन बी.सी.सी.एल. में आए उस वक़्त मार्केटिंग, वित्तीय प्रबंधन, तकनीक, विस्तार, मूल्यांकन और ब्रांड प्रबंधन जैसी परिकल्पनाएँ अख़बार जगत के लिए बिलकुल नई बात थी। इस दिशा में समीर को अपने मैनेजरों और पत्रकारों के अंदर एक नई सोच जगानी पड़ी।

लेकिन बदलाव की पृष्ठभूमि तैयार करने के साथ-साथ, यह जानने के लिए कि वास्तव में अवसर किस दिशा में हैं समीर जैन को अपनी सोच में भी स्पष्टता लाने की ज़रूरत थी। उस वक़्त यह बहुत ज़रूरी था कि वे अपनी रणनीति तय करें और यह तय करें कि उन्हें किस दिशा में बढ़ना है। इससे पहले कि वे अपने कर्मचारियों के सामने अपनी सोच का ख़ाका रखें और उन्हें बदलाव के लिए तैयार करें, उन्हें खुद इस बात के लिए आश्वस्त होना ज़रूरी था कि उन्हें चलना किस रास्ते पर है, किन बिंदुओं पर उन्हें दिशा बदलनी है और भविष्य में इनके क्या परिणाम हो सकते हैं।

उस समय कंपनी डेढ़ से दो करोड़ रुपए सालाना का लाभ कमा रही थी। लेकिन समीर जैन को पूरा यक़ीन था कि संभावना इससे भी बहुत बड़ी है। गौतम अधिकारी बताते हैं, 'समीर इस बात से पूरी तरह आश्वस्त थे कि ऐसे समय में जबकि पुराने साम्राज्य की अन्य कंपनियाँ वक़्त से जूझ रही थीं और उनके दोबारा उबरने की संभावनाएँ भी कम थीं, बी.सी.सी.एल. एक बेहद मुनाफ़ा कमाने वाली कंपनी बन सकती है।'

उस दौर में अख़बारों का पूरा ध्यान उसके सर्कुलेशन पर होता था। उनका मानना था कि अख़बार की जितनी ज़्यादा प्रतियाँ बिकेंगी, कमाई उतनी ही ज़्यादा होगी। अख़बार की क़ीमत को कमाई के ज़रिये के रूप में देखा ही नहीं जाता था। बल्कि वास्तविकता यह थी कि ज़्यादातर अख़बारों का मूल्य उसके उत्पादन की क़ीमत

से बहुत कम हुआ करता था। लेकिन अधिक सर्कुलेशन विज्ञापनदाताओं के लिए पिच का काम करती थी। अख़बार का सर्कुलेशन अधिक होने का मतलब होता था कि उसमें विज्ञापनदाताओं की पहुँच भी ज़्यादातर लोगों तक हो रही है। मतलब साफ़ था कि इसके बदले उन्हें अपने विज्ञापनों के लिए प्रति कॉलम सेंटीमीटर ज़्यादा क़ीमत अदा करनी होगी।

इसका मतलब यह भी था कि अधिक कमाई के लिए अख़बारों का सारा ध्यान सर्कुलेशन बढ़ाने के तरीकों पर अटका हुआ था। अख़बार का कंटेंट यक़ीनन सर्कुलेशन बढ़ाने में बड़ी भूमिका अदा कर रहा था। यह माना जा रहा था कि पत्रकार जितने अधिक बेहतर होंगे और ख़बरें और टिप्पणियाँ जितनी अधिक भरोसेमंद होंगी, अख़बार उतना ही लोकप्रिय होगा। इसका दूसरा पहलू यह था कि मालिकों के हस्तक्षेप और अपने निहित स्वार्थ के लिए सरकार की ख़ुशामदी के आरोप लगना किसी अख़बार के लिए अच्छा नहीं माना जाता था। ऐसे में, अख़बार की लोकप्रियता में प्रतिष्ठित पत्रकारों और टिप्पणीकारों की भूमिका अहम थी। हालाँकि अख़बार में अपनी मौजूदगी की अहमियत से वे पूरी तरह अनजान होते थे।

सर्कुलेशन को लक्ष्य बनाने का मतलब यह भी था कि सभी अख़बार संस्थानों के पास अधिक से अधिक प्रतियाँ छापने की पूर्ण क्षमता हो, ताकि वे वक़्त पर काम पूरा कर सकें। इसलिए उन्होंने मशीनें और उनके लिए संरचना तैयार करने में पूँजी लगाई। जैसे-जैसे काम आगे बढ़ता गया, काम करने वाले लोगों की संख्या भी बढ़ानी पड़ी। न्यूज़प्रिंट यानी अख़बारी काग़ज़ पूरी तरह सरकार के नियंत्रण में हुआ करता था, इसलिए न्यूज़प्रिंट हर प्रकाशन और मीडिया हाउस को उनके तय कोटे के हिसाब से मिलता था।

अख़बार का वितरण भी उतना ही अहम था। अगर अख़बारों को अपना सर्कुलेशन बढ़ाना था, तो उन्हें ज़्यादा से ज़्यादा क्षेत्र तक अपनी पहुँच बढ़ानी थी। पहले पहल वे मेट्रो शहरों से निकलकर उपनगरों तक पहुँचे। बाद में, शहरी केंद्रों और 2-टायर शहरों तक पहुँचना उनका मकसद हो गया। इन सबके बीच अख़बारों का वितरण भी जटिल होता गया। कह सकते हैं कि अख़बारी उद्योग एक बेहद थका देने वाला खेल हो गया। विस्तार के साथ-साथ मालिकों के लिए यह ज़रूरी हो गया कि वे अधिक से अधिक पूँजी उसमें लगाएँ।

समीर जैन भी चाहते तो इसी ढर्रे पर चलते रहते, लेकिन उन्होंने भाँप लिया था कि आगे चलकर यह घाटे का बिज़नेस साबित हो सकता है। चूँकि न्यूज़पेपर की क़ीमत उसके उत्पादन की क़ीमत से बहुत कम होती थी, ज़ाहिर है जितनी ज़्यादा प्रतियाँ छपतीं, नुक़सान उतना बड़ा होता। अगर मकसद पूँजी पर लाभ और मुनाफ़े में बढ़ोतरी करना था, तो इस रणनीति से वह हासिल नहीं किया जा सकता था।

इसके अलावा, सर्कुलेशन बढ़ाने के लिए यह भी ज़रूरी था कि अख़बार नए पाठकों को आकर्षित करे। इन नए पाठकों में युवा, आधुनिक, मध्यवर्गीय परिवारों को शामिल करना था। समीर जैन शायद इस बात से आश्वस्त नहीं थे कि उनके मौजूदा पत्रकार नए पाठक वर्ग की पसंद के अनुकूल पठनीय सामग्री अख़बार के लिए लिख सकेंगे, जिससे इस लक्षित वर्ग को आकर्षित किया जा सके। उन्हें नए पाठक बनाने के लिए सफल प्रयास करना थे। लेकिन यह कुछ साल आगे की बात थी। फिलहाल समीर का ध्यान सर्कुलेशन पर नहीं, बल्कि विज्ञापनदाताओं के महत्त्व बढ़ाने पर आ गया था।

उनका प्रस्ताव बड़ा ही सीधा था : विज्ञापनदाताओं को उसी अनुपात में क़ीमत अदा करनी चाहिए, जिस अनुपात में उन्हें किसी अख़बार से फ़ायदा मिल रहा हो। फ़ायदा आँकने का सर्कुलेशन एक पैमाना ज़रूर हो सकता था, लेकिन एकमात्र पैमाना नहीं। न ही यह सबसे अहम पैमाना था। उनकी दलील थी कि विज्ञापनदाताओं को मिलने वाला फ़ायदा इस बात पर निर्भर करता है कि वह अख़बार किन लोगों के बीच सबसे ज़्यादा पढ़ा जाता है। विज्ञापनों के हिसाब से अख़बार जिस तादाद में उपयुक्त पाठकों द्वारा पढ़ा जाए, उसी अनुपात में विज्ञापनदाता को फ़ायदा होगा।

उनका तर्क था कि अगर ज़्यादा से ज़्यादा संख्या में पाठकों तक अख़बार का पहुँचना विज्ञापनदाताओं के लिए फ़ायदेमंद साबित होता है, तो उससे कहीं ज़्यादा ज़रूरी यह है कि वह विज्ञापन *उपयुक्त* उपभोक्ताओं की नज़र के सामने आए। कंपनियाँ अपने लक्षित वर्ग तक अपनी बात पहुँचाना चाहती हैं। यानी ऐसे लोग जो उनके उत्पाद या सेवाओं के संभावित उपभोक्ता हैं। कंपनियों के लिए सर्कुलेशन का ज़्यादा होना उतना प्रासंगिक नहीं था, जितना विज्ञापन के माध्यम का उपयुक्त होना महत्त्वपूर्ण था।

इस रूपरेखा में, उपभोक्ता सामान बेचने वाली कोई कंपनी यही चाहेगी कि उसके विज्ञापन ऐसे अख़बार में छपें, जिसे आधुनिक शहरी और मध्यवर्गीय परिवार पढ़ते हों। भले ही किसी दूसरे अख़बार का सर्कुलेशन उससे कहीं ज़्यादा हो, लेकिन उसकी पहुँच उन पाठकों तक न हो, जो विज्ञापनदाताओं के संभावित उपभोक्ता साबित हो सकते हैं, तो ऐसे अख़बारों में उपभोक्ता कंपनी को कोई दिलचस्पी क्यों होती।

यह एक सीधा तर्क था, लेकिन अब तक आज़माया नहीं गया था। समीर जैन ने इसमें दिलचस्पी दिखाई और उन्होंने आँकड़ों से आगे बढ़कर फ़ायदे की बात की। यह निशाना सीधे तौर पर *हिन्दुस्तान टाइम्स* पर साधा गया था, जो कि दिल्ली में सबसे ज़्यादा पढ़ा जाने वाला अख़बार था। उस वक़्त दिल्ली में इसका सर्कुलेशन *टाइम्स ऑफ़ इंडिया* की तुलना में लगभग दोगुना था। लोग वर्षों से *हिन्दुस्तान टाइम्स* पढ़ते आ रहे थे और रातोंरात उन्हें किसी अन्य अख़बार पढ़ने के लिए तैयार कर लेना आसान नहीं था। ऐसे में, यह साबित करना संभव था कि *द टाइम्स ऑफ़*

इंडिया के पाठक आधुनिक और उच्चवर्गीय लोग हैं, जो कि कॉर्पोरेट विज्ञापनदाताओं के लिए *हिन्दुस्तान टाइम्स* के पाठकों की तुलना में कहीं ज़्यादा उपयुक्त हैं।

बॉम्बे में ऐसी किसी बहस की ज़रूरत नहीं थी। वहाँ अकेले *टाइम्स ऑफ़ इंडिया* का सर्कुलेशन बाकी सभी अंग्रेज़ी अख़बारों के कुल सर्कुलेशन से भी अधिक था। वहाँ यह सिर्फ़ लीडर ही नहीं था, बल्कि वास्तविकता यह थी कि अंग्रेज़ी भाषा में उसका कोई प्रतिद्वंद्वी ही नहीं था।

फ़ायदा बनाम सर्कुलेशन का तर्क साबित करने के बाद समीर जैन के सामने चुनौतियाँ कई गुना थीं। सबसे पहले उन्हें सुनिश्चित करना था कि उनका अख़बार विज्ञापनदाताओं के मुताबिक सचमुच सही वर्ग तक पहुँच रहा था। इसका मतलब था कि इन पाठकों के हिसाब से अख़बार की ख़बरों और लेखों में भी बदलाव किया जाए। अब अख़बार की विषयवस्तु में उन मुद्दों को शामिल करना ज़रूरी हो गया था, जो इस वर्ग के पाठकों के लिए महत्त्वपूर्ण थे। यानी अख़बार में राजनीति की खुराक कम करना थी। अब अख़बार को अपनी लेखन शैली में भी बदलाव लाने की ज़रूरत थी। ऐसी भाषा का इस्तेमाल ज़रूरी हो गया था, जिससे पाठक खुद को जोड़ सकें। मध्य-वर्गीय लोगों की पसंद-नापसंद, उनकी चिंताओं और उनकी प्राथमिकताओं के प्रति संजीदगी की ज़रूरत थी। यह सब करना उतना आसान नहीं था।

इसके अलावा, ऐसा भी नहीं था कि इस पाठक वर्ग के प्रति एक बार अपना वादा पूरा करके अख़बार निश्चिंत बैठ सकता था। इस पाठकवर्ग की जीवनशैली और बोध में हर दिन बदलाव आ रहा था। उनकी प्राथमिकताएँ और चिंताएँ तेज़ी से बदल रही थीं। उसके साथ क़दम मिलाने के लिए ज़रूरी था कि अख़बार अपने नज़रिये में लचीलापन रखे। अख़बारों को भी गति पकड़ने की ज़रूरत थी। ज़रूरत थी कि अख़बार उस वर्ग की नब्ज़ पकड़ सके और उनकी पसंद-नापसंद समझ सके। यह पहला हिस्सा था।

समीर जैन के सामने दूसरी चुनौती विज्ञापनदाताओं को यह भरोसा दिलाना था कि एक उनका अख़बार ही है, जो अन्य अख़बारों की तुलना में सही वर्ग तक पहुँच रहा है। उन्हें यह भी अहसास दिलाना था कि उनके पाठकों में युवाओं की बड़ी तादाद है जो उच्चवर्गीय हैं और उनमें ख़र्च करने तथा उपभोग करने की प्रवृत्ति भी अधिक है। अक्टूबर 2001 में मैं बशाब सरकार से मिली, जो कि तब *ओ. एंड एम.* में काम करते थे।

उन्होंने बताया, 'समीर जैन ने *टाइम्स ऑफ़ इंडिया* को एक प्रीमियम प्रॉडक्ट के तौर पर प्रमोट किया था। शुरुआत में उन्होंने इस बात को साबित नहीं किया। उन्होंने बस दावा किया कि *टाइम्स ऑफ़ इंडिया* एक प्रीमियम प्रॉडक्ट है। और उनके इस दावे में काफ़ी वज़न भी था। उन्होंने अपने मीडिया योजनाकारों से अख़बार में

जगह की ज़्यादा क़ीमत भुगतान करने को कहा। जब एक व्यक्तिपरक तर्क दिया जाता है तो यह बताने की ज़रूरत नहीं होती कि आप अपने प्रॉडक्ट को क्यों और कैसे प्रीमियम बता रहे हैं। समीर ने बस लोगों तक एक संदेश पहुँचा दिया था कि *टाइम्स ऑफ़ इंडिया* अपने अख़बार में जगह की वह क़ीमत ले रहा है जिसका वह हक़दार है। और यह कि मूल्य नए सिरे से तय किए जा रहे हैं।'[8]

थॉम्पसन अरबन मार्केट इंडेक्स का हवाला देते हुए समीर ने दावा किया कि दिल्ली के बाज़ार की संभावना बॉम्बे के 100 के मुक़ाबले 66 है। दरअसल, दिल्ली कलकत्ता के बाद तीसरे स्थान पर था। इसका मतलब यही था कि अगर बॉम्बे में किसी अंग्रेज़ी अख़बार के सर्कुलेशन की तुलना दिल्ली के अंग्रेज़ी अख़बार से की जा रही है, तो ज़ाहिर है उसे बेहतर विज्ञापन दर मिलना चाहिए।

किसी भी शहर का इंडेक्स मार्केट रिसर्च के तहत तय होता है, जो विभिन्न जनसांख्यकीय और सामाजिक, आर्थिक कारकों के आधार पर कस्बे या शहर में संभावित बाज़ार की स्थिति निर्धारित करता है। यह मात्रात्मक आकलन बाज़ार की योजना तैयार करने में अहम भूमिका निभाता है, क्योंकि इसी से पता चलता है कि उस क्षेत्र में ग्राहकों की लगभग कितनी संख्या हो सकती है। उनके पास क्या-क्या साधन उपलब्ध हैं, वे किन अन्य उपभोक्ता वस्तुओं की ख़रीदारी में दिलचस्पी रखते हैं और उनमें जागरूकता का स्तर क्या है। समीर जैन इस बात से भलीभाँति अवगत थे कि इंडेक्स में एकत्र की गई जानकारी बहुत मूल्यवान है और यह उनके लिए क्या मायने रखती है।

उन्हें न सिर्फ़ अपने विज्ञापनदाताओं को यह यक़ीन दिलाना था कि *टाइम्स ऑफ़ इंडिया* के पाठक प्रचारित उत्पादों के लिहाज़ से अधिक उपयुक्त हैं, बल्कि विज्ञापनदाताओं को अख़बार में अपने इश्तेहार छपवाने के लिए अधिक मूल्य चुकाने के लिए तैयार भी करना था। यहाँ भी इंडस्ट्री अपने आरामदायक क्षेत्र में जी रही थी। पत्रकारों की तरह मीडिया बिज़नेस का विज्ञापन विभाग भी एक विरासत के तहत काम कर रहा था।

कॉर्पोरेट ग्राहकों के लिए विज्ञापन की ज़िम्मेदारी सँभालने वाली मीडिया एजेंसियों के पास प्रकाशनों की तय रेट लिस्ट होती थी। यह मुख्य रूप से सर्कुलेशन के आधार पर तैयार की जाती थी। इस मौजूदा व्यवस्था से एजेंसियाँ, विज्ञापन कंपनियाँ और प्रकाशन सभी आरामदेह थे। विज्ञापन की दरें सभी अख़बार एक-दूसरे की सहमति से तय करते थे। इस कड़ी में मीडिया एजेंसियाँ भी जुड़ी होती थीं। यह एक बहुत ही सहज व्यवस्था थी, जिसमें सभी नियमों का पालन करते थे और अगर बदलाव होता भी था, तो धीरे-धीरे आता था।

समीर जैन के इस तर्क से कि विज्ञापन की दरें पाठकवर्ग के समूह से तय

होंगी, असहजता की स्थिति पैदा हो गई। सर्कुलेशन का आकलन आँकड़ों के आधार पर होता था और उसे मापदंड रखना आसान था, बेशक तब भी, जब उससे मूल्यों का सही आकलन न हो पा रहा हो। मीडिया एजेंसियाँ और विज्ञापनदाता अब मजबूर कर दिए गए थे कि वे उस तय पैमाने को नकारकर इस बात को अहमियत दें कि एक-दूसरे की तुलना में कौन-सा अख़बार उन्हें ज़्यादा 'वैल्यू' देने में सक्षम है। इसका यह भी मतलब था कि विज्ञापनदाताओं को कई बार उस अख़बार में इश्तेहार छपवाने की ज़्यादा क़ीमत अदा करनी थी, जिसका सर्कुलेशन दूसरे से कम था। इससे पूरी व्यवस्था में हलचल होनी ही थी।

आमदनी के मुद्दे के अलावा भी समीर जैन के हर क़दम मीडिया बिज़नेस की आधारभूत संरचना में बड़े बदलाव ला रहे थे। अब अख़बारों के लिए सिर्फ़ सर्कुलेशन और नेटवर्क का विस्तार करना ही काफ़ी नहीं रह गया था। उन्हें अब ख़ास बाज़ार और ख़ास ग्राहकों को भी लक्ष्य बनाना था। इसके लिए उन्हें नए तरीक़े ढूँढ़ने की ज़रूरत थी कि वे किस तरह इस वर्ग विशेष के पाठकों और बाज़ार तक अपनी पहुँच बना सकें। हर अख़बार को इस बात की चिंता होने लगी थी कि पाठकों के इस ख़ास समूह को लुभाने के लिए वे अपने मौजूदा स्वरूप में क्या और कितना बदलाव करें।

इसका मतलब साफ़ था कि अख़बारों को अब अपने स्वरूप में इतना बदलाव लाने की आवश्यकता थी कि वे प्रतियोगी अख़बारों से बेहतर साबित हो पाते। लक्षित वर्ग को यह महसूस कराना ज़रूरी था कि अख़बार ख़ास उनकी पसंद और ज़रूरत के मुताबिक है। अख़बार अब 'ब्रांड' बनते जा रहे थे। टी.एन.नायनन बताते हैं, 'समीर ने मीडिया में ब्रांडिंग के महत्त्व को औरों के मुक़ाबले बहुत पहले समझ लिया था। दरअसल उन्होंने ब्रांड तैयार किए हैं।'

इस 'बाज़ार संचालित' रूपरेखा के तहत ब्रांड तैयार करने और उसकी पहचान को मज़बूती दिलाने के लिए संस्थान के हर विभाग को एक-दूसरे के साथ सामंजस्य बैठाकर काम करने की ज़रूरत थी। अब तक जिस तरह सभी विभाग अलग-अलग टुकड़ों में काम कर रहे थे, उससे बाहर निकलकर सभी को एकजुट होकर काम करना अब बेहद आवश्यक हो गया था। साथ ही, कामकाज में गतिशीलता लानी भी बेहद ज़रूरी थी, ताकि लक्षित समूह की प्राथमिकताओं में आने वाले किसी भी बदलाव का कंपनी को पहले ही आभास मिल जाए और वह अपनी रणनीतियों में भी उसी के मुताबिक फ़ौरन बदलाव ला सके। समीर की कंपनी के भीतर जिन लोगों को यह नई परिस्थिति रास नहीं आई, उन्हें या तो कंपनी छोड़कर जाना पड़ा या फिर उन्हें किनारे कर दिया गया। यह बात संपादकों, मैनेजरों, प्रबंधकों सब पर समान रूप से लागू थी।

समीर यह मानने लगे थे कि अख़बार बाज़ार-संचालित होते हैं, न कि संपादकीय-संचालित। बलजीत कपूर[9] याद करते हैं, 'समीर जैन कहा करते थे कि

"अख़बार अगर बिकता है, तो मार्केटिंग की बदौलत।" बल्कि वे तो यह भी मानते थे कि अगर मार्केटिंग बेहतर है तो रद्दी से रद्दी अख़बार भी बिक सकता है। हालाँकि उन्होंने यह सुनिश्चित कर लिया था कि उनका अख़बार समाज के उच्चवर्गीय और फ़ैशनपरस्त लोगों के बीच लोकप्रिय बना रहे। हालाँकि हम लोगों ने उनसे कहा भी था कि "हम कोई टूथपेस्ट या साबुन नहीं बेच रहे हैं।" हमें अख़बार को प्रोडक्ट कहना भी असहज कर रहा है। लेकिन समीर ने पूरे अधिकार के साथ अपनी सोच और बातें हमसे मनवा ही लीं।'

गौतम अधिकारी याद करते हैं, 'कंपनी का प्रदर्शन बेहतर करने के लिए बाज़ार की तकनीकें आज़माने पर समीर का ज़ोर बना रहा, जिसकी वजह से ग्रुप के संपादकीय और मार्केटिंग विभाग, दोनों में ख़ासा तनाव भी रहा। इस तनाव के कारण संपादकों के साथ उनका काफ़ी टकराव रहा, जिसके बाद संपादकीय के प्रबंध ढाँचे में भी बदलाव लाने पड़े।'

सर्कुलेशन के बजाय वैल्यू पर अधिक ज़ोर देने के उनके तर्क को लोगों ने मान तो लिया, लेकिन बाज़ार में इसे आज़माया जाना अभी बाकी था। क्या विज्ञापनदाता बेहतर पाठक समूह के लिए अधिक मूल्य चुकाने के लिए तैयार थे? 1986-87 के दौरान समीर जैन ने विज्ञापन दरों में भारी वृद्धि कर अपनी इस दलील को बाज़ार में आज़माने की कोशिश की। अब तक आम तौर पर विज्ञापन दरों में हर साल पाँच से दस प्रतिशत की बढ़ोतरी की जाती थी, लेकिन समीर ने सीधी 25 से 50 प्रतिशत की वृद्धि कर डाली। *टाइम्स ऑफ़ इंडिया,* बॉम्बे में दरों में सीधे एक साल में 68 प्रतिशत की बढ़ोतरी कर दी गई।

ऐसा करते हुए समीर ने उस चलन को भी नज़रअंदाज़ कर दिया, जिसके तहत दरों में बढ़ोतरी से पहले मीडिया एजेंसियों से निजी तौर पर सलाह ज़रूर ली जाती थी। एडवरटाइज़िंग डायरेक्टर का पद सँभालने से पहले बी.सी.सी.एल. के ऑल इंडिया सर्कुलेशन प्रमुख की हैसियत से काम कर रहे एन. पी. सिंह[10] के मुताबिक, 'जहाँ तक समीर का सवाल है, तो विज्ञापन दरों में बढ़ोतरी से पहले विज्ञापन एजेंसियों से किसी भी तरह की चर्चा का कोई सवाल ही नहीं था। हमने बस रेट बढ़ाए और उसकी घोषणा कर दी।'

इस परिवर्तन को विज्ञापन और मीडिया जगत में सनकीपन क़रार दिया गया। सिर्फ़ बाहर वालों ने ही इस तीव्र बढ़ोतरी का विरोध नहीं किया, बल्कि समीर को कंपनी के भीतर भी लोगों के सवालों का जवाब देना पड़ा। उनकी मार्केटिंग और मैनेजमेंट टीम के बहुत से लोगों को भी लगा कि विज्ञापन दरें बढ़ाने का यह तरीका कारगर साबित नहीं होगा। ये सभी लंबे समय से कंपनी से जुड़े लोग थे।

लेकिन समीर का तर्क वही था : *टाइम्स ऑफ़ इंडिया* से विज्ञापनदाताओं को

जो फ़ायदा मिल रहा है, वह उनके द्वारा चुकाई जाने वाली क़ीमत के मुक़ाबले कई गुना ज़्यादा है। उनका अख़बार इससे कहीं ज़्यादा योग्य है। ऐसे में पाँच या दस प्रतिशत की वृद्धि से कोई फ़ायदा नहीं हो सकता।

ग्रुप में जो बदलाव लाए जा रहे थे, उनमें विज्ञापन दरों में बढ़ोतरी किए जाने का फ़ैसला बेहद अहम था। एन.पी. सिंह ने कहा, 'इससे प्रकाशकों के ख़ेमे में हंगामा मच गया। लेकिन समीर अपने फ़ैसले पर अटल थे और वे बहुत ही सोची-समझी रणनीति के तहत आगे बढ़ रहे थे। उन्होंने महसूस किया कि विज्ञापन की दरें बहुत कम थीं और बाज़ार 100 अथवा यहाँ तक कि 200 प्रतिशत तक की बढ़ोतरी भी स्वीकार कर सकता है।'

और उनकी बात सच भी साबित हुई। शुरुआती विरोध जताने के बाद विज्ञापनदाता और मीडिया जगत ने इस बढ़ोतरी को स्वीकार कर लिया। ऐसा लग रहा था, जैसे बाज़ार यही चाहता था और इसके लिए पहले से तैयार बैठा था। बस, ऐसा कर दिखाने के लिए किसी को साहस जुटाने की ज़रूरत थी। संभवतः दिल्ली और बॉम्बे में मध्यवर्गीय आबादी बढ़ने की वजह से जनसांख्यिकी में आया बदलाव तथा उपभोक्ता बाज़ार में अचानक आए उछाल की बदौलत समीर का यह क़दम सफल साबित हो गया था। किसी व्यावहारिक विकल्प के अभाव की वजह भी विज्ञापनदाताओं के इस बढ़ोतरी को स्वीकार करने की वजह बना।

अगले कुछ वर्षों तक समीर ने दरों में इस प्रकार की कई बढ़ोतरी की घोषणाएँ कीं। लेकिन ये एकतरफ़ा नहीं थीं। उन्होंने अपने अख़बारों में भी भारी बदलाव किए और दरों में बढ़ोतरी को न्यायसंगत साबित किया। 'विज्ञापनदाताओं के लिए प्रासंगिक पाठकों को संबद्ध करना' संगठन का सूत्र वाक्य बन गया। यह परिवर्तन कंटेंट में भी दिखाई देने लगा। अख़बार की डिज़ाइन, लेआउट और पैकेजिंग, लहज़े और बनावट में भारी परिवर्तन किया गया। समीर ने सबसे पहले चिकने रंगीन पुलआउट्स निकालने में निवेश किया, जो विज्ञापनदाताओं के लिए आदर्श मंच थे। बाद में, समूह सभी पेज रंगीन निकालने लगा, जो अख़बार को अन्य प्रतिस्पर्धियों से कहीं आगे ले गया।

अख़बार में कॉलम्स को लगातार बदला गया और उनकी पुनर्संरचना की गई। भरपूर नवाचार किया गया : सभी को बेहतर प्रदर्शन प्रदान करने और विज्ञापनदाताओं के साथ लगातार संवाद रखने का निर्देश दिया गया। जैसा कि बाद में सामने आया कि विज्ञापन की दरों में बढ़ोतरी निरंकुश फ़ैसला नहीं था। यह बाज़ार के सूक्ष्म बोध पर आधारित था और क़ीमत में बड़े नवाचार से संबद्ध था, जिसने इंडस्ट्री को हिलाकर रख दिया।

हम इसे शीघ्र ही अन्य अध्याय पर ले जाएँगे। लेकिन इसके पहले, संस्थान के संपादकीय विभाग में कुछ कार्य किया जाना बाकी था।

4

स्टॉप प्रेस! रेफ़लॉन्च!

'यह तुम्हारे भाग्य का वह नाटकीय पल है, वाट्सन, जब तुम्हें अपने जीवन में प्रवेश करने वाले नए क़दमों की आहट सीढ़ियों पर सुनाई देती है, और तुम्हें यह नहीं पता कि वह अच्छे के लिए है या बुरे के लिए।'

आर्थर कॉनन डायल
के *द हाउंड ऑफ़ द बास्केरविलस*[1]
से उद्धृत।

1986 के आरंभ में बेनेट, कोलमैन एंड कंपनी लिमिटेड के सभी शीर्ष प्रबंधकों को आठ पेज का एक नोट भेजा गया। इसमें कंपनी के प्रमुख अंग्रेज़ी अख़बार *टाइम्स ऑफ़ इंडिया* और इसके हिन्दी अख़बार *नवभारत टाइम्स* की संपादकीय संरचना तथा कंटेंट में बदलाव की चर्चा की गई थी। यह नोट समीर जैन ने खुद तैयार किया था।

इस नोट की कॉपी साप्ताहिक *संडे* मैग्ज़ीन (6-12 अप्रैल, 1986) की कवर स्टोरी 'द साइन्स ऑफ़ द टाइम्स' के एक हिस्से के रूप में 'द समीर जैन प्लान' हेडलाइन के साथ छपी थी। नोट के जिन अधिकतर बिंदुओं पर सुझाव दिए गए थे, वे बड़े ही सीधे और सपाट शब्दों में कहे गए थे। इनमें से एक बिंदु में लिखा गया था कि संगठन को अपने विकास की योजना को मूर्त रूप देने के लिए नई प्रतिभाओं को नियुक्त करने की ज़रूरत है। और मौजूदा कर्मचारियों को नियमित रूप

से ट्रेनिंग दी जाएगी। उसमें लिखा गया था कि अब कॅरियर की दिशाएँ परिभाषित करने की ज़रूरत है।

कंटेंट के संबंध में भी उस नोट में कई सुझाव दिए गए थे। जैसे कि अख़बार में ख़बरों के मुक़ाबले ज़्यादा से ज़्यादा फ़ीचर लेख शामिल किए जाएँ, ख़ासकर सप्ताहांत संस्करणों में। यही नहीं, यह भी सुझाव दिया गया कि वीकेंड पर छपने वाला अख़बार एक स्वतंत्र संस्करण के रूप में उभरकर आए, जिसका संचालन इसके लिए ख़ास तौर पर नियुक्त संपादक द्वारा किया जाना चाहिए। समीर जैन ने अख़बार को और अधिक 'आधुनिक स्वरूप' देने का भी सुझाव दिया था। ग्राफ़िक्स, लेआउट, डिज़ाइन आदि की महत्ता पर भी ज़ोर दिया गया था।

ज़्यादातर सुझाव उस समय के अख़बारों के लिए बिलकुल नए और दूरगामी थे। अगले दो वर्षों के दौरान वे सभी सुझाव लागू भी कर दिए गए थे। ये सभी क़दम बेनेट, कोलमैन में किए जा रहे बड़े परिवर्तनों का ही हिस्सा थे। धीरे-धीरे देश के अन्य बड़े अख़बार भी इससे प्रभावित होने लगे।

हालाँकि उस नोट में एक ऐसा सुझाव भी शामिल था, जिसने एक बड़े विवाद का रूप ले लिया। इससे वह नोट ही कुछ समय के लिए ख़तरे में पड़ गया था। इससे कंपनी में भी उथल-पुथल मच गई।

वह सुझाव था अख़बार को दो हिस्सों में बाँटने का। पहला, ख़बरों वाला हिस्सा और दूसरा, विचारों वाला हिस्सा। ख़बरों के लिए एक संपादक और विचार वाले हिस्से के लिए अलग। दोनों के अधिकार क्षेत्र भी साफ़ तौर पर सीमांकित होंगे। आगे यह तय हुआ कि जो संपादक ख़बरों वाला हिस्सा सँभालेगा, वह कार्यकारी संपादक कहलाएगा और उसका संपादकीय पृष्ठ यानी विचार क्षेत्र से कोई लेना-देना नहीं रहेगा। राजनीति, बिज़नेस, स्थानीय ख़बरें, स्पोर्ट्स आदि से जुड़ी ख़बरें कवर करने वाली सभी न्यूज़ टीमें कार्यकारी संपादक के अधीन रहेंगी। दूसरी तरफ़, संपादकीय पृष्ठ के संपादक के पास एक डिप्टी एडिटर (उप संपादक) और असिस्टेंट एडिटर (सहायक संपादक) की अलग टीम होगी, जो उसके नेतृत्व में काम करेगी।

एक आम व्यक्ति के लिए, जिसे न्यूज़पेपर उद्योग के बारे में ज़्यादा जानकारी नहीं थी, ये सारे बदलाव एक साधारण कॉर्पोरेट पुनर्गठन प्रक्रिया के ही हिस्से जैसे थे। समीकरणों में यहाँ-वहाँ थोड़े बदलाव के बाद लोग इसे स्वीकार करके इस व्यवस्था में काम करने लग जाते। लेकिन इस मामले में ऐसा नहीं था। पत्रकार बिफर उठे थे। उन्होंने इस बात का विरोध किया कि कंटेंट और संपादकीय संबंधी मामलों में मालिक कैसे दख़ल दे रहे हैं, जो कि सिर्फ़ और सिर्फ़ संपादकों का कार्य क्षेत्र है। साथ ही, उनकी यह भी दलील थी कि कंपनी के मालिक का यह प्रस्ताव संपादक के पद की गरिमा को ठेस पहुँचाता है और उनकी मंशा संपादकीय को अपने नियंत्रण

में लेने और उस पर हावी होने की है।

जैसा कि *संडे* में छपे लेख में लिखा गया था, लगभग 40 वरिष्ठ पत्रकारों ने इस बदलाव के विरोध में लिखे प्रार्थना पत्र पर अपने हस्ताक्षर किए थे। उन्होंने *टाइम्स ऑफ़ इंडिया* के प्रधान संपादक को यह पत्र सौंपा था और मामले को चेयरमैन के समक्ष ले जाने को कहा था। अन्य प्रकाशनों के उनके साथी पत्रकारों ने भी उनका साथ दिया और बदलाव के उस प्रस्ताव की जमकर आलोचना की।

थोड़े समय के लिए ऐसा लगने लगा था कि वह 'नोट' वहीं दफ़न हो जाएगा। लेकिन उस समय बी.सी.सी.एल. एक दूसरी मुसीबत में आ गया था, जिसके सामने यह हंगामा शायद छोटा पड़ गया। अगले कुछ महीनों के भीतर प्रार्थना पत्र देने वाले पत्रकारों में से ज़्यादातर टाइम्स छोड़कर चले गए थे। कुछ को कंपनी ने छोड़ने के लिए कह दिया। दो साल के भीतर आलम यह हो गया कि कंपनी की कमान पूरी तरह नए लोगों के हाथों में आ गई। इसके साथ ही उन बदलावों का रास्ता भी आसान हो गया, जो कंपनी में जो लाए जाने थे। इसके साथ ही, भारतीय समाचार जगत की तसवीर भी बदलने लग गई।

हालाँकि इस पूरे विवाद की जड़ें और भी गहरी हैं। बात सिर्फ़ एक मुद्दे पर विरोध की नहीं है। यह स्थिति तो धीरे-धीरे बनी थी। दोनों पक्षों - समीर जैन और पत्रकारों - ने यह बात अच्छी तरह समझ ली थी कि उनका नज़रिया एक-दूसरे से बेहद अलग और विपरीत है। दोनों के दिलों में एक-दूसरे की नीयत को लेकर संदेह की भावना बढ़ती जा रही थी।

वह 'नोट' जो कि कंपनी के भविष्य का एक वास्तविक ढाँचा पेश करता था, समीर जैन के लिए एक तरह से अपनी बात रखने का ज़रिया भी था। दूसरी तरफ़, पत्रकारों को पूरा भरोसा था कि वे मैनेजमेंट के बदलाव की इस फ़ैसले को बदल कर रहेंगे। उन्हें यक़ीन था कि संगठन के बाहर राजनीतिक गलियारों में अफ़सरशाहों और बुद्धिजीवियों के बीच उनकी इतनी अच्छी पैठ है कि समीर जैन के इरादों को बड़ी आसानी से विफल कर सकते हैं। उन्होंने तय किया कि वे भी पलटवार करेंगे। हालाँकि बाद में यह बात साबित हो गई कि उन्होंने समीर जैन के दृढ़ निश्चय को कम करके आँका था। और यह भी कि उन्होंने यह न समझने की भूल की थी कि अख़बार जगत में बदलाव की किस हद तक ज़रूरत थी।

उस समय तक अख़बार की दुनिया संपादकों के इर्द-गिर्द सीमित थी। अख़बार में वैसे तो कई संपादकीय प्रमुख हुआ करते थे, जिनके अपने अलग-अलग कार्य क्षेत्र होते थे, लेकिन संपूर्ण ज़िम्मेदारी एक अकेले व्यक्ति में निहित रहती थी। अख़बार का संपादक इन सभी के लिए ज़िम्मेदार होता था। उसके अधिकार क्षेत्र में संपादकीय और ख़बरों वाले पृष्ठ, सभी शामिल होते थे। संपादक को कमांडर-इन-चीफ़ की तरह देखा

जाता था। अब तक संपादक को जो एकाधिकार हासिल था, उस पर समीर जैन के ख़बरों और विचारों के लिए अलग-अलग संपादकों के प्रस्ताव से सीधा प्रहार हुआ।

व्यावहारिक रूप से, संपादक हमेशा कमांडर-इन-चीफ़ की स्थिति में नहीं होता था। समीर जैन के प्रस्ताव से बहुत पहले भी अख़बार का विचारों वाला हिस्सा ख़बरों वाले हिस्से से बिलकुल अलग हुआ करता था। इसकी वजह उस दौर के संपादकों के अपने अलग-अलग तेवर थे। बृहद् तौर पर देखा जाए, तो संपादक की दिलचस्पी संपादकीय पृष्ठ में ज़्यादा होती थी। जबकि ख़बरों वाले हिस्से को सँभालने की ज़िम्मेदारी न्यूज़ एडिटर (समाचार संपादक) आदि के सुपुर्द छोड़ दी जाती थी।

इसका मतलब साफ़ है कि ख़बरों और विचारों वाले हिस्सों के बीच एक ख़ाली जगह पहले से थी, भले ही लिखित तौर पर ऐसा नहीं कहा गया था। रोज़मर्रा की ख़बरें जुटाने की चहल-पहल से संपादक वैसे भी दूर ही रहा करते थे। संपादकीय पन्ने को ही वे वास्तव में अपना कार्य क्षेत्र मानते थे, जिसके लिए वे भारी-भरकम संपादकीय और विचार लेख लिखा करते थे। नेताओं, अफ़सरशाहों और बुद्धिजीवी वर्ग से संपर्क रखने का उनका यही ज़रिया था। बाकी दुनिया, जिसमें अख़बार के मालिक भी शामिल थे, को शायद ही इन लेखों से कभी कोई मतलब रहता था।

अख़बार के भीतर ख़बरों वाले हिस्से से जुड़े पत्रकार शायद ही कभी संपादकों के केबिन में जाते थे। न्यूज़ टीम का दायरा ख़बरें जुटाने और उन्हें पाठकों तक हूबहू पहुँचाने में लगे रहने तक ही सीमित था। ऐसे ही एक संपादक की अप्रमाणिक कहानी है, अत्यंत गहराई और पहुँच वाले ये बुद्धिजीवी अपने समाचार संपादक को पहचान में ही असफल हो गए थे! वाक़ई, भूमिकाओं में ऐसा विभाजन उच्च पदों पर और अधिक था। अख़बार में ख़बरों और विचारों के सचेतन विभाजन के बदले संपादकीय पन्ना अधिकतर ब्राह्मणवादी बुद्धिजीवियों के नियंत्रण में था।

अधिकतर संपादक कद्दावर व्यक्तित्व के हुआ करते थे - पांडित्य व विद्वता से भरपूर। सत्ता के गलियारों में उनका ख़ासा सम्मान था। उनके विचारों को या तो जनता के मन का प्रतिबिंब माना जाता था या यह समझा जाता था कि किसी न किसी रूप में वे बुद्धिमानों की आवाज़ हैं।

संपादक की ऐसी ख़ास भूमिका इसलिए भी संभव थी, क्योंकि देश के ज़्यादातर प्रमुख अख़बारों के मालिक संपादक नहीं होते थे। मालिकों ने भी इस अंतर को स्वीकार किया और अख़बार में अपनी भूमिका संपादक के बाद ही रखी। कुछ मामलों को छोड़कर जिसमें उनका निजी हित दाँव पर लगा हो, मालिक खुद को अख़बार की दिन-प्रतिदिन के घटनाक्रमों से दूर ही रखते थे। वे संपादकीय विभाग को कम या ज़्यादा स्वतंत्रता से कार्य करने देते थे।

अख़बार और संपादकों के इर्द-गिर्द जो प्रभामंडल था, वह कुछ हद तक स्वतंत्रता आंदोलन के दौरान उनके द्वारा निभाई गई भूमिका की बदौलत था। देश के प्रमुख स्वतंत्रता सेनानी जैसे महात्मा गाँधी, बाल गंगाधर तिलक, बिपिन चंद्र पाल और जवाहरलाल नेहरू ने जनता और सरकार के साथ संवाद करने के लिए अख़बारों को ही ज़रिया बनाया था।[2] उन्होंने अख़बारों के माध्यम से न केवल स्वतंत्रता आंदोलन के मुद्दे पर संवाद स्थापित किए थे, बल्कि देश के लिए अपने सामाजिक और आर्थिक एजेंडा के बारे में भी चर्चा की थी।

आज़ादी के बहुत समय बाद तक अख़बारों को एक व्यवसाय के तौर पर नहीं, बल्कि एक संस्था के रूप में देखा जाता रहा। समाज के प्रति अख़बारों ने हमेशा अपनी भूमिका पूरी ज़िम्मेदारी के साथ निभाई। पहले जहाँ वे आज़ादी की लड़ाई में अपनी भूमिका अदा कर रहे थे, वहीं अब अपने बेबाक़ विचारों की मदद से लोगों को जागरूक और शिक्षित करके लोकतंत्र के पहरेदार की ज़िम्मेदारी निभा रहे थे। 'वॉचडॉग्स ऑफ़ डेमोक्रेसी' यानी लोकतंत्र के पहरेदार और 'चौथा स्तंभ' जैसी शब्दावली को गंभीरता से लिया गया और अख़बारों ने पूरी निष्ठा के साथ अपनी ज़िम्मेदारियों का पालन भी किया था। रुडयार्ड किपलिंग ने भावनाओं को इस बेहतर तरीके से पिरोया है :

पोप अपनी निषेधाज्ञा ला सकते हैं,
संघ अपना निर्णय दे सकता है,
लेकिन बुलबुला फूट चुका है और बुलबुले को बेधा जा चुका है
हमारे द्वारा और हमारे जैसों के द्वारा।
युद्ध को याद रखें और एक तरफ़ खड़े रहें
जब राजसिंहासन और शक्तिसंपन्न लोग यह क़बूल करें
कि गर्व के सभी बच्चों का सम्राट
प्रेस है-प्रेस है-प्रेस है![3]

इसलिए इस गरिमामय संस्था के शीर्ष पर संपादक विराजमान होता था, जो कि पूरी तरह से निष्पक्ष, प्रतिष्ठित और शासन के बेहद क़रीब हुआ करता था। स्वस्थ लोकतंत्र के लिए ज़रूरी था कि संस्था को पूरी आज़ादी मिले। इसे किसी भी तरह के अतिक्रमण से सुरक्षित रखना बेहद ज़रूरी था। बेधड़क और बेबाक़ विचार ज़ाहिर करने की अख़बारों की इस कोशिश के व्यवधान की पूरी संभावना रहती थी। कभी सरकार या अख़बार के मालिक की तरफ़ से, तो कभी अख़बारों के अपने व्यापारिक रुझान की वजह से।

तात्कालिक मुद्दों पर राजनीतिक नेतृत्व को अपनी सलाह देने के लिए संपादक पूरी तरह स्वतंत्र हुआ करते थे। चाहे वे जनता के विरुद्ध बात करें या व्यवस्था के, फिर भी उन्हें निष्पक्ष ही समझा जाता था। ऐसा मान लिया गया था कि संपादक का अपना कोई निहित स्वार्थ नहीं है और जिन मुद्दों पर उनके जो विचार होते थे, वे बेबाकी से ज़ाहिर करते थे।

ज़्यादातर मामलों में संपादक इस आम धारणा पर खरे भी उतरे। उनके विचार हमेशा किसी भी बाहरी प्रलोभन या प्रभाव से प्रभावित नहीं होते थे। देश का बुद्धिजीवी वर्ग प्रेस की आज़ादी पर किसी भी तरह के आघात के प्रति बेहद संवेदनशील था। जब कभी किसी संपादक ने, ख़ासकर किसी बड़े अख़बार के, मालिकों द्वारा 'हस्तक्षेप' किए जाने से असहजता का संकेत दिया तो वह हमेशा बुद्धिजीवी वर्ग के लिए चिंता का कारण रहा। ऐसी किसी भी स्थिति में प्रेस काउंसिल फ़ौरन गतिशील हो जाया करता था। हालाँकि ऐसे हालात में सरकार भी प्रत्यक्ष या परोक्ष रूप से हस्तक्षेप करती थी। ज़रूरत पड़ने पर मामले कोर्ट तक भी पहुँचे।

प्रेस की आज़ादी को दूसरा ख़तरा सरकार से था, लेकिन वह भी इस बात के प्रति हमेशा सतर्क रही कि उसके ऊपर 'प्रेस की आज़ादी में दख़ल देने' के आरोप न लग जाएँ। अख़बारों के लिए पहले सरकार ही प्रमुख विज्ञापनदाता हुआ करती थी (और अब भी है)। न्यूज़प्रिंट का बँटवारा भी हमेशा से सरकार के नियंत्रण में ही रहा है। एक से ज़्यादा बार ऐसा हुआ कि सरकार ने पत्रकारों को लालच देकर मालिकों को चुनौती देने की कोशिश की, लेकिन सारी कोशिशें बड़े ही छिपे अंदाज़ में होती थीं।

प्रेस की आज़ादी पर संभावित ख़तरे के रूप में जहाँ तक व्यापार का सवाल है, तो संपादक इस क्षेत्र में वास्तविक दुनिया से हमेशा ही परे रहे हैं। विज्ञापनदाताओं और यहाँ तक कि पाठकों की प्राथमिकताओं के लिहाज़ से अख़बार के झुकाव और उसके कंटेंट को हमेशा अलग रखा गया, अकसर जानते-समझते हुए। व्यापार के लिहाज़ से अख़बारों के प्रदर्शन का उल्लेख किया जाना तक संपादकों को नाग़वार गुज़रता था। यह उन्हें अपनी संवेदनशीलता पर हमला जैसा लगता था।

वहीं अख़बार की सफलता और उसकी प्रतिष्ठा को सीधे तौर पर उसके काम करने वाले पत्रकारों और संपादक से जोड़कर देखा जाता था। जिस प्रकार किसी अच्छे क्लीनिक की पहचान उसके सर्वश्रेष्ठ डॉक्टरों से होती है, और तकनीकी कंपनियों की उनके यहाँ काम कर रहे उम्दा आई.टी. इंजीनियरों से, उसी प्रकार अख़बारों की पहचान उनसे जुड़े संपादकों से होती थी।

यह बात समीर को बेचैन कर रही थी। हालाँकि अन्य अख़बारों के मालिक इस व्यवस्था में अपनी भूमिका भलीभाँति निभाते रहे। 20वीं सदी के आरंभ में देश

के ज़्यादातर अंग्रेज़ी अख़बारों के मालिक धनी मारवाड़ी हुआ करते थे, जिनके एक से अधिक व्यवसाय होते थे। देश में व्यापार व बैंकिंग के क्षेत्र में उनका वर्चस्व था। या तो उन्होंने खुद अपने अख़बार शुरू किए थे या फिर उन्हें किसी अंग्रेज़ मालिक से ख़रीद लिया था, जैसा कि *टाइम्स ऑफ़ इंडिया* के मामले में हुआ था। बुद्धिजीवी वर्ग के रूप में टाइम्स के पत्रकारों को समाज में ऊँचा ओहदा मिला हुआ था। सफल और मज़बूत व्यवसायी होते हुए भी अख़बार के मालिकों को इस बात से कोई परेशानी नहीं होती थी कि उनके संपादकों को समाज में बेहतर सम्मान मिल रहा था। संपादकों को सुर्खियों में बने रहने देने में भी उन्हें कोई दिक्कत नहीं थी।

एक-दो वाकयों को छोड़कर अगर देखा जाए तो मालिकों की संपादकीय नीति में भी कोई दिलचस्पी नहीं रहती थी। उनके अख़बार पेशेवराना अंदाज़ में कामकाज करें, इसके लिए उन्होंने शायद ही कोई क़दम उठाए हों। जैसा कि गिरिलाल जैन ने *संडे* में छपे लेख में ज़िक्र किया था, 'मालिकों का अख़बार में दख़ल अनियमित, मनमाना और निजी, पारिवारिक या फिर दोस्तों के हितों से प्रेरित होता था... उनका हस्तक्षेप कभी भी व्यापक स्तर पर, उद्देश्यपूर्ण या फिर वैचारिक नहीं होता था।'

अगर एक अख़बार व्यापारिक सफलता या मुनाफ़े की चिंता किए बग़ैर एक बुलंद संस्था के रूप में व्यवहार कर रहा था तो यह उनके मालिकों की बदौलत ही संभव था। चूँकि मालिकों के एक से अधिक व्यवसाय हुआ करते थे, ऐसे में अख़बार उनके व्यापार साम्राज्य की मुनाफ़ा कमाने वाली इकाई कभी नहीं था। समूह के लिए धन व मुनाफ़ा कमाने की ज़िम्मेदारी अख़बारों की कभी नहीं थी। इसके लिए ग्रुप के पास अन्य कंपनियाँ होती थीं।

ज़्यादातर मालिकों के लिए उनके अख़बार सरकार पर दबाव बनाने, सहूलियतें लेने या फिर समाज में अपनी स्थिति बढ़ाने का ज़रिया मात्र होते थे। अख़बारों से उन्हें अगर मुनाफ़ा हुआ तो उनके लिए खुशी की बात होती थी। लेकिन ऐसा नहीं हुआ तो भी अख़बार के माध्यम से उन्हें जो ताक़त और प्रतिष्ठा हासिल होती थी, उसमें वह समायोजित हो जाता था। 1980 के दशक में भारत की अर्थव्यवस्था सरकार-संचालित और बेहद नियंत्रित थी। ऐसे में, किसी भी उद्योगपति के पास अपना एक अख़बार होना, जो कि राजनेताओं की छवि बना या बिगाड़ सकने की हैसियत रखता था, बड़ी बात होती थी।

सच कहा जाए तो कुछ मालिकों ने अपने अख़बारों के साथ इसलिए हमेशा एक ख़ास दूरी बनाकर रखी, क्योंकि वे संपादकीय को पूरी आज़ादी देने के लिए प्रतिबद्ध थे। संपादकीय को व्यावसायिकता से दूर रखना प्रकाशन के लिए विश्वसनीयता हासिल करने का एक तरीका था और यही वे चाहते भी थे। हर मीडिया हाउस में संपादक-मालिक संबंध और मुनाफ़ा कमाने के उनके लक्ष्य एक-दूसरे से भिन्न हुआ

करते थे। लेकिन कमोबेश हर अख़बार अपने-अपने व्यावसायिक साम्राज्य की परिधि में सुरक्षित स्थिति में थे। और, उनके लिए संपादक को अख़बार चलाने की पूरी आज़ादी देने में कोई मुश्किल की बात नहीं थी।

संपादक अपनी महत्त्वपूर्ण भूमिका का भरपूर मज़ा भी ले रहे थे। सुनील जैन के मुताबिक, '1980 में जब इंदिरा गाँधी एक बार फिर प्रधानमंत्री की कुर्सी पर विराजमान हुईं, तो उन्होंने मेरे पिता गिरिलाल जैन को अमेरिका में भारतीय राजदूत का पद सँभालने का न्योता दिया था। लेकिन उन्होंने इस प्रस्ताव को ठुकराते हुए कहा था कि देश में सिर्फ़ दो ऐसे महत्त्वपूर्ण पद हैं, जो वे स्वीकार करना चाहेंगे।' उन्होंने कहा था, 'पहला पद आप सँभालिए, दूसरे पर मैं ख़ुश हूँ।'[4]

इसमें कोई शक नहीं कि *टाइम्स ऑफ़ इंडिया* का संपादक होना बेहद गौरव की बात थी और यह देश के कुछ गिने-चुने प्रतिष्ठित पदों में से एक था। फ़्रैंक मॉरिस और शाम लाल भी अपनी तरह के अलग लेकिन गरिमामय व्यक्तित्व वाले लोग थे। जब समीर जैन ने बदलाव का अपना प्रस्ताव रखा था, उस समय गिरिलाल जैन *टाइम्स ऑफ़ इंडिया* के संपादक हुआ करते थे और जो हिन्दुत्व तथा हिन्दू आधिपत्य के प्रबल समर्थक थे। वे उन लोगों में थे जिन्हें मानो किसी महान संपादक के साँचे में ढालकर तैयार किया गया था।

जहाँ बी.सी.सी.एल. में संपादक निरपवाद रूप से विद्वान और कद्दावर व्यक्ति हुआ करते थे, कंपनी के तत्कालीन मालिक सौम्य स्वभाव वाले अशोक जैन का ख़ास प्रयास रहता था कि संपादकों को उपयुक्त सम्मान और आज़ादी दी जाए। उन्होंने यह सुनिश्चित किया कि उनकी भूमिका व संबंध हमेशा मधुर रहें और बोर्ड से ऊपर रहें।

इंदर मल्होत्रा, जिन्होंने समीर जैन के ख़िलाफ़ विरोध उपजते और उसे फैलते देखा था, ने बताया कि अशोक जैन एक 'बेहद शिष्ट मालिक' थे और वे अख़बार के संपादकीय मामलों में कभी हस्तक्षेप नहीं करते थे।[5] समीर जैन के प्रस्ताव ने जब हर तरफ़ विवाद का रूप ले लिया था, उस दौरान *संडे* मैग्ज़ीन में छपे लेख में गिरिलाल जैन के एक साक्षात्कार का भी उल्लेख था। गिरिलाल जैन के जवाबों से यह साफ था कि उस वक़्त मालिक और संपादक के बीच कैसे रिश्ते थे। गिरिलाल जैन ने कहा था कि वे *टाइम्स ऑफ़ इंडिया* को एक परिवार या कंपनी के स्वामित्व वाले अख़बार के तौर पर नहीं देखते। 'मैं इसे एक राष्ट्रीय संस्था के रूप में देखता हूँ... अगर इसे कंपनी के स्वामित्व वाले अख़बार की तरह चलाया जाता, तो मैं उसमें कहीं भी फ़िट नहीं बैठता। मेरे लिए तो यह देश की सेवा है, जिसके बदले मुझे कुछ पारिश्रमिक मिलता है। जैसा कि जगज़ाहिर है, *चेयरमैन (अशोक जैन) का व्यक्तित्व उनके इस विचार के अनुकूल ही था।* अख़बार के मामलों में उन्होंने कभी कोई दख़लंदाज़ी नहीं की।'

एक उदाहरण देते हुए उन्होंने कहा था, 'अध्यक्ष तत्कालीन प्रधानमंत्री राजीव गाँधी के समर्थक हुआ करते थे, और मैं उनका आलोचक। हम लोगों ने इस बारे में बहुत बार चर्चा भी की, लेकिन कभी भी उन्होंने अपनी विचारधारा बदलने की कोशिश नहीं थी।' उस लेख में गिरिलाल जैन ने कहा था कि प्रकाशक को पूरी आज़ादी थी कि वह अपनी पसंद का संपादक नियुक्त करे, लेकिन एक बार संपादक का चयन कर लिया जाए, इसके बाद उसके काम में दख़ल नहीं दिया जाना चाहिए। गिरिलाल जैन ने कहा था, 'जिस दिन मालिक मेरी गर्दन पर सवार हो जाएँगे और मुझे बताना शुरू कर देंगे कि क्या करना है और क्या नहीं, वह दिन मेरे लिए सबसे दुखदायी होगा।'[6]

पुनर्गठन की प्रक्रिया जारी होने के बाद भी गिरिलाल जैन को पूरा यक़ीन था कि समीर जैन उनकी संपादकीय नीतियों में कोई दख़लंदाजी नहीं करेंगे। उन्होंने कहा, 'समीर ने बहुत बार कहा है और उनका आशय भी यही है कि संपादकीय नीतियों से उन्हें कोई सरोकार नहीं है।' हालाँकि उन्होंने स्वीकार किया था कि उनके और चेयरमैन के बीच जिस तरह का रिश्ता है, 'वैसा शायद ही कहीं होता हो।'

पूरे प्रसंग पर अगर ग़ौर किया जाए तो यही प्रतीत होता है कि अख़बार में ख़बरों और विचारों वाले हिस्सों को अलग करने का समीर जैन का प्रस्ताव एक उग्र सुधारवादी विचार था। विरोध जता रहे पत्रकारों की चिंता के मूल में यही था कि बदलाव के इस तरह के प्रस्ताव की आड़ में मालिक अख़बार के संपादकीय मामलों में हस्तक्षेप करने की कोशिश कर रहे थे। कंटेंट और संपादकीय ढाँचे में बदलाव के सुझाव देकर समीर मालिकान और संपादकों के बीच की पवित्र रेखा मिटाने की कोशिश कर रहे थे। अख़बार में कंटेंट संबंधी कोई भी फ़ैसला लेने का अधिकार सिर्फ़ संपादक के पास होता था। ऐसे में, मालिक की दख़लअंदाज़ी कहीं से भी उचित नहीं थी।

उस नोट में ऐसे बहुत सारे बिंदु थे, जिन पर पत्रकारों को आपत्ति थी। उस नोट का लहज़ा, उसका आशय और बात रखने का तरीक़ा, उन्हें कुछ भी मंजूर नहीं था। हालाँकि ये सारी बातें बाद में सामने आईं। उस वक़्त उनका मुख्य मुद्दा संपादक के अधिकार और उसकी भूमिका पर अतिक्रमण की कोशिश का था। यह सिलसिला आठ पन्नों के उस नोट के साथ शुरू हो चुका था। अगर उसे उसी रूप में चलने दिया जाता, तो संपादक का पद मालिक के अपने एजेंडा के सामने गौण महत्त्व का होकर रह जाता।

उस नोट के पीछे छिपे एजेंडे का उन्हें तभी अहसास हो गया था। पत्रकारों की दलील थी कि समीर जैन न सिर्फ़ संपादक की महत्त्वपूर्ण भूमिका को चुनौती दे रहे थे, बल्कि वे ऐसा किसी ख़ास मकसद से कर रहे थे। पत्रकारों के अनुसार, समीर

ऐसा करके संपादक की जगह हड़पने और अख़बार में अपने लिए मुख्य भूमिका में रहने का रास्ता तैयार कर रहे थे।

अनायास ही, अख़बार में ख़बर और विचार को एक-दूसरे से अलग करने का उनका यह प्रयास सिर्फ़ संगठनात्मक परिवर्तन का हिस्सा नहीं रह गया था। यह संपादकीय की आज़ादी और मालिकों के हस्तक्षेप का मुद्दा बन गया था। उस वक़्त और दौर में यह क़दम विस्फोटक साबित हो सकता था। कंपनी के पुनगर्ठन के इस मामले में हर किसी को दिलचस्पी हो गई।

समीर जैन ने पलटकर जवाब दिया था कि उनका प्रस्ताव कहीं से भी असामान्य नहीं है। ऐसा पहले से हो रहा है। उनका कहना था कि पश्चिमी देशों, ख़ासकर अमेरिका में अख़बार इसी प्रकार चलते हैं। *द न्यूयॉर्क टाइम्स* में वर्षों से ख़बर और विचारों के लिए अलग-अलग संपादक हैं। उन्हीं दिनों समीर जैन अमेरिका के अख़बारों का दौरा करके लौटे थे और वहाँ उन्होंने अख़बार जगत में कार्य की जो प्रणाली देखी थी, उससे वे बेहद प्रभावित भी थे। उन्होंने रुपर्ट मर्डोक की भी सराहना की थी।[7]

जहाँ तक संपादक के कार्यक्षेत्र में दख़ल देने का सवाल था, तो इस मामले में समीर एकदम स्पष्ट और दो टूक थे। उनका आशय था कि वे इस बिज़नेस के मालिक हैं, इसलिए इसकी दिशा तय करने का उन्हें पूरा अधिकार है। उनका यह तरीका अब तक मीडिया कंपनियों और ख़ासकर संपादकों के प्रति मालिकों के रवैये के बिलकुल विपरीत था। यहीं से समीर जैन ने खेल के नियम बदलना शुरू कर दिए। यह बदलाव पत्रकारों के लिए पचा पाना बेहद मुश्किल हो रहा था।

इंदर मल्होत्रा कहते हैं, '1986 की जनवरी की एक सुबह समीर जैन ने मुझे चाय पर बुलावा भेजा। उन्होंने मुझसे कहा, "आप मेरे सलाहकार बन जाएँ और गिरिलाल जैन को अख़बार चलाने दीजिए।" बाद में, किसी अन्य अवसर पर उन्होंने मुझसे कहा था, "उनको (गिरिलाल जैन) समझाइए।" मैंने 1986 के अप्रैल में इस्तीफ़ा दे दिया था, लेकिन उस साल सितंबर तक मैं कंपनी में बना रहा था।' वे *टाइम्स ऑफ़ इंडिया* के लिए नौ वर्षों तक लिखते रहे।

मल्होत्रा ने याद करते हुए आगे कहा, 'अप्रैल और सितंबर के बीच कई सह संपादकों की नियुक्ति होनी थी। समीर ने अपने लोगों की भी भर्तियाँ कीं और कहा कि वे भर्ती प्रक्रिया को लोकतांत्रिक बनाना चाहते हैं। ज़ाहिर है, मुझे खुद को दरकिनार किया जाना अच्छा नहीं लगा था। तब गिरिलाल जैन ने अशोक जैन को लिखा था।'

समीर जैन के नोट में सिर्फ़ ख़बरों और विचारों के लिए संपादकों को अलग करने का ही उल्लेख नहीं था, बल्कि उसमें यह भी प्रस्ताव था कि स्पोर्ट्स, बिज़नेस

और स्थानीय ख़बरों के डेस्क प्रभारियों को भी 'संपादक' का पद दिया जाए। मतलब साफ़ था कि संपादकीय पृष्ठ के संपादक और कार्यकारी संपादक के अलावा अख़बार में कई और संपादक भी होंगे जैसे - स्पोर्ट्स एडिटर, फ़ोटो एडिटर, मेट्रो एडिटर आदि।

इस नए ढाँचे में संपादकीय पृष्ठ पर विचार लेख छपना जारी रहे। लेकिन अब इसका स्वरूप बदल चुका था। अब एक मुद्दे पर कई विचार छप रहे थे। अब चूँकि कई संपादक अलग-अलग हिस्सों को सँभाल रहे थे, इसलिए अख़बार में संपादकीय पृष्ठ की टीम द्वारा चुने गए महत्त्वपूर्ण मुद्दों के अलावा अन्य मुद्दे भी उठाए जाने लगे। अब घटनाओं की केवल निष्पक्ष रिपोर्टिंग ही नहीं हो रही थी, बल्कि हर हिस्से में व्याख्यात्मक और विश्लेषणात्मक ख़बरें छापी जाने लगीं। साफ़ था कि बेहतर परिणाम हासिल करने के लिए संपादकीय टीम को पुनर्गठित करने के साथ-साथ समीर जैन 'संपादक' शब्द के इर्द-गिर्द फैले मिथक और रहस्य को तोड़ने की भी कोशिश कर रहे थे।

यह सब शीर्ष पर बैठे पत्रकारों को कहीं से भी स्वीकार्य नहीं था। वे साफ़ तौर पर देख पा रहे थे कि नए ढाँचे के मुताबिक 'संपादक' पद के आसपास फैले आभामंडल को ख़त्म करने की कोशिश हो रही थी। जहाँ समीर जैन का तर्क था कि एक से अधिक विचार लेख और संपादकों की बदौलत अख़बार की लोकप्रिय छवि बन सकेगी, वहीं पत्रकारों का कहना था कि इससे संगठन के अंदर ताक़त और प्रभाव का केंद्र एक व्यक्ति न होकर अलग-अलग हिस्सों में बँट जाएगा।

जानी-मानी स्तंभकार बची करकरिया का कहना है, 'समीर जैन ने संपादक की भूमिका ही बदल दी। वे इसे सिर्फ़ एक बिज़नेस के तौर पर देख रहे थे। इसलिए सत्ता संरचना में पूरा बदलाव किया जाना था और व्यापारिक दृष्टिकोण उनके लिए सबसे महत्त्वपूर्ण हो गया।'[8]

1986 में पत्रकारों की नौकरी की शर्तें बदले जाने की भी शुरुआत हो गई। अब उनकी बहाली ठेके आधारित यानी कॉन्ट्रैक्ट बेसिस पर होने लगी थी। ऐसा अगले कुछ वर्षों तक चलता रहा। लेकिन जब सबसे पहले यह प्रस्ताव सामने आया, तो बी.सी.सी.एल. के अंदर और बाहर, हर तरफ़ शोर मच गया था। स्वर्गीय के.एल. नंदन[9], जो कि जाने-माने लेखक व पत्रकार थे और जो बी.सी.सी.एल. की कई पत्रिकाओं जैसे *पराग, सारिका, दिनमान* के संपादक रहने के साथ-साथ नवभारत टाइम्स के फ़ीचर संपादक भी रह चुके थे, ने कहा : '1986 में मैं बॉम्बे में था। रमेश चंद्र जी मुझसे मुलाकात करने आए थे। बातचीत के दौरान उन्होंने बताया कि हम सबको अब कॉन्ट्रैक्ट के तहत लाए जाने का विचार चल रहा है। उन्होंने मुझसे कहा था कि मुझे भी कॉन्ट्रैक्ट साइन करना पड़ सकता है। मैं बहुत नाराज़

हो गया। मैंने कहा कि मैं ठेके पर संपादकी नहीं करता हूँ। मैंने मामले पर चर्चा करने के लिए अशोक जी से संपर्क करने की कोशिश की। इसी बीच मुझे लगभग तीन गुना तनख़्वाह पर *दैनिक हिन्दुस्तान* में संपादक बनने का प्रस्ताव मिला। रमेश जी ने मुझसे डॉ. तरनेजा से मिलने के लिए कहा था। अंत में मुझसे कहा गया कि मैं समीर जैन से मिल लूँ।'

नंदन याद करते हैं, 'जब मैं मिलने गया, तो समीर ने कहा था कि वे मेरे ख़िलाफ़ नहीं हैं, लेकिन भिन्नता यह है कि मैं एक बेहद मज़बूत संपादक हूँ। बाद में कंपनी ने *नवभारत टाइम्स* में मेरे लिए एक नया पद बनाया। मैं अख़बार में मैग्ज़ीन सेक्शन का प्रभारी बना दिया गया। अब मैं *नवभारत टाइम्स* में फ़ीचर संपादक की हैसियत से काम कर रहा था। अशोक जी एक ईमानदार व्यक्ति थे। लेकिन वे किसी दबाव में आ गए थे। उनका बेटा अब अपनी बातें मनवाने लगा था। उन्होंने मुझसे कहा था कि कुछ पत्रिकाओं के संपादकों को हटाया जाएगा... लेकिन शिष्टता के साथ।'

इस मोड़ पर जबकि नई बहालियाँ शुरू हो गई थीं, अख़बार के मौजूदा पत्रकारों को यह यक़ीन हो गया था कि कार्यकारी संपादक समेत कई महत्त्वपूर्ण पदों पर नए लोगों को नियुक्त किया जाएगा। इससे उनकी बेचैनी और बढ़ गई थी। वे महसूस करने लगे थे कि अब समीर ऐसे लोगों को प्रमुख पदों पर बैठाएँगे जो आसानी से उनके इशारों पर काम करते रहेंगे, ताकि अख़बार के संपादकीय विभाग का भी पूरा नियंत्रण उनके हाथ में चला जाए।

उन्होंने समीर जैन की इस दलील पर ग़ौर ही नहीं किया कि यह मॉडल अमेरिका में सफल रह चुका है। उनका तर्क था कि वहाँ ज़िम्मेदारियों के बँटवारे का मतलब संपादकों की शक्तियाँ कम करना नहीं रहा है। वहाँ सभी संपादक किसी एक व्यक्ति को ही रिपोर्ट करते हैं और वह व्यक्ति उस अख़बार का प्रकाशक होता है।

लेकिन वहाँ के प्रकाशक पूरी तरह पत्रकार होते हैं और उन्हें अपने अख़बार के कामकाज में पूरी दिलचस्पी रहती है। रोसेंथल[10] जैसे प्रकाशक भी पहले पत्रकार थे। उन्होंने हमेशा एक पेशेवर पत्रकार की हैसियत से ही काम किया न कि मालिक बनकर। उन्होंने अपने अख़बारों को वक़्त दिया। ऐसे में, अपने प्रकाशनों में केंद्रीय भूमिका में रहना उनके लिए उपयुक्त भी है। लेकिन भारत में बी.सी.सी.एल. के मामले में स्थितियाँ ऐसी नहीं थीं। यहाँ बागडोर मालिक के हाथ में, जो कि एक ग़ैर पत्रकार है, जाने का मतलब था कि अख़बार मालिकों के अधीन आ जाएगा और लोकतंत्र के एक निष्पक्ष व ज़िम्मेदार स्तंभ के रूप में अख़बारों की संस्थागत भूमिका को भी आघात लगेगा।

ज़ाहिर है, समीर जैन और उनके पत्रकार मुद्दे के दो छोरों पर खड़े थे और

एक-दूसरे का नज़रिया समझने को तैयार नहीं थे। पत्रकारों की स्थिति यह थी कि अगर वे मालिक को हावी होने देते, तो इसका मतलब था कि वे संस्था के दुरुपयोग की इजाज़त दे रहे हैं। अगर सत्ता में बैठे लोग और समाज का बुद्धिजीवी वर्ग अख़बार में छपे संपादकीय स्तंभ को गंभीरता से ले रहे थे और उसके हर शब्द को पत्थर की लकीर मानकर चल रहे थे, तो ऐसे में यही उचित होता कि संपादकीय को संपादक किसी भी बाहरी प्रभाव से दूर रखते, यहाँ तक कि मालिक से भी।

अपने आप में इस दलील में कोई कमी नहीं थी। उस दौर में संभव था कि अल्पकालिक लाभ के लिए मालिक *टाइम्स ऑफ़ इंडिया* से प्राप्त ताक़त और विश्वसनीयता का ग़लत इस्तेमाल कर लेते। ऐसे में, नियंत्रण और संतुलन को बराबर रखना ज़रूरी था।

वयोवृद्ध पत्रकार एच.के. दुआ[11] से जब मैं मिलने गई तब वे तत्कालीन प्रधानमंत्री अटल बिहारी वाजपेयी के मीडिया सलाहकार थे। 1998 में अपनी बर्ख़ास्तगी को लेकर दुआ की *टाइम्स ऑफ़ इंडिया* प्रबंधन के साथ खींचतान चल रही थी, और वे चार राष्ट्रीय अख़बारों *टाइम्स ऑफ़ इंडिया, हिन्दुस्तान टाइम्स, इंडियन एक्सप्रेस* और *ट्रिब्यून* में संपादकीय पदों पर काम कर चुके थे। उन्होंने मुझसे विस्तार में बातचीत की। सबसे अहम बात जो उन्होंने कही, वह यह थी कि संपादक को नियंत्रण में लेने की मालिक की कोशिश अख़बार के लिए काफ़ी नुक़सानदायक साबित हुई।

उन्होंने कहा, 'अगर मुनाफ़ा कमाना मकसद हो तो ज़ाहिर है, मैनेजरों की अहमियत भी बढ़ जाएगी। वे अख़बारों को व्यापार की दृष्टि से चलाने लगेंगे। जनहित की भावना कहीं पीछे रह जाएगी...। एक बार अगर अख़बार टूथपेस्ट जैसी कोई उपभोक्ता सामग्री बन गया, तो सामाजिक सरोकार खुद-ब-खुद नदारद हो जाएँगे। वे एक विशिष्ट वर्ग को संतुष्ट कर पाएँगे और पाठकों को उपभोक्ता से अधिक कुछ नहीं समझेंगे। जहाँ तक आदर्शवाद का सवाल है, तो वह मुश्किल में आ जाएगा। अख़बारों की ताकत गौण हो जाएगी और समाज के प्रति उनका कर्त्तव्य न के बराबर रह जाएगा। मालिकों के व्यापारिक रुझान ने अख़बारों को आम जनता से दूर ला खड़ा किया है। और, इस दूरी की वजह से अख़बार ताक़त नहीं रह गया है। पत्रकारिता में जो एक धार महसूस की जाती रही है, वह समाज के प्रति उसकी कर्त्तव्यनिष्ठता की वजह से थी। लेकिन अगर आप संपादक के अधिकारों को ही कुचल डालेंगे, तो ज़ाहिर है संपादकीय की स्वतंत्रता ख़तरे में होगी।'

लेकिन समीर जैन ने इस दलील को बिलकुल उलट दिया। वे *टाइम्स ऑफ़ इंडिया* को अपने लिए ताक़त और प्रभाव बनाने का ज़रिया बनाना ही नहीं चाहते थे, बल्कि उनकी दिलचस्पी तो इसे लाभदायक बनाने में थी। उनका इशारा साफ़ था

कि वे अख़बार को एक बढ़ती हुई और मुनाफ़ा कमाने वाली इकाई में तब्दील करना चाहते हैं। उनका मानना था कि किसी भी अन्य बिज़नेस इकाई की तरह यह भी एक बिज़नेस ही है और इसलिए इसे मुनाफ़े में होना ही चाहिए। अगर इस पूरी प्रक्रिया में 'संस्था', जो कि प्रभावशाली वर्ग से संपर्क का माध्यम है, का त्याग करना पड़े तो यही सही। बेहतर होगा कि उनका अख़बार पाठकों और नागरिकों से उनकी स्थानीय समस्याओं तथा आकांक्षाओं की बातें करे, बजाय इसके कि वह किसी धर्माध्यक्ष की तरह एक छोटे से प्रभावशाली वर्ग से गूढ़ विषयों पर संवाद बनाए। अगर अपने ग्राहकों के साथ संबंध स्थापित करने और धन कमाने की प्रक्रिया में अख़बार का दंभ और उसका प्रभामंडल छूट भी जाता है तो उन्हें इसकी कोई फ़िक्र नहीं है।

अगर पत्रकारों को इस बात की चिंता थी कि समीर जैन प्रभाव व ताक़त बटोरने के लिए संस्था का ग़लत इस्तेमाल करेंगे, तो उनका यह डर बिलकुल बेबुनियाद था क्योंकि उन्हें इसमें कोई दिलचस्पी ही नहीं थी। सत्ताधारियों को प्रभावित करना तो दूर, वे अपने अख़बार का फ़ोकस ही उनसे हटाने को तैयार बैठे थे। उस दौर के अन्य अख़बार मालिकों से अलग उन्हें इस बात में कोई मकसद नज़र नहीं आ रहा था कि अपने अख़बार के माध्यम से वे लोगों की राय प्रभावित करने की कोशिश करते। बल्कि अपने अख़बार को तेज़ी से उभर रहे मध्यवर्ग के साथ जोड़ने में उन्हें ज़्यादा फ़ायदा नज़र आ रहा था। बाद में यह साबित भी हुआ कि उनकी यह सोच अख़बार के लिए कितनी फ़ायदेमंद रही। लेकिन ज़्यादातर पत्रकारों ने समीर के प्रस्ताव को इस रूप में देखा ही नहीं, या तो नज़रिये का यह फ़र्क़ उन्हें समझ ही नहीं आया या फिर यह कि वे अपने आरामदायक क्षेत्र से बाहर निकलने को तैयार ही नहीं थे।

मेरी पीढ़ी के पाठकों की नज़र में स्वर्गीय गिरिलाल जैन *टाइम्स ऑफ़ इंडिया* के अंतिम निष्ठ और प्रतिष्ठित संपादकों में से एक थे। वे एक स्वच्छंद और अपने सिद्धांतों पर चलने वाले व्यक्ति थे। उनके लिखे संपादकीय ही उनकी पहचान थे। मैंने इस पूरे विवाद को गिरिलाल जैन के पुत्र सुनील जैन के नज़रिये से देखने की कोशिश की। मार्च 2002 तक सुनील एक जाने-माने स्तंभकार थे और अब वे *फ़ाइनैंशल एक्सप्रेस* के कार्यकारी संपादक थे।

सुनील ने बताया, 'अख़बार का संपादक बनने से पहले मेरे पिता ने वर्षों तक *टाइम्स ऑफ़ इंडिया* में काम किया था। अपने कार्यकाल के दौरान उन्होंने बहुत सारे राजनीतिक उतार-चढ़ाव देखे। अशोक जैन उनसे कभी कुछ ख़ास करने के लिए आग्रह कर लेते थे, लेकिन इससे ज़्यादा उन्होंने उनके काम में कभी हस्तक्षेप

नहीं किया। संपादक को अपने तरीक़े से अख़बार चलाने की पूरी छूट थी। लेकिन समीर जैन के लिए अख़बार मात्र एक कॉर्पोरेट इकाई है और उनके लिए ख़बरें और विचार, दो अलग चीज़ें हैं। मेरे पिता का मानना था कि अख़बार पूरी तरह से संपादक के नियंत्रण में होना चाहिए। उनका यह भी मानना था कि यहाँ तक कि कार्यकारी संपादक का दर्जा भी संपादक के बाद ही आता है। यह विवाद सैद्धांतिक था। उस वक़्त यह कह पाना मुश्किल था कि अख़बार का वास्तविक प्रभारी कौन है। समीर जैन तय करने लगे थे कि अख़बार की नीतियाँ क्या होनी चाहिए। उनका विचार था कि मालिक और बोर्ड के लोग मिलकर तय करेंगे कि अख़बार के लिए भविष्य के क्या क़दम उठाए जाने हैं। लेकिन मेरे पिता ने साफ़ तौर पर कह दिया था : "अख़बार का संपादक मैं हूँ और मैं ही इसकी दिशा तय करूँगा।" उन्होंने यह भी कहा कि अगर जैन परिवार के पास *टाइम्स ऑफ़ इंडिया* का मालिकाना हक़ है तो यह केवल एक संयोग की बात है। यह इनका खानदानी पेशा नहीं है। यह एक राष्ट्रीय संस्था है। संपादक के अधिकारों को लेकर ये उनके मूल मतभेद थे और अपने हितों के लिए उनके बीच बहस चलती रहती थी।'[12]

समीर जैन का प्रस्ताव जारी होने के बाद हर तरफ़ यह चर्चा का मुद्दा बन गया था - *टाइम्स ऑफ़ इंडिया* के अंदर और उसके बाहर भी। राष्ट्रीय मीडिया में चर्चा का यही विषय था। उसके पत्रकारों में रोष बढ़ता जा रहा था। अब उनके लिए यह ज़रूरी हो गया था कि वे एकजुट होकर अपना रोष प्रकट करें। यह काम अख़बार के दिल्ली और बॉम्बे संस्करणों के स्थानीय संपादकों के नेतृत्व में शुरू भी हुआ। उन्होंने विद्रोह का झंडा ऊँचा किया और सभी पत्रकार उसमें शामिल होते चले गए। अख़बार के विभिन्न विभागों के लोगों ने मिलकर ज्ञापन तैयार किया। हालाँकि अलग-अलग रवैये, उनकी पृष्ठभूमि और दुनिया को देखने के उनके अलग नज़रिये को लेकर उनमें तमाम आपसी मतभेद थे, लेकिन पुनर्गठन के प्रस्ताव के ख़िलाफ़ एकजुट होने के लिए उन्होंने अपने मतभेदों को किनारे कर दिया। उन्होंने महसूस किया था कि उस वक़्त का यह सबसे अहम मुद्दा है, जिसके लिए उन्हें हाथ मिलाना ज़रूरी है। उन्होंने शायद यह बात समझ ली थी कि आज जो हमला संपादक के अधिकारों पर हुआ है, वह जल्द ही संपादकीय टीम के बाकी सदस्यों पर भी होगा।

प्रस्ताव के ख़िलाफ़ ज्ञापन तैयार किया गया और एक स्वैच्छिक हस्ताक्षर अभियान शुरू किया गया। उस ज्ञापन पर हस्ताक्षर करने के लिए किसी पर कोई दबाव नहीं डाला गया, लेकिन पत्रकारों को समझाने की कोशिश ज़रूर की गई थी। इंदर मल्होत्रा के कमरे में वह ज्ञापन रखा गया था और लोग अपनी मर्ज़ी से आकर उस पर दस्तख़त कर रहे थे।

विद्रोह कर रहे पत्रकारों ने सिर्फ़ कंपनी के भीतर ही लोगों को लामबंद करने

की कोशिश नहीं की, बल्कि अन्य अख़बारों में काम कर रहे अपने साथी पत्रकारों को भी इस मुद्दे पर उनका साथ देने के लिए आमंत्रित किया। ख़बर यह भी थी कि कई प्रतिद्वंद्वी अख़बारों ने यहाँ तक कह दिया था कि *टाइम्स* के शीर्ष पत्रकार नौकरी छोड़ने का मन बनाएँ या फिर उन्हें नौकरी छोड़ देने के लिए कहा जाए तो वे अपने अख़बारों में उन्हें उनके मौजूदा नियम-शर्तों के साथ नौकरी देने के लिए भी तैयार थे।

यह मामला कई हफ़्तों तक उबलता रहा। समीर जैन ने समूह के वरिष्ठ पत्रकारों से मिलकर उन्हें बदलाव के पीछे के कारण समझाने का फ़ैसला किया। मीटिंग नई दिल्ली स्थित *टाइम्स ऑफ़ इंडिया* के दफ़्तर में फ़रवरी 1986 में हुई, जिसमें करीब 35 वरिष्ठ पत्रकार शामिल हुए। गिरिलाल जैन उस मीटिंग में अनुपस्थित थे।

समीर जैन ने उन्हें पुनर्गठन का संदर्भ समझाने की पूरी कोशिश की। उन्होंने जितने भी बदलावों का प्रस्ताव में उल्लेख किया था, उन सबके बारे में बजाय अलग-अलग बात करने के पूरे बदलाव की बात को एक पैकेज के तौर पर रखा। उन्होंने विस्तार में बात की कि अख़बारों के बीच प्रतिस्पर्धा किस क़दर बढ़ती जा रही है और इस वजह से बी.सी.सी.एल. की लीडर की हैसियत को किस तरह चुनौती मिल रही है। उन्होंने बताया कि कलकत्ता के आनंद बाज़ार समूह द्वारा शुरू किया गया अख़बार *द टेलीग्राफ़* ख़बरों और फ़ीचर लेखों, दोनों ही लिहाज़ से काफ़ी मज़बूत है। उसका लेआउट और पेपर क्वालिटी बेहद उम्दा है जो कि देश में शायद ही किसी और के पास है। उन्होंने कहा कि वे कलकत्ता के ऐसे बहुत सारे मारवाड़ियों को जानते हैं जिन्होंने अपना अख़बार बदलकर *टेलीग्राफ़* पढ़ना शुरू कर दिया है।

फिर भी उनकी मुख्य चिंता का विषय यह था कि *टाइम्स ऑफ़ इंडिया* दिल्ली में *हिन्दुस्तान टाइम्स* को पछाड़ नहीं पा रहा था। *हिन्दुस्तान टाइम्स* अब भी राजधानी में बड़े अंतर के साथ आगे था। उनका कहना था कि बॉम्बे में *टाइम्स ऑफ़ इंडिया* लीडर की भूमिका में हो, लेकिन 'सुधार की संभावना' वहाँ भी काफ़ी है।

टाइम्स ऑफ़ इंडिया के जयपुर और बैंगलोर के संस्करण भी बेहतर प्रदर्शन नहीं कर रहे थे। देश के दक्षिणी क्षेत्र में दशकों से एकाधिकार जमाए बैठा *द हिन्दू* अब दिल्ली संस्करण शुरू करने पर विचार कर रहा था। *इंडिया टुडे* भी अपना एक दैनिक अख़बार निकालने की जुगत में था। समीर ने कहा कि प्रतिस्पर्धा दिन-प्रतिदिन बढ़ती जा रही थी। ऐसे में *टाइम्स ऑफ़ इंडिया* को भी अपनी कार्यप्रणाली में बदलाव लाने ही होंगे। यही कारण था कि कंटेंट, डिज़ाइन और संपादकीय ढाँचे में बदलाव का प्रस्ताव रखा गया था।

समीर अपनी बात कहते जा रहे थे, लेकिन पत्रकारों ने उनकी बातों में कोई दिलचस्पी नहीं दिखाई। उनका रवैया उदासीन बना रहा और वे इधर-उधर की बातें

करके बार-बार मीटिंग में अवरोध उत्पन्न करते रहे। समीर जैन जहाँ यह कोशिश कर रहे थे कि वे पुनर्गठन के बारे में विस्तृत चर्चा कर एक बड़ी तसवीर पेश कर सकेंगे और उस पर पत्रकारों की सहमति ले पाएँगे, वहीं पत्रकार बार-बार रोज़मर्रा की छोटी-मोटी समस्याओं का उल्लेख कर उनकी बातों में ख़लल डालते रहे। साफ़ था कि जिस मकसद से वह मीटिंग बुलाई गई थी, वह पूरा नहीं हो रहा था।

अंत में पत्रकारों ने कह दिया कि संपादक गिरिलाल जैन की अनुपस्थिति में बदलाव के किसी मुद्दे पर कोई चर्चा संभव नहीं है। यह संपादकीय संबंधित कार्यों और नीतियों की बात है, तो ऐसे में आगे का रास्ता तय करने के लिए संपादक का यहाँ होना नितांत ज़रूरी है। और इसी बात पर मीटिंग ख़त्म हो गई। अगले दिन पत्रकारों ने अपने हस्ताक्षरों वाला ज्ञापन गिरिलाल जैन को सौंप दिया था।

गिरिलाल जैन औपचारिक रूप से मामला अशोक जैन तक नहीं ले गए। कुछ समय के लिए बदलाव के इस मुद्दे पर चर्चा लगभग थम गई थी। पत्रकारों को लगने लगा था कि वे जीत गए हैं। यह अफ़वाह भी फैलने लगी थी कि बदलाव का वह प्रस्ताव वापस ले लिया गया है। विरोध जता रहे लोग प्रबल साबित हो गए हैं। उसके अगले साल जुलाई में गिरिलाल जैन का कार्यकाल समाप्त होने वाला था। यह भी मान लिया गया कि उनके कार्यकाल की अवधि तीन साल के लिए और बढ़ा दी जाएगी। इसके साथ ही यह तय हो जाएगा कि समीर जैन ने पत्रकारों के विरोध के सामने समर्पण कर दिया।

हालाँकि गिरिलाल जैन 1988 तक पद पर बने रहे, लेकिन पत्रकारों की ख़ुशी जल्द ही भ्रम साबित हो गई। पहले तो अशोक जैन इस पूरे घटनाक्रम से बेहद नाख़ुश थे। उन्हें लगा कि उनके पुत्र के ख़िलाफ़ 'गुटबाजी' करके विरोध-प्रदर्शन किया जा रहा है। यह उन्हें किसी भी स्थिति में मंजूर नहीं था, ख़ासकर तब जबकि उनकी कंपनी में वर्षों से वरिष्ठ पदों पर काम कर रहे पत्रकार भी उसमें शामिल थे। उन्होंने अपनी अप्रसन्नता इंदर मल्होत्रा के सामने ज़ाहिर की। उन्होंने कहा, 'आपको ऐसे सामूहिक ज्ञापन की अनुमति नहीं देनी चाहिए थी।'

इंदर ने बताया कि किसी पर कोई दबाव नहीं डाला गया था, यह विरोध स्वैच्छिक था। लेकिन अशोक जैन उनकी दलीलों से संतुष्ट होने को तैयार नहीं थे। उन्होंने कहा, अगर तुमने काग़ज़ पर हस्ताक्षर करने के लिए लोगों पर दबाव नहीं डाला, तो भी *'जबर आ ही जाता है।'*[13] उसके बाद उन्होंने अपने बेटे समीर को कंपनी का संयुक्त कार्यकारी निदेशक बना दिया।

समीर जैन ने, जिन्हें निशाना साधकर वह ज्ञापन तैयार किया गया था, मज़बूती से जवाब दिया। उस पूरे विरोध का उन पर कोई असर नहीं हुआ और वे अपने इरादों में टस से मस नहीं हुए। बल्कि बदलाव के जो प्रस्ताव उन्होंने रखे थे उन्हें

लागू करने के लिए वे और भी अधिक दृढ़संकल्पित हो गए। हालाँकि, शुरुआत में अपने पत्रकारों के व्यवहार से वे क्षुब्ध ज़रूर हुए थे। जब उन्हें वह ज्ञापन मिला, तब उन्होंने तुरंत गौतम अधिकारी को बुला भेजा था। पुनर्गठन योजना के पीछे जिन लोगों का दिमाग़ काम कर रहा था, उनमें गौतम अधिकारी भी शामिल थे और भविष्य में ग्रुप के परिवर्तित स्वरूप में वे अहम भूमिका निभाने वाले थे।

जब अधिकारी समीर जैन के ऑफ़िस में घुसे, तो उन्होंने देखा कि समीर बेहद चिंतित मुद्रा में सोफे पर लेटे हुए हैं। कमरे की बत्तियाँ बुझी हुई थीं। ऐसा लग रहा था जैसे समीर खुद के साथ वक़्त बिताना चाह रहे थे। उन्होंने गौतम से कहा कि वे कुछ न पूछें। बस उस ज्ञापन को पढ़ें जो पत्रकारों ने उन्हें भेजा है। गौतम ने बताया कि समीर बदलाव की अपनी योजना को लेकर पहले से ज़्यादा दृढ़ दिखे। "चाहे कुछ हो जाए, वे उन्हें लागू करके रहेंगे।"[14] उन्होंने तय कर लिया था कि वे संपादकीय विभाग के "पुराने दरख़्तों" को हटा देंगे। उन्होंने यह भी फ़ैसला किया कि वे बॉम्बे के बजाय दिल्ली को अपना हेडक्वार्टर बनाएँगे। और वे अपनी नई निष्ठावान फौज तैयार करने में जुट गए।

उस समय यह स्पष्ट नहीं हो पाया था कि इन सब बदलावों के प्रति अशोक जैन कितने सहयोगात्मक थे। अपने बेटे के प्रस्तावों के ख़िलाफ़ विद्रोह पर क्रोधित होना अलग बात थी और उन बदलावों से सहमत होना बिलकुल अलग बात थी। पत्रकारों को पूरा यक़ीन था कि अशोक जैन की सहानुभूति उनके साथ है। अशोक जैन ने अपने अख़बार को एक ख़ास सिद्धांत पर चलाया था, जिसके तहत संपादक को सर्वोच्चता प्राप्त थी। उससे अलग हटकर किसी अन्य व्यवस्था के तहत अख़बार चलाने और कंटेंट व लेआउट में बदलाव करने की मालिक की सलाह को लागू करने का मतलब था कि उनके उन सिद्धांतों का उल्लंघन होता।

चूँकि दोनों के काम करने के तरीके एक-दूसरे से भिन्न थे, ऐसे में पिता-पुत्र के बीच एक असहजता बनी हुई थी। बी.सी.सी.एल. के एक पूर्व निदेशक, जो कि अपने नाम का उल्लेख नहीं चाहते, ने बताया, 'शुरुआत में गिरिलाल जैन को अशोक जैन का पूरा सहयोग हासिल था। इसे लेकर पिता-पुत्र के बीच कई अप्रिय क्षण भी आए। घर में और दफ़्तर में, वे लोग एक-दूसरे के बिलकुल विपरीत थे। अशोक जैन के साथ बहस करते-करते समीर कई बार कमरे से बाहर निकल जाया करते थे। ऐसे में, नंदिता ने अहम भूमिका निभाई। वे अपने पिता की लाड़ली थीं। वे जाकर अपने पिता को समझातीं, अपने भाई का पक्ष पिता के सामने रखतीं। दोनों के बीच शांति बनाए रखने का श्रेय नंदिता को ही जाता है।' बाद में अशोक जैन ने भी उन बदलावों के लिए अपनी सहमति दे दी। इंदर मल्होत्रा बताते हैं, 'कंपनी की बागडोर अशोक जैन से अपने हाथ में लेने पर समीर काफ़ी चिंतित रहते थे। अशोक जैन

समीर के अति-उत्साह पर कई बार लगाम लगा देते थे, लेकिन उससे अधिक उन्होंने कभी कोई रोक-टोक नहीं की।' उन्हें भी मीडिया बिज़नेस को लाभदायक बनाने की अनिवार्यता अब शायद समझ में आ गई थी। परिवार की ज़्यादातर अन्य कंपनियाँ घाटे में चल रही थीं। जिन क्षेत्रों में वे कंपनियाँ काम कर रही थीं या तो वे मुश्किल के दौर से गुज़र रहे थे या फिर कंपनियाँ आंतरिक समस्याओं से जूझ रही थीं। जैन ग्रुप इन्हें सँभाल पाने में असमर्थ हो रहा था। ऐसे में परिवार के बिज़नेस साम्राज्य का यह मीडिया हाउस मुश्किल से उबरने का एकमात्र ज़रिया बन गया था। परिवार की उम्मीद इसी पर टिकी हुई थी।

अशोक जैन को यह महसूस हो गया था कि उनके कमोडिटी से जुड़े अन्य व्यवसायों की तुलना में समीर की मीडिया बिज़नेस में स्वाभाविक दिलचस्पी है। इधर, समीर ने तय कर लिया था कि वे इसे पूरी तरह बदलकर एक मुनाफ़ा कमाने वाली कंपनी बना देंगे। इसे लेकर उनकी अपनी ठोस योजनाएँ थीं। ऐसे में, सही यही था कि समीर को अपने तरीक़े से काम करने दिया जाए। एक बार जब अशोक जैन को समीर का नज़रिया समझ में आ गया, उसके बाद समीर की राह में कोई रुकावट नहीं थी।

अगर मीडिया बिज़नेस को एक मुनाफ़ा कमाने वाली कंपनी बनाना था तो समीर जैन को इस इंडस्ट्री से जुड़ी पुरानी प्रथाओं और मान्यताओं को बदलने की चुनौती का सामना भी करना था। जैसे कि अब तक अख़बार को एक ताक़त और रसूख़ बटोरने का ज़रिया समझा जाता था, न कि दौलत कमाने वाली कंपनी। दूसरे, अब तक अख़बारों को लोकतंत्र की एक संस्था के रूप में संरक्षित किया जाता था, जिसमें व्यापारिक हितों को दरकिनार कर दिया गया था।

कंपनी में तब्दीलियाँ लाने के रास्ते में जो सबसे महत्त्वपूर्ण रुकावट थी, उनमें एक यह भी थी कि सभी प्रमुख अख़बार अब तक एक-दूसरे को अपना प्रतिद्वंद्वी न समझकर समकक्ष मानते थे। न्यूज़पेपर इंडस्ट्री काफ़ी कुछ प्रकाशकों के एक दोस्ताना क्लब जैसी थी। इस सौहार्दपूर्ण और भाईचारे के बीच बड़े-बड़े फ़ैसले, यहाँ तक कि अख़बारों में इश्तेहार की दरें भी, अख़बार आपसी रजामंदी से लेते थे।

अगर इनमें से कोई एक अख़बार मुनाफ़ा कमाने के लिए अपनी अलग दिशा तय करता, तो इसका मतलब साफ़ था कि वह उस आरामदायक व्यवस्था से खुद को दूर कर रहा था, जिसके तहत दशकों से कार्य चल रहा था। इसे तोड़ना इतना आसान नहीं था। इसके अलावा, आम तौर पर सभी अख़बार के मालिकों की पृष्ठभूमि और उनके व्यापारिक हित कमोबेश एक जैसे ही होते थे। ऐसे में, क्लब के सदस्यों के बीच आत्मीयता और भी ज़्यादा थी। उन सबकी व्यापारिक आकांक्षाएँ भी लगभग एक जैसी थीं, जैसे निर्माण, केमिकल, जूट आदि के क्षेत्र में। कुछ ऐसे भी

उदाहरण हैं, जिनमें दो अख़बारों के घरानों के बीच शादियाँ भी हुईं।

यहाँ तक कि *टाइम्स ऑफ़ इंडिया, हिन्दुस्तान टाइम्स* और *इंडियन एक्सप्रेस* को सम्मिलित रूप से 'जूट प्रेस' भी कहा जाता था। एक जैसे व्यावसायिक रुझान के चलते इन्हें यह संज्ञा दी गई थी। ऐसे में, अपने बिज़नेस को अधिक सफल और लाभदायक बनाने के मकसद से इस सामूहिक व्यवस्था के नियम तथा शर्तों का उल्लंघन करने का मतलब था कि क्लब के बाकी सदस्यों को यह बात सख़्त नापसंद होती। ऐसा करने के लिए काफ़ी साहस और सब्र की ज़रूरत थी।

न्यूज़पेपर इंडस्ट्री में उस समय एक और बहुत दिलचस्प बात यह देखने को मिलती थी कि प्रमुख अंग्रेज़ी अख़बारों ने अपने-अपने क्षेत्र अपरिभाषित रूप से ही सही, लेकिन तय कर रखे थे। सभी एक-दूसरे के कार्य क्षेत्र का पूरा सम्मान करते थे। यह कोई औपचारिक या ढाँचागत व्यवस्था नहीं थी और ऐसे भी कई उदाहरण हैं, जिसमें एक अख़बार समूह ने दूसरे को उसके गृह क्षेत्र में जाकर चुनौती दी। लेकिन एक संपूर्ण सामाजिक व्यवस्था के तहत, जिसमें लाइसेंसिंग और नियमों का पालन प्रतिस्पर्धा से पहले आता था, प्रमुख अख़बारों ने भी एक-दूसरे को बग़ैर किसी अड़चन के उन्हें उनका काम करने दिया।

बॉम्बे के बाज़ार में *टाइम्स ऑफ़ इंडिया* के एकाधिकार के साथ ही बेनेट, कोलमैन एंड कंपनी का पश्चिमी भारत में वर्चस्व था। वहीं *हिन्दुस्तान टाइम्स* की शानदार बिक्री की बदौलत दिल्ली में बिड़ला ग्रुप का दबदबा था। दिल्ली में *इंडियन एक्सप्रेस* की भी अच्छी-ख़ासी रीडरशिप थी। *द हिन्दू* के माध्यम से कस्तूरी ग्रुप का चेन्नई समेत दक्षिण भारत के बड़े हिस्से पर वर्चस्व था। वहीं पूर्व में *द स्टेट्समैन* को कोई अख़बार चुनौती देने वाला नहीं था, हालाँकि बाद में *टेलीग्राफ़* ने संतुलन को थोड़ा बिगाड़ ज़रूर दिया था।

साफ़ है, यदि समीर जैन या किसी अन्य प्रमुख अख़बार के मालिक अपने संगठन को एक आधुनिक, प्रतियोगी और लाभदायक इकाई में बदलने की इच्छा रखते तो उन्हें अख़बार जगत की जड़ता के विपरीत जाना होता। उन्हें मीडिया की आत्म-छवि को बदलना होता, उसे बदलकर व्यावसायिकता की राह पर लाना होता। समीर जैन को एक तरफ़ जहाँ इंडस्ट्री में व्याप्त भाईचारे के ख़िलाफ़ संघर्ष करना था, वहीं दूसरी तरफ़ बदलाव के ख़िलाफ़ फैल रहे आंतरिक विरोध का सामना भी करना था। समीर जैन ने पहले अपना ध्यान दूसरी समस्या पर केंद्रित किया।

अख़बार के संपादकीय विभाग में बदलाव का उनका प्रस्ताव उसी योजना का एक

एक हिस्सा था, जिसकी कल्पना उन्होंने पूरी कंपनी में बदलाव के लिए की थी। उनकी परिकल्पना के तहत मार्केटिंग विभाग में जिन बदलावों का प्रस्ताव किया गया था, उसकी कुछ लोगों ने सराहना भी की और कहा कि ये बदलाव संपादकीय कंटेंट में किए जाने वाले बदलावों की तुलना में ज़्यादा गूढ़ और महत्त्वपूर्ण नतीजे सामने लाने वाले साबित होंगे। समीर की परिकल्पना में सर्कुलेशन से लेकर मार्केटिंग, मूल्य निर्धारण और कंटेंट तक, कंपनी के हर विभाग में बदलाव की सोच शामिल थी। यह अलग बात है कि संपादकीय में बदलावों के प्रस्ताव ने ज़्यादा ध्यान आकर्षित किया और संवेदनशील होने की वजह से मामले ने तूल पकड़ लिया।

विनीता दावड़ा नाँगिया[15], जो बाद में *सैटरडे टाइम्स* की संपादक बनीं, बताती हैं, 'उन दिनों *टाइम्स स्कूल ऑफ़ जर्नलिज़्म* में आकर समीर जैन अक्सर लेक्चर दिया करते थे। उनकी कही बातें इंडस्ट्री में हलचल मचा रही थीं। वे अख़बारों के भविष्य के बारे में बातें करते और बताते कि इसे दरअसल किस तरह काम करना चाहिए। उनका इस पर भी ज़ोर रहता था कि पत्रकारों को मार्केटिंग के गुर सीखना चाहिए। जो लोग उनके प्रोडक्ट को बेचते हैं, उन्हें उनके साथ मिलकर काम करना चाहिए।'

नाँगिया ने आगे बताया, 'वे अक्सर अपनी टीम को सिनेमा दिखाने ले जाते थे। एक बार हमने उनके साथ एक जापानी फ़िल्म देखी, और बाद में उन्होंने हम लोगों से उस फ़िल्म पर हमारी राय पूछी। उन्होंने खुद भी विस्तार से बताया कि वे फ़िल्म के बारे में क्या सोचते हैं। शुरुआत के दो बैच के साथ वे काफ़ी बातचीत किया करते थे। इंस्टीट्यूट का नाम बाद में *टाइम्स रिसर्च फ़ाउंडेशन इंस्टीट्यूट* कर दिया गया। इसे संभवतः इसलिए स्थापित किया गया था ताकि उसके माध्यम से अख़बार को अच्छे पत्रकार मिल सकें। अपना नज़रिया बताने के लिए समीर जैन हरसंभव प्रयास कर रहे थे। उन्हें हर हाल में बदलाव चाहिए था।'

चंदन मित्रा बताते हैं कि समीर जैन की मैनेजमेंट थ्योरी बेनेट, कोलमैन में एक कॉर्पोरेट कल्चर बनाने की थी, जहाँ बँटवारा मार्केटिंग और संपादकीय के बीच न होकर प्रबंधन और बाकी कर्मचारियों के बीच होता। समीर जैन का कहना था, '"संपादक और मैनेजरों की ज़िम्मेदारियाँ अदली-बदली जानी चाहिए! वरिष्ठ पत्रकारों को लिखने की कोई ज़रूरत नहीं।" कंपनी यह उम्मीद नहीं करती कि वे लिखते रहें। अगर मुझे लेखकों की ज़रूरत होगी, तो मैं बाहर के लेखकों से लिखवा लूँगा। उन्हें ऑफ़िस की सुविधाएँ क्यों दी जाए!'[16] मित्रा ने अप्रैल 1987 में *टाइम्स ग्रुप* जॉइन किया था। 1990 में समीर जैन के साथ उनका झगड़ा हुआ और उसी साल फ़रवरी में उन्होंने नौकरी छोड़ दी थी।

समीर जैन के साथ आरंभ से ही बड़े क़रीबी तौर से जुड़े हुए एक अन्य व्यक्ति

की इस मामले पर सोच कुछ और थी। विजय गोपाल जिंदल, जो कि जैन परिवार की हर परेशानी का इलाज साबित होते थे, ने अपने पहले कार्यकाल में टाइम्स ग्रुप में 14 साल बिताए और आख़िर में डायरेक्टर (कॉर्पोरेट) के पद तक पहुँचे।

जब अक्टूबर 2001 में उन्होंने मुझसे बातचीत की थी, और दोबारा इस साल दिसंबर में, तब वे ग्रुप से अलग हो चुके थे और *कर्मा नेटवर्क* नाम से अपनी खुद की मीडिया और मनोरंजन कंपनी बना चुके थे। अब तक वे ज़ी नेटवर्क के कार्यकारी निदेशक और उपाध्यक्ष नहीं बने थे।

वे अपने मुंबई स्थित एक साधारण-से ऑफ़िस में बैठे हुए थे। उनके पीछे जिमी शेरगिल अभिनीत फ़िल्म *हासिल* का एक पोस्टर लगा हुआ था। उस फ़िल्म का निर्माण कर्मा नेटवर्क ने किया था। जब मैं वहाँ उनसे मिलने गई, तो उन्होंने कहा, 'उस समय कंपनी का कायापलट किया जाना बेहद ज़रूरी था। वर्षों से सरकारी नियंत्रण में रहकर काम करने की वजह से कंपनी में हर तरफ़ अफ़सरशाही का आलम था। उसमें बदलाव लाने की समीर जैन की बेसब्री तर्कसंगत भी थी। उस चरमराती व्यवस्था में फैले रूढ़िवाद के ख़िलाफ़ उन्हें काम करना था। संगठन में हर तरफ़ समस्याएँ थीं। कंपनी कठोर व्यवस्था में काम कर रही थी। सरकार के नियंत्रण के दिनों की परंपराएँ अब भी बरक़रार थीं। इंडस्ट्री और अर्थव्यवस्था में सीमित प्रतिस्पर्धा की वजह से अपनी सुरक्षित स्थिति के कारण लोगों में आत्म-संतुष्टि का भाव था। नज़रिया "स्वीकार करो या छोड़ दो" का था।'

उन्होंने आगे कहा कि संगठन अलग-अलग टुकड़ों में बँटकर और अपने तय दायरों में सीमित होकर काम कर रहा था। 'न सिर्फ़ ख़बरों और संपादकीय हिस्सों के बीच बँटवारा था, बल्कि मैनेजर और पत्रकार भी दो हिस्सों में बँटे हुए थे। अख़बार तैयार करने और उसके ख़रीदने-बेचने को एक-दूसरे से अलग करके देखा जाता था। संपादकीय टीम के दो भागों में विभाजित होकर काम करना ही काफ़ी नहीं था बल्कि संपादकीय, विज्ञापन, प्रोडक्शन और सर्कुलेशन आदि विभागों के स्टाफ़ के बीच संवाद न के बराबर होता था। नतीजा यह था कि संगठन के विभिन्न विभाग एक दूसरे के विरुद्ध प्रयोजनों के लिए काम कर रहे होते थे।'

इन हालात में एक आम उद्देश्य क़ायम करने के लिए संगठन को रास्ते पर लाना असंभव साबित हो रहा था। बहुत सारे बदलाव किए जाने की ज़रूरत थी। पत्रकारों का वह आरोप बेबुनियाद नहीं था कि पुनर्गठन की अपनी योजना के बहाने समीर जैन अपने अख़बारों का नियंत्रण अपने हाथों में लेने की कोशिश कर रहे थे। यह सच है कि वे सचमुच बागडोर अपने हाथों में लेने की तैयारी कर रहे थे, क्योंकि उसके बग़ैर संगठन को सुधार के रास्ते पर लाने की उम्मीद भी नहीं की जा सकती थी। समीर अलग-अलग दिशा में काम कर रहे लोगों के समूह के हुजूम

को एक ऐसे लाभदायक समूह में परिवर्तित करने का प्रयास कर रहे थे, जहाँ काम करने वाले लोगों का फ़ोकस स्पष्ट हो और उन्हें बाज़ार की भी पूरी समझ हो। ऐसे में, अपने-अपने कक्षों तक सीमित होकर काम करने की इस प्रथा को तोड़ना ज़रूरी था, तभी अख़बार एक संपन्न और लाभदायक व्यवसाय बन पाता।

समीर चाहते थे कि उनके संपादकों की नज़र व्यवसाय के हर पहलू पर रहे न कि सिर्फ़ संपादकीय विषयों पर। वे सी.ई.ओ. की तरह व्यवहार करें। समीर सिर्फ़ संपादकीय कंटेंट पर ध्यान न देकर पूरे बिज़नेस को 360 डिग्री के कोण पर देखना चाहते थे। समीर मानते थे कि संपादक वह हैसियत रखता है कि वह टुकड़ों में बँटकर काम करने की प्रथा को ख़त्म करके कंपनी के अन्य विभागों के साथ हाथ मिला सके। इसके लिए ज़रूरत थी कि संपादक विषयवस्तु, विज्ञापन और सर्कुलेशन को एक नज़र से देखे और सबके साथ मिल-जुलकर कंपनी को विकास के रास्ते पर ले जाए।

व्यवसाय के बाज़ार-संचालित नीति के हिमायती और 20 वर्षों तक *द सिएटल टाइम्स* में कार्यकारी संपादक के पद पर काम करने के बाद साल 2008 में रिटायर हुए माइकल फ़ैंशर ने एक बार कहा था, 'एक कामयाब संपादक के लिए ज़रूरी है कि वह बिज़नेस तथा न्यूज़ के सभी सह-विभागों के बीच समन्वय बनाए रखे और एक मार्केटिंग विशेषज्ञ के तौर पर काम करे।'[17]

प्रदीप गुहा ने विस्तार से बताते हुए कहा, 'समीर जैन के मन में इस बात को लेकर बिल्कुल स्पष्टता थी कि पत्रकारों को किस दिशा में काम करना चाहिए। अपनी सोच के प्रति वे निडर और दृढ़संकल्पित थे। समीर जैन अपने अख़बार को ऐसा रूप देना चाहते थे कि वह पाठकों के साथ उनके स्तर पर संवाद स्थापित कर सके। गिरिलाल जैन एक ऐसे संपादक थे जो किसी पादरी की तरह अपने सिंहासन पर बैठे-बैठे अपनी बात सुना देते थे। वे अपने विभाग से शायद ही कभी बाहर निकलते हों। पूरी डेस्क का दरोमदार न्यूज़ एडिटर के हवाले होता था और रिपोर्टरों को सँभालना चीफ़ रिपोर्टर की ज़िम्मेदारी होती थी। लेकिन इससे बाहर जाकर शायद ही कभी कोई बातचीत होती थी। समीर अपने अख़बारों को एक अलग ही रूप में देखना चाहते थे।'[18]

चंदन मित्रा ने कहा, 'समीर चाहते थे कि उनके संपादक अख़बार के हर मामले में उन्हें सहयोग दें, न कि महज एकांत में बैठकर प्रभावशाली संपादकीय और बड़े-बड़े विचार लेख लिखते रहें। 'अगर वे असिस्टेंट एडिटर की रैंक पर किसी वरिष्ठ पत्रकार को नियुक्त करते तो उन्हें उम्मीद होती थी कि वह लिखने तक सीमित न रहकर संगठन से जुड़े सभी महत्त्वपूर्ण पहलुओं के प्रति व्यावहारिक और क्रियाशील नज़रिया रखता हो। एक जर्नलिस्ट होने के साथ-साथ उससे उम्मीद होती

थी कि वह उसी स्तर का मैनेजर भी हो।' समीर जैन मानते थे कि कंपनी के वरिष्ठ एक्ज़ीक्यूटिव के पास 'व्यवसाय की ज़िम्मेदारी' होना चाहिए। उसे संपादकीय प्रॉडक्ट और संपूर्ण मैनेजमेंट के अहम पहलुओं को सँभालना चाहिए।

समीर जैन के इसी यक़ीन के चलते सहायक संपादक (पार्थो घोष) को जनरल मैनेजर (रिस्पॉन्स) भी बना दिया गया। उस दौर के एक स्थानीय संपादक (अजय कुमार) और तत्कालीन वरिष्ठ सहायक संपादक की ज़िम्मेदारियों को आपस में जोड़ दिया गया और उन्हें लखनऊ, पटना और जयपुर (एल.पी.जे.) में अख़बार की गतिविधियों के समन्वय की ज़िम्मेदारी सौंप दी गई। चंदन मित्रा को एल.पी.जे. के लिए असिस्टेंट जनरल मैनेजर नियुक्त किया गया। बॉम्बे में आयोजित मार्केटिंग की एक बैठक के दौरान समीर जैन ने यह सुनिश्चित किया कि पार्थो घोष और अजय कुमार एक ही कमरे में बैठेंगे या और मीटिंग के दौरान साथ-साथ बैठेंगे। चंदन मित्रा से कहा गया कि वे अन्य शहरों के दौरे पर सिद्धार्थ रे के साथ जाएँ और प्रबंधन के मामले देखें। साथ ही, इन सबकी संपादकीय ज़िम्मेदारियाँ जस की तस थीं।

पत्रकारों के लिए हालात अधिक से अधिक मुश्किल भरे होते जा रहे थे। ख़ासकर अख़बार में वर्चस्व जमाए बैठे वरिष्ठ पत्रकारों के लिए। पहले मूल रूप से उनका काम लिखना भर होता था। बिज़नेस के मामलों से वे बिलकुल अनभिज्ञ हुआ करते थे। लेकिन अब पत्रकारिता के साथ-साथ मैनेजर की भूमिका भी अदा करना सिर्फ़ काबिलियत का सवाल नहीं था। पत्रकारों को महसूस हो रहा था कि प्रबंधन की ज़िम्मेदारी सौंप कर नैतिक रूप से उनका अनादर किया जा रहा है। एक संपादक पर व्यापार आदि की ज़िम्मेदारियों का बोझ नहीं डाला जा सकता। यह उन्हें संपादकीय की स्वतंत्रता का उल्लंघन और उनके कार्यों की क्षमता कमज़ोर करने जैसा लग रहा था।

पत्रकारों के इस नज़रिये से समीर जैन बेहद ख़फ़ा थे। कंपनी के एक पूर्व निदेशक, जो कि अपने नाम का उल्लेख नहीं चाहते और जो बदलाव के इस दौर में समीर जैन के ख़ास समर्थक थे, बताते हैं पुनर्गठन के पीछे कहीं न कहीं व्यक्तिगत अहम भी छिपा हुआ था। समीर को लगता था कि बाहर की दुनिया में संपादक बड़ी *हस्ती* समझे जाते हैं! उनका एक ख़ास मुक़ाम और प्रतिष्ठा है, जबकि प्रबंधकों को वह अहमियत नहीं मिलती। "आख़िर संपादकों को ही इतना बड़ा ओहदा क्यों मिले।"

बलजीत कपूर ने याद करते हैं, 'समीर के मन में उन दिनों की छवि घर कर गई थी, जब संपादकों तक "किसी का भी पहुँचना मुश्किल" होता था। उन्होंने तय कर लिया था कि संपादकों को उनकी जगह बता दी जाएगी।' संपादकों ने भी मामले को तूल पकड़वाने में कोई कसर नहीं छोड़ी थी। दिलीप पडगाँवकर ने स्वीकार किया, 'शुरू-शुरू में समीर जैन पत्रकारों के ख़िलाफ़ नहीं थे। उन्होंने पत्रकारों से बातचीत करने की भी कई कोशिशें कीं, पर ज़्यादातर संपादकों का रवैया किसी संरक्षक जैसा

बना रहता था। कुछ के साथ संपर्क कर पाना बेहद मुश्किल होता था, तो दूसरी तरफ़, नई पीढ़ी के पत्रकारों का उनके प्रति और भी उदासीन रवैया था।'[19]

ज़्यादातर संपादक पारंपरिक ढाँचे में ढलकर तैयार हुए थे। राजनीति में उनकी गहरी दिलचस्पी रहती थी, जिसकी वजह से अशोक जैन के साथ उनकी ख़ूब पटती थी। अशोक जैन को राजनीतिक मामलों से ख़ास लगाव था। लेकिन समीर जैन को राजनीति में ज़रा भी दिलचस्पी नहीं थी। संपादकों के साथ उनकी बातचीत तुरंत ख़त्म हो जाया करती थी। ज़्यादातर संपादक उनसे दोगुनी उम्र के थे।'

समीर जैन संभवतः इस बात से भी ख़ासे परेशान थे कि कंपनी का मालिक होने के बावजूद उनका अपनी कंपनी पर कोई नियंत्रण नहीं है। अगर वे अख़बार में कुछ नई चीज़ें डालना चाहते (जैसे कि वे एक मेडिकल कॉलम शुरू करना चाहते थे), तो सभी उनका विरोध कर बैठते और आख़िर में स्थानीय संपादक उनके प्रस्ताव को ख़ारिज कर देता। इससे वे कुपित हो गए और पत्रकारों के अस्तित्व पर उन्होंने जो हमला किया, उसके पीछे कुछ हद तक शायद कारण भी यही था।

उन्होंने संपादकों के लेखों में ग़लतियाँ निकालनी शुरू कर दीं। कई बार वे संपादकों के काम पर व्यंग्यात्मक टिप्पणियाँ भी कर डालते। संभव है कि पत्रकार इस मामले में बेहद संवेदनशील हो गए हों और समीर जैन के हर व्यवहार को बढ़ा-चढ़ाकर अपने ख़िलाफ़ मानने लगे थे। एक मामला काफ़ी चर्चा में रहा कि एक बार किस तरह समीर जैन ने टाइम्स ग्रुप के गेस्ट हाउस में संपादकों को दी गई दावत के दौरान दिलीप पडगाँवकर से कहकर गिरिलाल जैन की उनकी उपस्थिति में ही नक़ल उतरवाई थी। कुछ संपादकों को यह बात बिलकुल अच्छी नहीं लगी थी। बाद में संपादकों के प्रति समीर के मन में अपमान भाव के रूप में वे इस वाकये को जोड़कर देखने लगे थे।

समीर इस बात से ज़रूर असहज थे कि संपादकों को कंपनी के प्रबंधन में कोई दिलचस्पी नहीं और वे बिज़नेस व मार्केटिंग की गतिविधियों से अपने को अलग रखते थे। वे सत्ता के साथ संवाद स्थापित करने में इतने व्यस्त थे कि कंपनी के बाकी मामलों के साथ सामंजस्य बैठाना उनके लिए मुश्किल था।

टाइम्स ऑफ़ इंडिया के दिल्ली के एक पूर्व स्थानीय संपादक का कहना है, 'दरअसल संपादकों ने अपनी स्थिति पागलों वाली कर ली थी। ख़ासकर उस दौर में जब समीर जैन *टाइम्स* को एक ब्रांड में बदलने की कोशिश में लगे थे। भारतीय अख़बारों में ऐसा प्रयास पहले कभी नहीं हुआ था। समीर चाहते थे कि *बेनेट, कोलमैन* देश में कॉर्पोरेट कंपनियों की उस फेहरिस्त में शामिल हो जाए जिसमें नौकरी पाना मैनेजमेंट स्नातकों के लिए शान की बात समझी जाती हो। और, बड़े बदलावों के बग़ैर ऐसा संभव नहीं था।'

अगर समीर जैन ने अपने कुछ संपादकों के प्रति अवमानना का भाव रखा था, तो उनका व्यवहार भी समीर के प्रति कुछ ऐसा ही था। *संडे*[20] में छपे लेख में जब सुमित मित्रा ने गिरिलाल जैन से पूछा था कि समीर जैन जैसे एक युवा मालिक के साथ सामंजस्य बैठाने में उन्हें कोई परेशानी तो नहीं आ रही है तो उनका जवाब था, 'तालमेल बैठाने में मुझे कोई समस्या क्यों हो? अगर कोई समस्या है भी तो वह मेरी नहीं है। जब मैं स्वर्गीय एस.पी. जैन (समीर के दादा) के साथ काम कर रहा था, तो उस समय अशोक युवा थे। एस.पी. अक्सर मुझे नाश्ते और रात के खाने पर आमंत्रित किया करते थे। तब अशोक चुपचाप हमारे बीच बैठकर बातचीत सुना करते थे। मैंने कभी उनके परिवार के किसी सदस्य को अपने निजी काम के लिए संपर्क नहीं किया है। तो अब तालमेल बैठाने में मुझे कोई समस्या क्यों होगी?'

उसी साक्षात्कार में गिरिलाल जैन ने इस बात की झलक भी दिखा दी थी कि कंपनी के व्यावसायिक पहलू के प्रति पत्रकार क्या नज़रिया रखते हैं। यह समीर जैन के विचारों के ठीक विपरीत था। उन्होंने कहा था, '*टाइम्स ऑफ़ इंडिया* एक बहुत ही मुनाफ़ा कमाने वाला अख़बार है। इसलिए व्यवहार्यता के सवाल से हमें कोई परेशानी नहीं है। देश के सबसे धनवान शहर में हम पहले स्थान पर हैं। बॉम्बे के बाकी सभी अख़बारों को अगर मिला दिया जाए तो भी उनकी कुल बिक्री हमारे अकेले के बराबर नहीं है।'

दरअसल, गिरिलाल जैन यह मानते थे कि समस्या अख़बार में संपादकीय के लिए पर्याप्त स्थान न होना है। सुमित मित्रा से उन्होंने कहा था, 'हमारे अख़बार में कुल 176 कॉलम होते हैं जिसमें से संपादकीय को मात्र 48 कॉलम मिलते हैं। बाकी जगहों पर विज्ञापन छापे जाते हैं। मतलब साफ़ है कि डिस्प्ले और फ़ीचर लेखों के लिए जगह बेहद सीमित है।'

उनका यह भी मानना था कि अख़बार का मौजूदा स्वरूप, जिसमें ज़्यादा ध्यान ख़बरों व विचारों पर दिया जाता है और राजनीति को जिसमें सर्वोच्चता हासिल है, 'ज़्यादा लाभदायक है बजाय इसके कि सारा ध्यान मनोरंजन के विषयों पर डाल दिया जाए।'

उनके ये सारे विचार कई दृष्टि से समीर के विचारों से बिलकुल अलग थे। समीर ने जो प्रस्ताव रखा था उसका आधार ही यही था कि कंपनी मुनाफ़ा नहीं कमा रही है, ख़ासकर बॉम्बे में, जहाँ वह लीडर की स्थिति में थी। इसके अलावा अपने संपादक के विचारों के ठीक विपरीत कि संपादकीय को अख़बार में अधिक जगह मिलनी चाहिए, समीर जैन चाहते थे कि अख़बार में ज़्यादा से ज़्यादा जगह विज्ञापनों के लिए हो ताकि लाभ ज़्यादा हो। और अंत में, अख़बार में राजनीति को सर्वोच्चता देने के भी वे ख़िलाफ़ थे। जनता की स्थानीय समस्याओं, कॉर्पोरेट ख़बरें

और मनोरंजन पर ज़्यादा ध्यान और ज़्यादा जगह देने को वे प्राथमिकता दे रहे थे।

चूँकि बिज़नेस की प्राथमिकताओं को लेकर संपादक और मालिक के विचार एक-दूसरे से बिल्कुल अलग थे, ऐसे में किसी एक की ही बात चलती। ज़ाहिर है, चीज़ें मालिक के अनुकूल हुईं।

अंत में समीर जैन ने अपने अनुसार कार्य किया। टाइम्स हाउस के गलियारों में फुसफुसाहटें और तमाम तरह की कहानियाँ कही और सुनी जाने लगीं। पुनर्गठन के प्रबल विरोधियों में से एक इंदर मल्होत्रा ने अपना इस्तीफ़ा दे दिया। उसके बावजूद समीर जैन ने उनसे आग्रह किया था कि वे अख़बार चलाने में उन्हें सहयोग दें। लेकिन इंदर मल्होत्रा ने प्रस्ताव ठुकरा दिया था। माना जाता है कि उन्होंने समीर जैन से कहा था, 'एक पत्रकार की हैसियत से लिखना मेरी मूल ज़िम्मेदारी है।' इस मामले में उन दोनों के बीच संभवतः यह आख़िरी लड़ाई थी।

गिरिलाल जैन अपने पद पर बने रहे। लेकिन समीर जैन की परिकल्पना के मुताबिक, चीज़ें बदलने लगी थीं। अन्य बदलावों के साथ-साथ एक कार्यकारी संपादक को नियुक्त कर लिया गया। अख़बार का कायापलट हो गया था और लेआउट व कंटेंट में बदलाव दिखने लगा था। 1989 में बड़ी ही शिष्ट भाषा में गिरिलाल जैन से कह दिया गया कि उनकी गिरती सेहत (जो कि सही भी था) को देखते हुए कंपनी नहीं चाहती कि उन पर अब काम का बोझ डाला जाए।

हालाँकि अपने पिता के *टाइम्स ऑफ़ इंडिया* छोड़ने को लेकर सुनील जैन का कुछ और ही कथन है, 'मेरे पिता नए वातावरण में असहज होते जा रहे थे, ख़ासकर तब जब अख़बार की 150वीं जयंती का आयोजन शुरू हो गया था। उस समय तक *टाइम्स ऑफ़ इंडिया* में दो ही नामी हस्तियाँ थीं, एक जाने-माने कार्टूनिस्ट आर.के. लक्ष्मण और दूसरे गिरिलाल जैन। मेरे पिता कंपनी से अलग हो जाना चाहते थे। लेकिन अशोक जैन नहीं चाहते थे कि किसी तरह के विवाद को हवा दी जाए और उन्होंने मेरे पिता से उस साल (1988) रुक जाने को कहा, और मेरे पिता ने उनकी बात रख ली।'

सुनील जैन ने आगे बताया, 'मेरे पिता अपने कार्यकाल में कोई विस्तार नहीं चाहते थे। उन्होंने अपना कार्यकाल बढ़वाने के लिए कभी तत्कालीन प्रधानमंत्री राजीव गाँधी से मिलकर कोई मदद (जैसी कि अफ़वाह है) नहीं माँगी थी। मेरे पिता ऐसा कर ही नहीं सकते थे, वे बेहद स्वाभिमानी व्यक्ति थे।'

समीर जैन और उनके पत्रकारों के बीच जो संघर्ष चल रहा था, वह बराबरी का था ही नहीं। उनका विरोध अपने आप ही ख़त्म हो गया। बी.सी.सी.एल. के एक पूर्व विज्ञापन निदेशक एन.पी. सिंह ने कहा, 'देखा जाए तो संपादकीय के लोगों

ने वास्तव में समीर द्वारा उठाए जा रहे क़दमों का विरोध किया ही नहीं। शुरू में उन्होंने समीर के विचारों का मज़ाक ज़रूर उड़ाया था और थोड़ा-बहुत विरोध भी ज़रूर किया था, लेकिन बात वहीं ख़त्म हो गई थी। लेकिन जब उन्हें इस लड़ाई का नतीजा साफ़ तौर पर दिखने लगा था, तो उन्होंने अपने घुटने टेक दिए थे।'[21] समीर के लिए अपनी बात मनवाना उतना मुश्किल नहीं रहा था। बल्कि एन.पी. सिंह का इशारा था कि विरोध करने वाले संपादक अपनी स्थिति के लिए खुद ज़िम्मेदार थे। उन्होंने कहा, 'पत्रकारों ने आवेग में आकर अपनी प्रतिक्रिया ज़ाहिर की थी। समीर जिस मुद्दे की बात कर रहे थे, उन्होंने उसे समझने का कभी कोई प्रयास ही नहीं किया। न ही उन्होंने अपना नज़रिया समझाने की कोई कोशिश की थी। अगर उन्होंने ऐसा किया होता तो नतीजा शायद अधिक संतुलित होता। उनका विरोध बहुत ही सतही साबित हुआ और एक बार झिड़के जाने पर वे चुप बैठ गए थे और फिर विरोध को उन्होंने आगे नहीं बढ़ाया।'

बदलाव का प्रस्ताव शायद उन्हें बहुत आकस्मिक लगा था जिसे वे स्वीकार नहीं कर पाए थे। यह सच है कि संगठन में सुधार अनिवार्य था, लेकिन उन्होंने यह देखने की कोशिश ही नहीं की कि इन बदलावों का व्यापक नतीजा क्या निकलने वाला था। आर्थिक सुधार और मुक्त बाज़ार की तरफ़ देश एक अनिश्चित क़दम बढ़ा रहा था। एक नया मध्यवर्ग तेज़ी से उभर रहा था। उपभोक्तावाद ने विकसित होना शुरू कर दिया था। इस पूरे सामाजिक परिवर्तन को आसानी से स्वीकार करना मुश्किल हो रहा था और पत्रकार भी ऐसे में अपने मुद्दे से भटक गए।

हालाँकि उन्होंने इस पूरे मुद्दे को संपादकीय की स्वतंत्रता पर आघात का रूप देने की कोशिश की, लेकिन कंपनी के अन्य विभागों में इन बदलावों को लेकर कोई नैतिक द्वंद्व नहीं था। मार्केटिंग के एक पूर्व प्रभारी, जो अपने नाम का उल्लेख नहीं चाहते, ने बड़े ही सपाट शब्दों में कहा, 'सत्ता संरचना के पुनर्गठन के समीर के उस प्रयास में मुझे कोई बुराई नज़र नहीं आई। एक मालिक के तौर पर ऐसा करना उनका अधिकार था। इसे लेकर कोई चाहे जितना भी आगबबूला हो, इससे कोई फ़र्क नहीं पड़ना था। आख़िरकार कंपनी का मालिक ही सबसे बड़ा बॉस होता है और समीर ने यह साबित भी कर दिया। प्रकाशक का यह अधिकार है कि वह अपनी मर्जी के मुताबिक सत्ता संरचना करे। अख़बार का प्रोफ़ाइल तय करने का अधिकार सिर्फ़ उसे ही है। संपादक उसके प्रतिनिधि के तौर पर अपनी ज़िम्मेदारी का वहन कर सकते हैं। और, प्रकाशक समीर थे। यह बड़ी सीधी-सी बात थी।'

हालाँकि ख़बरों और विचारों के लिए अलग-अलग संपादकों के प्रस्ताव ने सारा ध्यान आकर्षित कर लिया था, लेकिन समीर जैन के आठ पन्नों के उस बदलाव योजना के प्रस्ताव में और भी कई महत्त्वपूर्ण बातें शामिल थीं। अगले एक दशक के

दौरान कंपनी में जितने भी आधारभूत बदलाव किए गए थे, उनमें संपादकीय विभाग में किए जाने वाले बदलाव सबसे कम महत्त्व के थे।

समीर जैन का प्रस्ताव था कि *टाइम्स ऑफ़ इंडिया* और *नवभारत टाइम्स* दोनों के संडे संस्करणों का अपना एक स्वतंत्र अस्तित्व हो और वे पूरे अलग अख़बार के तौर पर निकाले जाएँ। अब तक प्रथा यह थी कि संडे संस्करण बाकी दिनों के अख़बार की तरह ही निकाले जाते थे, बस कुछ हल्के-फुल्के लेख उनमें शामिल होते थे।

लेकिन उन्होंने रविवार के संस्करणों के लिए एक स्वतंत्र संपादक के नेतृत्व में अलग संपादकीय टीम का प्रस्ताव रखा। उनका प्रस्ताव था कि सप्ताहांत में जो स्तंभ पहले से चले आ रहे थे, उनके साथ-साथ कुछ अन्य फ़ीचर और ट्रेंड लेख भी शामिल किए जाएँ। रविवार के संस्करणों के लिए काम कर रही टीमों को प्रोत्साहित किया गया कि वे अधिक जुड़ाव वाली और पारम्परिक शैली में लेख लिखें। ऐसे लेखों पर ज़्यादा ध्यान दें, जिनमें पाठकों की भागीदारी भी शामिल हो और इसके साथ ही ज़ाहिर है, शुद्ध ख़बरों वाले रिपोर्ताज के लिए कम जगह बचनी थी। रविवारीय संस्करणों में ज़्यादा ज़ोर पैकेजिंग, डिज़ाइन और लेआउट पर दिया जाने लगा। लंदन के *द संडे टाइम्स* जैसे अंतरराष्ट्रीय अख़बारों के मॉडल पर *संडे टाइम्स ऑफ़ इंडिया* को भी तैयार करने की योजना बन गई थी।

शनिवार वाले संस्करण में भी अधिक फ़ीचर लेखों को शामिल किया जाने लगा। हालाँकि उस समय इसका प्रस्ताव नहीं रखा गया था लेकिन *टाइम्स ऑफ़ इंडिया* के शनिवार संस्करण को उस समय एक सप्लीमेंट बना दिया गया जिसमें फ़ैशन, लाइफस्टाइल, ग्लैमर, कुकिंग और तत्कालीन सामाजिक चलन पर केंद्रित लेख शामिल किए जाने लगे। तेज़ी से उभरते उपभोक्ता मध्यवर्ग को अपनी तरफ़ आकर्षित करने के सारे तत्व इसमें शामिल थे। जहाँ तक विज्ञापनदाताओं का सवाल है, उन्होंने किसी अंग्रेज़ी अख़बार का ऐसा स्वरूप पहले कभी नहीं देखा था।

उस आठ पन्नों वाले नोट में एक और अहम बात यह थी कि अख़बार की छवि को बिलकुल आधुनिक बनाने का प्रस्ताव था। तब तक अख़बार डिज़ाइन और लेआउट पर न के बराबर ध्यान देते थे, जिसकी वजह से वे काफ़ी नीरस और उबाऊ होते थे। समीर जैन ने प्रस्ताव रखा था कि उनके अख़बारों के डिज़ाइन और लेआउट के लिए एक विशेष पेशेवर टीम नियुक्त की जाए।

इन सभी सुझावों ने *टाइम्स ऑफ़ इंडिया* के मौजूदा स्वरूप की कायापलट करके रख दी। एक ऐसे दौर में जबकि पत्रिकाएँ तेज़ी से फल-फूल रही थीं और दूरदर्शन का रंगीन ट्रांसमिशन शुरू हो गया था, *टाइम्स ऑफ़ इंडिया* द्वारा की गई सभी पहल अख़बारों के प्रतिस्पर्धा में बने रहने के लिए बेहद महत्त्वपूर्ण थीं। अख़बारों के बीच भी *द टेलीग्राफ़* जैसे नए अख़बार आधुनिकतम डिज़ाइन और

पैकेजिंग पर पहले ही काफ़ी ध्यान दे रहे थे। हालाँकि परंपरागत अख़बारों के बीच इन पहल का शुरुआत में काफ़ी विरोध हुआ।

यह महत्त्वपूर्ण था कि उस नोट में शामिल ज़्यादातर सुझावों को लागू किए जाने के लिए नई भर्तियों और ट्रेनिंग की बेहद आवश्यकता थी। तब तक अख़बार जगत में इन पहलुओं पर ज़्यादा ध्यान नहीं दिया जाता था। हालाँकि अख़बारों की प्रतिष्ठा उसमें काम कर रहे पत्रकारों से सीधे जुड़ी होती थी, फिर भी उन्हें तराशने के लिए किसी प्रशिक्षण आदि के लिए कोई कार्यक्रम या कोई पहल नहीं होती थी। वे ज़्यादातर काम करते-करते ही सीखते थे। समीर जैन ने स्टाफ़ के लिए ट्रेनिंग और रिफ़्रेशर कोर्स आदि की सुविधा दिए जाने का भी प्रस्ताव रखा। इसी क्रम में उन्होंने कंपनी के जर्नलिज़्म स्कूल को भी आगे बढ़ाया, जो कि टाइम्स रिसर्च फ़ाउंडेशन का हिस्सा था। उस समय पत्रकारिता की जो मौजूदा स्थिति थी, उन्हें देखते हुए ये सारे क़दम काफ़ी प्रगतिशील थे।

तब अख़बारों में पत्रकारों की सैलरी कोई बहुत अच्छी नहीं हुआ करती थी। अन्य क्षेत्रों जैसे मैनेजमेंट स्टडीज़ आदि से वे अधिक क़ाबिल लोगों को अपनी तरफ़ आकर्षित करने में सक्षम नहीं थे। समीर जैन ने इस तरफ़ भी ध्यान दिया कि कंपनी में बेहतर लोगों को शामिल किए जाने की ज़रूरत है। उन्होंने त्वरित तरक्की किए जाने का भी सुझाव दिया। उन्होंने इस बात पर भी ज़ोर दिया कि अगर बेहतर व पेशेवर लोगों को कंपनी में शामिल करना है तो अच्छी सैलरी व अनुलाभ दिया जाना बेहद ज़रूरी है। बदलाव की उनकी योजना में यह भी शामिल था कि लोगों के प्रदर्शन के मुताबिक उनके पारिश्रमिक के साथ प्रोत्साहन प्रणाली को भी जोड़ा जाए। तब तक अख़बार जगत में इन सबका कोई चलन नहीं था।

उन्हें यह बात समझ में आ गई थी कि अगर उन्हें अपनी कल्पना के मुताबिक अख़बार का विस्तार कर उसे आगे बढ़ाना है तो उसके लिए और क़ाबिल लोगों की उन्हें ज़रूरत होगी। अलग-अलग शहरों में अख़बार के संस्करण के प्रबंधन के लिए स्थानीय संपादकों समेत उन्हें हर स्तर पर पेशेवर लोगों की ज़रूरत थी। जहाँ उनका शुरुआती ज़ोर 'भारत और विदेश' से तेज़-तर्रार स्नातकों को अपनी कंपनी में शामिल करने पर था, वहीं उन्होंने उपयुक्त लोगों की तलाश और भर्ती प्रक्रिया भी तेज़ी से शुरू कर दी। अपनी इस योजना को उन्होंने संपादकीय और मार्केटिंग, दोनों तरफ़ लागू किया।

संपादकीय टीम में नए लोगों को शामिल किए जाने की ज़रूरत की बात सबसे पहले अशोक जैन ने उठाई थी। लेकिन तब उनके कुछ संपादकों ने उन्हें यह समझा

दिया था कि देश में इस तरह के पेशेवर लोगों का मिलना लगभग दुर्लभ होगा, इसलिए उनकी वह योजना वहीं ठप हो गई थी। लेकिन जब समीर जैन परिदृश्य में उभरकर सामने आए और पत्रकारों के साथ उनकी ठन गई तो उसके बाद उन्होंने कंपनी में नई प्रतिभाओं को शामिल करने की अनिवार्यता बेहद महसूस की।

1985 के अंत में यह बात एक बार फिर अशोक जैन के सामने रखी गई। गौतम अधिकारी के साथ मिलकर समीर जैन ने उन्हें इस बात के लिए मनाने की पूरी कोशिश की कि अगर संस्था का भविष्य बेहतर बनाना है तो उन्हें सहायक संपादकों के तौर पर प्रतिभाशाली लोगों को नियुक्त करना ही होगा। अशोक जैन की सहमति मिलने के बाद दोनों ने मिलकर देश के सभी प्रमुख अख़बारों के लगभग 30 प्रतिभाशाली लोगों की सूची तैयार की। अशोक जैन की तरफ़ से हरी झंडी मिल जाने के बाद उन्होंने इस लिस्ट में शामिल सभी लोगों को व्यक्तिगत तौर पर संपर्क करना शुरू किया। 1986 की गर्मी से उन्होंने आक्रामक तरीक़े से भर्तियाँ शुरू कर दीं। दो साल के भीतर शॉर्टलिस्ट किए गए प्रतिभाशाली लोगों में से ज़्यादातर कंपनी में शामिल किए जा चुके थे।

इनमें टी.एन. नायनन, जुग सुरैया, चंदन मित्रा, स्वपन दासगुप्ता, अरविंद दास, सुबीर रॉय, प्रफुल्ल बिदवई, बची करकरिया और अजय कुमार शामिल थे। अगले पाँच साल और उसके बाद बेनेट, कोलमैन में होने वाले बदलावों में इन सबने अहम भूमिका निभाई।

संपादकीय विभाग में होने वाली नियुक्तियों में सबसे मशहूर दिलीप पडगाँवकर की भर्ती रही, जो कि सितंबर 1986 में एसोशिएट संपादक के तौर पर कंपनी में शामिल हुए। हालाँकि *टाइम्स ऑफ़ इंडिया* के साथ पहले पहल वे 1968 में जुड़े थे। उस समय दिलीप सिर्फ़ 24 वर्ष के थे और सुप्रसिद्ध शाम लाल *टाइम्स ऑफ़ इंडिया* के संपादक हुआ करते थे। तब दिलीप ने अपना एक लेख उन्हें भेजा था जिसे शामलाल ने बेहद पसंद किया। उसके बाद दिलीप पडगाँवकर ने उनसे नौकरी माँगी थी, जो उन्हें फ़ौरन मिल भी गई।

अगले पाँच वर्षों तक वे *टाइम्स ऑफ़ इंडिया* के पेरिस संवाददाता के तौर पर काम करते रहे, उसके बाद उन्हें तरक्की देकर सहायक संपादक बना दिया गया था। 1978 में *टाइम्स ऑफ़ इंडिया* छोड़कर वे यूनेस्को से जुड़ गए। 1986 में यूनेस्को में उनकी कार्यावधि समाप्त हो गई थी। उसके बाद पेरिस में ही उनकी मुलाक़ात गौतम अधिकारी से हुई।

लगभग उन्हीं दिनों अशोक जैन न्यूयॉर्क से *टाइम्स ऑफ़ इंडिया* का अंतरराष्ट्रीय संस्करण निकालने की योजना पर विचार कर रहे थे। इसी सिलसिले में मई 1986 में उन्होंने गौतम अधिकारी को टाइम्स टेलीविज़न के तत्कालीन सी.ई.ओ. रमेश चंद्र

जैन के साथ न्यूयॉर्क का दौरा करने को कहा था। उन्हें कहा गया था कि वे पेरिस होते हुए जाएँ और वहाँ रुककर दिलीप पडगाँवकर से इस सिलसिले में मुलाक़ात करें। तभी दिलीप से वहाँ उनकी मुलाक़ात हुई थी और उन्होंने दिलीप के सामने नौकरी का प्रस्ताव रखा था जिसे उन्होंने फ़ौरन स्वीकार कर लिया था।

गौतम अधिकारी बताते हैं, 'पहली मुलाक़ात में ही हमारे बीच एक अच्छा-सा रिश्ता बन गया था। दिलीप ने हमें हुसैन की चित्रों का अपना संग्रह दिखाया। दिलीप काफ़ी बौद्धिक थे और दुनियाभर की उन्हें जानकारी थी। वह काफ़ी आधुनिक सोच और तबके के व्यक्ति थे।' दिलीप पडगाँवकर का बौद्धिक झुकाव वामपंथी विचारधारा की तरफ़ था, लेकिन फिर भी वे एक ग़ैर राजनीतिक व्यक्ति थे। समीर जैन ने उन्हें अपने साथ शामिल कर लिया। (*टाइम्स ऑफ़ इंडिया* के एक पूर्व सहायक संपादक ने नाम न बताने की शर्त पर कहा, 'उन दिनों गौतम अधिकारी समीर जैन के दाएँ हाथ हुआ करते थे। समीर जैन के कमरे के ठीक बग़ल में उनका कमरा था। दिलीप को अपने साथ शामिल करके समीर ने गिरिलाल जैन को दोनों तरफ़ से घेर लिया। एक तरफ़ गौतम थे तो दूसरी तरफ़ दिलीप। अरुण शौरी को कार्यकारी संपादक के तौर पर नियुक्त किया गया था, लेकिन कंपनी में उनकी मौजूदगी बहुत ही कम दिनों के लिए रही क्योंकि तब गिरिलाल जैन ने यह सुनिश्चित किया था कि अरुण शौरी को कंपनी में शामिल किए जाने का प्रयोग सफल न हो पाए। किसी ने यह सोचा भी नहीं था कि गौतम कभी कंपनी की बागडोर अपने हाथ में लेंगे।')

दो वर्ष बाद समीर जैन ने दिलीप पडगाँवकर को तरक्क़ी देकर *टाइम्स ऑफ़ इंडिया* का कार्यकारी संपादक बना दिया। यह सब कंपनी में गिरिलाल जैन की मौजूदगी के दौरान ही कर दिया गया। इसके साथ ही एक नए युग का संकेत था।

दिलीप पडगाँवकर ने मुझे बताया, 'समीर जैन के विचारों से सभी पुराने पत्रकार बेहद नाराज़ थे। लेकिन समीर को उससे कोई फ़र्क़ नहीं पड़ता था, वे अपनी बातों के प्रभाव के बारे में जानने में कोई दिलचस्पी नहीं रखते थे।'[22] उनका लक्ष्य अपने मुक़ाम तक पहुँचने का होता था। समीर कहते थे, "अगर बाज़ार में आपका माइंडशेयर यानी उपभोक्ताओं के बीच आपकी मौजूदगी की अहमियत नहीं है, तो इसका मतलब है कि आपका बिज़नेस प्रॉफ़िट में नहीं है और आप बाज़ार की प्रतिस्पर्धा में भी शामिल नहीं हैं।" पडगाँवकर के मुताबिक, 'जिन लोगों ने उनके विचारों के ख़िलाफ़ जाकर अपनी दलीलें पेश की थीं, साफ़ था कि वे देखने को तैयार ही नहीं थे कि उनके आसपास या दुनिया भर में क्या घट रहा है, ख़ासकर अमेरिका में। समीर जैन *द न्यूयॉर्क टाइम्स* के सुल्ज़बर्गर्स से काफ़ी प्रभावित थे और वहीं से उनके मन में ये सारे ख़याल उपजे थे। यह सच है! समीर उन पिता-पुत्र दोनों से मिलकर आए थे। हालाँकि समीर ने कई बातें उनसे सीखीं ज़रूर और उन्हें प्रयोग में

लाने की कोशिश भी की, लेकिन ऐसा नहीं कहा जा सकता कि उन्होंने हूबहू नक़ल करने की कोशिश की थी। उन दिनों समीर की डिक्शनरी में दो सबसे अहम शब्द थे माइंडशेयर और प्रॉफ़िटेबिलिटी। *न्यूयॉर्क टाइम्स* का मॉडल वे खुद पर नहीं, बल्कि अपने पत्रकारों और संपादकों पर आज़माना चाहते थे।'

पडगाँवकर ने आगे कहा, 'समीर को यह महसूस होने लगा था कि अगर उनकी कंपनी में संपादकीय और मार्केटिंग के बीच सामंजस्य नहीं रहा, तो किसी भी सूरत में कंपनी को आगे बढ़ाना मुश्किल होगा। इसीलिए उन्होंने अपनी कंपनी का ध्यान दफ़्तरशाहों से हटाकर विक्रेताओं पर केंद्रित कर दिया। दूसरे शब्दों में कहा जा सकता हैं कि वे बेनेट, कोलमैन का ध्यान संपादकीय से हटाकर मार्केटिंग और विज्ञापन की तरफ़ ले गए।'

उनकी नई 'योजना' के मुताबिक हर स्तर पर नए मैनेजरों को भर्ती किया गया। कहा जा सकता है कि प्रबंधन के क्षेत्र में किए गए बदलाव संपादकीय में किए गए बदलावों की तुलना में कहीं अधिक उग्र थे। समीर जैन ने प्रकाशन के क्षेत्र की तुलना में उद्योग से जुड़े लोगों को कंपनी में शामिल करना शुरू कर दिया था। अगर उन्हें मार्केटिंग और ब्रांडिंग को केंद्र में रखकर कंपनी में कॉर्पोरेट कल्चर लानी थी तो इसके लिए ऐसे लोगों को कंपनी में शामिल करना बेहद ज़रूरी था जिनमें उसे आगे बढ़ाने का माद्‌दा और इरादा हो।

नई भर्तियों में सतीश मेहता का नाम भी महत्त्वपूर्ण है। सतीश मेहता आई.टी.सी. के पूर्व मार्केटिंग निदेशक थे और वे जनवरी 1987 में कंपनी से जुड़े थे। वे टोबैको बोर्ड के अध्यक्ष भी रह चुके थे और उन्होंने उसे एक मुनाफ़ा केंद्र के रूप में चलाया था। 1986 में, उन्होंने आई.टी.सी. छोड़ दिया था और अपना खुद का काम शुरू कर लिया था। दुर्भाग्यवश उनका निजी व्यवसाय नहीं चल पाया था।

वे सुबह की एक फ़्लाइट से कलकत्ता से दिल्ली जा रहे थे। प्लेन में उनकी बग़ल की सीट पर ए.बी.सी. कन्सल्टेंट्स के बिश (बी.पी.) अग्रवाल बैठे हुए थे।[23] अग्रवाल ने उनसे आगे की योजना के बारे में पूछा। जब बात आगे बढ़ी, तो सतीश मेहता को अग्रवाल की तरफ़ से दो विकल्पों में से एक चुनने के लिए कहा गया। दरअसल, ए.बी.सी. कन्सल्टेंट्स भी उन दिनों प्रोफ़ेशनल्स की तलाश में थी। अग्रवाल ने मेहता से कहा कि अगर वे चाहें तो बेनेट, कोलमैन जॉइन कर सकते हैं और चाहें तो शॉ वालेस, जो जल्द ही शुरू होने वाला था। लेकिन सतीश मेहता ने कहा कि वे बेनेट जॉइन करना चाहेंगे। अग्रवाल ने उनसे अगली सुबह दिल्ली के टाइम्स हाउस में फ़ोन करने को कहा। जल्द ही मेहता की समीर से एक छोटी सी मुलाक़ात हुई और फिर उन्हें चेयरमैन अशोक जैन से मिलवाया गया। अशोक जैन ने उनके सामने कंपनी के मार्केटिंग निदेशक के पद का प्रस्ताव रखा। अशोक जैन ने

मेहता को सलाह दी कि, 'आपको समीर के साथ काम करना होगा, जिनका मार्केट की तरफ़ बहुत अधिक रुझान है। यह याद रखना कि कभी भी सार्वजनिक रूप से समीर की बात मत काटना।'

इसके बाद जब मेहता की दोबारा समीर जैन से मुलाक़ात हुई तो समीर ने उनसे पूछा कि क्या वे अख़बार पढ़ते हैं। मेहता ने जवाब दिया कि वे अख़बार नहीं पढ़ते। इसके बाद समीर जैन ने भी अपने पिता का प्रस्ताव दोहराया। मेहता प्रस्ताव स्वीकार कर कंपनी से जुड़ गए। मेहता बताते हैं, 'मुझे आज भी याद है कि जब मैं पहली बार समीर से मिला था तो उनसे बेहद प्रभावित हुआ था। अपनी उम्र के अन्य व्यवसायियों से अलग वे काफ़ी पढ़े-लिखे थे। उनके अंदर एक ख़ास क़िस्म का प्रवाह था और वे काफ़ी खुली सोच के व्यक्ति थे। उनकी ताज़ा सोच बेहद प्रभावित करने वाली थी और उनके भीतर बहुत ही बड़ी-बड़ी योजनाओं का मानो पूरा प्रवाह था। उनकी कल्पनाशक्ति विलक्षण थी और उनमें सोचने की क्षमता अद्‌भुत थी।'[24]

इसके एक साल बाद बदलाव की इस प्रक्रिया में अहम भूमिका निभाने वाले एक अन्य व्यक्ति एन.पी. सिंह को कंपनी में नियुक्त किया गया। वे 25 साल हिन्दुस्तान लीवर और टोमको में काम कर चुके थे। वे गॉडफ्रे फ़िलिप में भी काम कर चुके थे। टाइम्स ग्रुप के तत्कालीन एम.डी. राम तरनेजा ने सबसे पहले 1988 में उनसे संपर्क किया। तब एन.पी. सिंह ने भी कंपनी में अपनी दिलचस्पी ज़ाहिर की।

अगले तीन महीनों तक समीर जैन एन.पी. सिंह के साथ बातचीत करते रहे थे। इस बीच दो बार वे लंच मीटिंग पर भी गए। 1988 में ही उन्हें टाइम्स ऑफ़ इंडिया के बोर्ड में शामिल कर लिया गया। वे कंपनी के विज्ञापन विभाग के पहले प्रभारी थे। विजय जिंदल जिन्होंने 1980 के दशक के शुरू में कंपनी में प्रवेश किया था, पहले *इकोनॉमिक टाइम्स* के ब्रांड मैनेजर नियुक्त किए गए और फिर कुछ समय बाद *टाइम्स ऑफ़ इंडिया* के कॉर्पोरेट डायरेक्टर बना दिए गए। इन दोनों के अलावा बी.सी.सी.एल. की प्रमुख मैनेजमेंट टीम में प्रदीप गुहा, पी.आर. कृष्णमूर्ति, अरुण अरोड़ा, जी. कृष्णन और प्रीतीश नंदी भी शामिल थे। 1994 तक कंपनी की सबसे अहम टीम यही थी और बदलाव के केंद्र में यही लोग मुख्य भूमिका निभा रहे थे।

समीर जैन, प्रीतीश नंदी और गौतम अधिकारी की ही 'तिकड़ी' थी, जिसने आठ पन्नों के उस नोट की रूपरेखा तैयार की थी। यह विडंबना ही थी कि एक ऐसे व्यक्ति का, जिसके अंदर पत्रकारों के प्रति ऐसा तिरस्कार भाव था, एक पत्रकार ही सबसे बड़ा सहयोगी और समर्थक था। गौतम अधिकारी ने बदलाव के इस पूरे दौर में समीर के साथ कंधे से कंधा मिलाकर काम किया था।

समीर की तरह वे भी कोलकाता में पले-बढ़े थे। समीर और गौतम दोनों एक ही स्कूल (सेंट ज़ेवियर्स) से पढ़े थे, हालाँकि दोनों ने अलग-अलग वर्षों में स्कूल पास

किया था। गौतम अधिकारी के पिता, जो कि एक बैंकर थे, अशोक जैन को जानते थे। कलकत्ता के जैन हाउस में एक पार्टी के दौरान गौतम अधिकारी की समीर जैन के साथ मुलाक़ात हुई थी। समीर जैन ने उस वक़्त कॉलेज पास ही किया था। लेकिन उनकी उस मुलाक़ात में ऐसा कुछ नहीं हुआ, जिसका उल्लेख किया जा सके। उसके बाद उनकी दोबारा मुलाक़ात सीधे 15 वर्षों के बाद हुई।

इस बीच गौतम अधिकारी ने स्टेट बैंक ऑफ़ इंडिया से अपना कॅरियर शुरू किया और जल्द ही उसे छोड़कर कलकत्ता के *इकोनॉमिक टाइम्स* से जुड़ गए। इसके साथ ही, पत्रकारिता के क्षेत्र में उनका प्रवेश हो गया। 1982 में बॉम्बे *इकोनॉमिक टाइम्स* में आने से पहले वे *द हिन्दू* और *द टेलीग्राफ़* में भी थोड़े-थोड़े समय के लिए काम कर चुके थे। जल्द ही वे बॉम्बे के *टाइम्स ऑफ़ इंडिया* में सहायक संपादक के तौर पर नियुक्त कर लिए गए। तीन साल तक काम करने के बाद एक दिन सीढ़ियों के पास अचानक समीर जैन से उनकी मुलाक़ात हुई।

समीर जैन ने अधिकारी से कहा कि उनके लिखे कुछ लेख उन्हें बेहद पसंद आए हैं। उन्होंने कुछ लेखों पर उन्हें नोट भी भेजे हैं। उस दिन इससे ज़्यादा उनके बीच कोई बातचीत नहीं हुई। उसके दो महीने बाद उनके पास एक फ़ोन आया, जिसमें उन्हें बताया गया कि जे.एम.डी. (समीर जैन) चाहते हैं कि उनका दिल्ली तबादला कर दिया जाए। वह फ़ोन बलजीत कपूर ने किया था। बलजीत ने फ़ोन पर अधिकारी से मज़ाक में यह भी कहा, 'शायद समीर अब आपसे जल्दी-जल्दी मिलना और बातें करना चाहते हैं।'

उसके एक सप्ताह बाद गौतम अधिकारी को गिरिलाल जैन की तरफ़ से एक नोट मिला, जिसके मुताबिक *टाइम्स ऑफ़ इंडिया* के स्थानीय संपादक के तौर पर उनका तबादला अहमदाबाद किया जा रहा था। ज़ाहिर है, गिरिलाल जैन को इस बात की भनक लग गई थी कि उनके किसी सहायक संपादक में समीर जैन की दिलचस्पी बढ़ती जा रही है। इसलिए उन्होंने तत्काल यह क़दम उठाया था।

गौतम अधिकारी अहमदाबाद जाने को लेकर अनिच्छुक थे। अभी वे इन सब घटनाक्रमों पर विचार कर ही रहे थे कि दिल्ली से उनके पास दूसरा फ़ोन आ गया था। इस बार समीर जैन ने खुद उन्हें फ़ोन किया था। समीर बेहद नाराज़ थे। गौतम अधिकारी का तबादला अहमदाबाद किए जाने का निर्देश उनकी अनुपस्थिति में जारी किया गया था।

यह पूरी रस्साकशी तब जाकर ख़त्म हुई, जब गिरिलाल जैन ने खुद गौतम अधिकारी से फ़ोन कर बताया कि उन्हें समीर जैन का संपादकीय सलाहकार नियुक्त किया जा रहा है और उनका तबादला दिल्ली हो रहा है। अधिकारी फ़ौरन दिल्ली चले आए। दिल्ली आने के एक दिन बाद समीर जैन ने उन्हें अपने घर आमंत्रित

किया और अपने परिवार से परिचय करवाया।

प्रतिभा की तलाश का यह क्रम सिर्फ़ शीर्ष पदों तक ही सीमित नहीं था। टाइम्स रिसर्च फ़ाउंडेशन का संचालन कर रहे विजय जिंदल और बिद्युत सरकार ने युवाओं के बीच पत्रकारिता का कॅरियर के एक विकल्प के तौर पर प्रचार करने के लिए देशभर का दौरा किया। यहाँ तक कि वे 'तीसरे दर्जे' के शहरों में भी गए। बिज़नेस स्कूलों के स्टूडेंट उनके मुख्य लक्ष्य थे और उन्होंने उन्हें *टाइम्स* जॉइन करने के लिए लगभग मना भी लिया।

कंपनी के पुराने लोगों ने इस पहल की काफ़ी आलोचना की और इसके प्रति अपना अविश्वास भी प्रकट किया। उन्होंने इस विचार का जमकर मज़ाक उड़ाया कि एक अख़बार में काम करने के लिए उपभोक्ता वस्तुओं वाले क्षेत्र से लोगों को आमंत्रित किया जा रहा है। एक संपादक ने तो जिंदल और सरकार को समीर के पुतलों तक का विशेषण दे डाला।

1980 के दशक के मध्य में समीर के इस जुनूनी दृढ़संकल्प को कम करके आँका गया था। साथ ही, जिस पैमाने पर अगले दस वर्षों के दौरान कंपनी में बदलाव हुए, उसे भी शुरू में कम करके ही आँका गया था।

1990 के दशक के मध्य में समीर जैन और उनके संपादकों के बीच कटुता का एक और दौर चला। इस बार विरोध करने वाले वे लोग थे, जिन्हें दशक पहले समीर ने ही चुना था, लेकिन जो उनके साथ निभा नहीं पाए थे। लेकिन समीर जैन और टाइम्स ग्रुप ने देशभर में मीडिया के क्षेत्र में बदलाव का जो प्रवाह शुरू कर दिया था, उसके सामने इस बार का विरोध टिक नहीं पाया।

खुशवंत सिंह ने अपने एक लेख में बड़े ही व्यंग्य के साथ लिखा थाः 'क्या आपको पता है कि *टाइम्स ऑफ़ इंडिया* का मौजूदा एडिटर कौन है?'[25] ख़ैर. . . अगर आप नहीं जानते तो कोई बात नहीं, क्योंकि आजकल सर्वोत्कृष्ट और कद्दावर माने जाने वाले संपादकों की यही दुर्दशा हो चुकी है!

दिलीप पडगाँवकर *टाइम्स ऑफ़ इंडिया* में संपादकीय प्रमुख की हैसियत में होने वाले बदलाव का प्रतीक थे। उनका दायरा देश की राजनीति या सामाजिक गतिशीलता तक ही सीमित नहीं था। दरअसल उनके पास कंपनी के लिए मार्केटिंग से जुड़ी कुछ बेहद

अच्छी योजनाएँ भी थीं। समीर जैन ने यह तक कह दिया था कि पडगाँवकर *टाइम्स ऑफ़ इंडिया* के लिए एक बेहद क़ाबिल मार्केटिंग डायरेक्टर साबित हो सकते हैं।

लेकिन वक़्त के साथ समीकरण भी बदल गया। 1994 के आरंभ की बात है। एक बार दिलीप पडगाँवकर जब छुट्टी पर थे, अख़बार की प्रिंट लाइन से बग़ैर किसी पूर्व सूचना के उनका नाम हटाकर संपादकीय पेज के तत्कालीन संपादक स्वर्गीय दिलीप मुखर्जी का नाम डाल दिया गया। साथ ही, विजय जिंदल को अख़बार का कार्यवाहक संपादक नियुक्त कर लिया गया।

मार्च 1994 में दिलीप पडगाँवकर ने *टाइम्स ऑफ़ इंडिया* से किनारा कर लिया। उन्होंने कारण बताया कि प्रतिष्ठान अब संपादकीय प्रतिभा को समूह में रोके रखने या उन्हें अपनी तरफ़ आकर्षित करने में विफल हो रहा है और यह कि 'किसी भी अख़बार की प्रतिबद्धता मूल्यों के प्रति होनी चाहिए जो कि बाज़ार और उपभोक्ता से कहीं बढ़कर है।'[26]

उसी महीने *संडे* को दिए एक साक्षात्कार में उन्होंने कहा, 'बाज़ारोन्मुखी संपादकीय के बजाय न्यायसंगत यह है कि अख़बार का मार्केटिंग विभाग संपादकीय उन्मुखी हो।' उन्होंने अपनी बात पर ज़ोर देते हुए कहा था कि वे जिस पत्रकारिता को जानते थे वह नैतिकता और बौद्धिक विकल्पों पर आधारित होती थी और आज जिस तरह की पत्रकारिता *टाइम्स ऑफ़ इंडिया* कर रहा है उसे स्वीकार करना उनके लिए दिन-प्रतिदिन मुश्किल होता जा रहा था।[27]

जब मैंने उनसे उस दौर के बारे में पूछा तो उन्होंने कहा, '1994 में हुआ यह था कि जैसे ही आप बिज़नेस साइड और संपादकीय साइड के बीच लेन-देन शुरू कर देते हैं, तो संपादक की सर्वोच्चता क्षीण होने लगती है... मैंने ग्रुप को मज़बूत करने की सोच का साथ दिया था। और, आख़िर में जब तक आप बाज़ार में सफल नहीं हो जाते, उसका कोई मतलब नहीं रह जाता। लेकिन 1994 में मेरा मतभेद मेरे इस विश्वास की वजह से था कि बाज़ार, सरकार और अफ़सरशाही के प्रभाव के सामने अख़बार को निष्प्रभाव नहीं हो जाना चाहिए। मालिकों को यह तय करना होता है कि वे किस बाज़ार के बीच काम कर रहे हैं। हमारे मतभेद इस हद तक पहुँच गए थे कि मैंने नौकरी छोड़ने का फ़ैसला कर लिया।'

1998 में वे समूह में कॉर्पोरेट निदेशक की नई भूमिका में वापस लौटे। पुनर्वापसी के बारे में दिलीप पडगाँवकर ने कहा, 'इस बार मैंने तय कर लिया था कि मैं बाज़ार के प्रभुत्व वाले उस नए मॉडल में भी सफल होकर दिखाऊँगा। अगर इस खेल का नाम उद्यमिता है तो यही सही... और मैंने खुद से कहा चलो, देखते हैं क्या होता है।' उन्होंने कहा, 'मेरे अंदर यह बदलाव इसलिए आया क्योंकि मैंने मान लिया था कि *टाइम्स ऑफ़ इंडिया* मालिकों का अख़बार है, संपादक का नहीं।

अब मुझे इसमें कुछ ग़लत भी नहीं लगा।'[28]

हालाँकि पडगाँवकर अख़बार के लिए लिखते रहे।

लोड शेडिंग!

अपने प्रमुख अख़बारों की ब्रांडिंग के अलावा समीर जैन को कंपनी के विभिन्न प्रकाशनों को आपस में जोड़ने और मज़बूत करने के लिए कुछ सख़्त फ़ैसले लेने पड़े। इन फ़ैसलों से विचारों में स्पष्टता आ गई थी। प्रबंधन का बहुत सारा समय बचने लगा था, जिससे ज़ाहिर है मकसद हासिल करने में आसानी हुई। सबसे महत्त्वपूर्ण यह रहा कि समीर के इन फ़ैसलों से यह साफ़ संकेत गया कि उनका वास्ता सिर्फ़ और सिर्फ़ बिज़नेस से है।

1980 के दशक के मध्य में कोर कम्पीटेंस यानी मुख्य सक्षमता शायद एक आधुनिक शब्दावली नहीं थी, भारत में तो बिलकुल नहीं! लेकिन कहीं इसका प्रयोग तेज़ी से चल रहा था। ख़ासकर जनरल इलेक्ट्रिक (जी.ई.) में जैक वेल्च द्वारा। उनका मशहूर विचार यह था कि आपके व्यवसाय का इंडस्ट्री में या तो पहला स्थान होना चाहिए या फिर दूसरा। और, अगर ऐसा नहीं है तो आपको अपना बिज़नेस बंद कर देना चाहिए। वेल्च की इस सोच के चलते ही 1980 के दशक के मध्य में जी.ई. समूह ने अपने बहुत सारे बिज़नेस बंद कर दिए थे या बेच दिए थे। वे 'न्यूट्रॉन जैक'[29] वर्ष थे।

यह स्पष्ट नहीं है कि समीर जैन अंतरराष्ट्रीय कॉर्पोरेट मानचित्र पर हो रहे उन घटनाक्रमों से प्रभावित थे या नहीं। लेकिन उन्होंने यह बात ज़रूर स्वीकार कर ली थी कि अगर कुछ प्रकाशनों और उत्पादों को ब्रांड के तौर पर विकसित करना है तो एकल मानसिकता के साथ संसाधन और समय समर्पित करने की ज़रूरत है। तो 1986 के आसपास उन्होंने यह तय कर लिया कि वे कंपनी के ऐसे प्रकाशनों को जारी नहीं रखेंगे, जो घाटे में चल रहे थे। उन्होंने तय कर लिया था कि वे उन प्रकाशनों का खोया हुआ वैभव वापस लौटाने के निष्फल प्रयास नहीं करते रहेंगे, बल्कि उन्हें तो बंद कर दिया जाना चाहिए। यह बेहद कठिन फ़ैसला था क्योंकि इन प्रकाशनों का उनके परिवार की सामाजिक प्रतिष्ठा बढ़ाने में अच्छा-ख़ासा योगदान था। उनमें से कुछ पत्रिकाएँ तो उनकी दादी रमा जैन द्वारा शुरू की गई थीं। अन्य प्रकाशन भी उनके परिवार और साथी-सहयोगियों के लिए भावनात्मक महत्त्व रखते थे।

बी.सी.सी.एल. के एक पूर्व जनरल मैनेजर (रेस्पॉन्स) रजनीश रिखी कहते हैं : 'समीर जैन ने यह भाँप लिया था कि सामान्य पत्रिकाओं का भविष्य में कोई महत्त्व नहीं रह जाएगा और यह कि उन पत्रिकाओं को विशेष पाठकों और विज्ञापनदाताओं

को अपनी ओर आकर्षित करने के लिए अपनी मुख्य सक्षमता बढ़ानी होगी। उनका मानना था कि आला पत्रिकाओं के प्रतिस्पर्धा में बने रहने की संभावना बहुत ज़्यादा हैं। पर हर हाल में विज्ञापनों से कंपनी को होने वाले मुनाफ़े में पत्रिकाओं का योगदान 10 प्रतिशत से भी कम था। यहाँ तक की बड़ी तादाद में बिकने वाली *धर्मयुग* का भी इस दिशा में कोई उल्लेखनीय योगदान नहीं था। समीर जैन मानते थे कि पत्रिकाओं के पीछे समय, पैसा और ऊर्जा बर्बाद करने से कोई फ़ायदा नहीं होने वाला।'[30]

घाटे में चल रहे प्रकाशनों को बंद किए जाने के पीछे एक दूसरा कारण यह था कि अंतिम मकसद हासिल करने में उनका कोई योगदान नहीं हो पा रहा था। अगर समूह को ब्रांड बनाने थे और उनसे विज्ञापनदाताओं को आकर्षित करना था तो उसके लिए संसाधन और समय के साथ-साथ ध्यान केंद्रित रखने की भी आवश्यकता थी। समीर जैन को इसे लेकर कोई संदेह नहीं था कि अब कंपनी बहुत सारे प्रकाशनों पर एक साथ ध्यान नहीं दे सकती। वे अब एक विशिष्ट, शक्तिशाली, फ़ायदेमंद ब्रांड तैयार करने में ज़्यादा दिलचस्पी ले रहे थे। एक पूर्व डायरेक्टर का कहना है : 'समीर जैन का मानना था कि संस्था के पास इतनी ज़्यादा प्रतिभाएँ नहीं हैं कि वह घाटे में चल रहे प्रकाशनों को भी सँभाल सके। उन्हें लग रहा था कि हमारे पास सिर्फ़ इतनी प्रतिभा है कि हम अंग्रेज़ी के अख़बारों को ठीक से चला सकें।'

समीर जैन और इन पत्रिकाओं को चला रहे लोगों के बीच एक बुनियादी मतभेद भी था। दिलीप पडगाँवकर कहते हैं, 'उनमें से बहुत सारे कंपनी के पुराने लोग थे। उनके लिए इन प्रकाशनों का मकसद अच्छी पठन सामग्री देना और पाठकों को चर्चा का मंच मुहैया करवाना था, न कि लाभ कमाना। लेकिन समीर जैन इस बात पर अड़े थे कि वे ऐसे प्रकाशनों का अपना आधा समय नहीं दे सकते, जिनसे कंपनी को कोई कमाई न हो रही हो।'

बताया जाता है कि समीर जैन ने कह दिया था: 'अगर ये प्रकाशन खुद को जीवित रखने भर भी नहीं कमा सकते तो उन्हें बंद कर दिया जाना चाहिए।' उनका मानना था कि *टाइम्स ऑफ़ इंडिया और इकोनॉमिक टाइम्स* ही ऐसे दो प्रकाशन थे जिनका खुद के बलबूते अस्तित्व बच सकता था। समीर ने फ़ैसला लिया कि वे इन दोनों प्रकाशनों में निवेश करेंगे। इसके साथ ही *नवभारत टाइम्स* की तरफ़ भी उनका रवैया काफ़ी उदार था। बलजीत कपूर ने कहा, 'अपने पिता की तरह समीर मुट्ठी भींचकर ख़र्च नहीं करते थे। वे इन दोनों या तीनों प्रकाशनों को आगे बढ़ाने के लिए पैसा ख़र्च करने को तैयार थे। लेकिन यह तो तय था कि वे ऐसे किसी बिज़नेस में पैसा नहीं लगाने वाले थे, जिसके बारे में उन्हें अंदाज़ा था कि वह सफल नहीं होगा।'

समीर जैन ने तय कर लिया कि अगर उन्हें अपनी सोच को पूरे दबाव के साथ सबके सामने रखना है, तो सख़्त संदेश देने होंगे। इसके लिए उन्होंने उन पत्रिकाओं

को लेकर कड़ा फ़ैसला लेने का निश्चय कर लिया था जिनका उनके परिवार के साथ ख़ास जुड़ाव था। इसलिए, आगरा में चल रही एक बैठक के दौरान जिसमें कंपनी के बहुत सारे पुराने मैनेजर मौजूद थे, उन्होंने कुछ पत्रिकाएँ बंद करने की अपनी मंशा की घोषणा कर डाली।

सभी अवाक् रह गए थे। पत्रिकाएँ बंद करने का सीधा मतलब था कि बहुत से लोग नौकरी से निकाले जाने वाले थे। इस फ़ैसले को लेकर अख़बार जगत की प्रतिक्रिया झेलने के साथ ही समूह को आंतरिक विरोध और निराशा का सामना करना पड़ सकता था। लेकिन समीर जैन अडिग थे। 1993 आते-आते 'घाटे में चल रहे' ज़्यादातर प्रकाशन बंद कर दिए गए।

विजय जिंदल ने बताया, 'समीर जैन बहुत स्पष्ट थे कि वे कैसे आगे बढ़ना चाहते हैं। वे विस्तार या विविधीकरण के बिलकुल ख़िलाफ़ थे। वे बहुत सारे ब्रांड नहीं चाहते थे। उन्होंने देख लिया था कि सिर्फ़ *इकोनॉमिक टाइम्स और टाइम्स ऑफ़ इंडिया* ही मुनाफ़ा कमा पा रहे थे, जबकि बाकी सभी प्रकाशन घाटे में चल रहे थे। इसीलिए उन्होंने तय कर लिया था कि ऐसे सभी प्रकाशनों को बंद कर देंगे। यह एक्सप्रेस प्रकाशन समूह की योजनाओं के ठीक विपरीत था, जो उन दिनों देशभर में अपना विस्तार कर रहा था।'[31]

समीर जैन दिल्ली और बॉम्बे के समृद्ध व प्रभावशाली बाज़ार में अपने अख़बारों के प्रदर्शन से काफ़ी संतुष्ट थे। उनका पूरा ध्यान बुद्धिजीवी वर्ग और नीति निर्माताओं पर लगा था। उनके मुताबिक, यह वर्ग मकसद तक पहुँचने की उनकी योजना के लिए प्रासंगिक था, उन पर ध्यान देने से उन्हें मुनाफ़ा होने वाला था और ज़ाहिर है समीर की आस्था मुनाफ़े में थी। वे इन्हीं वर्गों के बीच अपनी पहचान क़ायम रखना चाहते थे और उन्होंने यही किया भी।

बी.सी.सी.एल. के एक पूर्व आंतरिक लेखा परीक्षक वी.के. गंभीर[32] का मानना था, 'बेनेट, कोलमैन में बदलाव की शुरुआत के दौरान समीर ने जो सबसे अहम फ़ैसला लिया, वह घाटे में चल रहे प्रकाशनों को बंद करने का था।'

वे तर्क देते हैं, 'इन प्रकाशनों का विक्रय मूल्य बढ़ा देने से भी समस्या हल नहीं होने वाली थी। उन्हें बंद करने के अलावा और कोई विकल्प नहीं था। हालाँकि कंपनी चाहती तो घाटे में रहकर भी इन पत्रिकाओं को चलाती रहती, लेकिन समीर जैन का दृष्टिकोण बिलकुल स्पष्ट था। दो साल के अंतराल में एक-एक करके इन सभी पत्रिकाओं को बंद कर दिया गया। घाटे में चल रहे सभी प्रकाशनों को जाना पड़ा। यह काफ़ी क्रूर फ़ैसला था, लेकिन इससे एक बात साफ़ हो गई थी कि बेनेट, कोलमैन अब एक लाभ-उन्मुख कंपनी बन चुकी थी। ये पत्रिकाएँ पिछले कुछ वर्षों से घाटे में चल रही थीं और अशोकजी इस बात से पूरी तरह वाक़िफ़ भी थे। लेकिन

भावनात्मक महत्त्व के कारण इन पत्रिकाओं को बरक़रार रखा गया था।'

दिलीप पडगाँवकर ने कहा, 'अंतिम मकसद हासिल करने में हालाँकि इन सख़्त क़दमों का शायद कोई सीधा प्रभाव नहीं दिखा; क्योंकि वैसे भी इन सभी प्रकाशनों का योगदान पहले भी काफ़ी सीमित था। लेकिन कंपनी में इसका त्वरित प्रभाव दिखा। इससे काफ़ी सख़्त संकेत गए थे। इससे बदलाव की प्रक्रिया की नींव तो ज़रूर पड़ गई थी और कर्मचारियों के मन में उस बदलाव को लेकर एक विश्वसनीयता भी आ गई थी। और, एक बार ऐसा हो जाने के बाद कोई भी बदलाव लागू करना उतना मुश्किल नहीं रह गया था, चाहे वह कितना ही चुनौतीपूर्ण क्यों न हो।'

समीर के इस फ़ैसले से उनके व्यक्तित्व का एक और दिलचस्प पहलू उभरकर सामने आ गया, जो बदलाव की पूरी प्रक्रिया के दौरान अक्सर दिखाई दिया। घाटे में चल रहे प्रकाशनों के बंद किए जाने के फ़ैसले से तो एक बात तो साफ़ हो गई थी कि जहाँ भी मुनाफ़ा कमाने की संभावना का सवाल उठता, वहाँ कंपनी भावनाविहीन और क्रूरता की हद तक किसी अन्य व्यापार की तरह ही सोच रख रही थी। पडगाँवकर ने बताया, 'फ़ैसले लेने के मामले में समीर जैन बेहद सख़्त हैं। जब वे एक बार फ़ैसला कर लेते हैं तो यह सुनिश्चित करते हैं कि हर हाल में उनका फ़ैसला लागू हो जाए। लेकिन अगर एक बार उन्हें यह महसूस हो जाए कि उन्होंने जो फ़ैसला लिया है, उससे उनका मूल मकसद हासिल नहीं होने वाला, तो वे अपने फ़ैसलों को रद्द करने में भी देरी नहीं करते थे।'

पत्रिकाओं को बंद करने के क़दम की जमकर आलोचना हुई थी। लेकिन प्रबंधन ने स्पष्ट तौर पर यह संदेश दे दिया था कि बिज़नेस में अतीत की यादों के लिए कोई जगह नहीं होती। अख़बारों की सर्कुलेशन और मार्केटिंग टीमों को भी साफ़-साफ़ बता दिया गया था कि उनका अंतिम लक्ष्य क्या होना चाहिए। इसमें कोई संदेह नहीं कि लोगों को नौकरी से हटाने, तमाम ऑफ़िस बंद करने और विरोधों का सामना करने में दिक्कतें नहीं आईं, लेकिन एक बार जब ऐसा कर लिया गया तो भविष्य की दिशा बिलकुल साफ़ हो गई।

इन सभी उतार-चढ़ावों के बीच *फ़ेमिना और फ़िल्मफ़ेयर* का जमे रहना संयोग मात्र ही था। 1993 तक ज़्यादातर पत्रिकाएँ बंद की जा चुकी थीं। ये दोनों पत्रिकाएँ भी बंद होने की कग़ार पर थी। तभी अचानक *फ़ेमिना* द्वारा प्रोत्साहित की गईं दो ऐसी युवतियों ने अंतरराष्ट्रीय ब्यूटी कॉन्टेस्ट में भारत का प्रतिनिधित्व किया और दोनों अपनी-अपनी प्रतिस्पर्द्धा जीत कर भी आईं। सुष्मिता सेन ने मिस यूनिवर्स और ऐश्वर्या राय ने मिस वर्ल्ड का ख़िताब जीता था।

फ़ेमिना और फ़िल्मफ़ेयर को चला रहे उसकी कर्ताधर्ताओं ने तय कर लिया कि वे इस अवसर का पूरा फ़ायदा उठाएँगे और अपनी मनोरंजन पत्रिकाओं को

नया जीवन देकर उन्हें पैसा कमाने वाली यूनिट बना देंगे। उन्होंने कंपनी को भी मना लिया कि इन दोनों पत्रिकाओं को बंद न किया जाए। और, इस तरह *फ़ेमिना* और *फ़िल्मफ़ेयर* का अस्तित्व बरक़रार रहा। उसके बाद फ़ैशन, फ़िल्म और ग्लैमर की दुनिया में कैरियर बनाने का इरादा रखने वालों के लिए ये यक़ीनन एक उपयुक्त मंच के तौर पर उभरीं।

समूह की लोकप्रिय मैग्ज़ीन द इलस्ट्रेटेड वीकली

जनवरी 1880 में शुरू हुआ *द वीकली* शुरुआत में सप्ताह भर की ख़बरों की संग्रह के तौर पर छप रहा था। 1929 में इसका नाम बदलकर *द इलस्ट्रेटेड वीकली ऑफ़ इंडिया* कर दिया गया। 1960 और 1970 के दशकों में यह असाधारण रूप से लोकप्रिय था। 1969 से 1978 के बीच मैग्ज़ीन के संपादक खुशवंत सिंह थे। वीकली के पूरे जीवनकाल के ये नौ वर्ष सबसे बेहतरीन और सफल माने जाते हैं।

एक पूर्व राजनयिक सिंह, जो कि पूर्व यू.एन. अधिकारी भी थे, इस मैग्ज़ीन के बेहद रौबदार एडिटर और लेखक थे। उन्होंने बड़े ही ठाठ-बाट के साथ मैग्ज़ीन का संचालन किया था। 1977 में जब *वीकली* अपने शिखर पर था, इसका सर्कुलेशन 3.39 लाख तक पहुँच गया था। यह भारत में अंग्रेज़ी पत्रिका का पर्याय बन चुका था। लेकिन विवादास्पद परिस्थितियों में खुशवंत सिंह इससे अलग हो गए थे और एम.वी. कामत इसके अगले संपादक बन गए। उसके बाद के.सी. खन्ना इसके संपादक रहे, लेकिन मैग्ज़ीन की खोई शोहरत वापस नहीं लौट सकी।

1989 आते-आते *वीकली* का सर्कुलेशन गिरकर 81 हज़ार पर आ गया था। यह मीडिया इंडस्ट्री में हो रहे बदलावों का नतीजा था। *वीकली* का पतन और *इंडिया टुडे* का उदय लगभग एक ही समय में हुआ। *वीकली* में फ़ीचर लेख होते थे तो *इंडिया टुडे* ख़बरों वाली मैग्ज़ीन थी। *इंडिया टुडे* ने ऐसे पाठकों को अपनी तरफ़ आकर्षित किया जिनकी दिलचस्पी राजनीतिक ख़बरों में थी और जो एक ऐसी मैग्ज़ीन की तलाश में थे जो उनकी इस ज़रूरत को पूरा करते। इसके अलावा तकनीक की वजह से भी *वीकली* मात खा रहा था। *वीकली की छपाई* अब भी रोटोग्रव्युर मशीनों पर हो रही थी, जबकि तकनीकी दृष्टि से *इंडिया टुडे* कहीं आगे थी और मैग्ज़ीन देखने में भी काफ़ी आकर्षक थी।

वीकली घाटे में आ गया था और समीर जैन की योजनाओं में यह कहीं फ़िट नहीं बैठ पा रहा था। लेकिन यह संघर्ष के बग़ैर बंद नहीं हुई, जिसका नेतृत्व खुद समीर जैन ने किया।

उन्हीं दिनों 1982 में कंपनी अपनी सभी पत्रिकाओं के प्रबंध के लिए एक

प्रतिभाशाली और कुछ भड़कीले-से संपादक को लाई। कवि और लेखक प्रीतीश नंदी को 25 साल की उम्र में पद्‌श्री सम्मान से नवाज़ा गया था। उस समय तक उनके बहुत सारे कविता संग्रह छप चुके थे, जिनमें सबसे ज़्यादा लोकप्रिय *राइटर्स वर्कशॉप* द्वारा प्रकाशित *ऑफ़ गॉड्स एंड ऑलिव्ज़* था।

नंदी की अशोक जैन से मुलाक़ात बॉम्बे से कलकत्ता जा रही एक उड़ान में हुई थी। उस समय वे होमी भाभा फ़ेलोशिप लेने की योजना बना रहे थे। नंदी से बेहद प्रभावित होकर अशोक जैन ने उनके समक्ष नौकरी का प्रस्ताव रखा और बेनेट, कोलमैन में उन्हें पब्लिशिंग डायरेक्टर की हैसियत से नियुक्त कर लिया। कंपनी के एम.डी. एडमिनिस्ट्रेटर थे और पब्लिशिंग डायरेक्टर प्रकाशन संबंधी सभी गतिविधियों के प्रति ज़वाबदेह थे।

नंदी उन दिनों के आम पत्रकार-संपादकों की तरह एक शांत, गंभीर और सोच में डूबे हुए-से दिखने वाले नहीं थे। उनका व्यक्तित्व भड़कीला, ज़ोरदार और थोड़ा आडंबरपूर्ण (जैसा कि उन्होंने खुद भी स्वीकार किया) था। उनका पहनावा उन दिनों के हिसाब से काफ़ी अपरंपरागत-सा होता था। उन्होंने कंपनी द्वारा दी गई एंबेसडर कार लेने से साफ़ मना कर दिया था और अपनी जीप से ऑफ़िस आया-जाया करते थे। अपने कार्यकाल के बारे में नंदी[33] ने बड़े ही निर्भीक और स्पष्टवादी की तरह बात की।

उन्होंने बताया, 'मैं उस समय कंपनी में सबसे ज़्यादा तनख़्वाह पाने वाला व्यक्ति था। मेरी तनख़्वाह चार हज़ार रुपए प्रति माह थी। मैं *टाइम्स ऑफ़ इंडिया* का सबसे बदनाम व्यक्ति भी था। और, मेरा नाम मास्टहेड पर छपता था। मुझे ज़िम्मेदारी दी गई कि बेनेट, कोलमैन की सभी पत्रिकाओं को मैं दोबारा उनकी ख़्याति दिलाऊँ। वे पत्रिकाएँ हर साल दो से ढाई करोड़ रुपए के घाटे में चल रही थीं। *फ़ेमिना* की पूर्व संपादक विमला पाटिल तब तक उन पत्रिकाओं को सँभाल रही थीं।'

उन्होंने कहा, 'उस समय और दौर को देखते हुए वे पत्रिकाएँ पुरातन जैसी हो गई थीं। वे जीवन के प्रति जोश खो चुकी थीं। मैंने महसूस किया कि ये पत्रिकाएँ भी दम तोड़ देंगी, यदि उनमें तत्काल सुधार नहीं किया गया, ख़ासकर *फ़ेमिना* में। उन दिनों पत्रिकाएँ व्यावहारिक हुआ करती थीं, लेकिन *टाइम्स ऑफ़ इंडिया* की पत्रिकाएँ अप्रचलित-सी और पुरानी हो चुकी थीं।'

नंदी ने याद करते हुए कहा, 'उन दिनों ये सभी पत्रिकाएँ *टाइम्स ऑफ़ इंडिया* की ज़ागीर जैसी थीं। 1983 की शुरुआत में हमें श्रम समस्या का भी सामना करना पड़ा। उस समय हमारा साप्ताहिक सर्कुलेशन मात्र 13 हज़ार था, जिसे कंपनी बढ़ा-चढ़ाकर 25 हज़ार बताती थी। मैंने अशोक जैन से कहा कि मैं *वीकली* में एक नाटकीय बदलाव ला सकता हूँ, बशर्ते उसके लिए हमें वैधता दी जाए। ठीक

उसी समय एक नौजवान कमरे में दाखिल हुआ और उसने कहा, "यह तो बड़ी ही अच्छी सोच है।" और, मैं समझ गया था कि समीर जैन मुझे अपना पूरा सहयोग देने वाले हैं।'

नंदी ने कहा, 'तीन हफ़्तों बाद मैंने *वीकली* के डिज़ाइन में पूरा बदलाव कर दिया था। उसके बाद दो अक्टूबर 1983 का संस्करण आया, जिसमें "द लेगेसी ऑफ़ मोहनदास करमचंद गाँधी" (मोहनदास करमचंद गाँधी की विरासत) शीर्षक के साथ मुख्य लेख छपा था... उसके बाद मानो आसमान हमारे सिर पर टूट पड़ा। *वीकली* अब आक्रामक बन चुका था। और, यह आक्रामकता ही मैग्ज़ीन की पहचान बन गई थी। उन्होंने सलाह दी कि हम इसकी 20 हज़ार प्रतियाँ छपवाएँ। लेकिन हमने इसकी 50 हज़ार से ज़्यादा प्रतियाँ बेचीं। चौथा संस्करण आने तक हम उसकी एक लाख प्रतियाँ बेच रहे थे।' हम तो जैसे आसमान में उड़ रहे थे। *वीकली* में किसी की बेवजह तारीफ़ें नहीं की जाती थीं। अब परंपरागत चीज़ों के लिए इसमें कोई जगह नहीं रह गई थी। मैंने इस मैग्ज़ीन को पूरी तरह से एक संपादक की पत्रिका बना दिया था। "माइंडस्पोर्ट" और "क्विज़ माउंटेन" जैसे स्तंभ मैंने उसमें शुरू किए। जब मैंने *वीकली* का कार्यभार सँभाला, तब यह 60 पन्नों का था, जो बढ़ते-बढ़ते 72 पेज का हो गया। हालाँकि इसका स्थान अब भी *इंडिया टुडे* के बाद दूसरे नंबर पर ही था, लेकिन हमने उसकी स्थिति में पूरा बदलाव ला दिया था। हमारे क़रीब 40 संस्करण हिट हो चुके थे। देश तब युवा था। परेशानियाँ झेल रहा था। लोग बहुत कुछ जानने के इच्छुक थे और हमने उन्हें सारी जानकारियाँ दीं। पत्रकारिता का प्रभाव दिखने लगा था।'

नंदी ने फिर कहा, 'लेकिन जिस तरह की ख़बरें हम छाप रहे थे, उसका नतीजा यह हुआ कि राजनेता कंपनी के ख़िलाफ़ मामले दर्ज करवाने लगे। कंपनी पर दस लाख रुपए या अधिक भार पड़ा। लेकिन समीर ने अपना फ़ैसला सुना दिया कि केस लड़ने के लिए कंपनी न तो मुझे अपना सहयोग देगी और न ही *वीकली* को। उसी के साथ हमारे बीच झगड़े की शुरुआत हो गई।'

1990 में एक समय ऐसा आया कि शीर्ष पदाधिकारी यह मानने लगे कि अगर *वीकली* की 85 हज़ार प्रतियाँ बिकती हैं तो इसका मतलब है कि पाठकों की संख्या क़रीब दो लाख है। उन्हें यह समझ आ गया था कि यह उनकी ताक़त बन सकता है और उन्होंने तय कर लिया कि *वीकली* को और तवज्ज़ो देने की ज़रूरत है। उन्हें यह भी लगने लगा था कि अगर कोशिश की जाए तो यह कॉर्पोरेट कंपनियों और होटल व एयरलाइंस जैसे उच्च स्तर के विज्ञापनदाताओं को अपनी ओर आकर्षित कर सकता है।

वीकली का 1990 मॉडल अपनी तरह का अनूठा था। दिसंबर 1989 के

आसपास उसके फ़ॉर्मेट में बदलाव किया गया। मैग्ज़ीन का बड़े फ़ॉर्मेट का मूल स्वरूप क़ायम रहा, जिसमें 60 पन्ने थे। लेकिन इसके साथ 20 पन्नों का एक ब्रॉडशीट भी आने लगा। दोनों को हर हफ़्ते एक प्लास्टिक बैग में पैक करके प्रस्तुत किया जाने लगा। इसकी कीमत सात रुपए हुआ करती थी। कुछ ही समय बाद मूल पत्रिका को ब्रॉडशीट के अंदर डालकर दिया जाने लगा। अपने तीसरे चरण में इसके स्वरूप में पूरा बदलाव आ गया और यह एक ब्रॉडशीट मैग्ज़ीन बन चुका था।

वीकली ये सभी बदलाव बाज़ार के दबाव के बजाय तकनीकी सीमाओं की वजह से थोपे गए थे। अब अप्रचलित से हो चली रोटोग्रव्युर मशीनों से छपाई करना मुश्किल होता जा रहा था, क्योंकि कलर प्रिंटिंग के लिए 30 दिनों की लीड अवधि की ज़रूरत होती थी और ब्लैक एंड व्हाइट प्रिंटिंग के लिए 15 दिनों की। इस बीच नई पत्रिकाओं और नए सप्लीमेंट्स जैसे संडे *ऑब्ज़र्वर, संडे मेल, सैटरडे टाइम्स* और *इकोनॉमिक टाइम्स* के रविवारीय संस्करण आदि के बाज़ार में आ जाने से अब प्रतिस्पर्धा काफ़ी बढ़ चुकी थी। ये सभी कारक *वीकली* के पतन के कारण बने और अंतत *वीकली* पूरी तरह धराशायी हो गया।

नंदी ने याद करते हुए कहा, 'एक सुबह समीर ने सुझाव दिया कि हमें *वीकली* को बंद कर देनी चाहिए। उस दिन उनके साथ मेरी पहली झड़प हुई। समीर ने तो रोटोग्रव्युर मशीनों को बेच देने का भी फ़ैसला कर लिया था, ताकि हम *वीकली* को छाप ही न सकें... हमें घाटा होने लगा था। अब हम इसकी छपाई ऑफ़सेट मशीनों से कर रहे थे और *वीकली* एक टैबलॉयड मैग्ज़ीन बन गया था। इसकी पहचान खोना शुरू हो चुकी थी। 1991 में मैंने *वीकली* को छोड़ दिया।'

नंदी ने कहा, 'अब अशोक जैन की कंपनी में विशेष भूमिका नहीं रह गई थी। सच कहा जाए तो फ़ैसलों में उनकी रजामंदी तक नहीं ली जाती थी। मैं देख सकता था कि समीर ने गुरिल्ला युद्ध छेड़ दिया है।'

बलजीत कपूर ने *वीकली* समेत अन्य प्रकाशनों के बंद किए जाने की बड़ी ही व्यावहारिक व्याख्या की। उन्होंने कहा, '*वीकली* के सर्कुलेशन और विज्ञापन की आमदनी को मिलाकर भी इतनी कमाई नहीं हो पा रही थी कि उसके न्यूज़ प्रिंट (काग़ज़), प्रॉडक्शन, प्रोसेसिंग और डिस्ट्रिब्यूशन तक का भी ख़र्च निकल पाता।

'समीर पहले ही घोषणा कर चुके थे कि वे घाटे में चल रही अपनी पत्रिकाओं पर कोई ख़र्च नहीं करेंगे। अगर वे अपना ख़र्च खुद नहीं निकाल सकतीं तो उन्हें बंद हो ही जाना चाहिए। इस प्रकार, *द इलस्ट्रेटेड वीकली* के अस्तित्व का अंत हो गया।'

फ़ेमिना की पूर्व संपादक (1973 से 1993) विमला पाटिल का दृष्टिकोण इन मामलों पर कुछ और भी सूक्ष्म था : 'नंदी ने पत्रकारिता को अपनी छवि बनाने का

ज़रिया बना लिया था। फ़िल्मी सितारों और कलाकारों की उनकी बड़ी ही क़रीबी मंडली थी। राजनेता, कलाकार और मनोरंजन उद्योग से जुड़े कुछ लोगों का उनका अपना गुट था। वे नुसली वाडिया और अंबानी परिवार के भी काफ़ी क़रीब थे। उन्होंने अपने निजी स्वार्थों के लिए *वीकली* का इस्तेमाल किया। उस दौर में जैसे उनका राज़ चल रहा था और इस मैग्ज़ीन के माध्यम से वे शासन करने की कोशिश कर रहे थे। हमें चाहिए था कि हम *वीकली* का बेहतर ख़याल रखते तो शायद वह आज भी चलती रहती।'[34]

5

मूल्य का गणित

'सभी अख़बार मुनाफ़ा कमाने के लिए ही निकाले जाते हैं।
पूर्ण विराम।'

रुपर्ट मर्डोक[1]

एक तरफ़ जहाँ बहुत सारे प्रकाशन बंद किए जा रहे थे, वहीं कंपनी द्वारा स्पेस सेलिंग के क्षेत्र में बड़े क़दम उठाए जा रहे थे। कंपनी के सामने बाज़ार की तरफ़ से सबसे बड़ी चुनौती थी अख़बारों में प्रति सेंटीमीटर जगह के लिए विज्ञापनों से ज़्यादा से ज़्यादा मुनाफ़ा किस तरह कमाया जाए। लाभ बढ़ाने के लक्ष्य को हासिल करने में इस पहलू की अहम भूमिका थी। बाकी सभी पहल इस लक्ष्य को सहयोग कर रही थीं।

समीर जैन को यह लग रहा था कि उनके अख़बार हालाँकि यथेष्ट मुनाफ़ा कमा रहे हैं, लेकिन उसका ज़्यादा हिस्सा विज्ञापनदाताओं के पास चला जा रहा है। उनका मानना था कि इस मूल्य का कुछ और हिस्सा बी.सी.सी.एल. के पास लाया जा सकता है। उनके अख़बारों में छपे अपने विज्ञापनों के माध्यम से विज्ञापनदाता जिस तादाद में फ़ायदा ले रहे थे, उसकी तुलना में वे कंपनी को पर्याप्त क़ीमत नहीं चुका रहे थे।

यह बात समझी भी जा सकती थी। उस समय तक अख़बार जगत में स्पेस की क़ीमत लागत प्लस आधार पर तय होती थी। इसका मतलब यह कि अख़बार में उस स्पेस की जितनी लागत होती थी, उसमें दस प्रतिशत लाभ जोड़कर उस स्पेस

के लिए विज्ञापन की दर तय की जाती थी। उस विज्ञापन से विज्ञापनदाता को क्या और कितना फ़ायदा हो रहा है, इससे उसका कोई संबंध नहीं होता था। न ही इस बात पर ध्यान दिया जाता था कि विज्ञापनदाता उस स्पेस के लिए कितनी क़ीमत अदा करने का इच्छुक होगा।

वैसे भी मूल्यांकन प्रक्रिया में गतिशीलता की बेहद कमी थी। किसी भी प्रतिस्पर्धात्मक व्यवसाय में मूल्यांकन को एक कूटनीतिक हथियार के तौर पर देखा जाता है, जिसके माध्यम से बिक्री बढ़ाई जा सकती है अधिक लाभ कमाया जा सकता है और बाज़ार का विस्तार किया जा सकता है। मूल्यांकन की क्या अहमियत हो सकती है इस पर भारतीय अख़बार जगत में ध्यान ही नहीं दिया गया था। मूल्य मात्र एक निष्क्रिय लेवल था, जो कि समय के साथ थोड़ा-थोड़ा बढ़ा दिया जाता था। यही फ़ॉर्मूला लंबे समय से चला आ रहा था। विज्ञापनदाताओं को अख़बारों के माध्यम से जो फ़ायदा मिलता था, उसका मूल्यांकन से कोई संबंध ही नहीं होता था।

समीर जैन अब मूल्यांकन का खेल खेलने जा रहे थे। उन्हें पूरा यक़ीन था कि उनके अख़बार की स्पेस के बदले कंपनी को और अधिक नफ़ा होना चाहिए। उनके सामने एक विकल्प यह था कि वे सीधे तौर पर विज्ञापन की दरें बढ़ा देते। उनकी दलील यह थी कि विज्ञापनदाताओं को जो मूल्य इन अख़बारों के माध्यम से हासिल हो रहा है, उसकी तुलना में क़ीमतें बहुत कम हैं। यह रेट बढ़ाने का आधार बन गया था। लेकिन ज़ाहिर है यह क़ायम रहने वाला नहीं था। बाज़ार दरों में एकबारगी की बढ़ोतरी शायद स्वीकार भी कर लेता, लेकिन उसे तर्कसंगत साबित करना मुश्किल होता। दरों में किसी प्रकार की आकस्मिक बढ़ोतरी तभी स्वीकार की जाती, जब उसके बदले विज्ञापनदाताओं को उसी अनुपात में अतिरिक्त फ़ायदा होता।

दूसरी तरफ़ बॉम्बे में अपनी लगभग एकाधिकार वाली स्थिति का कंपनी फ़ायदा उठा सकती थी। लेकिन उसकी भी एक सीमा थी। इसके अलावा समीर जैन ने यह भी महसूस कर लिया था कि सिर्फ़ एक या दो संस्करणों के बलबूते वे अपने बिज़नेस को बहुत दूर नहीं ले जा सकते। उनके अन्य संस्करण और प्रकाशनों का प्रदर्शन भी बेहतर करना ज़रूरी होगा। उन्हें भी आगे बढ़कर लाभ कमाने की स्थिति में लाना ज़रूरी था, ताकि उनके पोर्टफ़ोलियो में कुछ संतुलन आ सके।

उनका सबसे अधिक ध्यान *टाइम्स ऑफ़ इंडिया* के दिल्ली संस्करण पर था, जहाँ सर्कुलेशन की दृष्टि से *हिन्दुस्तान टाइम्स* कहीं आगे चल रहा था। ऐसे में यह संभव नहीं था कि *हिन्दुस्तान टाइम्स* की तुलना में वे अपने अख़बार में विज्ञापन की दरें अधिक रखते। स्पेस सेलिंग से होने वाली कमाई को बढ़ाने के लिए दिल्ली में अन्य माध्यमों पर ग़ौर करना अब ज़रूरी हो गया था।

अमेरिकी शिक्षाविद् मीडिया आलोचक और पत्रकार बेन हैग बागदिकियान ने

एक बार कहा था, 'बाज़ार उन्मुख पत्रकारिता सूचना देने के लिए नहीं, बल्कि अपने विज्ञापनदाताओं को बेचने के लिए पाठकों को जुटाती है।[2] बदलाव के माध्यम से अख़बार के लिए उपयुक्त पाठक जुटाना इस दिशा में एक महत्त्वपूर्ण क़दम था। उस आधार पर शायद विज्ञापनदाता बेहतर मूल्य देने को तैयार हो सकते थे। युवा पाठकों को आकर्षित करने के लिए अख़बार को ब्रांड में तब्दील करने की दिशा में क़दम उठाया जा सकता था। लेकिन ऐसा होने में भी अभी वक़्त था। फिलहाल विज्ञापनदाताओं को आकर्षित करने, सभी संस्करणों का प्रदर्शन बेहतर करने और प्रति कॉलम सेंटीमीटर लागत पर लाभ बढ़ाने के लिए नए तरीक़े ढूँढ़ना ज़रूरी था।

इस दिशा में बी.सी.सी.एल. की ताक़तें साफ़ थीं। पहली, बॉम्बे में *टाइम्स ऑफ़ इंडिया* का लीडरशिप की स्थिति में होना, जिसके आधार पर स्पेस की क़ीमत बढ़ाने की गुंजाइश अच्छी-ख़ासी थी। कंपनी के पक्ष में दूसरी बात इसके अख़बारों की विभिन्न शहरों में मौजूदगी थी। बॉम्बे के अलावा दिल्ली में भी इसकी पकड़ काफ़ी अच्छी थी। जहाँ अन्य बड़े अख़बारों का प्रकाशन क्षेत्र देश के किसी ख़ास हिस्से तक ही सीमित था, वहीं *टाइम्स ऑफ़ इंडिया* के विभिन्न संस्करण लखनऊ, जयपुर, पटना, बैंगलोर और अहमदाबाद से भी छप रहे थे।

तीसरी, महत्त्वपूर्ण ताक़त यह थी कि ग्रुप के पास विभिन्न प्रकाशन भी थे। पत्रिकाओं के बंद किए जाने के बाद से अब अख़बारों पर ज़्यादा ध्यान दिया जा सकता था। विभिन्न शहरों में संस्करणों के अलावा बी.सी.सी.एल. के पास एक वित्तीय अख़बार द *इकोनॉमिक टाइम्स* भी था। साथ ही, ग्रुप के पास हिन्दी और अंग्रेज़ी के अतिरिक्त अन्य भाषाओं के भी अख़बार थे। *नवभारत टाइम्स* देश के उत्तरी हिस्से में मज़बूत स्थिति में था, ख़ासकर दिल्ली में। देश के पश्चिमी भाग में *महाराष्ट्र टाइम्स* की मौजूदगी महत्त्वपूर्ण थी।

जहाँ कंपनी के पोर्टफ़ोलियो में विविधता और विस्तार इसकी ताक़त थी, वहीं इसका दूसरा पहलू यह था कि इन अख़बारों के अलग-अलग संस्करणों के प्रदर्शन में काफ़ी अंतर था। सर्कुलेशन की दृष्टि से कुछ ख़ास शहरों में या तो वे लीडर थे या कम से कम उनकी मौजूदगी महत्त्वपूर्ण थी, लेकिन कुछ क्षेत्रों में वे काफ़ी सुस्त गति से चल रहे थे। ऐसे बहुत से मामलों में उनके प्रदर्शन में वर्षों से कोई सुधार नहीं हुआ था। उन क्षेत्रों में इन अख़बारों का सर्कुलेशन या तो स्थिर था या कम हो रहा था। इन संस्करणों में विज्ञापनदाताओं की दिलचस्पी न के बराबर थी।

उदाहरण के तौर पर, 1985 में *टाइम्स ऑफ़ इंडिया* का देशभर का संयुक्त सर्कुलेशन 5.95 लाख प्रतियाँ था। इसमें अकेले बॉम्बे का सर्कुलेशन 3 लाख था। बॉम्बे में 70 प्रतिशत से भी अधिक मार्केट शेयर के साथ जहाँ यह लीडर की स्थिति में था, वहीं यह आँकड़ा अख़बार के राष्ट्रीय सर्कुलेशन का 50 प्रतिशत से अधिक था।

दिल्ली में *टाइम्स ऑफ़ इंडिया* का सर्कुलेशन 2.15 लाख प्रतियाँ था। अन्य ज़्यादातर जगहों पर अख़बार का प्रदर्शन बहुत आकर्षक नहीं था। अहमदाबाद और लखनऊ दोनों जगहों पर इसकी 25 हज़ार प्रतियाँ बिक रही थीं। बैंगलोर में इसका सर्कुलेशन 18 हज़ार प्रतियाँ था। जयपुर में *टाइम्स ऑफ़ इंडिया* की मात्र 12 हज़ार प्रतियाँ बिक रही थीं। लखनऊ, पटना और जयपुर में अख़बार के सर्कुलेशन का आँकड़ा इतना कम था कि किसी भी महत्त्वपूर्ण विज्ञापनदाता को उसमें दिलचस्पी नहीं थी।

नवभारत टाइम्स का प्रदर्शन भी काफ़ी असमान था। तीन लाख प्रतियों से भी अधिक सर्कुलेशन के साथ दिल्ली में यह पहले स्थान पर था। यह आँकड़ा दिल्ली में सबसे ज़्यादा पढ़े जाने वाले अंग्रेज़ी दैनिक द *हिन्दुस्तान टाइम्स* के सर्कुलेशन से भी अधिक था। तब *एच.टी.* का दिल्ली में प्रतिदिन का सर्कुलेशन 2.7 लाख प्रतियाँ था। लेकिन *नवभारत टाइम्स* के बॉम्बे संस्करण की बिक्री इससे बहुत कम थी। वहाँ इसका प्रतिदिन का सर्कुलेशन 98,500 प्रतियाँ था। लखनऊ, पटना और जयपुर के बाज़ार में *नवभारत टाइम्स* सक्रिय भूमिका में था।

1985 में *इकोनॉमिक टाइम्स* का प्रतिदिन का सर्कुलेशन 81 हज़ार था। इसके निकटतम प्रतिद्वंद्वी *इंडियन एक्सप्रेस* ग्रुप के *फ़ाइनैंशल एक्सप्रेस* का सर्कुलेशन इसके आधे से भी कम था। उस साल बॉम्बे में *महाराष्ट्र टाइम्स* का सर्कुलेशन (प्रतिदिन) 1.9 लाख प्रतियाँ था। लेकिन बॉम्बे के बाहर इस अख़बार का कहीं कोई अस्तित्व नहीं था।

जब बी.सी.सी.एल. ने अपने अख़बारों के तमाम विन्यास का जायज़ा लिया तो पाया कि इसका स्वरूप मिला-जुला है। इसके पोर्टफ़ोलियो में दो अंग्रेज़ी अख़बार, एक हिन्दी अख़बार, एक मराठी अख़बार, एक हिन्दी सांध्य दैनिक के साथ-साथ तमाम साप्ताहिक और पाक्षिक पत्रिकाएँ भी शामिल थीं। देश के उत्तरी और पश्चिमी हिस्से में इसके अख़बारों का लंबा-चौड़ा नेटवर्क था। लेकिन बॉम्बे के अलावा अन्य किसी जगह यह लीडरशिप की भूमिका में नहीं था।

हर बाज़ार और शहर की अपनी अलग कहानी थी। दिल्ली में *हिन्दुस्तान टाइम्स* खिलाड़ी नंबर वन था, वर्षों से लोग इसे पढ़ रहे थे। अख़बार का चुनाव लोग अपनी आदत के अनुसार करते हैं। लोगों को एक अख़बार की आदत छुड़ाकर दूसरे की आदत लगाना इतना आसान नहीं होता। कुछ बाज़ारों में कंपनी ऐसा ज़रूर कर सकती थी, लेकिन यह अगले चरण में होने वाला था जो कि अब भी कुछ साल पड़े था। फिलहाल *टाइम्स ऑफ़ इंडिया* को दिल्ली में अपनी नंबर दो की पोज़िशन से ही संतोष करना पड़ा।

अहमदाबाद में, अंग्रेज़ी अख़बारों के क्षेत्र में कोई ख़ास प्रतिस्पर्धा नहीं थी, लेकिन

वहाँ के लोग गुजराती दैनिक ज़्यादा पसंद कर रहे थे। लखनऊ, पटना और जयपुर में भी *टाइम्स ऑफ़ इंडिया* कुछ ख़ास चमत्कार नहीं कर पाया, क्योंकि उन शहरों में लोग हिन्दी अख़बार पढ़ना ज़्यादा पसंद कर रहे थे। बैंगलोर में अंग्रेज़ी पाठकों की अच्छी-ख़ासी तादाद थी लेकिन उस पर *डेक्कन हेराल्ड* का एकछत्र राज़ था।

इकोनॉमिक टाइम्स अपने क्षेत्र का लीडर होने के बावजूद बहुत अच्छा सर्कुलेशन नहीं हासिल कर सका। अंग्रेज़ी अख़बारों का बाज़ार उन्हीं पाठकों तक सीमित था, जो अंग्रेज़ी पढ़ने-समझने में सहज थे। उसी तरह बिज़नेस प्रकाशनों की भी अपनी एक सीमा थी। इक्विटी बाज़ार में दिलचस्पी अब भी कुछ लोगों तक सीमित थी और निजी कॉर्पोरेट क्षेत्र अभी उभर ही रहा था। पाठक अब भी अर्थशास्त्र और अर्थव्यवस्था संबंधी ख़बरों के बजाय राजनीतिक तथा प्रशासनिक ख़बरों को वरीयता देते थे।

समीर जैन ने इस पूरी तसवीर का जायज़ा लिया। उन्हें लगा कि यह इतना सीधा नहीं है। उनके सारे अख़बार कमोबेश अलग-थलग रहकर अपने आप में ही काम कर रहे थे। हर अख़बार अपनी-अपनी स्पेस सेलिंग कर रहा था। हर पब्लिकेशन में विज्ञापन की दरें उसकी अपनी सुविधा या ज़रूरत के मुताबिक तय थी। हालाँकि एक ही अख़बार के अलग-अलग संस्करणों के बीच कुछ कॉम्बो रेट ज़रूर दिए जा रहे थे, लेकिन अलग-अलग अख़बारों और बाज़ारों के बीच समग्रता क़ायम करने के लिए कोई संबद्ध प्रयास नहीं किया जा रहा था।

समीर ने तय किया कि उनके सारे अख़बार और उनके सभी संस्करण एक-दूसरे के साथ मिलकर इस पहलू पर काम करेंगे। एक अख़बार में स्पेस या जगह ख़रीदने वाले विज्ञापनदाता को अतिरिक्त रियायती दर पर अन्य संस्करण या समूह के अन्य अख़बारों में विज्ञापन देने का प्रावधान शुरू किया गया। उदाहरण के तौर पर, अगर *टाइम्स ऑफ़ इंडिया* के बॉम्बे संस्करण में कोई विज्ञापनदाता अपना इश्तेहार देता, तो कुछ अतिरिक्त मूल्य चुकाकर वह *टाइम्स ऑफ़ इंडिया* के लखनऊ संस्करण में भी वही विज्ञापन दे सकता था। उसी के साथ वह कुछ और अतिरिक्त मूल्य चुकाकर *इकोनॉमिक टाइम्स* के बॉम्बे संस्करण में भी विज्ञापन दे सकता था।

समीर जैन ने समूह के सभी प्रकाशनों को विज्ञापनदाताओं के सामने एक गुलदस्ते की तरह पेश किया, बजाय इसके कि हर अख़बार अलग-अलग विज्ञापनदाताओं से बिज़नेस करता। जैसा कि यह साबित हो गया कि स्पेस सेलिंग का यह नवीनतम और लीक से हटकर किया गया प्रयोग अख़बारों में स्पेस सेलिंग के क्षेत्र में ज़बर्दस्त रूप से कामयाब हुआ। कंपनी के लिए बेहद लाभप्रद साबित होने के साथ-साथ इस प्रयोग से भारत में अख़बार जगत के व्यवसाय के स्वरूप को ही पूरी तरह बदल दिया। जब इसे लांच किया गया, इसका कैप्शन भविष्यसूचक था : मास्टरमाइंड।

माना जाता है कि सुप्रसिद्ध अमेरिकी प्रकाशक (समाचार पत्र) विलियम रैंडॉल्फ़ हार्स्ट (1863 से 1951) ने एक बार कहा था, 'अगर आप कोई बहुत अच्छी चीज़ बनाते हैं और भले ही आप किसी घने जंगल में रह रहे हों, तो भी लोग आपके घर का रास्ता ढूँढ़ ही लेंगे, ऐसा दार्शनिक लोग कहते हैं। लेकिन अगर आप बड़ी तादाद में लोगों को अपने पास बुलाना चाहते हों तो बेहतर होगा कि आप एक हाईवे का निर्माण कर दें। एडवरटाइज़िंग (विज्ञापन प्रणाली) ही वह हाईवे है।'[3] रैंडॉल्फ़ अमेरिका में अख़बार की सबसे बड़ी शृँखला के जनक थे और अपनी हर चीज़ से टकरा जाने तथा विवाद में पड़ जाने की प्रवृत्ति की वजह से काफ़ी अलोकप्रिय थे। उन पर पीत पत्रकारिता का आरोप भी लगा था।

मास्टरमाइंड बी.सी.सी.एल. का वही बड़ा 'हाईवे' था।

यह क़ीमतों और दरों का मैट्रिक्स (जोड़-तोड़) था, जिसमें विज्ञापनदाताओं के लिए तमाम तरह के विकल्प शामिल थे। उदाहरण के तौर पर, *टाइम्स ऑफ़ इंडिया* के बॉम्बे संस्करण में डिस्प्ले विज्ञापन के लिए विज्ञापनदाताओं को 125 रुपए प्रति कॉलम सेंटीमीटर दर चुकानी पड़ रही थी। अगर यही विज्ञापन वह दिल्ली और अहमदाबाद के संस्करणों में भी देता तो उसे मात्र 230 रुपए प्रति कॉलम सेंटीमीटर (बॉम्बे के लिए 118 रुपए, दिल्ली के लिए 85 रुपए और अहमदाबाद के लिए 27 रुपए) की दर से भुगतान करना होता था। अगर विज्ञापनदाता उसी में जयपुर, पटना और बैंगलोर के संस्करण भी जोड़ देता तो इन तीन संस्करणों के लिए उसे मात्र 6 रुपए प्रति कॉलम सेंटीमीटर अतिरिक्त मूल्य चुकाना पड़ता।

इसी तरह, *नवभारत टाइम्स* के दिल्ली, लखनऊ, पटना और जयपुर संस्करणों में डिस्प्ले विज्ञापन के लिए विज्ञापनदाता 180 रुपए प्रति कॉलम सेंटीमीटर की दर से क़ीमत अदा कर रहे थे। मास्टरमाइंड के अनुसार अब मात्र दस रुपए प्रति कॉलम सेंटीमीटर अतिरिक्त मूल्य चुकाकर विज्ञापनदाता बॉम्बे संस्करण में भी उसी विज्ञापन को दे सकते थे।

वैसे यह काफ़ी आसान था कि मास्टरमाइंड को यह कहकर अस्वीकार कर दिया जाता कि यह एक अलग 'रेट कार्ड' है। उन दिनों अख़बारों में एक चार्ट छपा करता था, जिसमें विज्ञापन की दरों का उल्लेख होता था। उनमें एक विज्ञापन के एक से ज़्यादा संस्करणों में प्रकाशन की क़ीमतें और जहाँ-तहाँ दरों में मिलने वाली छूट का उल्लेख होता था। यद्यपि मास्टरमाइंड भी विज्ञापन के दरों का ही संग्रह था, लेकिन समीर जैन ने यह बिलकुल स्पष्ट कर दिया था कि यह अख़बारों में छपने वाला एक और रेट कार्ड नहीं है। फ़र्क़ यह था कि कॉम्बो विज्ञापन के लिए जो मूल्य तय किए गए थे, उसके पीछे ठोस आधार भी होता था। विज्ञापनदाताओं के सामने प्रस्तावित दरें व्यवसाय की दृष्टि से पूरी तरह न्यायसंगत होती थीं।

मास्टरमाइंड की अवधारणा के बारे में विस्तार से बात करते हुए प्रदीप गुहा ने कहा, 'मौलिक रूप से मास्टरमाइंड बदलाव की उस आक्रामक सोच और सावधानीपूर्वक उस सोच को लागू करने के बीच का मध्य मार्ग था। एक नज़र में यही लगता कि यह बाज़ार में क़ाबिज़ होने का साधन मात्र है, लेकिन वास्तविकता में यह एक संतुलन था। पैसे कमाने की धुन के बीच भी हमने यह सुनिश्चित किया कि जो चीज़ें हमें पहले से हासिल हैं हमें उन्हें गँवाना नहीं है। पूरी व्यवस्था में सुरक्षा कवच के पर्याप्त उपाय मौजूद थे।'[4]

हमारा मुख्य मकसद यही था कि मास्टरमाइंड का हर पैकेज विज्ञापनदाताओं के लिए हर तरह से बेहतर और अधिक लाभप्रद साबित हो। जिस भी तरह से पैकेज और दरें उसमें दी गई थीं, उसका प्रासंगिक होना और गुणवत्ता की दृष्टि से फ़ायदेमंद होना ज़रूरी था। विज्ञापनदाताओं को सिर्फ़ इससे मतलब था कि मास्टरमाइंड की बदौलत अपने विज्ञापनों का उन्हें ज़्यादा से ज़्यादा प्रभाव दिखता और उनके प्रॉडक्ट या बिज़नेस में बढ़ोतरी होती। कुल मिलाकर जो क़ीमत वे चुका रहे थे, उसके बेहतर परिणाम उन्हें मिलते। इसके बग़ैर विज्ञापनों के ये कॉम्बो ऑफ़र उनके लिए कोई मायने नहीं रखते।

इसका मतलब साफ़ था कि मास्टरमाइंड को तैयार करना बहुत बड़ी चुनौती थी। इसे तैयार करने की प्रक्रिया में तमाम मानदंडों, यहाँ तक कि जो अस्पष्ट थे उन्हें भी ध्यान में रखा गया था। हर बाज़ार की विशिष्ट ज़रूरतें और अभिलक्षणों को ध्यान में रखकर ही उस जगह के लिए विज्ञापन के मूल्य तय किए गए थे। साथ ही मास्टरमाइंड को तैयार करते समय विज्ञापनदाताओं के भिन्न-भिन्न प्रोफ़ाइल उनकी पसंद, उनकी प्राथमिकताएँ किस विज्ञापनदाता के लिए ज़्यादा अहमियत है, किस दर पर स्पेस ख़रीदना किस विज्ञापनदाता के लिए फ़ायदेमंद होगा, आदि बातों को मद्देनज़र रखा गया था। साथ ही हर अख़बार के अलग-अलग शहरों में पाठकों के प्रोफ़ाइल रखना ज़रूरी था। इन सभी बातों समेत अन्य पहलुओं को भी शामिल करने के बाद ही यह आकलन कर पाना संभव हो सका था कि किसी कॉम्बो के लिए जो मूल्य विज्ञापनदाताओं को ऑफ़र किए जा रहे हैं, वे उनके लिए कितने फ़ायदेमंद साबित होंगे।

मास्टरमाइंड को तैयार करते समय विज्ञापनदाताओं के हितों को ध्यान में रखने के साथ-साथ कंपनी को यह भी देखना था कि अलग-अलग जगहों पर उसकी अपनी क्या स्थिति है। हर प्रकाशन की हर क्षेत्र में बिक्री बढ़ाना ही सबसे बड़ा मकसद था और इसके लिए ज़रूरी था कि विज्ञापनदाताओं के साथ संतुलन बनाकर चला जाए। आसान तरीका यह भी हो सकता था कि जो संस्करण मज़बूत स्थिति में हैं, उन पर अधिक से अधिक बोझ डाल दिया जाता और कमज़ोर स्थिति वाले संस्करणों

को आगे बढ़ाया जाता। लेकिन कंपनी का नज़रिया साफ़ था कि मज़बूत स्थिति वाले संस्करणों को नुक़सान पहुँचाए बग़ैर कमज़ोर स्थिति वाले संस्करणों को फ़ायदे में लाना था। तभी जाकर कंपनी का लाभ संपूर्णता में बढ़ता।

जहाँ तक क़ीमतों का सवाल था तो मास्टरमाइंड अकेले नहीं सोच सकता था। कोई एक निश्चित दर तय करने से पहले बी.सी.सी.एल. को हर बाज़ार में अपनी स्थिति को आँकना ज़रूरी था। उन शहरों में जहाँ विज्ञापनदाताओं के पास भाषाई अख़बारों में विज्ञापन देने समेत अन्य लुभावने विकल्प भी मौजूद थे, बी.सी.सी.एल. के लिए यह ज़रूरी था कि वहाँ वह अपनी दर उनके मुक़ाबले ज़्यादा आकर्षक निर्धारित करता। इसके लिए हर बाज़ार की विशेषता, विज्ञापनदाताओं की पसंद-नापसंद और कंपनी की अन्य ताक़तों की तीखी समझ होना ज़रूरी थी। इसमें कोई दो राय नहीं कि हर श्रेणी के उत्पादों के लिए अपेक्षित मूल्य निर्धारण अपने आप में एक कला और एक विज्ञान है। इस मामले में फ़र्क़ सिर्फ़ इतना था कि अख़बार जगत में ऐसा पहली बार हो रहा था।

समीर जैन ने इसकी विस्तृत विवेचना के लिए 8-9 लोगों की एक कॉर्पोरेट टीम तैयार की। उन्होंने स्वयं भी दरों के निर्धारण, विज्ञापनदाताओं पर उनके प्रभाव के अध्ययन और इस पूरे गणित को सुसंगत बनाने के पीछे अच्छा-ख़ासा समय व्यतीत किया। विजय जिंदल, जिन्होंने समीर के साथ मिलकर इस योजना पर काम किया था मास्टरमाइंड तैयार करने के प्रति समीर जैन के जुनून को याद करते हुए कहते हैं, 'समीर को यह धुन थी कि मास्टरमाइंड ऐसा तैयार होना चाहिए कि उसके नाकामयाब होने की कोई गुंजाइश ही न रहे। वे किसी प्रबंधन प्रशिक्षु की तरह काम कर रहे थे। उन्होंने दवा कंपनियों से लेकर एयरलाइंस इंडस्ट्री तक जिस किसी क्षेत्र के बारे में वे सोच सकते थे, उन सबका गहरा अध्ययन किया। उन्होंने हर क्षेत्र की बारीकियों पर पूरा ध्यान दिया। मास्टरमाइंड को तैयार करने के दौरान समीर ने अपने विचार खुले रखे थे।'[5]

जिंदल ने बताया, 'हर दिन हम लोग मास्टरमाइंड के दस-बारह नमूने तैयार करते थे और फिर उसमें यहाँ-वहाँ जोड़-तोड़ कर सुधार करते थे। उस पर हम सैंपल करते थे और फिर ग़लतियाँ ढूँढ़ते थे। उस समय कम्प्यूटर की कोई तकनीक नहीं थी। हमारी कोशिश यही थी कि जो मूल्य हम तय कर रहे हैं, उसमें पूरी पारदर्शिता रखी जाए। इस दौरान ग़लतियाँ भी ख़ूब हुईं। इसलिए हमने अपने हाथों से उसमें सुधार किए। प्रयोग कर-करके देखने की यह प्रक्रिया क़रीब दो महीने तक चलती रही। अंततः जब यह तैयार हुआ, तो इसे देखकर समीर जैन रोमांच से भर उठे।'

कंपनी की कॉर्पोरेट इकाई ने काफ़ी आँकड़े एकत्र किए और फिर उनके आधार

पर तमाम तरह के विश्लेषण किए गए। मास्टरमाइंड के अलग-अलग पहलुओं पर कई टीमें काम कर रही थीं। मुनाफ़े की नज़र से प्रकाशनों की सूची तैयार की गई, उनमें किस तरह के विज्ञापन अब तक दिए जा रहे थे उसका अध्ययन किया गया, पाठकों की प्रोफ़ाइल पर ग़ौर किया गया। अहम जगहों पर कंपनी के अख़बारों की प्रतिद्वंद्वियों के सामने स्थिति को परखा गया और यह देखा किया गया कि इन सारी चीज़ों को मिलाने के बाद कंपनी का मूल मकसद किस हद तक हासिल हो पाता है। पुराने विज्ञापनदाताओं को क़ायम रखने और नए को अपनी तरफ़ आकर्षित करने के साथ-साथ यह देखते हुए मास्टरमाइंड को डिज़ाइन करना था कि बी.सी.सी.एल. जिस उद्देश्य को लेकर चल रहा है वह भी हासिल हो सके।

पेचीदगी सिर्फ़ विभिन्न संस्करणों और भाषाओं की वजह से ही नहीं थी। विज्ञापन के लिए अख़बारों में जो जगह निर्धारित थी, उनमें भी कई उप श्रेणियाँ बनी हुई थीं। हर श्रेणी के उपभोक्ताओं को देखते हुए उनके मुताबिक उपयुक्त मूल्य तय करना था। उदाहरण के तौर पर वित्तीय, क़ानूनी नोटिस, आम सूचनाओं और टेंडर्स आदि के लिए प्रति कॉलम सेंटीमीटर दरें लगभग तय थीं। इस सेगमेंट के कॉर्पोरेट और सरकारी विभागों के इनके ग्राहक ऊँची दरें भी स्वीकार कर सकते थे। इसलिए उनके लिए ऊँची दरें रखी गईं।

दूसरी तरफ़, खुदरा बाज़ार की सामग्रियों के विज्ञापन की दरें थोड़ी सामान्य रखी गईं। सिनेमा और थियेटर मालिकों के लिए दरें और भी कम रखी गईं। इस प्रकार प्रतियोगिता भरे बाज़ार में मूल्यांकन को कंपनी ने एक प्रभावी लीवर के रूप में इस्तेमाल किया।

वित्तीय श्रेणी की तरफ़ से काफ़ी विरोध भी झेलना पड़ा, क्योंकि उनके लिए विज्ञापन की दरें ऊँची रखी गई थीं। विज्ञापनदाताओं ने सवाल किया कि ऐसा किस आधार पर किया गया था। अगर अख़बार की किसी जगह में कोई सार्वजनिक इश्तेहार दिया जा रहा है, तो उन्हें उसके लिए अपने किसी उपभोक्ता वाले विज्ञापन की तुलना में अधिक मूल्य क्यों चुकाना पड़ेगा। उनकी दलील थी, 'हमने अख़बार में कोई जगह क़ीमत देकर ख़रीदी है, हम वहाँ क्या इश्तेहार देते हैं इससे किसी और को कोई सरोकार क्यों हो।'

तमाम विवरणों, बदलावों और विरोधों के बाद अंततः बड़ी चतुराई के साथ मास्टरमाइंड तैयार कर लिया गया। बी.सी.सी.एल. ने अपने दो मज़बूत संस्करणों को पहचान लिया था - *टाइम्स ऑफ़ इंडिया* बॉम्बे और दूसरा, *नवभारत टाइम्स* दिल्ली।

इसके अलावा *इकोनॉमिक टाइम्स* और *नवभारत टाइम्स* के अन्य संस्करणों समेत बाकी सभी अख़बारों को व्यावहारिक रूप में मदद की ज़रूरत थी। मास्टरमाइंड इस तरह से तैयार किया गया था कि इन दो मज़बूत संस्करणों को 'हब' बना दिया गया था।

विस्तृत रूप में, दरों के तीन विकल्प थे - बेसिक रेट, रिपीट रेट और सुपर-कंसेशनल रेट। जो विज्ञापनदाता सिर्फ़ एक संस्करण में इश्तेहार देना चाहते थे उनके लिए उन पर बेसिक रेट लागू होता था। जो किसी एक अख़बार के दो या उससे अधिक संस्करणों में विज्ञापन देना चाहते थे, उनके लिए रिपीट रेट लागू होता था, जो बेसिक रेट से कम था। और अंत में, वे सभी विज्ञापनदाता जो किसी एक अख़बार के सभी संस्करणों में विज्ञापन दे रहे थे, या किसी एक केंद्र के शहर से निकलने वाले समूह के सभी अख़बारों में विज्ञापन देना चाहते थे वे सुपर कंसेशनल रेट के हक़दार होते थे।

मास्टरमाइंड का यह लचीलापन जहाँ कंपनी को मुख्य बाज़ारों में सुनियोजित तरीक़े से क़ाबिज़ होने के योग्य बना रहा था, वहीं विभिन्न विज्ञापनदाताओं की ज़रूरतों को भी पूरा करने में समर्थ था। वे विज्ञापनदाता जो किसी ख़ास क्षेत्र या बाज़ार पर केंद्रित होना चाहते थे, वे उस जगह के समूह के सभी प्रकाशनों में विज्ञापन देकर सुपर कंसेशनल रेट ले सकते थे। साथ ही, जो विज्ञापनदाता राष्ट्रीय स्तर पर कवरेज चाहते थे, वे भी उस अख़बार के सभी संस्करणों में विज्ञापन देकर सुपर कंसेशनल रेट के हक़दार होते थे।

विचार यह था कि बॉम्बे के उन विज्ञापनदाताओं को *टाइम्स ऑफ़ इंडिया* के अहमदाबाद संस्करण में विज्ञापन देने पर राजी कर लेना था, जिनकी गतिविधियाँ देश के पश्चिमी क्षेत्र में फैली हों। इसी प्रकार, अगर किसी विज्ञापनदाता की गतिविधियों का क्षेत्र उत्तरी भाग था, तो उसे दिल्ली में भी विज्ञापन देने के लिए तैयार करना था। उसके बाद कंपनी ने उसी विज्ञापनदाता को थोड़े से अतिरिक्त मूल्य के बदले बॉम्बे से निकलने वाले *महाराष्ट्र टाइम्स* के जरिए मराठी पाठकों तक और *नवभारत टाइम्स* के माध्यम से हिन्दी-भाषी पाठकों तक पहुँचने का ऑफ़र देना शुरू किया। *इकोनॉमिक्स टाइम्स* अतिरिक्त आकर्षण था, जिसके तहत कॉर्पोरेट हाउसेस, सरकार और अफ़सरशाही में पाठकों तक पहुँच का वादा किया जा रहा था।

लेकिन दिल्ली में जिस पैमाने पर परिदृश्य में बदलाव आया, वह सबसे दिलचस्प रहा। दिल्ली का कोई विज्ञापनदाता *टाइम्स ऑफ़ इंडिया* के बॉम्बे संस्करण में सुपर कंसेशनल रेट पर विज्ञापन दे सकता था, अगर वह साथ में *टाइम्स ऑफ़ इंडिया* के दिल्ली संस्करण में भी विज्ञापन देता। राष्ट्रीय स्तर पर कवरेज की चाह रखने वाले विज्ञापनदाताओं के लिए यह बेहद लुभावना प्रस्ताव था। इस श्रेणी के

विज्ञापनदाताओं के सामने यह भी प्रस्ताव था कि वे बहुत कम रेट पर अख़बार के अन्य संस्करणों जैसे लखनऊ और जयपुर में भी अपने विज्ञापन दे सकते थे। इसी प्रकार दिल्ली का कोई विज्ञापनदाता अगर कंपनी के दिल्ली से निकलने वाले सभी अख़बारों में विज्ञापन देना चाहता था तो उसके पास बहुत ही आकर्षक मूल्य पर *नवभारत टाइम्स* में भी विज्ञापन देने का विकल्प था। हर प्रकार *टाइम्स ऑफ़ इंडिया* दिल्ली हर दृष्टि से बहुत ही आकर्षक विकल्प बन गया था।

जो मीडिया योजनाकार आम तौर पर दिल्ली में विज्ञापनों के लिए *हिन्दुस्तान टाइम्स* से आगे जाकर कुछ सोचते ही नहीं थे, वे भी विकल्प के तौर पर *टाइम्स ऑफ़ इंडिया* के पैकेज प्रस्ताव पर ग़ौर करने लगे थे। ओ. एंड एम. की कार्यकारी निदेशक विभा देसाई से जब मैं जुलाई 2001 में मिली तो उन्होंने बताया, 'मास्टरमाइंड ने विज्ञापन जगत को बेहद प्रभावित किया। इसमें दरों को एकीकृत कर दिया गया था। थोड़े से अधिक रेट देकर आप तमाम संस्करणों में विज्ञापन दे सकते थे। वित्तीय युद्ध के लिए यह कुंजी थी। और, युद्धभूमि दिल्ली थी।'[6]

मास्टरमाइंड की सफलता में कई पहलुओं का योगदान था। पहला, यह उन विज्ञापनदाताओं के लिए बहुत ही आकर्षक विकल्प के तौर पर उभरा था, जो व्यापक पाठक समूह तक संप्रेषण चाहते थे। अपने विज्ञापन के ज़रिये एक से अधिक शहरों में कवरेज की चाह रखने वाले विज्ञापनदाताओं की तादाद बढ़ रही थी। चूँकि कंपनियों का कार्यक्षेत्र मेट्रो शहरों की सीमा से आगे निकलकर द्वितीय-तृतीय श्रेणी के अन्य शहरों तक फैल रहा था, ऐसे में उन कंपनियों की कोशिश मेट्रो के बाहर के उपभोक्ताओं तक पहुँचने की भी थी। जब भी वे कोई नई उपभोक्ता सामग्री आरंभ करते थे, तो वे चाहते थे कि दिल्ली और बॉम्बे के अलावा उनके विज्ञापनों का असर बैंगलोर, लखनऊ और जयपुर में भी नज़र आए।

नवभारत टाइम्स और *महाराष्ट्र टाइम्स* के माध्यम से अन्य भाषाओं और विभिन्न पाठक समूहों के लिए भी विज्ञापन देने का अवसर मिल रहा था, जो कि अतिरिक्त फ़ायदे की स्थिति थी। बाद में *इकोनॉमिक टाइम्स* ने अपने अख़बार के विशिष्ट पाठकों के लिए मास्टरमाइंड में कुछ और कॉम्बो ऑफ़र जोड़ दिए, जिससे मास्टरमाइंड और अधिक आकर्षक बन गया।

कंपनियों के अलावा कुछ विशेष वर्ग के लोग भी एक से अधिक जगह के लिए विज्ञापन देने में दिलचस्पी दिखाने लगे। मसलन, वैवाहिक विज्ञापन देने वाले लोगों की भी इसमें दिलचस्पी रहने लगी कि उनके विज्ञापन ज़्यादा से ज़्यादा लोगों तक पहुँचें। ऐसे सभी विज्ञापनदाताओं के लिए मास्टरमाइंड एक बेहद सुविधाजनक वन-स्टॉप शॉप की तरह था। अब उन्हें हर शहर में अलग-अलग दफ़्तरों में मोल-भाव करने की ज़रूरत नहीं थी। तेज़ी से उभर रहे कुछ शहरों के लिए छूट वाले सुपर कंसेशनल

कॉम्बो रेट की तरफ़ लोगों का ख़ास आकर्षण था। ज़्यादा से ज़्यादा जगह ख़रीदने वाले को उसी अनुपात में प्रति कॉलम सेंटीमीटर की कम दर चुकानी पड़ रही थी। बी.सी.सी.एल. के बिज़नेस को ऊपर ले जाने का यह बड़ा ही आसान तरीका साबित हुआ। वे विज्ञापनदाता भी जो जयपुर और लखनऊ को अपने मीडिया प्लान में शामिल करने को लेकर अनिश्चित होते थे, इस प्रकार के लुभावने कॉम्बो पैक को देखकर अपना इरादा बदल रहे थे।

कंपनी के लिए यह मास्टर स्ट्रोक साबित हुआ। सबसे बड़ा फ़ायदा यह रहा कि जो संस्करण मज़बूत स्थिति में थे, उनकी बदौलत कमज़ोर स्थिति वाले संस्करणों को भी ऊपर उठाया जा सका। जैसे : *टाइम्स ऑफ़ इंडिया* के बॉम्बे संस्करण की बदौलत अहमदाबाद संस्करण में विज्ञापन देने वालों को छूट मिल रही थी। धीरे-धीरे छोटे संस्करण भी विज्ञापनदाताओं के राडार पर आ गए। बी.सी.सी.एल. के पूर्व जनरल मैनेजर (रेसपॉन्स) रजनीश रिखी[7] ने कहा, 'मास्टरमाइंड बनाने के पीछे सबसे बड़ा उद्देश्य यह था कि जितने भी कमज़ोर संस्करण थे, उन्हें तब तक के लिए सहारा देना जब तक कि वे खुद अपने पैरों पर चलने लायक़ न हो जाते। और, उसके बाद धीरे-धीरे वह सहारा हटा लेना था।'

ऐसा भी नहीं था कि कमज़ोर बाज़ार को सहारा देना मास्टरमाइंड का एकमात्र उद्देश्य था। दरअसल इसका मुख्य मकसद दिल्ली में *हिन्दुस्तान टाइम्स* के ख़िलाफ़ चल रही *टाइम्स ऑफ़ इंडिया* की लड़ाई को आगे बढ़ाना था। बॉम्बे संस्करण के साथ जोड़ दिए जाने से दिल्ली के विज्ञापनदाताओं के लिए अख़बार का दिल्ली संस्करण भी अब उनके आकर्षण का केंद्र बन गया था।

मास्टरमाइंड ने कंपनियों को वह ताक़त दे दी थी कि वे अलग-अलग बाज़ारों तक पहुँच पाती। प्रतियोगिता भरे बाज़ार के लिए यह एक सुअवसर जैसा साबित हुआ। प्रतिद्वंद्वी आम तौर पर किसी एक ख़ास बाज़ार या क्षेत्र में ही मज़बूत स्थिति में थे और देश के बाकी हिस्सों में उनकी मौजूदगी न के बराबर थी। उनके पास अब तक ऐसा कोई सुविधाजनक साधन नहीं था, जिसकी बदौलत वे विभिन्न क्षेत्रों तक आसानी से पहुँच पाते। इस दृष्टि से टाइम्स ग्रुप ने जो उपाय उनके सामने पेश किया, उसकी कोई तुलना नहीं थी।

टाइम्स ग्रुप के इस क़दम ने संगठन को भी एक आम मकसद को लेकर काम करने के लिए प्रेरित कर दिया। अब तक जहाँ अलग-अलग क्षेत्रों की सेल्स टीम सिर्फ़ अपने व्यक्तिगत प्रकाशन के लिए स्पेस सेलिंग का काम कर रही थीं, वहीं अब वे मीडिया एजेंसी और ग्राहकों को मास्टरमाइंड के कॉम्बो पैक्स बेचने लगी थीं। इससे सभी टीमों के बीच एक सिनर्जी की भावना क़ायम हो गई थी।

इस क़दम का एक और अहम फ़ायदा यह था कि इसने बाज़ार में जोश भर

दिया। यह अपने आप में एक नई शुरुआत थी और यह जल्द ही बाज़ार में चर्चा का विषय बन गया। इसकी वजह से मीडिया एजेंसियाँ और विज्ञापनदाता अपने नज़रिये को बदलने और यह देखने को मजबूर हो गए कि वे अपने मीडिया प्लान में किस तरह का बदलाव करें ताकि वे मास्टरमाइंड के कॉम्बो ऑफ़र्स से ज़्यादा से ज़्यादा फ़ायदा ले सकें। वर्षों से अपने परंपरागत तरीकों के साथ काम कर रहे बाज़ार में मास्टरमाइंड की बदौलत गतिशीलता आ गई थी। इस पूरी उथल-पुथल के बीच एक ब्रांड और बाज़ार में एक खिलाड़ी के तौर पर टाइम्स ग्रुप को भी बेहद फ़ायदा हुआ।

मास्टरमाइंड आरंभ होने के पहले दो वर्षों के भीतर ही उसका असर दिखने लगा था। उसके आकर्षक पैकेजों के चलते अख़बारों को ख़ूब विज्ञापन मिलने लगे थे। समूह ने इस स्थिति का पूरा फ़ायदा उठाया और ग्रुप अपनी ऊँचाई पर पहुँच गया। *इकोनॉमिक टाइम्स* की स्थिति भी अब काफ़ी मज़बूत हो गई थी और 1990 के दशक की शुरुआत तक अख़बार के तमाम संस्करण शुरू हो चुके थे। साल 2001 में ओ. एंड एम. में काम कर रहे बसाब सरकार ने कहा, 'अब *टाइम्स ऑफ़ इंडिया* से ज़्यादा खुद मीडिया योजनाकार और मार्केटिंग के लोग विज्ञापनदाताओं को मास्टरमाइंड बेचने लग गए थे। लागत कुशलता और पहुँच की व्यापकता इसके मुख्य आकर्षक थे और उसी की बदौलत ज़्यादा से ज़्यादा विज्ञापनदाता इससे जुड़ने लगे थे।'[8]

समीर जैन को मास्टरमाइंड का आइडिया कैसे मिला था, इसे लेकर दिलचस्प कहानियाँ बताई जाती हैं। यद्यपि समीर जैन अपने बिज़नेस के ख़राब प्रदर्शन को लेकर काफ़ी चिंतित चल रहे थे और मज़बूत संस्करणों के सहारे उसे सुधारने का विचार भी कर रहे थे, लेकिन मास्टरमाइंड का इरादा जिस तरीक़े से बना, वह अपने आप में थोड़ा अजीब है। विजय जिंदल ने याद करते हुए बताया कि कंपनी के उच्च पदाधिकारियों के बीच चल रही एक अनौपचारिक बातचीत के बीच एक मैनेजर ने बताया कि किस तरह उन्हें और उनके दोस्त को एक बार में पहला ड्रिंक ख़रीदने पर रॉयल चैलेंज व्हिस्की का एक ड्रिंक फ़्री में दिया गया।

यह 1980 के दशक की बात थी। बार में 'एक पर एक मुफ़्त' या 'हैप्पी ऑवर्स' का चलन भारतीय उपभोक्ताओं के लिए अब भी दूर की कौड़ी था। वहाँ मौजूद लोगों में से ज़्यादातर ने इस अनुभव पर अपनी सतही प्रतिक्रिया ज़ाहिर की थी, वहीं समीर जैन इसे लेकर सोचने लग गए थे। बताया जाता है कि उन्होंने पूछना शुरू कर दिया था, 'क्या इसका मतलब यह है कि अगर लोगों को मुफ़्त में मिले तो लोग उसकी तरफ़ आकर्षित होने लग जाएँगे?'

जिंदल के मुताबिक, इस प्रकार टाइम्स ग्रुप की सबसे असाधारण रणनीतियों में से एक मास्टरमाइंड की अवधारणा का जन्म हुआ। 'हैप्पी ऑवर्स' की अवधारणा से समीर जैन काफ़ी प्रभावित थे और वे आश्चर्यचकित थे कि अपने

ग्राहकों को मुफ़्त उपहार देकर वे अपने प्रकाशनों की बिक्री और विज्ञापन पर लाभांश बढ़ा सकते हैं। इस बीच यह बात उन्हें परेशान कर ही रही थी कि देश के उत्तरी भाग में शुरू किए गए *टाइम्स ऑफ़ इंडिया* के नए संस्करण अपनी पकड़ मज़बूत नहीं कर पा रहे हैं। इस स्थिति से उबरने का अब उन्हें एक रास्ता दिख गया था। इस आकस्मिक बातचीत से उन्हें संस्करणों को आपस में जोड़ने का आइडिया मिल गया था।

लेकिन अपनी अन्य पहलों की ही तरह मास्टरमाइंड शुरू करने का मतलब भी यही था कि उन्हें कई तरफ़ से विरोधों का सामना करना पड़ेगा। सबसे पहले तो उनके साथ के लोगों ने ही इस बात पर आशंका जताई कि यह क़दम कामयाब भी होगा या नहीं। अब तक कंपनी एक ख़ास अंदाज़ में स्पेस सेलिंग का काम कर रही थी। कुछ पैकेज और कॉम्बो ऑफ़र पहले भी मौजूद थे। लेकिन वे बड़े साधारण-से कॉम्बिनेशन मात्र होते थे। उदाहरण के तौर पर विज्ञापनदाताओं को एक ही विज्ञापन एक ही अख़बार में बार-बार देने पर कुछ छूट मिल जाती थी। इस प्रकार की छूट मुख्य रूप से दिल्ली और बॉम्बे के संस्करणों के लिए ही उपलब्ध थी। ये संस्करण वैसे भी विज्ञापनदाताओं को अपनी ओर आकर्षित करने में सक्षम थे। मास्टरमाइंड की कोशिश थी कि उनकी सेल्स टीम अन्य केंद्रों से भी बिज़नेस आकर्षित कर सके। ऐसे में ज़रूरी था कि मास्टरमाइंड के तहत जो पैकेज रेट उपलब्ध थे, वे न्यायसंगत होते।

हालाँकि इसके विरोध के पीछे मुख्य कारण यह था कि समीर जैन इसे बड़े ही दुस्साहसी अंदाज़ में लागू करना चाहते थे। वे दिल्ली में *टाइम्स ऑफ़ इंडिया* और *नवभारत टाइम्स* का कॉम्बो ऑफ़र देना चाहते थे। एक प्रमुख अंग्रेज़ी अख़बार को किसी हिन्दी अख़बार के साथ जोड़ना अपने आप में नया था। ऐसा पहले कभी नहीं सुना गया था।

सेल्स टीम को पूरा यक़ीन था कि यह क़दम कामयाब नहीं हो पाएगा। यहाँ तक की टीम के शीर्ष पर बैठे लोगों का भी यही मानना था। अब तक वे अपने-अपने अख़बारों के लिए अलग से विज्ञापन के लिए जगह बेचते आ रहे थे। उन्हें दो अख़बारों को संयुक्त किए जाने के पीछे कोई औचित्य नज़र नहीं आ रहा था। उनका मानना था कि दोनों अख़बारों के पाठकों का स्तर एक-दूसरे से भिन्न है और कुछ ही विज्ञापनदाता ऐसे होंगे जिन्हें इतने अलग-अलग तरह के पाठक समूहों तक पहुँचने में दिलचस्पी होगी। सेल्स टीम को लग रहा था कि इस तरह की कॉम्बो दरें शायद ही किसी विज्ञापनदाता को आकर्षित कर पाए। उनका अनुमान था कि

टाइम्स ऑफ़ इंडिया के पाठक समूह में दिलचस्पी रखने वाले विज्ञापनदाताओं के लिए *नवभारत टाइम्स* के पाठक बिलकुल अप्रासंगिक होंगे। उसी प्रकार *नवभारत टाइम्स* के विज्ञापनदाताओं के लिए अंग्रेज़ी अख़बार की तरफ़ जाने का कोई सवाल ही नहीं उठता। यह विज्ञापनदाताओं के लिए सभी उपयुक्त पाठकों को इकट्ठा करने की ग्रुप की मूल सोच के ठीक विपरीत था।

प्रदीप गुहा तब एक सीनियर मैनेजर थे और बेहद उपायकुशल व्यक्ति माने जाते थे। उन्होंने बड़ी बेबाकी के साथ दोनों अख़बारों को सार्वजनिक तौर पर वर्गीकृत कर दिया था। गुहा का कहना था कि मुंबई में *टाइम्स ऑफ़ इंडिया* के पाठक उच्चवर्गीय लोग हैं, जबकि *नवभारत टाइम्स* के पाठकों में ज़्यादातर रिक्शा चलाने वाले और मेहनत-मज़दूरी करने वाले स्थानीय लोग शामिल हैं। गुहा की बातों से बाकी कर्मचारी काफ़ी नाराज़ और हक्के-बक्के से रह गए थे। वहीं समीर जैन ख़ामोशी से सुनते रहे, हालाँकि इससे उनके अहम को काफ़ी ठेस पहुँची थी। एक वक़्त था जब समीर जैन बेनेट, कोलमैन के साम्राज्य के तहत *टाइम्स ऑफ़ इंडिया* को पहले नंबर का अख़बार मानते थे, *नवभारत टाइम्स* को दूसरे स्थान पर और *इकोनॉमिक टाइम्स* उनके मुताबिक तीसरे नंबर पर था। बॉम्बे में मास्टरमाइंड का मुद्दा लगभग ख़त्म हो गया। लेकिन समीर जैन ज़िद पर अड़े रहे और दिल्ली में अपने कॉम्बो प्लान के साथ आगे बढ़े।

समीर जैन का अपना अलग तर्क था। उनकी इस योजना का विरोध करने वालों में ज़्यादातर बॉम्बे के लोग थे। बॉम्बे में *नवभारत टाइम्स* ज़्यादातर बिहार और यूपी से आकर वहाँ बसे लोग पढ़ते थे। उनमें ज़्यादातर लोग शहर में छोटे-मोटे व्यवसाय या फिर मेहनत-मज़दूरी करने वाले लोग थे। इसमें कोई दो राय नहीं कि बॉम्बे में *टाइम्स ऑफ़ इंडिया* और *नवभारत टाइम्स* के पाठकों के प्रोफ़ाइल में बहुत अंतर था।

दिल्ली में कहानी बिलकुल अलग थी। समीर जैन ने दलील पेश की कि यहाँ *नवभारत टाइम्स* हिन्दी भाषी कुलीन वर्ग का अख़बार है। इसे पढ़ने वालों में सांसद, अमीर व्यवसायी, व्यापारी और कृषि विज्ञानी शामिल हैं। इसलिए *टाइम्स ऑफ़ इंडिया* के विज्ञापनदाता *नवभारत टाइम्स* के इन पाठक समूहों तक ज़रूर पहुँचना चाहेंगे।

नटरंजन बोहिदार[9], जो कि 1988 में टाइम्स ग्रुप की 150वीं वर्षगाँठ के समारोह के दौरान ब्रांड मैनेजर के तौर पर कंपनी में लाए गए थे, ने कहा, 'समीर जैन के लिए दिल्ली में *नवभारत टाइम्स* की वही अहमियत थी जो बंगाली बुद्धिजीवियों के लिए बांग्ला प्रकाशन की थी, या कम से कम समीर वह स्थिति हासिल करने की कोशिश में ज़रूर थे। वे चाहते थे कि *नवभारत टाइम्स* की दिल्ली में वही हैसियत क़ायम हो जाए, जो कलकत्ता में *आनंद बाज़ार पत्रिका* की थी।'

उन्होंने तय कर लिया था कि वे इस दिशा में आगे बढ़ेंगे। उन्होंने अपने मन

की बात सुनी थी और उसी आधार पर उन्होंने यह फ़ैसला लिया था, न कि मार्केट रिसर्च या आँकड़ों के आधार पर। बोहिदार के मुताबिक, 'उन्हें अपने प्रकाशनों पर बेहद गर्व था। उनकी यह भावना जुनून की हद तक थी। अपने प्रकाशनों और उनके पाठकों को लेकर उनकी इतनी ठोस व्यक्तिगत राय थी कि उसके सामने उन्होंने परंपरागत उद्योग-मानकीकृत या साफ़-सुथरी रिसर्च प्रणाली को कोई तवज्जो ही नहीं दी।'

लेकिन यह सब कुछ इतना आसान नहीं था। उनकी सेल्स टीम को लग रहा था कि *नवभारत टाइम्स* के लिए काम करना उनकी प्रतिष्ठा के ख़िलाफ़ है और *टाइम्स ऑफ़ इंडिया* के साथ इसे जोड़े जाने से *टाइम्स ऑफ़ इंडिया* की छवि बर्बाद हो जाएगी। फिर भी समीर जैन ने वरिष्ठ अधिकारियों की इस सोच को कोई महत्त्व नहीं दिया। उनके मन में इस पूरी प्रक्रिया का ख़ाका बिलकुल साफ़ था और उन्हें पता था कि इसे किस तरह अंजाम देना है। ज़ाहिर है उन्हें इस बात का पूरा भरोसा था कि उनका यह क़दम नाकामयाब नहीं हो सकता।

टाइम्स ऑफ़ इंडिया-नवभारत टाइम्स कॉम्बो की सफलता से कंपनी को अपनी योजना को आगे बढ़ाने का प्रोत्साहन मिला। लेकिन जिन लोगों को शुरू में ऐसा लगा था कि मास्टरमाइंड रियायती दरों और कॉम्बो छूट का पैकेज मात्र है, ज़ाहिर है वे असल मुद्दे को देख नहीं पाए थे। इस पूरे प्रयोग में सबसे अहम बात थी कि मूल्यांकन को एक रणनीतिक साधन के तौर पर इस्तेमाल किया गया था। समीर जैन चाहते थे कि मूल्य निर्धारण को निष्क्रिय बनाए रखने के बजाय बाज़ार की बदलती सच्चाइयों और विज्ञापनदाताओं की क्षमता व क़ीमत चुकाने की उनकी इच्छा के आधार पर तय किया जाए।

जाहिर है यह नीति काफ़ी जोख़िमभरी थी। एक बार इंडस्ट्री के इस पैरेडाइम में प्रवेश कर जाने के बाद कुछ भी हो सकता था। क़ीमतें ऊपर भी जा सकती थीं और नीचे भी आ सकती थीं। जब-जब प्रतिस्पर्धा बढ़ी या विज्ञापन के लिए अख़बारों में जगह की माँग घटी, बाज़ार की सच्चाइयों के साथ सामंजस्य बनाए रखने के लिए दरों में कटौती करनी पड़ी। क़ीमतों के उतार-चढ़ाव के बावजूद अख़बार को अपना कम मूल्य बरक़रार रखना पड़ता था।

लेकिन समीर जैन मूल्यांकन की अपनी रणनीति की योजना को लेकर प्रतिबद्ध थे। उन्हें पूरा यक़ीन था कि लागत-प्लस मूल्यांकन के बजाय सारे जोख़िम के साथ प्रतिस्पर्धा वाले बाज़ार में टिके रहने का यह बेहतर साधन है। समाजवादी भारत में जहाँ प्रतिस्पर्धा के बजाय सरकारी लाइसेंसिंग और नियंत्रण उद्योगों का भविष्य तय करते हैं, सिर्फ़ उन्हीं ज़्यादातर क्षेत्रों में लागत-प्लस मूल्यांकन का चलन था। चूँकि अख़बार जगत के सारे खिलाड़ी भी एक दोस्ताना क्लब के तहत अपने आरामदायक

क्षेत्र में रहकर काम कर रहे थे, इसलिए मूल्यांकन की लागत-प्लस विधि शायद कुछ और समय तक काम कर जाती। लेकिन समीर जैन नियमों को बदलने पर आमादा थे। वे पूरे परिदृश्य को उलट-पुलट करने का मन बना चुके थे।

मास्टरमाइंड एक मूल ढाँचे के तौर पर प्रस्तुत किया गया था, जिसके तहत विभिन्न जगहों और प्रकाशनों के बीच विज्ञापनों के लिए परस्पर संबंधित दरों का प्रस्ताव था। इस जोड़-तोड़ के तहत जो दरें पेश की गई थीं, उनका संबंध लागत के बजाय मूल्य से जुड़ा हुआ था। विज्ञापनदाता को मिलने वाले लाभांश के आधार पर उन जगहों के लिए दरें कम रखी गई थीं जिनसे विज्ञापनदाता को कम फ़ायदा मिल रहा था, वहीं अन्य जगहों के लिए विज्ञापनदाताओं को मिलने वाले फ़ायदे के आधार पर दरें अधिक रखी गई थीं।

इस प्रकार, मास्टरमाइंड के अनुसार जयपुर, बैंगलोर और पटना के संस्करणों में मात्र पाँच रुपए प्रति कॉलम सेंटीमीटर अतिरिक्त मूल्य देकर विज्ञापन दिए जा सकते थे। ऐसा इसलिए था क्योंकि इन संस्करणों से विज्ञापनदाताओं को उतना फ़ायदा नहीं हो रहा था। लेकिन चूँकि बॉम्बे संस्करण से विज्ञापनदाताओं को बेहतर लाभ मिल रहा था, इसलिए वे उन्हीं विज्ञापनों के लिए अधिक मूल्यों के हक़दार थे। और, समीर जैन ने बॉम्बे के लिए जो मूल्य तय किया वह अन्य संस्करणों के मुक़ाबले कोई साधारण बढ़ोतरी नहीं थी। *टाइम्स ऑफ़ इंडिया* के बॉम्बे संस्करण में विज्ञापन की दरें एकबारगी 68 प्रतिशत बढ़ाकर 125 रुपए प्रति कॉलम सेंटीमीटर से सीधे 210 रुपए प्रति कॉलम सेंटीमीटर कर दी गई। मास्टरमाइंड के कॉम्बो ऑफ़र वहाँ अब भी लागू थे, लेकिन नए मूल्यों के साथ। उसी प्रकार *नवभारत टाइम्स* दिल्ली में विज्ञापन की दरें 40 प्रतिशत बढ़ा दी गई थीं। *टाइम्स ऑफ़ इंडिया* के दिल्ली संस्करण में विज्ञापन की दरें 31 प्रतिशत बढ़कर 125 रुपए प्रति कॉलम सेंटीमीटर कर दी गई थीं। सितंबर 1987 में *इकोनॉमिक टाइम्स* को और भी ज़्यादा महँगा कर दिया गया था। 28 प्रतिशत की बढ़ोतरी के साथ इसमें विज्ञापन की दरें 150 रुपए प्रति कॉलम सेंटीमीटर हो गई थीं।

सतीश मेहता[10] का कहना था, 'मास्टरमाइंड महज एक रेट कार्ड ही नहीं था। इसे तैयार करने के पीछे सबसे बड़ा मकसद यह था कि कंपनी को ज़्यादा से ज़्यादा मुनाफ़ा हो सके। एक बार जब मास्टरमाइंड बनकर तैयार हो गया तो समीर जैन ने दरों में बढ़ोतरी शुरू कर दी। ऐसा भी नहीं कि एक बार क़ीमतें बढ़ाने के बाद वे थम गए थे, 1987 से शुरू करके अगले पाँच वर्षों के भीतर टाइम्स ग्रुप ने विज्ञापन की दरों में तीन बार बढ़ोतरी की।'

दिसंबर 1988 आते-आते *टाइम्स ऑफ़ इंडिया* के बॉम्बे संस्करण के लिए विज्ञापनदाताओं को 290 रुपए प्रति कॉलम सेंटीमीटर देने पड़ रहे थे। अगले साल

तक इसे बढ़ाकर 410 रुपए प्रति कॉलम सेंटीमीटर कर दिया गया। तीन साल के भीतर दरों में 314 प्रतिशत की बढ़ोतरी की जा चुकी थी। उसी प्रकार *टाइम्स ऑफ़ इंडिया* और *नवभारत टाइम्स* में दरें तीन साल में 163 प्रतिशत तक बढ़ चुकी थीं। 1987-90 के दौरान *इकोनॉमिक टाइम्स* के दिल्ली संस्करण में विज्ञापन की दरें 178 प्रतिशत तक बढ़ा दी गई थी। यह सिलसिला यही ख़त्म नहीं हुआ। 1988 में ग्रुप ने मौजूदा दरों में 20 प्रतिशत अधिभार यह कहकर जोड़ दिया कि काग़ज़ (न्यूजप्रिंट) की क़ीमतें बढ़ चुकी हैं। *टाइम्स ऑफ़ इंडिया* के बॉम्बे संस्करण में 1990 में लागू की गई 500 रुपए प्रति कॉलम सेंटीमीटर की दर को 1992 में बढ़ाकर 700 रुपए प्रति कॉलम सेंटीमीटर कर दिया गया था। 1995 में इस दर में दोबारा बढ़ोतरी करके इसे 1,111 रुपए कर दिया गया था। उसके बाद बढ़ोतरी की दरें थोड़ी कम ज़रूर हुईं, फिर भी काफ़ी ऊँची ही बनी रहीं।

विज्ञापन जगत और उससे जुड़े लोगों ने इन बढ़ोतरी का विरोध किया। अब तक इस क्षेत्र में चार से पाँच प्रतिशत तक दरें बढ़ाए जाने का ही प्रचलन था। ये बढ़ोतरियाँ भी विज्ञापन एजेंसियों की रजामंदी के बाद ही की जाती थी। अख़बारों को अपनी दरें बढ़ाने के कारणों को बताना पड़ता था जैसे काग़ज़ की क़ीमतें बढ़ना या किराए या वेतन में बढ़ोतरी की वजह से कंपनी का ख़र्च बढ़ना आदि। दरों में बढ़ोतरी करने से पहले ही उन्हें एजेंसियों को इसकी जानकारी देनी होती थी ताकि वे पहले से इसके लिए तैयार हो सकें। लेकिन *टाइम्स ग्रुप* ने ऐसा कुछ नहीं किया। बस एक सुबह अचानक घोषणा कर दी कि अपने अख़बारों में उसने विज्ञापन की दरें बढ़ा दी हैं। कंपनी अपनी उसी दलील पर टिकी रही कि उसके अख़बारों से विज्ञापनदाताओं को जिस अनुपात में फ़ायदा मिल रहा है, उसके लिए कंपनी उनसे बहुत कम क़ीमत वसूल रही है।

लेकिन इन सभी फेरबदलों से पहले समीर जैन को अपनी कंपनी के भीतर लोगों को इसके पीछे के कारणों को समझाना पड़ा था। जब वे पहले दौर में बढ़ोतरी कर रहे थे, तो उन्हें कंपनी के लोगों के अविश्वास और उनके विरोध का सामना करना पड़ा था। बॉम्बे में स्पेस सेलिंग का काम कर रही टीम से संपर्क किया गया। टीम के सदस्य दरों में इतनी भारी बढ़ोतरी को लेकर काफ़ी परेशान थे। वे इस बात को लेकर चिंतित थे कि दरों में इतनी भारी बढ़ोतरी की वजह से कहीं उनके अख़बार में स्पेस की माँग न गिर जाए। लेकिन अंत में, बेमन से ही सही उन सबको मानना पड़ा था। डॉ. राम तरनेजा को दरों में किए गए इन बदलावों के प्रति आश्वस्त करने में थोड़ा वक़्त लगा था। माना जाता है कि उन्होंने कहा था, 'दरें बेहद तेज़ी से

बढ़ाई जा रही हैं।' उन्हें आशंका थी कि कहीं इससे विज्ञापनदाता दूर न हो जाएँ।

लेकिन इस दौरान फ़ील्ड में काम कर रही टीम के साथ मिलकर समीर जैन ने काम शुरू कर दिया। एक सेशन के दौरान उन्होंने कहा था कि विज्ञापन की दरों से लागत का कोई लेना-देना नहीं है। दरें इस आधार पर तय की जानी चाहिए कि उस वस्तु या उस सेवा से मूल्य क्या हासिल हो रहा है। हमारे अख़बारों के मामले में दरें उसी अनुपात में तय की जा रही हैं जिस अनुपात में उससे विज्ञापनदाताओं को फ़ायदा मिल रहा है। 'अगर मेरे अख़बारों के ज़रिये निर्माताओं की पहुँच बॉम्बे के 75 प्रतिशत पाठकों तक है, तो मूल्य भी उसी आधार पर तय किया जाना चाहिए। दरें बढ़ाने में हमें घबराहट क्यों होनी चाहिए या उसके लिए हमें दलीलें पेश करने की क्या ज़रूरत है? मैं जो फ़ायदा विज्ञापनदाताओं को दे रहा हूँ उसके बदले पर्याप्त मूल्य लेने का मैं पूरा हक़दार हूँ। और, सबसे बड़ी बात यह है कि बाज़ार वह क़ीमत चुकाने के लिए तैयार भी है।'[11]

जल्द ही उनकी टीम उनके नज़रिये को समझने और उसकी सराहना करने लगी। बॉम्बे में चल रहे अख़बार के 150वीं वर्षगाँठ के समारोह के दौरान समीर को लोगों से अपनी बात मनवाने का वह अवसर मिल गया, जिसकी वे तलाश कर रहे थे। समारोह के दौरान सोथबिज़ ने कलाकृतियों की एक नीलामी आयोजित की थी। पेंटिंग्स की आई.एन.एस. *जवाहर* जहाज़ पर नीलामी की गई थी। यहाँ पहली बार हुसैन की एक कलाकृति 10 लाख रुपए में बिकी थी।

इसे लेकर एक तरफ़ जहाँ लोग ख़ुशी से पागल हो रहे थे, वहीं समीर जैन की टीम के लिए यह आँखें खोल देने वाला अनुभव था। कंपनी के भीतर समीर को जिन अवरोधों का सामना कर रहा था, वे इसके साथ ही ख़त्म हो गए थे। अब उनकी टीम को यह यक़ीन हो गया था कि विज्ञापन के बदले बेहतर क़ीमत की माँग करना संभव है और ऐसा करके वे कुछ ग़लत नहीं कर रहे हैं। जिस दिन वह पेंटिंग बिकी थी, उसके अगले दिन ही विज्ञापन की बढ़ी हुई दरों की घोषणा कर दी गई थी। बताया जाता है कि एक बार क़ीमतों में बढ़ोतरी किए जाने के बाद समीर जैन ने अपने मैनेजरों से कहा था, 'अगर उपभोक्ता वस्तुओं की क़ीमतें लगातार बढ़ती रही हैं, तो हमें भी उनके विज्ञापन की दरें बढ़ाते जाने का पूरा हक़ है।' दरों में बढ़ोतरी वास्तव में 'युक्तियुक्तकरण' है, क़ीमतों में बढ़ोतरी नहीं।[12]

सच तो यह है कि उन सभी दलीलों को क़िनारे कर दिया जाए तो वास्तव में समीर जैन को शायद उस संभावित बाज़ार का अंदाज़ा लग चुका था, जिसकी तरफ़ औरों का ध्यान नहीं गया था। देश की अर्थव्यवस्था में 5.5 प्रतिशत की दर से विकास हो रहा था। उपभोक्ता वस्तुओं के बाज़ार में रोज नए खिलाड़ी शामिल होते जा रहे थे। हर दिन नई-नई उपभोक्ता वस्तुएँ बाज़ार में आ रही थीं। ऐसे में,

अख़बारों में विज्ञापन की जगहों की वास्तविक क़ीमत मौजूदा क़ीमतों से कहीं ज़्यादा थी, ख़ासकर राष्ट्रीय स्तर के अंग्रेज़ी अख़बारों में।

अनुमान के मुताबिक विज्ञापन एजेंसियों ने बढ़ी हुई दरें जल्द ही स्वीकार कर लीं। जहाँ तक उनकी चिंताओं का सवाल था तो यह कहा जा सकता था कि इसके पीछे वजह यह थी कि उन्हें उनका कमीशन क्लाइंट के विज्ञापन बजट के आधार पर मिलता था। ज़ाहिर है बजट बढ़ने से उनका कमीशन भी बढ़ रहा था। लेकिन सच यह था कि उनकी क्लाइंट्स यानी कॉर्पोरेट कंपनियों को विज्ञापन की बढ़ी हुई दरें अपने बजट में शामिल करने में कोई आपत्ति नहीं थी क्योंकि उन्हें लाभांश के अनुपात में यह उपयुक्त लग रहा था। विज्ञापनों का उनके उद्योग-धंधों पर सकारात्मक असर साफ़ दिख रहा था, यहाँ तक की स्पेस की बढ़ी हुई दरें चुकाने के बावजूद यह उनके बिज़नेस के लिए फ़ायदेमंद ही था। इसके अलावा, दरों में बढ़ोतरी के और भी कई आधार थे।

कंपनी द्वारा उठाए गए क़दमों की अगर विवेचना की जाए तो यह देखना महत्त्वपूर्ण होगा कि दरें अनियोजित या सतही तौर पर नहीं बढ़ाई गई थीं। हालाँकि उनमें कोई एकरूपता भी नहीं थी। लेकिन कम से कम समूह के भीतर हर क्षेत्र के लिए जो दरें तय की गई थीं, वे काफ़ी उपयुक्त और न्यायसंगत दिख रही थीं।

एन.पी. सिंह ने याद करते हुए बताया, 'एक बार कर्मचारियों ने उन्हें सुझाव दिया कि वे अगले साल दरों में सिर्फ़ 10 प्रतिशत की बढ़ोतरी करें। समीर जैन यह सुनकर बेहद नाराज़ हो गए। दरों में बढ़ोतरी करना उनके लिए मज़ाक नहीं था। जब-जब, जहाँ-जहाँ और जिस अनुपात में उन्होंने दरें बढ़ाई थीं, वे उसे सही साबित करने में सक्षम थे। दरें इस बात पर निर्भर थीं कि विज्ञापनदाता अख़बार में जगह की क्या क़ीमत देने की क्षमता रखते हैं।[13] उदाहरण के तौर पर, जहाँ बॉम्बे संस्करण के लिए दरें ख़ूब बढ़ा दी गई थीं, वहीं दिल्ली में उसी स्पेस के लिए उसके अनुपात में दरें काफ़ी नीचे रखी गई थीं। ऐसा बॉम्बे के विज्ञापनदाताओं को दुहने के लिए किया गया था, जबकि दिल्ली में इस बात का पूरा ध्यान रखा गया था कि *हिन्दुस्तान टाइम्स* के लीडर की जगह पर क़ाबिज़ होने की वजह से *टाइम्स ऑफ़ इंडिया* की स्थिति कहीं प्रभावित न हो।'

1985 तक *टाइम्स ऑफ़ इंडिया* बॉम्बे और *हिन्दुस्तान टाइम्स* दिल्ली के लिए एकसमान थी। इसके पीछे शायद दलील यह रही होगी कि चूँकि अपने-अपने शहरों में दोनों नंबर एक अख़बार थे, इसलिए उनकी विज्ञापन दरें भी कमोबेश एक जैसी ही होनी चाहिए। लेकिन समीर जैन का मानना था कि यह सही नहीं है, क्योंकि लीडर की हैसियत से बॉम्बे में *टाइम्स ऑफ़ इंडिया* विज्ञापनदाताओं के लिए दिल्ली में *हिन्दुस्तान टाइम्स* की तुलना में कहीं ज़्यादा फ़ायदेमंद था।

उसी प्रकार, 1990 में दरों में बढ़ोतरी के कई दौर के बाद *टाइम्स ऑफ़ इंडिया* के बॉम्बे संस्करण में विज्ञापन देना दिल्ली के *हिन्दुस्तान टाइम्स* की तुलना में कई गुना महँगा हो चुका था। जहाँ तक विज्ञापन दरों का सवाल था, तो दिल्ली में *हिन्दुस्तान टाइम्स* के सामने *नवभारत टाइम्स* को मैदान में उतार दिया गया था। *नवभारत टाइम्स* के तत्कालीन कार्यकारी संपादक का मानना था कि उस वक़्त दिल्ली में *हिन्दुस्तान टाइम्स* नहीं बल्कि *नवभारत टाइम्स* पहले नंबर का अख़बार था। एक ऐसे अंग्रेज़ी अख़बार के ख़िलाफ़ जो कि मूल्यों की दृष्टि से विज्ञापनदाताओं के लिए बेहद फ़ायदेमंद था किसी हिन्दी अख़बार को टक्कर लेने के लिए मैदान में उतारना अपने आप में हिम्मत की बात थी। लेकिन टाइम्स ग्रुप ने यह कर दिखाया।

दरों में बढ़ोतरी को अलग-थलग करके नहीं देखा जा सकता। जब दरें बढ़ाई गईं तो साथ में डिस्प्ले विज्ञापनों की गुणवत्ता भी बेहतर कर दी गई थी। वीकेंड में निकाले जाने वाले सप्लीमेंट रंगीन हो चुके थे और उनके लिए जिस काग़ज़ का इस्तेमाल हो रहा था वे काफ़ी चमकदार थे। ये वीकेंड सप्लीमेंट्स विज्ञापनदाताओं के लिए आकर्षक मंच बन गए थे। अख़बारों के लेआउट, डिज़ाइन और गेटअप को काफ़ी आकर्षक बना दिया गया था। विज्ञापनदाता भी आश्वस्त हो गए थे कि उन्हें अपने विज्ञापनों से जो मूल्य प्राप्त हो रहा था उससे बेहतर से बेहतर करने की कोशिश में *टाइम्स ग्रुप* लगा हुआ है। उदाहरण के तौर पर, स्पेस सेलिंग डिपार्टमेंट का नाम बदलकर 'रेस्पॉन्स' कर देना इसी का संकेत था। यह इस बात की तरफ़ इशारा करता था कि विज्ञापनदाताओं के लिए बेहतर परिणाम हासिल करना ही उस टीम की सबसे बड़ी ज़िम्मेदारी थी, न कि उन्हें सिर्फ़ जगह बेचना।

विज्ञापनदाताओं को बेहतर सेवा देने के लिए संसाधन व रेस्पॉन्स टीम को और मज़बूत किया गया। रेस्पॉन्स टीम के निदेशक पद पर एक सीनियर अधिकारी को नियुक्त किया गया। स्पेस सेलिंग की टीम जहाँ कंपनी में हाशिये पर थी और संपादकीय व पत्रकारों के मातहत काम कर रही थी, वहीं अब रेस्पॉन्स विभाग को संगठन के भीतर एक महत्त्वपूर्ण स्थान हासिल हो गया था। इनके ऑफ़िसों को फिर से सजा-धजा दिया गया था। ये सभी अप्रत्यक्ष से बदलाव विज्ञापनदाताओं के लिए एक बेहतर अनुभव साबित हुए। ग्रुप अन्य प्रयोगों के लिए भी तैयार था। अख़बारों में दिए जाने वाले विज्ञापनों के बेहतर परिणाम हासिल करने के लिए कंपनी ने विज्ञापनदाताओं के साथ मिलकर संयुक्त योजनाओं पर काम करना शुरू कर दिया था। कई प्रतिद्वंद्वी अख़बार इस बात को लेकर काफ़ी अटल होते थे कि विज्ञापनों की वजह से उनके अख़बारों के कंटेंट और लेआउट प्रभावित न हो। अख़बार के मुख पृष्ठ को बिलकुल

अस्पर्शनीय जैसा रखा जाता था। लेकिन *टाइम्स ग्रुप* इन पहलुओं को लेकर काफ़ी लचीला था। अन्य चीज़ों के सामने विज्ञापनदाताओं को ज़्यादा अहमियत दी जाती थी।

इसके अलावा, समूह ने विज्ञापनदाताओं की क़ीमत चुकाने की संभावित क्षमता को आधार बनाकर बाज़ार और अख़बार में विज्ञापन की जगह को हिस्सों में बाँट दिया। उसने अख़बार की हर जगह को अलग अंदाज़ में बेचा। उदाहरण के तौर पर, चूँकि अपॉइंटमेंट्स ऐड के बदले पैसा कमाने की काफ़ी गुंजाइश थी, इसलिए टाइम्स ग्रुप ने उन पन्नों को मज़बूत किया और उस हिस्से के लिए अतिरिक्त अधिभार भी लागू कर दिया। अंतरराष्ट्रीय विज्ञापनों की दरें भी काफ़ी ऊँची रखी गई थीं। खाड़ी के विज्ञापनों के लिए ख़ास दरें तय की गईं। वैवाहिक और क्लासीफ़ाइड विज्ञापनों वाले हिस्सों को भी मज़बूत किया गया।

आगे चलकर *टाइम्स ऑफ़ इंडिया* ने जीवनशैली, एजुकेशन स्थानीय मामलों आदि के इर्द-गिर्द कई विशेष संपादकीय सप्लीमेंट भी निकालने शुरू कर दिए। इससे विज्ञापनदाताओं को कम ख़र्च के कई और विकल्प मिल गए थे। अब उनके पास अपने उत्पादों और सेवाओं के स्वभावों के अनुरूप विज्ञापन के लिए विशेष सप्लीमेंट का विकल्प उपलब्ध था। कुल मिलाकर स्पेस सेलिंग के बिज़नेस में अब बड़ी तब्दीली आ चुकी थी। बहुत से रूपों में *टाइम्स ऑफ़ इंडिया* विज्ञापनदाताओं के लिए एक बेहतर और लुभावना पैकेज था। विभा देसाई बताती हैं, '1986-87 में विज्ञापनदाताओं को क्या चाहिए था? ज़ाहिर है कि उन्हें रंगीन विज्ञापनों, उनके बेहतर प्रदर्शन और व्यावसायिकता की तलाश थी। *टाइम्स ग्रुप* ने बाज़ार के मिज़ाज को बहुत अच्छी तरह समझा। कंपनी का यह अनुमान बिलकुल सही था कि *हिन्दुस्तान टाइम्स* इन सब बारीकियों के साथ उसकी नक़ल नहीं कर पाएगा।'[14]

दर बढ़ने के बावजूद *टाइम्स ग्रुप* के प्रकाशनों में विज्ञापनों की संख्या घटने के बजाय बढ़ोतरी ही हुई। 1988 के दौरान *टाइम्स ऑफ़ इंडिया* में विज्ञापनों को समर्पित कॉलमों की संख्या 10 प्रतिशत तक बढ़ गई थी। *नवभारत टाइम्स* में भी विज्ञापन कॉलमों की संख्या में बढ़ोतरी करना पड़ी। इसके साथ ही विज्ञापनों की दर बढ़ाने के प्रस्ताव पर समीर जैन को जिन विरोधों का सामना करना पड़ा था, वह भी समाप्त हो गया। कंपनी के वित्तीय प्रदर्शन पर इसका तात्कालिक प्रभाव बेहद सकारात्मक रहा। एक साल के भीतर कुल बिक्री 32 प्रतिशत बढ़ चुकी थी। इस प्रकार 1987-88 में कुल बिक्री 140.33 करोड़ रुपए थी, जो अगले वर्ष बढ़कर 185.84 करोड़ रुपए हो गई। कर अदायगी के बाद मुनाफ़ा 1.66 करोड़ से बढ़कर सीधा 8.55 करोड़ रुपए हो गया था, जो कि एक साल में 415 प्रतिशत का विकास था। अगले साल वास्तविक लाभ दोगुना होकर 17.48 करोड़ रुपए हो गया, जबकि कुल टर्नओवर भी बढ़कर 228.26 करोड़ रुपए हो गया था।

अपने इस साहसी क़दम के प्रति प्रतिद्वंद्वियों की सुस्त और अनमनी प्रतिक्रिया की बदौलत समीर जैन को आगे बढ़ते रहने में मदद ही मिल रही थी। *हिन्दुस्तान टाइम्स* ने अपने विज्ञापनों के लिए रंगीन विकल्प 1989-90 में जाकर शुरू किया जो कि ख़ासा लेट था। एक शीर्ष विज्ञापन एजेंसी के अधिकारी ने याद करते हुए कहा, '*हिन्दुस्तान टाइम्स* का यह प्रयास स्कूल जाने वाले ऐसे बड़े लड़के की तरह था, जिसे यह पता नहीं था कि किस तरह दूसरों के सामने खुद को प्रस्तुत किया जाए। टाइम्स ग्रुप के प्रतिद्वंद्वी वैसे भी व्यावसायिकता और सेवा के मानकों की दृष्टि से काफ़ी पिछड़े हुए थे। उदाहरण के तौर पर *हिन्दुस्तान टाइम्स* मार्केट में अपने प्रभुत्व की वजह से स्पेस सेलिंग के मामले में काफ़ी घमंडी और पांडित्यपूर्ण नज़रिया रखता था।'

रजनीश रिखी याद करते हैं, 'शुरुआत में प्रतिस्पर्धा जैसी कोई बात ही नहीं थी। 1991-92 से कहीं जाकर प्रतिक्रिया दिखनी शुरू हुई। *हिन्दुस्तान टाइम्स* ने बढ़ी हुई दरों के साथ अप्रैल मॉडल तो *द हिन्दू* ने सितंबर-अक्टूबर मॉडल बाज़ार में उतारा। लेकिन 1990 के दशक में *हिन्दुस्तान टाइम्स* ने हमारे स्तर से टक्कर लेते हुए अपनी दरों में बढ़ोतरी शुरू कर दी।' दर बढ़ाने की जो शुरुआत टाइम्स ग्रुप ने की थी, उसका फ़ायदा अब पूरे अख़बार जगत को होने लगा था। ग्रुप समेत पूरी इंडस्ट्री को वह मूल्य हासिल करने में कामयाबी मिल रही थी, जो वे विज्ञापनदाताओं के लिए करना चाहते थे। लेकिन सिर्फ़ यही एकमात्र फ़ायदा नहीं था जिसे हासिल कर लेना मकसद था। समीर जैन अपने अख़बारों को एक ब्रांड के तौर पर स्थापित करना चाहते थे, जिसकी अपनी विशिष्ट पहचान हो और अनुभव की दृष्टि से भी उसमें एकरूपता हो। वे चाहते थे कि विज्ञापनों की दरें लागत-प्लस फ़ॉर्मूले के आधार पर तय होने तक सीमित रहने के बजाय बाज़ार में उनके ब्रांडों की हैसियत के आधार पर तय हो।

दरों में बढ़ोतरी का उनका यह निडर और दुस्साहसी क़दम अब आगे बढ़ रहा था। इसे बरक़रार रखने के लिए ज़रूरी था कि वे अपने अख़बारों को ब्रांड में तब्दील करने के तमाम तरीकों पर काम करते। ज़ाहिर-सी बात है कि इन प्रयासों में अख़बारों के कंटेंट और उनके उत्पादन को भी पूरी तवज्जो दी जाती। लेकिन ब्रांड स्थापित करने के लिए अख़बार के पन्नों के अलावा अन्य कार्यक्रमों और पहल की भी ज़रूरत थी। ऐसा भारत के किसी अख़बार में पहली बार होने जा रहा था और इसकी बदौलत *टाइम्स ऑफ़ इंडिया* शहरी केंद्रों में भी युवाओं के बीच ख़ासा लोकप्रिय बन गया।

6

लाइट्स! कैमरा! ऐक्शन!

'कोई मूर्ख किसी भी सौदे को बर्बाद कर सकता है, लेकिन ब्रांड निर्मित करने के लिए प्रतिभा, आस्था और निरंतर प्रयत्न करने की ज़रूरत होती है।'

डेविड ओग्लिवी, 'विज्ञापन के पितामह'[1]

इक्कीसवीं सदी की ओर ले जाने वाली राह की एक बार पहचान कर लेने और स्पष्टतः वर्णन - प्रासंगिक होना और दिमाग़ पर छा जाना - कर दिए जाने के बाद टाइम्स समूह ने अपनी सफलता की कहानी के अहम पड़ावों में से एक बनाना शुरू कर दिया। यानी योग्य और निरंतर ब्रांड बनाना। नई व्यवस्था के अंतर्गत अख़बार कोई 'प्रॉडक्ट' की बौछार करता और यह प्रॉडक्ट एक 'ब्रांड' में तब्दील हो जाता।

एक ऐसे देश में जहाँ क्षेत्रीय अख़बारों का वर्चस्व था, अपनी पहचान बनाना और विश्वसनीयता हासिल करना ही टाइम्स का मकसद था। *टाइम्स ऑफ़ इंडिया* की 150वीं वर्षगाँठ के आयोजन की तैयारी के साथ ही इसकी शुरुआत भी हो गई थी। इसके लिए एक बड़ी फ़ौज की मेहनत, उनकी ऊर्जा और बड़ी तादाद में संसाधन का निवेश किया गया था। कार्यक्रमों की योजना तैयार की जानी थी, उनके लिए अनुमतियाँ हासिल की जानी थीं, बड़े पैमाने पर इंतज़ाम किए जाने थे और इन सभी आयोजनों को शानदार तथा प्रभावशाली बनाने के लिए बड़ी संख्या में श्रम के निवेश की ज़रूरत थी।

यह तय किया गया था कि *टाइम्स ऑफ़ इंडिया* में नवंबर 1988 से शुरू होकर नवंबर 1989 तक, पूरे एक साल तक तमाम भव्य आयोजन किए जाएँगे। इस उत्सव का आयोजन काफ़ी बड़े पैमाने पर करने की योजना बनी, ताकि सबके दिलोदिमाग़ पर यह साल अपनी छाप छोड़ दे। ऐसा कि अब तक किसी ने अनुभव न किया हो।

'150वीं वर्षगाँठ' के नाम से शुरू किए गए इस उत्सव के तहत होने वाले सभी आयोजनों के बीच एक नए स्लोगन *'गुड टाइम्स, सैड टाइम्स, चेंजिंग टाइम्स'* (अच्छा वक़्त, बुरा वक़्त, बदलता वक़्त) का शोर था। दिल्ली और बॉम्बे, दोनों संस्करणों में इसे लगातार दर्शाया गया। यह स्लोगन 'शिथिल-से' पड़े अख़बार जगत में गतिशीलता और जोश ले आया। किसी भी प्रकाशन या अख़बार घराने ने अब तक इतने बड़े स्तर पर ऐसा कोई प्रयास नहीं किया था। *टाइम्स ग्रुप* के 'हल्ला बोल' जैसे इस क़दम ने सभी का ध्यान अपनी तरफ़ आकर्षित कर लिया।

समीर जैन की ज़िंदादिल बहन नंदिता ने इस पूरे प्रोजेक्ट का नेतृत्व किया, जिनकी सुरुचिपूर्ण पसंद और कला व ख़ूबसूरती के प्रति पारखी नज़र की झलक टाइम्स के भीतर तरोताज़ा और आकर्षक दिखने वाले कार्यस्थल में देखने को मिल जाती है। टाइम्स से जुड़े लोग नंदिता और उनके उत्साह को बड़े ही स्नेह और भावुकता के साथ याद करते हैं। वे बेहद जिंदादिल, जोश से भरपूर, दोस्तों की दोस्त, दूसरों को समझने वाली और बेहद मानवीय संवेदनाओं से भरपूर थीं।

इस पूरे प्रयास को सफल बनाने के पीछे कई लोगों का विशेष योगदान था। ब्रांड तैयार करने की इस विशाल प्रक्रिया को सफल बनाने के लिए परिकल्पना से लेकर योजना की अंतिम रूपरेखा तैयार करने तक प्रदीप गुहा और प्रीतीश नंदी ने नंदिता को अपना सहयोग देने में जी-जान लगा दी थी। गुहा विज्ञापन विभाग का (जिसका नाम बदलकर 'रेस्पॉन्स' कर दिया गया था) प्रमुख बनाया गया और नंदी को समूह संपादक व प्रकाशन निदेशक के तौर पर नियुक्त किया गया, जिनमें उस दौर की मौजूदा पत्रिकाओं जैसे *द इलेस्ट्रेटेड वीकली ऑफ़ इंडिया, ईवनिंग न्यूज़ और द इंडिपेंडेंट* शामिल थीं।

प्रदीप गुहा याद करते हैं, 'कंपनी के सपनों को साकार करने की दिशा में नंदिता ने '150वीं वर्षगाँठ (सेस्क्वीसेन्टेन्नियल)' के इस अवसर का अपने असाधारण जोश और उत्साह के साथ पूरा फ़ायदा उठाया। *टाइम्स ऑफ़ इंडिया* की ब्रांड छवि को बदल देने के उनके पास तमाम प्रस्ताव थे। बोरी बंदर की वृद्ध महिला को अब मिनी स्कर्ट में पेश करने की तैयारी थी। कंपनी वैसे ही पुराने नेतृत्व को बदलकर नए और युवा चेहरों को शामिल कर रही थी। और, उसी क्रम में "सेस्क्वी" (जिसे मज़ाक में कई बार "सेक्सी सेन्टेन्नियल" कह दिया जाता था) शब्द का इस्तेमाल किया गया।'[2]

गुहा ने आगे कहा, 'ऐसे बहुत से विषयों पर हमने बॉम्बे और दिल्ली आदि जगहों पर बहुत सारी वर्कशॉप आयोजित की, जिनसे जुड़े मुद्दों पर चर्चा कर किसी निष्कर्ष पर पहुँचना लंबे समय से रुका हुआ था। उनमें ज़्यादातर वर्कशॉप बॉम्बे में आयोजित की गईं। डेडलाइन से क़रीब एक साल पहले हमने इन सबकी तैयारियाँ शुरू कर दी थीं। महत्त्वपूर्ण क्षेत्रों का दारोमदार कुछ चुने हुए विशेषज्ञों के हाथों में दिया गया। सबीना सहगल सैकिया को शास्त्रीय संगीत के सभी कार्यक्रमों की ज़िम्मेदारी सौंपी गई। उन्होंने कार्यक्रमों की अवधारणा तैयार की, उनकी योजना बनाई और फिर अपनी देखरेख में उन्हें क्रियान्वित किया। हम लोग कार्यक्रमों के लिए स्पॉन्सरशिप जुटाने में लग गए।'

दिल्ली में होने वाले ज़्यादातर आयोजनों के लिए नटरंजन बोहिदार को संयोजक बनाया गया। दिल्ली से बाहर की सभी गतिविधियों की देखरेख की ज़िम्मेदारी गुहा को सौंपी गई। कार्यक्रम के तहत दिल्ली में ब्रूस स्प्रिंगस्टीन ईवेंट आयोजित करने की भी योजना थी। टाइम्स की टीम को पता चला कि स्प्रिंगस्टीन का ह्यूमन राइट्स कॉन्सर्ट पहले ही चल रहा था। टीम ने आयोजकों से बात करके कॉन्सर्ट के लिए निर्दिष्ट जगहों की सूची में दिल्ली को भी शामिल करवा दिया। और, इस तरह यह कॉन्सर्ट भी 'सेस्क्वीसेन्टेन्नियल' उत्सव में शामिल हो गया।

गुहा ने कहा, 'हम ऐसे आयोजनों पर ध्यान केंद्रित करने की कोशिश में लगे थे, जो *टाइम्स ऑफ़ इंडिया* की परंपरा व उसकी विरासत के अनुकूल हों और दिल्ली के पाठकों पर उनका अमिट प्रभाव क़ायम हो सके।' इन आयोजनों का मकसद यह भी था कि ऐसे नए प्रयोग किए जाएँ, जिनसे टाइम्स का भविष्य और भी सँवर सके। ज़ाहिर है, केंद्र में संभ्रांत वर्ग के पाठकों को रखना था और उसी के अनुरूप पूरा ध्यान कला, संस्कृति, खेल और इतिहास पर डाल दिया गया था।

नंदिता जैन कला की पारखी थीं। *टाइम्स ऑफ़ इंडिया* के दिल्ली व बॉम्बे स्थित दफ़्तरों में जितने भी आर्ट वर्क लगे हैं, उनमें से ज़्यादातर उनकी ही पसंद हैं। बॉम्बे के अपने रेस्पॉन्स ऑफ़िस में लगी कलाकृतियाँ और मूर्तियाँ वे राजस्थान के शेखावाटी क्षेत्र से लाई थीं। दिल्ली ऑफ़िस में भी उनकी सुरुचिपूर्ण पसंद के संकेत मौजूद हैं।

तत्कालीन प्रधानमंत्री राजीव गाँधी द्वारा बॉम्बे में एक संस्मरण डाक टिकट जारी करने के साथ ही 3 नवंबर, 1988 को इन आयोजनों का आरंभ हुआ। राजीव गाँधी ने किताबों के एक सेस्क्वीसेन्टेन्नियल संग्रह का भी विमोचन किया। किताबों का यह संग्रह बेहद लोकप्रिय रहा। इनमें सुप्रसिद्ध कार्टूनिस्ट आर.के. लक्ष्मण की *द इलोक्वेंट ब्रश* भी शामिल थी। लक्ष्मण के कार्टूनों के बहुचर्चित प्रतीक 'कॉमन मैन' यानी आम आदमी की तसवीर भी उस डाक टिकट पर छपी थी।

टाइम्स की बेहतरीन किताबों के इस संग्रह की अन्य सात किताबें - *फ़ोरफ़्रंट,*

व्यू पॉइंट, सेंटरपीस, फ़ीडबैक, पास्ट टाइम्स, फ़्लैशबैक और *ब्रांड न्यू* थीं। अपने जागरूक पाठकों के लिए *टाइम्स ग्रुप* ने कल्चर, सोसायटी, इकोनॉमी और स्पोर्ट्स की चार 'सेस्क्वीसेन्टेन्नियल' किताबें भी निकालीं।

दोनों महानगरों में तमाम कार्यक्रमों के आयोजन के साथ ही *टाइम्स* ने इस पूरे महाआयोजन की शुरुआत की। दिल्ली में जहाँ ब्रूस स्प्रिंगस्टीन, ट्रेसी चैपमैन, पीटर गैब्रियल और स्टिंग के कार्यक्रम हुए, वहीं बॉम्बे में रॉक कॉन्सर्ट 'यूरोप' का मंचन हुआ। बॉम्बे में अमेरिकी गिटारवादक चार्ली ली बायर्ड का जैज़ शो भी रखा गया था।

दिल्ली में आयोजित ह्यूमन राइट्स कन्सर्ट में सेनेगल के गायक और पर्कशनिष्ट यूसोऊ एन'डूर की प्रतिभा का भी प्रदर्शन किया गया। यूसोऊ को सेनेगल की भाषा सेरर में 'एमब्लैक्स' नाम से लोकप्रिय संगीत की शैली विकसित करने में मदद करने के लिए भी जाना जाता है। उस वक़्त उन्हें बॉब मर्ले का उत्तराधिकारी माना जाता था। दूसरे शब्दों में, कन्सर्ट की योजना बनाने और ऐसे संगीतकारों को लाने के पर्याप्त प्रयास किए गए, जिन्हें भारतीयों ने न पहले साक्षात् और न ही कन्सर्ट में देखा था।

नृत्य सम्राट आस्ताद डेबू ने उद्घाटन समारोह में प्रस्तुति दी, जो कि पारंपरिक और आधुनिक नृत्य रूपों का संयोजन था। मुंबई में ऐतिहासिक गेटवे ऑफ़ इंडिया के सामने संत लॉरेंट फ़ैशन शो भी आयोजित किया गया। 'अलौकिक राग' थीम के अंतर्गत भारतीय शास्त्रीय संगीत के क़रीब बीस फ़ेस्टिवल आयोजित किए गए। साथ ही भारतीय शास्त्रीय नृत्य का भी एक फ़ेस्टिवल संपन्न हुआ। टीम ने इनमें से कुछ आयोजनों को स्थानीय रूप में दिया।

अहमदाबाद में 24 घंटे तक चलने वाला रिले म्यूज़िक फ़ेस्टिवल आयोजित किया गया, जिसे 'संपूर्ण रात्रि' नाम दिया गया। 24 घंटे तक यह म्यूज़िक कार्यक्रम एक मिनट भी रुके बग़ैर चलता रहा। एक कलाकार जहाँ ख़त्म करता, दूसरा कलाकार वहीं से शुरू कर देता था। लखनऊ में टाइम्स की टीम ने एक महफ़िल का आयोजन किया था। कलकत्ता में हुगली नदी के किनारे कार्यक्रम आयोजित किए गए। गुहा ने कहा, '*टाइम्स ऑफ़ इंडिया* का विचार था कि एक बिलकुल नए अंदाज़ में मेहमानों के सामने खुद को पेश करके उन्हें एक ऐसा अनोखा, नवीन और यादगार अनुभव कराना था, जैसा उन्होंने पहले कभी न किया हो।'

उसके बाद समारोह कला-केंद्रित हो गया। अंग्रेज़ वास्तुशिल्पी इंजीनियर फ्रेडरिक विलियम स्टीवेंस द्वारा 1987-88 में डिज़ाइन किए गए और 10 साल में बनकर तैयार हुए गॉथिक स्टाइल (जर्मनी के वास्तुशिल्पी डिज़ाइन पर आधारित) के विक्टोरिया टर्मिनस स्टेशन को एक अभूतपूर्व आर्ट गैलरी का रूप दे दिया गया, जहाँ टाइमलेस आर्ट प्रदर्शनी का आयोजन किया गया। इस अवसर पर टर्मिनस

बिल्डिंग को ख़ासतौर पर सजाकर रोशन किया गया। यह बिल्डिंग पूर्व में ग्रेट इंडियन पेनिनसुलर रेलवेज़ का मुख्यालय हुआ करती थी। इस भवन का नायाब वास्तुशिल्प भी आकर्षण का केंद्र बना।

कल्पना कीजिए कि किस प्रकार देश के व्यस्ततम रेलवे टर्मिनस में से एक (1996 में जिसका नाम बदलकर छत्रपति शिवाजी टर्मिनस कर दिया गया, और आमतौर पर इसे सी.एस.टी. या वी.टी. कहा जाता है) को एक कला दीर्घा में तब्दील कर दिया गया था, जहाँ बड़े-बड़े कैनवास और प्रभावशाली मूर्तियाँ बड़ी संख्या में दर्शकों को आकर्षित कर रही थीं। इस आयोजन से कलाचित्रों और कलाकृतियों के साथ-साथ उस टर्मिनस की वास्तुशिल्पीय भव्यता भी उभरकर दोबारा सामने आ गई थी। इससे पहले किसी यात्री ने इस स्टेशन (लगभग 28 लाख लोग हर रोज़ इस स्टेशन का इस्तेमाल करते हैं) की सांस्कृतिक समृद्धि पर शायद ही इस नज़र से कभी ग़ौर किया था।

गुहा ने स्मरण किया, 'वी.टी. के बाहर स्थित बस स्टैंड को खुद मंजीत बावा ने पेंट किया था। मेरे पास अब भी उसकी एक तसवीर होगी। वी.टी. के अंदर की कहानी और भी चमत्कारिक थी। स्टेशन से आख़िरी ट्रेन रवाना हो जाने के बाद मध्य रात्रि 12.40 बजे से हम प्रदर्शनी शुरू करते और सुबह 4.40 पर पहली ट्रेन आने से पहले प्रदर्शनी बंद कर दी जाती। यह एक मध्यरात्रि नाटक की तरह था। प्रदर्शनी में रखी गईं पेंटिंग्स एक सप्ताह तक वहाँ लगी रहीं, जिनकी ख़ूब चर्चा होती रही। आमंत्रित लोग यहाँ आते, प्रदर्शित कला की सराहना करते और फिर टहलते हुए जे.जे. स्कूल ऑफ़ आर्ट के लॉन में जाकर पार्टी करते थे।'

गुहा ने कहा, 'उस समय तक देश में ईवेंट मैनेजमेंट जैसा कोई कॉन्सेप्ट नहीं था। बाद में हमने महसूस किया कि यह उत्सव सही मायनों में इतने बड़े स्तर पर आयोजित होने वाला ईवेंट हो सकता था, जिसका प्रबंधन व्यावसायिक रूप से किया जा सकता था। इसने देश के कुछ राज्यों और क्षेत्रों को ही सम्मिलित किया, बल्कि ब्रांड निर्माण की क्या ताक़त हो सकती है यह भी ख़ूबसूरती से बता दिया। 'सेस्क्वीसेन्टेन्नियल' के डेढ़ साल के बाद देश में पहला ईवेंट मैनेजमेंट इंस्टीट्यूट स्थापित हुआ और ईवेंट मैनेजमेंट ने एक व्यवसाय के तौर पर उड़ान भरी।'

कला पर अपने आयोजन को फ़ोकस करने के तहत नौसैनिक प्रशिक्षण जहाज़ आई.एन.एस. *जवाहर* पर लंदन के सोथबिज़ की दुर्लभ कलाकृतियों की नीलामी को भी शामिल किया गया। इस आयोजन के दौरान नलिनी मालानी, मंजीत बावा, मनु पारेख, तैयब मेहता, एनएस बेंद्रे, भूपेन खाखर, विवियन सुंदरम, के.जी. सुब्रमण्यम, नीलिमा शेख, डी.एल.एन. रेड्डी, हिम्मत शॉ, रविन्दर रेड्डी, मृणालिनी मुखर्जी, पुष्पमाला एन., जीव पटेल, ऐलेक्स मैथ्यू और माधवी पारेख समेत 35 कलाकारों

की रचनाओं का प्रदर्शन किया गया था। बी.सी.सी.एल. के मुताबिक, इसके साथ ही इन सभी कलाकारों को अंतरराष्ट्रीय पहचान मिल गई थी।[3] कलाकारों को प्रसिद्धि दिलाने का ज़रिया बनने के अलावा इस शानदार नीलामी के दौरान बड़ी तादाद में लोगों ने अपनी मौजूदगी दर्ज कराई थी। इनमें महाराष्ट्र के तत्कालीन मुख्यमंत्री शरद पवार भी मौजूद रहे, जिन्होंने सरकार की तरफ़ से बॉम्बे आर्ट सोसायटी को एक प्लॉट दिए जाने की घोषणा की।

गतिविधियों की चहलपहल के बीच अभिनेता, निदेशक सत्यदेव दुबे के नाटक के मंचन के साथ थियेटर कला को भी तवज्जो मिली। *ओबेरॉय* में एक कैफ़े थियेटर का मंचन किया गया था, जिसकी ख़ासियत यह थी कि लंच का आनंद लेते हुए आगंतुकों ने नाटक का आनंद लिया था। इसके अलावा कई खेल कार्यक्रम भी हुए, जिनके तहत क्रिकेट, गोल्फ़, पोलो और स्नूकर के टूर्नामेंट आयोजित किए गए। और अंत में, अमेरिकन न्यूज़पेपर पब्लिशर्स एसोसिएशन और द ग्रैंड डिबेट द्वारा कई सेमिनार भी आयोजित किए गए, जिनमें नैशनल एडिटोरियल सेमिनार, इंटरनैशनल एडिटोरियल सेमिनार और मार्केटिंग एंड टेक्नोलॉजी सेमिनार शामिल थे।

कहा जा सकता है कि 'सेस्क्वीसेन्टेन्नियल' की बदौलत *टाइम्स* की असली ताक़त को सही मायनों में पहचान मिली और दुनिया ने मान लिया कि *टाइम्स ऑफ़ इंडिया* क्या हस्ती है। इसने उपभोक्ताओं को भी अपनी धारणा बदलने पर मजबूर कर दिया। इसने जहाँ कंपनी व इसके अख़बारों को लंबी अवधि के परिप्रेक्ष्य में पुनर्स्थापित किया, वहीं अख़बार के 'व्यक्तित्व' को भी पहचान दिलाई।

ख़बरों की दुनिया से अलग भी *द टाइम्स* के अन्य उद्यम रहे हैं। लेकिन हर इकाई इसी उद्देश्य को लेकर काम करती रही है कि *टाइम्स ऑफ़ इंडिया* ब्रांड को उनकी गतिविधियों से मज़बूती ही मिले। इसलिए कहा जा सकता है कि *फ़ेमिना मिस इंडिया* के मेकओवर और फ़िल्मफ़ेयर अवार्ड नाइट्स आदि का आयोजन भी अपने आप में विशेष अनुभव रहा। इन दोनों कार्यक्रमों की सफल 'ब्रांडिंग' की गई।

गुहा ने कहा, 'जब हमने कंपनी में बदलाव लाने की शुरुआत की तो हमारे दिमाग़ में अंतिम लक्ष्य स्पष्ट था। हमें अच्छी तरह से पता था कि हमें कहाँ और कैसे पहुँचना है। उदाहरण के तौर पर, फ़ेमिना मिस इंडिया प्रतियोगिता को ही देख लीजिए। जहाँ हर किसी का ध्यान मिस इंडिया के ताज पर था, मैं मिस वर्ल्ड और मिस यूनिवर्स की कल्पना करने लग गया था। यह व्यापक स्तर पर होना था, जिसकी पहुँच भी व्यापक ही होती, और हम वहाँ पहुँचे भी।'

कंपनी इस बात से पूरी तरह वाक़िफ़ थी कि हर पहल का मकसद अंतिम लक्ष्य हासिल करने में योगदान देना ही होना चाहिए, चाहे उस सोच का जन्म कहीं भी हुआ हो। और, कंपनी का अंतिम लक्ष्य विकास था। एक के बाद एक की गई पहल से *टाइम्स* को फ़ायदे मिलते चले गए। ब्रांड का निर्माण रातोंरात तैयार किए जाने वाली चीज़ नहीं है। लोगों की स्मृति में बने रहने के लिए *टाइम्स ऑफ़ इंडिया* लंबे समय से लगातार कोशिशें कर रहा था और इसके लिए कंपनी ने भिन्न-भिन्न तरह की कई अनगिनत पहल की।

उपभोक्ता सामग्रियों को प्रोत्साहन देने की दिशा में एफ़.एम.सी.जी. कंपनियों के लिए सभी पत्रिकाओं को एक सैंपलिंग प्लेटफ़ॉर्म की तरह इस्तेमाल किया जाना भी इन्हीं पहल का हिस्सा था। पत्रिकाओं के माध्यम से उत्पादों की सैंपलिंग का यह प्रयोग इसमें शामिल सभी सदस्यों के लिए कामयाब साबित हुआ। इस उपक्रम में इस्तेमाल की गई मैगज़ीन *फ़िल्मफेयर* को पर्याप्त लाभांश मिला। पाठकों को मुफ़्त उपहार मिले और विज्ञापनदाता कंपनियों के उत्पादों को एक सस्ती वितरण प्रणाली का विकल्प मिल गया।

माना जाता है कि वॉरेन बुफ़े ने कहा था, 'अगर आपका प्रमुख ब्रांड कुछ विशेष नहीं दे पा रहा तो फिर आपका बिज़नेस भी कामयाब नहीं हो सकता।'[4] 18 मार्च 2003 को *टाइम्स ऑफ़ इंडिया* के सभी पन्ने रंगीन कर दिए गए। यह ब्रांड की पोज़िशन दर्शाने का एक तरीका था। अपनी इस पहल द्वारा *टाइम्स ऑफ़ इंडिया* ब्रांड यह बताना चाह रहा था कि हमारी ज़िंदगी में रंगों और क़िस्मों की क्या अहमियत है। इस क़दम से *टाइम्स ऑफ़ इंडिया* की रीडरशिप में 33 प्रतिशत का इज़ाफ़ा हो गया, जिससे ज़ाहिर है विकास का आँकड़ा भी आगे बढ़ गया।

उसके एक दिन पहले 17 मार्च को 'दिल्ली की फ़्लीट स्ट्रीट' कहे जाने वाले बहादुर शाह ज़फ़र मार्ग स्थित *टाइम्स हाउस* पर बड़ी-सी दिलचस्प और रंगीन म्यूरल पेंटिंग बनाई गई। इस दौरान जो भी वहाँ से गुज़रा, वह एकबारगी ठिठककर देखने के लिए ज़रूर रुका। कॉमिक-बुक की तसवीरों की तर्ज पर कृष्ण और गोपियों की होली खेलती यह तसवीर *टाइम्स हाउस* के बाहर की दीवार पर बनाई गई थी। इसके माध्यम से टाइम्स ने जो संदेश देने की कोशिश की, वह बिलकुल स्पष्ट था - भारतीय अख़बारों की 165 वर्ष पुरानी छवि से बाहर निकलकर अब अख़बार युवा जोश से भरपूर और आधुनिक बन गया है।

लोग आश्चर्यचकित रह गए थे। कुछ लोगों को मुख्य दीवार पर चित्रित वह कला काफ़ी भड़कीली लगी होगी क्योंकि अब तक टाइम्स की एक सौम्य छवि थी। बाहर की दीवार हमेशा सफ़ेद होती थी। यह एक ऐसा क़दम था जिसकी काफ़ी आलोचना भी हो सकती थी, लेकिन फ़ैसला लिया जा चुका था और उस फ़ैसले के

पीछे यह दृढ़ विश्वास था कि अख़बार पूरी तरह रंगीन हो गया है यह बताने का इससे बेहतर और कोई तरीका नहीं हो सकता। और, पाठकों को वह म्यूरल पेंटिंग आज भी अच्छी तरह याद है और टाइम्स की कोशिश भी कुछ ऐसी ही थी।

टाइम्स को ब्रांड में तब्दील करने की प्रक्रिया पर चर्चा करते हुए *टाइम्स ऑफ़ इंडिया* के युवा ब्रांड मैनेजर ने कहा, 'हमेशा कोशिश करते रहना ही हमारा इरादा है, चाहे वह कोशिश किसी भी दिशा में क्यों न हो। हमारी कोशिश रहती है कि हम हर क्षेत्र में हरसंभव प्रयास करें, सीखें और आगे बढ़ें। मैं मानता हूँ कि कंपनी ने कुछ ऐसी भी पहल की जो कामयाब नहीं हुई, लेकिन उन नाकामयाबियों की वजह से टीम नई कोशिशें करना छोड़ देगी, ऐसा कतई नहीं है।' (मुझे याद है तब मैंने उससे पूछा था कि क्या आप यह कहना चाहते हैं कि *टाइम्स ग्रुप* लगातार मंथन में लगा हुआ है, जिसके जवाब में उसने कहा था, 'जी हाँ, बिलकुल ऐसा ही है। हम लगातार मंथन के दौर से गुज़र रहे हैं।')

इस मामले में *नवभारत टाइम्स* के एक प्रयोग को उदाहरण के तौर पर देखा जा सकता है। *नवभारत टाइम्स* में ऐसी जटिल हिन्दी भाषा का प्रयोग हो रहा था, जो आम आदमी के लिए आसानी से समझना मुश्किल थी। अख़बार ने अपनी भाषा में थोड़ा बदलाव किया और बोलचाल की भाषा में जिसे 'हिंग्लिश' कहते हैं, उसे अपना लिया। पूर्णतावादी या आदर्शवादी लोगों को शुरू में यह बदलाव रास नहीं आया था, लेकिन पाठकों के एक बड़े हिस्से ने इसका जमकर स्वागत किया। और, आज हम देख सकते हैं कि इलेक्ट्रॉनिक मीडिया में इसी भाषा का प्रयोग चल पड़ा है। इसे समझने में आसानी होती है और यह जटिल या बोझिल नहीं लगती।

बॉम्बे टाइम्स और *देल्ही टाइम्स* जैसे शहर-केंद्रित सप्लीमेंट्स मानो वहाँ के लोगों के लिए जीवन की खुराक बन गए। बेहतर जीवनशैली पर केंद्रित लेखों और अपने रिपोर्ताज के ज़रिये ये *टाइम्स ऑफ़ इंडिया* ब्रांड की ही बात करते हैं। 1994 में शुरू हुए इन सप्लीमेंट्स में उच्च जीवनशैली, कला आदि उच्चवर्ग के लोगों से ताल्लुक रखने वाले विषयों पर लेख शामिल होते हैं। ग्लैमर की दुनिया से जुड़ी ख़बरों की ख़बर के अलावा साधारण लोगों को अपनी आकांक्षाएँ ऊँची रखने के लिए भी ये प्रेरित करते हैं। समय के साथ धीरे-धीरे अब इन सप्लीमेंट्स की अपनी एक स्वतंत्र पहचान बन चुकी है, कभी-कभी लोग मुख्य अख़बार से ज़्यादा प्राथमिकता इन शहर-केंद्रित सप्लीमेंट्स को देते हैं।

बॉम्बे टाइम्स और *देल्ही टाइम्स* को ब्रांड के तौर पर शामिल करना एक मज़बूत रणनीति का हिस्सा था। इन दोनों ब्रांडों ने धीरे-धीरे अपनी छवि मज़बूत की और हर इंसान की एक मूल ज़रूरत - इच्छा पर अपना ध्यान केंद्रित किया। इच्छा यानी कुछ होने की इच्छा, कुछ पाने की इच्छा, कुछ हासिल करने की इच्छा आदि। अन्य

चीज़ों के साथ-साथ कुछ करने, कुछ कहने और कुछ हिस्सेदारी की कामना करना हर मनुष्य की मूल प्रवृत्ति होती है। दूसरी तरफ़, इन सप्लीमेंट्स में विज्ञापनों को भी बड़ी सतर्कता के साथ सँभाला गया। उपयुक्त (छूट और पैकेज) के ऑफ़र देकर बड़े और प्रतिष्ठित विज्ञापनदाताओं को इन संस्करणों में विज्ञापन देने के लिए आकर्षित किया गया। इसे देखकर अन्य भी इसी राह पर आ गए।

इस प्रकार के सतत प्रयास वर्षों तक लगातार किए गए और उसके उम्मीद से कहीं बढ़कर परिणाम भी हासिल हुए। अख़बार के सालाना बजट संस्करण को नए तरीक़े से नए रूप में बड़े ही रोचक ढंग से पेश किया जाने लगा। इसमें हास्य का भी पुट दिया गया। *इकोनॉमिक टाइम्स* के 2002 और 2003 के बजट संस्करणों में वित्त मंत्री के बदले गए रूप की तसवीर छपी थी जिसने पाठकों का ध्यान आकर्षित किया और उसे जमकर कमेंट भी मिले। यह मूल रूप से एक साहसी क़दम था, लगभग धृष्टतापूर्ण। पाठक और नीति-निर्धारक ग्रुप के दो प्रमुख अख़बारों के ऐसे विस्फोटक स्वरूप को देखकर लोग शायद चकित रह गए, ख़ासकर 'बजट' जैसे नीरस विषय को इतने दिलचस्प अंदाज़ में पेश करने को लेकर। (2003 में तत्कालीन वित्त मंत्री अपने निजी संग्रह के लिए *इकोनॉमिक टाइम्स* में छपी उस तसवीर का मूल आर्टवर्क पाना चाहते थे।) बजट संस्करण को इतने 'धमाकेदार रूप में' प्रस्तुत करने का सिलसिला तब से ही शुरू हो गया, यहाँ तक कि प्रतिद्वंद्वी अख़बार भी इसकी नक़ल कर अपना बजट संस्करण उसी तर्ज पर निकालने लगे।

टाइम्स ऑफ़ इंडिया और *इकोनॉमिक टाइम्स* दोनों अख़बारों के बजट संस्करणों ने सालाना बजट प्रक्रिया से मानो रहस्य का पर्दा ही हटा दिया था। इन संस्करणों में विशेषज्ञों की टिप्पणियों और उनके मतों के साथ-साथ पाठकों के परिप्रेक्ष्य में भी लेख शामिल किए जाने लगे। इसके साथ ही बजट जैसा जटिल विषय भी आम लोगों को समझ में आने लगा। यह भी स्पष्ट होने लगा कि आम लोगों का जीवन बजट से किस प्रकार प्रभावित होता है।

बात सिर्फ़ बजट संस्करणों तक सीमित नहीं रही। ब्रांड को पहचान दिलाने की कवायद में समूह ने योजनाबद्ध तरीक़े से रोज़मर्रा के अन्य अहम विषयों पर भी ध्यान देना शुरू किया। जैसे कि आम तौर पर सभी अख़बारों में आम चुनाव की ख़बरें छपती रही हैं और इनके प्रति पाठकों की हमेशा ख़ास दिलचस्पी भी रही है, लेकिन यह माना जाता रहा कि यह विषय ऐसा था जिसमें किसी प्रकार के विशिष्टिकरण की ख़ास गुंजाइश नहीं थी। 2004 में हुए आम चुनावों के दौरान *इकोनॉमिक टाइम्स* के संपादकों की एक टीम को *टाइम्स ऑफ़ इंडिया* के चुनावी पन्नों को नया रूप देने की ज़िम्मेदारी सौंपी गई। जयदीप बोस, अरिंदम सेनगुप्ता, शंकर रघुरमन और अभीक बर्मन इस विशेष टीम के हिस्सा थे। उन्होंने तय किया कि निर्वाचन आयोग

द्वारा चुनाव की तारीख़ों की घोषणा किए जाने वाले दिन से ही अख़बार में विशेष लेख और ख़बरें शामिल की जाएँगी।

आयोग ने रविवार दोपहर को चुनाव की तारीख़ों की घोषणा की। किस तरह की ख़बरों और लेखों को अख़बार में शामिल किया जाना है यह पहले से तय था। तय किया गया था कि उस पेज का शीर्षक 'नॉइज़, वॉइस, चॉइस', या ऐसा ही कुछ रखा जाएगा। शीर्षक तय करने के लिए किसी अंतिम सहमति पर पहुँचने में सभी जुटे हुए थे। रात के 11.45 बज चुके थे। प्रिंटिंग टीम शोर मचा रही थी। पेज फ़ाइनल करने और एडिशन छोड़ने में वे लेट हो रहे थे।

ठीक उसी समय जयदीप बोस ने सभी सहयोगियों को बुलाया और कहा, 'पेज का शीर्षक बदलना होगा। अब हम इसका शीर्षक "डांस ऑफ़ डेमोक्रेसी" रखेंगे।' पहले पहल तो इस पर हर किसी ने सवाल उठाया। लेकिन समय के अनुसार यह अभियान बेहद कामयाब साबित हुआ। यह सुझाव किसकी तरफ़ से आया था इसका अनुमान लगाना इतना मुश्किल नहीं था। (समीर जैन आम तौर पर अपने अख़बारों के सप्लीमेंट्स और विशेष पैकेजों के नाम 'सुझाया' करते थे।) 'डांस ऑफ़ डेमोक्रेसी' के तहत चुनावी राजनीति के तमाशे को बड़े ही चटपटे अंदाज़ में पेश किया गया। यह देश में चलने वाले राजनीतिक सर्कस का उपहास करने जैसा था। और, यह मानो इस पूरे तमाशे के प्रति तटस्थ और तिरस्कार भरा नज़रिया रखने वाले हर पाठक के दिल की बात कहता था। इस क़दम से ब्रांड को भी मज़बूती मिली। इसे एक नवीन और साहसिक क़दम के तौर पर लिया गया। युवा और प्रगतिशील वर्ग के पाठकों ने इसे ख़ूब पसंद भी किया।

नगण्य से दिखने वाले पहलुओं को भी अहमियत देकर उनसे फ़ायदा उठाने में टाइम्स ग्रुप पारंगत है। कंपनी के ही शब्दों में 'इस तरह का कोई भी विचार ग्रुप के रचनात्मक और बौद्धिक व्यवधान के सिद्धांत के तहत ही है।'[5] लेकिन ऐसे सभी उपक्रमों के पीछे एक उद्देश्य साफ़ तौर पर उभरकर सामने आता है और वह ब्रांड को आगे ले जाना व उसकी प्रतिष्ठा को सुधारना है।

उदाहरण के तौर पर, *टाइम्स ऑफ़ इंडिया* के संपादकीय पृष्ठ पर छपने वाले स्तंभ 'द स्पीकिंग ट्री' को लेते हैं। यह अपने आप में एक सदाशयी अवधारणा है। टाइम्स ने सोचा कि क्यों न आध्यात्म को ख़बरों के साथ जोड़ दिया जाए। लेकिन जब पहले पहल इसकी शुरुआत हुई तो बहुत से लोगों ने इसका मज़ाक भी उड़ाया। उनका कहना था कि जीवन दर्शन और आत्मा के स्वरूप आदि पर पहले भी महात्माओं ने बहुत कुछ कह रखा था। फिर भी *टाइम्स* ने इस क्षेत्र में प्रवेश कर अपने पाठकों के लिए और भी बहुत कुछ पेश किया। टाइम्स के इस क़दम का मकसद पहले से मौजूद बौद्धिक पाठकों की ज़रूरतों को पूरा करने के साथ-साथ

इसके लिए नए पाठक तैयार करना भी था। समूह की इस पहल की भी उसके प्रतिद्वंद्वी और समकालीन प्रकाशनों ने नक़ल करने की कोशिश की, लेकिन 'स्पीकिंग ट्री' की सफलता की राह में कोई अड़चन नहीं आई। यहाँ तक कि यह एक स्वतंत्र सप्लीमेंट के तौर पर प्रकाशित किया जाने लगा। (*टाइम्स ऑफ़ इंडिया* में 'द स्पीकिंग ट्री' और *इकोनॉमिक टाइम्स* में 'कॉस्मिक अपलिंक' समीर जैन के विचार थे।)

निरंतर नए-नए प्रयोग करते रहना *टाइम्स ऑफ़ इंडिया* की विशेषता बन गई थी। अपने पाठकों के लिए सदैव प्रासंगिक बने रहने की कोशिश में ग्रुप ने 'स्पीड न्यूज़' अभियान भी शुरू किया। यह शुरुआत उन पाठकों को ध्यान में रखकर की गई थी, जिनके पास वक़्त की कमी थी और वे ख़बरों से जुड़े रहना भी चाहते थे। स्पीड न्यूज़ के माध्यम से बड़े समाचार लेखों को छोटा करके चटपटे अंदाज़ में पेश करने की कोशिश की गई थी।

अख़बार को यह बात भी समझ में आ गई थी कि किसी भी क्षेत्र विशेष में अपनी महत्त्वपूर्ण मौजूदगी बनाए रखने के लिए उस शहर के लोगों की नब्ज़ और उनकी पसंद पर सिक्का जमाना ज़रूरी था। इसी बात को ध्यान में रखकर समूह ने अपने अख़बारों में पृष्ठ संख्या में बढ़ोतरी की और स्थानीय घटनाओं, ख़बरों और आयोजनों पर ज़्यादा से ज़्यादा कवरेज देना शुरू किया। दक्षिण बॉम्बे या पश्चिमी दिल्ली या फिर पूर्वी कलकत्ता में रहने वाले लोगों का ध्यान अपनी तरफ़ आकर्षित करने का और कोई बेहतर तरीका नहीं हो सकता था।

यह अभियान दिल्ली, कलकत्ता, हैदराबाद, बॉम्बे, पुणे, बैंगलोर और लखनऊ में शुरू किया गया। पहले तीन शहरों (जहाँ निकट प्रतिद्वंद्वी का समूह पर अत्यधिक दबाव था) के पाठकों को यह बताने की एक कोशिश थी कि *टाइम्स ऑफ़ इंडिया* उनके शहर को कितने बेहतर तरीक़े से समझ और जान सकता है। वह उनकी ज़रूरतों का कितना ध्यान रखता है। बाकी शहरों में इस अभियान के माध्यम से उस जगह की ख़ासियतों को उजागर करने और उत्साही या उद्यमी पेशेवरों को महत्त्व देने का प्रयास किया जा रहा था। नए पाठकों को जोड़ने का यह सबसे सुनिश्चित तरीका था।

इसी दिशा में आगे बढ़ाते हुए शहर के लोगों के प्राकृतिक रुझानों को ध्यान में रखकर *टाइम्स* ने प्लसेज़ नाम से एक अति स्थानीय पहल की। यह एक पुलआउट था जो कि तीन-चार किलोमीटर के रेडियस में रहने वाले लोगों की विशिष्ट ज़रूरतों को ध्यान में रखकर शुरू किया गया था। इसके माध्यम से उन क्षेत्र विशेष के लोगों की आम ज़रूरतों, उनकी प्राथमिकताओं और रुझानों पर ध्यान देने की कोशिश की गई थी। समुदाय के स्तर पर पारस्परिक संवाद और समाज कल्याण की गतिविधियों को प्रोत्साहित करना भी इसका मकसद था।

टाइम्स ऑफ़ इंडिया के बहुचर्चित अभियानों में से एक 'अ डे इन द लाइफ़ ऑफ़ इंडिया' (भारत में ज़िंदगी का एक दिन) था, जिसे बड़े ही शानदार ढंग से क्रियान्वित किया गया। इस अभियान के माध्यम से यह दिखाने की कोशिश की गई थी कि भारत और भारतीय किस प्रकार आत्मलीन लेकिन नेकनीयत, ईश्वर से डरने वाले और सदाचार-पूर्ण होते हुए भी किस हद तक विरोधाभासों से भरे हुए हैं। यह राजनीतिक जीवन के नक़लीपन व राजनेताओं के अनिश्चित्तापूर्ण रवैये और सतहीपन पर भी एक कटाक्ष था। 'घूस देने वाले' से शुरू होकर 'घूस लेने वाले' तक के बीच एक सौ रुपए के नोट की यात्रा भी इस अभियान के तहत दर्शाई गई थी। ये अभियान ही थे जिनकी बदौलत *टाइम्स ऑफ़ इंडिया* की छवि एक ऐसे अख़बार के तौर पर स्थापित हो सकी जो कि निर्भीक व साहसी होने के साथ-साथ देश की नब्ज़ पहचानने में सक्षम हो।

अपने ब्रांड को चर्चा में लाने और बेहतर पहचान दिलाने की कोशिश में *टाइम्स* ने विज्ञापन जगत में होने वाली घटनाओं को भी अपने दायरे में लेना शुरू किया। इसने अपने आप को 'द ऐबी अवाड्र्स' (विज्ञापन में रचनात्मक उत्कृष्टता के लिए), 'द एम्वीज़' (मीडिया के क्षेत्र में महत्त्वपूर्ण योगदान के लिए) और 'एफीज़' (प्रभाविता सम्मान - पाठकों और शिक्षाविदों के सहयोग से) से भी जोड़ा।

विज्ञापन जगत में होने वाले इन आयोजनों के अलावा टाइम्स समूह भारत में 'कैन्स एडवरटाइज़िंग अवाड्र्स' का औपचारिक प्रतिनिधि भी बना। इन सारी पहल और इंडियन एडवरटाइज़िंग फ़ेस्टिवल के दौरान अपनी मज़बूत उपस्थिति की बदौलत टाइम्स अपने ब्रांड को अंतरराष्ट्रीय पहचान दिलाने में सफल रहा।

इसके अलावा टाइम्स के शहर केंद्रित सप्लीमेंट्स के सालाना समारोह भी थे। जैसे 'बॉम्बे टाइम्स पार्टी' जिसमें ग्लैमर की दुनिया से जुड़े लोग भारी तादाद में मौजूद होते थे और जीवन में कुछ बनने की इच्छा रखने वालों की इनमें ख़ास दिलचस्पी होती थी। इन आयोजनों का भी व्यापक कवरेज हुआ। इस तरह के आयोजनों से जुड़कर टाइम्स की छवि एक दौलतमंद, फ़ैशनपरस्त और आकर्षक कंपनी के तौर पर उभरकर सामने आई। अब उच्चवर्ग के आधुनिक व आकांक्षी लोग इस ब्रांड के साथ अपने को जोड़कर देखने लगे थे।

इन सभी सशक्त प्रयासों की मदद से *टाइम्स ऑफ़ इंडिया* अब एक मज़बूत ब्रांड के तौर पर स्थापित हो चुका था और भारतीय मीडिया जगत में इसकी मज़बूत पकड़ बन चुकी थी। टाइम्स ने जब भी कोई नई पहल की, इसके प्रतिद्वंद्वियों ने भी इसका अनुसरण किया, लेकिन प्रथम प्रयत्न का श्रेय और उसका लाभ टाइम्स के हिस्से में ही गया।

ब्रांड निर्माण की टाइम्स की तमाम कोशिशों में एक बेहद महत्त्वपूर्ण पहल की

मैं यहाँ पर चर्चा करती हूँ। यह पहल व्यापार और कला, वाणिज्य और कल्याण व मार्केटिंग और सामाजिक हस्तक्षेप का बेहतरीन सम्मिश्रण थी। 1985 में शुरू किया गया कार्यक्रम 'न्यूज़पेपर्स इन एजुकेशन' (एन.आई.ई.) ब्रांड निर्माण की ही एक कवायद थी। इसकी अवधारणा बच्चों और युवाओं की समसामयिक घटनाओं, अंतरराष्ट्रीय ख़बरों और अन्य प्रासंगिक घटनाओं के बारे में जानने की ज़रूरतों पर रखी गई थी। लेकिन इस अभियान को बच्चों व युवाओं की रुचि और उनकी पसंद के मुताबिक बनाना था।

इसकी शुरुआत नंदिता जैन के नेतृत्व में की गई थी। अमेरिका के अपने दौरों के दौरान नंदिता ने कुछ अमेरिकी अख़बारों का जायज़ा लिया था और शायद वहीं से उन्हें इस अभियान की प्रेरणा मिली थी। उन्होंने कंपनी के वरिष्ठ प्रबंधकों के साथ चर्चा की कि वे ऐसा ही कुछ भारत में भी करना चाहती हैं। उनके प्रस्ताव को मंज़ूरी भी मिल गई और उसे फ़ौरन शुरू भी कर दिया गया।

इस अभियान की शुरुआत दिल्ली को आधार बनाकर की गई, लेकिन देशभर के क़रीब 2000 स्कूलों के लगभग 4 लाख छात्र-छात्राओं को इस अभियान से जोड़ दिया गया। 16 पेज का एक ऐसा संस्करण तैयार किया गया, जिसकी सामग्री स्कूलों और छात्रों के हिसाब से तैयार की गई थी। कॅरियर संबंधी ख़बरों को प्राथमिकता दी गई। अख़बार में छात्रों के लेखों को भी कब रिपोर्टर्स के रूप में शामिल किया गया।

कम उम्र के स्कूली बच्चों को उनके मन मुताबिक अख़बार ऑफ़र करके *टाइम्स ऑफ़ इंडिया* ने अपने लिए एक नया पाठकवर्ग तैयार कर लिया था। ज़्यादातर पब्लिक स्कूलों में हर छात्र को अख़बार की एक प्रति दी जाने लगी, जिसमें उनकी दिलचस्पी के मुताबिक लेख और स्पेशल ख़बरें होती थीं। ज़ाहिर है, इस पूरी पहल के पीछे बहुत सारे लोगों की मेहनत थी। जैसा कि कहा जाता है कि न्यूज़पेपर - और कौन-सा न्यूज़पेपर - पढ़ना एक ऐसी आदत बन जाती है जो जल्दी छूटती नहीं। उस हिसाब से कम उम्र में ही *टाइम्स ऑफ़ इंडिया* पढ़ने की आदत लगाकर अख़बार ने अपने लिए दीर्घकालिक पाठक समूह सुनिश्चित कर लिया था।

एन.आई.ई. के शुरुआती कार्यक्रम समन्वयकों में से एक माया मेनन ने फ़रवरी 2013 में बैंगलोर से फ़ोन पर बातचीत के दौरान इस पूरे कार्यक्रम की प्रारंभ से कहानी बताई। 1985 में जब मेनन दिल्ली के एक पब्लिक स्कूल में अध्यापिका थीं, उन्होंने *टाइम्स ऑफ़ इंडिया* में एक विज्ञापन देखा, जिसमें इस अभियान को सँभालने के लिए अभ्यर्थियों से आवेदन माँगे गए थे। शिक्षा के क्षेत्र में नए पहलुओं से जुड़ने की संभावना से उत्साहित होकर मेनन ने भी इस अभियान के लिए अपना आवेदन दे दिया। उन्हें नंदिता जैन से मिलने के लिए बुलाया गया। वहाँ अभियान का नेतृत्व कर रहीं रूमा सिंह के अलावा सबीना सहगल सैकिया (*टाइम्स ऑफ़ इंडिया* की

जानी-मानी फूड क्रिटिक, जिनकी मुंबई के ताज होटल पर 26/11 को हुए आतंकी हमले में मौत हो गई थी) भी मौजूद थीं।

अभियान से जुड़कर दिल्ली के बाज़ार के लिए मेनन ने दो वर्षों तक काम किया। यह एक पार्ट-टाइम नौकरी थी। शुरू में शहर के लगभग 50 स्कूलों को इस अभियान से जोड़ा गया, जिसके तहत 10 हज़ार प्रतियों का सब्सक्रिप्शन अख़बार को मिला। तय किया गया कि अगले दो साल में शहर के 200 स्कूलों को इससे जोड़ दिया जाएगा। इस प्रकार कार्यक्रम का विस्तार होता रहा।

1988 में मेनन ने औपचारिक रूप से *टाइम्स ऑफ़ इंडिया* जॉइन कर लिया और उन्हें बैंगलोर भेज दिया गया। बैंगलोर में एन.आई.ई. शुरू करने की ज़िम्मेदारी उन्हें सौंपी गई। अब असली चुनौती उनके सामने थी। मेनन ने बताया, 'बैंगलोर में *टाइम्स ऑफ़ इंडिया* अपने प्रतिद्वंद्वियों के मुक़ाबले चौथे पायदान पर था। वहाँ इसका सर्कुलेशन मात्र 14 हज़ार था। जब मैंने बैंगलोर में कार्यक्रम की नींव रखी, तो बिल्कुल आश्वस्त नहीं थी कि यह पहल कितनी सफल होगी। लेकिन 1985 में जब मैंने काम छोड़ा, बैंगलोर के 60 स्कूल *टाइम्स ऑफ़ इंडिया* के सब्सक्राइबर बन चुके थे। बैंगलोर में *टाइम्स ऑफ़ इंडिया* के कुल सब्सक्रिप्शन का पाँचवाँ हिस्सा एन.आई.ई. की तरफ़ से था।'

मेनन ने स्मरण करते हुए बताया, 'पूरी प्रक्रिया का मकसद अख़बार को एक सार्थक स्वरूप प्रदान कर उसे शिक्षा के साथ जोड़ना था। अख़बार केवल स्कूलों में बच्चों का ध्यान बँटाने की स्वस्थ कोशिश भर नहीं थी, इसे शिक्षा का माध्यम भी बनाना था। इसे ध्यान में रखते हुए हमने विभिन्न प्रयोग करने शुरू किए : हमने मीडिया एजुकेशन पर एक पुस्तिका निकाली। एक मासिक वर्कशीट और प्लानर भी निकाले। इसके अलावा हमने क्विज़ कंपिटिशन, नाट्य उत्सव आदि समेत तमाम तरह के कार्यक्रम आयोजित किए। हमारी चार लोगों की टीम थी। हमारा बजट सीमित था। किसी ने हमारे लिए लक्ष्य तय नहीं किए थे। संगठन के बाकी हिस्सों से हम काफ़ी हद तक अछूते थे। हम शाखा प्रमुख को जवाबदेह होते थे। लेकिन नए सिर से कुछ नया करने और हर तरह के प्रयोग करने की हमें पूरी छूट थी।'

मैंने मेनन से पूछा कि क्या एन.आई.ई. संपादकीय से अधिक मार्केटिंग संबंधी प्रोग्राम था, क्योंकि यह टाइम्स पब्लिशिंग हाउस के अंतर्गत आता था न कि बी.सी.सी.एल. के। मेनन ने बताया, 'हम इस बात से पूरी तरह वाक़िफ़ थे कि हमारी भूमिका मार्केटिंग के क्षेत्र में ज़्यादा है और हम अख़बार के लिए युवा और ईमानदार पाठक वर्ग तैयार कर रहे हैं। यह सच है, लेकिन इस बात से भी इनकार नहीं किया जा सकता कि शिक्षा के क्षेत्र में योगदान देने की कोशिश भी सच्ची थी। पढ़ने की आदत डालने और जागरूकता लाने के साथ-साथ बच्चों को बेहतर नागरिक

बनाने की कोशिश भी इसमें शामिल थी।'

अख़बार ने इस दौरान अपनी प्रचार गतिविधियाँ भी जारी रखी थीं। लगभग दो वर्षों तक टाइम्स ऑफ़ इंडिया में पाँच और दो रुपए के कूपन प्रिंट होते रहे, जिन्हें ग्राहक छात्र एकत्र करके उनके बदले शिक्षक दिवस पर वर्गीकृत विज्ञापन दे सकते थे। एक साल तो अख़बार ने उन विज्ञापनों का पूरा पुलआउट ही निकाल दिया था।

बाद के वर्षों में कई अन्य अख़बारों ने भी यही किया। *हिन्दू, डेक्कन हेराल्ड* और *इंडियन एक्सप्रेस* की भी अपनी-अपनी एन.आई.ई. परियोजनाएँ हैं। मेनन ने कहा, 'लेकिन इन सबने *टाइम्स ऑफ़ इंडिया* की नक़ल ही की थी। अग्रणी तो *टाइम्स ऑफ़ इंडिया* ही था और इसने इसकी शुरुआत एक दिलचस्प समय में की थी। मुझसे पूछा गया था कि हमने अपना कार्यक्रम कैसे शुरू किया था और इसे किस प्रकार चलाया जा सकता है। लेकिन मैं नहीं चाहती थी कि कोई हमारी नक़ल करे, और मैंने उन्हें यह बता भी दिया। लेकिन शायद उन्हें खुद करने के अपने फ़ैसले पर भरोसा नहीं था।'

तभी से यह कार्यक्रम बॉम्बे, पुणे, हैदराबाद और अहमदाबाद में चल रहा है। बॉम्बे में इसे काफ़ी बेमन से शुरू किया गया था। नतीजतन वहाँ यह कार्यक्रम सफल नहीं हो सका और इसे बंद करना पड़ा। बाद में इसे दोबारा शुरू किया गया। शायद यह सब इसलिए हुआ होगा, क्योंकि बॉम्बे के बाज़ार में *टाइम्स ऑफ़ इंडिया* पहले ही लीडर की स्थिति में था और उसे किसी और प्रयास की ज़रूरत महसूस नहीं हुई होगी। इसके अलावा, संगठन के भीतर भी बहुत से लोग इसे एक वैकल्पिक सेवा की तरह देखते थे। उन्हें लगता था कि बिज़नेस के लक्ष्य हासिल करने में यह कार्यक्रम महत्त्वपूर्ण नहीं हो सकता।

मेनन ने बात को ख़त्म करते हुए कहा, 'पिछले 25 वर्षों में एन.आई.ई. की बदौलत अख़बार की रीडरशिप में जिस तादाद में इज़ाफ़ा हुआ है, उसे नज़रअंदाज़ नहीं किया जा सकता। शुरू में जिन स्कूली बच्चों को पाठक के तौर पर इस कार्यक्रम के साथ जोड़ा गया था, वे आज अलग-अलग कंपनियों में सी.ई.ओ., शीर्ष प्रबंधक या फिर वरिष्ठ अधिकारी आदि पदों पर बैठे होंगे। और वे आज भी *टाइम्स ऑफ़ इंडिया* पढ़ते होंगे।' अंत में उन्होंने बेंजामिन फ़्रेंकलिन की उक्ति को न्यायसंगत बताया, जिन्होंने कहा था, 'ज्ञान में किया गया निवेश सबसे अच्छा ब्याज देता है।'[6]

7

पिंक पैंथर

जहाँ *टाइम्स ऑफ़ इंडिया* ने मीडिया जगत में हलचल मचा दी थी, वहीं *इकोनॉमिक टाइम्स* अभी अपने स्तर पर बदलाव के दौर से गुज़र रहा था। हालाँकि यह बदलाव अपेक्षाकृत बग़ैर किसी शोर-शराबे के हो रहा था। न तो इसे लेकर *टाइम्स ऑफ़ इंडिया* की तरह कोई जुनून था, न ही कोई विवाद। लेकिन संगठन के बाकी हिस्सों में हो रहे बदलावों से यह किसी भी सूरत में कम महत्त्वपूर्ण नहीं था।

इकोनॉमिक टाइम्स ने अपने कंटेंट को पूरी तरह बदल डाला। इसकी डिज़ाइन-लेआउट और रंग में इस हद तक बदलाव कर दिया गया था कि यह अपने पूर्व स्वरूप से बिल्कुल अलग दिख रहा था। यहाँ तक कि इसकी पूरी पहचान ही बदल गई थी। इसके मूल्य में भी बेहद बदलाव किया गया। एकबारगी इसका मूल्य उच्चतम बिंदु पर था, लेकिन फिर दाम घटा दिए गए। बिज़नेस डेली के मार्केट में इसने अपनी मज़बूत पकड़ बनाई और नए व ईमानदार पाठकों को अपनी तरफ़ आकर्षित किया। ये सारे बदलाव पाँच साल से भी कम अवधि में किए गए।

ये सारी पहल अपेक्षाकृत कम विवादित रही, शायद इसलिए भी क्योंकि *इकोनॉमिक टाइम्स* को *टाइम्स ऑफ़ इंडिया* या *हिन्दुस्तान टाइम्स* की तरह एक मुख्य धारा के अख़बार के तौर पर नहीं देखा जाता था। आरंभ से ही *इकोनॉमिक टाइम्स* ने आला दर्जे के पाठकों और विज्ञापनदाताओं पर अपना ध्यान केंद्रित रखा। संपादकीय स्वतंत्रता और जनहित के मामले इसके मुख्य मुद्दे नहीं थे।

उस दृष्टि से, अख़बार में बदलावों को लेकर कोई विरोध नहीं झेलना पड़ा और इस प्रक्रिया का नेतृत्व कर रही टीम को काफ़ी हद तक आज़ादी हासिल थी। यह पूरा

परिवर्तन कल्पना, रचना और नए-नए प्रयोगों की कहानी थी, न कि बदलावों को लेकर विरोधों का सामना करने की। साथ ही, *इकोनॉमिक टाइम्स* में जो भी बदलाव हुए, वे बड़े ही नाटकीय अंदाज़ में और त्वरित गति से किए गए।

टाइम्स ग्रुप में बदलाव की कहानी के बीच *इकोनॉमिक टाइम्स* की सफलता को अपने-आप में एक बेहतरीन मार्केटिंग केस स्टडी के तौर पर देखा जा सकता है। अख़बार के स्वरूप में पूरी तरह बदलाव लाए जाने के बावजूद यह एक बिज़नेस और आर्थिक दैनिक के रूप में ही बना रहा। इसकी रीडरशिप में जहाँ भारी विस्तार हुआ, वहीं इसकी उर्ध्वगामी विकास की स्थिति भी बरक़रार रही। अख़बार के बाज़ार के विस्तार की दृष्टि से इसकी क़ीमत को बड़ी चतुराई के साथ निर्धारित किया गया था। ब्रांड का प्रचार भी काफ़ी सोच-समझकर किया जा रहा था। इन सबके पीछे बदलाव की प्रक्रिया को आगे बढ़ाने के लिए एक 'ए-टीम' को नियुक्त किया गया था।

इकोनॉमिक टाइम्स बॉम्बे में 1961 में शुरू किया गया था। यह वह दौर था जब शांति प्रसाद जैन बी.सी.सी.एल. के पोर्टफ़ोलियो का तेज़ी से विस्तार कर रहे थे। देश में सरकार संचालित आर्थिक विकास को लगभग एक दशक हो चुका था। निजी स्वामित्व ज़्यादातर छोटे व्यवसाय और उद्योगों तक ही सीमित था। प्राइवेट कॉर्पोरेट सेक्टर की पूरी अर्थव्यवस्था में बहुत छोटी भूमिका थी और पारिवारिक व्यवसायों का वर्चस्व था। अर्थव्यवस्था में सरकार अपनी योजनाओं और सार्वजनिक उद्यमों के माध्यम से प्राथमिक भूमिका निभा रही थी।

आर्थिक बहस इसी के इर्द-गिर्द रहती थी कि सार्वजनिक नीतियों और सरकारी कंपनियों की मदद से किस तरह क्षेत्रीय विकास में संतुलन, ग़रीबी पर नियंत्रण और मूलभूत संरचना उत्पन्न की जा सके। उपभोक्ता बाज़ार काफ़ी कुछ नज़रअंदाज़ किया जा रहा था। धारणा यह थी कि दीर्घकालिक विकास की दृष्टि से संसाधनों को कैपिटल गुड्स, मेटल-मिनरल और सिंचाई के क्षेत्र में ख़र्च करना बेहतर विकल्प है।

तब देश में एक बंद अर्थव्यवस्था थी, जिसमें आयात पर सारा ज़ोर था। निर्यात को या तो हतोत्साहित किया जा रहा था या पूरी तरह वर्जित था। बाहरी अर्थव्यवस्था के साथ किसी भी प्रकार का सरोकार देश की अर्थव्यवस्था के लिए नुक़सानदायक माना जा रहा था। ऐसा नहीं है कि यह बात सिर्फ़ भारत में ही लागू थी, उपनिवेशवाद के बाद लगभग हर अर्थव्यवस्था इसी धारा को लेकर चल रही थी।

सच्चाई यह थी कि ऐसे माहौल में एक आर्थिक और वित्तीय अख़बार के लिए विकल्प बेहद सीमित रह जाते थे। ऐसे में, एक वित्तीय अख़बार शुरू करने का फ़ैसला साहसिक क़दम था। बल्कि, किसी भी कंपनी और उसके मालिक के लिए उन दिनों आर्थिक अख़बार का भी होना गर्व की बात समझी जाती थी। इसके अलावा, बेनेट, कोलमैन एंड कंपनी लिमिटेड विस्तार के दौर में थी और चूँकि आर्थिक रिपोर्टिंग

देश में न के बराबर हो रही थी, ऐसे में इस क्षेत्र में क़दम रखना कंपनी के लिए सुअवसर साबित हो सकता था।

इसका नतीजा यह हुआ कि 1961 में बॉम्बे में एक नहीं, बल्कि दो वित्तीय अख़बारों का जन्म हआ। दूसरा अख़बार इंडियन एक्सप्रेस ग्रुप का *फ़ाइनेंशल एक्सप्रेस* था, जिसे उसके मालिक रामनाथ गोयनका के संरक्षण में शुरू किया गया था।

पी.एस. हरिहरन *इकोनॉमिक टाइम्स* के पहले संपादक थे। आरंभ में अख़बार का सर्कुलेशन मात्र 11 हज़ार था। हरिहरन के बाद 1964 में डॉ. डी.के. रांगणेकर *इकोनॉमिक टाइम्स* के संपादक बने, जो कि 10 वर्षों तक इस पद पर बने रहे। इस दौरान अख़बार का सर्कुलेशन 60 हज़ार तक पहुँच गया था। रांगणेकर ने अख़बार में हलके-फुलके लेख शामिल किए और राजनीतिक कवरेज का भी विस्तार किया। कोशिश यही थी कि अख़बार को बेहतर पठनीय बनाया जा सके।

हालाँकि *इकोनॉमिक टाइम्स* का अपना समर्पित पाठक वर्ग तैयार हो चुका था, लेकिन अब भी इसका कंटेंट काफ़ी नीरस और उबाऊ था। यह अख़बार आँकड़ों का अख़बार था। सरकारी नीतिगत घोषणाओं पर इसमें विस्तार से रिपोर्ट होती थीं, कई बार तो वे ज्यों की त्यों छपती थीं। यह अख़बार अर्थशात्रियों और नीति निर्धारकों के लिए एक मंच की तरह था, जहाँ वे ग़रीबी, आय वितरण, महँगाई और खाद्य सुरक्षा जैसे गहन विषयों पर चर्चा कर सकते थे।

इसमें संभावनाएँ सीमित थीं। अर्थशास्त्र और बिज़नेस के विषय सरकार और उसकी नीतियों से पूरी तरह जुड़े हुए थे। सरकारी हिदायतें और नियंत्रण दिन-प्रतिदिन अधिक विस्तृत और जटिल होती जा रही थीं। इन सभी नियंत्रणों के बीच पारदर्शिता बनाए रखना अपने आप में एक चुनौती थी। सभी सरकारी आर्थिक घटनाक्रमों पर नज़र रखते हुए पाठकों के सामने लाना एक आर्थिक अख़बार के लिए बेहद महत्त्वपूर्ण ज़िम्मेदारी थी।

लेकिन इस अख़बार का पाठक वर्ग ज़्यादातर अर्थशास्त्रियों और शिक्षा जगत के लोगों तक ही सीमित था। *इकोनॉमिक टाइम्स* का पूरा फ़ोकस जी.एन.पी. (ग्रॉस नैशनल प्रॉडक्ट यानी सकल राष्ट्रीय उत्पाद) केंद्रित था। इससे बाहर अख़बार की दिलचस्पी अन्य चीज़ों में न के बराबर थी। आर्थिक जानकारी देश के एक वर्ग विशेष तक ही सीमित थी। हर किसी की पहली दिलचस्पी राजनीति में थी।

इन सभी सीमाओं के बावजूद यह तय किया गया कि *इकोनॉमिक टाइम्स* का दायरा बढ़ाया जाएगा। लगभग 13 वर्षों तक एक संस्करण वाला अख़बार बने रहने के बाद 1974 में *इकोनॉमिक टाइम्स* का दिल्ली संस्करण शुरू किया गया। इसके दो वर्षों बाद कलकत्ता से भी इसका संस्करण शुरू हुआ।

1979 में रांगणेकर *इकोनॉमिक टाइम्स* छोड़कर *बिज़नेस स्टैंडर्ड* से जुड़ गए। यह आर्थिक और बिज़नेस दैनिक 1974 में आनंद बाज़ार पत्रिका ग्रुप द्वारा शुरू किया गया था। डॉ. हन्नान इजेकिल *इकोनॉमिक टाइम्स* के अगले संपादक नियुक्त किए गए, और उनके बाद मनु श्रॉफ ने संपादक का कार्यभार सँभाला।

एन.पी. सिंह ने स्मरण करते हुए कहा, 'उस वक़्त *इकोनॉमिक टाइम्स* को सक्रिय अख़बार के तौर पर नहीं देखा जा रहा था। इसमें गंभीर और भारी-भरकम शब्दों से भरे लेख शामिल होते थे। अर्थव्यवस्था व नीति-निर्धारण के विषयों पर पूरा फ़ोकस होता था और यह अफ़सरशाही व सरकार के इर्द-गिर्द विषयों पर केंद्रित था। यह मुख्य रूप से अर्थशास्त्रियों द्वारा पढ़ा जाने वाला अख़बार था।' जब आर.बी.आई. की क्रेडिट पॉलिसी की घोषणा हुई तो *ई.टी.* के पास उसका सूक्ष्म विवरण मौजूद था। सरकार द्वारा पारित हर विधेयक को बड़ी ईमानदारी के साथ अख़बार ने प्रस्तुत किया।

जहाँ तक अख़बार के कंटेंट और उस पर फ़ोकस का सवाल था, रांगणेकर के जाने के लगभग 10 वर्षों के बाद तक उसमें कोई ख़ास परिवर्तन नहीं आया था। उस दौर में *इकोनॉमिक टाइम्स* कैसा था, इस पर चर्चा करते हुए *टाइम्स ऑफ़ इंडिया* के एक पूर्व कार्यकारी संपादक गौतम अधिकारी ने कहा, '*इकोनॉमिक टाइम्स* का फ़ॉर्मेट पंचवर्षीय योजना की तरह था।' कंटेंट, लेआउट, डिज़ाइन और टेक्सचर की दृष्टि से अख़बार बेहद भरा हुआ-सा दिखता था। खुद को वास्तविक रूप में प्रभावशाली बनाने के लिए ज़रूरी था कि यह बाकी वित्तीय अख़बारों से अलग दिखे।

इसी बीच बाज़ार में काफ़ी कुछ दिलचस्प घटनाएँ घटने लगीं। 1980 के दशक में *इकोनॉमिक टाइम्स* का सर्कुलेशन ऊपर चढ़ने लगा। 1980 में इसकी 61 हज़ार से कुछ अधिक प्रतियाँ बिक रही थीं। तीन साल के बाद यह आँकड़ा 65 हज़ार से अधिक हो चुका था। 1985 में सर्कुलेशन 81 हज़ार के क़रीब पहुँच गया। उसी साल बैंगलोर से भी *इकोनॉमिक टाइम्स* का संस्करण शुरू हो गया। 1987 आते-आते इसका सर्कुलेशन 87,688 प्रतियाँ हो गया था।

हालाँकि विकास की यह दर इतनी बड़ी नहीं थी कि इसके बारे में बहुत कुछ लिखा जाए, फिर भी *इकोनॉमिक टाइम्स* का विस्तार महत्त्वपूर्ण पाठक वर्ग तक ज़रूर था। इसी दौरान कंपनी ने 1986 में *इकोनॉमिक टाइम्स* की 25वीं वर्षगाँठ का आयोजन करके इसे आकर्षण का केंद्र बना दिया। अख़बार उस दिशा में आगे बढ़ रहा था, जहाँ यह निर्णायक की भूमिका अदा कर सकता था। इसके अलावा हमेशा से यह माना जाता रहा कि इसके पाठकों की संख्या इसके सर्कुलेशन से कहीं ज़्यादा रही है, क्योंकि इसे ज़्यादातर दफ़्तरों या शैक्षिक संस्थानों में पढ़ा जाता था। अब अख़बार विज्ञापनदाताओं के लिए भी एक संभावित माध्यम बन गया था।

जब बी.सी.सी.एल. अपने बहुत सारे प्रकाशनों को बंद कर रहा था, तब *इकोनॉमिक टाइम्स* एक ऐसे अख़बार के तौर पर पहचान बना चुका था, जिस पर प्रबंधन का पूरा ध्यान केंद्रित था। *इकोनॉमिक* टाइम्स के माध्यम से अन्य प्रकाशनों के साथ संयोजन की संभावनाएँ दिख रही थीं। मास्टरमाइंड पैकेज का यह एक महत्त्वपूर्ण हिस्सा था। विज्ञापनदाताओं के लिए कॉर्पोरेट पाठकों और अफ़सरशाहों तक पहुँचने का यह एक ज़रिया था।

अब, जबकि इसका सर्कुलेशन 90 हज़ार का आँकड़ा पार कर चुका था, तो प्रबंधन ने इस पर ध्यान देना शुरू कर दिया था। एन.पी. सिंह ने कहा, 'धीरे-धीरे हमने महसूस किया कि हमें विज्ञापनदाताओं और पाठकों के बीच अख़बार के लिए एक जगह विकसित करनी चाहिए।' इसके विकास की नींव जल्द ही रख दी गई। प्रदीप गुहा कहते हैं, 'समीर जैन चाहते थे कि अख़बार पूरी तरह से कॉर्पोरेट-केंद्रित हो। वे चाहते थे कि अख़बार सभी सक्रिय ब्रांडों के बारे में तफ़्तीश करे और उनके बारे में विस्तार से लिखे। वे चाहते थे कि यह बहुत बड़े कॉर्पोरेट सेक्टर की ज़रूरतों और उनकी प्राथमिकताओं पर फ़ोकस करे। समीर *इकोनॉमिक टाइम्स* के लिए एक नया नज़रिया, नई पहचान और नई प्राथमिकताएँ तय करना चाहते थे।'

इस दिशा में पहला जो काम समीर ने किया, वह यह था कि उन्होंने एक नया संपादक नियुक्त किया। इस बार भी वे एक ऐसे व्यक्ति की तलाश में थे, जो ब्रांड के प्रति 360 डिग्री की नज़र रखता हो। और ऐसे व्यक्ति को उन्होंने ढूँढ़ भी लिया। संपादकीय गतिविधियों में पारंगत होने के साथ-साथ उस व्यक्ति का मार्केटिंग और सर्कुलेशन के क्षेत्र में भी जानकार होना ज़रूरी था। संपादकीय क्रियाकलापों में भी ज़रूरी था कि पुरानी परंपराओं और जकड़नों को तोड़कर एक नई दिशा तय की जाए। बग़ैर उसके कोई भी बदलाव बेमानी साबित होता।

इस ज़िम्मेदारी के लिए समीर जैन ने टी.एन. नायनन को चुना। नायनन *इंडिया टुडे* में बिज़नेस एडिटर की ज़िम्मेदारी निभा चुके थे और बाद में उन्हें मैग्ज़ीन का कार्यकारी संपादक बना दिया गया था। *इंडिया टुडे* ग्रुप में उनका बेहद सफल कार्यकाल रहा था। इससे पहले वे अमृत बाज़ार पत्रिका ग्रुप की एक पत्रिका *न्यू देल्ही* के लिए काम कर चुके थे। इसके संपादक ख़ुशवंत सिंह थे और यह एक पाक्षिक पत्रिका थी। यह पत्रिका ग्रुप के महत्वाकांक्षी प्रोजेक्ट्स में से एक थी और अमेरिका के *न्यूयॉर्कर* मॉडल पर आधारित थी। 1978 में इसकी क़ीमत पाँच रुपए थी। हालाँकि यह मैग्ज़ीन ज़्यादा दिनों तक नहीं चली, लेकिन नायनन के लेखों को सराहा गया। उनके लेखों को बारीकी के साथ पढ़ने वालों में *इंडिया टुडे* के मालिक अरुण पुरी भी शामिल थे।

इंडिया टुडे में टी.एन. नायनन के सहकर्मी रहे कार्टूनिस्ट अजित नायनन[1] (जो

फिलहाल *टाइम्स ऑफ़ इंडिया* से जुड़े हैं) ने कहा, 'अरुण स्पष्ट दृष्टिकोण, मौलिक लेखन शैली, प्रतिबद्ध और अपनी ज़िम्मेदारियों के प्रति समर्पित लोगों को मैग्ज़ीन से जोड़ने में माहिर थे। अरुण के मन में अपने उन प्रतिबद्ध कर्मचारियों के लिए ख़ास जगह थी जो ऑफ़िस राजनीति से दूर रहकर बेहतरीन काम करने के प्रति समर्पित होते थे। उन्होंने टी.एन. नायनन को अपने साथ शामिल करने और उन्हें बिज़नेस एडिटर बनाने का फ़ैसला किया।

अजित नायनन याद करते हैं, 'बिज़नेस एडिटर के तौर पर नायनन ने बेहतरीन कार्य-प्रदर्शन किया। अरुण उनसे इतने प्रभावित थे कि उन्होंने उन्हें निर्धारित समय से पहले ही कई ज़िम्मेदारियाँ सौंप दीं। अन्य संपादकों ने इसे लेकर अपना विरोध जताया और सभी सामूहिक अवकाश पर चले गए ताकि नायनन को पूरी ज़िम्मेदारी अकेले ही उठानी पड़ें। लेकिन उन मुश्किल हालात में भी नायनन ने बेहतरीन प्रदर्शन किया। अन्य विशुद्ध राजनीतिक घटनाओं के साथ-साथ पंजाब में आतंकवाद जैसे विषयों पर उन्होंने राजनीतिक ख़बरें, लेख और बेहतरीन संपादकीय लिखे।'

टी.एन. नायनन के सभी ईमानदार प्रयास का नतीजा यह रहा कि अरुण पुरी ने तमाम वरिष्ठ संपादकों को दरकिनार कर उन्हें मैग्ज़ीन का कार्यकारी संपादक बना दिया। ऐसा पहले कभी नहीं हुआ था। *इंडिया टुडे* के एक बिज़नेस एडिटर को रातोंरात कार्यकारी संपादक कभी नहीं बनाया गया था। मैनेजिंग एडिटर के बाद नायनन वास्तविक रूप में नंबर दो पर थे। इसे लेकर वरिष्ठ संपादकीयकर्मियों के बीच काफ़ी हल्ला मचता रहा।

इन्हीं दिनों बी.सी.सी.एल. ने उनके सामने *इकोनॉमिक टाइम्स* के कार्यकारी संपादक का पद सँभालने का प्रस्ताव रखा। देश के नंबर एक आर्थिक और बिज़नेस डेली में काम करने का यह प्रस्ताव काफ़ी लुभावना था, ख़ासकर इस संभावना के साथ कि वहाँ अपना काम करने की उन्हें पूरी आज़ादी भी रहेगी।

1987 में टी.एन. नायनन *इकोनॉमिक टाइम्स* से जुड़ गए। आरंभ से ही उन्होंने तीव्रता के साथ काम करना शुरू कर दिया। उन्हें इस बात की पूरी आज़ादी थी कि वे किसी भी क्षेत्र के लोगों को नियुक्त कर अपनी टीम तैयार कर सकते थे। वे इस स्थिति में थे कि लोगों को वेतन में आकर्षक बढ़ोतरी का प्रस्ताव भी दे सकते थे। संगठन के अंदर इसके लिए दफ़्तर अलग से तैयार किए गए। नए काम के हिसाब से जगह बनाई गई, जिसमें ताज़गी का अहसास था। बदलाव का ख़ाका तैयार किया गया। नायनन को यह आश्वासन दिया गया कि बदलाव को अमल में लाने के लिए उन्हें जिन भी संसाधनों की ज़रूरत पड़ेगी, वे सब उन्हें मुहैया कराए जाएँगे। कंटेंट के क्षेत्र में भी उन्हें पूरी आज़ादी दी गई थी। समीर जैन ने उन्हें दिया हुआ अपना वादा पूरा भी किया। फ़ाइनैंशल क्रॉनिकल के प्रिय रंजन दाश[2], जो कि उस समय

इकोनॉमिक टाइम्स में थे याद करते हैं, 'नायनन अपने काम को लेकर काफ़ी सख़्त थे। उन्हें वे सारे अधिकार हासिल थे, जिनकी बदलाव के दरम्यान ज़रूरत थी। समीर जैन के साथ वे मुद्दों पर लंबी चर्चा किया करते थे। कई बार हमने देखा था कि वे समीर के सुझावों को यह कहते हुए मना कर देते थे, "यह इतना अच्छा नहीं होगा" "या यह काम नहीं करेगा" या "हम इसकी जगह कुछ और क्यों नहीं आज़माते।"

नायनन के साथ *इकोनॉमिक टाइम्स* में काम कर चुके पारन बालाकृष्णन[3] ने बताया, 'टीम को पता था कि कंपनी एक मज़बूत बैलेंसशीट के साथ काम कर रही है। समीर जैन कंपनी को किसी भी सूरत में कमज़ोर नहीं होने देना चाहते थे। कई ग़ैर ज़रूरी प्रकाशनों के बंद हो जाने के बाद अब कुछ ही ब्रांड बचे थे, जिन पर उन्हें अपना ध्यान केंद्रित करना था। अपने मकसद को लेकर वे बिलकुल स्पष्ट और पूरी तरह प्रतिबद्ध थे। नई-नई कल्पनाओं को आज़माने की हमारे पास पूरी गुंजाइश थी।'

उस स्तर पर, *इकोनॉमिक टाइम्स* की सालाना आय 10 करोड़ रुपए थी। यह दस पन्नों का अख़बार था। नायनन ने *इकोनॉमिक टाइम्स* को एक ताज़ा और स्वस्थ दृष्टिकोण दिया। उन्होंने पाठकों की कुछ विश्लेषणात्मक, जीवंत और विचार-उत्तेजक सामग्री पढ़ने की माँग को पहचाना और उसे पूरा करने की भरपूर कोशिश भी की। उन्होंने इस पर भी ध्यान दिया कि पाठक पेशेवर और व्यक्तिगत, दोनों ही नज़रिये से नए-नए पहलुओं से रूबरू होना चाहते हैं।

टीम जिस प्रकार अख़बार की सामग्री में सुधार की प्रक्रिया में जुटी थी, उसके तहत बहुत सारे नवाचार किए गए। सबसे पहले व्यापार और वित्त के दायरे में विस्तार किया गया। जहाँ पहले सरकारी विज्ञप्तियाँ और आधिकारिक घोषणाएँ ही अख़बार का मुख्य कंटेंट हुआ करता था, वहीं अब प्रबंधन, मार्केटिंग और विज्ञापन, उपभोक्ता से जुड़े मुद्दों और पर्सनल फ़ाइनेंस, प्रॉपर्टी और निवेश आदि विषयों पर ज़ोर-शोर से रिपोर्टिंग शुरू कर दी गई। इनमें से बहुत सारे विषय बाद के वर्षों में 'मुख्यधारा' के विषय बनकर उभरे। लेकिन उस दौर में आर्थिक और वित्तीय अख़बारों में इन विषयों की कोई अहमियत नहीं थी। हालाँकि सबसे बड़ा बदलाव अख़बार में ऐसे विषयों को शामिल करना रहा, जिनका अर्थव्यवस्था और बिज़नेस से कोई ख़ास सरोकार नहीं था।

इकोनॉमिक टाइम्स ने अपने पाठकों को विज्ञान और तकनीकी पर सामग्रियाँ भी परोसनी शुरू कर दी थीं। सप्ताह में एक दिन एक पूरा पन्ना पुस्तक समीक्षा और प्रकाशन को समर्पित किया जाने लगा। कला और संस्कृति के नाम भी एक पन्ना समर्पित था, जिसे 'आर्टस्केप' शीर्षक दिया गया था। थियेटर पर भी बराबर लेख और फ़ीचर छपने लगे। यह *इकोनॉमिक टाइम्स* के अतीत के स्वरूप से बिलकुल हटकर था।

पाठकों की माँगों और उनकी पसंद को ध्यान में रखकर ही ये सारे बदलाव किए गए थे। पाठकों के प्रति अब अख़बार का दृष्टिकोण अधिक विस्तृत हो चुका था। यह बात समझ में आ चुकी थी कि अख़बार का पाठक बहुआयामी व्यक्तित्व रखता है, न कि आर्थिक नीतियों से जुड़ी उबाऊ ख़बरें पढ़ने वाला उपभोक्ता मात्र है। नज़रिये के इस बदलाव की वजह से ही अख़बार अपने प्रतिद्वंद्वियों से कहीं आगे निकल गया।

संगठन के अंदर के एक व्यक्ति के अनुसार, *इकोनॉमिक टाइम्स* एक बिज़नेस न्यूज़पेपर से बदलकर एक *बिज़नेसमैन* का पेपर बन चुका था। अख़बार को यह बात समझ में आ गई थी कि आर्थिक और बिज़नेस की ख़बरों के अलावा पाठक प्रबंधन तथा औद्योगिक संबंधों जैसे विषयों पर भी ख़बरें पढ़ना चाहता है। कला और थियेटर उनकी जीवनशैली का अहम हिस्सा हैं। रीयल एस्टेट और कार फ़ाइनेंस में भी पाठकों की दिलचस्पी हो सकती है और साथ ही विज्ञान व तकनीकी के बारे में भी उनकी जागरूकता बढ़ चुकी है। इन सबके अलावा पाठक 'तनाव मुक्ति' के तरीकों के विषय में भी पढ़ने का इच्छुक हो सकता है। इन्हीं दलीलों के मद्देनज़र बौद्धिक संपदा अधिकार और कूटनीति जैसे विषयों पर भी *इकोनॉमिक टाइम्स* के स्तंभों में विस्तार से चर्चा होने लगी। अख़बार में पन्नों की संख्या भी लगातार बढ़ाई जाने लगी।

1990 के दशक के शुरुआती वर्षों में अख़बार के किसी भी आम संस्करण में विज्ञापन जगत पर लेख और क्षेत्र के विशिष्ट लोगों से साक्षात्कार शामिल होते थे। इसके अलावा अख़बार में स्पोर्ट्स, 'जीतने' की थीम और फ़ुर्सत के पलों में क्या किया जा सकता है आदि पर लेख भी शामिल किए जाने लगे। सप्ताह के दौरान 'मिड-वीक रिव्यू' नाम से एक अलग पन्ना अख़बार के साथ आने लगा।

लेकिन इन सभी बदलावों के बावजूद अख़बार ने अपने मौलिक कंटेंट को बरक़रार रखा। उदाहरण के तौर पर, बैंकिंग पर एक पन्ना होता था जिसमें अन्य लेखों के साथ-साथ पब्लिक सेक्टर बैंकों और अंतरराष्ट्रीय बैंकों के बारे में विस्तार से लेख होते थे। इसी प्रकार, 'टैक्सेशन एंड फ़ाइनेंस' पर भी एक विशेष पेज होता था। उपभोक्ता वस्तुओं के बारे में भी विस्तृत लेख छपे होते थे। पूरा एक हिस्सा धातुओं को समर्पित होता था। इक्विटी मार्केट में लोगों की बढ़ती दिलचस्पी को देखते हुए अख़बार में 'इन्वेस्टर्स गाइड' शीर्षक के तहत कई पन्नों में इस विषय पर ख़बरें और लेख शामिल होते थे। यह बड़ी तादाद में पाठकों को अपनी तरफ़ आकर्षित करने लगा।

फिर भी अख़बार इस बात से पूरी तरह वाक़िफ़ था कि यह ख़ास पाठक वर्ग राजनीतिक घटनाक्रमों के बारे में भी जानना चाहता है। इसलिए आर्थिक और वित्तीय

अख़बार होते हुए भी राजनीतिक ख़बरों, विश्लेषणों और राजनीतिक मुद्दों पर बहस को अपने पन्नों में शामिल करने में इसे कोई हिचक नहीं हुई। लेकिन यह इस बात को लेकर भी सचेत था कि राजनीतिक ख़बरें सामान्य अख़बारों में छपने वाली परंपरागत ख़बरों से हटकर हों। बल्कि इसमें छपने वाली राजनीतिक ख़बरें अधिक व्याख्यात्मक, संक्षिप्त और बिज़नेस न्यूज़ के पाठकों के साथ उनकी प्रासंगिकता की इशारा करती हुई होती थीं। यहाँ तक कि *नवभारत टाइम्स* के तत्कालीन संपादक एस.पी. सिंह को पॉलिटिकल कमेंटेटर के तौर पर *इकोनॉमिक टाइम्स* में 'पॉली-टॉक' शीर्षक से एक स्तंभ लिखने की ज़िम्मेदारी सौंपी गई। जहाँ तक सीमाओं के विस्तार का सवाल है, उसके तमाम उदाहरण हैं। तवलीन सिंह जैसी राजनीतिक स्तंभकार को भी अख़बार के साथ जोड़ा गया। इसके अलावा द *हिन्दू* के एन. राम के लेख भी अख़बार में लगातार छपने लगे।

एक बिल्कुल अलग प्रोफ़ाइल के पाठकों को आकर्षित करने के लिए अख़बार ने एक और चतुराई भरा क़दम उठाया। अख़बार में स्टॉक को समर्पित पन्नों में काफ़ी सुधार किया गया। स्टॉक मार्केट को अभी सुचारू प्रक्रिया वाली आधुनिक और नियंत्रित इकाई के तौर पर उभरना रह गया था। स्टॉक मार्केट अब तक बड़े ही उल्टे-पुल्टे तरीके से नियंत्रित किया जा रहा था। पब्लिक इश्यू की जो क़ीमतें होनी चाहिए थी, उसी क़ीमत पर कैपिटल इश्यू को सहमति दी जा रही थी।

हालाँकि स्टॉक एक्सचेंज में सुधार और नियंत्रण की दिशा में आमूलचूल परिवर्तन होना अभी दूर था। लेकिन 1980 के दशक के अंतिम वर्षों में छोटे निवेशकों के बीच इक्विटी में बढ़ती दिलचस्पी देखी जाने लगी थी। एक तरफ़ कुछ ख़ास आर्थिक सुधारों की बदौलत बाज़ार ऊपर चढ़ने लगा था, वहीं दूसरी तरफ़ छोटे निवेशकों को प्रोत्साहित करने वाले रिलायंस इंडस्ट्रीज़ के परिदृश्य में उभर आने से स्टॉक मार्केट में निवेशकों की भागीदारी बढ़ने लगी थी।

इस बदलते परिदृश्य का फ़ायदा उठाने के लिए *इकोनॉमिक टाइम्स* ने भी अपने स्टॉक पेजेस को पूरी तरह नए सिरे से डिज़ाइन किया। एक ऐसे दौर में जबकि बिज़नेस चैनलों और इंटरनेट का आगमन नहीं हुआ था, स्टॉक की ताज़ा क़ीमतों की जानकारी के लिए निवेशक अगले दिन सवेरे के अख़बार पर ही पूरी तरह निर्भर होते थे। इक्विटी मार्केट में भागीदारी बढ़ने के साथ-साथ स्टॉक पेजेस में भी लोगों की दिलचस्पी उसी अनुपात में बढ़ने लगी। एक बिलकुल नए प्रोफ़ाइल के उपभोक्ता भी अब इन्हीं स्टॉक पन्नों की वजह से *इकोनॉमिक टाइम्स* ख़रीदने लग गए थे।

स्टॉक पन्नों को मज़बूत करने का सुझाव बी.सी.सी.एल. के तत्कालीन मार्केटिंग निदेशक सतीश मेहता की तरफ़ से आया था। स्टॉक प्राइसेस संबंधी ख़बरें व्यापक रूप में पेश की जाने लगीं। इस बात को ध्यान में रखते हुए कि छोटे रीटेल निवेशकों

की दिलचस्पी छोटे स्टॉक में हो सकती है, सभी कंपनियों के लिस्टेड मूल्य अख़बार में छापे जाने लगे। इन पन्नों की अहमियत बढ़ाने के लिए तमाम प्रासंगिक सेक्शन भी इसमें जोड़े जाने लगे। अख़बार को सुधारने की दिशा में 360 डिग्री का नज़रिया अपनाया गया। जहाँ कंटेंट के स्वरूप में पूरी तरह बदलाव किया गया, वहीं इसकी डिज़ाइन और अख़बार के काग़ज़ की क्वालिटी को भी बेहतर किया गया। अख़बार के कंटेंट को एक नए फ़ॉन्ट और आकर्षक डिज़ाइन के साथ पेश किया जाने लगा।

अख़बार को कई हिस्सों में बाँट दिया गया। हर पन्ने को एक विशेष पहचान दी गई और एक अलग मुद्दे पर केंद्रित किया गया। तसवीरों और ग्राफ़िक्स की मदद से 'विजुअल इंपैक्ट' को असरदार बनाने पर ध्यान दिया जाने लगा। लेखन शैली में बदलाव करके इसे पारस्परिक और जीवंत बनाया गया। *इकोनॉमिक टाइम्स* के नए स्वरूप के तहत लेखों को कम शब्दों में इस प्रकार लिखा जाने लगा ताकि वे ज़्यादा से ज़्यादा जानकारी देने वाले और पाठकों के लिए समझ बनाने वाले हों।

उस समय किसी भी अख़बार के लिए यहाँ-वहाँ फ़िलर न्यूज़ का इस्तेमाल करना आम बात थी। ये कम महत्त्व की छोटी-छोटी ख़बरें हुआ करती थीं। तब अख़बार के पन्नों को लेकर कोई मानक तय करने पर कोई ध्यान नहीं दिया जाता था और हर दिन का अख़बार अलग दिखता था। पेज कैसा दिखेगा, यह उस दिन के ख़बरों के प्रवाह पर निर्भर करता था। जिस दिन ख़बरों का प्रवाह कम होता था, कई पन्ने तरह-तरह की ख़बरों के मिश्रण से तैयार कर दिए जाते थे जिसमें छोटी-बड़ी, हर तरह की ख़बरें शामिल होती थीं और उनमें कोई एकरूपता दिखाई नहीं देती थी।

इकोनॉमिक टाइम्स में इस बात पर ध्यान दिया जाने लगा कि ख़ाली जगह को भरने में चक्कर में अख़बार के पन्नों पर कोई भी ग़ैर प्रासंगिक या बेवजह की ख़बरें नहीं लगाई जाएँगी। लेआउट के नियमों के पालन के लिए ज़रूरी था कि पत्रकार और न्यूज़ डेस्क के लोग एक ख़ास अनुशासन के साथ अपने काम करें। ख़बरों और लेखों के लिए शब्द सीमा तय कर दी गई, ताकि पेज पर सजाए जाने के बाद वे साफ़ और व्यवस्थित दिखें। मुहावरों और नए-नए शब्दों का इस्तेमाल करके अख़बार में हेडलाइन्स में भी लगातार प्रयोग हो रहे थे। अख़बार के जो पन्ने पहले किसी उबाऊ और नीरस आँकड़ों से भरे दिखते थे, अब वे ऊर्जा व उत्साह से भरे दिखने लगे।

अख़बार के काग़ज़ के रंग को बदलने के साथ ही बदलाव की इस पूरी प्रक्रिया को अंतिम रूप दे दिया गया। पहले जहाँ *इकोनॉमिक टाइम्स* पारंपरिक सफ़ेद पन्नों पर छपता था, वहीं 1989-90 से यह ख़ूबसूरत गुलाबी रंग पर छपने लगा। यह आइडिया शायद लंदन के *फ़ाइनैंशल टाइम्स* से लिया गया था, जिसने यूरोप में 'महा मंदी' के दौर में अपने पाठकों को यह आश्वासन देने के लिए कि बिज़नेस की दुनिया में जल्द ही गुलाबी दिन वापस आएँगे, अख़बार का रंग गुलाबी कर लिया था। बाद

में इस रंग को बिज़नेस अख़बारों से जोड़कर देखा जाने लगा। अब *इकोनॉमिक टाइम्स* यह दावा कर सकता था कि भारत में गुलाबी रंग अख़्तियार करने वाला यह पहला अख़बार है।

इस क़दम से भारतीय बाज़ार में *इकोनॉमिक टाइम्स* की एक अलग पहचान क़ायम हो गई थी, क्योंकि यहाँ ऐसा पहले कभी नहीं हुआ था। ऐसा करके *इकोनॉमिक टाइम्स* ने नए उपभोक्ताओं को आकर्षित कर लिया था। एन.पी. सिंह ने कहा, 'अपने रंग में बदलाव करना *इकोनॉमिक टाइम्स* के लिए सफल क़दम साबित हुआ। यह एक बेहतरीन कोशिश थी। भारत में पाठकों और विज्ञापनदाताओं ने पहले कभी कोई गुलाबी अख़बार नहीं देखा था। अख़बार के इस क़दम ने बड़ी तादाद में नए उपभोक्ताओं को आकर्षित किया। बग़ल में गुलाबी अख़बार दबाकर घूमना लोग सम्मान की बात समझने लगे।'

1990 के आसपास अंबानी बिज़नेस परिवार तेज़ी से उभर रहा था और उसकी पहचान बढ़ती जा रही थी। *बिज़नेस एंड पॉलिटिकल ऑब्ज़र्वर*[4] (बी.पी.ओ.) की लॉन्चिंग के साथ यह मीडिया उद्योग में क़दम रखने की तैयारी में था। इस हाई प्रोफ़ाइल अख़बार की एक विशेषता यह भी चर्चा में थी कि यह गुलाबी रंग के पन्नों पर छपकर आएगा। इसके अलावा यह भी अफ़वाह थी कि लंदन का *फ़ाइनैंशल टाइम्स* भारत से शुरू होने वाला था। 1993 में टाइम्स पब्लिशिंग हाउस (टी.पी.एच.) ने प्रेस एंड रजिस्ट्रेशन ऑफ़ बुक्स एक्ट (पी.आर.बी. एक्ट) के तहत रजिस्ट्रार ऑफ़ न्यूज़पेपर्स फ़ॉर इंडिया (आर.एन.आई.) में *'फ़ाइनैंशल टाइम्स'* टाइटल अपने नाम रजिस्टर करवा लिया। इसके साथ ही फ़ाइनैंशल टाइम्स लिमिटेड के लंदन आधारित *फाइनैंशियल टाइम्स* को भारत से प्रकाशित करने का अवसर फिलहाल ख़त्म हो गया।

हालाँकि उस समय गुलाबी न्यूज़प्रिंट के लिए 25 डॉलर प्रति टन के हिसाब से अतिरिक्त मूल्य चुकाना पड़ रहा था, फिर भी *टाइम्स ग्रुप* ने इस दिशा में प्रयोग करने का निर्णय लिया। इधर, बी.पी.ओ. की लॉन्चिंग को लेकर विचार-विमर्श चल ही रहा था (इसकी तैयारी इतनी लंबी खिंच गई कि यह प्रोजेक्ट बहुत लेट हो गया) कि बी.सी.सी.एल. ने *इकोनॉमिक टाइम्स* को गुलाबी रंग में लॉन्च कर भी दिया। शुरुआती तौर पर *टाइम्स ऑफ़ इंडिया* के बॉम्बे संस्करण के साथ *इकोनॉमिक टाइम्स* का चार पन्नों वाला गुलाबी रंग में छपा लघु संस्करण वितरित किया गया। इसमें बहुत सारे बदलाव लंदन के *फ़ाइनैंशल टाइम्स* की तर्ज पर किए गए थे, लेकिन टीम यह परखने में सक्षम थी कि इन बदलावों के साथ अपने देश में क्या संभावनाएँ जुड़ी हुई थीं। वास्तव में देखा जाए तो यह अख़बार का पुनर्जन्म था। संयोगवश, बी.पी.ओ. का एजेंडा भी कुछ मिलता-जुलता था। विशिष्ट वर्ग, पन्नों और हिस्सों

के साथ 40 पन्नों के अख़बार का प्रस्ताव था, और इसके लिए भी गुलाबी रंग ही तय किया गया था। भारतीय अर्थव्यवस्था और समाज में तेज़ी से आ रहे सार्थक बदलाव के साथ तारतम्य बैठाकर ही *इकोनॉमिक टाइम्स* के कंटेंट के स्वरूप में भी बदलाव किया जा रहा था। 'भारतीय मध्यवर्ग' को लेकर शुरुआती अनुमान काफ़ी बढ़ा-चढ़ाकर लगाए गए थे। लेकिन 1980 के दशक के आख़िरी वर्षों के दौरान इनकी आबादी तेज़ी से बढ़ रही थी। हालाँकि सरकार की वित्तीय स्थिति इतनी अच्छी नहीं थी फिर भी उपभोक्तावाद की जैसे बाढ़ आ गई थी। निजी उद्योग उभरने लगे थे। उपभोक्ता सामग्रियों के क्षेत्र को अब निम्न श्रेणी का नहीं समझा जा रहा था। आयात पर लगे प्रतिबंध को छूट देने की दिशा में भी पहल हो रही थी। उस दशक के अंत और 1990 के दशक की शुरुआत में देश का सामाजिक वर्ग प्रत्यक्ष बदलाव के बीच में था।

1986 के बाद उपभोक्तावाद में तेज़ी से उछाल आया। अपने 'मनमोहक' ब्रांडों के दावों के साथ बहुद्देशीय कंपनियों का देश में प्रवेश हुआ। ख़ूबसूरत उत्पादों, आकर्षक लेबल और नए-नए गज़ट व सेवाओं की भारतीय बाज़ार में भीड़ हो गई। कहा जा सकता है कि अब मुनाफ़ा कमाने की बात बुरी नहीं समझी जा रही थी। देश में सैटेलाइट टेलीविज़न क्रांति का पदार्पण होने ही वाला था। कम्प्यूटर और तकनीकी के प्रति लोगों में जागरूकता बढ़ गई थी। राजनीतिक गलियारों में जाति और समुदाय के मुद्दे ज़रूर गरमा रहे थे। लेकिन दूसरी तरफ़ एक ऐसी सोच भी जन्म ले रही थी, जो आधुनिक व सकारात्मक थी और 21वीं सदी की चुनौतियाँ लेने को तैयार थी।

बिज़नेस से जुड़े प्रकाशन अब फ़ैशन बन गए थे। इस क्षेत्र में *बिज़नेस इंडिया* अग्रणी था और नंबर वन की पोज़िशन में बना हुआ था। हालाँकि *बिज़नेस टुडे* ने इसके अस्तित्व को चुनौती देनी शुरू कर दी थी। बिज़नेस अख़बारों की दुनिया में बी.पी.ओ. शुरू करने का अंबानी ग्रुप का फ़ैसला हलचल मचा रहा था। इन सभी प्रकाशनों ने मोटी तनख़्वाह पर हाई-प्रोफ़ाइल बहालियाँ भी कीं। *टाइम्स ग्रुप* के अंदर के लोगों का मानना है कि बी.सी.सी.एल. ने जिस आक्रामक तरीके से *इकोनॉमिक टाइम्स* के रूप और संरचना में बदलाव किया, उसके पीछे वजह बी.पी.ओ. से मिलने वाली संभावित चुनौती थी। लेकिन अंबानी भाई अपने काम को अंजाम देने में सफल नहीं हो पाए और जिस धमाके का अनुमान था, वह नहीं हो सका।

उस दौर में जबकि उपभोक्तावाद तेज़ी से अपने पैर पसार रहा था, *इकोनॉमिक टाइम्स* ने बाज़ार में अपनी मज़बूत उपस्थिति दर्ज करा ली थी। एक बिज़नेस न्यूज़पेपर के तौर पर चूँकि इसका पाठक वर्ग अब भी आला दर्जे का था, लेकिन विज्ञापनदाताओं

की दिलचस्पी से यह अब भी दूर ही था। 1982 में आयोजित एशियाई खेलों के तुरंत बाद रंगीन होने के साथ ही टेलीविज़न में भी लोगों की दिलचस्पी बढ़ गई थी। लेकिन यह सैटेलाइट टेलीविज़न के दौर से बहुत पहले की बात थी और जहाँ तक विज्ञापनदाताओं का सवाल है तो प्रिंट मीडिया अब भी उनकी पहली पसंद था। 1980 के दशक के बाद के वर्षों में विज्ञापन पर होने वाले कुल व्यय का लगभग 75 प्रतिशत प्रिंट के हिस्से में जाता था। रेडियो और सिनेमा को कुल मिलाकर 10 प्रतिशत मिल रहे थे। होर्डिंग्स आदि आउटडोर विज्ञापनों के हिस्से में भी 10 प्रतिशत जा रहा था। टेलीविज़न के पास बाकी बचा मात्र 5 प्रतिशत ही जा रहा था।

उपभोक्ता सामग्रियों के क्षेत्र में तेज़ी से बढ़ रही कंपनियाँ अपने उत्पादों के लॉन्च के लिए अब भी पत्रिकाएँ एवं पाक्षिक प्रकाशन ही चुन रही थीं। प्रिंट में चल रहे विज्ञापन कैंपेन को मज़बूती देने के लिए और अपने ऑडियो विजुअल प्रभाव की बदौलत टेलीविज़न चैनल कुछ विज्ञापनदाताओं की पसंद ज़रूर बनने लग गए थे। शीर्ष 10 विज्ञापन कंपनियाँ दैनिक अख़बार, मैग्ज़ीन और टेलीविज़न का संयुक्त रूप से इस्तेमाल कर रही थीं। लेकिन प्रिंट माध्यम उनकी प्राथमिकता सूची में शीर्ष पर था।

हालाँकि *इकोनॉमिक टाइम्स* विज्ञापनदाताओं की उस सूची में शामिल नहीं था। उन दिनों अगर किसी मीडिया योजनाकार को दिल्ली में कोई विज्ञापन अभियान शुरू करना होता तो उसकी पसंद अब भी *हिन्दुस्तान टाइम्स, टाइम्स ऑफ़ इंडिया, इंडिया टुडे* और *बिज़नेस इंडिया* ही होते। वे हिन्दी अख़बारों में भी अपने विज्ञापन देते। लेकिन *इकोनॉमिक टाइम्स* में विज्ञापन देने की बात शायद उनकी योजना में दूर-दूर तक शामिल नहीं होती। उन दिनों अख़बारों में विज्ञापन के लिए स्पेस की माँग बढ़ती जा रही थी और विज्ञापनदाता उसके लिए ऊँची क़ीमत भी देने को तैयार थे, फिर भी *इकोनॉमिक टाइम्स* के पास इस स्थिति का फ़ायदा उठाने की कोई तैयारी नहीं थी। और, यही वजह थी कि उसे अपने अख़बार के साथ सप्लीमेंट लॉन्च करना ज़रूरी हो गया था।

अपने कंटेंट में आमूलचूल परिवर्तन करने के साथ-साथ *इकोनॉमिक टाइम्स* ने अपने सप्लीमेंट्स को भी बेहद रोचक और आकर्षक रूप में प्रस्तुत किया। हर सप्लीमेंट एक विशेष वर्ग को टारगेट करके लॉन्च किया गया था। इन सप्लीमेंट्स में उम्दा किस्म के काग़ज़ का इस्तेमाल किया जा रहा था। सभी पुलआउट बेहद आधुनिक व आकर्षक थे और उनमें बड़े ही दिलचस्प अंदाज़ में बेहतरीन भाषा शैली का इस्तेमाल कर नए-नए विषयों पर सामग्री शामिल होती थी।

'कॉर्पोरेट डोज़ियर' शीर्षक के साथ पहला फ़ीचर सेक्शन लॉन्च किया गया। यह हर शुक्रवार को आता था। शुरुआत में यह एक पेज का पुलआउट हुआ करता

था और इनमें कॉर्पोरेट रणनीति, प्रबंधन और उत्कृष्ट प्रयोगों पर लेख शामिल होते थे। लेकिन सप्लीमेंट के क्षेत्र में सबसे बड़ा धमाका 'ई.टी. एस्क्वॉयर' के शुरू होने से हुआ। यह अख़बार के शनिवार के विशेष अंक के तौर पर शुरू किया गया था।

कंपनी ने महसूस किया था कि विज्ञापनदाताओं को आकर्षित करने के लिए *इकोनॉमिक टाइम्स* को अपनी दो बड़ी कमियों से उबरना होगा। अब तक स्थिति यह थी कि *इकोनॉमिक टाइम्स* घरों में नहीं, बल्कि दफ़्तरों में पढ़ा जाता था। और इसे मूल रूप से पुरुषों द्वारा पढ़ा जाता था। महिलाएँ इसे न के बराबर पढ़ती थीं। ई.टी. एस्क्वॉयर और उसके बाकी सप्लीमेंट्स में इन्हीं सीमाओं को तोड़ने की कोशिश की गई।

समीर जैन ने अख़बार को रंगीन करने का फ़ैसला किया। उनका तर्क था कि विदेश में अख़बार अगर रंगीन हो सकते हैं तो *इकोनॉमिक टाइम्स* क्यों नहीं। उनके इस क़दम के पीछे वजह यह थी कि रंगीन विज्ञापनों का रुख धीरे-धीरे टेलीविज़न और पत्रिकाओं की तरफ़ होने लगा था।

ई.टी. एस्क्वॉयर के पहले संपादक पारन बालाकृष्णन ने कहा : 'शनिवार को प्रकाशित होने वाले इस सप्लीमेंट का मुख्य मकसद अख़बार की पहुँच को विस्तृत करना था। इससे पहले तक अख़बार केवल ऑफ़िसों में ही पढ़ा जा रहा था। कुल सर्कुलेशन का 70-80 प्रतिशत वहीं वितरित किया जाता था। लोग अलग से इसे ख़रीद कर नहीं पढ़ते थे। यह बहुत समय से महसूस किया जा रहा था कि अख़बार में मज़बूत शनिवार विशेष होना चाहिए।'

उन्होंने कहा, 'यह मूल रूप से पुरुषों द्वारा ही पढ़ा जा रहा था और हम महिलाओं को भी इसे पढ़ने के लिए प्रेरित करना चाह रहे थे।'[5] इस प्रकार ई.टी. एस्क्वॉयर शुरू हुआ, जो कि शुरुआत में चार पेज का सप्लीमेंट हुआ करता था। समीर जैन ने ज़ोर दिया कि यह सप्लीमेंट आर्ट पेपर पर छपना चाहिए। संपादकीय विभाग के लोगों को यह प्रस्ताव काफ़ी पसंद भी आया, लेकिन वह इस बात को लेकर आश्वस्त नहीं था कि आर्ट पेपर इस्तेमाल करने के अपने फ़ैसले पर प्रबंधन ज़्यादा समय तक टिका रहेगा। वे बाद में ऐसी किसी परिस्थिति का सामना नहीं करना चाहते थे, जब सप्लीमेंट इस पेपर पर छपना बंद हो जाता और सामान्य पेपर पर छपने लगता। हालाँकि ऐसा हुआ, लेकिन बहुत वर्षों के बाद, जब आर्ट पेपर काफ़ी महँगा हो गया। लेकिन तब तक सप्लीमेंट संस्कृति अपनी पैठ जमा चुकी थी।

अगस्त 1989 में ई.टी. एस्क्वॉयर को एक नए पाठक वर्ग से रूबरू करवाया गया। इस सप्लीमेंट में सफल पेशेवरों, व्यवसायियों और उच्च मध्यवर्ग के कॉर्पोरेट अधिकारियों की माकूल जीवनशैली पर आधारित लेख शामिल किए जाने लगे। ये लेख ऐसे होते थे, जिन्हें लोग वीकेंड पर खाली समय में पढ़ सकें और उनके परिवार

की भी पसंद बनें। महत्त्वपूर्ण यह था कि इसमें विज्ञापन व संपादकीय का अनुपात 50:50 हुआ करता था, जिसका मतलब यह था कि लेखों और विज्ञापनों को सप्लीमेंट में बराबर जगह हासिल थी। उससे पहले तक आमतौर पर अख़बारों में संपादकीय और लेखों व ख़बरों को अधिक जगह हासिल थी। ई.टी. एस्क्वॉयर का पहला मुख्य लेख दिल्ली के क्लबों पर लिखा गया था। बाद के एक संस्करण में शहर में रहने वाले प्रवासियों पर लिखा गया था। यह अपने आप में एक नई पहल थी और इसने अख़बार को मज़बूत भी किया।

नए और ताज़ा विषयों को पाठकों के सामने रखने का यह एक बेहतरीन तरीका था। और, यह बताने का ज़रिया भी कि *ई.टी.* का अपने कंटेंट के प्रति नज़रिया किस हद तक बदल चुका था। *ई.टी.* में अब स्पोर्ट्स पर भी स्तंभ लिखे जाने लगे, जो किसी भी बिज़नेस अख़बार के लिए एक अनोखी बात थी। कहना न होगा कि अख़बार ने पारंपरिक विषयों का भी उतना ही ख़याल रखा था और उन्हें भी पाठकों की पसंद के मुताबिक ही कवर किया जा रहा था।

बालाकृष्णन याद करते हैं, 'हमने ऋषि नारायन को गोल्फ़ पर लिखने के लिए आमंत्रित किया; माइकल फ़रेरा ने बिलियर्ड्र्स पर लेख लिखे। उसके अलावा इसमें डिज़ाइन और ट्रैवल (यात्रा) पर एक-एक कॉलम होते थे जो बारी-बारी से एक-एक हफ़्ते प्रकाशित होते थे। अंदर के पन्नों पर लेख होते थे और सप्लीमेंट का चौथा पन्ना किताबों के अंश और पुस्तक समीक्षाओं के लिए आरक्षित रहता था।'

ई.टी. एस्क्वॉयर काफ़ी पसंद किया गया और यह एक सफल क़दम साबित हुआ। विज्ञापनदाताओं की नज़र से शुरुआत से ही यह विजेता की तरह स्वीकार किया गया। चमकदार रंगीन काग़ज़, सुरुचिपूर्ण डिज़ाइन और उम्दा एहसास के साथ उपभोक्ता वर्ग को आकर्षित करने की इसमें भरपूर क्षमता थी - यह संयोजन बहुत ही सम्मोहक था। विज्ञापनदाताओं के सामने इसे मैग्ज़ीन के विकल्प के तौर पर पेश किया गया था। यह सोच रंग लाई और कुछ ही महीनों के भीतर यह बेहद लाभकारी इकाई बन गया।

बालाकृष्णन ने स्मरण करते हुए कहा, 'पहले ही साल के दौरान *ई.टी. एस्क्वॉयर* ने भरपूर कमाई की।' एक ख़ास मकसद हासिल करने के लिए संपादकीय और मार्केटिंग टीमों ने एक-दूसरे के साथ मिलकर काम किया न कि आमने-सामने खड़े होकर। व्यापक पाठक वर्ग को आकर्षित करने और अपने आधार का विस्तार करने के मकसद से जहाँ संपादकीय विभाग ने अख़बार के कंटेंट को बेहतरीन बनाने पर ध्यान दिया, वहीं मार्केटिंग व विज्ञापन की टीमें बिक्री बढ़ाने की कोशिश में जुट गई थीं।

बालाकृष्णन ने चहकते हुए कहा, 'शुरुआत में समूह के मार्केटिंग विभाग ने

इस सप्लीमेंट को शनिवार को लाए जाने का विरोध भी किया था। उन्होंने अपना विरोध जयपुर में किए गए एक ओ.आर.जी. सर्वेक्षण के परिणामों को आधार बनाकर जताया था। उस सर्वेक्षण परिणाम के मुताबिक शनिवार को कोई भी इस अख़बार को पढ़ना नहीं चाहता, क्योंकि उस दिन स्टॉक का कोई पन्ना नहीं होता। विरोध जताने वाली वही टीम कुछ वर्षों बाद यह कहते हुए पाई गई कि इस सप्लीमेंट के लिए शनिवार सबसे उपयुक्त दिन है क्योंकि लोगों के पास वीकेंड पर पढ़ने के लिए काफ़ी खाली वक़्त रहता है।'

ई.टी. एस्क्वॉयर की सफलता ने अन्य सप्लीमेंट्स को भी बाज़ार में लाए जाने का रास्ता खोल दिया। दूसरा सप्लीमेंट ब्रांड इक्विटी शुरू किया गया। लॉन्च के साथ ही इसने भी बाज़ार में अपने झंडे गाड़ दिए। यह पूरी तरह से एक एडिटोरियल प्रॉडक्ट था, जिसमें विज्ञापन और मार्केटिंग स्पेस के विकास पर गंभीर लेख शामिल किए जाते थे। स्वाभाविक है, इसमें विज्ञापनदाताओं को आकर्षित करने की कोशिश भी शामिल थी और बाज़ार पर भी पूरा ध्यान था। श्रीकांत खांडेकर द्वारा शुरू की गई *ए. एंड एम.* मैग्ज़ीन मार्केटिंग और एडवरटाइज़िंग पर अपना पूरा फ़ोकस करके पहले ही सफलता हासिल कर चुकी थी।

देश में उपभोक्तावाद के साथ-साथ एडवरटाइज़िंग और मार्केटिंग के प्रसार ने इस स्वतंत्र सप्लीमेंट के अस्तित्व को आधार ज़रूर दिया था, लेकिन इसे शुरू करने के पीछे एक ख़ास वजह और भी थी। उन दिनों विज्ञापन एजेंसियाँ सशक्त हुआ करती थीं। किसी भी मीडिया प्लान के दौरान विज्ञापनदाता इस बात का निर्णय अपनी एजेंसियों पर छोड़ देते थे कि विज्ञापन बजट का कितना हिस्सा किस प्रकाशन के हिस्से में जाएगा। जहाँ बी.सी.सी.एल. ने विज्ञापन एजेंसियों को नज़रअंदाज़ करके विज्ञापन की दरों में एकतरफ़ा बढ़ोतरी कर दी थी, वहीं इन्हें अपने साथ जोड़े रखने के लिए एक पूरा सप्लीमेंट इनके नाम समर्पित कर दिया था जिनमें उनके इंटरव्यू और अभियानों पर लेख छपे होते थे।

लेकिन इसके अलावा भी, शायद सबसे महत्त्वपूर्ण एक और कारण था जिसकी वजह से ब्रांड इक्विटी शुरू किया गया था। *टाइम्स ऑफ़ इंडिया* के साथ आने वाले सटरडे टाइम्स की सफलता से समीर जैन शायद पूरी तरह आश्वस्त हो चुके थे कि कोई भी सप्लीमेंट अब सफल हो सकता है।

आरंभ में ब्रांड इक्विटी दो पन्नों का एक कलर पुलआउट था। जल्द ही इसमें दो और पन्ने जोड़े गए। इस सप्लीमेंट का फ़ोकस ख़ासतौर पर चार क्षेत्रों पर था - विज्ञापन, मार्केटिंग, मीडिया और रिसर्च। पहला सुझाव इस सप्लीमेंट का शीर्षक 'मार्केट प्लस' रखे जाने का था। इसे संपादकीय संचालित उत्पाद बनाने का प्रस्ताव था। *इकोनॉमिक टाइम्स* के पत्रकारों को यह प्रस्ताव काफ़ी पसंद आया और वे इसकी

लॉन्चिंग की तैयारी में जी-जान से जुट गए।

ब्रांड इक्विटी के पहले संपादक संजॉय नारायण बने, जो बाद में *बिज़नेस टुडे* के संपादक बने और फिर *हिन्दुस्तान टाइम्स* के मुख्य संपादक बने। वे बॉम्बे में *बिज़नेस वर्ल्ड* में काम कर रहे थे। वहाँ काम करते हुए उन्हें एक वर्ष हुआ था। उससे पहले छह वर्षों तक वे कलकत्ता ई.टी. में काम कर चुके थे। जब टी.एन. नायनन ने उन्हें संपर्क कर उनके सामने ब्रांड इक्विटी की ज़िम्मेदारी लेने का प्रस्ताव रखा तो वे फ़ौरन मान गए थे।

ब्रांड इक्विटी टीम के एक पूर्व सदस्य का कहना था, 'नायनन का प्रभामंडल ही कुछ ऐसा था। अगर वे आपको अपनी टीम में शामिल होने का प्रस्ताव रखते तो यह बड़े गर्व की बात होती थी और आप उन्हें कभी इंकार कर ही नहीं सकते थे। इसके अलावा, अख़बार के लिए एक बेहतरीन टीम वे पहले ही बना चुके थे। और उन दिनों ऐसा लगता था कि वह टीम कुछ बढ़िया करने वाली है।' आनंद पी. रमन उन दिनों ई.टी. के फ़ीचर एडिटर और पी.जी. मथाई दिल्ली में *ई.टी.* के स्थानीय संपादक थे। टी.सी.ए. श्रीनिवास राघवन और ए.के. भट्टाचार्य भी टीम में शामिल हो चुके थे। सदानंद मेनन 'आर्टस्केप' और 'डिज़ाइन' पन्नों के संपादक थे।

ब्रांड इक्विटी में संजॉय नारायण के साथ दो और लोग, अदिति चटर्जी और एम. शंकर भी काम कर रहे थे। बॉम्बे में यह जिम्मेदारी नंदिनी लक्ष्मण सँभाल रही थीं, जो कि पहले 'रीडिफ़्यूज़न' और फिर *बिज़नेस स्टैंडर्ड* वीकेंड में भी काम कर चुकी थीं। ज्योति मणि थापा प्रॉडक्ट की डिज़ाइन का काम सँभाल रही थीं।

सप्लीमेंट की डमी बना ली गई थी। लॉन्च की पूरी तैयारी हो चुकी थी, यहाँ तक कि मास्टहेड भी तैयार था। सितंबर 1990 के पहले बुधवार को एडिशन लॉन्च होना तय हुआ था। टीम अपनी पूरी तैयारी के साथ संस्करण के रिलीज होने का इंतज़ार कर रही थी। तभी बॉम्बे से एक कॉल आया। यह नायनन का कॉल था। उन्हें बताया गया कि सप्लीमेंट की पूरी तैयारी हो चुकी है, और पेज 1 जा रहा है लेकिन नायनन ने नारायण से कहा, 'अभी सब कुछ रोक दो।' वे समीर जैन के साथ बॉम्बे में मीटिंग में थे। जैन सप्लीमेंट के नाम में बदलाव चाहते थे। वे चाहते थे कि मार्केट प्लस के बजाय इसे ब्रांड इक्विटी कहा जाए।

अब एक नया मास्टहेड बनाने की ज़रूरत थी। आर्ट डिपार्टमेंट फिर से काम में जुट गया। पत्रकारों की टीम को यह बात समझ आ गई कि प्रबंधन इन सप्लीमेंट्स की हर बारीकी को गंभीरता से ले रहा है। उन्होंने भी ब्रांड, ब्रांड वर्थ और ब्रांड इक्विटी शब्दों के अर्थ खंगालने शुरू कर दिए।

नाम बदलने के एक सप्ताह के भीतर सितंबर में ही एक बुधवार को ब्रांड इक्विटी को लॉन्च कर दिया गया। इस सप्लीमेंट के लिए क्रीम कलर के काग़ज़ का इस्तेमाल किया गया था। समीर जैन अपने प्रकाशनों में रंगों के इस्तेमाल को लेकर अब काफ़ी गंभीर हो चुके थे। वे नहीं चाहते थे कि ऐसे किसी रंग का इस्तेमाल किया जाए जिसमें भारीपन हो। बल्कि वे चाहते थे कि रंग ऐसे चुने जाएँ जो आँखों को सुकून देने वाले हों और ब्रांड इक्विटी को बाज़ार में मौजूद अन्य सप्लीमेंट्स से अलग पहचान दिला सकें।

इतनी तड़क-भड़क के साथ पहली बार किसी सप्लीमेंट को लॉन्च किया जा रहा था। पूरे शहर में होर्डिंग्स लगा दिए गए थे, जो इस पुलआउट के बाज़ार में आने की घोषणा कर रहे थे। सप्लीमेंट का पहला मुख्य लेख 'पेप्सी फूड्स' और चीटोज़ पर लिखा गया था, जो विशुद्ध रूप से एक बिज़नेस लेख था। यह लेख विवेचनात्मक अंदाज़ में लिखा गया था। इसमें पूछा गया था कि क्या पेप्सी को अपनी सही रणनीति मिल गई है। अब यह एक मानक नीति बन गया है। आजकल हर लेख में कोई सवाल ज़रूर छिपा होता है। लेकिन उन दिनों लेख इतने साहसी और सपाट तरीक़े से नहीं लिखे जाते थे।

विज्ञापन पर ज़ोर देने के बावजूद ब्रांड इक्विटी पूरी तरह से एक संपादकीय संचालित प्रकाशन था। अपने आप में यह एक नई कोशिश थी। इसमें गुणवत्ता के लिहाज़ से लेखों की कोई कमी नहीं थी, जिनमें हर तरह के तथ्य होते थे। शुरू में ब्रांड इक्विटी ने विज्ञापन दुनिया की तरफ़ उतना ध्यान केंद्रित नहीं किया। पत्रकारों के ऊपर विशेष लेख लिखने के लिए किसी तरह का कोई दबाव नहीं था। नायनन लेखों के संबंध में अपने सुझाव ज़रूर दिया करते थे, लेकिन मैनेजमेंट की तरफ़ से किसी प्रकार का आदेश/निर्देश नहीं होता था। सब कुछ नायनन की देखरेख में ही हो रहा था। वे बराबर मालिकों के संपर्क में रहते थे और अपनी टीम के बीच कड़ी की भूमिका भी अदा कर रहे थे।

संयोगवश, शुरुआती दौर में तमाम कोशिशों और हर तरह के तामझाम के बावजूद ब्रांड इक्विटी का प्रदर्शन बहुत प्रसन्नताजनक नहीं रहा। इसकी वजह यह थी कि ब्रांड इक्विटी के पन्नों पर विज्ञापन की दरें इतनी ऊँची रखी गई थीं कि बाज़ार में कोई विज्ञापनदाता वह क़ीमत अदा करने को तैयार नहीं था। बाद में दरों को थोड़ा कम किया गया, जिसके बाद ही इसके अच्छे परिणाम आने शुरू हुए। दरअसल, यह विडंबना ही थी कि ई.टी. एस्क्वॉयर में छप रहे विज्ञापन धीरे-धीरे ब्रांड इक्विटी की तरफ़ आने लगे। नतीजा यह हुआ कि ई.टी. एस्क्वॉयर को फिलहाल बंद करना पड़ा। बाद में इसे दोबारा शुरू किया गया।

टाइम्स ग्रुप में ऐसा अक्सर हुआ है। कोई नया प्रॉडक्ट बड़े ही शोर-शराबे के

साथ और आक्रामक रूप से लॉन्च किया गया। बाद में कंपनी को इससे मिलने वाले लाभांश में कमी हुई नहीं कि इसे फ़ौरन बंद कर दिया गया। इससे पहले *द इंडिपेंडेंट* और *सटरडे टाइम्स* के साथ भी ऐसा ही किया गया। जहाँ तक अपने प्रॉडक्ट से होने वाली कमाई का सवाल है, तो टाइम्स ग्रुप में भावनाओं की कोई अहमियत नहीं है और इसका बर्ताव एक कठोर व्यावसायिक इकाई की तरह रहता है।

ब्रांड इक्विटी और *इकोनॉमिक टाइम्स* की तरफ़ लौटते हैं। शुरुआती दौर में इस सप्लीमेंट को इसलिए भी सफलता नहीं मिली क्योंकि संभवतः *द टाइम्स* ने *बिज़नेस इंडिया* के वफ़ादार पाठकों को हल्के तौर पर लिया। विभा देसाई ने कहा, '*बिज़नेस इंडिया* और *बिज़नेस टुडे* पहले ही मार्केटिंग और कॉर्पोरेट जगत में अपनी-अपनी पकड़ बनाने को लेकर संघर्ष कर रहे थे। जब ब्रांड इक्विटी भी उस दौड़ में शामिल हुआ तो उसने यह अनुमान नहीं लगाया था कि आगे निकलने के लिए उसे इन दोनों प्रकाशनों को भी पछाड़ना होगा। जब तक बी.सी.सी.एल. ने अपने विज्ञापन की दरों को कम नहीं कर लिया, उसे ब्रांड इक्विटी को लेकर सफलता नहीं मिली। विज्ञापनदाताओं को आकर्षित करने के लिए विज्ञापन की दरें कम रखना सबसे आश्वस्त तरीका था।'

आख़िरकार ब्रांड इक्विटी एक बेहद कामयाब प्रयोग साबित हुआ। विज्ञापनों को आकर्षित करने के अलावा अख़बार की क़ीमत तय करने के कंपनी के साहसिक प्रयोग में भी इसकी महत्त्वपूर्ण भूमिका रही।

इकोनॉमिक टाइम्स में किए गए बदलावों पर जैसे-जैसे पाठकों का ध्यान जाने लगा, अख़बार का प्रोफ़ाइल भी बेहतर होने लगा। 1990 में *इकोनॉमिक टाइम्स* की प्रतिदिन की औसत बिक्री 1 लाख प्रतियों से भी ऊपर पहुँच गई। उसी साल *इकोनॉमिक टाइम्स* अहमदाबाद से भी शुरू कर दिया गया और उसके साथ ही इसके संस्करणों की कुल संख्या पाँच हो गई। बॉम्बे इसका प्रमुख केंद्र था, जहाँ अख़बार का सर्कुलेशन 40 हज़ार के आसपास था, लेकिन दिल्ली भी 33 हज़ार प्रतियों के साथ बेहतर प्रदर्शन कर रहा था। कलकत्ता में इसका सर्कुलेशन 14 हज़ार और बैंगलोर में उससे थोड़ा कम 12 हज़ार प्रतियाँ था।

ब्रांड बिल्डिंग की दिशा में भी कई पहल की गईं। 1986 में *इकोनॉमिक टाइम्स* की 25वीं वर्षगाँठ मनाने के बाद 1991 में बी.सी.सी.एल. ने उसी परंपरा के तहत अख़बार की 30वीं वर्षगाँठ का भी आयोजन किया। ई.टी. के कंटेंट में किए जा रहे बदलाव को अपना पूरा सहयोग देने के अलावा समीर जैन ने इसकी क़िस्मत चमकाने

की कोशिश में इसे मास्टरमांइड का हिस्सा बनाने का भी फ़ैसला किया। इन सबके बावजूद यह महसूस किया जा रहा था कि *इकोनॉमिक टाइम्स* को और बेहतर करने की भरपूर संभावना है। इस बार उस संभावना को भुनाने के लिए अख़बार की कवर प्राइस में फेरबदल किया गया।

यह पहला महत्त्वपूर्ण क़दम था। मुनाफ़ा बढ़ाने के अभियान में कंपनी अब तक अख़बार की कवर प्राइस से छेड़छाड़ करने से परहेज कर रही थी। अब तक सारी रणनीति विज्ञापन के लिए स्पेस के मूल्यांकन के इर्द-गिर्द ही घूम रही थी। संपादकीय कंटेंट में बदलाव और मास्टरमाइंड आदि मूल्यांकन के जुड़े प्रयोगों के पीछे एक ही मकसद था कि अख़बार में एडवरटाइज़िंग स्पेस की क़ीमत बढ़ाई जा सके। किसी भी रणनीति में कवर प्राइस का कोई उल्लेख नहीं था।

लोगों में बिज़नेस न्यूज़ पढ़ने की भूख धीरे-धीरे बढ़ रही थी। ख़ासकर, अंग्रेज़ी पाठकों के एक वर्ग की पसंद में बदलाव आ चुका था। वित्तीय ख़बरों के प्रति उनकी दिलचस्पी गहराती जा रही थी। देश-विदेश की बिज़नेस और आर्थिक ख़बरों के प्रति उनकी जागरूकता बढ़ गई थी। स्टॉक मार्केट पर चर्चा अब आम होने लगी थी। देश में मध्य और उच्चवर्ग के लोगों की आमदनी बढ़ने लगी थी और वे निवेश करने की स्थिति में आ गए थे।

बी.सी.सी.एल. ने यह भी महसूस किया कि लगभग सभी प्रकाशकों ने पाठकों की बदलती पसंद को ध्यान में रखते हुए अपने-अपने अख़बारों के साथ स्वतंत्र बिज़नेस सप्लीमेंट निकालने शुरू कर दिए हैं। कुछ तो पूरा बिज़नेस अख़बार ही निकाल रहे थे। बिज़नेस न्यूज़ और स्टॉक मार्केट पर वित्तीय विशेषज्ञों की समीक्षाएँ पढ़ना धीरे-धीरे पाठकों की पसंद बनता जा रहा था।

नायनन के संपादकीय नेतृत्व में अख़बार में काफ़ी सुधार किए जा चुके थे। इसका न्यूज़ कवरेज अब काफ़ी व्यापक हो चुका थ। स्टॉक मार्केट से जुड़े डेटा अब अख़बार आकर्षक तरीक़े से पेश करने लगा था। आर्थिक विषयों पर लिखे गए इसके फ़ीचर और लेखों की गुणवत्ता पहले की तुलना में अब बहुत बेहतर हो चुकी थी और ये काफ़ी विवेचनात्मक भी हो गए थे। और यह स्पष्ट था कि सप्लीमेंट्स निकालने पर इसका अब ख़ास ज़ोर है। इसका परिणाम यह हुआ कि 1991 आते-आते इसका सर्कुलेशन काफ़ी बढ़ चुका था और आगे ज़्यादा बढ़ने की उम्मीद साफ़ दिख रही थी।

समीर जैन को ऐसा लग रहा था कि अख़बार के पाठक इसकी और बेहतर क़ीमत दे सकते हैं। बी.सी.सी.एल. के मार्केटिंग निदेशक सतीश मेहता ने इस दिशा में रणनीति तैयार करने में महत्त्वपूर्ण भूमिका निभाई। इस दिशा में कंपनी ने पहला क़दम बढ़ाया और *इकोनॉमिक टाइम्स* की कवर प्राइस 1.80 रुपए से बढ़ाकर 2.50 रुपए कर दी। उसके बाद, कंपनी ने विज्ञापन की दरें बढ़ाते समय जिस प्रकार की

नीति अपनाई थी, वही नीति कवर प्राइस बढ़ाने के दौरान भी लागू की। तक़रीबन हर छह महीने पर कवर प्राइस बढ़ा दी गई। हर बार 50 पैसे से लेकर एक रुपए तक की बढ़ोतरी की जाती।

1991 आते-आते *इकोनॉमिक टाइम्स* की कवर प्राइस बॉम्बे में साढ़े पाँच रुपए तक पहुँच गई। क़ीमत बढ़ाने के पीछे मकसद सिर्फ़ काग़ज़ की बढ़ी हुई क़ीमतों की भरपाई करना ही नहीं था, बल्कि अख़बार को अपने प्रतिद्वंद्वियों की तुलना में एक प्रीमियम ब्रांड के तौर पर स्थापित करना भी था। आश्चर्यजनक रूप से, अख़बार के सर्कुलेशन में उछाल आया। 1990 में जहाँ इसकी एक लाख प्रतियाँ बिक रही थीं वहीं 1991 में इसका सर्कुलेशन 1 लाख 20 हज़ार पर पहुँच गया। यह वही अवधि थी, जब कवर प्राइस में भी वृद्धि की जा रही थी। यहाँ तक कि जनवरी-जून 1992 के दौरान सर्कुलेशन 1 लाख 60 हज़ार प्रतियाँ तक पहुँच गया।

समीर जैन का विचार था कि *इकोनॉमिक टाइम्स* की कवर प्राइस धीरे-धीरे बढ़ाकर 10 रुपए कर दी जाए, क्योंकि वे इस बात से पूरी तरह आश्वस्त थे कि इस प्रीमियम अख़बार का उचित मूल्य 10 रुपए ही होना चाहिए। हालाँकि ई.टी. की कवर प्राइस अंततः पाँच रुपए पर ठहर गई।

एन.पी. सिंह ने याद करते हैं, 'जब हमने ई.टी. की कवर प्राइस पाँच रुपए किए जाने की घोषणा की, तो हर तरफ़ खलबली मच गई। उस समय देश में इस क़ीमत पर कोई अख़बार नहीं बिक रहा था और *इकोनॉमिक टाइम्स* सप्ताह के हर दिन उसी कवर प्राइस पर बिक रहा था। जिस अख़बार का मासिक बिल 40-50 रुपए आता था, वह बढ़कर 150 रुपए हो गया। यह अपने आप में बहुत बड़ी वृद्धि थी। लेकिन फिर से, इस बढ़ोतरी ने लोगों का महत्वाकांक्षा स्तर बढ़ा दिया था। लोग खुद दलील दे रहे थे कि अगर अख़बार की क़ीमत इतनी अधिक है, तो यह ज़रूर बहुत अच्छा होगा।'

कंपनी को मालूम था कि *इकोनॉमिक टाइम्स* की महँगी कवर प्राइस को भी स्वीकार कर लिया जाएगा, क्योंकि पाठक शायद ही इसकी क़ीमत अपनी जेब से अदा करते थे। एन.पी. सिंह ने कहा, 'कवर प्राइस बढ़ जाने के बाद भी ज़्यादातर लोग *इकोनॉमिक टाइम्स* पढ़ते रहे, क्योंकि उन्हें इसे ख़रीदकर नहीं पढ़ना था। इसकी क़ीमत उनकी कंपनियाँ अदा कर रही थीं। बहुत सारे लोग *ई.टी.* माँगकर पढ़ते थे या फिर अपने ऑफ़िसों से उठाकर घर ले जाते थे।' सरकारी अफ़सरशाही और कॉर्पोरेट क्षेत्रों में *ई.टी.* की रीडरशिप का बड़ा आधार था। इन पाठकों को कंपनी के एकाउंट से अख़बार का बिल देना था और उन्हें इसकी क़ीमत बढ़ाए जाने से भी कोई अंतर नहीं पड़ा।

इतना आगे पहुँचने के बाद कंपनी ने अब पीछे मुड़ने का फ़ैसला किया। तय

हुआ कि अख़बार की क़ीमत कम की जाएगी, लेकिन सिर्फ़ सप्ताह में एक दिन। यह रणनीति क्यों अपनाई गई इसके पीछे एक दिलचस्प कहानी है। एक सुबह समीर जैन ने सतीश मेहता से कहा कि उन्होंने ग़ौर किया है कि सोमवार के दिन कलकत्ता के चिड़ियाघर के बाहर लंबी लाइन लगी रहती है। शायद इसलिए क्योंकि इस दिन प्रवेश शुल्क माफ़ होता है। माना जाता है कि उसके बाद उन्होंने मेहता से सवाल किया कि क्या शून्य मूल्य और पाठकों की गहन दिलचस्पी के कॉम्बिनेशन के साथ यही नीति अख़बार के बिज़नेस पर भी लागू की जा सकती है। उसके बाद मेहता 'हाई क्वालिटी, लो प्राइस' की योजना तैयार करने में जुट गए।

इस योजना पर बॉम्बे के वरिष्ठ प्रबंधकों की राय माँगी गई। ज़्यादातर को यह प्लान काफ़ी जोखिम भरा और अव्यावहारिक लगा। उसके बाद तय हुआ कि इस प्लान को दिल्ली के बाज़ार में प्रयोग किया जाएगा। इस क़दम के पीछे दलील यही थी कि बिज़नेस और आर्थिक ख़बरों में दिलचस्पी रखने वाले पाठकों की संख्या तेज़ी से बढ़ रही है। कंटेंट और डिज़ाइन में बदलाव करके *इकोनॉमिक टाइम्स* और इसकी नक़ल कर रहे अन्य प्रतिद्वंद्वी अख़बार अब तक आर्थिक और बिज़नेस अख़बारों से दूरी बनाए रखने वाले पाठकों को अपनी तरफ़ आकर्षित करने में सफल गए थे।

कवर प्राइस पाँच रुपए होने के साथ ही *इकोनॉमिक टाइम्स* की छवि ऐसी बन गई थी कि उसे पढ़ना शान की बात समझा जाने लगा था। दूसरी तरफ़ संभावित पाठकों का एक बड़ा वर्ग ऐसा भी था जो *इकोनॉमिक टाइम्स* पढ़ने की इच्छा तो रखता था, लेकिन उसकी महँगी क़ीमत अदा करने में सक्षम नहीं था। 'नैशनल रीडरशिप सर्वे' के आँकड़ों के मुताबिक जहाँ आम अख़बारों की पाठक संख्या प्रति कॉपी 3.3 थी वहीं *इकोनॉमिक टाइम्स* की एक प्रति को पाँच लोग पढ़ते थे। इसका मतलब साफ़ था कि परोक्ष पाठकों का एक पूरा वर्ग ऐसा था जो अपने दफ़्तरों आदि में *इकोनॉमिक टाइम्स* पढ़ता ज़रूर था, लेकिन उसे ख़रीदने के लिए 5 रुपए ख़र्च करने को तैयार नहीं था।

यहाँ नज़रिये का भी मामला था : चलन यह था कि हर परिवार घर के लिए एक सामान्य अख़बार ही मँगवा रहे थे, जबकि *इकोनॉमिक टाइम्स* जैसे बिज़नेस अख़बार ऑफ़िसों में ही पढ़ जाते थे। लोगों के इस नज़रिये में बदलाव लाना ज़रूरी था। कम से कम सप्ताह के एक दिन अख़बार की क़ीमत पाठकों की जेब के मुताबिक रखना और संभावित पाठकों को अख़बार से रूबरू कराना ज़रूरी हो गया था।

इसकी क़ीमत क्या रखी जाए यह तय करने का कोई आज़माया हुआ नुस्ख़ा नहीं था। मालिकों के सामने कवर प्राइस के लिए तीन विकल्प थे - 2 रुपए, 2.5 रुपए और 3 रुपए। अंत में, *इकोनॉमिक टाइम्स* के बुधवार के संस्करण का 'आमंत्रण मूल्य' 2 रुपए रखने का निर्णय लिया गया। यह मूल्य सतीश मेहता के सुझाव पर

रखा गया था। इसे लागू करना इतना आसान नहीं था। सबसे पहले, यक़ीनन, ऐसे नए पाठकों की अच्छी-ख़ासी तादाद होनी ज़रूरी थी, जो दो रुपए में अख़बार ख़रीदकर पढ़ने की अहमियत समझ पाते। इसके बग़ैर यह क़दम बुधवार को नुक़सान उठाने के अलावा और कुछ साबित नहीं होता। इसके अलावा, सप्ताह के अन्य दिनों पर अख़बार की असमान माँग की संभावना से भी इनकार नहीं किया जा सकता था। प्रॉडक्शन और फ़ाइनेंस टीमों को एक साथ लेकर चलना ज़रूरी हो गया था।

सबसे बड़ी चुनौती अख़बार बाँटने वाले हॉकर्स को तैयार करना था। असमान माँग से निबटने के साथ-साथ हॉकर्स के सामने अपने कमीशन में घाटे का भी ख़तरा था जो कि अख़बार के कवर प्राइस पर तय होता है। आमंत्रण मूल्य प्रक्रिया के बारे में मेहता ने कहा, 'यह पूरा कॉन्सेप्ट अपने आप में काफ़ी अपरंपरागत-सा था और इसे स्वीकार करने के लिए विस्तार से समझाया जाना ज़रूरी था।'

कंपनी ने हॉकर्स की इस चिंता का समाधान करने के लिए सप्ताह के अन्य दिनों में अख़बार की कवर प्राइस को रुपए 4.50 (दिल्ली में *इकोनॉमिक टाइम्स* की तत्कालीन कवर प्राइस) से बढ़ाकर रुपए 4.90 रुपए कर दिया। अनुमान यह था कि चूँकि कॉर्पोरेट सेक्टर और सरकारी विभाग *इकोनॉमिक टाइम्स* के प्रमुख ख़रीदार थे, इसलिए वे कवर प्राइस महँगी हो जाने के बावजूद इसे ख़रीदना बंद नहीं करेंगे। इस नीति को अपनाने से बुधवार को हॉकर्स को कमीशन में जो घाटा होने वाला था उसकी भरपाई हो जाती।

बुधवार और सप्ताह के अन्य दिनों के लिए अख़बार की कवर प्राइस तय करने की प्रक्रिया के दौरान अन्य पहलुओं में भी संतुलन बनाए रखना ज़रूरी था। पहली चीज़ कवर प्राइस में सभी फेरबदल के बाद भी अख़बार का मासिक बिल पहले जैसा ही होना था। ऐसा यह सुनिश्चित करने के लिए किया जाना ज़रूरी था कि कॉर्पोरेट और सरकारी क्षेत्रों के ख़रीदार बिना किसी हिचकिचाहट के अख़बार मँगवाते रहते।

दूसरे, आमंत्रण मूल्य हर हाल में अख़बार के आम दिनों के मूल्य के आधे से कम तय किया जाना ज़रूरी था। आकलन के मुताबिक यह नए पाठकों के लिए आकर्षक होता। साथ ही, आमंत्रण मूल्य का अन्य प्रतिद्वंद्वी ब्रांडों की कवर प्राइस के आधे से भी कम होना ज़रूरी था, ताकि नए पाठक ज़्यादा से ज़्यादा संख्या में अख़बार की तरफ़ आकर्षित होते, जिनमें अपनी जेब से ख़र्च करके अख़बार पढ़ने वाले पाठक भी शामिल थे।

इन सबके बीच कंपनी के लिए यह सुनिश्चित करना भी ज़रूरी था कि आमंत्रण मूल्य पर अख़बार ख़रीदने के लिए वेंडर्स को अन्य दिनों की तुलना में कम से कम 20 पैसे अधिक चुकाने पड़ते, अन्यथा इस बात की पूरी आशंका थी कि वेंडर बड़ी संख्या में आमंत्रण मूल्य पर अख़बार ख़रीदकर उसे कहीं डंप कर देते और सर्कुलेशन

में एक 'ग़ैर-पाठक ढेर' तैयार कर देते।

अगली जो बात तय की जानी थी वह यह थी कि सप्ताह के किस दिन आमंत्रण मूल्य पर अख़बार दिया जाए। कंपनी ने तय किया कि आमंत्रण मूल्य ऐसे दिन के लिए तय किया जाए, जिस दिन संस्करण को बेहतरीन समझा जाता हो। विकल्प तीन थे। पहला- सोमवार, जिस दिन *इकोनॉमिक टाइम्स* के साथ 'इन्वेस्टर्स गाइड' सर्कुलेट हो रहा था। दूसरा- शनिवार, जिस दिन अख़बार के साथ 'ई.टी. एस्क्वायर' सर्कुलेट हो रहा था और तीसरा- बुधवार, जिस दिन 'ब्रांड इक्विटी' का सप्लीमेंट अख़बार के साथ आ रहा था। सभी पहलुओं को ग़ौर करने के बाद बुधवार के दिन अख़बार को आमंत्रण मूल्य पर बेचने का निर्णय लिया गया, क्योंकि उस दिन संस्करण को सप्ताह के अन्य दिनों की तुलना में सर्वोत्तम माना जाता था। बुधवार का अख़बार पढ़कर नए पाठक शायद अन्य दिन भी यह अख़बार पढ़ने को प्रेरित होते।

साथ ही, समीर जैन चाहते थे कि विज्ञापन और मार्केटिंग के क्षेत्र के ज़्यादा से ज़्यादा लोग *इकोनॉमिक टाइम्स* पढ़ें और ब्रांड इक्विटी से परिचित हों। ज़ाहिर है, इन सभी बातों को ध्यान में रखते हुए बुधवार का संस्करण एक आकर्षक मूल्य पर बेचने का फ़ैसला सबसे माकूल था। इसी के साथ इस बात को आधार बनाकर कि बुधवार को अख़बार का सर्कुलेशन अन्य दिनों की तुलना में बहुत ज़्यादा होने वाला है, अख़बार में विज्ञापन की दरें उस दिन के लिए 15 प्रतिशत बढ़ा दी गईं।

बी.सी.सी.एल. द्वारा कवर प्राइस महँगी किए जाने की प्रक्रिया शुरू करने के मात्र दो साल के बाद 1 मार्च 1992 को *इकोनॉमिक टाइम्स* को आमंत्रण मूल्य पर लॉन्च किया गया। पाठकों के बीच इस क़दम की बहुत बेहतरीन प्रतिक्रिया रही। एन.पी. सिंह ने कहा, 'ऐसा लग रहा था मानो भूखी भीड़ के लिए एक छोटा-सा दरवाज़ा खोल दिया गया हो। यह बहुत ही बेहतरीन और चतुर विचार था! बाज़ार की गतिशीलता और पाठकों के बदले तेवरों के बीच यह एक बढ़िया रणनीति थी! इतना सस्ता और इतना बढ़िया अख़बार!'

नए पाठकों को आकर्षित करना इतना चुनौतीपूर्ण नहीं था। अख़बार की गुणवत्ता तो बेहतरीन थी ही, यह मामला लोगों की धारणा बदलने का भी था। सिंह ने माना, 'किसी ने कभी यह नहीं कहा कि उन्हें अपने पैसे ख़र्च करने पर बेहतरीन अख़बार नहीं मिल रहा था, क्योंकि उन्होंने महसूस किया कि अख़बार की 5 रुपए कवर प्राइस पूरी तरह न्यायसंगत है। उस पर वही अख़बार उन्हें सिर्फ़ दो रुपए में मिल रहा था। पाठक इस बात को लेकर बेहद आभारी थे।'

शुरू में अनिच्छा ज़ाहिर करने के बाद आख़िरकार वितरकों ने भी इस व्यवस्था को स्वीकार कर लिया। सप्ताह के अन्य दिनों रुपए 4.90 रुपए में अख़बार बेचकर उन्हें भारी मुनाफ़ा होने लगा था (और बाद में, वीकेंड पर अख़बार की क़ीमत 10

रुपए किए जाने पर)। उनका कमीशन 25 से 30 प्रतिशत था। अंत में, हर किसी के लिए यह व्यवस्था लाभप्रद साबित हुई।

शुरू में सप्ताह के दिनों के लिए अलग-अलग कवर प्राइस की यह व्यवस्था *इकोनॉमिक टाइम्स* के दिल्ली संस्करण में लागू की गई थी। अन्य शहरों में इसे दिल्ली के सफल परिणाम हासिल करने के बाद ही लागू किया गया। इसे लॉन्च करने के छह महीने के भीतर दिल्ली में बुधवार को *इकोनॉमिक टाइम्स* की बिक्री 51,000 प्रतियों से बढ़कर 87,000 प्रतियाँ हो गई थी। उस साल 22 अप्रैल, बुधवार को *इकोनॉमिक टाइम्स* की सबसे ज़्यादा बिक्री दर्ज की गई थी - यह आँकड़ा 93,700 था। इससे अधिक क्या उम्मीद की जा सकती थी कि बुधवार के इस सैंपल ऑफ़र की बदौलत बहुत से नए पाठक *इकोनॉमिक टाइम्स* के स्थायी पाठक बन गए। दिल्ली में सप्ताह के अन्य दिन भी अख़बार का सर्कुलेशन 50,000 प्रतियों से बढ़कर 60,000 हो गया।

स्पष्ट था, आमंत्रण मूल्य का नुस्ख़ा अपनाकर जिस प्रभाव की उम्मीद की गई थी वह हासिल हो गया था। दिल्ली में परिणाम सचमुच आश्चर्यजनक थे। कलकत्ता के संस्करण के लिए ग्रुप एक क़दम और आगे बढ़ गया। वहाँ सप्ताह के दो दिन - सोमवार और बुधवार को अख़बार आमंत्रण मूल्य पर बेचा जाने लगा। यह नुस्ख़ा भी ख़ूब काम कर गया।

इकोनॉमिक टाइम्स के सभी केंद्रों पर सकारात्मक परिणाम सामने आने लगे। बॉम्बे में मई 1992 के पहले *इकोनॉमिक टाइम्स* की बिक्री जहाँ 58,200 प्रतियाँ थीं, वहीं उसी साल 10 जून तक इसकी बिक्री 76,000 प्रतियाँ हो गई थीं। अहमदाबाद में मात्र छह हफ़्तों के भीतर इसका सर्कुलेशन 9,500 प्रतियों से बढ़कर 13,000 प्रतियाँ हो गया था। 24 जून तक यह आँकड़ा 13,500 तक पहुँच गया था। आमंत्रण मूल्य से पहले बैंगलोर में बुधवार को *इकोनॉमिक टाइम्स* की औसत बिक्री 19,500 प्रतियों के आसपास हुआ करती थी। आमंत्रण मूल्य लॉन्च किए जाने के एक महीने के भीतर 22 जून को यहाँ *इकोनॉमिक टाइम्स* की बिक्री का आँकड़ा 27,000 पहुँच गया था। उसी प्रकार, कलकत्ता में 1 मई से पहले जहाँ बुधवार का औसत सर्कुलेशन 31,800 प्रतियाँ हुआ करता था, वहीं 3 जून (सोमवार) को सर्कुलेशन 36,700 पर पहुँच गया और 22 जून (बुधवार) को यह आँकड़ा 40,500 दर्ज किया गया। सतीश मेहता ने उत्साहित होते हुए कहा, 'हम लोगों ने यह कर दिखाया था।'

इकोनॉमिक टाइम्स के साथ किया गया यह प्रयोग जिस प्रकार लागू किया गया और जिस स्तर पर उसका प्रभाव दर्ज हुआ, वह हर दृष्टि से अख़बार जगत के लिए बिलकुल अभूतपूर्व और अतुलनीय था। *टाइम्स ग्रुप* ने पहले इस अख़बार की प्रीमियम क्वालिटी को अधिक प्रासंगिक बनाया और उसके बाद ही इसकी क़ीमतों में बढ़ोतरी की, ताकि ब्रांड के प्रति लोगों का आकर्षण बढ़ सके। और अंत में,

सप्ताह के एक दिन क़ीमत कम करके और एक बड़े पाठक समूह के लिए अख़बार का दरवाज़ा खोलकर इसने बाज़ार को चकित कर दिया।

आमंत्रण मूल्य पर जिस दिन अख़बार बेचे जा रहे थे, उन दिनों शुरुआत में सर्कुलेशन में एक लाख प्रतियों का उछाल दर्ज हुआ। उसके बाद ग्रुप ने सप्ताह के अन्य दिनों में भी कवर प्राइस में बड़ी चतुराई से परिवर्तन किए। नवंबर 1993 से आमंत्रण मूल्य सोमवार, बुधवार और शुक्रवार को रखा जाने लगा। इसके पीछे नीति यह थी कि हॉकर को किस-किस दिन अख़बार उनके घरों पर डालना है यह निर्देश देना पाठकों के लिए मुश्किल हो जाता, और अंततः वे सप्ताह के सभी दिन अख़बार ख़रीदने लग जाते।

मार्च 1994 से ग्रुप ने अपनी रणनीति में थोड़ा बदलाव किया और सोमवार से शुक्रवार पाँचों दिन अख़बार की क़ीमत 2 रुपए कर दी। अख़बार के वीकेंड संस्करणों की कवर प्राइस बढ़ाकर 10 रुपए कर दी गई। वैसे, समीर जैन हमेशा से अख़बार की कवर प्राइस 10 रुपए रखना चाहते थे।

इन सभी रणनीतियों के परिणामस्वरूप, छह महीनों के भीतर 53 प्रतिशत बढ़ोतरी के साथ *इकोनॉमिक टाइम्स* का सर्कुलेशन 1,90,000 से बढ़कर 2,90,000 तक पहुँच गया। *इकोनॉमिक टाइम्स* के इतिहास में सर्कुलेशन का यह आँकड़ा सबसे अधिक था। 1994 के अंत तक *इकोनॉमिक टाइम्स* का सर्कुलेशन बढ़कर 3,60,000 हो चुका था। अख़बार के बढ़ते सर्कुलेशन की बदौलत उसे विज्ञापन से होने वाले मुनाफ़े में ख़ासी बढ़ोतरी हो गई और साथ ही कॉर्पोरेट जगत में भी उसकी अच्छी साख जम गई।

इकोनॉमिक टाइम्स की इस सफलता का काफ़ी श्रेय देश में चल रहे अन्य बदलावों को भी जाता था। 1991 के बाद वाले महीनों में भारत सरकार ने आर्थिक सुधारों की दिशा में क़दम बढ़ाया था, जिनकी वजह से सरकार की भूमिका काफ़ी कम हो गई थी, निजी उपक्रमों को प्रोत्साहन मिलने लगा था और विदेशी निवेश का देश में स्वागत हो रहा था। इन सबसे देश की अर्थव्यवस्था ख़ासी प्रभावित थी। इससे इनकार नहीं किया जा सकता कि राजनीति में लोगों की अब भी अधिक दिलचस्पी थी, लेकिन आर्थिक मुद्दे भी सार्वजनिक बहस का हिस्सा बन चुके थे, ख़ासकर शहरी क्षेत्रों में।

अन्य बिज़नेस अख़बारों की अपेक्षा *इकोनॉमिक टाइम्स* ने इस अवसर को पहचाना और जमकर इसका फ़ायदा भी उठाया। आर्थिक और बिज़नेस के मुद्दों में

लोगों की दिलचस्पी को देखते हुए *इकोनॉमिक टाइम्स* ने अपने अख़बार में तमाम तरह के तथ्य और अलग-अलग परिप्रेक्ष्य में उन मुद्दों पर बहस पाठकों के सामने रखी। अख़बार ने आर्थिक ख़बरों को व्यापक स्तर पर पाठकवर्ग तक पहुँचाया। आमंत्रण मूल्य का जो प्रयोग *इकोनॉमिक टाइम्स* ने किया, वह लगभग उसी दौरान था जब देश के मध्यवर्ग की आर्थिक और वित्तीय मामलों में उत्सुकता बढ़ने लगी थी।

स्टॉक मार्केट में उछाल, उसके बाद के घोटाले और आर्थिक सुधारों को लेकर खुलापन - इन सबका आमंत्रण मूल्य के प्रयोग को सफल बनाने में अच्छा-ख़ासा योगदान था। साफ़ है कि *टाइम्स ग्रुप* ने अख़बारों के बाज़ार की नब्ज़ पहचान ली थी।

आमंत्रण मूल्य लागू करने और अख़बार को उसके अनुरूप तैयार करने में सबसे महत्त्वपूर्ण भूमिका निभाने वाले टी.एन. नायनन ने इसके लॉन्च के मात्र दो महीने के बाद *इकोनॉमिक टाइम्स* छोड़ दिया। मई 1992 में स्वामीनाथन एस. अंकलेसरैया अय्यर ने उनकी जगह कार्यभार सँभाल लिया।

नायनन के सहकर्मियों और उनकी टीम के लोगों ने बहुत सम्मान के साथ उन्हें विदाई दी। सबने यह माना कि *इकोनॉमिक टाइम्स* के मेकओवर का पूरा श्रेय नायनन को ही जाता है। पारन बालाकृष्णन ने कहा, '*इकोनॉमिक टाइम्स* को नायनन ने जिस हद तक बदला, वह सबके सामने था। यह सिर्फ़ तकनीकी बदलाव या अख़बार को आधुनिक बनाने का मामला ही नहीं था, बल्कि उन्होंने अख़बार में काम करने वाले लोगों की प्रोफ़ाइल और उनके नज़रिये को भी बदल डाला था। नायनन ने *इकोनॉमिक टाइम्स* के नेटवर्क में सुधार किया और उसके सफल भविष्य की नींव रखी थी।'

उन्होंने आगे कहा, 'नायनन 1987 में *इकोनॉमिक टाइम्स* से जुड़े और साढ़े चार वर्षों तक काम किया। यह कोई भी देख सकता था कि इस दौरान *इकोनॉमिक टाइम्स* के स्तर में किस हद तक सुधार आया।' जब टी.एन. नायनन *इकोनॉमिक टाइम्स* में आए, उस समय यह 15 करोड़ रुपए का ब्रांड था और जब उन्होंने *इकोनॉमिक टाइम्स* छोड़ा यह 100 करोड़ रुपए का ब्रांड बन चुका था।

8

दिल्ली... अब!

बॉम्बे के बाज़ार पर क़ाबिज़ होना एक बात थी और किसी नए शहर के पाठकों के बीच अपनी पहचान बनाना अलग बात। समीर जैन के लिए दिल्ली कुछ ऐसी ही जगह थी। यह वह शहर था जहाँ सत्ता और राजनीति का बोलबाला था; यहाँ बोली जाने वाली भाषा में *चाय-पानी, चलता है* और *जुगाड़* जैसे शब्दों का भरपूर इस्तेमाल होता था; यह प्रशासकों और नौकरशाहों का शहर था। बँटवारे के बाद सरहद पार से आए हुए शरणार्थियों, छोटे व्यवसायियों और अप्रवासी मेहनतकश लोगों का बसेरा था जो गुज़ारे के तमाम उपायों में लगे रहते थे। वहीं, *हिन्दुस्तान टाइम्स* की शहर पर मज़बूत पकड़ थी।

इन हालात का सामना करना समीर जैन के लिए सबसे मुश्किल चुनौती थी। 1980 के दशक के मध्य में *टाइम्स ऑफ़ इंडिया* दिल्ली में *हिन्दुस्तान टाइम्स* के मुक़ाबले एक बेहद छोटा अख़बार माना जाता था। जहाँ *हिन्दुस्तान टाइम्स* का सर्कुलेशन 2.50 लाख था, *टाइम्स ऑफ़ इंडिया* के दिल्ली एडिशन का सर्कुलेशन मात्र एक लाख प्रतियों पर टिका हुआ था।

बाज़ार पर *हिन्दुस्तान टाइम्स* का संपूर्ण वर्चस्व था। दिल्ली की नज़रों में *टाइम्स ऑफ़ इंडिया* एक 'बॉम्बे वाला' अख़बार था। दूसरी तरफ़, *हिन्दुस्तान टाइम्स* दिल्ली के मध्यवर्ग के स्वभाव के अनुरूप था। इसका राजनीतिक रुझान कांग्रेस की तरफ़ था। स्थानीय व्यापारियों और दुकानदारों का एक विशाल पाठकवर्ग इसके खाते में था। अख़बार अपने पाठकों की वरीयताओं के साथ पूर्ण तालमेल में था। इसमें जिस भाषा का प्रयोग हो रहा था, वह पाठकों के हिसाब से थी और पाठक खुद को उससे जोड़

सकते थे। जिन मुद्दों को अख़बार में उठाया जाता था वे ज़्यादातर पाठकों के दिल के क़रीब हुआ करते थे। हालाँकि, अख़बार का लेआउट और प्रेजेंटेशन काफ़ी नीरस और कल्पनाशीलता से परे हुआ करता था, लेकिन पाठक उसके आदी हो चुके थे। लंबे समय से अख़बार से जुड़े होने की वजह से पाठकों का इसके साथ एक ख़ास लगाव हो चुका था। *हिन्दुस्तान टाइम्स* उनकी आदत बन चुका था।

बलजीत कपूर 'समीर जैन के पूर्व काल' के बारे में बताते हैं, 'दिल्ली केंद्र का लक्ष्य सिर्फ़ एक ही था : "किस प्रकार *हिन्दुस्तान टाइम्स* को पछाड़ा जाए।"' *टाइम्स* ने नए पाठकों को आकर्षित कर सर्कुलेशन बढ़ाने की कोशिश की क्योंकि पुराने पाठक अब भी *हिन्दुस्तान टाइम्स* पढ़ना ही पसंद कर रहे थे। अख़बार ने व्यक्तिगत संपर्क अभियान (पर्सनल कॉन्टैक्ट कैंपेन) शुरू कर पाठकों को *टाइम्स ऑफ़ इंडिया* आज़माने का प्रस्ताव दिया। एक हफ़्ते तक अख़बार की मुफ़्त कॉपियाँ बँटवाई गई और उसके बाद जिन पाठकों ने अख़बार बदलने की इच्छा जताई उन्हें 30 दिनों तक *टाइम्स ऑफ़ इंडिया* की कॉम्प्लीमेंट्री कॉपी दी गई। *टाइम्स ऑफ़ इंडिया* ने जितनी भी युक्तियाँ अपनाईं, पहले उन्हें ख़ूब जाँचा-परखा गया।

हिन्दुस्तान टाइम्स ने कभी अत्याधुनिक समाचार सामग्री पाठकों के सामने परोसने का कोई दिखावा नहीं किया था। दिल्ली के बाज़ार में नेतृत्व की हैसियत इसे मुख्य रूप से विज्ञापनों की बदौलत हासिल हुई थी। पाठकों का एक बड़ा समूह, ख़ासकर व्यापारी और दुकानदार अख़बार को मुख्य रूप से इसमें छपने वाले विज्ञापनों की वजह से ख़रीद रहे थे। शहर के अन्य किसी भी अख़बार की अपेक्षा *हिन्दुस्तान टाइम्स* में छपने वाले विज्ञापनों की तादाद कहीं अधिक होती थी और हर प्रकार के विषय और उत्पाद उसमें शामिल थे। सरकारी घोषणाओं और कॉर्पोरेट विज्ञापनों के अलावा खुदरा और व्यक्तिगत विज्ञापनों के मामले में अख़बार विशेष रूप से अग्रणी था। *हिन्दुस्तान टाइम्स* अपने ही परिभाषित चक्र में काम कर रहा था - ज़्यादा विज्ञापन यानी पाठकों को बिज़नेस के ज़्यादा अवसर, और परिणामस्वरूप पाठकों की संख्या में बढ़ोतरी होना लाजमी था। ज़ाहिर है, विज्ञापनदाताओं का अख़बार की तरफ़ आकर्षण बढ़ रहा था।

अख़बार का दिल्ली के बाज़ार पर लगभग तीन दशकों से वर्चस्व बना हुआ था। ऐसे में, विज्ञापन और संपादकीय, दोनों ही टीमों में एक आत्मतुष्टि और आश्वस्त-सा रवैया था। आने वाले विज्ञापनों के लिए जगह कम पड़ जाना इस अख़बार के लिए बड़ी आम-सी बात थी। ऐसी परिस्थिति में अहंकार न हो, यह थोड़ा कठिन था। दिल्ली में *टाइम्स ऑफ़ इंडिया* के अतिरिक्त अन्य ऐसे अख़बार भी थे, जो *हिन्दुस्तान टाइम्स* के आसपास भी नहीं पहुँचते थे।

सम्माननीय बिड़ला परिवार के स्वामित्व वाला *हिन्दुस्तान टाइम्स* भी *टाइम्स*

ऑफ़ इंडिया की तरह 'जूट प्रेस' का हिस्सा था। चूँकि सभी प्रतिद्वंद्वी अख़बार उन दिनों एक दोस्ताना क्लब (दरअसल वे समकक्ष हुआ करते थे, प्रतिद्वंद्वी नहीं) की तरह काम कर रहे थे और एक-दूसरे को कभी चुनौती नहीं देते थे, इसलिए *हिन्दुस्तान टाइम्स* की स्थिति भी ऐसी बन चुकी थी, जिसे कहीं से कोई चुनौती नहीं थी। अख़बार की ऐसी हैसियत स्थापित हो चुकी थी कि वह विज्ञापनदाताओं से अपनी मर्ज़ी की दर वसूल सकता था।

शुरुआत से ही समीर जैन का लक्ष्य बी.सी.सी.एल. को अधिक से अधिक लाभकारी बनाना था। ऐसे में, अख़बार के प्रमुख संस्करण से बॉम्बे में अधिक से अधिक मुनाफ़ा कमाने पर पूरा ज़ोर था। विज्ञापन दरों के मूल्यांकन के लिए नई-नई युक्तियाँ अपनाकर समीर जैन ऐसा कर पाने में कामयाब भी हो रहे थे। मास्टरमाइंड के तहत अपने अन्य संस्करणों को बॉम्बे संस्करण के साथ जोड़कर उनकी स्थिति मज़बूत करने में भी समीर जैन ने बॉम्बे में *टाइम्स ऑफ़ इंडिया* को प्राप्त हैसियत का पूरा फ़ायदा उठाया। लेकिन दिल्ली में कामयाबी हासिल करने के लिए उन्हें काफ़ी संघर्ष करना पड़ा।

हालाँकि दिल्ली हमेशा से समीर जैन की प्राथमिकताओं में शीर्ष पर था। दिल्ली के विज्ञापनदाताओं को *नवभारत टाइम्स* और *टाइम्स ऑफ़ इंडिया* का कॉम्बो ऑफ़र देना *हिन्दुस्तान टाइम्स* को पीछे छोड़ने की रणनीति का ही हिस्सा था। इस प्रयास में मास्टरमाइंड से काफ़ी सहायता मिली। दिल्ली के विज्ञापनदाताओं को *टाइम्स ऑफ़ इंडिया* का दिल्ली-बॉम्बे कॉम्बो ऑफ़र काफ़ी पसंद आ रहा था। लेकिन दिल्ली में *टाइम्स ऑफ़ इंडिया* की दर *हिन्दुस्तान टाइम्स* के मुक़ाबले अब भी काफ़ी कम थी।

समीर जैन की यह दलील कि विज्ञापनदाताओं को मिलने वाला फ़ायदा सिर्फ़ अख़बार के सर्कुलेशन पर निर्भर नहीं करता और विज्ञापनदाताओं को *टाइम्स ऑफ़ इंडिया* के लिए ज़्यादा दर अदा करनी चाहिए, एक तरह से दिल्ली में *हिन्दुस्तान टाइम्स* के ख़िलाफ़ मनोवैज्ञानिक हमला था। पाठकों की संख्या के बजाय 'बाज़ार में प्रासंगिक हिस्सेदारी' पर समीर जैन का ज़्यादा ज़ोर देने का मतलब साफ़ था कि वे सर्कुलेशन के महत्त्व को कम करके बताने की कोशिश कर रहे थे। सर्कुलेशन के मामले में *हिन्दुस्तान टाइम्स* दिल्ली में *टाइम्स ऑफ़ इंडिया* के मुक़ाबले कहीं आगे था। लेकिन इन सबके बावजूद दिल्ली में समीर जैन को सर्कुलेशन के मुद्दे पर *हिन्दुस्तान टाइम्स* के ख़िलाफ़ संघर्ष करना ही था।

यह आसान नहीं होने वाला था। समीर जैन के परिदृश्य में आने के बहुत पहले से *टाइम्स ऑफ़ इंडिया एच.टी.* के साथ मुक़ाबले में जुटा हुआ था। अख़बार में बड़ी संख्या में वैवाहिक और वर्गीकृत विज्ञापनों के पन्ने जोड़े गए थे। इसके अलावा कुछ विशेष परिशिष्ट भी *टाइम्स ऑफ़ इंडिया* ने शुरू किए। लेकिन इनमें से कोई भी युक्ति कामयाब नहीं हो पाई।

दिल्ली में अंग्रेज़ी अख़बार के पाठकों के दिलोदिमाग़ पर *हिन्दुस्तान टाइम्स* ज़बर्दस्त तरीक़े से हावी था। इसे इसकी जगह से हिलाने के लिए सबसे पहले यह ज़रूरी था कि खुद की पहचान हासिल की जाए। इसके लिए समीर जैन ने तमाम ऐसी पहल कीं, जिनकी बदौलत बाज़ार में हलचल हुई और लोग *एच.टी.* के अलावा *टाइम्स ऑफ़ इंडिया* पर भी ग़ौर करने लगे। दिल्ली के पाठकों का ध्यान आकर्षित करने के लिए ज़रूरी था कि समीर जैन अपने अख़बार की एक सुस्पष्ट छवि क़ायम करते। उन्हें एक दूसरा *हिन्दुस्तान टाइम्स* नहीं बनना था। अगर ऐसा होता तो उसका मतलब साफ़ था कि बाज़ार में निष्क्रियता बरक़रार रहती।

विज्ञापन दरों या अख़बार की कवर प्राइस में फेरबदल करने से पहले समीर जैन ने यह तय किया कि पाठकों की धारणा बदलने की ज़रूरत है। उन्होंने तय किया कि वे विज्ञापनदाताओं और पाठकों के मन में यह बात डाल देंगे कि उनका अख़बार *एच.टी.* से बिलकुल अलग है। उनकी दलील थी कि उनका अख़बार एक 'प्रीमियम प्रॉडक्ट' है। जहाँ *हिन्दुस्तान टाइम्स* के मुख्य पाठकवर्ग में व्यापारी और दुकानदार बड़ी संख्या में शामिल थे, *टाइम्स ऑफ़ इंडिया* की छवि युवा और पेशेवरों के अख़बार के तौर पर बन रही थी। और, समीर लोगों को यही बताना भी चाहते थे। उन्होंने इस धारणा को बल देने के लिए अपने अख़बार में ठोस परिवर्तन भी किए। लेकिन दिमाग़ में यह लड़ाई उसके काफ़ी पहले ही शुरू हो चुकी थी।

1980 के दशक की शुरुआत से मध्य के बीच मार्केटिंग और एडवरटाइज़िंग के क्षेत्र से बड़ी तादाद में पेशेवरों ने बॉम्बे से दिल्ली का रुख कर लिया था, जिसका समीर को भरपूर फ़ायदा मिला। बॉम्बे में ये सभी *टाइम्स ऑफ़ इंडिया* पढ़ने के आदी थे। दिल्ली आने के बाद भी वे *टाइम्स ऑफ़ इंडिया* के नियमित पाठक बने रहे।

एक मुखर पाठकवर्ग होने के अतिरिक्त ये वे लोग थे, जो कंपनियों के लिए मीडिया प्लान भी तैयार करते थे। उनकी धारणा यही थी कि अगर वे खुद *टाइम्स ऑफ़ इंडिया* पढ़ते हैं तो दिल्ली में उन जैसे अन्य लोग भी यही अख़बार पढ़ते होंगे। ज़ाहिर है, अपनी कंपनियों के लिए मीडिया प्लान तैयार करने के दौरान वे ऐसे अख़बार को चुनना ही पसंद करते, जिसकी पहुँच दिल्ली के संभ्रांत और उच्च वर्ग तक थी। *हिन्दुस्तान टाइम्स* के मुक़ाबले *टाइम्स ऑफ़ इंडिया* मीडिया योजनाकारों की पहली पसंद बनता जा रहा था। जैसा कि समीर जैन का दावा था, *टाइम्स ऑफ़ इंडिया* को एक प्रीमियम प्रॉडक्ट के तौर पर स्वीकार किया जाने लगा था।

बशाब सरकार, जो कि उस समय 'ओ. एंड एम.' के साथ जुड़े हुए थे, ने कहा, 'प्रीमियम प्रॉडक्ट की स्थिति हासिल करने के दौरान समीर जैन ने विज्ञापन उद्योग और *हिन्दुस्तान टाइम्स* दोनों की कमज़ोरियों को पहचान लिया था। *हिन्दुस्तान टाइम्स* कभी भी प्रीमियम प्रॉडक्ट होने का दावा नहीं कर सकता था क्योंकि

जनसाधारण का अख़बार होने की छवि ही उसकी सबसे बड़ी ताक़त थी। और वह अपनी इस छवि से पूरी तरह संतुष्ट भी था। अगर वह प्रीमियम प्रॉडक्ट बनने की ख़्वाहिश करता तो भी आवश्यक बदलाव के अनुरूप न तो उसके पास वह गति थी न ही लचीलापन और न ही जज़्बा।

जहाँ तक विज्ञापन बिरादरी का सवाल है तो समीर जैन ने उसे भी बख़ूबी समझ लिया था। सरकार के मुताबिक, 'उनके योजनाकारों का नज़रिया कुएँ के मेंढक जैसा था।' समीर जैन को अच्छी तरह से पता था कि ये मीडिया योजनाकार दिल्ली में किस तरह का अख़बार चाहते हैं और उन्होंने अपने अख़बार को बिलकुल वैसा ही तैयार कर लिया। वे कहते हैं, 'मार्केटिंग और एडवरटाइज़िंग के दृष्टिकोण से उन्होंने अपने अख़बार में जिस तरह के सुधार किए वह सबके सामने हैं। इसकी बदौलत *टाइम्स ऑफ़ इंडिया* को दिल्ली में अपनी जगह बनाने में बहुत मदद मिली।'

समीर जैन ने अपने प्रकाशनों को रंगीन और चमकदार बना दिया। अख़बार में हर क्षेत्र की बड़ी हस्तियों पर व्यापक कवरेज होने लगा। *टाइम्स ऑफ़ इंडिया* ने अपने पन्नों पर एडवरटाइज़िंग, मार्केटिंग जगत और उससे जुड़े महत्त्वपूर्ण लोगों पर फ़ीचर लेख भी छापने शुरू कर दिए। और यक़ीनन उन दिनों शहर में मौजूद अन्य अख़बारों के बीच इसने अपनी विशिष्ट पहचान बना ली थी। अपने इर्द-गिर्द अख़बार ने आधुनिकता का एक ऐसा 'आवरण' तैयार कर लिया था जो मीडिया प्लानिंग और मार्केटिंग की नज़र से सबसे अहम था। यह युक्ति अख़बार के लिए काम कर गई।

इससे अख़बार को प्रारंभिक गति मिल गई। उसके बाद समीर जैन ने *एच.टी.* पर हमला करने के विभिन्न तरीके अपनाए। जब उन्हें यह यक़ीन हो गया कि दिल्ली में *हिन्दुस्तान टाइम्स* के अपने नियमित पाठक तय हैं और अख़बार बदलना दिल्ली वालों की फ़ितरत नहीं है, तो उन्होंने दिल्ली के आसपास उत्तर भारत में अपनी पकड़ मज़बूत करनी शुरू कर दी। इसके लिए वितरण प्रणाली को मज़बूत करना, सुविधाओं में इज़ाफ़ा करना और सख़्त डेडलाइन तय करना ज़रूरी था। यह रणनीति अपनाकर उन्हें अपने क्षेत्र में पैर रखने का स्थान मिल गया।

उसके बाद, उन्होंने ग़ौर किया कि अधिक विज्ञापनों की वजह से *एच.टी.* का सर्कुलेशन भी अधिक है। साफ़ था कि *टाइम्स ऑफ़ इंडिया* को अधिक से अधिक विज्ञापनों की आवश्यकता थी। ऐसा सिर्फ़ मुनाफ़ा बढ़ाने के लिए नहीं, बल्कि अतिरिक्त पाठकों को आकर्षित करने लिए भी ज़रूरी था। इसलिए अख़बार के लिए अधिक से अधिक विज्ञापन लाने की कोशिशों में वे जी-जान से जुट गए।

उन्होंने अख़बार के साथ ऐसे कई परिशिष्ट निकालने शुरू किए, जो अख़बार को पाठकों के साथ-साथ विज्ञापनदाताओं के लिए भी आकर्षक बना रहे थे। परंपरागत 'ख़बरों' के अलावा अलग-अलग तरह की दिलचस्प पाठ्यसामग्री को

अख़बार में शामिल करने के भी परिणाम दिखने लगे। उन्होंने अख़बार में जगह की क़ीमत भी रणनीतिक रूप से तय की - विज्ञापनदाताओं को आकर्षित करने के लिए पहले दरों को कम रखा और जब अख़बार की पहुँच महत्त्वपूर्ण पाठकों तक हो गई तो दरें अपने अनुसार बढ़ा दीं।

सबसे प्रभावी तरीकों में से एक था कई सप्लीमेंट्स की शुरुआत करना। ये सप्लीमेंट कुछ विशिष्ट पहलुओं को कवर कर रहे थे जैसे नौकरी-नियुक्ति, शिक्षा, स्थानीय जीवनशैली व अवकाश आदि। यथोचित अच्छी सामग्री के साथ प्रकाशित किए जाने वाले ये सभी परिशिष्ट क्षेत्र विशेष के विज्ञापनदाताओं को अख़बार की तरफ़ आकर्षित करने में काफ़ी मददगार साबित हुए। अब उन्हें अपने विज्ञापनों के लिए उचित पाठकवर्ग आसानी से मिल रहा था। ज़्यादातर मामलों में इन परिशिष्टों में छपने वाले विज्ञापनों की दरें मुख्य अख़बार की तुलना में कम हुआ करती थी। दिल्ली में विज्ञापनदाताओं के लिए *टाइम्स ऑफ़ इंडिया* अब एक बेहद आकर्षक माध्यम बन चुका था।

अख़बार के कवर प्राइस में तीव्र गिरावट लाकर समीर जैन ने *हिन्दुस्तान टाइम्स* को सबसे निर्णायक झटका दिया। एकल परिवार के बढ़ते चलन और बदलती जनसांख्यिकी के साथ अख़बार की कम क़ीमत की बदौलत *टाइम्स ऑफ़ इंडिया* के लिए अपने बाज़ार का विस्तार करना आसान हो गया और जल्द ही अपने प्रतिद्वंद्वी अख़बार *हिन्दुस्तान टाइम्स* और उसके बीच का फ़ासला कम होने लगा।

बुनियादी स्तर पर देखा जाए तो यह एक आतुर, ऊर्जावान नवीन प्रक्रिया वाली मशीन और एक सुस्त, रूढ़िवादी और कुछ हद तक अभिमानी मार्केट लीडर के बीच की लड़ाई थी। *टाइम्स ऑफ़ इंडिया* ने न केवल सर्कुलेशन के फ़ासले को कम किया, बल्कि इसने *हिन्दुस्तान टाइम्स* को परिवर्तन के अनुरूप खुद को बदलने के लिए भी प्रेरित किया। इस तरह इसने देश में अख़बार जगत के पूरे परिदृश्य में बदलाव की नींव रख दी।

समीर जैन पूरी तरह चुनौती देने के तेवर में आ गए थे। वे लगातार बाज़ार को झकझोरने की कोशिश में लगे हुए थे। उनकी कोशिश थी कि उनके अख़बार में कुछ ऐसी उत्तेजक और भड़काऊ चीज़ें छपती रहे, ताकि अख़बार चर्चा में बना रहे। 1988 के आरंभ में इन दोनों प्रतिद्वंद्वी अख़बारों के बीच छिड़ा 'हम्प्टी-टम्प्टी' विवाद इसी का उदाहरण था।

31 जनवरी 1988 को *हिन्दुस्तान टाइम्स* ने अपने पाठकों और विज्ञापनदाताओं

को सूचना दी कि न्यूज़प्रिंट (अख़बारी काग़ज़) की क़ीमत बढ़ जाने की वजह से वह अप्रैल से विज्ञापनों की दरें बढ़ाने वाला है। इसमें यह भी बताया गया था कि *हिन्दुस्तान टाइम्स* अपने अपने सप्लीमेंट्स में कुछ पन्ने भी कम करने वाला है और, 20 पेज का मुख्य अख़बार पहले की तरह ही प्रकाशित होता रहेगा - यह कभी-कभी 24 पेज का भी होगा।

लेकिन 7-8 अप्रैल 1988 को *हिन्दुस्तान टाइम्स* का संस्करण 20 पन्नों की बजाय 16 पन्नों का ही प्रकाशित हुआ। यह चिंता का विषय था? समीर जैन को ऐसा ही लगा। *हिन्दुस्तान टाइम्स* द्वारा जनवरी में की गई घोषणा और उसके बाद लगातार 2 दिनों तक तय संख्या से कम पन्नों वाला अख़बार प्रकाशित किए जाने पर टाइम्स हाउस में शीर्ष पदाधिकारियों ने विस्तार से चर्चा की। लोगों ने अपने-अपने विचार रखे। बलजीत कपूर उनमें से एक थे, जिन्होंने इस हालात के लिए *एच.टी.* पर किसी तरह का आघात करने का विरोध किया। बलजीत कपूर अख़बार जगत की उस परंपरा को मानते थे, जो व्यवसाय में सहयोग, धीरज और संयम की बात कहती थी। लेकिन आई.टी.सी. के पूर्व मार्केटिंग प्रमुख सतीश मेहता जैसे लोग भी थे जिन्होंने समीर जैन का समर्थन किया। उस पूरी चर्चा के बाद यह तय हुआ कि *एच.टी.* द्वारा जो 'चूक' हुई थी, उसकी *टाइम्स ऑफ़ इंडिया* जमकर खिंचाई करेगा।

एक कार्टून तैयार किया गया और उसे 8-9 अप्रैल को *टाइम्स ऑफ़ इंडिया* के दिल्ली संस्करण के पेज तीन पर प्रकाशित किया गया। इसमें एक अंडाकार कैरेक्टर हम्प्टी टम्प्टी (नर्सरी की लोकप्रिय कविता से) को एक ऊँची दीवार से गिरते हुए दिखाया गया था। उसमें एक ग्राफ़ लाइन भी दी गई थी, जो दर्शा रही थी कि हम्प्टी की गिरावट बहुत बड़ी और तेज़ है। उस रिपोर्ट का शीर्षक था 'टी.ओ.आई. - एड न्यूज़' और इसमें बड़े व मोटे अक्षरों में कैप्शन भी दिया गया था। उसमें लिखा थाः 'हम्प्टी टम्प्टी हैज़ अ ग्रेट फ़ॉल।' हम्प्टी टम्प्टी एच.टी. - यानी *हिन्दुस्तान टाइम्स* की तरफ़ संकेत करता था। द्विअर्थी शब्द के प्रयोग के पीछे का इरादा साफ़ था।

यह कार्टून छपने के बाद *हिन्दुस्तान टाइम्स* में तूफ़ान आ गया। इससे प्रबंधन वर्ग बेहद नाराज़ था। आज कोला, टेलीकॉम, एयरलाइंस, उपभोक्तावाद के समय में इस तरह के व्यंग्यात्मक विज्ञापन आम हैं। लेकिन 1980 के दशक में भारतीय मीडिया में इसका कोई चलन नहीं था। *टाइम्स ऑफ़ इंडिया* का यह व्यवहार बिलकुल अप्रत्याशित था। उस समय तक समकक्ष अख़बार एक-दूसरे के साथ ऐसा बर्ताव नहीं करते थे। वे सदैव सभ्यता का मुखौटा लगाए होते थे। ऐसे में, 'हम्प्टी-टम्प्टी' हर तरफ़ चर्चा का विषय था।

टाइम्स ऑफ़ इंडिया और *हिन्दुस्तान टाइम्स* के बीच चल रही परोक्ष लड़ाई को समीर जैन अब खुले में ले आए थे। उन्होंने *हिन्दुस्तान टाइम्स* का उपहास उड़ाने के

लिए अपने अख़बार को ज़रिया बनाया और इस क़दम की मीडिया के अंदर और बाहर, हर तरफ़ तीव्र प्रतिक्रिया देखने को मिली। *हिन्दुस्तान टाइम्स* ने भी इस पूरे मामले को गंभीरता से लिया। उसने माँग की कि इस बात के लिए *टाइम्स ऑफ़ इंडिया* अपने मुख पृष्ठ पर 'एक सप्ताह के अंदर बिना शर्त' माफी माँगे। उसने चेतावनी दी कि अगर ऐसा नहीं हुआ तो वह मामले को प्रेस काउंसिल ऑफ़ इंडिया में ले जाएगा। *टाइम्स ऑफ़ इंडिया* ने इस धमकी पर कोई प्रतिक्रिया नहीं दिखाई। शायद उसे कोई परवाह नहीं थी। या फिर, शायद वह *हिन्दुस्तान टाइम्स* की ऐसी प्रतिक्रिया चाहता ही था। संकेत साफ़ था कि वह हर प्रकार की भिड़ंत के लिए तैयार है।

हिन्दुस्तान टाइम्स मामले को प्रेस काउंसिल ले गया। दोनों अख़बारों में अब तलवारें खिंच गई थीं। *हिन्दुस्तान टाइम्स* की तरफ़ से अशोक सेन और *टाइम्स ऑफ़ इंडिया* की तरफ़ से डॉ. एल.एम. सिंघवी, दो जाने-माने क़ानूनी सलाहकारों ने मोर्चा सँभाला। दिमाग़ की इस लड़ाई पर सबकी निगाहें टिकी हुई थी। इसे जीतना दोनों अख़बारों के लिए महत्त्वपूर्ण था। दोनों के अहं का सवाल था। इसके अलावा दोनों अख़बारों की छवि और पाठकों की धारणाओं का भी सवाल था। साथ ही, पूरा एडवरटाइज़िंग-मार्केटिंग उद्योग इनकी हर चाल पर नज़रें रखे हुए था।

दोनों अख़बारों ने अभिमान के साथ अपने-अपने मामले की पैरवी की। *हिन्दुस्तान टाइम्स* का मामला बिलकुल सीधा था। उसके वकील ने दलील रखी कि *टाइम्स ऑफ़ इंडिया* के कार्टून में पत्रकारिता के आचरण व आचार के स्वीकार्य मानकों का उल्लंघन किया गया और यह अपमानजनक है। उन्होंने आगे कहा कि यह कार्टून साफ़ तौर पर हिन्दुस्तान टाइम्स का उपहास उड़ाने और उसके घटकों व आम पब्लिक की नज़र में उसकी छवि व साख गिराने की कोशिश है। अशोक सेन ने आगे कहा कि इस कार्टून का चरित्र मानहानिकारक है और *टाइम्स ऑफ़ इंडिया* ने इतने 'दुर्भावनापूर्ण' कार्टून प्रकाशित करने से पहले *हिन्दुस्तान टाइम्स* से यह जानना ज़रूरी नहीं समझा कि क्यों उन तारीख़ों पर 20 पेज का अख़बार नहीं छप सका था।

टाइम्स ऑफ़ इंडिया का केस उतना सीधा और आसान नहीं था। यह बात सबके सामने थी कि उसने अपने प्रतियोगी अख़बार पर नाजायज हमला किया था। फिर भी, *टाइम्स ऑफ़ इंडिया* के वकील सिंघवी ने दलील रखी कि 'हम्प्टी टम्प्टी' का इरादा कहीं से भी *एच.टी.* का उपहास उड़ाने या उसे नुक़सान पहुँचाने का नहीं था। उन्होंने आगे कहा कि इस कार्टून का *हिन्दुस्तान टाइम्स* के सर्कुलेशन या उसकी कमाई या उसके ख़्याति पर नकारात्मक प्रभाव नहीं हुआ है। उन्होंने ज़ोर दिया कि *टाइम्स ऑफ़ इंडिया* द्वारा उस कार्टून विज्ञापन को प्रकाशित करना बिलकुल उचित था क्योंकि टाइम्स 'वास्तव में' यह मानता है कि जनता के प्रति उसका कर्तव्य था कि यह सुनिश्चित करवाए कि जिन शर्तों पर *एच.टी.* ने अपने विज्ञापनों की दरें

बढ़ाई हैं, वह उन शर्तों का ईमानदारी से पालन करे।

अपनी दलील को मज़बूत करने के लिए सिंघवी ने यह भी कहा कि कार्टून में ख़ास तरह की भाषा और शब्दावली का प्रयोग होता है और उसे खुशमिज़ाजी के साथ स्वीकार करना चाहिए जैसा कि पूर्व में *टाइम्स ऑफ़ इंडिया* ने भी किया है। डॉ. सिंघवी ने ध्यान दिलाया कि किस प्रकार *टाइम्स ऑफ़ इंडिया* को 'द ओल्ड लेडी ऑफ़ बोरी बंदर' कहा जाता था। उन्होंने कहा, '*टाइम्स ऑफ़ इंडिया* ने कभी उस जुमले पर रोष नहीं दिखाया, बल्कि उसे हँसकर स्वीकार किया।' उन्होंने अख़बारों के हास्य के अधिकार की बात भी सामने रखी और हास्यास्पद प्रस्तुतियों को स्वस्थ नज़र से देखने व स्वीकार करने की ज़रूरत पर बल दिया। सिंघवी ने यह भी कहा कि प्रेस काउंसिल *हिन्दुस्तान टाइम्स* के लिए इस तरह के मामले सुलझाने का कोई मंच नहीं है। यह इसलिए क्योंकि काउंसिल की ज़िम्मेदारी सिर्फ़ पत्रकारिता में आचार और आचरण बनाए रखने के साथ-साथ प्रेस की आजादी को सुनिश्चित करना है।

प्रेस काउंसिल ने सबसे पहले डॉ. सिंघवी द्वारा काउंसिल के अधिकार क्षेत्र को लेकर उठाई गई आपत्ति के बारे में जवाब दिया। काउंसिल ने अपना निर्णय बताया कि *हिन्दुस्तान टाइम्स* की सुनवाई उसके अधिकार क्षेत्र का ही मामला है। साथ ही यह भी कहा कि *टाइम्स ऑफ़ इंडिया* ने बहुत ही ग़ैर ज़िम्मेदाराना और अनुचित व्यवहार किया है और वह कार्टून ह्यूमर (हास्य) नहीं, ब्लैक ह्यूमर था। जून 1989 में सुनाए गए अपने फ़ैसले में काउंसिल ने कहा कि *टाइम्स ऑफ़ इंडिया* ने 'दुर्भावनापूर्ण' कार्टून प्रकाशित करने की भूल की है। काउंसिल ने यह भी कहा कि अख़बार का व्यवसाय मालिकों के लिए सिर्फ़ कमाई करने वाला उद्योग नहीं है। उसने सभी अख़बारों को चेतावनी दी कि इस तरह की व्यावसायिक प्रतिस्पर्धा में पड़ने के बजाय अपने बुनियादी लक्ष्य का ध्यान रखे। काउंसिल ने भारत में अख़बारों के मालिकों के बीच पैसा कमाने के बढ़ते चलन की आलोचना की और अंत में यह कहा कि इस तरह के किसी भी 'नकारात्मक चलन पर नियंत्रण रखने और उसे हतोत्साहित करने की ज़रूरत है।'[1]

काउंसिल ने *टाइम्स ऑफ़ इंडिया* के तत्कालीन संपादक दिलीप पडगाँवकर को भी चेतावनी दी, जिनकी सहमति से वह विवादित कार्टून अख़बार में प्रकाशित किया गया था। पडगाँवकर ने जवाब दिया था कि उन्होंने कार्टून प्रकाशित करने की इजाज़त इसलिए दी थी कि उस कार्टून में कुछ आपत्तिजनक नहीं लगा था। लेकिन काउंसिल ने अपना निर्णय सुनाया कि संपादक ने यह फ़ैसला करके ग़लती की थी और उन्हें अपने अधिकारों का इस्तेमाल ऐसे किसी भी कार्टून को अख़बार में प्रकाशित होने में रोकने में करना चाहिए था। अंत में *टाइम्स ऑफ़ इंडिया* को इस तरह की 'चूक' के लिए फटकार लगाई गई।

टाइम्स ऑफ़ इंडिया की *हिन्दुस्तान टाइम्स में* लड़ाई की यह शुरुआत थी। हालाँकि काउंसिल का आधिकारिक निर्णय *टाइम्स ऑफ़ इंडिया* के ख़िलाफ़ था, लेकिन इस पूरे मामले से ब्रांड को काफ़ी फ़ायदा हुआ। एडवरटाइज़िंग और मार्केटिंग के क्षेत्र में अब इसकी छवि एक युवा, धृष्ट और साहसी अख़बार की बन गई थी! *टाइम्स ऑफ़ इंडिया* ने शायद यह तय कर लिया था कि अब वह अपनी ओल्ड-लेडी छवि से बाहर निकलकर एक आक्रामक व युवा तेवर अपनाएगा।

हिन्दुस्तान टाइम्स जैसे लीडर को आड़े हाथों लेने और खुद की युवा व साहसी अख़बार की पहचान बनाने के अलावा *टाइम्स ऑफ़ इंडिया* अपने प्रॉडक्ट पर भी काम कर रहा था। *हिन्दुस्तान टाइम्स* का मुक़ाबला करने के लिए नवाचारी क़दम उठाने और अपनी आमदनी बढ़ाने के लिए अख़बार ने लगातार सप्लीमेंट्स निकालने शुरू किए। इन परिशिष्टों की बदौलत अख़बार में कवर किए जा रहे विषयों का विस्तार हुआ। साथ ही मुख्य अख़बार से अलग नई लेखनशैली और लेआउट में नए-नए प्रयोग करने का इसे अवसर मिला।

लेकिन सप्लीमेंट्स निकालने के पीछे मुख्य लक्ष्य ज़्यादा से ज़्यादा विज्ञापनदाताओं को अपनी तरफ़ आकर्षित करना था। ख़ासकर उन विज्ञापनों के मामले में जो किसी ख़ास वर्ग के पाठकों को ध्यान में रखकर तैयार किए जा रहे थे। ऐसे में उन्हें अख़बार के भीड़भाड़ वाले पन्नों के बजाय एक साफ़-सुथरी डिज़ाइन में प्रस्तुत करने का विज्ञापनदाताओं को अवसर मिल रहा था। अब विज्ञापनदाता अपने लक्षित पाठकवर्ग के साथ केंद्रित होकर संवाद कर सकते थे।

सबसे पहले जो सप्लीमेंट शुरू किया गया, वह *'सटरडे टाइम्स'* था। इसे मई 1986 में लॉन्च किया गया था। पत्रकारों की एक नई फ़सल इसे तैयार कर रही थी, जिनमें टाइम्स स्कूल ऑफ़ जर्नलिज़्म से पढ़कर आए युवा पत्रकार भी शामिल थे। इन पत्रकारों ने अख़बार की मार्केटिंग और एडवरटाइज़िंग टीम के साथ मिलकर काम किया।

मुख्य अख़बार में छपने वाली सामान्य और रोज़मर्रा की नीरस व हार्ड न्यूज़ से अलग *'सटरडे टाइम्स'* में सॉफ़्ट फीचर लेख प्रकाशित किए जा रहे थे। हालाँकि इसकी विशेषता यह थी कि यह पूरी तरह रंगीन सप्लीमेंट था। भारतीय अख़बारों के बीच पहली बार कोई रंगीन सप्लीमेंट प्रकाशित हुआ था। इसके लिए उच्च क्वालिटी के चमकदार काग़ज़ का इस्तेमाल किया जा रहा था। मैग्ज़ीन में विज्ञापन देने वाले विज्ञापनदाताओं के अलावा नए विज्ञापनदाताओं को भी अपनी तरफ़ आकर्षित करना इसका लक्ष्य था।

एक चमकदार रंगीन सप्लीमेंट निकाले जाने से अख़बार के संपादकीय विभाग के बहुत से लोगों को झटका लगा। उन्हें यह थोड़ा भद्दा और असंस्कृत लग रहा था। फ़ैशन, खानपान, जीवनशैली और समाज आदि जिन विषयों पर इस सप्लीमेंट में लेख प्रकाशित किए जा रहे थे, वे भी असामान्य विषय थे। भोपाल गैस लीक पीड़ितों के भविष्य आदि जैसे गंभीर विषयों पर अगर *सटरडे टाइम्स* लेख प्रकाशित कर रहा था तो उसके प्रति भी नज़रिया और रूप रंग अलग था। ज़्यादातर कवरेज फ़ीचर लेखों के रूप में हुआ करते थे। मुख्यधारा के पत्रकार इसे गंभीर पत्रकारिता मानने को तैयार नहीं थे। उन्हें *सटरडे टाइम्स* प्रबंधन का अख़बार प्रतीत हो रहा था।

इस सप्लीमेंट के लिए बुनियादी काम समीर जैन की बहन नंदिता ने किया था। नंदिता तेज़ और प्रोएक्टिव महिला थीं। नंदिता ने ही *सटरडे टाइम्स* लॉन्च करने के इरादे से टाइम्स स्कूल ऑफ़ जर्नलिज़्म के युवा और प्रतिभाशाली पत्रकारों को नियुक्त किया था।

आरंभ से ही सप्लीमेंट की हैसियत स्पष्ट तौर पर दिखने लगी थी। टाइम्स स्कूल ऑफ़ जर्नलिज़्म से प्रशिक्षित विनीता दावरा नाँगिया[2], जो कि बाद में *सटरडे टाइम्स* की संपादक भी बनीं, ने बताया, 'हमसे साफ़-साफ़ कह दिया गया था कि *सटरडे टाइम्स* में सिर्फ़ खुशनुमा बातें ही होनी चाहिए। हमसे कहा गया था कि हमें पाठकों के चेहरे पर मुस्कराहट लानी है।'

विनीता ने याद करते हुए आगे बताया, 'एक बार एक संपादक ने आत्महत्या पर एक लेख लिखा, जिसके साथ *सटरडे टाइम्स* के कवर पेज पर एक महिला की तसवीर छपी जिसकी कलाई से ख़ून बह रहा था। इसे लेकर शोर मच गया। इस तरह की तसवीरें *सटरडे टाइम्स* के लिए एकदम वर्जित थीं। हमें स्पष्ट हिदायत थी कि रक्तरंजित कोई भी तसवीर इस सप्लीमेंट में नहीं छपनी चाहिए। आप मांसाहारी भोजन की रेसिपी की तसवीरें तो प्रकाशित कर सकते थे, लेकिन कच्चे मांस की नहीं। सप्लीमेंट में क्या स्वीकार्य था और क्या अस्वीकार्य, इसके बीच की लकीर स्पष्ट तौर पर परिभाषित थी।'

सटरडे टाइम्स की अवधारणा एक शिष्ट, सुरुचिपूर्ण, चमकदार परिशिष्ट की थी। उद्देश्य यह था कि लोग इसे सिर्फ़ पढ़े ही नहीं, बल्कि इसे कॉफ़ी टेबल बुक की तरह स्वीकार करें। ऐसे में, डिज़ाइन इस सप्लीमेंट के निर्माण का अभिन्न अंग था। विनीता ने कहा, 'राजनीति की ख़बरें पढ़-पढ़कर लोग ऊब चुके थे। वे कुछ अलग हटकर पढ़ना चाहते थे। और, समीर जैन ने तय किया कि उनके अख़बार को अब पत्रिकाओं की दुनिया में भी क़दम रखना चाहिए।'

जब *सटरडे टाइम्स* लॉन्च किया गया तब बाज़ार और प्रतिद्वंद्वी अख़बार, सभी ने इसके प्रति सुस्त प्रतिक्रिया दिखाई। सबने इसे एक नया हथकंडा कहकर इसकी

खिल्ली उड़ाई। लेकिन जल्द ही, बाज़ार पर इसका प्रभाव दिखने लगा। नए पाठकवर्ग, ख़ासकर युवा पाठकों को आकर्षित करने के साथ-साथ यह विज्ञापनदाताओं के भी आकर्षण का केंद्र बन गया था। *सटरडे टाइम्स* की पहली संपादक मन्निका चोपड़ा ने याद किया, 'यह एक ट्रेंडसेटर था। पाठकों को आकर्षित करने में पूरी तरह कामयाब रहा। स्वास्थ्य, फ़िटनेस, खेल, साइंस, टेक्नोलॉजी, ब्यूटी और फ़ैशन जैसे विषयों पर इससे पहले कभी किसी अख़बार ने ऐसी पेशकश नहीं की थी।'[3]

इसके अलावा इसके चमकदार और रंगीन रूप-रंग को देखकर युवा पीढ़ी इससे पूरी तरह प्रभावित थी। किसी साधारण अख़बार की तरह इसमें बोझिल पाठ्य सामग्रियों की कॉलम-दर-कॉलम भरमार नहीं थी। इसमें अलग-अलग विषयों पर इतने दिलचस्प अंदाज़ में लेख होते थे जो कि ज़रा भी बोझिल नहीं महसूस होते थे। इसकी शैली बिलकुल अलग थी। युवाओं के लिए सप्लीमेंट में प्रकाशित कंटेंट, इस्तेमाल की भाषा और लेखों का नज़रिया सभी उनकी पसंद के थे।

हालाँकि टाइम्स हाउस में *सटरडे टाइम्स* के प्रति बीच-बीच में असहजता दिखाई दे जाती थी। नाँगिया ने कहा, 'मुझे याद है दिलीप पडगाँवकर ने एक बार कहा था कि *सटरडे टाइम्स* उन्हें शर्मिंदा कर देता है जब लोग कहते हैं कि उन्हें यह सप्लीमेंट अपने बच्चों से छुपाना पड़ता है। एक बार हमने अंतर्वस्त्रों पर एक लेख प्रकाशित किया था, जिसमें एक महिला की लगभग नग्न तसवीर छपी थी। शीर्षक दिया गया था, 'बूबी ट्रैप्स' पडगाँवकर ने उसे देखकर कहा था-अच्छी हेडलाइन है, लेकिन ऐसे शब्दों से बचा करो।'

बी.सी.सी.एल. के अंदर संपादकीय और मार्केटिंग के बीच जो दूरी बनी हुई थी, *सटरडे टाइम्स* की वजह से अब वह काफ़ी हद तक मिटनी शुरू हो गई थी। ये दोनों विभाग ऐसे थे मानो एक तरफ़ की हवा भी दूसरी तरफ़ नहीं जा सकती थी और दोनों को एक-दूसरे का विरोधी माना जाता था। *सटरडे टाइम्स* इस माहौल के बीच भी आगे बढ़ता रहा और एक नए आपसी वर्किंग रिलेशनशिप में प्रवेश कर गया।

विज्ञापन के पहलू से अगर देखा जाए, तो पहले दिन से *सटरडे टाइम्स* इस दिशा में कामयाब था। उस समय ओ. एंड एम. के साथ काम का रहीं विभा देसाई ने कहा, '*सटरडे टाइम्स* ऐसा सप्लीमेंट था, जिसने विज्ञापनदाताओं को चकित कर दिया था। सप्लीमेंट में इस्तेमाल होने वाले काग़ज़ और इसके रंगों की गुणवत्ता बेहद उम्दा थी। देश में पहली बार आयातित काग़ज़ का इस्तेमाल हो रहा था। विज्ञापनदाताओं की इन सबके प्रति बेहद सकारात्मक प्रतिक्रिया थी।'

सटरडे टाइम्स को लेकर जो उल्लासोन्माद छाया हुआ था वह तक़रीबन एक साल बरक़रार रहा। *हिन्दुस्तान टाइम्स* के ख़िलाफ़ जारी जंग में *टाइम्स ऑफ़ इंडिया* के लिए यह एक महत्त्वपूर्ण हथियार था। कुछ समय तक तो *हिन्दुस्तान टाइम्स*

की तरफ़ से इस पर कोई जवाबी हमला नहीं हुआ। लेकिन साल ख़त्म होते-होते *हिन्दुस्तान टाइम्स* ने एक नई बहस शुरू करके पलटवार करने की कोशिश की। बहस इस बात पर शुरू की गई कि क्या लोग सचमुच एक कलर सप्लीमेंट पढ़ना पसंद करते हैं? यह विज्ञापनदाताओं को एक ग्लॉसी पेपर में विज्ञापन देने से रोकने की भी कोशिश थी। देसाई ने कहा, 'लेकिन बी.सी.सी.एल. ने अपने बचाव की तैयारी पहले से बख़ूबी कर रखी थी। उनके पास सभी आँकड़े तैयार थे। और साथ ही, *हिन्दुस्तान टाइम्स* के अफ़सरशाही वाले रवैये को लंबे समय तक झेलने के बाद बहुत सारी विज्ञापन एजेंसियों के लिए *टाइम्स ऑफ़ इंडिया* की पेशेवर टीम के साथ रूबरू होना एक खुशनुमा अनुभव था।'

इसमें कोई दो राय नहीं कि *सटरडे टाइम्स* को लेकर *टाइम्स ऑफ़ इंडिया* का नज़रिया काफ़ी पेशेवर था। समीर जैन और नंदिता जैन, दोनों *सटरडे टाइम्स* में ख़ास दिलचस्पी ले रहे थे। समीर जैन अक्सर संपादकीय कक्ष में आ जाया करते थे और इसके मुख्य लेख की खोज-ख़बर लेते थे, साथ ही बदलाव के सुझाव भी देते थे। नाँगिया ने कहा, 'समीर का आकलन हमेशा सही हुआ करता था, और प्रसंग से हटकर वे कभी कोई टिप्पणी नहीं करते थे।'

सटरडे टाइम्स की सफलता से प्रेरित होकर *हिन्दुस्तान टाइम्स* ने भी 'मेट्रोपॉलिटन' नाम से अपना सप्लीमेंट निकालना शुरू किया। लेकिन यह उतना कामयाब नहीं हो सका था। बाशब सरकार ने इस बात की पुष्टि करते हुए कहा, '*टाइम्स ऑफ़ इंडिया* के सामने *हिन्दुस्तान टाइम्स* का सप्लीमेंट कभी टिक ही नहीं पाया। *हिन्दुस्तान टाइम्स* के पास जीवनशैली पर सप्लीमेंट्स थे, लेकिन वह कभी उसे ठीक से निकाल नहीं पाया।' पहली बात तो यह कि यह इतना आसान नहीं था। जहाँ तक *सटरडे टाइम्स* का सवाल है तो नंदिता जैन ने इसकी ज़िम्मेदारी ली थी और उन्होंने सप्लीमेंट की संपादकीय सामग्री और इसके मार्केटिंग उद्देश्यों के बीच तालमेल सुनिश्चित किया था। मन्निका चोपड़ा ने स्मरण करते हुए कहा, 'नंदिता की ख़ासियत यह थी कि वे विज्ञापन और संपादकीय के बीच संतुलन बनाए रखने में माहिर थीं। उन्होंने विज्ञापनों को कंटेंट के साथ जोड़ा और यह युक्ति बख़ूबी काम कर गई।'

सटरडे टाइम्स को जीवंत और रोचक बनाए रखने के लिए टीम ने अथक रूप से मेहनत की। 1990 के दशक के शुरू में *सटरडे टाइम्स* में फ़ैशन, घर की साज-सज्जा और पर्यटन पर एक-एक समर्पित पन्ने शामिल किए जाने लगे। फ़ैशन डिज़ाइनरों को अख़बार में लिखने के लिए आमंत्रित किया जाने लगा। 1990 के दशक के शुरुआत में फ़ैशन अपने चरम पर था और उसी दौरान *सटरडे टाइम्स* भी कामयाबी की बुलंदियों पर पहुँच गया।

सटरडे टाइम्स एक दशक से कुछ अधिक समय तक चलता रहा। उसके बाद

टाइम्स ऑफ़ इंडिया का एक दूसरा सप्लीमेंट *देल्ही टाइम्स* निकलना शुरू हुआ। *सटरडे टाइम्स* की एक दशक की कामयाब पारी के बाद *टाइम्स ऑफ़ इंडिया* ने यह तय किया कि देल्ही टाइम्स अधिक उपयुक्त पेशकश है और ऐसे में, *सटरडे टाइम्स* को निकालते रहने का कोई औचित्य नहीं था। एक बार फिर, अपने प्रकाशन को बंद करने को लेकर समूह ने निष्ठुरता और तथ्यात्मकता का प्रदर्शन किया।

नाँगिया ने याद किया और कहा, 'जब *देल्ही टाइम्स* लॉन्च किया गया, तो मुझसे कहा गया कि "जब एक माता-पिता के दो बच्चे होते हैं तो वे कामयाब और क़ाबिल से लेकर अपने कमज़ोर बच्चे को दे देते हैं।" और, हमारे मुख्य विषय फ़ैशन, फूड और सोसायटी देल्ही टाइम्स के खाते में चले गए। उसके बाद *सटरडे टाइम्स* में कुछ ख़ास बचा नहीं रहा।'

जब *सटरडे टाइम्स* को बंद करने की बात चल रही थी, उस समय प्रबंधकों के एक समूह की राय थी कि सप्लीमेंट को जारी रखा जाए और चमकदार काग़ज़ की बजाय साधारण काग़ज़ पर प्रकाशित किया जाए। लेकिन प्रदीप गुहा के मन में इसे लेकर कोई दुविधा नहीं थी। उनकी राय थी कि किसी भी हाल में इस सप्लीमेंट के स्तर को नीचे नहीं गिराया जाएगा। *सटरडे टाइम्स* अपने क्षेत्र में अग्रणी था और जिस उद्देश्य के साथ इसे शुरू किया गया था उसने हासिल भी किया। उनका मानना था कि अब वक़्त आ गया है कि इसे सम्मान के साथ ही अलविदा कह दिया जाए।

सटरडे टाइम्स ने यह साबित कर दिया था कि 'ख़ालिस ख़बरों' वाले अख़बारों की दुनिया में एक बाज़ार-संचालित अख़बार भी अपने क़िस्म का पाठकवर्ग तैयार कर सकता है। इसने यह संदेश भी दे दिया था कि पाठकों की रुचि, ख़ासकर युवा वर्ग की, अब पारंपरिक ख़बरों से हटकर नर्म और हल्के लेखों में बढ़ रही है।

सटरडे टाइम्स के बाद बी.सी.सी.एल. ने एक और रंगीन सप्लीमेंट *ट्रैवल टाइम्स* शुरू किया, और यह भी उतना ही कामयाब रहा। अख़बार जगत के साथियों और विज्ञापन व पर्यटन उद्योग के लोगों, सभी ने उच्च श्रेणी के इस सप्लीमेंट को पसंद किया तथा इसकी सराहना की थी।

इसकी पहली संपादक मधु सूरी[4] थीं। जब *टाइम्स ऑफ़ इंडिया* ने उन्हें नौकरी का ऑफ़र दिया, उस समय सीता ट्रैवलर्स की मैग्ज़ीन 'इंद्रामा' में काम कर रही थीं। इससे पहले तक ट्रैवलर्स टाइम्स के प्रॉडक्शन का कॉन्ट्रैक्ट अनुराग माथुर के पास था। लेकिन फिर प्रबंधन ने तय किया कि उसके पास अपनी इन-हाउस प्रतिभा होनी चाहिए। उस समय तक इन परिशिष्टों को सफल बनाने के लिए काफ़ी प्रयास किए

जा रहे थे। सूरी ने कहा, '1986 में जब मैंने ज्वाइन किया, तब *टाइम्स ऑफ़ इंडिया* में सप्लीमेंट्स शुरू हो चुके थे। ऑटोमोबाइल सप्लीमेंट के लिए भी आला दर्जे की मार्केटिंग चल रही थी। देश की अर्थव्यवस्था में खुलापन आ रहा था। चीज़ें बदल रही थीं। *ट्रैवल टाइम्स* का उद्देश्य ख़ासकर पर्यटकों के बीच रीडरशिप बढ़ाना था। यह आइडिया नंदिता का था। वे बेहद दूरदर्शी और उत्साह से भरी हुई थीं और जानती थीं कि कौन-सा आइडिया कामयाब हो सकता है। वे जोशपूर्ण दिन थे।'

मधु सूरी ने आगे कहा, 'हमारी टीम छोटी थी, लेकिन हमारा लक्ष्य बिलकुल सधा हुआ था। हम जानते थे कि हमें क्या हासिल करना है। न सिर्फ़ सप्लीमेंट के कंटेंट पर बल्कि इसके लेआउट, इसके डिज़ाइन, फ़ॉन्ट, प्रेजेंटेशन, लोगो आदि लगभग हर पहलू पर हम लोग घंटों साथ बैठकर काम किया करते थे। हम सुबह दो-तीन बजे तक ऑफ़िस में ही होते थे। हालाँकि नंदिता की कोई ज़रूरत नहीं होती थी, लेकिन वे इस कदर इसमें शामिल थीं कि हमारे साथ रात भर मौजूद रहती थीं।'

सूरी ने बताया, 'मुख्य अख़बार का संपादकीय विभाग हमारी इस दुनिया से बेहद दूर था। यहाँ तक कि इस सप्लीमेंट्स को लेकर काम कर रहे और उत्साहित पत्रकारों के प्रति इसकी धारणाएँ काफ़ी अपमानजनक थी। लेकिन कंपनी का पूरा ध्यान इन सप्लीमेंट्स पर था।' *ट्रैवल टाइम्स* एक प्रयोग था, जो सफल भी रहा। आज लगभग हर अख़बार इस तरह के पुल-आउट निकाल रहा है।

चिकने काग़ज़ पर छपने वाला *ट्रैवल टाइम्स* 1987 के अंतिम महीनों में लॉन्च किया गया और बॉम्बे व दिल्ली के *टाइम्स ऑफ़ इंडिया* के संस्करणों के साथ पाठकों को मुफ़्त बाँटा जाता था। दिल्ली में कंपनी ने इस सप्लीमेंट की 1,10,000, बॉम्बे में 1,30,000 प्रतियाँ छापीं और दोनों ही शहरों में *टाइम्स ऑफ़ इंडिया* के मेट्रो एडिशन के साथ वितरित की गईं। आधा ब्लैक एंड व्हाइट और अर्द्ध रंगीन 8 पन्नों वाला यह मासिक सप्लीमेंट हर महीने के आख़िरी शुक्रवार को वितरित किया जाता था।

कोई भी नया प्रकाशन शुरू करने से पहले बी.सी.सी.एल. हमेशा उसकी व्यापारिक व्यवहार्यता पर व्यापक स्टडी करता रहा है। कंपनी यह सुनिश्चित कर लेती है कि नया प्रॉडक्ट पाठकों के साथ-साथ विज्ञापनदाताओं और बाज़ार के लिहाज़ से भी कामयाबी हासिल करेगा। सूरी ने बताया, 'ट्रैवल टाइम्स भी पाठकों और विज्ञापनदाताओं दोनों को ध्यान में रखकर शुरू किया गया था। 70 प्रतिशत जगह विज्ञापन को दी गई थी और बाकी जगह कंटेंट के हिस्से थी।'

सूरी ने आगे जोड़ा, 'इस सप्लीमेंट को यात्रा, पर्यटन, विमानन और अतिथि सत्कार के क्षेत्र के साथ ही पर्यटन मंत्रालय, इंडियन टूरिज़्म डेवलपमेंट कॉर्पोरेशन (आई.टी.डी.सी.) और सिंगापुर व मॉरिशस टूरिज़्म बोर्ड जैसे विदेशी पर्यटन बोर्डों की तरफ़ से पर्याप्त विज्ञापन सहयोग मिला। उत्तर प्रदेश, हिमाचल प्रदेश, जम्मू-कश्मीर

और मध्य प्रदेश की राज्य सरकारों ने भी इस सप्लीमेंट में विज्ञापन दिए।'

जब मैंने सूरी से पूछा कि इस सप्लीमेंट की योजना कैसे तैयार की गई तो उन्होंने विस्तार से बताया, 'आई.टी.सी. वेल्कम ग्रुप, ऑबेरॉय और ताज़ जैसे होटलों, तथा लुफ्थांसा, ब्रिटिश एयरवेज, जापान एयरलाइंस और इंडियन एयरलाइंस जैसी कंपनियों का भी पूरा सहयोग मिला। ऑटोमोबाइल और कैमरा कंपनियों सहित अन्य विज्ञापनदाताओं ने भी लगातार अपने विज्ञापन दिए।'

सूरी ने आगे बताया कि काठमांडू में आयोजित टाई (ट्रैवल एजेंट्स एसोसिएशन ऑफ़ इंडिया) के सम्मेलन पर निकाले गए विशेष संस्करण जैसे ख़ास आयोजनों पर विज्ञापन की मात्रा काफ़ी अधिक हुआ करती थी। यह विशेष संस्करण नेपाल पर समर्पित था, जिसके लिए नेपाल के होटलों, टूर ऑपरेटरों और अन्य विज्ञापनदाताओं से अतिरिक्त विज्ञापन हासिल किए गए थे। इस संस्करण की 2,500 अतिरिक्त प्रतियाँ छापी गई थीं और सम्मेलन में उपस्थित सभी भारतीय और अंतरराष्ट्रीय प्रतिनिधियों को व्यक्तिगत रूप से वितरित की गई थीं। इसी प्रकार हिमाचल प्रदेश और गुजरात पर भी विशेष संस्करण निकाले गए थे जिसमें राज्य पर्यटन विभाग, होटलों और पर्यटन के क्षेत्र की अन्य कंपनियों की तरफ़ से अतिरिक्त मुनाफ़ा अर्जित किया गया था।'

हम लोग साउथ दिल्ली स्थित फ्रेंड्स कॉलोनी की एक कॉफ़ी शॉप में बैठे थे। जाड़े की सुबह थी और सूरज की किरणें ओस की बूँदों पर चमक रही थी। जब मैंने उनसे पूछा कि इस सप्लीमेंट के प्रति लोगों की क्या प्रतिक्रिया थी तो उनकी आँखों में एक चमक दिखी। सूरी ने कहा, 'हमें पाठकों और हॉस्पिटैलिटी इंडस्ट्री की तरफ़ से ज़बर्दस्त रोमांचकारी प्रतिक्रिया मिली। कंटेंट और डिज़ाइन, दोनों की सबने ख़ूब प्रशंसा की। यह बेहद उत्साहजनक और रोमांचक अनुभव था।'

सूरी ने कहा, '*ट्रैवल टाइम्स* का कंटेंट अपने आप में अनूठा था। ट्रैवल राइटिंग अब एकमात्र "घूमने लायक पर्यटन स्थल" पर छप रहे लेखों के बजाय विस्तृत फ़ीचर के रूप में प्रस्तुत किया जाने लगा। उस स्थल के भोजन, संस्कृति और ख़रीदारी आदि पहलुओं के माध्यम से मानो उस जगह का "अनुभव" ही करा देता था। आजकल इस तरह के लेख आम हो चुके हैं। लेकिन उस समय यह पथ प्रदर्शक प्रयास जैसा था। *ट्रैवल टाइम्स* ने बिल ऐटकन (Bill Aitken) और ह्यू एंड कॉलीन गैंटज़र (Hugh and Colleen Gantzer) जैसे लेखकों को भी अपने साथ जोड़ा। इनकी भाषा और शैली ताज़गी भरी थी। उन्होंने कुछ बेजोड़ लेख सप्लीमेंट के लिए लिखे। कुल मिलाकर सप्लीमेंट का अंदाज़ अपने आप में असाधारण था।

इस सप्लीमेंट के माध्यम से पहली बार विषयगत यात्रा से पाठकों को परिचित कराया गया। इसमें असंख्य अन्य विषयों जैसे : 'अ वाइन टूर ऑफ़ फ़्रांस' (फ़्रांस

की वाइन यात्रा), 'अ चीज़ टूर ऑफ़ ऐम्सटर्डम' (ऐम्सटर्डम की चीज़ यात्रा), 'द सन गॉड ट्रेल ऑफ़ इंडिया' (भारत में सूर्य देवता के निशान), और 'अ टूर ऑफ़ काँगड़ा पेंटिंग्स' (काँगड़ा की चित्रकारी की सैर) जैसे लेख लिखे गए। सूरी ने याद किया, 'लेकिन इन सबसे ऊपर प्रेजेंटेशन पर सबसे अधिक ध्यान दिया गया था, जो कि बेहद क्रिस्प, यूज़र-फ़्रेंडली और रचनात्मक था।'

ट्रैवल टाइम्स अलग-अलग तरह के यात्रियों के लिए भी बिलकुल अनुकूल था। इसमें अवकाश के यात्री, आला दर्जे के यात्री, दौलतमंद यात्री, पहली बार के यात्री, तीर्थ यात्री, पारिवारिक यात्री और अकेले यात्री, जैसे हर तरह के पर्यटकों को ध्यान में रखकर लेख लिखे गए। इसने समूह में यात्रा करने वाले और व्यापार संबंधित पर्यटकों का भी ध्यान रखा गया था।

सूरी ने आगे बताया, 'हम लोग बारीकियों पर ख़ास ध्यान दे रहे थे। और उसके परिणाम भी हासिल हुए। सप्लीमेंट ने बाज़ार में आत्मविश्वास के साथ अपनी मौजूदगी दर्ज कराई। इसके डिज़ाइन और संपादकीय कन्सेप्ट ही नहीं, बल्कि पूरे पैकेज ने लोगों का ध्यान आकर्षित किया। हमें हर मापदंड से ज़बर्दस्त प्रतिक्रिया मिली और हमने इस प्रशंसा को सही भी साबित किया। 1987-89 के बीच काठमांडू और श्रीनगर में आयोजित अपने सालाना सम्मेलनों में टाई ने *ट्रैवल टाइम्स* को दो बार पुरस्कृत भी किया।'

सूरी ने बताया, 'इस सप्लीमेंट का डिज़ाइन इन-हाउस ही तैयार किया गया था। हालाँकि हममें से किसी के पास डिज़ाइनिंग की औपचारिक ट्रेनिंग नहीं थी, फिर भी हम एक आकर्षक और आला दर्जे का सप्लीमेंट निकालने में सफल हुए थे...। यह अपने आप में अनूठा था। यहाँ तक कि एक दिन *एच.टी.* से *ट्रैवल टाइम्स* की टीम के पास डिज़ाइनर का नाम व पते की जानकारी लेने के लिए फ़ोन कॉल भी आया।'

अन्य प्रकाशनों ने भी अपने लेखों में *ट्रैवल टाइम्स* का उल्लेख किया। *द हिन्दू* ने अपने एक लेख में *ट्रैवल टाइम्स* के अग्रणी और रोमांचक प्रयास का उल्लेख किया और बताया कि किस प्रकार सप्लीमेंट के माध्यम से भारत में पर्यटन पत्रकारिता की शुरुआत हो चुकी है। सूरी ने नाम याद करने की कोशिश करते हुए कहा, 'एक अंतरराष्ट्रीय प्रकाशन ने भी *ट्रैवल टाइम्स* के बारे में लिखा।'

मैंने सूरी से पूछा कि फिर ऐसा क्या हुआ कि इसे बंद करना पड़ा। कुछ देर सोचने के बाद उन्होंने कहा, 'कुछ ही समय बाद हमें यह महसूस होने लगा था कि हमारी कमाई सिर्फ़ आला दर्जे के विज्ञापनों से हो रही थी। हमने जिस तादाद में विज्ञापनों का अनुमान लगाया था, उतने हमें नहीं मिल रहे थे, क्योंकि विज्ञापनदाताओं के सामने विकल्प था और छोटे व मध्यम विज्ञापनों के लिए वे *सटरडे टाइम्स* को प्राथमिकता दे रहे थे।' और, कुछ समय के लिए *ट्रैवल टाइम्स इकोनॉमिक टाइम्स* के

खाते में चला गया और अख़बार में हर रविवार को ट्रैवल का एक पेज छपने लगा। 1997 में इसे पूरी तरह ग्लॉसी बनाकर दोबारा लॉन्च किया गया। उसी दौरान यह *टाइम्स ऑफ़ इंडिया* के बैंगलोर संस्करण के साथ भी आने लगा। इसके मास्टहेड को भी दोबारा डिज़ाइन किया गया। *ट्रैवल टाइम्स* के पास कुछ प्रायोजक ज़रूर थे, लेकिन बाज़ार फिर भी एक ही समय में दो सप्लीमेंट्स स्वीकार करने को तैयार नहीं था। सूरी के मुताबिक, '*सटरडे टाइम्स* और *ट्रैवल टाइम्स* एक-दूसरे के आड़े आ रहे थे। और विज्ञापनदाताओं की पहली पसंद *सटरडे टाइम्स* ही बना रहा।'

टाइम्स ऑफ़ इंडिया के प्रतिद्वंद्वियों की तरफ़ से कोई समस्या नहीं थी। सूरी ने याद किया, 'उनकी प्रतिक्रिया काफ़ी सुस्त थी। उन्हें समझ नहीं आ रहा था कि वे किस प्रकार की प्रतिक्रिया करें। हमने इस सप्लीमेंट से विज्ञापन के ज़रिये जिस तरह की कमाई का अनुमान लगाया था, वह नहीं हो पा रही थी। एक समय ऐसा ज़रूर आया जब इसकी लागत और लाभ बराबर थे, लेकिन ऐसा ज़्यादा दिन तक बरक़रार नहीं रह सका। इस पर दोबारा ग़ौर करने की ज़रूरत आ गई थी। और इसकी कोशिश की गई।' बी.सी.सी.एल. के साथ एक और बात यह है कि वह कोई भी प्रयोग बड़े ही जोश के साथ करता है, लेकिन जब उसे वांछित परिणाम हासिल नहीं हो पाते तो उस प्रयोग को छोड़ देने में भी कोई देरी नहीं लगाता।

मैंने जब इस सप्लीमेंट में समीर जैन की जुड़ाव की बात सूरी से पूछी तो उन्होंने बताया, 'वे इस सप्लीमेंट के साथ उतनी सक्रियता से नहीं जुड़े थे। वे उन दिनों मार्केटिंग के फ़ैसले लेने में व्यस्त थे। लेकिन फिर भी उन्हें इस बात की पूरी समझ थी कि दर्शक व पाठक किस तरह के प्रॉडक्ट का स्वागत करेंगे।' समीर ने पश्चिमी देशों से बहुत से सूत्र ज़रूर लिए थे, लेकिन उन्हें भारतीय बाज़ार के अनुकूल बनाकर ही लागू किया था और यह सुनिश्चित भी किया था कि उनके सभी प्रयोग लक्ष्य तक पहुँचें। इस तरह, समीर ने एक तरह से मीडिया उद्योग में क्रांति कर दी थी और वे ट्रेंडसेटर बन गए थे।

सूरी ने कहा, 'जैन अख़बार जगत को व्यापारिक दायरे में लाने में भी सफल रहे थे। अख़बार की दुनिया में आए इस बदलाव से पत्रकार बहुत ख़ुश नहीं थे क्योंकि अब तक संपादकीय को एक पवित्रता हासिल थी। इसीलिए पत्रकारों के बीच शुरुआत में असहजता थी और उन्होंने समीर जैन का विरोध भी किया। लेकिन समय के साथ धीरे-धीरे सब ठीक हो गया।'

लगभग इन्हीं दिनों बी.सी.सी.एल. ने एक और फ़ैसला लिया कि वह अख़बार में स्थानीय ख़बरों की भागीदारी बढ़ाएगा। यह स्पष्ट था कि अलग-अलग शहरों के

पाठकों का प्रोफ़ाइल और उनकी पसंद भिन्न होती है। जहाँ राष्ट्रीय राजनीति में लोगों की ख़ासी दिलचस्पी थी, स्पोर्ट्स और सिनेमा अहम कारक थे, वहीं हर शहर के लोगों की कुछ अलग-अलग चीज़ों में दिलचस्पी होती थी। उदाहरण के तौर पर, दिल्ली की ज़्यादा दिलचस्पी राजनीति में थी। राजधानी होने के नाते दिल्ली में नौकरशाही का आधिपत्य था जिसका शहर के अंग्रेज़ी-भाषी, मध्य वर्ग की संस्कृति और प्राथमिकता पर भी असर था। बॉम्बे के लोगों की ज़्यादा दिलचस्पी व्यापार और अर्थव्यवस्था में थी। बाद के वर्षों में जब बैंगलोर सॉफ़्टवेयर के क्षेत्र में कामयाबी हासिल करने लगा तो इसकी प्राथमिकताएँ ही अलग हो गईं। ऐसे में, अख़बार द्वारा स्थानीय दृष्टिकोण अपनाया जाना औचित्यपूर्ण था।

दिल्ली में *हिन्दुस्तान टाइम्स* की शायद यही सबसे बड़ी ताक़त थी। वह स्थानीय सरोकारों को ध्यान में रखकर ख़बरों की प्राथमिकता तय कर रहा था। साफ़ था कि दिल्ली में रहने वाले लोग इस बात से बेहद संतुष्ट थे कि *हिन्दुस्तान टाइम्स* उनके क्षेत्र और समुदाय से जुड़े मुद्दों को महत्त्व दे रहा था। अगर *टाइम्स ऑफ़ इंडिया* को दिल्ली में कामयाब होना था, तो उसे भी यहाँ के लोगों के दिलों में अपनी जगह बनानी थी। इसके लिए उसे उनके रोज़मर्रा की चुनौतियों और चिंताओं को अपने अख़बार के माध्यम से उठाना आवश्यक हो गया था। इसलिए चाहे वह नगर-विषयक मुद्दे हों, अपराध या शिक्षा से जुड़ी ख़बरें हो, *टाइम्स ऑफ़ इंडिया* ने तय किया कि वह अपने अख़बार में स्थानीय रिपोर्ट को अहमियत देगा।

लेकिन स्थानीय मुद्दों पर केंद्रित होने के लिए वह स्थानीय ख़बरों के अलावा कुछ और भी पाठकों को दे रहा था। इसने शॉपिंग, अवकाश, रेस्तराँ और फ़ैशन जैसे पहलुओं को भी 'स्थानीय संस्कृति' के अहम घटक के तौर पर अपने अख़बार में शामिल किया। ये सभी विषय अब तक मुख्य धारा के अख़बारों का हिस्सा नहीं होते थे। लेकिन बी.सी.सी.एल. यह बात समझ गया था कि बढ़ते मध्यवर्ग और खुली अर्थव्यवस्था के दौर में मध्यवर्ग की जीवनशैली से जुड़े मुद्दे भी नागरिक कर्तव्यों में विफलता, स्थानीय करों आदि जैसे परंपरागत मुद्दों से अधिक नहीं तो कम अहमियत वाले भी नहीं होंगे।

स्थानीय मुद्दों को लेकर संवेदनशीलता बरतने के पीछे सबसे आकर्षक वजह यह थी कि इससे स्थानीय विज्ञापन अख़बार को मिलते। *देल्ही टाइम्स* के प्रथम संपादक उमेश आनंद[5] ने कहा, 'मालिकों/प्रबंधकों का दृष्टिकोण साफ़ था: संपादकीय नहीं, उनकी गतिविधियाँ बाज़ार संचालित थीं।'

विज्ञापनदाताओं के नज़रिये से भी यह सही था। *टाइम्स ऑफ़ इंडिया* के दिल्ली संस्करण के एक पूर्व स्थानीय संपादक ए.एन. सेन[6] ने कहा, 'एक स्थानीय सप्लीमेंट के होते हुए नाथू स्वीट्स (दिल्ली में खानपान की एक शृँखला) जैसा विज्ञापनदाता

मुख्य अख़बार में अपने विज्ञापन क्यों देता? मुख्य अख़बार के बजाय सप्लीमेंट में विज्ञापन देने पर उसे बहुत कम दर चुकानी पड़ रही थी, जो उसे अतिरिक्त फ़ायदा था। अख़बार जितना स्थानीय होता... खुदरा विज्ञापन के क्षेत्र में उसे उतना ही फ़ायदा मिलता।'

1993 के आसपास कंपनी ने स्थानीय सप्लीमेंट निकालने का फ़ैसला लिया। जहाँ मुख्य अख़बार के सिटी पन्ने अब भी स्थानीय अपराध और नगर विषयक मामलों पर फ़ोकस कर रहे थे, वहीं इस सप्लीमेंट में स्थानीय जीवनशैली के तमाम आयाम कवर किए जाने लगे। टाइम्स ग्रुप के प्रबंध निदेशक विनीत जैन ने कहा कि मुख्य अख़बार के पन्ने उन्हें बेहद गंभीर प्रतीत होते हैं और वे युवा वर्ग वे कुछ हल्की-फुल्की सामग्री परोसना चाहते हैं। विनीत के इस सुझाव के बाद ही *देल्ही टाइम्स* के विचार ने जन्म लिया।

उस समय गौतम अधिकारी *टाइम्स ऑफ़ इंडिया* के कार्यकारी संपादक थे। सार्वजनिक मुद्दे कवर कर रहे पत्रकारों से इस सप्लीमेंट के लिए युवा पाठकों को ध्यान में रखकर कुछ अतिरिक्त ख़बरें भी देने के लिए कहा गया।

ब्रिटिश लेखक और संपादक मैथ्यू एंजेल ने अपनी किताब *टिकल द पब्लिक*[7] के तुक्तक के माध्यम से *देल्ही टाइम्स* के पीछे के दर्शन को बख़ूबी बताया है :

> लोगों को गुदगुदाइए, उन्हें हँसाइए,
> जितना अधिक गुदगुदी करोगे, उतनी ही बड़ी होगी तुम्हारी जीत;
> पब्लिक को सिखाकर कभी तुम धनवान नहीं बन सकते,
> भिखारी की ज़िंदगी जीते रहोगे और अंधेरे में ही मर जाओगे।

देल्ही टाइम्स हल्के-फुल्के व अपारंपरिक विषयों की रिपोर्टिंग वाला नवीन प्रयास था। इसने स्वास्थ्य और शिक्षा जैसे स्थानीय मुद्दों को और अधिक दिलचस्प तरीक़े से पेश करना शुरू किया। जहाँ साधारण ख़बर पारंपरिक स्वरूप में लिखी जाती थी, वहीं *देल्ही टाइम्स* ने शहर को वहाँ के लोगों और उपभोक्ताओं की नज़रों से देखना शुरू किया। शहर भर में चल रही डिस्काउंट सेल के बारे में बताकर एक स्तर पर *देल्ही टाइम्स* ख़रीदारों के लिए गाइड का काम कर रहा था। इसमें फ़ैशन की बातें भी बताई जा रही थीं। उन दिनों जब मारुति एक तरह से देश में एकमात्र कार कंपनी थी और कुछ अंतरराष्ट्रीय स्तर की कंपनियाँ अपनी गाड़ियाँ भारत के बाज़ार में उतारने की तैयारी कर रही थीं, *देल्ही टाइम्स* ने कारों पर भी एक स्तंभ देना शुरू किया। यह अपने आप में एक अग्रणी प्रयास था। इसका लहजा हल्का-फुल्का, भाषा कुरकुरी और जीवंत थी। साथ ही इसकी हेडलाइन रोचक होती थी।

उस समय तक इस तरह के हल्के-फुल्के विषय ख़बरों के तौर पर स्वीकार नहीं किए जाते थे। ऐसा माना जाता था कि इन ख़बरों की कोई अहमियत नहीं होती। लेकिन *देल्ही टाइम्स* शुरू होने के बाद पाठकों की प्रतिक्रिया से यह बात साबित हो गई कि शहर के इन पहलुओं को जानने की मध्यवर्ग में ज़बर्दस्त भूख थी। वे पूरी तरह से *देल्ही टाइम्स* से सम्मोहित हो गए थे।

शुरुआत में *देल्ही टाइम्स* चार पन्नों का संस्करण था, जो सप्ताह में दो दिन छप रहा था। यह बदलाव के तमाम दौर से गुज़रा। देश में 'पेज 3' की अवधारणा लाने का श्रेय भी *देल्ही टाइम्स* को ही जाता है। फ़ैशन और सिनेमा पर ज़्यादा से ज़्यादा ध्यान दिया जाने लगा। सिलेब्रिटी से जुड़ी ख़बरों को *देल्ही टाइम्स* के मूल विषयों, जैसे स्थानीय और सांस्कृतिक मुद्दों से भी अधिक वरीयता दी जाने लगी। *देल्ही टाइम्स* एक व्यक्तिगत मज़बूत ब्रांड के तौर पर उभर चुका था।

उमेश आनंद याद करते हैं, 'दिलचस्प यह था कि *देल्ही टाइम्स* को पत्रकार बिरादरी की तरफ़ से भी बेहद अच्छी प्रतिक्रिया मिली। अपनी आकर्षक हेडलाइंस की बदौलत इसने लोगों के दिलो-दिमाग़ में ख़ास जगह बना ली थी। यह सप्लीमेंट मजेदार था और उत्तेजक भी। इसने *टाइम्स ऑफ़ इंडिया* की उस दलील को भी सही साबित कर दिया था कि अख़बार में मेट्रो सेक्शन होना अनिवार्य है।'

लेकिन विज्ञापन की दृष्टि से सप्लीमेंट को जिस तरह की प्रतिक्रिया मिली वह अपने आप में आश्चर्यजनक था। *हिन्दुस्तान टाइम्स* के एक सीनियर मार्केटिंग मैनेजर (स्वाभाविक है नाम न बताने की शर्त पर) ने स्वीकार किया : '*देल्ही टाइम्स* एक बेहद सूझबूझ भरा क़दम था। इसने छोटे विज्ञापनदाताओं को अपने खेमे में कर उन्हें हमसे पूरी तरह दूर कर दिया। *देल्ही टाइम्स* के बाद *टाइम्स ऑफ़ इंडिया* के दिल्ली संस्करण को भी स्वतंत्र एड मिलने लगे थे। इससे अख़बार की प्रासंगिकता बढ़ी और इसी के साथ प्रतिस्पर्धा भी बढ़ी। हमें वास्तव में संघर्ष करना पड़ा था क्योंकि हमारे सारे खुदरा विज्ञापन *देल्ही टाइम्स* के खाते में चले गए थे। नतीजा सबके सामने है। आज ज़्यादातर बड़े अख़बारों ने खुदरा विज्ञापनों के लिहाज़ से अपने रास्ते निकाल लिए हैं। हम सबके पास आज स्थानीय सप्लीमेंट्स हैं।'

देल्ही टाइम्स की वजह से प्रतिद्वंद्वी अख़बार भी दबाव में आ गए थे। स्थानीय विज्ञापन हासिल करने के लिए सभी अख़बारों के लिए अपने स्थानीय सप्लीमेंट्स निकालना अब उनकी मजबूरी हो गई थी। इसका मतलब था कि एक तरफ़ अधिक पन्नों की छपाई और दूसरी तरफ़ सप्लीमेंट्स के विज्ञापनों की दरें कम रखना। इससे अख़बारों पर दोहरी मार पड़ी। जहाँ दबाव में आकर *हिन्दुस्तान टाइम्स* ने अपना सिटी सप्लीमेंट निकालना शुरू कर दिया, वहीं छोटे अख़बारों को स्थानीय स्तर के बिज़नेस से किनारा करना पड़ा। *टाइम्स ऑफ़ इंडिया* को इसका बड़ा फ़ायदा मिला

और दिल्ली में उसकी जगह पुख़्ता हो गई।

उमेश आनंद ने कहा, 'आरंभ में लोगों ने *देल्ही टाइम्स* का मज़ाक उड़ाया था। लेकिन जैसा कि सभी देख सकते हैं, ग्लैमर की तरफ़ सभी आकर्षित होते हैं।' *बॉम्बे टाइम्स* को भी ऐसी ही कामयाबी हासिल हुई। शुरू में यह सप्लीमेंट सप्ताह में एक दिन आ रहा था और जल्द ही इसे सप्ताह में दो दिन - मंगलवार और शुक्रवार - कर दिया गया। उसके बाद यह सप्ताह में तीन दिन आने लगा। जल्द ही यह पूर्ण विकसित और आत्मनिर्भर सप्लीमेंट सप्ताह के सातों दिन छपने लगा। इसके अपने समर्पित पाठक और विज्ञापनदाता थे।

देल्ही टाइम्स और *बॉम्बे टाइम्स* में सुप्रसिद्ध 'पेज 3' की उत्पत्ति की कहानी भी काफ़ी दिलचस्प है। प्रदीप गुहा ने विस्तार से बताया, 'मैं इस प्रॉडक्ट को जमाने में लगा हुआ था और चाहता था कि अख़बार में बहुत सारा दिलचस्प और आकर्षक कंटेंट हो। लेकिन पेज 1 और पेज 8 पर मुझे कंटेंट के लिए कभी जगह नहीं मिली, क्योंकि ये पेज विज्ञापनों से भरे होते थे। पेज 2 और पेज 4 ब्लैक एंड व्हाइट होते थे। और मुझे पूरा एक पन्ना चाहिए था जिस पर मैं बहुत सारी दिलचस्प और आकर्षक ख़बरें छाप सकता। उन परिस्थितियों में दाहिनी तरफ़ का जो पहला पन्ना (जहाँ जल्द ध्यान जाता है) मुझे मिल रहा था, वह अख़बार का तीसरा पेज था, जो कि अख़बार खोलने पर सबसे पहले सामने पड़ता। हमने उसी पेज को इस्तेमाल करने का फ़ैसला किया। उस पेज की ब्रांडिंग कर दी गई। हमने उसे "पेज 3" नाम देकर बहुत सारे रोमांचक और ध्यान आकर्षित करने वाली ख़बरों से भर दिया। उस पेज पर हम हस्तियों और मनोरंजन जगत के बारे में लिखने लगे। हमने इसे जीवंत और रंगीन बनाया। साथ ही हमें पर्याप्त विज्ञापन भी मिले। और इस प्रकार 'पेज 3' की उत्पत्ति हुई।'

सटरडे टाइम्स और *देल्ही टाइम्स* की सफलता से टाइम्स ग्रुप को एक कामयाब नुस्ख़ा मिल गया था - कोई भी विषय उठाओ, उससे जुड़ी तमाम ख़बरों व लेखों को एकत्र करो और उस विषय से मिलते-जुलते उत्पाद व सेवाओं वाले विज्ञापनदाताओं को आकर्षित करो। *सटरडे टाइम्स* के मामले में यह लग्ज़री और लाइफ़ स्टाइल के ब्रांड थे, तो *देल्ही टाइम्स* स्थानीय विषयों के इर्द-गिर्द तैयार किया गया था।

एजुकेशन टाइम्स पर भी इसी फ़ॉर्मूले को दोहराया गया। इसके लिए कोर्स, शैक्षणिक संस्थान और कॅरियर के अवसर जैसे विषयों के इर्द-गिर्द कंटेंट तैयार किया गया। *एजुकेशन टाइम्स* की बदौलत युवा पाठकों का रुख भी अब *टाइम्स ऑफ़ इंडिया* की तरफ़ होने लगा। इस पाठकवर्ग की राजनीति और सरकारी नीतियों जैसे अख़बार के मुख्य विषयों में कोई दिलचस्पी नहीं थी। लेकिन शिक्षा और कॅरियर जैसे विषयों को शामिल कर अख़बार ने खुद को युवाओं के साथ भी जोड़ लिया।

इसने शिक्षा जगत को भी विज्ञापनों के ज़रिये अपने लक्षित दर्शकों तक पहुँचने का मंच मुहैया कराया।

बी.सी.सी.एल. को पता था कि *एच.टी.* के बड़े सर्कुलेशन के पीछे विज्ञापनों की क्या भूमिका थी। बहुत सारे लोग *हिन्दुस्तान टाइम्स* सिर्फ़ विज्ञापनों की वजह से ही ख़रीदते थे, ख़बरों और अन्य संपादकीय सेक्शन पर तो ऐसे पाठक सरसरी नज़र भी शायद ही डालते हों। इसलिए अब बी.सी.सी.एल. भी विज्ञापनदाताओं को आकर्षित करने में पूरी तरह जुट गई थी। इस दिशा में प्रथम प्रयास के तौर पर ग्रुप के देशभर के अंग्रेज़ी प्रकाशनों में छपने वाले वर्गीकृत विज्ञापनों को एक जगह एकत्र कर हर रविवार को *टाइम्स ऑफ़ इंडिया* के दिल्ली संस्करण के साथ मुफ़्त छापा जाने लगा। इससे एक तरफ़ विज्ञापनदाताओं को अपनी क़ीमत के बदले बड़े परिणाम हासिल होने लगे, वहीं उससे भी अधिक महत्त्वपूर्ण यह रहा कि इससे एक सकारात्मक कड़ी-सी बन गई थी। ज़्यादा विज्ञापनों की वजह से अधिक पाठक अख़बार की तरफ़ आकर्षित होने लगे और पाठकों की संख्या बढ़ जाने से विज्ञापनों की तादाद भी बढ़ती गई। तीन महीने में *टाइम्स ऑफ़ इंडिया* के दिल्ली संस्करण ने विज्ञापनों की लिहाज़ से *हिन्दुस्तान टाइम्स* को पीछे छोड़ दिया।

मीडिया पर्यवेक्षक सुशील पंडित बताते हैं[8], 'लगभग हर प्रकार के विज्ञापन के मामलों में *हिन्दुस्तान टाइम्स* वर्चस्व की स्थिति में था और इस स्थिति को भेद पाना *टाइम्स ऑफ़ इंडिया* के लिए काफ़ी मुश्किल भरा था। 'ऑबिच्युरी कॉलम' (मृत्यु सूचना वाला स्तंभ) के मामले में *हिन्दुस्तान टाइम्स* और *टाइम्स ऑफ़ इंडिया* के बीच ज़बर्दस्त जंग छिड़ी हुई थी। इस कॉलम के ज़रिये मृतक के मित्रगण और परिवारजन जानकारियाँ अपने लोगों तक पहुँचाते हैं।'

सुशील पंडित ने बताया, 'दिल्ली में लंबे समय से श्रद्धांजलि वाले इस कॉलम पर *हिन्दुस्तान टाइम्स* का आधिपत्य था। *टाइम्स ऑफ़ इंडिया* ने मृतक के परिवार को संवेदना कार्ड भेजने शुरू किए। इससे ज़ाहिर होता है कि *टाइम्स ऑफ़ इंडिया* के लिए स्थिति कितनी हताशाजनक थी। वैसे देखा जाए तो इसमें कोई बुराई नहीं थी कि अख़बार अपने पाठकों के जीवन का हिस्सा बनने का प्रयास करे। लेकिन *टाइम्स ऑफ़ इंडिया* को ऐसा एक रणनीति के तहत करना पड़ रहा था।'

पंडित ने बताया, '*हिन्दुस्तान टाइम्स* के एकाधिकार वाले इस क्षेत्र में अपनी जगह बनाने के लिए *टाइम्स ऑफ़ इंडिया* मुफ़्त ऑबिच्युरी कॉलम प्रकाशित करने लगा। उन्हें शायद यह बात समझ आ गई थी कि ऑबिच्युरी कॉलम जितना व्यस्त

नज़र आएगा, उतना बड़ा पाठकवर्ग इसकी तरफ़ आकर्षित होगा। इस दिशा में लंबी कोशिश के बाद धीरे-धीरे 1990 के दशक के मध्य से लेकर आख़िर तक के बीच कहीं जाकर *टाइम्स ऑफ़ इंडिया* खुद को सुविधाजनक स्थिति में स्थापित कर पाया।' थोड़ा उदास होते हुए पंडित ने कहा, '*हिन्दुस्तान टाइम्स* और *टाइम्स ऑफ़ इंडिया* के बीच ऑबिच्युरी मार्केट को लेकर चल रही तनातनी लंबे समय तक जारी रही। वैसे कोई भी सेगमेंट इस जंग से अछूता नहीं रह गया था। संघर्ष काफ़ी कड़ा था।'

इसके पहले, ब्रांड को मज़बूत करने के लिए रिक्तियों वाले पन्ने या भर्ती विज्ञापनों के साथ *टाइम्स ऑफ़ इंडिया* ने एक दिलचस्प कोशिश की थी। भर्ती विज्ञापनों की कई सकारात्मक बातें हैं। ये विज्ञापन खुद भी अच्छे लाभ कमाने वाले होते हैं, क्योंकि अगर इन विज्ञापनों की पहुँच उचित दर्शकों या पाठकों तक सुनिश्चित हो तो नियोक्ता इसके लिए बड़ी क़ीमत अदा करने को भी तैयार रहते हैं। इसके अलावा ये विज्ञापन अख़बार के सर्कुलेशन को भी सकारात्मक रूप से प्रभावित करते हैं क्योंकि इनका सरोकार पहली बार नौकरी तलाश रहे युवाओं से लेकर नौकरी बदलने की चाह रखने वाले अनुभवी लोगों तक, हर तरह के पाठकों के साथ होता है। नियुक्ति विज्ञापन अकसर यह भी बताते हैं कि कॉर्पोरेट हाउस या किसी संस्थान में वर्तमान में किस तरह के बदलाव हो रहे हैं। कुल मिलाकर, इन विज्ञापनों की वजह से अख़बार के पाठकवर्ग में इज़ाफ़ा ही होता है।

टाइम्स ऑफ़ इंडिया ने तय कर लिया था कि उसे विज्ञापन बाज़ार के इस हिस्से पर दस्तक देनी है। आरंभ में इसने अख़बार के साथ हफ़्ते में एक या दो दिन अपॉइंटमेंट पेज (भर्ती विज्ञापनों वाला पृष्ठ) निकालना शुरू किया। बढ़ते-बढ़ते हफ़्ते में चार पन्ने भर्ती विज्ञापनों के होने लगे। ऐसे में अख़बार ने सभी 'अपॉइंटमेंट्स' पन्नों को एक पैकेज बना दिया और इसकी ब्रांडिंग करके नाम दिया गया एसेंट। *टाइम्स ऑफ़ इंडिया* ने एसेंट को एक अलग पुल-आउट के तौर पर अख़बार के साथ हफ़्ते में एक बार निकालना शुरू किया। एसेंट में पन्नों की संख्या 4 से बढ़कर 8, फिर 16 और कभी-कभी तो 24 तक पहुँच गई।

इस स्तर को हासिल करने के लिए *टाइम्स ऑफ़ इंडिया* ने तमाम प्रयास किए। भर्ती विज्ञापनों के लिए इसने बड़ी छूट देनी शुरू की। इस मुक़ाम पर राजस्व कमाना उतना बड़ा उद्‌देश्य नहीं था जितना कि अख़बार के लिए भर्ती विज्ञापनों का प्रवाह सुनिश्चित करना। अख़बार का उद्‌देश्य नौकरी चाहने वालों और नियोक्ताओं, दोनों के लिए एक विश्वसनीय मंच के तौर पर अपनी स्थिति सुनिश्चित करना था। उसकी कोशिश थी कि नौकरी चाहने वाले आश्वस्त रहें कि एसेंट में उन्हें सभी भर्ती विज्ञापन मिल जाएँगे और वहीं नियोक्ताओं को भी भरोसा हो कि उनके विज्ञापनों पर उपयुक्त प्रतिक्रिया अवश्य मिलेगी।

काफ़ी समय तक एसेंट ने नियोक्ताओं को काफ़ी कम दर पर विज्ञापन ऑफ़र किया। ऐसे में यह पुल-आउट घाटे का सौदा रहा, लेकिन इसे जारी रखा गया। फिलहाल लक्ष्य यही था कि प्रतिद्वंद्वी अख़बारों के विज्ञापनों को किसी भी क़ीमत पर अपनी तरफ़ करना और नियोक्ताओं के लिए एक अतिरिक्त विकल्प के तौर पर उभरना। टाइम्स को भरोसा था कि एक बार जब पर्याप्त विज्ञापन मिलने लगेंगे तो उसे भी अपने प्रतिद्वंद्वियों की तरह विज्ञापन-पाठकवर्ग-सर्कुलेशन वाला वांछित चक्र मिल जाएगा। इसमें कोई शक नहीं कि टाइम्स में जोख़िम उठाने की भूख थी और वह इस कोशिश में कोई कसर नहीं छोड़ना चाहता था।

जल्द ही एसेंट को बड़ी तादाद में विज्ञापन मिलने शुरू हो गए। सॉफ़्टवेयर के क्षेत्र में उछाल आने से अपॉइंटमेंट्स पेजेस के लिए बड़ा बाज़ार तैयार हो चुका था। अब अख़बार इस अवसर को भुना सकने की स्थिति में पहुँच चुका था। बाद में इसने एसेंट के कुछ पन्नों को रंगीन भी कर दिया। एक बार जब एसेंट की स्थिति नियोक्ताओं और नौकरी चाहने वालों के बीच एक ब्रांड के तौर पर स्थापित हो गई तो अख़बार ने विज्ञापन की दर बढ़ानी शुरू की। यहाँ तक कि कई विज्ञापनों के लिए प्रीमियम दर भी तय कर दी गई।

एसेंट की सफलता को देखकर *हिन्दुस्तान टाइम्स* ने भी 'एच.टी. होराइज़न' निकालना शुरू किया, जिसमें सभी भर्ती विज्ञापनों को मिलाकर एक पैकेज तैयार किया गया था। *हिन्दुस्तान टाइम्स* के एक पूर्व वरिष्ठ मार्केटिंग मैनेजर ने साफ़ तौर पर मुझसे कहा, 'आप जो भी जानना चाहती हैं मैं सब कुछ बताऊँगा। लेकिन मेरे नाम का उल्लेख न करें। मैं इन दोनों के बीच की लड़ाई में नहीं पड़ना चाहता।' मेरे आश्वासन के बाद उन्होंने बताया कि, 'एसेंट शुरू होने से बहुत पहले भर्ती विज्ञापनों के लिए कुछ वैसा ही ब्रांड *हिन्दुस्तान टाइम्स* ने तैयार किया था जिसका नाम दिया गया था *एच.टी.* एनहांस।' उन्होंने कंधे उचकाते हुए कहा, 'लेकिन उस पुल-आउट की पर्याप्त मार्केटिंग नहीं की गई। दूसरी तरफ़, *टाइम्स ऑफ़ इंडिया* एसेंट को लेकर आक्रामक तरीक़े से बाज़ार में उतर आया, और दोनों का फ़र्क़ आप देख सकते हैं।'

चाहे *देल्ही टाइम्स* हो या एसेंट, काफ़ी हद तक इनकी सफलता का श्रेय मैदान में काम कर रही बी.सी.सी.एल. की आक्रामक टीमों को भी जाता है। ऐसा नहीं है कि इन ब्रांडों को तैयार करके बाज़ार में उतार दिया गया और फिर कंपनी निश्चिंत हो गई हो। मार्केटिंग टीमें लगातार विज्ञापनदाताओं और पाठकों के बीच सक्रियता से काम करती रहीं। उन्हें जागरूक करती रही और विज्ञापन देने व अख़बार ख़रीदने के लिए प्रेरित करती रही। विज्ञापनदाताओं और पाठकों के मन में इस ब्रांड की मज़बूत छवि बैठाने के लिए इन टीमों ने केंद्रित होकर प्रयास किए।

एक स्तर पर ऐसा प्रतीत हो सकता है कि बी.सी.सी.एल. ने सप्लीमेंट्स की एक शृँखला तैयार कर ली और उनकी चतुराई भरी मार्केटिंग की। हालाँकि कुछ हद तक यह सच भी है, लेकिन इन परिशिष्टों व अख़बार के कंटेंट में किए गए अन्य बदलावों के बीच सामंजस्य और उन्हें दिशा देना एक पूरी विचार प्रक्रिया का परिणाम था।

वर्षों से परंपरा यही चली आ रही थी कि अख़बार के सभी न्यूज़ कवरेज, विचार लेख और समीक्षा देश की सरकार और प्रतिष्ठान को केंद्र में रखकर लिखे जाते थे। ज़्यादातर कवरेज सरकारी गतिविधियों और घोषणाओं के बारे में होते थे। ये सभी रिपोर्ट राजनीतिक स्थितियों और विवादों के बारे में होती थीं। जहाँ तक कॉर्पोरेट जगत का सवाल है, तो ख़बरों में प्रधानता कंपनियों की घोषणाओं और सी.ई.ओ. के वक्तव्यों को दी जाती थी। ज़रूरी नहीं कि इसका मतलब यह था कि अख़बार सत्ता समर्थक था या फिर उसे अधिकारियों से किसी तरह के निर्देश मिले हुए थे। बल्कि, इसका मतलब यह था कि अख़बार का पूरा ध्यान सरकार सत्ता और प्राधिकार की तरफ़ था। और यही बात हर प्रकार के, हर भाषा और हर क्षेत्र के अख़बारों पर लागू होती थी। जो अख़बार 'सरकार विरोधी' थे, वे भी सरकारी गतिविधियों और घोषणाओं की बातें करते थे।

सरकार या सत्ता को समाचार कवरेज और समीक्षाओं के केंद्र में रखने की जो प्रथा चली आ रही थी, समीर जैन उसे दूर करना चाहते थे। बल्कि, वे देश के नागरिकों और पाठकों को समाचार कवरेज के केंद्र में रखना चाहते थे। इसका मतलब साफ़ था कि अब राजनीति और राजनेताओं के बारे में कम लिखा जाना था। अगर उनकी घोषणाओं और उनके भाषणों की रिपोर्टिंग की भी जानी थी, तो उसे जनता या पाठक के दृष्टिकोण से किया जाना था।

विजय जिंदल ने टिप्पणी की, 'समीर अब सार्वजनिक मंच को वैकल्पिक व्यवस्था के तौर पर देख रहे थे। वह व्यवस्था, जिसे ब्रिटिश मीडिया ने "व्यवस्था भंग" का नाम दिया था।' ठीक इसी प्रकार सरकारी नीतियों में बदलाव पर ख़बरें लिखते समय अब यह आवश्यक था कि किसी शब्दजाल का इस्तेमाल न करते हुए पाठकों को उन नीतियों का संदर्भ और उसकी प्रासंगिकता विस्तार में बताई जाए। अब सरकार और सत्ता को प्रधानता देने के बजाय पाठकों को ज़ागरूक और सशक्त करना उद्देश्य था।

इसमें कोई संदेह नहीं कि नज़रिये का यह बदलाव बेहद गहरा था। वास्तव में स्थिति यही थी कि मीडिया का पूरा ध्यान राजनीति, राजनेताओं और उनके भाषणों पर टिका हुआ था। सरकार और राजनेताओं की मीडिया में अगर थोड़ी बहुत आलोचना होती भी थी तो वह संपादकीय पन्नों तक सीमित थी। कुल मिलाकर राजनेता इस बात को लेकर आश्वस्त होते थे कि उनके भाषणों और दावों की अक्षरशः रिपोर्टिंग सुबह के अख़बार में उन्हें पढ़ने को मिलेगी। उसी प्रकार यह बात

मान ली गई थी कि 'सरकारी उपलब्धियों और पहल' की विस्तृत रिपोर्टिंग अख़बारों में होनी ही है।

समीर जैन ने मीडिया जगत में व्याप्त इन परंपराओं को तोड़ने और अख़बारों को लेकर नई प्राथमिकताएँ तय करने का फ़ैसला कर लिया था। उनके मुताबिक, ख़बरों के चयन के आधार को अब बदल देना ज़रूरी था। उनका मानना था कि वे सभी घटनाक्रम जिन्हें न्यूज़ डेस्क आदतन ख़बर के तौर पर लेती रही थी, अब उसे अख़बार में वह महत्त्व व जगह नहीं दी जानी चाहिए। बल्कि इन घटनाओं के बजाय अख़बार में और अधिक महत्त्वपूर्ण विषयों पर लिखा जाना चाहिए।

उदाहरण के तौर पर, अपने प्रतिद्वंद्वी के ख़िलाफ़ राजनेता द्वारा की गई बयानबाज़ी के बजाय देश के किसी नागरिक द्वारा किया गया कोई सराहनीय प्रयास या फिर राष्ट्रीय खेलों से जुड़ी ख़बरों को अख़बार के पहले पन्ने पर तवज्जो दी जानी चाहिए। ख़बरों की प्राथमिकता तय करने का एक विशेष पैमाना पत्रकारों और पाठकों के बीच बदलने लगा था। कुछ विषय अब तक खुद-ब-खुद ख़बर के तौर पर मान लिए जाते थे। वहीं दूसरी तरफ़ कुछ ऐसे पहलू और विषय होते थे, जिन्हें ख़बरों के तौर पर लिया ही नहीं जाता था। समीर इस स्थिति को उलट देने की कोशिश में थे।

अब सिर्फ़ वे बातें ही ख़बरें नहीं थीं, जिन्हें 'जानना ज़रूरी' माना जाता था। बल्कि अब वे बातें ख़बरें बनने लगीं जिन्हें 'जानना उपयोगी' था, यहाँ तक कि ऐसी ख़बरें भी जिन्हें 'जानना मज़ेदार' था। उदाहरण के तौर पर, अब समीर का अधिक से अधिक फ़ोकस स्थानीय विषयों पर था। उनका मानना था कि देश के किसी कोने में हो रही गोलीबारी की घटना से पाठक जितने प्रभावित हो सकते हैं, उससे ज़्यादा नहीं तो उसके बराबर ही उनकी अपने इलाक़े की ख़बरों में दिलचस्पी हो सकती है।

इन सबके साथ ही, अख़बार को अधिक जीवंत बनाने की दिशा में कंटेंट को हल्का-फुल्का करने की कोशिश भी की जा रही थी। मार्केटिंग टीम के नेतृत्व में अख़बार ने अपने स्तंभों, ख़ासकर लाइफ़स्टाइल सप्लीमेंट को ख़ुशनुमा बनाने की कोशिश की। मार्केटिंग टीम का मानना था कि अगर अख़बार सकारात्मक और उत्सवी अंदाज़ का रहेगा तो इससे बेहतरी की भावना भी बढ़ेगी। पाठकों में आश्वासन की भावना आ सकेगी कि दुनिया में सब कुछ अच्छा और नियंत्रण में है। इससे अख़बार की माँग बढ़ेगी और आकांक्षाओं को प्रोत्साहन मिल सकेगा।

जैसा कि प्रदीप गुहा ने मुझसे कहा, 'हमने अपने सप्लीमेंट के स्तंभों के ज़रिये हस्तियाँ "बनाई हैं"। हमारा अख़बार एक तरह से उत्साहित, प्रसन्नचित्त और आशावादी वातावरण बनाने में कृत्रिम प्रोत्साहन का काम कर रहा था। ज़ाहिर है, विज्ञापनदाताओं को यह वातावरण पसंद आना ही था, क्योंकि उन्हें पता था कि अगर अख़बार में उदासी की भावना रहेगी तो इससे उसकी माँग कम हो जाएगी।'

गुहा के मुताबिक, 'हम लोगों ने अपने स्तंभों में गोल्फ़र, फ़ैशन डिज़ाइनर, अमीर घराने के लोगों, छोटे सितारों और प्रतिभावान लेकिन बॉम्बे के कम लोकप्रिय कलाकारों के बारे में लिखना शुरू किया। हमने इन लोगों के इर्द-गिर्द कार्यक्रम आयोजित करने शुरू किए। हमारी कोशिश होती थी कि *टाइम्स ऑफ़ इंडिया* को केंद्र में रखकर पूरे कार्यक्रम को सकारात्मक बनाया जाए।' यह एक चालाक मार्केटिंग युक्ति ज़रूर थी, लेकिन वास्तव में इससे ख़ुशी और उत्सव का माहौल तैयार हुआ।

अख़बार से आशावाद का आभास मिलना ज़रूरी था, उन रिपोर्ट में भी बग़ैर किसी विरूपण के ख़बरों को सच्चाई के साथ पेश किया जा रहा हो। स्पोर्ट्स, फ़ुरसत, जीवनशैली आदि से जुड़े मुद्दे मध्यवर्ग के लिए महत्त्वपूर्ण थे, इसलिए अख़बार में इन्हें उचित प्रमुखता के साथ पेश करना ज़रूरी था। उसी मानदंड के तहत, शहरी पाठकों के लिए कृषि एक अछूता-सा विषय था। अर्थव्यवस्था और देश के लिए इसके महत्त्व को सभी समझते थे, लेकिन फिर भी यह प्राथमिकता के सबसे निचले पायदान पर ही था।

ज़ाहिर है इन बदलावों की वजह से असहजता उत्पन्न हो गई थी। न सिर्फ़ ख़बरों के चयन, बल्कि उन ख़बरों को किस अंदाज़ में पेश करना है, इसमें भी बदलाव लाया जाना था। ख़ासकर 'जनमत को प्रभावित करने वाले' पत्रकारों की आत्मछवि और राष्ट्रीय महत्त्व के मुद्दों पर सिद्धांतवादी बातें करने का उन्हें जो अवसर मिला हुआ था, उसे बड़ा झटका लगा। बदलाव के इस क़दम को ग़लत समझना, या इसके संपूर्ण महत्त्व को न समझ पाना बड़ा आसान था। बहुत लोगों को लगा कि ये बदलाव सिर्फ़ विज्ञापनदाताओं को ख़ुश करने के लिए किए जा रहे हैं। उनका मानना था कि अख़बार में वास्तविक मुद्दों को दरकिनार कर, फ़ैशनेबल विषयों को महत्त्व देकर व पन्नों को सजा-धजाकर युवा और धनी वर्ग के पाठकों को आकर्षित करने की कोशिश की जा रही है, जिन तक पहुँचना विज्ञापनदाताओं का लक्ष्य होता है। काफ़ी हद तक यह बात सच भी थी। अख़बार विज्ञापनदाताओं के लिए प्रासंगिक दर्शकों (पाठकों) को जुटाने का प्रयास कर रहा था। इस कोशिश में अख़बार के पन्नों में कुछ नए विषय जोड़े गए और कुछ ऐसे विषय जो 'राष्ट्रहित में' होते हुए भी शहरी व संपन्न पाठकों के दिलचस्पी के नहीं थे, उन्हें दरकिनार कर दिया गया।

लेकिन यह तसवीर का सिर्फ़ एक रुख था। इसी के समानांतर देश और दुनिया में कुछ ऐसी हलचल मची हुई थी जिसकी वजह से सत्ताधारी और प्रतिष्ठान में 'विश्वास की कमी' हो गई थी। विश्व स्तर पर, परिदृश्य में तेज़ी से बदलाव आ रहा था। यह वही वक़्त था, जब बर्लिन की दीवार गिराई जा रही थी। सत्ताधारी और प्रतिष्ठान गंभीर जाँच के दौर से गुज़र रहे थे। पारंपरिक शासन संरचनाओं

के प्रति लोगों का भरोसा कम होता जा रहा था और लोग पारदर्शिता व खुद को सशक्त करना चाह रहे थे।

समाजवादी और ग़रीब समर्थक बयानबाज़ी के प्रति शहरी भारत उदासीन होता जा रहा था। राज्य-संचालित विकास के मॉडल अब सवालों के घेरे में थे और शासन के प्रति एक असंतोष की भावना बढ़ रही थी। राजनीति में जातिगत और सांप्रदायिक मुद्दों की प्रमुखता बढ़ती जा रही थी, जिसकी वजह से मध्यवर्ग का मोह भंग हो रहा था। आर्थिक सुधारों की वजह से लोगों का दुनिया को देखने का नज़रिया भी बदल रहा था, ख़ासकर मेट्रो शहरों में।

अख़बार के कंटेंट के प्रति नया नज़रिया कई तरह से इन सामाजिक और आर्थिक बदलावों को ध्यान में रखते हुए अख़्तियार किया गया था। एक नज़र में ये सारे प्रयास कुछ ज़्यादा ज़रूर प्रतीत हो रहे थे। हालाँकि अख़बार अतीत के कठोर पदानुक्रम को तोड़ने की कोशिश कर रहा था। इसी के मद्देनज़र अख़बार ने कुछ तुच्छ फ़ैसले भी लिए। प्रासंगिकता बनाने के फेर में वास्तविक मुद्दों को ख़ामोश कर देने का भी अख़बार पर बराबर आरोप लगता रहा। संभवतः अख़बार ने इस दिशा में अति करने की ग़लती की थी, लेकिन कुछ वर्षों बाद इसने वापस संतुलन बना लिया। प्रारंभिक हिचकिचाहट के बाद लगभग सभी अख़बार *टाइम्स ऑफ़ इंडिया* के नक्शेक़दम पर चल पड़े। सभी अख़बारों में न्यूज़ कवरेज में फ़ुरसत, जीवनशैली और सिलेब्रिटी (हस्तियों) को अहमियत दी जाने लगी। व्याख्यात्मक रिपोर्टिंग की जगह अब आशुलिपिक रिपोर्टिंग ने ली थी।

हिन्दुस्तान टाइम्स और *टाइम्स ऑफ़ इंडिया* दोनों में काम कर चुके एक वरिष्ठ मार्केटिंग मैनेजर ने अपनी पहचान उजागर न करने की शर्त पर कहा, '*टाइम्स ऑफ़ इंडिया* ने उस दौर की नब्ज़ पहचान ली थी। राजनीति पर तब बहुत ज़्यादा ज़ोर दिया जा रहा था। एक तरह से यह ओवरडोज़ हो रहा था। संभवतः लोगों को घृणा हो गई थी।'

यहाँ तक कि एक प्रतिद्वंद्वी प्रकाशक ने भी स्वीकार किया कि *टाइम्स ऑफ़ इंडिया* को बहुत पहले ही बदलाव की ज़रूरत महसूस हो गई थी और उसने उसी के अनुरूप कंटेंट को बदल भी दिया। उन्होंने कहा, 'दिल्ली टाइम्स और बॉम्बे टाइम्स, दोनों ही नवाचारी प्रयोग थे। उन्होंने हमसे बहुत पहले पाठकों की बदलती पसंद को समझ लिया था।'

उन्होंने आगे स्वीकार किया, '*टाइम्स ऑफ़ इंडिया* के स्वरूप और कंटेंट को लेकर की जा रही आलोचना कहीं से भी उचित नहीं थी। एक समय था जब स्पोर्ट्स को अख़बार के मुख्य पृष्ठ पर लाने के लिहाज़ से ग़ैर महत्त्व का समझा जाता था, यहाँ तक कि प्रतिष्ठा के प्रतिकूल। स्पोर्ट्स की ख़बरें अख़बार के अंदर के पन्नों में

कहीं दबी होती थीं। लेकिन चीज़ें बदल गईं।'

टाइम्स ऑफ़ इंडिया ग़ैर परंपरागत विषयों को भी मुख्य अख़बार में ले आया। उससे पहले रोमांस और फ़िल्मों की ख़बरें केवल स्थानीय भाषा प्रेस में ही छपती थीं। लेकिन धीरे-धीरे ये विषय भी मुख्य धारा के अंग्रेज़ी अख़बारों का हिस्सा बन गए। हेल्थ और फ़िटनेस के मुद्दे अब रोज़मर्रा की ख़बरों में शुमार हो गए। वास्तव में देखा जाए तो दिल्ली के अंदर समीर जैन ने कंटेंट में बदलाव को लेकर जो प्रयोग किए, वे कुछ वर्षों बाद अधिक स्पष्ट होकर उभरे, जब ग्रुप बैंगलोर के बाज़ार पर छा जाने की कोशिश कर रहा था। अख़बार के बैंगलोर संस्करण के साथ बेहद निकटता से जुड़ी रह चुकीं बची करकरिया[9] के मुताबिक, '*टाइम्स ऑफ़ इंडिया,* बैंगलोर में स्थानीय एजेंडा को महत्त्व दिया गया। पाठकों से निकटता वाले सभी विषयों को शामिल किया गया। हम पूरी तरह स्थानीय स्तर पर अख़बार निकाल रहे थे। हमने सभी स्थानीय सांस्कृतिक कार्यक्रम को कवर किया। हम स्कूलों और कॉलेजों में गए और सभी खुदरा व्यापारियों को भी कवरेज में शामिल किया। आठ महीनों के भीतर अख़बार का सर्कुलेशन बैंगलोर में तीन गुना हो गया।'

बैंगलोर में भी मध्यवर्ग जिस गहरे परिवर्तन के दौर से गुज़र रहा था, उसे लेकर अख़बार ने पूरी संवेदना बरती। करकरिया ने कहा, 'पुरानी संस्कृति के लुप्त होने और नई संस्कृति की शुरुआत के बीच जो ख़ालीपन उत्पन्न हो गया था, हमने उसे भरने की कोशिश की। सबसे ज़्यादा महत्त्वपूर्ण यह है कि अब हम अपने लेखों में खुद अपने नज़रिये के बजाय पाठकों के नज़रिये को महत्त्व दे रहे थे। हमने उपयोगकर्ता के नज़रिये से देखना शुरू कर दिया था।'

कई तरीकों से, बैंगलोर में दिल्ली की ही कहानी दोहराई जा रही थी।

यहाँ तक कि जिस प्रकार दिल्ली में अपनी स्थिति मज़बूत करने के लिए अख़बार ने नए सप्लीमेंट निकाले, कंटेंट में परिवर्तन किए और आक्रामक मार्केटिंग की, उसी प्रकार बैंगलोर में बी.सी.सी.एल. अपनी पहुँच को व्यापक करने में जुटा हुआ था। यह समझ लेने के बाद कि दिल्ली में *हिन्दुस्तान टाइम्स* का अपना मज़बूत और नियमित पाठकवर्ग तय है, बी.सी.सी.एल. ने आसपास के बाज़ार को खँगालना शुरू कर दिया था। इन बाज़ारों पर पहले से स्थानीय अंग्रेज़ी और भाषायी अख़बारों की पकड़ थी। लेकिन साल गुज़रने के साथ इनमें से बहुत से क्षेत्रों में अंग्रेज़ी भाषा के दैनिक अख़बारों का भी बड़ा पाठकवर्ग भी तैयार हो गया। दिल्ली के अन्य राष्ट्रीय अख़बारों ने इन क्षेत्रों को कोई ख़ास तवज्जो नहीं दी थी।

इन क्षेत्रों तक पहुँचने के लिए राष्ट्रीय अख़बारों के लिए ज़रूरी था कि वितरण का उनका नेटवर्क मज़बूत होता। इन बाज़ारों तक समय पर पहुँचने के लिए प्रोडक्शन और प्रिंटिंग की समय-सारिणी में भी फेरबदल किया जाना ज़रूरी था। यही नहीं, इन क्षेत्रों में अंग्रेज़ी भाषा के पाठकों की तादाद भी इतनी नहीं थी कि उनके लिए इतने सारे प्रयास किए जाते। इन क्षेत्रों से मिलने वाले विज्ञापन भी सीमित थे। ऐसे में सभी राष्ट्रीय अख़बारों का ध्यान दिल्ली पर ही केंद्रित था।

इन क्षेत्रों की अंग्रेज़ी अख़बारों की माँग वहाँ के प्रमुख क्षेत्रीय अख़बार पूरे कर रहे थे। दूसरा विकल्प यह था कि दिल्ली से निकाले जाने वाले राष्ट्रीय अख़बारों का पहला संस्करण उन क्षेत्रों में वितरित किया जाए। अख़बार के ये संस्करण दिल्ली संस्करण की ही एक कमज़ोर प्रति हुआ करते थे। उनमें कुछ अपडेट के साथ एक दिन पहले की ही ज़्यादातर ख़बरें लगाई जाती थीं। उन क्षेत्रों के स्थानीय मुद्दों से अख़बार के इस संस्करण का कोई ख़ास सरोकार नहीं होता था।

टाइम्स ऑफ़ इंडिया का दिल्ली संस्करण शहर के आसपास के क्षेत्रों में अच्छा-ख़ासा चल रहा था। यह इस बात का संकेत था कि इन क्षेत्रों में भी बिज़नेस के संभावित अवसर हैं। इन क्षेत्रों में वितरित किए जाने और जल्दी छपने वाले अख़बार के इस संस्करण के कंटेंट और प्रॉडक्शन की क्वालिटी को सुधारने पर भी बी.सी.सी.एल. ने ध्यान देना शुरू किया। अख़बार की डेडलाइन को थोड़ा पहले कर दिया गया। संवाददाताओं को प्रोत्साहित किया गया कि वे अपनी ख़बरें थोड़ी जल्दी दें, ताकि इन क्षेत्रों में पहुँचने वाले संस्करण में भी ताज़ा ख़बरें शामिल की जा सकें। इन क्षेत्रों में मार्केटिंग को भी मज़बूत किया गया।

और, इस प्रकार *टाइम्स ऑफ़ इंडिया* ने दिल्ली के आसपास के इन क्षेत्रों में भी अपने लिए जगह तैयार कर ली। इस क्षेत्र पर वर्चस्व जमाए क्षेत्रीय अंग्रेज़ी समाचार पत्रों को पहले कभी ऐसी गंभीर चुनौती नहीं मिली थी। अपने अख़बारों के स्तर को सुधारने का अब उनके ऊपर भी दबाव बन गया था। धीरे-धीरे इनमें से बहुत सारे क्षेत्रों से *टाइम्स ऑफ़ इंडिया* अपना स्थानीय संस्करण भी निकालने लगा।

कभी *टाइम्स ऑफ़ इंडिया* के दिल्ली संस्करण के स्थानीय संपादक रह चुके ए.एन. सेन याद किया, 'हम चंडीगढ़ और देहरादून जैसे केंद्रों पर ध्यान देने लगे। उसके काफ़ी अच्छे परिणाम भी मिले। हम *हिन्दुस्तान टाइम्स* को घेरने में कामयाब हो रहे थे। अन्य क्षेत्रों के साथ-साथ हमने जम्मू और भोपाल पर भी ध्यान दिया।'

अब तक *हिन्दुस्तान टाइम्स* भी नए क्षेत्रों में प्रवेश कर चुका था। लेकिन उसकी कोई रणनीति या स्पष्ट मंशा नहीं दिख रही थी। नरेश मोहन[10], जो कि 1985 से 1988 तक *हिन्दुस्तान टाइम्स* के कार्यकारी अध्यक्ष थे, ने कहा, 'बस उसे विस्तार करना था, इसलिए वह नए-नए क्षेत्रों में पैर जमाने की कोशिश कर रहा था।

उदाहरण के तौर पर, 1985-86 में *हिन्दुस्तान टाइम्स* ने पटना से भी संस्करण शुरू किया। इसने वह शहर इसलिए चुना क्योंकि उसके हिन्दी संस्करण *हिन्दुस्तान* का वहाँ पहले से अच्छा प्रदर्शन था। 1995 में *हिन्दुस्तान टाइम्स* लखनऊ से भी निकाला जाने लगा। पंजाब में आतंकवाद की समस्या के चलते इसने चंडीगढ़ की तरफ़ रुख नहीं किया। मोहन ने आगे कहा, *हिन्दुस्तान टाइम्स* अपने स्वाभाविक विकास क्षेत्रों पर ही ठहरा रहा, जबकि *टाइम्स ऑफ़ इंडिया* ने दिल्ली के आसपास और बाहर के नए बाज़ारों पर भी दस्तक देनी शुरू कर दी थी।'

मार्च 1994 में 'आमंत्रण मूल्य' के साथ *टाइम्स ऑफ़ इंडिया* ने आक्रामक रवैया अख़्तियार किया।

उससे एक दशक से भी कम समय पहले समीर जैन ने यह दलील रखी थी कि सर्कुलेशन के आँकड़ों से कहीं ज़्यादा महत्त्वपूर्ण मूल्य है। अधिक सर्कुलेशन का मतलब यह कतई नहीं है कि विज्ञापनदाताओं को बेहतर मूल्य भी मिलेगा। प्रासंगिक या उचित रीडरशिप होना अधिक महत्त्वपूर्ण है, और विज्ञापनदाताओं को इसके लिए अधिक दर चुकाने की ज़रूरत है। इस विषय पर बातचीत के दौरान *टाइम्स ऑफ़ इंडिया* के एक पूर्व बिज़नेस संपादक डॉ. एन. चंद्र मोहन ने मुझे बताया था कि समीर जैन चाहते थे कि 'कुलीन और निर्णायक पदों पर क़ाबिज़ लोग' उनके अख़बारों के पाठक बनें। 'उन्होंने ऐसे लोगों को "नेटवर्थ पीपुल" की संज्ञा दी थी।'[11]

इसके अलावा, समूह के अंदर यह भी महसूस किया गया कि सर्कुलेशन एक घाटे का सौदा था। जितनी ज़्यादा प्रतियाँ छापी जातीं, घाटा उतना ही बड़ा होता। यह उच्चतर मुनाफ़े का रास्ता नहीं था। अब, एक दशक बाद, सर्कुलेशन बढ़ाना ही समूह का लक्ष्य था - और इसके लिए अख़बार की कवर प्राइस गिराई जा रही थी। इसमें कोई संदेह नहीं कि इन बातों में प्रत्यक्ष विसंगति थी, लेकिन यह भी सच है कि 1990 के दशक के मध्य का बी.सी.सी.एल. एक दशक पहले की तुलना में पूरी तरह बदला हुआ संगठन था। साथ ही, 1980 के दशक के मध्य के अपने समकक्षों द्वारा मीडिया इंडस्ट्री, भारतीय अर्थव्यवस्था, विज्ञापनदाता और उपभोक्ता, सभी मुश्किल से पहचाने जाने योग्य थे।

बी.सी.सी.एल. अपने अख़बारों को प्रीमियम ब्रांड्स के तौर पर स्थापित करने और लाभदायक इकाई के रूप में उभारने में कामयाब हो चुका था। इसने खुद को एक बेहतरीन सर्विसिंग की हुई नवाचारी मशीन की तरह स्थापित कर लिया था। कंपनी के सभी पहलू एक-दूसरे के साथ मिलकर साझा लक्ष्यों के लिए काम कर रहे थे। आमंत्रण मूल्य, सर्कुलेशन में बढ़ोतरी और फिर बढ़ी दरों पर अधिक विज्ञापनदाताओं को आकर्षित करना आदि कंपनी के अगले तार्किक क़दम नज़र आ रहे थे। मार्च 1994 में दिल्ली में *टाइम्स ऑफ़ इंडिया* का कवर प्राइस 2.90 रुपए

से घटाकर 1.50 रुपए कर दिया गया।

कवर प्राइस को कम कर सर्कुलेशन बढ़ाने का प्रयोग कुछ वर्षों पहले *इकोनॉमिक टाइम्स* पर सफलता के साथ आज़माया जा चुका था। हालाँकि सभी प्रत्यक्ष समानताओं के बावजूद *टाइम्स ऑफ़ इंडिया* के लिए जिस तरह से आमंत्रण मूल्य तय किया गया उसमें और ई.टी. के लिए तय किए गए आमंत्रण मूल्य में भारी अंतर था। पहला, ई.टी. की क़ीमत कटौती से पहले कई बार इसकी कवर प्राइस में तीव्र बढ़ोतरी की जा चुकी थी। कवर प्राइस में कटौती से पहले दिल्ली में 4.50 रुपए में एक प्रीमियम अख़बार के तौर पर इसकी पहचान बन गई थी। साथ ही, अपनी श्रेणी के अख़बारों के साथ इसकी कोई गंभीर प्रतिस्पर्धा भी नहीं थी। इस पूरी कवायद का मकसद *इकोनॉमिक टाइम्स* के पाठकों को अख़बार ख़रीदकर पढ़ने की आदत डलवाना और एक बिज़नेस अख़बार के लिए बाज़ार में अप्रत्यक्ष संभावना तलाशना ही था। इनमें से अधिकतर *टाइम्स ऑफ़ इंडिया* के मामले में लागू नहीं होती।

सर्कुलेशन बढ़ाने के लिए अख़बार की कवर प्राइस कम करने का विचार सामने से बहुत अच्छा प्रतीत नहीं हो रहा था। इस युक्ति के ख़िलाफ़ तमाम सवाल उठ रहे थे। उनमें पहला था कि क्या किसी अन्य अख़बार के वफ़ादार पाठकों को 45 रुपए प्रति माह वाला अख़बार ख़रीदने के लिए तैयार करना संभव होगा। अख़बार शायद ऐसी चीज़ नहीं है जिसे लोग क़ीमत देखकर ख़रीदते हैं। ऐसा लगता है कि किसी ख़ास अख़बार की माँग काफ़ी हद तक क़ीमतों में बदलाव से प्रभावित नहीं होती।

जो लोग कवर प्राइस घटाए जाने का विरोध कर रहे थे, उनकी दलील थी कि 90 रुपए का मासिक बिल अंग्रेज़ी अख़बार पढ़ने वाले किसी उपभोक्ता के कुल मासिक घरेलू ख़र्च का अत्यंत छोटा भाग होता है। दूसरी तरफ़, किसी अन्य आदत की तरह अख़बार पढ़ना परिवार की जीवनशैली का हिस्सा होता है। लोग उस अख़बार को पढ़ते-पढ़ते बड़े हो जाते हैं। सवाल यह है कि एक छोटी-सी राशि बचाने के लिए क्या वे अपनी आदत बदल देंगे। क़ीमत में किसी प्रकार की कटौती हमेशा जोख़िमभरी होती है। इस मामले में तो यह और भी ज़्यादा थी। अगर लोग अपनी पसंद पर ही टिके रहते तो नतीजा यह होता कि *टाइम्स ऑफ़ इंडिया* की बिक्री उसके पहले के पाठकों तक ही सीमित रहती और वह उनसे केवल आधे दाम वसूल रहा होता। ऐसे में, यह पूरी कवायद बेमतलब हो जाती। इसके अलावा, किसी उत्पाद की क़ीमत में कटौती किए जाने पर इस बात की पूरी आशंका होती है कि उस ब्रांड के प्रति ख़रीदार कहीं नकारात्मक धारणा न बना लें। उपभोक्ता और विज्ञापनदाता ब्रांड को एक सस्ता और घटिया उत्पाद समझ सकते हैं। ऐसी किसी धारणा से बचना था। आमंत्रण मूल्य तय करके लोगों को यह बताना था कि बाज़ार का लीडर लोगों की परवाह कर रहा है। यह अपने आप में बड़ी चुनौती थी।

इसका जवाबी तर्क यह था कि अख़बार का मासिक बिल अगर आधा हो जाएगा तो यह लोगों को आकर्षित करेगा। ऐसे में लोग अख़बार बदलने का विचार कर सकते थे। *हिन्दुस्तान टाइम्स* के पाठकों को *टाइम्स ऑफ़ इंडिया* आज़माने और दोनों की तुलना करके उनमें से एक या फिर दोनों को चुनने के लिए तैयार करना ही इस प्रयोग का मकसद था।

इसके साथ ही, इससे एक और महत्त्वपूर्ण फ़ायदा यह था कि *टाइम्स ऑफ़ इंडिया* की बाज़ार में चर्चा होने लगी थी। अन्य पहल की तरह बी.सी.सी.एल. को लग रहा था कि यह क़दम भी बाज़ार में रोमांच भर देगा, जिससे ब्रांड को फ़ायदा होगा। *हिन्दुस्तान टाइम्स* के उन पाठकों के बीच भी जो अंततः अख़बार के साथ बने रहने का फ़ैसला करने वाले थे, *टाइम्स ऑफ़ इंडिया* ने उनके मन में कुछ जगह तो बना ही ली थी। चूँकि वे पाठक *टाइम्स ऑफ़ इंडिया* से परिचित हो चुके थे, इसलिए वे कभी भी इसे पढ़ने का विचार कर सकते थे। ऐसे में, *हिन्दुस्तान टाइम्स* की क्वालिटी या उसकी सर्विस में किसी भी तरह की चूक होने की स्थिति में वे *टाइम्स ऑफ़ इंडिया* ले सकते थे। (दरअसल, *इकोनॉमिक टाइम्स* के लिए आमंत्रण मूल्य तय करते समय बी.सी.सी.एल. ने उससे मिलने वाले फ़ायदों में यह लक्ष्य भी तय किया था कि ब्रांड के विज्ञापन पर कुछ ख़र्च किए बगैर ही वह लोगों के दिमाग़ में एक पहचान बना लेगा!)

इसके साथ ही एक तीसरी संभावना भी थी। *टाइम्स ऑफ़ इंडिया* द्वारा कवर प्राइस कम करने पर अन्य अख़बार, ख़ासकर *हिन्दुस्तान टाइम्स* भी क़ीमत में कटौती को मजबूर होता। हो सकता था कि पाठक दोनों अख़बारों के इस युद्ध में तटस्थ बने रहते और दोनों ही अख़बारों को घाटा होता। या फिर इसका एक सकारात्मक पहलू यह भी हो सकता था कि पाठक उसी मासिक बिल में एक के बजाय दोनों अख़बार ख़रीद लेते।

घटे हुए मूल्य लागू करने से पहले समूह को वितरकों के विरोध का भी सामना करना पड़ा क्योंकि उन्हें मिलने वाला कमीशन अख़बार के कवर प्राइस पर निर्भर था। बी.सी.सी.एल. ने सीधे तौर पर वितरकों को होने वाले घाटे की क्षतिपूर्ति करने के बजाय अख़बार का सर्कुलेशन बढ़ने का आश्वासन देकर उन्हें शांत किया। जब कंपनी ने आमंत्रण मूल्य की घोषणा की तो बाज़ार में उल्लासोन्माद छा गया। एक बार फिर पाठकों, विज्ञापनदाताओं और अख़बार के संभावित ख़रीदारों की प्रतिक्रिया प्रत्यक्ष दिख रही थी। परिणाम यह हुआ कि बड़ी संख्या में लोगों ने अतिरिक्त बचत के वास्ते अख़बार बदलना पसंद किया।

हालाँकि कंपनी के क़दम कवर प्राइस को कम करने तक ही सीमित नहीं रहे। इससे आगे बढ़कर इसने पैकेज को और भी आकर्षक बनाया। अख़बार में

चार अतिरिक्त पन्ने जुड़ गए। इस समय तक देश सैटेलाइट चैनलों की गिरफ़्त में आ चुका था। लेकिन उन पर दिखाए जाने वाले कार्यक्रमों की कोई विस्तृत सूची मौजूद नहीं थी। बी.सी.सी.एल. ने 'ई-टाइम्स' नाम से एक सप्लीमेंट निकालना शुरू किया, जिसमें सभी मुख्य सैटेलाइट चैनलों के सप्ताहभर के कार्यक्रमों का पूरा ब्योरा होता था। इसे *टाइम्स ऑफ़ इंडिया* के साथ मुफ़्त वितरित किया जाने लगा। इसके अतिरिक्त, अख़बार अपने दिल्ली संस्करण में सप्ताह में एक दिन विज्ञापनदाताओं के लिए एक कूपन भी देने लगा। यह कूपन अख़बार में विज्ञापन देने के इच्छुक लोगों को 'विशेष आहरण अधिकार' (दूसरे शब्दों में, विज्ञापन में छूट) दे रहा था। अपने प्रतिद्वंद्वी पर इसने तक़रीबन हर तरफ़ से हल्ला बोल दिया था।

पहले तीन महीनों तक *हिन्दुस्तान टाइम्स* ने आमंत्रण मूल्य को लेकर कोई प्रतिक्रिया नहीं दिखाई। वह आश्वस्त नहीं था कि उसका *प्रतिद्वंद्वी* इस ऑफ़र को बरक़रार रख पाएगा। लेकिन इस बीच उसके ग्राहकों की संख्या घटने लगी। अंत में उसने भी वही रास्ता अख़्तियार किया और अपनी कवर प्राइस घटाकर आधी कर दी। नरेश मोहन ने टिप्पणी की, 'वास्तविक बदलाव क़ीमतों की इस लड़ाई के साथ ही शुरू हुआ। हमने बहुत देरी से प्रतिक्रिया की।'

वे आगे बोले, 'लेकिन मैंने भी महसूस किया था कि दिल्ली में यह अंतर उतना ज़्यादा नहीं था जितना कि अन्य जगहों पर था। सर्कुलेशन के आँकड़े बताते हैं कि *टाइम्स ऑफ़ इंडिया* ने ओडिशा, कोलकाता और नॉर्थ ईस्ट में पाठकों की संख्या में अच्छा-ख़ासा इज़ाफ़ा कर लिया था। उदाहरण के तौर पर, जनवरी-जून 2000 के सर्कुलेशन के आँकड़ों पर ग़ौर करते हैं। उत्तर भारत में *टाइम्स ऑफ़ इंडिया* की जहाँ 5,49,960 प्रतियाँ बिक रही थीं, वहीं दिल्ली में यह संख्या मात्र 3,22,738 पर टिकी हुई थी। जबकि दिल्ली में *हिन्दुस्तान टाइम्स* का सर्कुलेशन 4,58,000 था। लेकिन अगर ओडिशा के आँकड़ों पर नज़र डालें तो देख सकते हैं कि वहाँ *टाइम्स ऑफ़ इंडिया* का सर्कुलेशन 32,000 था जबकि *हिन्दुस्तान टाइम्स* का सर्कुलेशन उससे मात्र 7000 अधिक था। क्या आप देख सकते हैं? रीडरशिप में इज़ाफ़ा हुआ था।' उन्होंने स्वीकार किया कि 1994 के बाद रीडरशिप दोहरी हो चुकी थी।

अगले कुछ वर्षों के दौरान, दोनों ही अख़बारों को इस क़दम से काफ़ी फ़ायदा हुआ। एकल परिवारों की संख्या बढ़ने के साथ ही अख़बारों की माँग भी सहज रूप से बढ़ गई। साथ ही अधिकतर परिवार अंग्रेज़ी अख़बार ही पढ़ना पसंद कर रहे थे। कम कवर प्राइस की वजह से बाज़ार का भी विस्तार हुआ, क्योंकि बहुत से परिवार अब अपने पहले वाले मासिक बिल में ही अब दो अख़बार ख़रीदने लगे थे। फिर भी *टाइम्स ऑफ़ इंडिया* को ही ज़्यादा फ़ायदा हुआ। आमंत्रण मूल्य के प्रवर्तक के रूप में इस लड़ाई में नैतिक जीत उसी की थी।

जहाँ तक फ़ायदों का सवाल है तो यह आँकड़ों में भी झलका। उदाहरण के तौर पर, साल 1993 में दिल्ली में *टाइम्स ऑफ़ इंडिया* का सर्कुलेशन क़रीब 1,63,000 प्रतियाँ था, जो 1995 आते-आते बढ़कर 3,00,000 पार कर गया। तीन वर्षों के भीतर 164 प्रतिशत की भारी वृद्धि के साथ अगस्त 1996 तक दिल्ली में यह आँकड़ा 4,31,000 को पार कर गया। जहाँ पहले अख़बार की सालाना वृद्धि दर 4 प्रतिशत पर टिकी हुई थी आमंत्रण मूल्य के बाद यह पहले 16 प्रतिशत और फिर 40 प्रतिशत तक पहुँच गई थी। दिल्ली में ख़ासकर युवा वर्ग के बीच *टाइम्स ऑफ़ इंडिया* की बढ़ती लोकप्रियता और रीडरशिप में आए तीव्र उछाल का भी इसमें समर्थन मिला।

दो प्रमुख अख़बारों द्वारा क़ीमतों में कटौती की वजह से अगले कुछ वर्षों के दौरान अख़बार की माँग और उसके सर्कुलेशन में तीव्र बढ़ोतरी हुई। अक्टूबर 1995 के नैशनल रीडरशिप सर्वे (एन.आर.एस.) के मुताबिक, दिल्ली में *टाइम्स ऑफ़ इंडिया* की रीडरशिप में 81.6 प्रतिशत और *हिन्दुस्तान टाइम्स* की रीडरशिप में 50.6 प्रतिशत बढ़ोतरी के साथ ही अंग्रेज़ी अख़बारों की रीडरशिप में 49 प्रतिशत की भारी वृद्धि दर्ज की गई। ख़ासकर 15-24 साल के आयु वर्ग के छात्रों के बीच भी अख़बार की रीडरशिप में शानदार बढ़ोतरी देखी गई। अगले कुछ वर्षों तक रीडरशिप में अच्छी ख़ासी बढ़ोतरी होती रही, वृद्धि दर ज़रूर पहले की अपेक्षा कुछ धीमी हो गई थी।

एन.आर.एस. 1997 के मुताबिक, *टाइम्स ऑफ़ इंडिया* की संयुक्त रीडरशिप 39.1 लाख थी। एन.आर.एस. 1995 और एन.आर.एस. 1997 के बीच इसे 6.30 लाख पाठकों का लाभ हुआ। *टाइम्स ऑफ़ इंडिया* का दिल्ली संस्करण शहर का सबसे तेज़ी से बढ़ता अख़बार था। एन.आर.एस. के पिछली बार के आँकड़ों की तुलना में इसने 22 प्रतिशत की वृद्धि दर्ज की थी। दिल्ली में रीडरशिप की औसत वृद्धि दर मात्र 11 प्रतिशत थी। हालाँकि एन.आर.एस. के इन आँकड़ों को *हिन्दुस्तान टाइम्स* ने कड़ी टक्कर दी थी। तथ्य यह था कि क़ीमतों में कटौती के साथ ही कुछ विशेष जनसांख्यिकीय कारकों का मिला-जुला असर रहा कि अंग्रेज़ी अख़बारों में लोगों की दिलचस्पी तीव्र रूप से बढ़ गई थी।

टाइम्स ऑफ़ इंडिया 1985-95 के दशक के दौरान *हिन्दुस्तान टाइम्स* को कड़ी चुनौती देने में कामयाब हो चुका था। हालाँकि सर्कुलेशन की लिहाज़ से *हिन्दुस्तान टाइम्स* अब भी *टाइम्स ऑफ़ इंडिया* से आगे था, लेकिन उनके बीच का फ़ासला पहले की तुलना में काफ़ी कम हो चुका था। साथ ही, छवि और 'ब्रांड के तौर' पर *टाइम्स ऑफ़ इंडिया* कहीं बेहतर स्थिति में था। *हिन्दुस्तान टाइम्स* पर अब इस बात का दबाव बढ़ चुका था कि वह भी *टाइम्स ऑफ़ इंडिया* द्वारा किए जा रहे प्रयोगों को आज़माए और क्षति नियंत्रण की अपनी स्वतंत्र योजनाएँ तैयार रखे।

हिन्दुस्तान टाइम्स की जहाँ दिल्ली में मज़बूत हिस्सेदारी और साख बनी हुई

थी, वहीं मुंबई में *टाइम्स ऑफ़ इंडिया* निर्णायक की भूमिका में था। 1990 के दशक में *हिन्दुस्तान टाइम्स* या अन्य किसी भी अख़बार ने मुंबई में *टाइम्स ऑफ़ इंडिया* के आधिपत्य को चुनौती देने और वहाँ के बाज़ार में जगह बनाने की कोशिश नहीं की। बॉम्बे में अपनी महफ़ूज़ स्थिति से आश्वस्त होकर *टाइम्स ऑफ़ इंडिया* ने अपना पूरा ध्यान और अपने पूरे संसाधन दिल्ली में *हिन्दुस्तान टाइम्स* पर 'हल्लाबोल' में लगा दिया। दूसरी तरफ़ *हिन्दुस्तान टाइम्स* बहुत समय तक उसे मिल रही चुनौती की गंभीरता को समझ ही नहीं पाया था। इस तरह की तीव्र प्रतिस्पर्धा मीडिया जगत तो दूर, पूरे भारतीय उद्योग जगत के लिए बिलकुल नई बात थी।

टाइम्स ऑफ़ इंडिया में पहले काम कर चुके और फिलहाल *हिन्दुस्तान टाइम्स* में काम रहे एक वरिष्ठ मार्केटिंग प्रबंधक ने स्वीकार किया, '*टाइम्स ऑफ़ इंडिया* के पास अपनी रणनीति तैयार थी, जो कि *एच.टी.* के पास नहीं थी। दिल्ली के बाज़ार को प्रभावित करने में यही बात अहम रही।'

हालाँकि दशकों तक दोनों अख़बारों की बाज़ार में महत्त्वपूर्ण उपस्थिति बनी रही, लेकिन फिर भी, दोनों एक-दूसरे से बिलकुल भिन्न तरह के संगठन थे। उन्होंने आगे कहा, '*हिन्दुस्तान टाइम्स* लागत-कटौती के हथकंडे अपनाने में माहिर था। अख़बारी काग़ज़ की लागत में कटौती और स्टाफ़ की तनख़्वाह कम करना इसके लिए बड़ा आसान था। लेकिन उससे अधिक हमने उसे और कुछ करते नहीं देखा था।'

विजय जिंदल ने इसी बात को और स्पष्ट तरीक़े से कहा। उनके मुताबिक, '*हिन्दुस्तान टाइम्स* किसी प्रिंटिंग प्रेस की तरह काम करता था। अख़बार उसकी विरासत में मिली हुई संपत्ति थी, इसलिए सक्रियता की वहाँ हमेशा कमी थी। यह एकतरफ़ा और सरकार समर्थक संगठन था। लंबे समय तक और काफ़ी हद तक यह एक सामाजिक उद्यम की तरह बना रहा।' जहाँ *टाइम्स ऑफ़ इंडिया* ने खुद को एक आधुनिक, पेशेवर कॉर्पोरेट कंपनी के तौर पर विकसित करने के प्रयास किए, वहीं *हिन्दुस्तान टाइम्स* अपने पारंपरिक ढाँचे में ठहरा रहा। जिंदल ने कहा, 'बहुत ही सरल-सा उदाहरण है: *टाइम्स ऑफ़ इंडिया* में जहाँ लोगों को नाम के आगे 'मिस्टर' लगाकर संबोधित करते हैं, वहीं *एच.टी.* में अब भी नाम के पीछे 'जी' जोड़कर संबोधित किया जाता है।'

लेकिन 1985-95 का दशक दोनों अख़बारों के बीच चल रहे युद्ध का केवल पहला दौर था। *टाइम्स ऑफ़ इंडिया* के साथ कम कर चुके *एच.टी.* के एक वरिष्ठ संपादक ने कहा, 'सच कहा जाए, तो *एच.टी.* को 1997 में कहीं जाकर यह बात समझ में आई कि उसके ठहराव की स्थिति में बने रहने की वजह से ही *टाइम्स ऑफ़ इंडिया* उससे आगे निकलने में कामयाब होता जा रहा है।'

उन्होंने कहा, 'तब कहीं *एच.टी.* में सुधार की बात ज़ोर पकड़ने लगी। सभी

मार्केटिंग सलाहकारों को बुलाया गया। *हिन्दुस्तान टाइम्स* ने काफ़ी हद तक *टाइम्स ऑफ़ इंडिया* की ही तर्ज पर कई संशोधन कर बहुआयामी दृष्टिकोण के साथ अपनी योजनाएँ तैयार कीं और बाज़ार का एक बार फिर लीडर बन गया।'

उसके काफ़ी बाद, *हिन्दुस्तान टाइम्स* ने अपना मुंबई संस्करण शुरू कर *टाइम्स ऑफ़ इंडिया* को सीधे चुनौती दे दी। इसने अपने अपने कंटेंट, स्वरूप और अपने नज़रिये में काफ़ी बदलाव किया। दोनों दिग्गजों के बीच छिड़ी लड़ाई का सकारात्मक परिणाम यह रहा कि दोनों ही अख़बार और अधिक जीवंत व युवाओं के माकूल होकर उभरे, जो पाठकों तथा विज्ञापनदाताओं दोनों के लिहाज़ से सार्थक था। अख़बार के बाज़ार में अपने-अपने प्रभुत्व को लेकर दोनों के बीच की लड़ाई आगे भी जारी है, जो नैशनल रीडरशिप सर्वे के आँकड़ों में विभिन्न अवयवों से झलकती है।

दोनों समूहों के बीच की ताज़ा लड़ाई को ही लें, जो जनवरी 2013 में नज़र आई। *टाइम्स ऑफ़ इंडिया* की हेडलाइन थी : *'टी.ओ.आई. ने पाठक जोड़े, जीत हासिल की।'* और, *हिन्दुस्तान टाइम्स* ने दावा किया: 'दिल्ली-एन.सी.आर. में *हिन्दुस्तान टाइम्स* फिर से पहली पसंद।' *टाइम्स ऑफ़ इंडिया* अपने अखिल भारतीय प्रभुत्व की बात करता है और दिल्ली का बस उल्लेख करता है, वहीं *हिन्दुस्तान टाइम्स* बार-बार यही दोहराता है कि दिल्ली में लगातार ग्यारहवीं बार वह प्रथम स्थान पर क़ाबिज़ है। दोनों के बीच की तक़रार जारी है, और रहेगी। आप बस अपनी निगाहें लगाए रहिए!

उपसंहार

कायापलट के क़रीब एक दशक बाद, 1990 के दशक के आख़िर तक बी.सी.सी.एल. स्पष्ट रूप से देश के शीर्ष मीडिया हाउस के तौर पर उभर चुका था। सिर्फ़ अपने आकार और कारोबार के संदर्भ में ही यह सबसे आगे नहीं था, बल्कि उद्योग के मानस पर अपने गहन प्रभाव, इसकी आत्म-छवि और उद्योग के प्रति इसके नवीन दृष्टिकोण ने कंपनी को आँकड़ों से कहीं आगे नेतृत्व की भूमिका में पहुँचा दिया था।

7 जुलाई 2002 को, *टाइम्स ऑफ़ इंडिया* ने अपने पाठकों को सूचित किया कि उनका अख़बार दुनिया का सबसे ज़्यादा बिकने वाला अंग्रेज़ी ब्रॉडशीट[1] दैनिक बन गया है। इसका सर्कुलेशन 21,44,842 प्रतियों तक पहुँच गया था। इस संख्या ने इसे अब तक प्रथम स्थान पर क़ाबिज़ *यू.एस.ए. टुडे* के मुक़ाबले 24,485 प्रतियों से आगे ला खड़ा किया। हालाँकि आँकड़ों की लड़ाई लगातार चलती रही, लेकिन वास्तविकता यह थी कि बी.सी.सी.एल. खुद को मीडिया जगत में एक बड़ी ताक़त के तौर पर स्थापित कर चुका था।

इस शताब्दी की शुरुआत के समय, भारत का मीडिया उद्योग महत्त्वपूर्ण सुधारों की दहलीज पर खड़ा था। पहला दशक सैटेलाइट टेलीविज़न के ज़बर्दस्त विकास के नाम रहा। 24 घंटे के समाचार चैनल ख़बरों के संकलन, जाँच, प्राथमिकता, प्रस्तुतिकरण और वितरण के तरीकों के मामले में पूरी तरह पुनः परिभाषित हो चुके थे।

इसके साथ ही, इंटरनेट के धमाके और संचार के लिए लोगों के इस ओर बढ़ते झुकाव ने समाचारों के आकलन तथा उपभोग के तरीकों को ख़ासा प्रभावित किया। इन गहन, लगभग 'क्रांतिकारी' बदलावों का असर प्रिंट मीडिया पर पड़ना भी लाज़मी था। इस पृष्ठभूमि में, यह देखना रोचक है कि परिदृश्य में आ रहे इन बदलावों के

प्रति एक अगुवा मीडिया हाउस के तौर पर बी.सी.सी.एल. की क्या प्रतिक्रिया रही।

पिछले दशक या उसके पहले भी बी.सी.सी.एल. ने खुद को जिस तरह विस्तारित किया, टाइम्स ग्रुप का मौजूदा स्वरूप उसी का नतीजा है। इसके विस्तृत स्वरूप में मीडिया के अन्य रूप, जैसे रेडियो, इंटरनेट और टेलीविज़न भी सम्मिलित हैं। प्रकाशन उद्योग, बी.सी.सी.एल. अब नए पथ पर था, हालाँकि अब उसकी गतिविधियों का दायरा पहले से कहीं व्यापक था। इसने विज्ञापनकर्ताओं के लिए अपनी प्रासंगिकता को बढ़ाकर बेहतर कारोबार देने के मूल सिद्धांत को अब भी बरक़रार रखा था। मतलब साफ़ था कि विज्ञापनदाताओं के लिहाज़ से अख़बार की पहुँच उपयोगी पाठक वर्ग तक होना आवश्यक था।

हाल के वर्षों में, भारतीय मीडिया ने व्यग्र गतिविधियाँ देखी हैं, जिनमें एक अजीब सा बेसुरापन भी शामिल रहा है। इन सबके बीच, यह देखा गया कि टाइम्स ग्रुप के बुनियादी लक्ष्य में कोई बदलाव नहीं आया : एक नवाचारी मशीन की तरह बर्ताव करने के साथ ही, इस बात को लेकर कंपनी का नज़रिया स्पष्ट रहा है कि विज्ञापनकर्ताओं के लिए उपयुक्त पाठक वर्ग को आकर्षित करने के लिए ग्रुप किन क्षेत्रों में कार्य करना चाहता है।

इसे लेकर सहयोगियों - और पहले टाइम्स का हिस्सा रह चुके कुछ लोगों - का मानना है कि 1990 के दशक में कामयाबी पाने के बाद ग्रुप ने अपने विस्तार और व्यापार के विकास के लिए कुछ ज़्यादा नहीं किया। 2000 के बाद का समय, ज़ाहिर है, पूरे मीडिया जगत के लिए सबसे घटनापूर्ण दशक रहा। इस दौरान अवसरों का जितना विस्फोट हुआ, उतना पहले कभी नहीं हुआ था।

समीक्षक यह दलील देते हैं कि, इस दशक की शुरुआत में मीडिया पटल पर द टाइम्स ग्रुप लीडर था। यह काफ़ी लाभकर ग्रुप था और इसके पास पर्याप्त मात्रा में नकद पूँजी थी। सबसे सशक्त ब्रांडों में से कुछ इसकी झोली में थे। उपर्युक्त सभी चीज़ों के साथ-साथ, इसके पास प्रतिभाओं की भी कोई कमी नहीं थी। नए-नए प्रयोग करना इसके डी.एन.ए. में था। इसमें प्रवर्तक बनने की क्षमता और संभावना थी। लेकिन सवाल यह है कि यह सब होते हुए भी पिछले एक दशक के दौरान इसे जितने अवसर मिले, क्या यह उन सबका पूरा फ़ायदा उठाने में कामयाब हो सका?

मीडिया उद्योग में इस विकास के अतिरिक्त, भारतीय अर्थव्यवस्था विकास के नए चरण में प्रवेश कर चुकी है। लगभग हर क्षेत्र में कॉर्पोरेट विकास का काफ़ी हद तक श्रेय मध्यवर्ग के विकास और अर्थव्यवस्था में आए उछाल को जाता है। सवाल यह है कि अपने सभी प्रयासों में क्या टाइम्स ग्रुप अपनी क्षमताओं का पूरी तरह उपयोग कर सका?

कॉर्पोरेट जगत में बहुत से लीडर का मानना है कि बी.सी.सी.एल. की सफलता भारत के अन्य कॉर्पोरेट अग्रणियों की तुलना में बेहद कम रही है। द टाइम्स ग्रुप अपने सहचरों विप्रो, एच.यू.एल., इन्फ़ोसिस, रिलायंस इंडस्ट्रीज़, आदित्य बिड़ला ग्रुप और टाटा के मुक़ाबले पीछे है।

द टाइम्स ग्रुप तब सफल है जब इसकी तुलना प्रिंट मीडिया की कंपनियों से की जाए। एक संस्थान के तौर पर, विशुद्ध रूप से प्रिंट क्षेत्र में, यह देश में बाकी सबसे काफ़ी आगे है। लेकिन जब संपूर्ण मीडिया से तुलना की जाती है, तब यह अब भी पिछड़ा दिखाई देता है। द टाइम्स ग्रुप संभवतः उतनी तेज़ी से विकास नहीं कर रहा, जितना कि उसके प्रतिस्पर्धियों ने किया।

कंपनी के एक पूर्व डायरेक्टर ने अपना नाम प्रकाशित न करने की शर्त पर बताया, 'असाधारण रूप से ग्रुप कभी भी व्यावसायिक तौर पर संगठित हुआ ही नहीं। इसमें कभी कोई संरचनात्मक योजना अथवा भविष्य के लिए बड़े लक्ष्य तय ही नहीं किए गए। शायद इसी वजह से इसका विकास सीमित रहा।'

हालाँकि यह हमेशा से प्रतिभाओं का खज़ाना रहा है, ग्रुप हमेशा इसके स्वामियों के इर्द-गिर्द ही घूमता रहा है। यह हर क़दम पर एक पारिवारिक प्रतिष्ठान ही बना रहा है, क़रीबियों के बीच जकड़ा हुआ-सा। अगर यह एक स्पष्ट रणनीतिक उद्देश्यों के साथ आगे बढ़ता और पेशेवर तरीके से अपनी रणनीतियों को लागू करता, तो कदाचित, ग्रुप प्रिंट से आगे बढ़कर अन्य अवसरों का भी लाभ उछा सकता।

पूर्व डायरेक्टर ने कहा, 'ग्रुप के पास विकास के लिए कोई दूरगामी योजना तैयार नहीं है। ऐसी योजना न तो इसके पास 1980 के दशक में थी, और न ही अब 2000 के बाद के वर्षों में है। मैं तो यही मानता हूँ कि ग्रुप को होने वाले लाभ भी अपेक्षाकृत नगण्य ही हैं। इसके पास जिस स्तर की प्रतिभाओं का खज़ाना है, यह चाहता तो और भी बहुत कुछ हासिल कर सकता था।'

इसके अतिरिक्त, अन्य क्षेत्रों की बड़ी कंपनियों के विपरीत, टाइम्स ग्रुप ने कभी विदेशी बाज़ार में प्रवेश का मन ही नहीं बनाया। दरअसल, भारत में मीडिया कंपनियाँ एक सीमा रेखा के भीतर ही रही हैं। सफल भारतीय कंपनियों जैसे रिलायंस इंडस्ट्रीज़ से इनकी तुलना ही नहीं हो सकती। ये मीडिया कंपनियाँ अपने दृष्टिकोण में रूढ़िवादी रही हैं।

समीर जैन का मुख्य सक्षमता पर ध्यान केंद्रित रखना और ख़ासतौर से टेलीविज़न के क्षेत्र में देर से प्रवेश शायद ग्रुप के विकास के सीमित रहने की वजह बना। हालाँकि ग्रुप ने खुद को समाचार और मनोरंजन, दोनों क्षेत्रों में स्थापित कर लिया है, लेकिन टेलीविज़न के क्षेत्र में यह काफ़ी देर से आया। पूर्व डायरेक्टर के

मुताबिक, 'समीर जैन का सारा ज़ोर मुनाफ़े पर था, टेलीविज़न शायद उनके लिए उतना महत्त्वपूर्ण नहीं था। बल्कि शुरुआत से ही इस माध्यम के प्रति उनकी एक बुनियादी नापसंदगी थी।'

एक प्रतिद्वंद्वी अख़बार समूह के मालिक ने अनाधिकारिक रूप से कहा, 'कभी-कभी मुझे ऐसा महसूस होता है कि टाइम्स ग्रुप के पास कोई विज़न ही नहीं है।' उन्होंने जोड़ा, 'मेरे लिए विज़न का मतलब है, वैश्वीकृत होना और भविष्य के लिए योजनाएँ बनाना। विज़न का मतलब है लंदन व न्यूयॉर्क जैसे शहरों में अपने अख़बार की मौजूदगी।'

उन्होंने ज़ोर देकर कहा, 'मैं अब तक ऐसा कर चुका होता। मैं बाहर निकला होता और दुनिया को पैसों के साथ उनके ही तरीकों से जीत लेता। मैं अब तक सिर्फ़ देश में ही नहीं बना रहता। मैं *टाइम्स ऑफ़ इंडिया* में रहा होता तो अंतरराष्ट्रीय हो चुका होता। मेरे दो संस्करण होते। मैं सीधा टेलीविज़न के क्षेत्र में प्रवेश करता (1990 के दशक में ही)। मैं बी.सी.सी.एल. की कमाई की बचत को उद्योग में लगाता। सिर्फ़ प्रयास और लगातार उद्यम करते रहने की ज़रूरत होती है।'

इस पर मैंने पूछा कि प्रदर्शन के आधार पर आप समीर जैन के बारे में अंततः क्या कहेंगे। उन्होंने कड़ाई से उत्तर दिया, 'अति संक्षेप में कहें तो समीर जैन ने एक संपादकीय उत्पाद को कमज़ोर ही बनाया है। उन्होंने अपनी कंपनी की दीवारों को मज़बूत नहीं किया और अपनी निवेश योग्य बचत का उपयोग भी नहीं किया। और, अगर इन सबके बावजूद *द टाइम्स* हमारी तुलना में बड़ा है, तो मैं इसे अपनी असफलता के तौर पर लूँगा।'

उन्होंने दावा किया, 'उनके समक्ष अवसरों की भरमार थी, लेकिन इसके बावजूद समीर जैन मीडिया जगत के सरताज नहीं बन पाए। वे एक शक्तिशाली उद्योगपति ज़रूर हो सकते हैं, लेकिन निश्चित रूप से राजा नहीं हैं। और, अब उनकी उस स्थिति को भी चुनौती मिल सकती है। समीर जैन अगले कार्यक्षेत्र में नहीं पहुँच सके हैं। वे और मैं, दोनों आज समान कार्यक्षेत्र के नागरिक हैं।'

जितने भी लोगों से मैं मिली, तक़रीबन सभी ने थोड़ी नाराज़गी के साथ यह स्वीकार किया कि *द टाइम्स ऑफ़ इंडिया* ने 1980 और 1990 के दशक में अंधाधुंध सफलता हासिल की, लेकिन सवाल है : क्या भविष्य में भी एकदम भिन्न स्थितियों में यह वही जादू दोहरा सकेगा।

टाइम्स ऑफ़ इंडिया की सफलता के परिमाण पर बातें करते हुए एक

प्रतिद्वंद्वी ग्रुप के संपादक-मालिक, जो कि टेलीविज़न के क्षेत्र में भी रुचि रखते हैं, ने कहा, '*टाइम्स ऑफ़ इंडिया* एक बड़े बाज़ार में संचालित हो रहा था, जहाँ बड़े विज्ञापन प्रदाता थे (और अब भी हैं)। इसने उन अनुकूल परिस्थितियों का पूरा फ़ायदा उठाया। यह उद्यमी था। और, यदि आज मैं भी ब्रांड बनाऊँ, तो शायद विज्ञापन को लेकर मेरा नज़रिया भी ऐसा ही हो। टाइम्स ने जो भी किया, बेहतरीन तरीके से किया है।'

वे कहते हैं, 'बुनियादी रूप से देखा जाए तो *टाइम्स ऑफ़ इंडिया* की सफलता की वजह देश के कुछ धनिक क्षेत्रों पर इसका वर्चस्व होना है। ग्रुप ने पहले बॉम्बे पर नियंत्रण किया और फिर दिल्ली पर। अख़बार की तक़रीबन 99 प्रतिशत सफलता इन्हीं जगहों से आई...। लेकिन इसका यह मतलब कतई नहीं है कि अगर हम भी इन बाज़ारों पर अपना नियंत्रण बनाए रखते, तो इतने ही या इससे अधिक सफल हो पाते।'

उन्होंने आगे कहा, 'इसमें कोई संदेह नहीं कि *टाइम्स* की सफलता का पूरा श्रेय उसकी सशक्त मार्केटिंग टीम को जाता है। उन्होंने बॉम्बे के बाज़ार पर अपने नियंत्रण का पूरा फ़ायदा उठाया, जो कि पहले से ही अच्छा बिज़नेस कर रहा था। वहाँ के बाज़ार में इसकी अच्छी हिस्सेदारी थी। बॉम्बे में उन्होंने बेहतरीन संसाधन लगाए, जिसके लिए मैं उन्हें 100 में से 100 नंबर दूँगा। अगर आप समीर जैन के व्यक्तिगत प्रदर्शन को सिर्फ़ अख़बार व्यापार के संदर्भ में देखते हैं, तो यह उत्कृष्ट है।'

लेकिन अब 2013 में प्रतिमान बदल सकते हैं। 1980 के दशक के प्रिंट युग में टाइम्स ग्रुप सबसे बड़े बाज़ार (बॉम्बे) का सबसे बड़ा खिलाड़ी था। लेकिन टेलीविज़न और डिजिटल मीडिया के दौर में, मीडिया पटल के सबसे तेज़ी से बढ़ते इस हिस्से में यह एक सहभागी मात्र नज़र आता है।

अपने इस अध्ययन के दौरान मैं कोलकाता मूल के *आनंद बाज़ार पत्रिका* ग्रुप के मुख्य संपादक अवीक सरकार से दो बार मिली; पहली बार अगस्त 2002 में कोलकाता में और दूसरी बार जनवरी 2013 में दिल्ली में। इन मुलाक़ातों में उन्होंने जो कुछ भी कहा, उसका सार यह है: 'निश्चित रूप से, *टाइम्स ऑफ़ इंडिया* प्रिंट माध्यम का एक दबंग खिलाड़ी है। हालाँकि, प्रिंट एक गिरता हुआ साम्राज्य है। विस्तार के लिए एक ऐसे हिस्से को चुनना, जो कि अवनति के आख़िरी पड़ाव पर है - कोई भी यह दलील दे सकता है कि द टाइम्स ग्रुप अपने विस्तृत केंद्र बिंदु से भटक गया और इसने अपना अधिकार क्षेत्र बाहर वालों जैसे कि *स्टार, ज़ी* और सोनी आदि के हवाले कर दिया।

'उदाहरण के तौर पर, अगर आप रुपर्ट मर्डोक को देखें, तो उनके व्यवसाय का बड़ा हिस्सा मनोरंजन, टेलीविज़न और सिनेमा से आता है। मर्डोक फिर भी प्रिंट

में बने हुए हैं, संभवतः सिर्फ़ अहंकारवश। इससे वास्तव में उन्हें कोई आमदनी नहीं होती। *न्यूज़ कॉर्प* के एक डायरेक्टर ने कंपनी के एक हालिया विवाद में यह बात कही, "प्रकाशन 10 प्रतिशत व्यवसाय है, जबकि 90 प्रतिशत सिरदर्द।"

सरकार ने अपनी बात स्पष्ट करते हुए कहा, 'मैं पूरी तरह ग़लत हो सकता हूँ, लेकिन मुझे लगता है कि *टाइम्स ऑफ़ इंडिया* ग़लत लोगों के साथ एक ग़लत लड़ाई लड़ रहा है। उसके प्रतिद्वंद्वी हम नहीं हैं। वह हमें पीछे छोड़े या नहीं, लेकिन यह वो लड़ाई नहीं है जिसमें उसका शामिल होना ज़रूरी है। अगर दारा सिंह बच्चों के किसी स्कूल में जाकर वहाँ कुश्ती की प्रतिस्पर्धा कर जीत जाएँ, तो क्या यह जीत उनके लिए मायने रखेगी? उनकी प्रतिस्पर्धा, यहाँ तक कि विज्ञापन के क्षेत्र में भी, हमारे साथ नहीं है। यह स्टार और ज़ी जैसों के साथ है। सुभाष चंद्रा, उदय शंकर और मुकेश अंबानी उनके वास्तविक प्रतिस्पर्धी हैं। न कि *एच.टी., द हिन्दू या ए.बी.पी.।'*

एक मीडिया समीक्षक ने अनाधिकारिक तौर पर कहा, 'टाइम्स ग्रुप नाजुक स्थिति में है, क्योंकि इसके सामने गंभीर चुनौतियाँ हैं और इसकी निर्भरता अब भी कमोबेश प्रिंट पर ही बनी हुई है। और प्रिंट के हिस्से में विज्ञापन का बहुत ही छोटा भाग आता है। यह वास्तविक परिवर्तन का दौर है। प्रिंट एक सिकुड़ता हुआ क्षेत्र है। यहाँ तक कि यह 'मम्मी-पापा की दुकान' की तरह बनकर रह सकता है अथवा ख़त्म भी हो सकता है।'

उन्होंने कहा, 'चूँकि हमारी जानी-पहचानी दुनिया कमज़ोर पड़ रही है और एक नया संसार उभरकर आ रहा है, ऐसे में महसूस हो रहा है कि संभवतः मीडिया घरानों का केंद्र बिंदु भी पूरी तरह बदल जाएगा। पश्चिम के बहुत सारे अख़बार, जैसे कि *द गार्ज़ियन* और *फाइनैंशल टाइम्स* मुश्किल दौर से गुज़र रहे हैं। यहाँ तक कि *द टाइम्स* और *द सन* भी अलग-अलग प्रभागों में बँट चुके हैं। अधिकतर मीडिया ग्रुप अपना संचित धन अच्छी संभावना वाले क्षेत्रों में रख रहे हैं और इस कमज़ोर कार्यक्षेत्र को छोड़ रहे हैं।'

हालाँकि भारत के मामले में यह बात पूरी तरह लागू नहीं होती। यह सच है कि औद्योगिक घराने, जिनमें से बहुतों के पास टाइम्स ग्रुप से ज़्यादा दौलत है, सावधानीपूर्वक मीडिया पर नियंत्रण हासिल करने की दिशा में क़दम बढ़ा रहे हैं। और, अगर इसे क्षेत्र में नए प्रवेशकों जैसे कि मुकेश अंबानी और इंडिया टुडे - कुमार मंगलम बिड़ला की तुलना में टाइम्स ग्रुप बहुत ही छोटा है। विज्ञापन आमदनी का बड़ा हिस्सा मनोरंजन क्षेत्र तथा टेलीविज़न चैनलों में जा रहा है, और डिजिटल माध्यमों, केबल, सैटेलाइट व स्पोर्ट्स के मुक़ाबले प्रिंट के विज्ञापनों में गिरावट आ रही है।

ऐसे में, क्या टाइम्स ग्रुप के पास प्रिंट से बाहर भी बेहतरीन विविधता वाला

पोर्टफ़ोलियो है या, एक प्रतिद्वंद्वी के तौर पर क्या यह खुद को उस 'सबसे मज़बूत पेड़ के तौर पर साबित कर पाएगा जो तूफ़ान के बाद भी अपना प्रभुत्व बरक़रार रख सकता है?'

लेकिन भारत में अब तक डिजिटल और टेलीविज़न क्षेत्रों में कोई स्पष्ट विजेता नहीं है। टाइम्स ग्रुप इनमें से एक बनकर उभर सकता है। हालाँकि इसने इस क्षेत्र में देर से प्रवेश किया, बावजूद इसके यह पकड़ बनाता हुआ दिख रहा है। यह अपनी ब्रांड लीडरशिप, प्रचुर आरक्षित निधि और नए-नए प्रयोग करने की प्रवृत्ति का फ़ायदा नए उभर रहे क्षेत्रों में खुद को स्थापित करके उठा सकता है।

1980 के दशक के मध्य से, जब समीर जैन कंपनी में एक महत्त्वपूर्ण भूमिका में उतरे, टाइम्स ग्रुप ने शहरी, अंग्रेज़ी बोलने वाले बड़े इलाक़ों के पाठकों पर अपना पूरा ध्यान केंद्रित किया। वैसे यह हमेशा से टाइम्स ग्रुप का लक्षित क्षेत्र रहा है। टाइम्स अपने इस लक्ष्य पर टिके रहने के लिए दूरदराज के क्षेत्रों तक पहुँचने अथवा नए समाचार पत्र ब्रांड में निवेश के प्रलोभनों से बचता रहा और अपने फ़ोकस या केंद्रबिदु को लेकर दृढ़ रहा है। 1990 के दशक में, इस शहरी केंद्र बिंदु का मतलब था, सारे संसाधन बॉम्बे और दिल्ली के बाज़ारों में लगा देना, जो कि देश के सबसे लाभप्रद बाज़ार थे और जहाँ ग्रुप पहले से ही काफ़ी बड़ी उपस्थिति बना चुका था।

पिछले दशक में भी, टाइम्स ग्रुप का कार्यक्षेत्र लगभग वैसा ही बरक़रार रहा। निस्संदेह, अब शहरी की परिभाषा बढ़ गई थी और इसके दायरे में सिर्फ़ महानगर ही नहीं, बल्कि अन्य बड़े शहर भी आ गए थे, कुछ मामलों में दूसरे दर्जे के शहर भी इस परिभाषा में शामिल हो गए थे। लिहाज़ा, पहले भी कई बार कोशिश किए जा चुके चेन्नई के बाज़ार में इसने एक बार फिर क़दम रखा। चेन्नई में *द हिन्दू* का दबदबा था। यह केरल और पश्चिम बंगाल के लिए भी हमेशा से एक दमदार आवाज़ बनना चाहता था। अब, इसने अपनी उपस्थिति का प्रसार कोलकाता और हैदराबाद में भी कर लिया है।

लेकिन सफलता की सबसे बड़ी कहानी निस्संदेह रूप से बैंगलोर की रही। ग्रुप यहाँ भी स्थानीय ख़बरों का अपना पहले आज़माया जा चुका फ़ॉर्मूला इस्तेमाल कर पाने में सक्षम रहा। यहाँ पहले से क़ाबिज़ प्रतिद्वंद्वियों को स्थान से हटाने के लिए इसने स्थानीय समाचारों की प्रमुखता, विज्ञापन के लिए आकर्षक कॉम्बो दर और समाचार पत्र का आकर्षक मूल्य निर्धारण जैसे तरीक़े अपनाए और एक लीडर बनकर उभरा। चेन्नई में भी इसने अपनी मौजूदगी महसूस कराई, ख़ासतौर से

युवाओं को आकर्षित किया, जिन्होंने बौद्धिक अख़बार द *हिन्दू* को रूढ़िवादी कहकर उसकी जगह इसे चुना।

इसी समय, टाइम्स ग्रुप को अपने गृह क्षेत्र मुंबई में *डी.एन.ए. (डेली न्यूज़ एंड एनालिसिस)* और *हिन्दुस्तान टाइम्स* के शुरू होने से गंभीर चुनौतियों का सामना करना पड़ा। *एच.टी.* ने जहाँ अपने अच्छे संपादकीय कंटेंट के ज़रिये अपनी जगह बनाई, वहीं *डी.एन.ए.* भी शुरुआत में अपने आकर्षक चेहरे-मोहरे और आक्रामक ब्रांड निर्माण की बदौलत लोगों के आकर्षण का कारण बना।

हालाँकि *टाइम्स ऑफ़ इंडिया* स्पष्ट रूप से मुंबई में पहले स्थान पर बना रहा, लेकिन इसकी उसे क़ीमत अदा करनी पड़ी। ग्रुप द्वारा जारी बयान के मुताबिक, लाभ वहाँ एकसमान ही बना रहा। एक दशक पहले की तरह यह विज्ञापनदाताओं के साथ अपने नियम-शर्तों पर काम करने की स्थिति में नहीं रहा। मुंबई के बाज़ार में नए खिलाड़ियों के आगमन के अलावा, अन्य बदलावों ने भी *टाइम्स ऑफ़ इंडिया* के एकाधिकार वाली स्थिति को कमज़ोर किया। 1990 के दशक में इसने युवा पाठकों तक पहुँचने का खुद को एकमात्र न सही, सबसे प्रभावशाली माध्यम के रूप में ज़रूर स्थापित कर लिया था। लेकिन यह स्थिति निस्संदेह रूप से बरक़रार नहीं रही। अब इसकी प्रतिस्पर्धा के क्षेत्र का विस्तार हो चुका है।

इंटरनेट, रेडियो, मोबाइल आदि के आगमन और प्रायोजित कार्यक्रमों व आउटडोर की वजह से विज्ञापनदाताओं के सामने अब कहीं अधिक विकल्प मौजूद हैं। हालाँकि टाइम्स ग्रुप इनमें से कई क्षेत्रों का अब भी एक प्रबल खिलाड़ी है। यही नहीं, विज्ञापन का बाज़ार भी अब पहले की तुलना में कई गुना बढ़ चुका है और ऐसे में, टाइम्स अब पहले की तरह अपने प्रकाशनों में जगह की क़ीमत अपनी मनमर्ज़ी से नियंत्रित करने की स्थिति में नहीं रहा है।

लेकिन यहाँ तक कि समीक्षक भी यह मानते हैं कि वैकल्पिक माध्यमों के व्यापक विकास के बावजूद टाइम्स ग्रुप व दूसरे प्रिंट घराने उद्योग में अपनी पकड़ बनाए रखने में सक्षम रहे हैं। तमाम अवसरों पर इस पर लिखा भी गया। यह दलील पेश की गई कि पश्चिमी देशों में 24 घंटे के समाचार चैनलों के आगमन के बाद समाचार पत्रों में लिए सिर्फ़ दो ही विकल्प बचे हैं : या तो वे अलग तरह के उत्पाद में तब्दील हो जाएँ और घटनाओं के अंतर्दृष्टि संबंधी व विवरणात्मक लेख प्रस्तुत करें या टैबलॉइड में तब्दील होकर मृतप्रायः हो जाएँ।

हालाँकि यहाँ ऐसा नहीं हुआ। लेकिन इसके कोई दो राय नहीं कि समाचार पत्रों ने खुद का अनुकूलन किया और चौबीस घंटे के समाचार चैनलों के आने से मचे कोलाहल के साथ पंक्तिबद्ध किया। अब वे सिर्फ़ घटनाओं की मौक़े से ख़बर देने के अपने उद्देश्यों के साथ अस्तित्व में नहीं रह सकते। उन्हें पैकेजिंग और प्रस्तुतिकरण

पर अधिक ध्यान देना शुरू करना पड़ा। कुछ मामलों में, समाचारपत्र वहाँ से मुद्दे को उठाते हैं, जहाँ चैनल इसे छोड़ते हैं।

इसके साथ ही, उन्होंने अपनी विशेषताओं की रूपरेखा भी तय की, जिसके तहत समाचार ब्रेक करने और घटनाओं का अधिक गहराई पूर्ण व विस्तृत समीक्षा प्रस्तुत करना भी शामिल है, जिसे कर पाने में टेलीविज़न असफल हो सकता है। अख़बारों ने विज्ञापनदाताओं और उपभोक्ताओं के बीच अपनी उपयुक्तता और विशेषता बरक़रार रखी है। उन्हें इस तथ्य का भी लाभ मिला है कि देश में इंटरनेट की समझ और इस्तेमाल अब भी सीमित है।

टाइम्स ग्रुप को कंटेंट और क़ीमतों में किए गए नए प्रयोगों का भी लाभ मिला। इसने मास्टमाइंड और क़ीमतों में बदलाव के अपने पूर्व सत्यापित फ़ॉर्मूले पर खुद को लगातार बनाए रखा। अपने विभिन्न अख़बार रियायती कॉम्बो दर पर ग्राहकों को देकर ग्रुप अपने ख़रीदारों का आकर्षण अपने लिए बरक़रार रखने में कामयाब रहा है।

1990 के दशक के दौरान यह आलोचना तेज़ी से बढ़ रही थी कि ग्रुप अपने कंटेंट की गुणवत्ता के साथ समझौता कर रहा है। यह आरोप भी लगा कि पाठकों के नए समूह को आकर्षित करने के लिए ग्रुप ने समाचारों की अनदेखी कर दी है। *टाइम्स ऑफ़ इंडिया* में उन ख़बरों को तरजीह नहीं दी जा रही अथवा उन्हें कवर ही नहीं किया जा रहा, जो शहरी मध्यमवर्ग की संकीर्ण सीमा से बाहर की हों। समान रूप से, अख़बार उन मुद्दों को प्रकाशित करने से परहेज करता हुआ दिखने लगा जो कि जटिल थे अथवा जिनमें गहराई से समीक्षा करने की ज़रूरत होती है।

पुराने सिद्धांतों के पत्रकार, जिनमें कुछ ऐसे लोग भी शामिल हैं जो बी.सी.सी.एल. में संपादक के तौर पर अपनी सेवाएँ दे चुके हैं, यह महसूस करने लगे कि नए पाठकों से जुड़ने का जुनून कुछ ज़्यादा ही हो गया है। जहाँ पहले समाचारपत्र उद्योग द्वारा लोकतंत्र के रक्षक की भूमिका निभाने की अति ही हो गई थी, वहीं अब *टाइम्स ऑफ़ इंडिया* ने सिर्फ़ व्यापार को तरजीह देने की धुन में अति कर दी है। यह भूमिकाओं में संतुलन स्थापित कर पाने में असफल हो गया।

अपनी पहचान गुप्त रखने के इच्छुक ग्रुप के एक पूर्व संपादक ने कहा, 'आप कौन से समाचारों के बारे में जानना चाहते हैं और कौन से समाचारों के बारे में जानना आपके लिए ज़रूरी है, इसमें अंतर होता है।' उन्होंने कहा, 'पहले प्रकार की ख़बरों के लिए हमेशा से पाठकों और समुदाय ने जिज्ञासा व्यक्त की। लेकिन

दूसरी तरह की ख़बरों के मामले में अख़बार को अपने विवेक का इस्तेमाल कर यह सुनिश्चित करना होता है ज़रूरी मुद्दों के साथ कोई समझौता न हो और अख़बार में उन्हें उपयुक्त स्थान मिले।'

कुछ वर्षों तक ग्रुप इसी सिद्धांत पर काम करता रहा कि अगर कोई ऐसा मुद्दा है, जो देश के लिए महत्त्वपूर्ण है, मगर पाठकों के जीवन से उसका सीधा कोई सरोकार नहीं है, तो उसे नज़रअंदाज़ किया जा सकता है। टाइम्स ग्रुप का "समाचार जो आपके काम का हो" वाला सिद्धांत ताज़ा हवा के झोंके की तरह था। मगर आगे चलकर इससे "समाचार जिसे जानना ज़रूरी है" वाला पक्ष नज़रअंदाज़ होने लगा और समाचारों में संतुलन ख़त्म हो गया।'

ग्रुप के वरिष्ठ लोग आज यह स्वीकारते हैं कि आलोचनाएँ पूरी तरह आधारहीन नहीं थीं। कंटेंट को जीवंत, समयानुरूप और समझने में आसान बनाने के चक्कर में विकास की ख़बरें महत्त्वहीन बनकर रह गईं। यहाँ तक विषयवस्तु और रिपोर्ट के चयन के दौरान भी अपने शहरी पाठकों की तात्कालिक रुचि को इतना अधिक महत्त्व दिया जाने लगा था कि इस पूरी प्रक्रिया में राष्ट्रीय महत्त्व के सामाजिक मुद्दे अक्सर उपेक्षित रहने लगे थे।

उदाहरण के तौर पर, एक चरण में ग्रुप ने तय किया कि *टाइम्स ऑफ़ इंडिया* कॉर्पोरेट गतिविधियों से जुड़ी ख़बरों को विस्तार से प्रकाशित करेगा। उसके बाद सरकारी विभागों, योजनाकार इकाइयाँ और पब्लिक सेक्टर की कंपनियों को कवरेज मिलना ही बंद हो गया। इसके पीछे की मंशा शायद यही रही होगी कि उपभोक्ता और विकासोन्मुख निवेशक के रूप में शहरी पाठकों की भूमिका को संबोधित किया जा सके। मगर इसका नतीजा यह रहा कि पब्लिक सेक्टर की उत्कृष्ट कंपनियों, जैसे कि एन.टी.पी.सी. और बी.एच.ई.एल. ने पाया कि अब अख़बार के कॉलमों में उनके लिए कोई जगह ही नहीं थी। रेलवे जैसे मुख्य क्षेत्रों का भविष्य अनिश्चित था। कृषि क्षेत्र तो पूरी तरह बाहर ही था।

ऐसे में, संतुलन वापस लाने के उपाय देखे जाने लगे और उसे दोबारा क़ायम करने में अच्छा-ख़ासा समय भी लगा। यकीनन यह तथ्य मददगार साबित हुआ कि पब्लिक सेक्टर की कंपनियाँ और सरकारी विभाग भी बड़े बजट के विज्ञापनदाता हैं। साथ ही, संपादकीय की जगह कम कर विज्ञापनों के लिए स्पेस बढ़ाने का जो दबाव था, उसका भी असंतुलन उत्पन्न करने में योगदान दिया।

हाल के पिछले दिनों में यद्यपि संतुलन बनाने के सचेतन प्रयास किए गए। उदाहरण के तौर पर, *टाइम्स ऑफ़ इंडिया* संपादकीय कंटेंट को लेकर अपनी प्रतिबद्धता साबित करने के लिए अपना उच्चस्तरीय सप्लीमेंट क्रेस्ट लेकर आया। ख़ासतौर से समीर जैन की कलाकार बेटी त्रिशला की रुचि समाचारपत्र व्यवसाय में

बढ़ाने के लिए शुरू किए गए इस सप्लीमेंट में विज्ञापनों के लिए जगह बेहद कम रखी गई। टाइम्स ग्रुप के लिए काम करने वाले और क्रेस्ट के एक लेखन सहयोगी का कहना था कि अगर ऐसा नहीं किया जाता तो इस विशेष उत्पाद की ख़ूबसूरती ख़त्म हो जाती।

यह सप्लीमेंट काफ़ी सफल भी रहा। इसका प्रसार पाँच लाख प्रतियों तक पहुँच गया था। लेकिन प्रति कॉपी 20 रुपए लागत वाले उत्पाद की क़ीमत मात्र 5 रुपए तय किया जाना घाटे का सौदा साबित हुआ। नतीजतन, सर्कुलेशन घटाकर तीन लाख प्रतियाँ कर दिया गया। लेकिन क़ीमत कम ही रखी गई और विज्ञापन भी नियंत्रित सीमा में ही रहे। 'समीर जैन इसकी क़ीमत बढ़ाने के सख़्त ख़िलाफ़ हैं।' लेखक ने बताया, 'वे हमेशा कहते रहते हैं, "इसकी क़ीमत जितना संभव हो, कम रखो।"'

वे कहते हैं, 'क्रेस्ट एक तरह से यह देखने के लिए किया गया प्रयोग है कि एक उत्पाद सिर्फ़ अपनी गुणवत्ता और कंटेंट के भरोसे बिना विज्ञापन राजस्व के जीवित रह सकता है या नहीं। इस कोशिश के लिए ग्रुप की सराहना की जानी चाहिए। यह इतना आसान नहीं है। जहाँ तक त्रिशला जैन की बात है, तो वे कुछ समय तक ही इससे जुड़ी रहीं और उसके बाद उन्होंने कला के क्षेत्र में लौटने का फ़ैसला कर लिया।'

संतुलन वापस हासिल करने के लिए दूसरी कोशिश यह की गई कि सामाजिक मुद्दों पर ज़्यादा ध्यान दिया जाने लगा। अब कवरेज अधिक व्यापक होने लगा। समाचारों के कंटेंट और तरीक़े में बदलाव के अतिरिक्त संतुलन बरक़रार करने के लिए समूह की तरफ़ से तमाम तरह के सामाजिक अभियान चलाए जाने लगे।

यह ग्रुप द्वारा किया गया सचेतन प्रयास रहा है। उनका विचार यह है कि आधुनिक भारतीय युवा, सामाजिक रूप से सचेतन होने के साथ ख़ुद को रचनात्मक तरीक़े से व्यक्त करना चाहता हैं। वे अपने आस-पास के वातावरण को प्रभावित करने के लिए ठोस क़दम उठाना चाहते हैं। ऐसे में, वे सिर्फ़ कुछ पढ़ लेना भर नहीं चाहते, बल्कि मुद्दे की समीक्षा और इस पर बहस भी चाहते हैं। ऐसे में, समाचारों के कंटेंट में सामाजिक मुद्दों को शामिल करने के बजाय इन मुद्दों पर अभियान चलाकर इसके ज़रिये इन भावनाओं को एक दिशा देना बेहतर है। इसी सोच के साथ, ग्रुप सामाजिक अभियान के लिए एक प्रारूप तैयार करने में सक्षम रहा।

अपनी इसी सोच के तहत, ग्रुप ने सामाजिक अभियानों की ऐसी रूपरेखा तैयार की जिसमें आमतौर पर शहरी मध्यवर्ग की समझ के लगभग हर तरह के सामाजिक विषय शामिल किए जा सकें। इस प्रारूप के मुताबिक, चुने गए विषयों पर लेख, विचार और बहस आदि शामिल होते हैं। अभियान को अधिक प्रभावशाली बनाने के लिए अभियान से किसी सेलिब्रिटी को भी जोड़ा जाता है। ज़मीनी स्तर के

कार्यक्रमों के साथ अभियान पूरा होता है। ये कार्यक्रम ऐसे समय रखे जाते हैं ताकि शहरी मध्यवर्ग अपनी दिनचर्या में किसी तरह का फेरबदल किए बग़ैर इनमें शामिल हो सकता है। इन सबके साथ ही, सटीक स्थानीय कवरेज पर भी पूरा ज़ोर दिया जाता है, ख़ासतौर से अभियान से जुड़े और इससे लाभान्वित होने वाले लोगों के सरोकारों को ध्यान में रखा जाता है।

'टीच इंडिया कैंपेन' के तहत लोगों को अपने आस-पास शिक्षा के प्रसार के लिए प्रोत्साहित किया गया, तो 'लीडरशिप कैंपेन' के तहत राजनीति के लिए ईमानदार और योग्य प्रत्याशी चुनने का अभियान चलाया गया। फिर, भारत-पाकिस्तान के संबंधों में सुधार लाने के लिए एक अभियान चलाया गया। इन सभी अभियानों का मकसद शहरी मध्यवर्ग को ऐसा मंच प्रदान करना रहा है, जिसके ज़रिये समाज के प्रति वे भी अपनी ज़िम्मेदारी निभा सकें। इस प्रक्रिया में, ग्रुप अपनी बाज़ार केंद्रित गहरी अभिरुचि और सामाजिक संज्ञानता के बीच संतुलन बनाने में सक्षम रहा।

ग्रुप ने सशक्तिकरण का एक रोचक नज़रिया विकसित किया, जो नागरिक और उपभोक्ता दोनों को कवर करता है। इसके तहत, इसके समाचारपत्र किसी भी प्राधिकरण से भयभीत नहीं होते, चाहे वह सरकारी विभाग हो या कॉर्पोरेट घराना। नेता हो या नियम बनाने वाले, रिपोर्टिंग अथवा प्रकाशन में ये उनके महत्त्व को नहीं देखते। बल्कि, वे नागरिकों के नज़रिये से विकास संबंधी रिपोर्ट प्रकाशित करते हैं।

ग्रुप स्वयं को अपने लाभ के लिए किसी भी रूप में प्राधिकारी वर्ग और व्यवस्था में पकड़ बनाने के विपरीत सिविल सोसायटी के साथ संचार करने वाले के तौर पर देखता है। यह सिविल सोसायटी के प्रतिनिधि के तौर पर, ऐसे समाचार व जानकारियाँ लेकर आता है, जो उनके लिए उपयुक्त और मूल्यवान हों। यह व्यवस्था के ख़िलाफ़ न्यायसंगत लड़ाई में सिविल सोसायटी की तरफ़ से लाठी उठाने के लिए भी तत्पर रहता है। निंदक इसे ज़बर्दस्ती की दृढ़ता के तौर पर देखेंगे। लेकिन ग्रुप यह सब करने के लिए दृढ़प्रतिज्ञ है। यह सरकार, कॉर्पोरेट अथवा किसी भी प्राधिकरण से डरता नहीं है, और न ही किसी के प्रभाव में आता है।

इसका मतलब है कि समाचारों का चयन पाठकों के लिए उनकी उपयुक्तता के आधार पर किया जाता है। इसी तरह, यह रिपोर्टिंग और लेखन भी उसी तरीक़े से करता है, जो पाठकों के योग्य हो। अख़बार एक सशक्तिकारी शक्ति बनने के लिए कर्तव्यनिष्ठ है; एक स्फूर्तिदायक, उन्नतशील, जो अपने पाठकों को समझाने और उन्हें जोड़ने की जद्दोजहद करता है। सबसे महत्त्वपूर्ण, विस्तृत सूचनाएँ विविध दृष्टिकोण प्रस्तुत करती हैं, न कि सिर्फ़ संबंधित प्राधिकरणों अथवा राज्य के।

इसी तरह से, जहाँ तक नीतियों व व्यापार का संबंध है, ग्रुप के अख़बार स्वचलित ढंग से रिपोर्ट पेश नहीं करते हैं। बल्कि, वे उपभोक्ता के रूप में अपने

पाठकों के अनुकूल हो रहे विकास पर भी लगातार दृष्टि रखते हैं और जानकारी मुहैया कराते हैं। ऐसे में, वे 'चल मुद्रा में तंगी' और 'ब्याज दर में बढ़ोतरी' जैसी बातों को पकड़ने के बजाय, टाइम्स के अख़बार यह रिपोर्ट पेश करते हैं कि एक मध्यवर्गीय परिवार को हर महीने गृह ऋण पर कितना अधिक भुगतान करना होगा।

'सशक्तिकरण' के इस नज़रिये के लिए टाइम्स ग्रुप श्रेय पाने का हक़दार है। इसने निस्संदेह रूप से, भारतीय मीडिया के राजनीति, प्रशासनिक तंत्र और कॉर्पोरेट खिलाड़ियों को लेकर जुनून को ख़त्म करने का काम किया है। इसने अपनी रिपोर्ट पाठकों को ध्यान में रखकर पेश करने की कोशिश की है। यह उस परंपरागत तरीके के विपरीत है, जिसमें अख़बार शायद ही कभी पाठकों से बात करते थे अथवा उनके बारे में बेफ़िक्र वार्ता करते थे।

कई मामलों में, इसने मीडिया में अन्य लोगों को भी रास्ता दिखाया है। ये रूपरेखा में बदलाव और पाठकों की ज़रूरतों को लेकर अधिक उदार, उन्हें साथ लेकर चलने और उनको लेकर संवेदनशील हुए हैं। इस नज़रिए के साथ बने रहना आसान नहीं है। यह ऐसी स्थिति भी उत्पन्न कर सकता है, जहाँ मीडिया गंभीर मुद्दों को महत्त्वहीन अथवा कुछ ज़्यादा सरल बना सकता है। लेकिन सामान्यतः इसमें पाठकों का लाभ है।

कंटेंट संबंधी नवाचार के अलावा, ग्रुप ने विज्ञापनदाताओं को अधिक महत्त्व देने के लिए 'टूल्स' भी बनाए हैं। जैसा कि पहले भी चर्चा की जा चुकी है, अतीत में इस तरह की पहल को लेकर काफ़ी विवाद भी होता रहा था। इनमें से एक था मीडियानेट, जो कि नियत शुल्क के बदले विज्ञापनदाताओं को इसकी छूट देता है कि वे संपादकीय कॉलमों का इस्तेमाल कर अपने उत्पाद और ब्रांड के बारे में जानकारी देने और 'संप्रेषण' के लिए पाठकों से रूबरू हो सकते हैं। पाठकों के लिए यह फ़र्क़ कर पाना मुश्किल है कि यह जगह बिकी हुई है और ज़ाहिर है, ऐसे में यही संदेश जाता है कि प्रकाशित लेख पत्रकार के अपने व्यक्तिगत विचार हैं।

अख़बार में छपने वाले संपादकीय लेखों को परंपरागत रूप से कंपनियों द्वारा छपवाए गए विशुद्ध विज्ञापनों से कहीं अधिक विश्वसनीय माना जाता है। यह माना जाता है कि विज्ञापन, जो कि कंपनियों द्वारा भुगतान किया हुआ संप्रेषण है, वह एकतरफ़ा हो सकता है, लेकिन इसके विपरीत संपादकीय लेख एक स्वतंत्र और निष्पक्ष विचार होता है। पत्रकार ने इसकी रिपोर्टिंग के दौरान इसे पूरी तरह संतुलित और न्यायसंगत बनाए रखने के उपाय किए होंगे। संचार के इन दोनों तरीकों में यह अंतर हमेशा से अटल रहा है।

मीडियानेट के ज़रिये टाइम्स ग्रुप ने इस अंतर को धुँधला कर दिया। इसने विज्ञापनदाताओं के संप्रेषण को ठीक उसी तरह प्रस्तुत करने का मौक़ा दिया जैसे कि एक पत्रकार का लेख प्रकाशित होता है। इन दोनों के बीच मामूली सा फ़र्क़ होता है। वास्तव में, ग्रुप ने एक टीम रखी है जो विज्ञापनदाताओं को उनके संदेश समान रूपरेखा में प्रस्तुत करने और पत्रकार की रिपोर्ट अथवा फ़ीचर लेख की तरह प्रकाशित करने में मदद करती है। अपनी सूक्ष्मता और किसी 'प्रमाणिक' व निष्पक्ष रिपोर्ट के क़रीबी सादृश्यता की वजह से इसे पहचानना और भी कठिन हो जाता है। जहाँ यह विज्ञापनदाता को अधिक सार्थकता प्रदान करता है, वहीं पाठकों के उस भरोसे से भी धोखेबाज़ी है, जो इस अख़बार के समाचार कंटेंट को लेकर उनके मन में है।

ग्रुप इसे काफ़ी आगे बढ़ा चुका है। यह क़दम वास्तव में पीड़ानाशक नहीं रहा है। मीडियानेट को लेकर उठा विवाद न सिर्फ़ प्रतिद्वंद्वी अख़बारों तक फैला बल्कि ग्रुप के भीतर भी इसकी आलोचना हुई। ग्रुप में यह विचार काफ़ी सशक्त ढंग से उठाया गया कि अख़बार समाचार और विज्ञापन को इस हद तक नहीं मिला सकता है कि दोनों एक-दूसरे के पर्यायवाची बन जाएँ। माना कि इसे अपना व्यावसायिक लक्ष्य हासिल करना है, लेकिन साथ ही यह भी ज़रूरी है कि समाचारों की गरिमा भी बरक़रार रहे। इसके अतिरिक्त, भुगतान वाले कंटेंट को समाचार की तरह प्रस्तुत करना अनैतिक है, यहाँ तक कि यह पाठक के अंतर्निहित भरोसे के साथ धोखा भी है। यह भी सुझाव दिया गया कि इस एक मुद्‍दे पर प्रदीप गुहा को ग्रुप छोड़ देना चाहिए।

मीडियानेट को उचित ठहराने के लिए ग्रुप के पास अपना नज़रिया है। पहली दलील है, विज्ञापनदाताओं को दी जाने वाली यह सुविधा अख़बार के कुछ हिस्से तक ही सीमित है, ख़ासतौर से जीवनशैली संबंधी पुलआउट तक। रवि धारीवाल, जो तब बी.सी.सी.एल. के कार्यकारी निदेशक थे, ने *टाइम्स ऑफ़ इंडिया* में एक संपादकीय लेख में कहा कि मीडियानेट का उद्‍देश्य अख़बार के जीवनशैली संबंधी सप्लीमेंट में दिए जाने वाले दोहरे-अर्थ वाले कंटेंट की सचाई से पर्दा उठाना है। उन्होंने दलील दी कि एडवरटोरियल यानी विज्ञापन संबंधी लेख और प्रायोजित फ़ीचर कंटेंट का वैध हिस्सा हैं, अगर वे पूरे खुलासे के साथ आते हैं। उन्होंने उल्लेख किया कि ऐसे लेखों की विशेषज्ञों द्वारा परिशुद्ध, संरचनात्मक और गंभीर जाँच की जाती है और ऐसे सभी लेखों को सप्लीमेंट में जगह पाने से पहले लिटमस जाँच से गुज़रना पड़ता है। उन्होंने कहा, जाँच में जिस स्टोरी को सही नहीं पाया जाता है उसे फ़ौरन काट दिया जाता है।[2] *देल्ही टाइम्स* में आजकल अपने प्रथम पृष्ठ के मास्टहेड के नीचे एक स्पष्टीकरण छपा होता है कि यह एक एडवरटोरियल, मनोरंजन और विज्ञापन संबंधी फ़ीचर है।

रवि धारीवाल ने इस संबंध में भी आश्वस्त किया कि न सिर्फ़ सभी लेखों को मीडियानेट के जरिए आकलित किया जाता है, बल्कि इसे कठोर संपादकीय फ़िल्टर से भी गुज़रना पड़ता है, जो कि टाइम्स ग्रुप की दृढ़ वचनबद्धता है। तो अगर *टाइम्स ऑफ़ इंडिया* के लाइफ़स्टाइल अथवा सिटी सप्लीमेंट के संपादक को ऐसा महसूस होता है कि संबंधित विज्ञापन प्रकाशित किए जाने के योग्य नहीं है, तो उसे अख़बार से हटा दिया जाता है।

लेकिन ऐसा नहीं कि सभी कंपनियाँ या ब्रांड के लिए इन कॉलमों में जगह ख़रीदकर इस तरीके से विज्ञापन दे पाना मुमकिन है। किस ब्रांड को इस तरह के विज्ञापन की अनुमति दी जाएगी, इस बात को लेकर भी ग्रुप सोच-समझकर फ़ैसला लेता है। ब्रांड अख़बार की समस्त रूपरेखा और मूल्यों से इतर नहीं हो सकता। यह पूरी तरह से एक लाइफ़स्टाइल अथवा 'अपमार्केट' ब्रांड होना चाहिए।

मीडियानेट को लेकर एक प्रचंड बहस शुरू हो गई थी। इसकी शुरुआत अरुण पुरी द्वारा *इंडिया टुडे*[3] में उनके कॉलम 'फ़्रॉम द एडिटर-इन-चीफ़' में छपे लेख से हुई, जिसमें उन्होंने लिखा था कि आप खुद को *टाइम्स ऑफ़ इंडिया* के संपादकीय कॉलम में प्रकाशित कराने के लिए क़ीमत अदा कर सकते हैं। *हिन्दुस्तान टाइम्स* ने इस मुद्दे पर फ़रवरी 2003 में एक सीरीज़ 'द स्टेट ऑफ़ द मीडिया डिबेट' चलाई, जिसमें कई बड़े पत्रकारों के लेख प्रकाशित किए गए।

हिन्दुस्तान टाइम्स में लिखते हुए, टी.एन. नायनन ने (जो उस समय बिज़नेस स्टैंडर्ड के संपादक थे) उल्लेख किया : 'बेनेट, कोलमैन एंड कंपनी ने एक सबसे बड़े प्रकाशक (*टाइम्स ऑफ़ इंडिया* और अन्य शीर्षकों की) के तौर पर अधिक से अधिक लाभ को अधिकतम करने के लिए एक आक्रामक प्रणाली का चयन किया है।'[4] उन्होंने यह भी उल्लेख किया : 'लोग इसलिए प्रकाशन के लिए आते हैं क्योंकि उनके मन में समाचार और पाठकों के लिए कुछ सम्मान होता है। अगर ऐसा नहीं होता तो शायद वे भी किसी साबुन की तरह ही बिक रहे होते। आजकल अख़बारों के साथ समस्या यह है कि प्रकाशक इस अंतर को देखते ही नहीं।'[5]

हिन्दुस्तान टाइम्स के पूर्व संपादक वीर संघवी इस मामले में *टाइम्स ऑफ़ इंडिया* पर सीधे हमला करने से बचते हैं। वे पेड न्यूज़ के संबंध में एक 'बड़ी मीडिया बहस' के संदर्भ में बात करने को प्राथमिकता देते हैं।

एच.टी. के रविवार के अंक में अपने कॉलम में संघवी अचरज प्रकट करते हैं, 'क्यों कुछ भारतीय अख़बार अपना संपादकीय स्थान बेचने को लालायित हैं? क्यों वे अपने पाठकों को इस भुलावे में रखना चाहते हैं कि वे लेख भी जिनके लिए भुगतान किया गया है, समाचारों जितने ही विश्वसनीय हैं... जो लोग अपने समाचारों के पृष्ठ बेच रहे हैं, वे देश के कुछ सबसे ज़्यादा लाभप्रद अख़बार चला रहे हैं।'[6]

टाइम्स ऑफ़ इंडिया ने अपने कॉलम में अपना बचाव किया। इसने इस स्तर तक कहा कि किस तरह से यह हमेशा नवाचार का अगुवा रहा है तथा कैसे इसके प्रतिद्वंद्वी 'नवाचारी विचारों के दिवालियेपन से ग्रस्त हैं' और यही वजह है कि उन्होंने 'कटुतापूर्ण आक्षेप' शुरू कर दिया है।

लेकिन इससे भी अधिक, ग्रुप द्वारा जो मुख्य जवाबी-दलील आगे बढ़ाई गई, वह यह कि ज़्यादातर संपादकीय लेख भी कॉर्पोरेट विज्ञप्तियों से प्रभावित होते हैं। कॉर्पोरेट, अथवा उनकी एजेंसियाँ संपादकीय टीम को अपना संदेश रिपोर्ट और लेखों के बीच में प्रस्तुत करने के लिए प्रभाव में लेने में सक्षम हैं, अब त्रिपक्षीय स्वतंत्र विचार नहीं रखे जाते हैं। इसे ग्रुप की दलील में कम-ख़र्च वाला मुख्तारी विज्ञापन क़रार दिया गया, जिसमें लाभ उन बिचौलियों (जैसे जनसंपर्क एजेंसियों) को जाता है, जो इसे सक्षम बनाने के लिए कॉर्पोरेट कंपनियों से बड़ी मात्रा में क़ीमत वसूलती हैं। इसे कॉर्पोरेट के बजाय एक तृतीय पक्ष के माध्यम से कार्यान्वित किया जाता है। वे समाचारपत्र को सीधे संपर्क कर सकते हैं और इसे उतनी ही अथवा उससे कम क़ीमत में अधिक व्यावसायिक तरीके से अंजाम दे सकते हैं।

स्वर्गीय सबीना सहगल सैकिया ने *टाइम्स ऑफ़ इंडिया* के एक संपादकीय लेख में दलील दी कि मीडियानेट ने सप्लीमेंट में लेख प्रस्तुत करने के अभ्यास पर कुठाराघात नहीं किया है। बल्कि इसने सूचनाओं के आदान-प्रदान की प्रक्रिया को पारदर्शी बनाया है। वे मानती थीं कि यह पत्रकारिता में चाटुकारिता या गुणगान की प्रवृत्ति को ख़त्म करेगा और प्रतिदान के लिए जगह नहीं छोड़ेगा। उन्होंने उल्लेख किया था कि समाचारपत्र के कॉलमों की जगह व्यक्तिगत व्यापार अथवा क्षुद्र लाभ के लिए नहीं होती। सभी लेख चयन की एक निश्चित प्रक्रिया से गुज़रते हैं, और ये तथ्य को लेकर मुक्त होते हैं कि ये प्रायोजित हैं।[7]

बचाव में ग्रुप की जो भी दलील रही हो, तथ्य तो यही है कि मीडियानेट के साथ, समाचार परिशिष्टों का एक हिस्सा बिकाऊ है। कोई भी, जो अपने साथ अपेक्षित धन लेकर आए और कुछ योग्यताएँ पूरी करता हो, खुद को अख़बार में छपवा सकता है। ऐसे में, यह विवाह अथवा जन्मदिन समारोहों के लिए भी असामान्य नहीं है, जिसने नए-नए बने रईसों अथवा सतही तौर पर 'रसूख़दार' लोगों के लिए भी, बिना किसी मेहनत के अख़बार के संपादकीय कॉलम में प्रकाशित हो पाना संभव बना दिया है। इसी तरह से उत्पाद और सेवाएँ भी विज्ञापन हेतु उपयुक्त जगह प्राप्त कर सकती हैं और समाचार फ़ीचर या छोटे लेख के रूप में अपने लिए विज्ञापन दे सकती हैं।

फ़रवरी 2011 में, *द संडे टाइम्स,* लंदन[8] की रिपोर्टर (निकोला स्मिथ) द्वारा मीडियानेट को कॉल किए जाने की ख़बर मीडिया जगत में सुर्खियों में आ गई थी।

निकोला ने खुद को एक कंपनी की पी.आर. एजेंट बताकर कहा था कि वे दिल्ली के एक शॉपिंग मॉल में होने वाली पार्टी की रिपोर्ट प्रकाशित कराना चाहती हैं। इस पूरी कहानी को शीर्षक दिया गया, 'अनुकूल समाचार प्रस्तुत करने के लिए भारतीय मीडिया की नकदी की माँग।' रिपोर्ट के अनुसार, मीडियानेट के एक एक्ज़ीक्यूटिव ने निकोला को कहा था कि *देल्ही टाइम्स* में प्रथम पृष्ठ पर जगह पाने के लिए उन्हें 2,385 रुपए प्रति सेंटीमीटर और अंदर के पृष्ठों पर जगह पाने के लिए 1,413 रुपए प्रति सेंटीमीटर के हिसाब से भुगतान करना पड़ेगा। बताया गया कि एक्ज़ीक्यूटिव ने यह भी कहा था कि उनका लेख वास्तविक समाचार की तरह पेश किया जा सकता है, अगर इसमें एक सिलेब्रिटी का वक्तव्य भी शामिल हो। उनसे यह भी कहा गया था कि सिलेब्रिटी अतिरिक्त ख़र्च पर आयोजन में हिस्सा लेने के लिए उपलब्ध भी हो सकते हैं।

यह स्टोरी तब *द गार्ज़ियन* (द ग्रीनस्लेड ब्लॉग) ने अपने अख़बार में प्रकाशित की थी, जिसका शीर्षक था 'इंडियाज़ डॉज़ी पेड न्यूज़ फ़िनॉमेनन' (भारत में पेड ख़बरों का छलावा)।

मुझे 1972 में आई फ़्रॉसिस फ़ोर्ड कोपोला की फिल्म *द गॉडफ़ादर* की एक टिप्पणी याद आ गई, जिसमें वर्जिल सोलोज़ो से डॉन कॉर्लियन कहता है : 'इससे कोई फ़र्क़ नहीं पड़ता; एक व्यक्ति अपने जीवनयापन के लिए क्या करता है, इससे मुझे कोई फ़र्क़ नहीं पड़ता, तुम समझ रहे हो। लेकिन तुम्हारा धंधा थोड़ा ख़तरनाक है।'

विज्ञापनदाताओं को लाभ पहुँचाने के लिए जो एक अन्य विवादास्पद क़दम उठाया गया, वह था 'प्राइवेट ट्रीटी' का रास्ता। इसके तहत कंपनियाँ एक समझौता कर सकती हैं, जिसमें वे अपने विज्ञापन दे सकती हैं और बदले में उन्हें टाइम्स ग्रुप को अपने शेयर देने होंगे।

ग्रुप द्वारा यह पेशकश उन कंपनियों के लिए 'संपूर्ण समाधान' के तौर पर की गई, जो विज्ञापन देने के प्रति तटस्थ या फिर अनिच्छुक हों। इसे उन कंपनियों के लिए भी उपयुक्त बनाया गया, जिन्हें मीडिया का व्यावहारिक ज्ञान नहीं होता, लेकिन अपने ब्रांड को इक्विटी संबंधी मामलों में आगे बढ़ाने और कुछ स्तर तक फंड प्रस्तावों के लिए उन्हें मीडिया विवरण की ज़रूरत होती है। उन्हें यह सबकुछ टाइम्स ग्रुप से प्राप्त हो सकता है, और इसके बदले ग्रुप को सिर्फ़ अपनी कंपनी में थोड़ी सी हिस्सेदारी देनी होगी। इसके तहत 200 से अधिक कंपनियों ने समझौते पर हस्ताक्षर किए हैं।

निस्संदेह, ग्रुप यह निश्चयपूर्वक कहता है कि 'प्राइवेट ट्रीटी' सिर्फ़ विज्ञापन का बाज़ार बढ़ाने का एक ज़रिया हैं। जिन कंपनियों को नियमित रूप से विज्ञापन देने की ज़रूरत नहीं होती और विज्ञापन के लिए अलग से बजट रखने के लिए वे इच्छुक

नहीं होती हैं, वे इस व्यवस्था का लाभ उठाकर अपने ब्रांड को थोड़ा एक्सपोज़र यानी मीडिया का ध्यान हासिल कर सकती हैं। ये वे कंपनियाँ होती हैं, जो अग्रिम अदायगी करने में सक्षम नहीं होतीं, लेकिन लंबे समय की व्यवस्था के लिए ख़ुशी से तैयार हो जाती हैं। वैसे, टाइम्स ग्रुप 'प्राइवेट ट्रीटी' को नई श्रेणी के संभावित विज्ञापनदाताओं को खुद से जोड़ने का एक नवाचारी व्यवस्था बताता है। ग्रुप आगे इसे आत्मतुष्ट ढंग से यह कहते हुए उचित ठहराता है कि किसी भी मामले में प्रतिद्वंद्वी द्वारा की जाने वाली आलोचना से बराबरी की चेष्टा को तेज़ी मिलती है - यद्यपि वे इतने सफल नहीं हो सकते।

अब भी कई अनसुलझे सवाल बरक़रार है। निस्संदेह रूप से, ग्रुप यह दावा करता है कि वह 'पोस्टमॉर्टम' में यक़ीन नहीं रखता। नीति यह है कि हाथ में जो कार्य है, उसे देखो, बाहर निकलो और इसे जितने बेहतरीन ढंग से संभव हो, करो। ग्रुप के एक युवा ब्रांड मैनेजर[9] का कहना है, 'नवाचारी मशीन लगातार नए विचारों का उत्पादन पूरी विस्तृत श्रेणी में कर रही है। ज़मीनी स्तर पर उनका इस्तेमाल करो, कुछ में असफल होंगे, तो अन्य में सफल भी होंगे। हमें आगे बढ़ते रहना होगा।'

ग्रुप यह भी दावा करता है कि कॉर्पोरेट बुद्धिमत्ता के विपरीत चल रही प्रतिस्पर्धा पर वह बहुत ज़्यादा ध्यान नहीं देता है। इसका लक्ष्य साफ़ होता है कि *यह* क्या हासिल करना चाहता है, इस बात की परवाह किए बिना कि प्रतिस्पर्धी की योजनाएँ क्या हैं। वे उल्लेख करते हैं, 'दरअसल, हमारा मानना यह है कि कुछ प्रतिस्पर्धी अपनी उम्मीदों के अनुकूल प्रदर्शन कर पाने में इसलिए सफल नहीं रहे, क्योंकि उनका पूरा ध्यान हम पर केंद्रित रहा, न कि पाठक या विज्ञापनकर्ताओं पर।' वे कुछ नई रचना करने के बजाय दुश्मन को खत्म करने में अधिक दिलचस्पी लेते हैं।

इन दलीलों में कुछ हद तक सचाई हो सकती है और कोई भी ग्रुप के क़दमों की अद्‌भुत सफलता से प्रभावित हुए बिना नहीं रह सकता। और, इस सफलता का अधिकतम श्रेय ग्रुप के मूल मंत्र - प्रासंगिक और लाभप्रद रहें - को जाता है। इस मीडिया रथ को जो चीज़ें आगे बढ़ाए जा रही है, वह है इसकी बाज़ार को पढ़ने व उसे समझने की उत्सुकता और नए प्रयोगों के लिए तत्परता - सावधानी के साथ, मगर उत्तेजक तरीके से। इसके दृष्टिकोण, सिद्धांतों और भारतीय बाज़ार परिदृश्य में अप्रत्याशित व सशक्त पहलों को एक साथ देखें तो एक प्रतिकूलता महसूस हो सकती है। लेकिन एक ऐसा तथ्य है जिसे कभी दरकिनार नहीं किया जा सकता - वह यह कि इसने जिस क्षेत्र में भी क़दम रखा, उसके प्रत्येक अंश पर अपना प्रभाव छोड़ा। चाहे वह क़दम अच्छा था, बुरा था या फिर कोई बेहद दुस्साहसी क़दम ही क्यों न रहा हो।

नोट्स

प्रस्तावना

1 लोकप्रिय चलन के अनुरूप 'मीडिया' शब्द एकवचन संज्ञा के तौर पर इस्तेमाल हुआ है
2 टेलीकॉम रेग्युलेटरी अथॉरिटी ऑफ़ इंडिया (ट्राई) की अप्रैल 2012 में जारी तिमाही रिपोर्ट के मुताबिक, भारत में 825 से भी ज़्यादा प्राइवेट सैटेलाइट टेलीविज़न चैनल हैं जिन्हें भारतीय सूचना एवं प्रसारण मंत्रालय की अनुमति मिली हुई है
3 राजदीप सरदेसाई, 'इट्स नॉइज़, नॉट न्यूज़', *द हिन्दुस्तान टाइम्स*, 8 फ़रवरी 2013, पेज 12
4 द ऑफ़िस ऑफ़ द रजिस्ट्रार ऑफ़ न्यूज़पेपर्स इंडिया, प्रेस इन इंडिया 2011-12, 28 दिसंबर 2012। ऑफ़िशियल वेबसाइट rni.nic.in/ पर इसकी हाईलाइट्स उपलब्ध हैं।
5 पूर्वोक्त
6 पूर्वोक्त

बोरी बंदर की वृद्ध महिला

1 जे. नटराजन, *हिस्ट्री ऑफ़ इंडियन जर्नलिज़्म*, दिल्ली: पब्लिकेशंस डिवीज़न, सूचना एवं प्रसारण मंत्रालय, भारत सरकार, अगस्त 1955, पेज 5
2 पूर्वोक्त
3 पूर्वोक्त
4 रामकृष्ण डालमिया, *ए शॉर्ट स्केच ऑफ़ माई लाइफ़*, दिल्ली : सेल्फ़ पब्लिश्ड, 1973, पेज 173
5 पूर्वोक्त
6 तारीख़ का ज़िक्र रामकृष्ण डालमिया के एक बेटे गुण निधि डालमिया द्वारा उनसे बातचीत के दौरान किया गया था, दिल्ली : फ़रवरी 2003

7 रामकृष्ण डालमिया, *ए शॉर्ट स्केच ऑफ़ माई लाइफ,* पेज 173
8 पूर्वोक्त, पेज 174
9 रामकृष्ण डालमिया, *सम नोट्स एंड रीमिनिसेंसेज़,* दिल्ली: सेल्फ़ पब्लिश्ड, 1984 : सेकंड एडि. 1959, पेज 7
10 पूर्वोक्त, पेज 18
11 आलोक जैन का इंटरव्यू, भारतीय ज्ञानपीठ ऑफ़िस, दिल्ली, 15 जनवरी 2002
12 पूर्वोक्त
13 रामकृष्ण डालमिया, *ए शॉर्ट स्केच ऑफ़ माई लाइफ़...,* पेज 175
14 रमेश चंद्र जैन का इंटरव्यू, भारतीय ज्ञानपीठ ऑफ़िस, दिल्ली, 11 जुलाई 2002
सितंबर 2004 में उनकी मृत्यु हो गई
15 आर.पी. जैन का इंटरव्यू, कलकत्ता, 30 जुलाई 2002
16 संजय डालमिया का इंटरव्यू, दिल्ली, 28 अगस्त 2002 (उन्होंने मीडिया में *संडे* मेल में अपना हाथ आज़माने की कोशिश की)
17 रामकृष्ण डालमिया, *ए शॉर्ट स्केच ऑफ़ माई लाइफ़,* पेज 238
यद्यपि रामकृष्ण डालमिया बी.सी.सी.एल. के मालिकाना हक का हस्तांतरण अपने दामाद के हाथ में करने के ज़िक्र को लेकर दृढ़ थे, लेकिन परिवार में एक दुख का अंतरप्रवाह था, संभवतः इसलिए क्योंकि कंपनी नामी और पैसा कमाने वाले बिज़नेस में बदल गई थी। नीलिमा डालमिया आधार ने अपनी किताब में दुख प्रकट किया है। उन्होंने *द टाइम्स ऑफ़ इंडिया* से अपने पिता के निर्दयी विच्छेदन की बात कही है कि न्यूज़पेपर के 150वें साल के समारोह में उनके पिता के नाम तक का उल्लेख नहीं था। नीलिमा, डालमिया की छह पत्नियों से जन्मे 18 बच्चों में से एक हैं। *फ़ादर डियरेस्ट, द लाइफ़ एंड टाइम्स ऑफ़ आर.के. डालमिया,* नमिता गोखले एडिशंस, रोली बुक्स, दिल्ली 2003, पेज 140। टेलीफ़ोन पर हुई मेरी बातचीत के दौरान (18 मार्च 2013), नीलिमा डालमिया आधार ने कहा, 'जैन ने जो किया उससे मेरे पिता बेहद दुखी और नाराज़ थे। कंपनियाँ मौखिक गिरवी के आधार पर हस्तांतरित की गई थीं; उन्हें सुरक्षित संरक्षण के लिए सौंपी गई थीं, मगर उन्हें कभी वापस ही नहीं किया गया। यही नहीं, उन्होंने कहा था, "उन्हें *द टाइम्स ऑफ़ इंडिया* और स्वामी माधोपुर सीमेंट कंपनी को छोड़कर कुछ भी ले लेने दें।" हालाँकि वे मेरी सबसे बड़ी बहन (रमा जैन) के संपर्क में रहे, बाकी सब लोगों से उन्होंने सारे संबंध तोड़ लिए थे'
18 पूर्वोक्त
19 रामकृष्ण डालमिया, *सम नोट्स एंड रीमिनिसेंसेज़,* पेज 24
20 नीलिमा डालमिया आधार, *फ़ादर डियरेस्ट, द लाइफ़ एंड टाइम्स ऑफ़ आर.के. डालमिया,* पेज 139। उस वक्तव्य का स्रोत जानने की कोशिश के तहत जिसमें जवाहरलाल नेहरू को उत्तरदायी ठहराया गया था, मैंने नीलिमा डालमिया आधार से (18 मार्च 2013 को टेलीफ़ोन पर) इसका बैकग्राउंड देने के लिए कहा। तब उन्होंने कहा कि वक्तव्य परिवार के एक बेहद प्रसिद्ध व्यक्ति का था, हालाँकि यह कहीं भी रिकॉर्ड नहीं किया जा सका होगा (लिखित में)। *सेलेक्टेड वर्क्स ऑफ़ जवाहरलाल नेहरू* की एसोसिएट एडिटर गीता कुदेस्या का यह मानना है कि पंडित नेहरू के भाषण में इस तरह का लहजा स्वीकार्य

नहीं था। वे कहती हैं, 'वे इन सबसे ऊपर थे' (नेहरू मेमोरियल फ़ंड, नई दिल्ली में 20 मार्च 2003 को बातचीत हुई थी)

21 8 मार्च 1953 को तत्कालीन राजस्व एवं व्यय मंत्री महावीर त्यागी को पत्र में नेहरू ने लिखा था, 'भारत इंश्योरेंस कंपनी के पैसे का इस्तेमाल हो रहा है और इसका कई तरीक़े से डालमिया की अन्य कंपनियों को सहारा देने के लिए दुरुपयोग किया जा रहा है।' नेहरू ने त्यागी को इस मामले को 'जितनी जल्दी हो सके सुलझाने' के लिए कहा, ताकि इस पर कोई 'क़ानूनी राय ली जा सके।' *सेलेक्टेड वर्क्स ऑफ़ जवाहरलाल नेहरू* की दूसरी सीरीज़, वॉल्यूम 21 (1 जनवरी 1953-31 मार्च 1953) जवाहरलाल नेहरू मेमोरियल फ़ंड द्वारा प्रकाशित, पेज 372

22 भारत सरकार ने जाँच आयोग अधिनियम, 1952 के तहत, डालमिया-जैन कंपनी समूहों में कथित भ्रष्टाचार की जाँच के लिए आयोग गठित करने हेतु 11 दिसंबर 1956 को एक आदेश जारी किया। केंद्रीय वित्त मंत्रालय ने बॉम्बे हाई कोर्ट के न्यायाधीश एस.आर. तेंदुलकर को आयोग का अध्यक्ष नियुक्त किया। उनकी मृत्यु के बाद अगस्त 1958 में सुप्रीम कोर्ट के एक पूर्व न्यायाधीश विवियान बोस को आयोग के अध्यक्ष के तौर पर नियुक्त किया गया। आयोग ने अपनी जाँच रिपोर्ट 18 जून 1962 को सरकार को सौंपने से पहले पाँच वर्ष तक कार्य किया। विवियान बोस आयोग की रिपोर्ट 23 जनवरी 1963 को संसद में प्रस्तुत की गई थी

23 *द स्टैट्समैन*, 24 जनवरी 1963, पेज 1

24 पूर्वोक्त

25 पूर्वोक्त

26 पूर्वोक्त

27 पूर्वोक्त

28 पूर्वोक्त

29 पूर्वोक्त

30 पूर्वोक्त

31 पूर्वोक्त

32 संजय डालमिया का इंटरव्यू, नई दिल्ली, 28 अगस्त 2003

33 डॉ. राम तरनेजा का इंटरव्यू, द अशोक होटल, नई दिल्ली, जून 2001

34 आलोक जैन का इंटरव्यू, भारतीय ज्ञानपीठ, नई दिल्ली, 15 जनवरी 2002

35 *इंडिया डाउन द पेजेसः द टाइम्स ग्रुप* सिंस 1838, मुंबईः *द टाइम्स ग्रुप*, 2002, पेज 137

36 इंदर मल्होत्रा का इंटरव्यू, प्रेस एन्क्लेव स्थित उनके घर पर, नई दिल्ली, अक्टूबर 2001 में

37 बलजीत कपूर का इंटरव्यू, ऑब्ज़र्वर फ़ाउंडेशन, नई दिल्ली में, दिसंबर 2001 को

38 *रिपोर्ट ऑफ़ द सेकंड प्रेस कमीशन*, वॉल्यूम 2, परिशिष्ट 1-12, प्रेस काउंसिल ऑफ़ इंडिया, सूचना व प्रसारण मंत्रालय, 1982, पेज 369

39 रमेश चंद्र जैन का इंटरव्यू, नई दिल्ली, 11 जुलाई 2002

40 फ़िक्की - द फ़ेडरेशन ऑफ़ इंडियन चैंबर ऑफ़ कॉमर्स एंड इंडस्ट्री - 1986 में विखंडन। एसोचैम - द एसोसिएटेड चैंबर्स ऑफ़ कॉमर्स एंड इंडस्ट्री इन इंडिया - रीवाइटलाइज़्ड हुआ था, और सी.आई. आई. - कन्फ़ेडरेशन ऑफ़ इंडियन इंडस्ट्री - उभर कर आई थी

41 डॉ. संजय बारू का इंटरव्यू, नई दिल्ली, जून 2001
42 प्रीतीश नंदी का इंटरव्यू, नई दिल्ली, सितंबर 2001
43 डॉ. राम तरनेजा का इंटरव्यू, नई दिल्ली, जून 2001
44 स्वर्गीय शाम लाल से बातचीत, जुलाई 2001 में गुलमोहर पार्क, नई दिल्ली स्थित उनके आवास पर। फ़रवरी 2007 में उनकी मृत्यु हो गई
45 सुशील पंडित के साथ हुई एक मीटिंग पर आधारित, नई दिल्ली, जनवरी 2003 में

लोकतंत्र के चौथे स्तंभ पर वी.सी. की गहन दृष्टि

1 अखिलेश जैन का इंटरव्यू, नई दिल्ली, 24 जुलाई 2002 और 10 फ़रवरी 2005
2 अखिलेश ने स्पष्ट नहीं किया कि नाम कुकु अथवा कुकू है। दरअसल मैंने उनसे पूछा नहीं, क्योंकि मैं विचारों के प्रवाह को तोड़ना नहीं चाहती थी
3 शशांक रायज़ादा का टेलीफ़ोन पर लिया गया इंटरव्यू, नई दिल्ली, फ़रवरी 2005
4 बलजीत कपूर का इंटरव्यू, नई दिल्ली, दिसंबर 2001
5 विजय जिंदल का इंटरव्यू, मुंबई, दिसंबर 2001
6 *फ़ाइनैंशल क्रॉनिकल* के मैनेजिंग एडिटर प्रिय रंजन दाश का इंटरव्यू, नई दिल्ली, जनवरी 2013
7 गौतम अधिकारी के साथ बातचीत, द ओबरॉय, नई दिल्ली में, 6 फ़रवरी 2002 को
8 प्रदीप गुहा के साथ दो बार मीटिंग, ल मेरीडियन, नई दिल्ली, अगस्त 2011 में
9 एन.पी. सिंह से बातचीत, झंडेवालान, दिल्ली, जुलाई 2001 में
10 रमेश चंद्र जैन के साथ बातचीत, नई दिल्ली, 11 जुलाई 2001 में
11 रमेश चंद्रन के साथ बातचीत, वसंत विहार, नई दिल्ली, दिसंबर 2001 को
12 सतीश मेहता के साथ तीन बार बातचीत : एक बार टाइम्स हाउस, नई दिल्ली, और दो बार नीति बाग, दिल्ली स्थित उनके घर पर। सितंबर 2001, अगस्त 2002, नवंबर 2002 में
13 निकोलस कोलरिज़, *पेपर टाइगर्सः द लेटेस्ट, ग्रेटेस्ट न्यूज़पेपर टाइकूंस एंड हाउ दे वोन द वर्ल्ड*, न्यूयॉर्क : रैंडम हाउस, 2012, पेज 408
14 जुग सुरैया का इंटरव्यू, द टाइम्स हाउस, नई दिल्ली, जुलाई 2001

नई हुकूमत की तैयारी

1 देखें planningcommission.nic.in/aboutus/speech/spemsa/msa038.doc
2 टी.एन. नायनन के इंटरव्यू पर आधारित, नई दिल्ली, 7 फ़रवरी 2003
3 हिन्दू विकास की दर विकास की न्यूनतम दर को प्रकट करने का एक शब्द है - तक़रीबन तीन दशकों यानी 1950 से लेकर 1980 तक भारतीय अर्थव्यवस्था का औसतन दर 3.5 प्रतिशत रही। यानी 1991 के उदारीकरण से पहले यह भारतीयों में उपभोग की महत्वाकांक्षा में कमी और उस दौर में नियंत्रित अर्थव्यवस्था का भी एक लक्षण है। ऐसा माना जाता है कि इस शब्द की कल्पना सबसे पहले अर्थशास्त्री राज कृष्णा ने की

4 सुशील पंडित का इंटरव्यू, दिल्ली, जुलाई 2002
5 *इंडियन पोस्ट* की समृद्धि के दिनों में बी.सी.सी.एल. के अस्तबल से उठी कुछ उत्तेजना प्रमाण थी। इसकी लोकप्रियता शायद असहजता उत्पन्न कर रही थी। *द टाइम्स* ने *द इंडिपेंडेंट* नाम से एक अख़बार शुरू करने का फ़ैसला किया। यह विचार संभवतः *टी.ओ. आई.* के लिए रक्षक के तौर पर तैयार करने, एफ़.एम.सी.जी. एडवरटाइज़िंग के कुछ हिस्से के संकलन और बाज़ार में एक छोटा दाँव लगाने के लिए आया। इस नए उत्पाद को प्राथमिकता से पेश किया गया और आक्रामकता से बॉम्बे के बाज़ार में सितंबर 1989 में आगे बढ़ाया गया। (एक महीने के भीतर ही, इसकी बिक्री बढ़कर 10,000 प्रतियों तक पहुँच गई ओर दो महीने बाद यह संख्या 20,000 तक पहुँच गई)। हालाँकि इसकी बिक्री बढ़ाना उद्देश्य नहीं था, बल्कि उन प्रतियोगियों के साथ प्रतिस्पर्धा में शामिल होना था जिनका बिक्री 25,000 प्रतियों तक थी। देखें, सतीश मेहता, *मार्केटिंग टु विन : डिज़ाइन एंड कैंपेन टु अचीव मार्केट डॉमिनेंस* दिल्ली : पियर्सन, 2012
6 गौतम अधिकारी के साथ मीटिंग पर आधारित, नई दिल्ली, 6 फ़रवरी 2002
7 दिलीप पडगाँवकर के साथ उनके डिफ़ेंस कॉलोनी, नई दिल्ली स्थित निवास पर बैठक, 2 फ़रवरी 2003
8 बशाब सरकार के साथ मीटिंग (तब वे *ओ. एंड एम.* के साथ थे) उनके ओखला, दिल्ली स्थित ऑफ़िस में, अक्टूबर 2001 में
9 बलजीत कपूर के साथ मीटिंग, ऑब्ज़र्वर फ़ाउंडेशन, नई दिल्ली में दिसंबर 2001 में
10 एन.पी. सिंह के साथ मीटिंग, नई दिल्ली, मई 2002 में

स्टॉप प्रेस! रेफ़लॉन्ग!

1 सर आर्थर कॉनन डायल, *द हाउंड ऑफ़ द बास्केरविलस,* लंदन : जॉर्ज न्यूंस लिमिटेड, 1901, पेज 7
2 बाल गंगाधर तिलक ने *केसरी* और *मराठा* प्रकाशित किए। बिपिन चंद्र पाल ने *वंदे मातरम* की स्थापना की, जवाहरलाल नेहरू ने द *नैशनल हेराल्ड* स्थापित किया, महात्मा गाँधी ने *यंग इंडिया* एवं *हरिजन* का प्रकाशन किया
3 रुडयार्ड किपलिंग, 'द प्रेस', इन '*ए डाइवर्सिटी ऑफ़ क्रिएचर्स*' पहली बार 1917 में प्रकाशित,http://ebooks.adelaide.edu.au/k/kipling/rudyard/diversity/chapter12.html, 15 मार्च 2013 को एक्सेस किया
4 सुनील जैन के साथ मीटिंग, दिल्ली, मार्च 2002
5 इंदर मल्होत्रा के साथ मीटिंग, नई दिल्ली, 11 फ़रवरी 2003
6 *संडे* मैग्ज़ीन, 6-12 अप्रैल 1986, पेज 18
7 समीर जैन रुपर्ट मर्डोक से कई बार लंदन में मिले थे, 1990 में
8 बची करकरिया के इंटरव्यू पर आधारित, मुंबई, दिसंबर 2001 में
9 स्वर्गीय के. एल. नंदन के साथ बातचीत पर आधारित, नई दिल्ली, मार्च 2005
10 अब्राहम माइकल रोसेंथल 1977 से 1988 तक *द न्यूयॉर्क टाइम्स* के कार्यकारी संपादक थे। उन्हें अंतरराष्ट्रीय रिपोर्टिंग के लिए 1960 में पुलित्ज़र पुरस्कार मिला और वे

एन. वाई. टी. के साथ 1943 से 1999 तक यानी 56 वर्षों तक जुड़े रहे

11 एच.के. दुआ का इंटरव्यू, नई दिल्ली, जून 2001 में। दुआ 1998 में यह शिकायत लेकर प्रेस काउंसिल ऑफ़ इंडिया में गए थे कि उन्हें *टी.ओ.आई.* के संपादकीय सलाहकार पद से 'ग़लत तरीके से हटाया' गया क्योंकि उन्होंने 'बी.सी.सी.एल. के चेयरमैन अशोक जैन की उस माँग को अस्वीकार कर दिया था जिसमें उन्होंने कथित फ़ेरा मामलों से निबटने के लिए राजनीतिक लॉबिइंग और सकारात्मक लेखन के जरिए अपने पक्ष में जनमत तैयार करने की सहायता माँगी थी।'

5 अगस्त 1998 को प्रेस काउंसिल ने *द टाइम्स ऑफ़ इंडिया* के "प्रवर्तन निदेशालय के ख़िलाफ़ उसकी क़ानूनी ज़िम्मेदारियों से भटकाने की मंशा के साथ चलाए जा रहे अभियान पर प्रतिबंध लगा दिया।"... उस समय प्रेस इंस्टीट्यूट ऑफ़ इंडिया के डायरेक्टर रहे स्वर्गीय अजीत भट्टाचार्जी के अनुसार। *देखें फ़्रंटलाइन*, 29 अगस्त-11 सितंबर 1998 (भट्टाचार्जी 1971 से 1975 के बीच *टी.ओ.आई.* बॉम्बे के स्थानीय संपादक रहे थे। वे *हिन्दुस्तान टाइम्स* और द *इंडियन एक्सप्रेस* के एडिटर भी रहे। अप्रैल 2011 में उनकी मृत्यु हो गई)

12 सुनील जैन के साथ मीटिंग पर आधारित, दिल्ली, मार्च 2002

13 जैसा इंदर मल्होत्रा ने कहा था

14 गौतम अधिकारी के साथ बातचीत पर आधारित, नई दिल्ली, 6 फ़रवरी 2002

15 विनीता दावरा नाँगिया के साथ मीटिंग पर आधारित, दिल्ली, अगस्त 2001 (उस दौरान वह *हिन्दुस्तान टाइम्स* में थीं)

16 चंदन मित्रा के इंटरव्यू पर आधारित, *द पायनियर* ऑफ़िस, नई दिल्ली, नवंबर 2001

17 मैकमेनस, जॉन एच., *मार्केट-ड्राइवन जर्नलिज़्मः लेट द सिटिज़न बीवेयर*, थाउज़ेंड ओक्स, कैलिफ़ोर्नियाः सेज पब्लिकेशन, 1994, पेज 3

18 प्रदीप गुहा के साथ दो बार हुई मीटिंग पर आधारित, ल मेरीडियन, दिल्ली, अगस्त 2011 में

19 दिलीप पडगाँवकर के साथ उनके डिफेंस कॉलोनी, नई दिल्ली स्थित निवास पर दो बार हुई मीटिंग पर आधारित, जुलाई 2002 और फ़रवरी 2003

20 *संडे* मैग्ज़ीन, 6-12 अप्रैल 1986 (आनंद बाज़ार ग्रुप का एक प्रकाशन, जो अब मृतप्रायः है)

21 एन.पी. सिंह से उनके झंडेवालान, दिल्ली स्थित ऑफ़िस में मुलाक़ात, जुलाई 2001 में

22 दिलीप पडगाँवकर के साथ मीटिंग, दिल्ली, जुलाई 2002

23 रिक्रूटमेंट आधारित फ़र्म ए. बी.सी. कंसल्टेंट्स के कार्यकारी अध्यक्ष डॉ. बी.पी. अग्रवाल। फ़र्म का हेडक्वार्टर दिल्ली में है और इसकी स्थापना 1969 में हुई थी

24 सतीश मेहता से बातचीत पर आधारित, उनके नीति बाग, नई दिल्ली स्थित घर पर, अगस्त 2002 में

25 खुशवंत सिंह ने बी.सी.सी.एल. प्रकाशन की समीक्षा लिखी थी-*इंडिया डाउन द पेजेस*। देखें, http://www.outlookindia.com/article.aspx?220785. जब मैं सुजान सिंह पार्क, नई दिल्ली स्थित उनके निवास पर 2001 में उनसे मिली, तब उन्होंने कहा था, 'भारत में दो सबसे अपठनीय अख़बार हैं *द टाइम्स ऑफ़ इंडिया* और द *हिन्दुस्तान टाइम्स*।'

26 *संडे* मैग्ज़ीन, कवर स्टोरी, 'द पेपर चेज़', 27 मार्च-2 अप्रैल, 1994, पेज 36

27 पूर्वोक्त, पेज 35

28 दिलीप पडगाँवकर से उनके नई दिल्ली स्थित निवास पर हुई बातचीत पर आधारित, जुलाई 2002
29 1980 के दशक के शुरुआती दिनों में बिल्डिंग को नुक़सान पहुँचाए बग़ैर कर्मचारियों को हटाए जाने पर वेल्च को 'न्यूट्रॉन जैक' की उपाधि दी गई
30 रजनीश रिखी के साथ टाइम्स हाउस, नई दिल्ली में, 23 अक्टूबर 2002 को हुई मुलाक़ात पर आधारित
31 विजय जिंदल के साथ हुई बातचीत पर आधारित, मुंबई, दिसंबर 2001
32 वी.के. गंभीर से बातचीत पर आधारित, दिल्ली, 2 मार्च 2005
33 प्रीतीश नंदी के साथ बातचीत, नई दिल्ली, सितंबर 2001
34 विमला पाटिल से बातचीत, बॉम्बे, दिसंबर 2001

मूल्य का गणित

1 विलियम शॉक्रॉस, *मर्डोक*, न्यूयॉर्क : सिमोन एंड शुस्टर, 1992, पेज 192
2 बैगडिकियन, बेन हेग, *द मीडिया मोनोपॉली*, बोस्टन : बीकॉन प्रेस, 1983, जॉन एच. मैक्मैनस, *मार्केट - ड्राइवन जर्नलिज़्म : लेट द सिटीजन बीवेयर*, में उल्लिखित, थाउज़ेंड ओक्स, कैलिफ़ोर्नियाः सेज पब्लिकेशन, 1994, पेज 20
3 http://thinkexist.com/quotation/if-you-make-a- product-good-enough-even-though-you/397118.html 97118.html 9 मार्च 2013 को देखा
4 बी.सी.सी.एल. के एक पूर्व कार्यकारी निदेशक और अध्यक्ष प्रदीप गुहा के साथ दो मुलाक़ातों पर आधारित, दिल्ली, अगस्त 2011
5 विजय जिंदल से हुई बातचीत पर आधारित, मुंबई, दिसंबर 2001
6 विभा देसाई के साथ एक इंटरव्यू पर आधारित, दिल्ली, जुलाई 2001
7 रजनीश रिखी के साथ मीटिंग, नई दिल्ली, जनवरी 2002
8 बशाब सरकार का इंटरव्यू, दिल्ली, अक्टूबर 2001
9 नटरंजन बोहिदार के साथ मीटिंग, दिल्ली, अगस्त 2002
10 सतीश मेहता के साथ मीटिंग, नई दिल्ली, सितंबर 2001
11 रजनीश रिखी का इंटरव्यू, नई दिल्ली, जनवरी 2002
12 पूर्वोक्त
13 बी.सी.सी.एल. के एक पूर्व विज्ञापन निदेशक एन.पी. सिंह के साथ मीटिंग, नई दिल्ली, जुलाई 2001
14 विभा देसाई के साथ मीटिंग, दिल्ली, जुलाई 2001

लाइट्स! कैमरा! ऐक्शन!

1 http://www.schipul.com/quotes/881 9 मार्च 2013 को देखा गया
2 प्रदीप गुहा के साथ दो बार बातचीत पर आधारित, नई दिल्ली, अगस्त 2011
3 बची करकरिया, बिहाइंड *द टाइम्स*, दिल्लीः बी.सी.सी.एल., 2010, पेज 259

4 http://education.howthemarketworks.com/quote-about-finance/your-premium-brand-had-better-be-delivering-something-special 9 मार्च 2013 को देखा
5 *द टाइम्स* ऑफ़ आइडियाज़, दिल्लीः बी.सी.सी.एल. द्वारा प्रकाशित, 2007, पेज 25
6 http://thinkexist.com/quotation/an_investment_in_knowledge_always_pays_the_best/161325.html 9 मार्च 2013 को देखा गया

पिंक पैंथर

1 अजीत नायनन के साथ दो मीटिंग पर आधारित, नई दिल्ली, अप्रैल 2002 और फ़रवरी 2003
2 प्रिय रंजन दाश से बातचीत पर आधारित, दिल्ली, जनवरी 2013
3 पारन बालाकृष्णन के साथ मीटिंग, नई दिल्ली, 15 जुलाई 2002
4 समाचारपत्र जो पहले *बिज़नेस एंड पॉलिटिकल ऑब्ज़र्वर* कहा जाता था, और फिर *द ऑब्ज़र्वर ऑफ़ बिज़नेस एंड पॉलिटिक्स*
5 पारन बालाकृष्णन का इंटरव्यू, नई दिल्ली, 15 जुलाई 2002

दिल्ली...अब!

1 'ऐड वार्स कॉन्ट्ररी टु गुड टैस्ट *'पी.सी.आई. समीक्षा,* प्रेस काउंसिल ऑफ़ इंडिया, वॉल्यूम 10, जनवरी 1989, नं. 1, दिल्ली, 1989, पेज 77
2 विनीता दावरा नाँगिया के साथ मीटिंग पर आधारित, नई दिल्ली, अगस्त 2001
3 मन्निका चोपड़ा के साथ एक बातचीत, नई दिल्ली, जनवरी 2002
4 मधु सूरी का इंटरव्यू, नई दिल्ली, दिसंबर 2012
5 उमेश आनंद के साथ मुलाक़ात, नई दिल्ली, अगस्त 2001
6 ए.एन. सेन के इंटरव्यू पर आधारित, नई दिल्ली, जुलाई 2001
7 मैथ्यू एंजल, *टिकल द पब्लिकः वन हंड्रेड ईयर्स ऑफ़ द पॉपुलर प्रेस,* लंदन : ओरियन 1996 ; एंजल पहले *द गार्जियन* में थे
8 सुशील पंडित के साथ एक बातचीत पर आधारित, नई दिल्ली, अक्टूबर 2001
9 बची करकरिया के एक इंटरव्यू पर आधारित, बॉम्बे, दिसंबर 2001
10 नरेश मोहन का इंटरव्यू, नई दिल्ली, जुलाई 2001(तब वे यू.एन.आई. के चेयरमैन थे)
11 डॉ. एन. चंद्र मोहन के साथ बातचीत पर आधारित, दिल्ली, अगस्त 2001

उपसंहार

1 40 गुणा 55 सेंटीमीटर अथवा 16 गुणा 22 इंच के माप की एक ब्रॉडशीट जो टैब्लॉइड के लगभग दोगुने आकार की है
2 रवि धारीवाल, 'मच एडू अबाउट मीडियानेट', *द टाइम्स ऑफ़ इंडिया,* 15 फ़रवरी 2003, पेज 14

3 अरुण पुरी, अपने कॉलम 'फ़्रॉम द एडिटर-इन-चीफ़,' *इंडिया टुडे* में। 27 जनवरी 2003 में लिखा गया : 'आजकल कुछ पी.आर. एजेंसियाँ हैं, जो "इवेंट मैनेजमेंट" की शाम *द टाइम्स ऑफ़ इंडिया* के पेज 3 पर फ़ोटोग्राफ़ और आर्टिकल छपवाने के लिए फ़ीस देती हैं'

4 टी.एन. नायनन, 'हाउ एडवरटाइज़िंग बिकेम न्यूज़। आइडेंटिटी क्राइसिस', *हिन्दुस्तान टाइम्स,* 19 फ़रवरी 2003, पेज 16

5 ————, 'ऑल द न्यूज़ स्पेस दैट्स फिट टु सेल', *हिन्दुस्तान टाइम्स,* 20 फ़रवरी 2003, पेज 18

6 वीर संघवी, 'द स्टेट ऑफ़ द मीडिया डिबेट', *संडे हिन्दुस्तान टाइम्स,* 16 फ़रवरी 2003, पेज 14

7 सबीना सहगल सैकिया, 'कंपीट, डोंट कार्प... कॉपीकैट्स शुडंट प्वॉइंट फ़िंगर्स,' *द टाइम्स ऑफ़ इंडिया,* 25 फ़रवरी 2003, पेज 16

8 द *संडे टाइम्स* में एक स्टोरी, यह आर्टिकल सौरव बर्मन ने द हूट (ऑनलाइन) में भी 21 फ़रवरी 2011 को लिया। देखें http://www.thehoot. org/web/home/story.php?storyid=5135&pg=1&mod=1&sectionId=19 । द *संडे टाइम्स* का मूल लेख देखने के लिए, देखें, http://www.thesundaytimes.co.uk/sto/news/world_news/Asia/article555434.ece द *गार्ज़ियन* में कमेंट्स पढ़ने के लिए, देखें http://www.guardian.co.uk/media/greenslade/2011/feb/20/press-freedom-india

9 2010 के अंत में मैंने किताब की पांडुलिपि, मि. समीर जैन के नाम टाइम्स हाउस भेजी थी। सीनियर मैनेजर (कॉर्पोरेट स्ट्रैटेजी एवं ब्रांड इनिशिएटिव) रोहित खन्ना ने कॉल किया और पूछा कि क्या मैं कुछ अन्य चीज़ों पर बात करने के लिए आना चाहती हूँ। इसके बाद एक्ज़ीक्यूटिव प्रेसिडेंट (ब्रांड्स) मिस्टर राहुल कंसल के साथ एक मीटिंग हुई, जिसमें एक अन्य व्यक्ति ने अपने डिपार्टमेंट के तीन प्रबंधकों सहित हिस्सा लिया-खन्ना; चीफ़ मैनेजर (टी.ओ.आई. ब्रांड), प्रियांक माथुर; और मैनेजर (टी.ओ.आई. ब्रांड) राकेश देवल। ये लोग बेहद स्पष्ट तथा शालीन थे, और उन्होंने सभी सवालों के जवाब दिए

आभार

'तस्मादसक्तः सततं, कार्यं कर्म समाचर,
आसक्तो ह्याचरन्कर्म, परमाप्नोति पुरुषः।'

'तुम अनासक्त होकर और अबाध्य रूप से निरंतर अपने लिए पहले से निर्धारित कर्म करते रहो, क्योंकि अनासक्त होकर कर्म का आचरण करने से व्यक्ति मोक्ष को प्राप्त करता है।'

भगवद्गीता, अध्याय 3, श्लोक 19।

मैं अपनी उस आकांक्षा के बारे में क्या कहूं, जो 12 वर्षों से अधिक समय तक मेरे मन में ही बनी रही थी। अकसर उसे लेकर मन में तीव्र उत्साह भर जाया करता था, तो कभी मन निराश, सुस्त और भयभीत हो जाता। मगर मेरा वह स्वप्न बरक़रार रहा, बिल्कुल मेरी यात्रा के 'रिचर्ड पार्कर' की तरह। इसने मुझे संघर्ष और सीखने की प्रेरणा दी; इसने मुझमें क्षुधा जगाई और मुझे सचेत रखा। ये ही वो सारी बातें हैं, जिनके लिए मैं इस विचार के सामने नतमस्तक हूं।

यह वर्ष 2000 के पतझड़ का समय था, जब पहलेपहल यह विचार मेरे मन में आया, और मुझ पर हावी भी हो गया। मैंने भी इसे साकार करने का फैसला किया। भारत में मीडिया पर कुछ भी लिखना बेहद थका देने वाली जिम्मेदारी होती है। यहां सूचनाएं स्पष्ट नहीं हैं। हालांकि अफ़वाहों और किस्सों की भरमार है। उन सब बिखरी हुई जानकारियों को इकट्ठा करना अपने आप में एक मुश्किल भरा काम है। टाइम्स ग्रुप अपनी पृष्ठभूमि को लेकर बेहद निजता बनाए रखता है। खासकर, टीओआई से बाहर आने के बाद इससे संबंधित एक किताब पर काम करना बेहद चुनौतीपूर्ण था।

लेकिन जोखिम के बगैर मज़ा भी कहां आता है!

मैं इस पूरी कहानी के तमाम टुकड़ों को जोड़कर एक कथा का रूप दे ही नहीं पाती अगर मुझे उन सभी उदार पुरुषों व महिलाओं ने अपना क़ीमती समय न दिया होता। अधिकतर इंटरव्यू (कुल मिलाकर तकरीबन 100) पहले चरण यानी 2001 से 2005 के दौरान लिए गए; और बाकी 2010-13 में। कहानियां, किस्से और संस्मरण बताने वालों में संस्थान से जुड़े और इसके बाहर के वरिष्ठ पत्रकारों और संपादकों, मार्केटिंग और एडवरटाइजिंग प्रबंधकों और अधिकारियों, मीडिया विश्लेषकों और योजनाकारों, समीक्षकों और विस्तारित जैन परिवार के तमाम सदस्य शामिल थे। अपने इस लेखन को पूरा करने के सिलसिले में जिन-जिन लोगों से मेरी मुलाकातें हुई थीं, उनमें से कई लोगों की मृत्यु हो चुकी है और कई लोगों का स्थान परिवर्तन हो चुका है।

आप में से बहुत लोग शायद भूल चुके होंगे कि आपने मुझसे क्या बातें की थीं। बहुत-से लोगों के नजरिये में हो सकता है अब बदलाव आ चुका होगा। लेकिन मेरे साथ अपने अनुभव बांटने के लिए मैं आप सबका शुक्रिया अदा करती हूं।

मेरे अद्भुत पति तेजिंदर मेरी इस यात्रा के दौरान मेरे लिए किसी 'बोधि वृक्ष' की तरह रहे हैं, जिसकी आरामदायक शीतल छाया मैं इस कार्य को इतना लंबा समय दे सकी। उन्हें मेरा बारंबार धन्यवाद। हम दोनों की मान्यताएं समान हैं; जो एक वरदान की तरह है। हम एक साथ गाते हैं; जो कि तमाम परेशानियों में दर्द निवारक का काम करता है। मैं अपने बेटे अवी के पास घर आती, बीथोवेन की धुन अथवा मोज़ार्ट का गीत बजता और, सारी चिंताएं किनारे हो जातीं। उसका संगीत और प्यार मेरा सहारा है। मेरे सास-ससुर, रमिंदर और एच.एस. वालिया ने मुझे अपना भरपूर आशीर्वाद दिया है, और हर समय मुझे प्रोत्साहित किया। मेरे निराले भाई-बहन निशांत और सरिता ने इस आख्यान से मेरे भावुक जुड़ाव को समझा, और हर समय मुझे सुना। मेरी सिस्टर-इन-लॉ, मुदिता और ब्रदर-इन-लॉ श्रीनिवास ने भी मुझे बराबर सहयोग दिया। मेरे भतीजे विहान के लिए मैं ढेर सारा प्यार भेजती हूं। अपने तेरह साल के ब्लैक पोमेरेनियन स्कॉच के लिए, जो हमेशा मेरी अनकही व्याकुलता को भांप लेता है, मेरा ढेर सारा प्यार और दुलार।

मेरे पिता केनथ पद्मनाभन मेनन के बगैर मुझमें मेरे दृढ़ संकल्प का आधा हिस्सा भी नहीं होता। उन्होंने मुझे निर्भयता, चरित्र, सत्यनिष्ठा और दृढ़ संकल्प का मोल सिखाया। उन्होंने मुझे अपने खुद के फ़ैसले लेना और अपनी ग़लतियों से सीखने का पाठ पढ़ाया। दिसंबर 2011 में उनका देहांत हो गया, मगर उनकी आत्मा अब भी मेरे साथ है। मुझे यकीन है वह इस किताब को ज़रूर पढ़ना पसंद करते, और उसके बाद इस पर तमाम चर्चाएं भी करते। वह पत्रकार थे, एक संपादक भी रहे और *टाइम्स* के साथ उनका कोई निजी जुड़ाव नहीं था। मुझमें हिम्मत, जीवन

का आनंद और साहस बेशक मेरी मां रमिंदर धीमन से मिला होगा। अन्यथा मैं इस दुरूह कार्य की लंबी यात्रा शुरू करने की हिम्मत नहीं कर पाती। मेरी मां ने मुझे और मेरी बहन को पूरी आज़ादी दी और कभी भी किसी रूढ़िवादी और परंपरागत व्यवहार की निरर्थक शिक्षा हम पर थोपने की कोशिश नहीं की। इन सबके लिए उन्हें खास सराहना मिलनी चाहिए। उन्होंने हमेशा हमें हम जैसे हैं 'वैसे बने' रहने दिया और उन्होंने हमारे बड़े होने की प्रक्रिया को यादगार बनाया।

नैशनल कैडेट कोर के मेरे सभी दोस्तों को बहुत-बहुत धन्यवाद। खासतौर से श्रीकांत मुक्कू और शोबा श्रीअय्यर को, जिन्होंने नियमित तौर पर इस किताब के बारे में जानकारी ली। सलीम हैदर ख़ान को 'बेहद शुक्रिया' जो मेरी सहायता के लिए 25 किलोमीटर ड्राइव करके आए। निहार परिदा को 'अनेक धोन्नोबाद'। राजन चक्रवर्ती ने एक चैप्टर पढ़ा और मुझे फीडबैक दिया। संजय काव ने मुझे शुभकामनाएं दीं। प्रभात शुंगलू और मैंने शॉर्ट स्टोरी और कविताओं पर चर्चा की, जिसने मुझे मानसिक रूप से स्वस्थ रखा। मेरे गिटार इंस्ट्रक्टर हेराल्ड लॉरेंस ने मेरे लिए बहुत प्रार्थना की। अनिरुद्ध बहल, जिन्होंने एक महत्त्वपूर्ण भूमिका निभाई। इन सबका मैं तहे दिल से 'आभार' व्यक्त करती हूं।

अपने स्थायी दोस्तों की टोली - सुप्रिया और आशीष बाली, प्रवीण और अलिंद प्रमणिक, सोनिया और संदीप मेहरोत्रा, अनुज और जयंत वर्मा, सुमन और चेतन कुमार, अनुराधा और मुनीष खन्ना - सबके लिए ये पंक्तियां :

'वो जो सुलगते हैं, मेरे सीने में,
एक अर्से से, ये आग; उसी से तो मैं रौशन हूं'।

सबसे अधिक श्रेय जाता है मेरे सबसे प्यारे दोस्त, सखा और यहां तक कि सारथी - कंवलदीप सिंह को - जिनके दिशानिर्देश, दृष्टिकोण और उनकी सोच से मुझे लगातार प्रेरणा मिलती रही। उन्होंने मेरे भीतर के अर्जुन के लिए कृष्ण की, प्लेटो के लिए सुकरात की और ल्यूक स्काईवॉकर के लिए जेडी मास्टर योदा भूमिका निभाई है। उन्होंने मेरे सपने को साकार करने लिए अपना जितना समय लगाया है, उसके लिए मैं उन्हें जितना भी धन्यवाद करूं, कम ही होगा। उनकी बेहद सक्रिय मां, कुलजीत कौर को पहले ही दिन से मेरे इस प्रोजेक्ट पर पूरा भरोसा था। मैं बेहद खुशकिस्मत हूं, जो इस कार्य के दौरान मुझे उनका साथ मिला।

उपर्युक्त सभी बातों के साथ-साथ, इस यात्रा ने मुझे एक ऐसे पथ पर पहुंचाया, जिसे ज़ेन बौद्धधर्मी *सतोरी* कहते हैं... यानी *आत्म-चेतना*।

अब वक्त आ गया है कि यह पुस्तक मैं आपको समर्पित करूं!

मैं आभारी हूं... श्री शाम लाल, श्री अवीक सरकार, श्री इंदर मल्होत्रा,

श्री टी.एन. नायनन, श्री सतीश मेहता, श्री गौतम अधिकारी, श्री नरेश मोहन, डॉ दिलीप पडगाँवकर, श्री प्रदीप गुहा, श्री रजनीश रिखी, डॉ. संजय बारू, श्री एम. एम. श्रीवास्तव, श्री ए.एन. सेन, श्री पंकज वोहरा, श्री जग सुरैया, श्री खुशवंत सिंह, श्री के. बालाकृष्णन, मिस विनिता दावरा नांगिया, श्री उमेश आनंद, डॉ एन. चंद्र मोहन, श्री एन.पी. सिंह, मिस महाश्वेता घोष रॉय, श्री प्रीतीश नंदी, डॉ राम तरनेजा, श्री सुशील पंडित, मिस विभा देसाई, श्री अमिताव गुहा, श्री अजीत भट्टाचार्जी, श्री विजय जिंदल, श्री बशाब सरकार, डॉ चंदन मित्रा, श्री रमेश चंद्रन, मिस बची करकारिया, मिस विमला पाटिल, श्री बलजीत कपूर, श्री राजीव दुबे, श्री आलोक जैन, मिस मन्निका चोपड़ा, श्री सुनील जैन, श्री राम हिंगोरानी, श्री पारन बालाकृष्णन, श्री संजोय नारायण, श्री अखिलेश जैन, श्री आर.पी. जैन, श्री संजय डालमिया, श्री गुण निधि डालमिया, श्री रमेश चंद्र जैन, श्री शशांक रायजादा, डॉ के.एल. नंदन, श्री टी. के. अरुण, श्री अभीक बर्मन, मिस मधु सूरी, श्री अजीत नायनन, श्री वी.के. गंभीर, श्री बाल मुकुंद सिन्हा, श्री एच.के. दुआ, श्री नटराजन बोहिदर, डॉ जॉन दयाल, श्री यशवंत राज, श्री संजय पुरी, श्री आर. चंद्रशेखर, मिस मोना जैन, श्री डी.के. बोस, श्री रमण पाराशर, श्री प्रवीण पुरी, श्री बॉबी कुन्हू, श्री राहुल कंसल, श्री प्रिय रंजन दाश, श्री शुब्रांशु रॉय, श्री राम सी. कपूर, श्री प्रियांक माथुर, श्री रोहित खन्ना, श्री राकेश देवल, मिस माया मेनन, प्रोफेसर एम.आर. दुआ, श्री टी.जे.एस. जॉर्ज का।

(हो सकता है मैं कुछ नाम भूल गई हूं। लेकिन मैं सबका धन्यवाद करती हूं।)

अपनी इस पूरी यात्रा के उतार-चढ़ाव और प्रवाह में, मेरे दो अविरत साथी रहे - प्रभावकारी चित्रकारों की कला, और कविता। यहां प्रस्तुत है जॉन कीट्स की एक कविता की कुछ लाइनें, जिसका शीर्षक है 'टू... होप' :

And as, in sparkling majesty, a star
Gilds the bright summit of some gloomy cloud;
Brightening the half veil'd face of heaven afar:
So, when dark thoughts my boding spirit shroud,
Sweet Hope, celestial influence round me shed,
Waving thy silver pinions o'er my head!

संगीता
नई दिल्ली

www.ingramcontent.com/pod-product-compliance
Lightning Source LLC
LaVergne TN
LVHW060431051026
849518LV00002B/406